SINA BLACKWOOD

VERSCHOLLEN IN BEN ABU

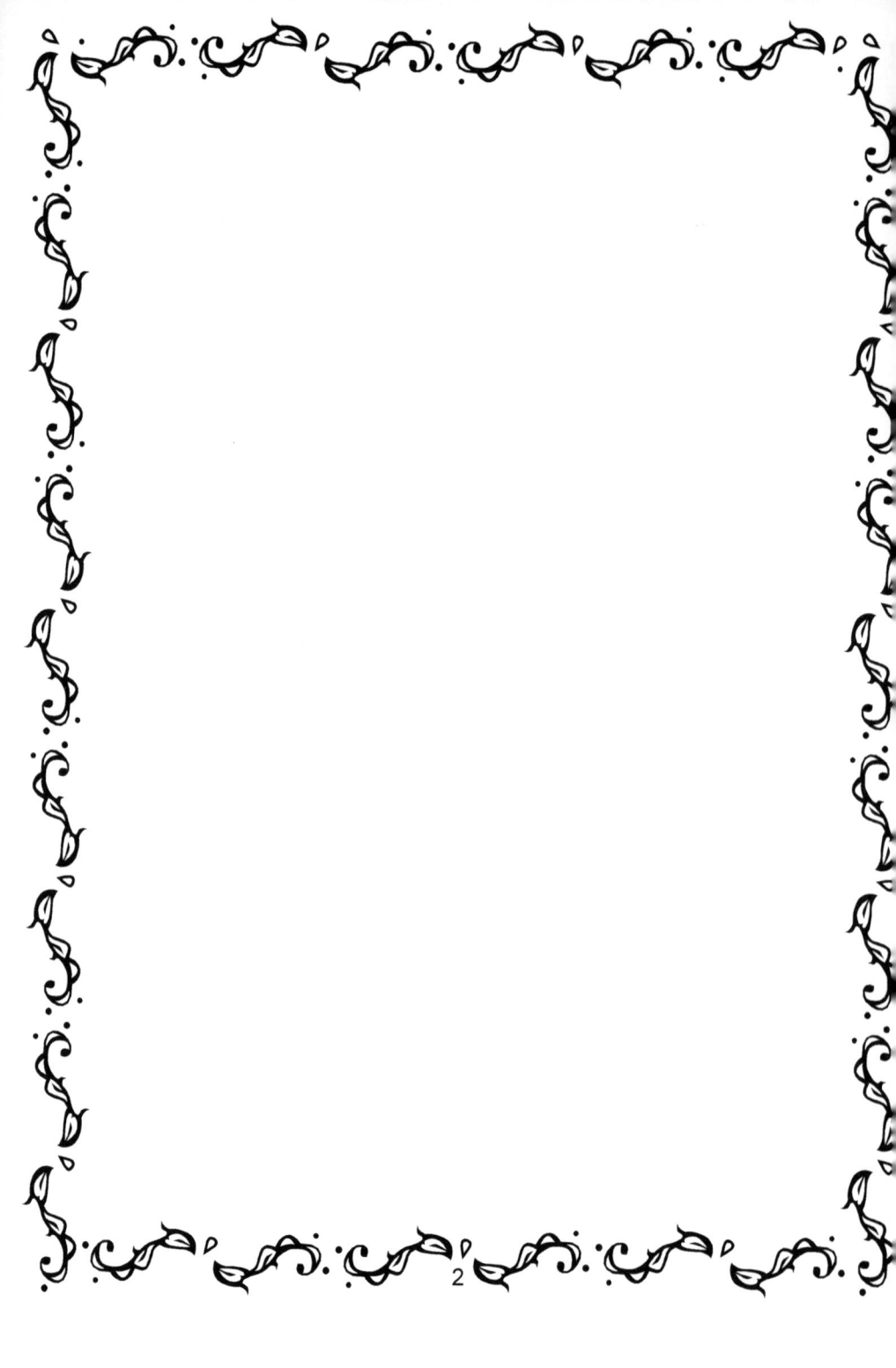

Bibliografische Informationen der Deutschen Nationalbibliothek:
Die Deutsche Nationalbibliothek verzeichnet diese Publikation in
der Deutschen Nationalbibliografie; detaillierte bibliografische
Daten sind im Internet über http://dnb.de abrufbar

© dieser Ausgabe:　　　　　　　　Sina Blackwood 2017
© Layout　　　　　　　　　　　　Sina Blackwood 2017
© Coverbild:　　　　fotolia 122849 - Journey to Libya © knee0

www.reni-dammrich-geschichtenzauber.de
www.facebook.com/pages/Reni-DammrichSina-Blackwood-Die-Geschichtenzauberseite

Die Personen und Namen in diesem Buch sind frei erfunden. Ähnlichkeiten mit heute lebenden Personen sind rein zufällig und nicht beabsichtigt.

Herstellung und Verlag:
BoD – Books on Demand, Norderstedt
ISBN: 9783741296185

Begegnungen

„Fremder, du solltest die Nacht nicht unter freiem Himmel verbringen."
Yussuf blieb stehen, sich erstaunt umwendend. Er begegnete dem ehrlichen Blick des schwarzen Augenpaares in einem von tiefen Falten durchzogenen Gesicht. Yussuf glaubte, so etwas wie Sorge zu erkennen und den unausgesprochenen Rat, die Oase lieber vor Anbruch der Dunkelheit zu verlassen. Bevor er eine Frage stellen konnte, war der alte Mann im Getümmel des Basars verschwunden. Er hatte schnell und leise gesprochen. Yussuf wurde aufmerksam. Die ganze Zeit über hatte er schon das seltsame Gefühl gehabt, dass irgendetwas in dieser Stadt nicht stimmte.

Der Marktplatz war voller Händler, die mit ihren Kunden feilschten, die Sonne schien, keine einzige Wolke war zu sehen und trotzdem fror Yussuf. Die Kälte kam von innen. Sie hielt ihn wie eine Stahlklammer umfangen, um ihm die Luft zum Atmen zu nehmen. Schon als er heute Morgen durch das südliche Tor die Stadt betreten hatte, fühlte er eine unbestimmte Beklemmung in sich aufsteigen. Reisenden schien man hier, nicht sonderlich gewogen zu sein. Er vermisste die orientalische Gastfreundschaft, die ihm allerorten auf seinem langen Weg zuteil geworden war. Einzig der seltsame Alte hatte ihm für eine antike Silbermünze Proviant für die Weiterreise verkauft. Yussuf ahnte, dass der gut gemeinte Rat offenbar mehr wert war, als alles Geld dieser Welt.

Er nahm sich vor, auf der Hut zu sein, vor was auch immer. Nur, wo sollte er bleiben, wenn ihm hier jeder buchstäblich die Tür vor der Nase zuschlug? Nachdenklich setzte er sich in den Schatten einer Palme. Alles hier war seltsam. Eigentlich auch, dass es diese Oase überhaupt gab. Das Navigationssystem seines Geländewagens hatte keinen Ort in diesem Teil der Wüste angezeigt. Selbst der Name dieses ungastlichen Fleckens brachte ihn jetzt nicht weiter – Ben Abu. Die Elektrik seines Fahrzeuges war, von einem Augenblick zum anderen, komplett ausgestiegen. Nicht nur die, sein Handy und sogar seine digitale Armbanduhr sagten keinen Mucks mehr.

Yussuf hatte mit den Schultern gezuckt, war zu Fuß in die Oasensiedlung gelaufen, die er am Horizont erkennen konnte, und hatte gehofft Hilfe zu finden. Ihm, dem Fremden, der ohne Pferd oder Kamel daherkam, begegnete man mit Misstrauen. Als er gar nach einer Autowerkstatt oder einem Elektriker fragte, Worte, die hier keiner verstand, hielt man ihn offenbar für völlig verrückt. Yussuf seufzte. Er nahm seine Tasche auf, warf einen letzten Blick über den Basar, dann machte er sich, eingedenk der Worte des gütigen Greises, zu seinem Auto auf, das irgendwo das draußen in der weiten Wüste stand. Er wollte die Nacht lieber gleich außerhalb der Stadtmauern verbringen.

Der knallrote Lack des Geländewagens war, im Gelb des Sandes, kaum zu übersehen. Yussuf beeilte sich, denn die Sonne sank schnell. Eilends riss er die Fahrertür auf, kaum dass er den Nissan erreichte hatte und genau so rasch zog er sie hinter sich zu. Sofort versuchte er noch einmal, den Wagen zu starten. Vergeblich. Vorsichtshalber verriegelte er alle Türen mit der Hand, um möglichst ungestört schlafen zu können. Yussuf grübelte, wovor ihn der alte Mann wohl hatte warnen wollen. Erst jetzt fiel ihm auf, dass die beiden Torwächter mit Lanzen und Säbeln bewaffnet gewesen waren. Lanzen im einundzwanzigsten Jahrhundert! Andererseits – die ganze Oase hatte ganz den Eindruck bei ihm hinterlassen, aus einem völlig anderen Jahrhundert zu stammen.

Er schob seinen Autositz etwas mehr nach hinten, klappte die Lehne zurück, wobei sein Blick zufällig die Silhouette der fernen Palmen streifte. Wie von einer Stahlfeder getrieben beugte er sich nach vorn. „Ich bin doch nicht verrückt! Oder doch?" Die Palmen verschwanden. Nein, nicht etwa wegen der einsetzenden Dunkelheit, sie verschwanden irgendwo im Boden. Mit offenem Mund starrte Yussuf auf die Stelle, wo Augenblicke zuvor eine blühende Oase gewesen war. Ein paar Mal rieb er sich die Augen, die Bäume waren und blieben verschwunden und mit ihnen die ganze Stadt. Schwer atmend blieb er einfach sitzen.

Nach einer Weile löste sich langsam der Schock, das Gehirn begann wieder zu arbeiten. Nun nahm er auch das leise Kratzen unter seinem Fahrzeug wahr. Yussufs Herz fing an zu rasen. Nicht, dass er jetzt auch irgendwo im Boden verschwand! Ein paar Minuten später beruhigte er sich endlich. Der Nissan stand wie ein Fels in der Brandung. Nur dieses schleifende Geräusch blieb. Yussuf kletterte ins Heck des Autos, drückte vorsichtig die Kofferraumklappe auf, beugte sich noch vorsichtiger hinaus, um einen Blick unter das Auto zu werfen. Er sah gerade noch, wie zwei kleine Füße verschwinden wollten. Ohne weiter nachzudenken, packte er blitzschnell zu. Ein erschrecktes Jammern erklang, ehe er Zentimeter für Zentimeter ein etwa zwölfjähriges Kind hervorzog.

Yussuf hatte mit heftiger Gegenwehr gerechnet und damit, dass der ertappte Störenfried sofort türmen werde. Stattdessen klammerte sich der schwarzhaarige Junge fest an seinen Arm, wobei er kaum hörbar immer wieder flüsterte: „Nimm mich mit. Bitte, bitte, nimm mich mit."

Yussuf war viel zu überrascht, um zu antworten. Er blieb einfach liegen und taxierte den Knaben, der sich langsam aufrappelte, ohne dabei seinen Arm auch nur eine Sekunde loszulassen. Dann versuchte Yussuf, dessen Klammergriff zu lösen.

„Nein, nein, nein!", flehte der Kleine.

„Na gut." Der Geologe setzte sich auf die Kante und musterte weiter den seltsamen Gast, der wie eine Klette an ihm hing. Gefährlich sah er ja nicht aus, eher völlig verängstigt, verzweifelt und – ja, und ganz anders als die Leute in der Oase. Das heißt, seine Kleidung war irgendwie anders, eher wie das, was er von Kindern dieses Alters in seinem Umfeld gewöhnt war. „Komm rein." Yussuf half ihm beim Erklimmen der Ladeklappe, dann schloss er sie schnell.

Erst jetzt ließ der Knabe los, warf sich ihm vor die Füße und rief: „Danke, tausend Mal Danke. Ich werde dir mein ganzes Leben lang dankbar sein!"

„Na, mach halblang. Setz dich. Jetzt erzählst du mir erst einmal, wer du bist, wo du wohnst und weshalb du solche Angst hast. Doch nicht etwa vor deinen Eltern, weil sie dir verboten haben, mit einem Fremden zu sprechen?"

Der Junge verneinte, während er sich auf den Beifahrersitz drückte. Seine Hände streichelten dabei das Armaturenbrett und ein glückliches Leuchten zog in sein Gesicht. Yussuf beschloss, sich vorzusehen. Immerhin wäre es doch denkbar, dass der Kleine da ein Lockvogel für Autodiebe oder Schlimmeres war. Das laute Magenknurren des Jungen riss Yussuf aus seinen Gedanken. Er jetzt fielen ihm die abgemagerten Beine auf, die unter der Dreiviertelhose hervorlugten. Yussuf schüttelte unwillig den Kopf. Dann langte er nach hinten, wo die Tasche mit dem Essen lag. Der Kleine hatte womöglich den ganzen Tag noch nichts bekommen. Augenblicke später ging in einem Kindergesicht die Sonne auf. „Greif zu, sonst verhungerst du mir noch. Erzählen kannst du später", schmunzelte Yussuf.

„Wurst und richtiges Brot!", strahlte der Kleine, als er genüsslich kauend wieder auf seinem Platz hockte.

Yussuf beobachtete jede Regung des Knaben, der offensichtlich schon besser Tage gesehen hatte und dessen Gesichtszüge ihm irgendwie bekannt vorkamen. Er konnte sich nur nicht erinnern, wo er dieses Kind schon einmal gesehen haben könnte. Dann fiel ihm die verschwundene Oase wieder ein. Dort hatte er ihn jedenfalls nicht gesehen, so viel war sicher. Seltsam. Alles war hier seltsam.

„Dein Auto ist wohl auch einfach stehengeblieben?", fragte der Junge plötzlich.

„Ja, einfach so."

„Unseres auch."

„Ach wirklich?", Yussuf beugte sich dem Kind entgegen. „Und wo ist es jetzt?"

„Weiß nicht." Der Kleine schaute wehmütig aus dem Fenster und wischte sich heimlich ein paar Tränen ab.

„Und deine Eltern?"

Der Junge zuckte hilflos mit den Schultern.

Yussuf überlegte. „Pass auf, du erzählst mir jetzt ganz der Reihe nach, was passiert ist, als euer Auto stehen blieb. Aber zu allererst sagst du mir, wie du heißt. Okay?"

„Okay. Ich bin Hakim al Kassim und mein Papa ist der Juwelier am großen Basar in Kairo."

Yussuf machte eine überraschte Bewegung. Er kannte das Geschäft und den Inhaber persönlich. Er wusste auch um die seltsame Geschichte, die man sich hinter vorgehaltener Hand über ihn seit Jahren erzählte. Seine Kinder sollten entführt worden sein, ohne dass jemals eine Lösegeldforderung gestellt worden wäre. Man soll nicht die kleinste Spur von ihnen gefunden haben, hieß es. Eine Zeitlang verdächtigte man den Vater sogar, er habe seine beiden Kinder umgebracht.

„Hakim warte einen Augenblick, ich möchte dir etwas zeigen." Er zog einen vergilbten Briefumschlag mit Fotos aus seinem Aktenkoffer. Schnell hatte er gefunden, wonach er suchte. Er hielt ihm drei Bilder hin.

Mit zitternden Fingern strich Hakim über die Gesichter. „Das hier ist mein Papa und der andere Mann ist Yussuf, der studiert Geologie", sagte er leise.

„Ja du hast Recht, der andere Mann ist Yussuf."

„Woher hast du die Bilder?"

„Von dem, der sie gemacht hat."

Der Junge zuckte zusammen. Mit übernatürlich geweiteten Augen schaute er den Mann vor sich an. „Die habe ich gemacht. Aber dann – dann – dann…" Plötzlich sprang er auf, um mit wenigen Handgriffen den linken Ärmel seines Gegenübers hochzuschieben. Eine lange Narbe, vom Ellebogen bis fast an die Schulter kam zum Vorschein. „Yussuf! Du bist Yussuf! Du musst Yussuf sein!" Er fiel ihm um den Hals und lachte und weinte gleichzeitig.

„Hakim, mein Kleiner." Yussuf nahm den schmächtigen Köper liebevoll in die Arme. „Was ist nur mit dir geschehen? Du bist noch immer der Junge von damals, während sich unsere Uhr ganze zehn Jahre weiter gedreht hat."

„Zehn Jahre???" Hakim wand sich aus Yussufs Armen. „Hast du gerade zehn Jahre gesagt?"

Yussuf nickte. „Ja, so lange ist es her, wo du plötzlich verschwunden warst."

„Verschwunden?" Hakim schaute Yussuf ungläubig an. „Die anderen sind plötzlich verschwunden, ich war die ganze Zeit in der Oase da drüben und habe gewartet, dass sie mich wieder abholen."

„Welche Oase?", fragte Yussuf, um Hakim zu testen.

„Na die da drü…" Dem Jungen blieb der Satz im Hals stecken. Er rieb sich die Augen, rutschte langsam von seinem Sitz, um förmlich an der Frontscheibe klebend, in die Nacht zu starren. Kreidebleich lehnte er sich schließlich zurück. „Meine Schwester ist noch dort", flüsterte er kaum hörbar. „Ich habe sie im Stich gelassen."

„Nein, das hast du nicht. Wir werden sie finden."

Hakim schüttelte wild den Kopf. „Wie denn? Alles ist verschwunden. Dort draußen ist nur noch Sand. Alle sind weg, einfach weg. Wie meine Eltern…"

„Ich weiß noch nicht wie, aber ich werde eine Lösung finden. Ich verspreche es dir. Deine Eltern sind jedenfalls nicht verschwunden. Ich bringe dich zu ihnen nach Kairo. Vorausgesetzt, das Auto springt an oder das Handy geht wenigstens wieder." Yussuf drehte zaghaft den Zündschlüssel. Der Nissan sprang an, als habe es nie Probleme gegeben. Hakims Jauchzen mischte sich in seinen Freudenschrei. „So mein Junge, wir beide verschwinden hier schleunigst, so lange wir noch können. Wenn wir einen guten Schlachtplan haben, kommen wir wieder und holen deine Schwester."

Schaukelnd fuhr der Geländewagen an, dann gab Yussuf mit voll aufgeblendeten Scheinwerfern richtig Gas. Hakim kniete auf dem Sitz und schaute noch lange auf jene Stelle, an der die geheimnisvolle Oase gewesen war. Erst als eine Düne die weite Ebene verdeckte, setzte er sich wieder hin, um einen Augenblick später ganz fest einzuschlafen. Yussuf hielt an, kippte die Lehne herunter, zog den Jungen etwas höher, wobei er ihn gleich noch in eine warme Decke einhüllte. „Schlaf schön. Bald bist du zu Hause." Dann fuhr er sofort weiter, um im Morgengrauen Kairo zu erreichen.

Immer wieder glitt sein Blick auf den Beifahrersitz. Was mochte der Kleine in den letzten Jahren erlebt haben? Und vor allem, warum war er nicht gealtert? Was hatte es mit der Oase auf sich? Fragen über Fragen, die aber alle wenigstens bis zum nächsten Morgen Zeit hatten. Yussuf fuhr wirklich die ganze Nacht durch. Er fühlte nicht einmal eine Spur von Müdigkeit. Endlich, kurz nach Mitternacht, ließ er die letzten Ausläufer der Wüste hinter sich. Auf den asphaltierten Straßen kam er gut voran. Ein leises Gähnen deutete an, dass Hakim erwacht sein musste. Yussuf wandte sich ihm zu und hätte vor Schreck beinahe das Auto an die nächste Mauer gesetzt.

„Was ist passiert?", fragte Hakim, der sich nur mit Mühe festhalten konnte.

Yussuf deutete wortlos auf den Innenspiegel. Hakim schob die Decke beiseite, stellte die Rückenlehne wieder gerade, um besser hineinsehen zu können.

„Oh", mehr konnte er nicht sagen. Ihm schaute ein junger Mann von etwa zwanzig Jahren entgegen. Langsam, völlig ungläubig und äußerst vorsichtig betastete er sein Gesicht. Er konnte die Berührungen durch seine Finger spüren, also musste es ganz einfach sein Gesicht sein.

„Ich glaube damit hat dich die Magie wieder völlig frei gegeben", stellte Yussuf zufrieden fest. „Schließlich ist das, was ich und du erlebt haben, gegen jedes Naturgesetz. Na hoffentlich stecken sie uns nicht gleich in die Klapsmühle, denn das glaubt uns niemand."

„Ich habe Angst." Hakim schaute Yussuf Hilfe suchend an.

„Ich auch. Jetzt müssen wir gemeinsam zusehen, wie es weitergeht. Ich schlage vor, wir fahren ohne Umwege zu deinem Vater. Er dürfte der einzige Mensch sein, mit dem wir wirklich reden können."

Hakim nickte. Er vertraute Yussuf, so wie er ihm schon immer vertraut hatte. Dieser war in den Fond des Wagens abgetaucht und wühlte in einer großen Tasche. „Zieh das an", rief er nach vorn. „Ich kann dich unmöglich in diesem Aufzug zu deinem Vater bringen." Ein Bündel Kleidung landete auf Hakims Schoß. Er schaute an sich hinunter. Sein Hemd war durch das plötzliche Wachstum aufgerissen und auch die Hose hing in Fetzen. Dankbar nahm er die Hilfe an. Yussuf packte die Kinderkleidung sorgsam in einen Beutel. Vielleicht würden sie sie noch als Beweisstücke brauchen. „Bereit?", fragte er.

„Wie man es nimmt", murmelte Hakim. „Ich hab verdammt viel Schiss, dass mich mein Vater nicht mehr sehen will. Ich hab doch keine Ahnung, wie es ihm in der Zwischenzeit ergangen ist."

„Finden wir es heraus. Nur Mut. Wenn es ganz heftig für dich kommt, dann engagiere ich dich als Helfer für meine Forschungsarbeiten, damit du wenigstens ein Dach über dem Kopf und was zu beißen hast."

Er klopfte Hakim freundschaftlich auf die Schulter, dann startete er den Nissan. Im Morgengrauen erreichten sie Kairo. Neugierig betrachtete Hakim die Stadt, in der sich so vieles verändert hatte. Als das Fahrzeug in die Straße am Basar einbog, konnte Yussuf Hakims Herz klopfen hören. Es hämmerte als wollte es zerspringen.

„Alles in Ordnung?", fragte er mit einem besorgten Seitenblick.

Der Heimkehrer hatte seiner Finger so fest ineinander verkrallt, dass die Gelenke hervorstachen, blass und nervös hockte er auf seinem Sitz. Yussuf sprang aus dem Auto. Er half seinem Begleiter, dem die Hände zitterten und fast die Beine versagten, beim Aussteigen. Trotz der frühen Stunde brannte Licht im Büro des Juweliers. Yussuf klingelte. Er sah aus den Augenwinkeln, wie sich die Lamellen der Jalousien bewegten. Der Summer ertönte, die Tür öffnete sich und die beiden Ankömmlinge traten in den Hausflur.

„Ah, Yussuf, schön dich zu sehen, auch wenn die Stunde ungewöhnlich ist." Ali al Kassim reichte ihm beide Hände, bevor er den Fremden in dessen Begleitung begrüßte. Er bat sie in sein Büro, deutete auf die Leder-Sitzgruppe und betrachtete seine Gäste. Lange hing sein Blick am Gesicht des fremden jungen Mannes. Es kam ihm so bekannt, so vertraut vor. „Was kann ich für euch tun?", fragte er schließlich.

Yussuf schaute ihm bekümmert in die Augen. „Ali, ich habe ein Problem. Ich weiß nur nicht, wie ich es dir schonend beibringen kann."

Ali schmunzelte. „Sag, wie viel du brauchst."

„Ach, um Geld geht es nicht." Yussuf lächelte flüchtig.

„Was dann?"

„Was würdest du tun, wenn dein Sohn plötzlich wieder auftauchen würde?", fragte Yussuf plötzlich.

Ali zuckte zusammen. „Mein Sohn? Ich sehne mich nach meinen Kindern... Nacht für Nacht sitze ich hier, weil ich nicht schlafen kann ... was mag nur mit ihnen geschehen sein?" Er wischte eine Träne weg. „Ich habe doch alles versucht, um die beiden zu finden. Mein Vermögen würde ich geben, um noch einmal ihre Hände halten zu dürfen. Hakim wäre jetzt wohl in dem Alter wie dieser junge Mann." Er deutete leicht mit dem Kopf in dessen Richtung. „Vielleicht würde er sogar so ähnlich aussehen. Er hatte die gleichen verträumten Augen." Ali seufzte schwer.

Yussuf öffnete den Beutel mit den Kleidern. Stück für Stück legte er auf den Tisch. Alis dunkelbraune Gesichtshaut nahm einen kalkigen Ton an, er streckte den Zeigefinger aus. „Woher hast du das??? Das sind die Sachen, die mein Sohn getragen hat, als er verschwand. Hast du sie in der Wüste gefunden? Rede schon! Wo hast du das her!"

„Von ihm." Yussuf legte Hakim eine Hand auf den Arm. Er spürte deutlich das heftige Zittern.

Ali wandte sich dem jungen Mann zu, der noch kein Wort gesagt hatte. „Wer hat dir das gegeben?"

„Mein..." Hakim versagte die Stimme. „Mein Vater", stieß er kratzig hervor. „Das war zu meinem zwölften Geburtstag. Er hatte in die linke Tasche am Hosenbein eine Uhr mit Kompass gesteckt, wie ich sie mir schon seit langem gewünscht hatte. Dafür versprach ich ihm, mindestens einen ganzen Tag lang, meine Schwester Fatima nicht zu ärgern. Er drohte mir scherzhaft mit dem Finger, weil er genau wusste, dass ich das nicht durchhalten würde ..."

Ali war aufgesprungen. Er breitete die Arme aus. „Hakim???"

„Vater!!!"

Auch Yussuf zog sein Taschentuch hervor. Dieses Arbeitszimmer hatte schon unzählige Tränen gesehen, nur noch nicht in solchen Strömen. Vater und Sohn hielten sich umschlungen, als wollten sie einander nie mehr loslassen. Nach einer unendlich scheinenden Weile wandte sich Ali an Yussuf. „Wo hast du ihn gefunden?"

„Das ist eine verworrene Geschichte. Genau genommen hat er mich gefunden."

Ali legte den beiden die Arme um die Schultern. „Kommt, wir gehen hoch in die Wohnräume. Dort ist gemütlicher. Ich habe unzählige Fragen, ohne deren Beantwortung ich einfach keine Ruhe mehr finden werde."

"Es hat sich einiges verändert", murmelte Hakim, als er nach Ali das Zimmer betrat. "Die Sitzgruppe und der Teppich sind neu. Dafür fehlt der kleine runde, unter dem Tischchen, auf dem ich mal ein ganzes Tintenfass verkippt habe."

Ali strahlte über das ganze Gesicht. "Spätestens jetzt hättest du mich überzeugt, dass du wirklich mein Sohn bist."

Auf Yussufs fragenden Blick antwortete Hakim. "Nur Vater und ich wussten davon. Er hat, damit Mutter nichts merkt, einen kleinen Fleck, der sich partout nicht mehr entfernen ließ, so gedreht, dass der Fuß des Tisches genau darauf stand."

Ali hatte inzwischen einen Polsterhocker geöffnet.

"Du hast ihn aufgehoben!", rief Hakim überrascht, als Vater das Corpus Delicti daraus hervorzog.

Ali winkte, ihm zu folgen. Er öffnete die Tür des Zimmers, welches einmal das Kinderzimmer seines Sohnes gewesen war. Hakim musste sich am Türrahmen festhalten. Mit bebenden Lippen flüsterte er. "Das ist, als hätte ich erst vor ein paar Minuten mein Zuhause verlassen."

Auf dem Fußboden stand das große Kranauto, mit einem Baustein am Haken, das Aquarium, liebevoll gepflegt, wartete auf seinen richtigen Herrn und auf dem Fensterbrett blühten unzählige Kakteen. Nur waren diese jetzt um einiges größer als vor zehn Jahren.

"Ich habe nie die Hoffnung aufgegeben, dich jemals wiederzusehen." Ali drückte Hakims Arm. "Und auch Fatimas Zimmer wartet." Bei diesen Worten sah er die beiden Männer fragend an.

Yussuf räusperte sich. "Du wirst alles erfahren, was wir wissen", versprach er, als sie ins den kleinen Salon zurückgingen. Er begann auch mit seinem Teil der Geschichte, der Ali atemlos lauschte. Ungläubiges Kopfschütteln erntete er, als er schilderte, wie plötzlich die Oase verschwand und später neben ihm, statt des Kindes, ein junger Mann auf dem Beifahrersitz lag. Hakim nickte immer wieder zu den Worten seines Retters. "Was mit ihm in den ganzen Jahren geschehen ist, weiß ich auch nicht. Er war so furchtbar müde, dass ich ihn lieber schlafen ließ, statt ihm Löcher in den Bauch zu fragen", beendete der Geologe seinen Bericht.

Ali bat das Hausmädchen, Frühstück für drei zu bringen.

"Wie fühlst du dich?", fragte er Hakim. Es war ihm in der ganzen Aufregung erst jetzt aufgefallen, wie abgezehrt dieser aussah.

"Gut, wäre gelogen. Ich habe gestern seit langer, langer Zeit, das erste Mal richtiges Essen bekommen. Bis dahin habe ich von Almosen gelebt und dem, was ich gerade fand. Niemandem in ganz Ben Abu wäre es eingefallen, ein fremdes Kind mit durchzufüttern."

„Und Fatima?"

Hakim lächelte wehmütig, als er an sie dachte. „Ihr mangelt es an nichts, außer an Freiheit. Malik hält sie in seinem Palast gefangen. Er will sie zwingen, seine Frau zu werden."

Yussuf machte eine überraschte Bewegung. Fatima müsste jetzt fünfundzwanzig sein, wenn er sich nicht völlig irrte, in der Oasen-Welt aber wohl nur fünfzehn. Er hatte sie zwei oder drei Mal gesehen, als er geschäftlich bei Ali war. Fatima war eine Schönheit, von der er oft geträumt hatte. Nur hielt ihn damals sein schmales Studenteneinkommen davon ab, Ali um ihre Hand zu bitten. Dann war sie plötzlich spurlos verschwunden, genau wie Hakim.

Es dauerte eine Weile, bis er begriff, dass ihn Vater und Sohn amüsiert anschauten. Sein Gesicht spiegelte wohl zu deutlich wieder, was ihm gerade durch den Kopf gegangen war.

„Ich hätte nichts dagegen", schmunzelte Ali.

Nun zuckte Yussuf erschreckt zusammen. „Wa – was?"

„So wie du sie angesehen hast, schaut sonst nur ein Kind einen Baum voller süßer Früchte an", erklärte Ali mit einem Augenzwinkern.

Der Geologe wurde verlegen, konnte aber nicht anders, als zustimmend zu nicken. „Ich habe Hakim versprochen, alles zu tun, um sie da raus zu holen. Ich weiß zwar noch nicht wie, aber ich werde einen Weg finden. Vor allem muss diese verdammte Oase erst einmal wieder auftauchen."

Ali hob den Zeigefinger. „Gestern waren genau zehn Jahre um, nachdem ich meine Kinder verloren habe. Vielleicht taucht dieser seltsame Ort nur alle zehn Jahre in unserer Welt auf? Deine Worte von Magie und bar jedes Naturgesetzes, haben mich überzeugt."

Hakim schüttelte nachdenklich den Kopf. „Glaube ich nicht. Es sind vor Yussuf andere Menschen aus dieser Welt in Ben Abu gewesen. Ich konnte nur nicht fliehen. Malik hat seine Augen und Ohren fast überall."

„Wer ist dieser Malik?", forschte Yussuf.

„Ein Magier. Er hat sich zum Herrn der Stadt aufgeschwungen und niemand traut sich zu murren, weil er seinem Scharfrichter nur zu gern bei der schmutzigen Arbeit zusieht. Man munkelt, er habe den rechtmäßigen Herrscher enthaupten lassen, um an die Macht zu gelangen", erklärte Hakim.

„Was ist mit den anderen Besuchern der Oase geschehen?", fragte Ali weiter.

Hakims Blick verdüsterte sich. „Zwei oder drei sind entkommen. Die haben, wie Yussuf, die Stadt zeitig genug verlassen. Die anderen wurden nie wieder gesehen. Sie haben es wohl nicht geschafft, rechtzeitig ein Dach über dem Kopf zu finden."

„Ein Dach über dem Kopf ...", wiederholte Yussuf leise. „Der alte Mann auf dem Markt hatte mich gewarnt, die Nacht unter freiem Himmel zu verbringen."

„Das wird wohl der gleiche Alte gewesen sein, der es auch mir gesagt hat", erzählte Hakim. „Nur bin ich, weil ich Fatima finden wollte, in der Oase geblieben. Ich hatte die Nacht in einem Pferdestall verbracht und konnte am Morgen das Tor nicht mehr verlassen. Es war, als würde ich gegen eine unsichtbare Wand laufen. Irgendwann habe ich mich in mein Schicksal gefügt und Nacht für Nacht eine Bleibe gesucht, um Maliks Häschern zu entgehen."

Yussuf und Ali hoben erstaunt die Köpfe. „Häscher?", fragten sie gleichzeitig.

Hakim nickte. „Der Magier lässt auf alles Jagd machen, was nicht in die Stadt gehört."

„Dann hat er sicher etwas zu vertuschen", murmelte Ali nachdenklich.

Yussuf starrte in Gedanken versunken den kleinen Teppich an, den Ali zusammengerollt auf den Schrank gelegt hatte. „Dieser Malik ... kann der richtig zaubern ... oder arbeitet der mit Tricks?"

Während ihn Hakim verständnislos anschaute, begann Ali zu lachen. „Äh, Yussuf, verlangst du nicht ein bisschen viel? Falls das stimmt, was ihr erzählt habt, dann hat Hakim zwar sein wahres Alter wieder eingeholt, nur der Wissensstand ist auf dem alten Niveau. Wie sollte er plötzlich wie ein Erwachsener denken, wenn er zehn lange Jahre mit Kinderaugen eine längst vergangene Welt betrachtet hat?"

„Hast ja Recht. Nur ..."

Hakim legte Ali eine Hand auf den Arm. „Vater, ich war damals zwölf Jahre alt. Damit war ich zwar klein, aber nicht dumm. Auf alle Fälle weiß ich, dass es weder Strom, noch irgendwelche Technik dort gibt, wie sie in jener Zeit hier üblich war. Yussufs Auto ist genau so stehen geblieben wie unser Auto und nicht einmal die Uhren oder Taschenlampen funktionierten mehr. Also muss es wohl so sein, dass Malik richtig zaubern kann."

„Okay." Yussuf lächelte nachsichtig. „Kindliche Logik kann manchmal gute Denkansätze liefern. Vielleicht verfügt er über einen Störsender, der alles lahm legt, außer seinen eigenen Maschinen? Egal, Hakim, sag bitte zu allem was wir besprechen deine Meinung, auch wenn du das Gefühl hast, wir wollten dich hinstellen, als ob wir es besser wüssten. Versprichst du es mir?"

„Mach ich. Schon weil ich Fatima wieder finden will, was ich nicht allein schaffen kann."

„Übersinnliche Dinge sollten wir trotzdem nicht außer Acht lassen", sprach der Geologe weiter. „Das Philadelphia-Projekt wird es ja nicht gewesen sein, warum die Oase plötzlich verschwunden ist. Außerdem habe ich mit eigenen Augen gesehen, dass Hakim gestern ein Kind war und heute ein Mann ist. Eine optische Täuschung ist völlig ausgeschlossen, zumal er ja heute früh die aufgerissenen Kleider trug, die das rasante Wachstum nicht verkraftet haben." Yussuf gähnte herzhaft. Dann wandte er sich an Ali. „Hast du irgendwo ein Fleckchen zum Ausruhen für mich? Ich bin seit fast drei Tagen ohne Unterbrechung auf den Beinen."

Der Juwelier beeilte sich, ihn persönlich zu einem der schmucken Gästezimmer zu bringen. „Wenn du etwas brauchst, klingele nach dem Hausmädchen", riet er noch, bevor er Yussuf verließ. Als er in den Salon zurückkam, stand Hakim am Fenster. Stumm schaute er hinunter auf den großen Platz, wo soeben die ersten Händler ihre Stände öffneten. Ali trat leise neben ihn. „Woran denkst du?"

„An Mutter. Wie geht es ihr? Du hast noch kein Wort über sie gesagt."

Ali seufzte schwer. „Am besten, du bildest dir selbst ein Urteil. Seit jenem Tag, an dem ihr verschwunden seid, ist ihr Geist verwirrt. Komm, ich bringe dich zu ihr. Vielleicht findest du einen Weg in ihre Gedankenwelt."

Hakim folgte seinem Vater in die Räume, die früher nur Mutter und Fatima vorbehalten waren.

Ali klopfte. „Jasina?", fragte er vorsichtig, weil keine Antwort erfolgte. Langsam öffnete er die Tür.

Hakim erschrak über den Anblick, der sich ihm bot. Das Zimmer wirkte völlig unberührt, nur in der hintersten Ecke hockte ein Bündel Elend auf einem Teppich, die Wange an die Wand gedrückt, auf dem Schoß einen kleinen grauen Hund.

„So sitzt sie Tag für Tag und zu keinem Menschen spricht sie ein Wort. Nur Namu flüstert sie manchmal wirre Worte zu. Er verlässt sie auch nur, um seine tägliche Runde im Garten zu laufen, dann kehrt er sofort zu ihr zurück."

„Unser alter Namu?", fragte Hakim erstaunt.

„Ja. Er ist jetzt siebzehn Jahre, sieht schlecht, die Beine wollen nicht mehr, das Fell ist grau, aber sonst ist er gesund."

Hakim ging ein paar Schritte auf die beiden in der Ecke zu. Der Hund hob witternd den Kopf, während Jasina keinerlei Reaktionen zeigte. Ihr Blick ging irgendwo ins Leere.

Hakim kniete sich auf den Boden. „Guter Namu, komm her mein Kleiner. Kennst du mich noch?", sagte er leise.

Das Tier kroch langsam vom Schoß der Frau. Er wandte sich dem Knienden zu.

„Wer ist das?", murmelte Jasina, wobei sie weiter vor sich hin starrte.

Namu hatte inzwischen Hakim erreicht und begann, ihn eingehend zu beschnüffeln. Der Hand, die ihn streicheln wollte, begegnete er mit einem misstrauischen Knurren. Jasina schreckte zusammen, drehte langsam ihr Gesicht zu Hakim und Ali hinüber. Hakim beugte sich weiter vor, worauf ihm der Hund die Nase mitten ins Gesicht drückte, erfreut aufwinselte, sich zitternd an seine Beine schmiegte, um plötzlich Schwanz wedelnd einen wahren Freudentanz aufzuführen. „Er hat mich erkannt!", rief Hakim überglücklich. Mit dem Hündchen auf dem Arm setzte er sich an den Rand des Teppichs, ohne seine Mutter anzusprechen, die forschend sein Gesicht studierte.

Ali stand etwas abseits, um atemlos zu beobachten, wie seine Frau zum ersten Mal diesen irren Blick verlor. Sie streckte zögernd die Hand aus. Aber nicht, um den Hund zu kraulen, sie begann Hakims Stirn zu streicheln, glitt etwas tiefer, berührte die Wangen, die Lippen, dann beugte sie sich zu ihm hinüber, um ihn, fast wie der Hund, zu beriechen. Schließlich ruhte ihr Blick wieder auf seinen Augen. Sie schien zu überlegen. Noch immer war kein Laut gefallen. Plötzlich kam Leben in ihr Gesicht. „Hakim? Mein Sohn?", hauchte sie kaum hörbar.

„Mutter!" Mit einem Jubelschrei warf sich der Erkannte ihn ihre Arme.

Ali stand überwältigt daneben. Dass ihm Tränen über die Wangen liefen fühlte er nicht einmal. Namu rannte bellend durch das Zimmer, versuchte an Ali hinaufzuspringen, der ihn endlich hoch nahm und glücklich an sich drückte. Jasina war in den Armen ihres Sohnes zusammengesunken. Hakim trug sie auf den breiten Diwan neben dem Fenster. Der Türgong aus der unteren Etage ertönte.

„Ach, das wird Doktor Feisal sein. Er schaut jede Woche nach ihr", erklärte Ali seinem Sohn.

Und wirklich, ein paar Augenblicke später trat der Arzt ins Zimmer seiner ungewöhnlichen Patientin. Etwas irritiert musterte er die beiden Männer. Sollte es etwa schwerwiegende Komplikationen gegeben haben?

„Wie geht es ihr?", fragte er nach der Begrüßung.

Ali lächelte hintergründig. „Ich hoffe gut. Noch mehr hoffe ich, dass sie es Ihnen gleich selber sagen kann." Den erstaunten Blick Feisals ignorierte er einfach.

„Sie hat gesprochen?" Der Mediziner schaute ungläubig zwischen den Männern hin und her. Er hätte zu gern gewusst, wer der Fremde war. Vielleicht ein Kollege, dem das schier Unmögliche gelungen war? Feisal wurde unruhig.

In diesem Moment schlug Jasina die Augen auf, erkannte den Arzt, setzte sich und fragte: „Der Doktor? Ist bei uns jemand krank geworden?"

Jetzt hätte Feisal fast selbst die Hilfe eines Kollegen gebraucht. Er klammerte sich an der Tischkante fest, um nicht zu stürzen.

„Nein, nein", entgegnete Ali schnell. „ich habe mir nur Sorgen um dich gemacht, weil du so blass aussiehst."

Jasina nickte. „Ich hatte einen furchtbaren Alptraum und das Gefühl, dass ich nie mehr daraus aufwachen könnte. Ich bin ja so dankbar, dass ihr gekommen seid, um mich aufzuwecken. Noch einmal möchte ich das nicht erleben." Sie schüttelte sich angewidert. Dann streifte ihr Blick Namu und Hakim. Namenloses Entsetzen schlich sich in ihren Blick. „Was ist geschehen? Warum sind die beiden über Nacht so furchtbar gealtert??"

Ali nahm sie zärtlich in die Arme. „Jasina – dein Alptraum – hat etwas länger gedauert ."

Der Doktor hob dazu hilflos die Schultern. Die Frau ließ sich zurücksinken. Sie schloss die Augen und alle dachten schon, sie würde wieder in ihre Umnachtung fallen, als sie Hakim bittend anschaute. „Fatima?", fragte sie leise.

Hakim schüttelte traurig den Kopf. „Aber Yussuf wird sie befreien, so wie mich befreit hat", erklärte er zuversichtlich mit fester Stimme.

Doktor Feisal hob erstaunt den Kopf. Mit der Rückkehr der Vermissten rechnete niemand mehr. Aber offenbar saß hier vor ihm Alis Sohn, dessen Auftauchen Jasina geheilt haben musste.

„Dann gibt es für mich nichts mehr zu tun, als Ihnen Glück zu wünschen. Passen Sie gut auf sie auf. Ich lasse Ihnen noch eine Mixtur zur Stärkung hier." Der Doktor wandte sich zum Gehen.

„Einen Augenblick noch", bat Ali. „Zu keinem ein Wort, dass Hakim wieder da ist. Es ist besser, wenn es im Verborgenen bleibt. Fatima wird schließlich noch gefangen gehalten. Bis Jasina wieder richtig auf den Beinen ist, möchte ich Sie bitten, weiterhin einmal die Woche zu uns zu kommen."

Feisal lächelte befreit. „Beide Wünsche erfülle ich mit größter Freude. Auf Wiedersehen."

Jasina lehnte an der Schulter ihres Mannes, hielt die Hände ihres Sohnes und schüttelte immer wieder den Kopf. „Was hast du?", wollte Ali wissen.

„So viele Jahre", flüsterte Jasina. „Du hast die ganze Zeit für mich gesorgt."

„Ja sicher. Ich hatte innerhalb weniger Tage alles verloren, was mir je etwas bedeutete, meine Kinder, dich und alle meine Freunde. Sie haben mich als Kindermörder abgestempelt und mit Fingern auf mich gezeigt. Ich hatte nur noch Namu und deine seelenlose Hülle, die er in den ganzen Jahren treu bewacht hat." Etwas leiser fügte er hinzu: „Vielleicht war es auch das, was die Behörden irgendwann veranlasst hat, mich in Ruhe zu lassen. Du warst der sichtbare Beweis, dass an der Behauptung, ich hätte meine Familie auslöschen wollen, kein Buchstabe wahr ist."

„Das muss dich doch ein Vermögen gekostet haben."

Ali winkte ab. „Ich habe zwei Filialen schließen müssen, aber das war es wert. Du bist ins Leben zurückgekehrt, mein Sohn ist wieder da, nun müssen wir nur noch Fatima erlösen."

Jasina kuschelte sich an. „Ihr habt von Yussuf gesprochen. Kommt er bald einmal wieder zu uns? Ich möchte ihm danken, dass er Hakim zurückgebracht hat."

„Er ist noch da." Hakim deutete mit dem Kopf die Richtung der Gästezimmer an.

Ali erklärte: „Er schläft. Yussuf war völlig übermüdet als er hier ankam, weil er so schnell wie möglich Hakim nach Hause bringen wollte. Heute Abend werde ich für uns alle einen Koch kommen lassen, der zur Feier des Tages ein besonderes Menü bereiten soll. Ich kenne Yussuf, Dank nimmt er nicht entgegen."

„Stimmt", bestätigte Hakim. „Als ich mich vor seine Füße geworfen habe, hat er auch gesagt, ich soll halblang machen. Dabei werde ich ihm doch wirklich dankbar sein, so lange ich lebe."

„Na seht ihr. Ein gutes Essen wird er hingegen ganz bestimmt nicht ablehnen."

Es klopfte. Celine, das Hausmädchen, trat ein, um ihren täglichen Dienst zu verrichten. „Oh verzeihen Sie", murmelte sie, schnell die Tür wieder schließend.

„Celine!", rief ihr Ali hinterher. „Komm ruhig herein."

„Ein neues Mädchen?", wunderte sich Jasina.

„Nun nicht ganz." Ali stellte ihr das Dienstmädchen vor, welches seine Herrin noch nie bei Sinnen erlebt hatte. „Sie ist jetzt seit fünf Jahren bei uns und hat sich um alle Frauendinge gekümmert, wo ich sicher fehl am Platz gewesen wäre. Die anderen haben alle nach ein paar Monaten den Dienst quittiert. Sie hat nie gemurrt, dass es ihr zu schwer gewesen wäre, dich zu pflegen."

Jasina musterte Celine interessiert. „Dann möchte ich, dass sie heute Abend mit uns am Tisch sitzt. Sie hat es sicher nicht leicht gehabt, hier den Haushalt zu versorgen und zusätzlich Krankenpflege zu betreiben."

„Sie hat übrigens auch dein Aquarium in ihre Obhut genommen", berichtete Ali seinem Sohn.

„Tatsächlich?" Hakim nickte Celine anerkennend zu. Sie lächelte scheu. Dann warf sie einen Blick auf die Uhr. „Ich muss noch einkaufen gehen."

Hakim sprang auf. „Ich komme mit und helfe dir tragen." Ehe jemand etwas einwenden konnte, waren die beiden verschwunden.

„Er mag sie?", fragte Jasina.

Ali zuckte mit den Schultern. „Er hat sie doch heute zum ersten Mal gesehen." Dann setzte er sich zu Jasina, um ihr zu erzählen, was er in den letzten Stunden erlebt und erfahren hatte. Fröhliches Lachen riss die beiden aus ihrer Unterhaltung. Celine und Hakim waren vom Basar zurückgekehrt.

„Endlich ist wieder Leben und Frohsinn im Haus", schmunzelte Ali. „Ich habe schon lange kein so sorgloses Lachen mehr gehört. Außerdem hat sie ein wenig Abwechslung verdient."

„Wo wohnt sie?", fragte Jasina.

„Hier bei uns. Ich habe ihr das kleine Zimmer am Ende des Ganges gegeben. Sie stand eines Morgens vor unserem Haus wie ein geprügelter

Hund und wusste nicht wohin. Das letzte Mädchen hatte gerade die Flucht ergriffen, so bot ich ihr die Stelle als Hausfee und Krankenpflegerin an. Sie bekommt den gleichen Lohn, wie die anderen auch hatten, nur ist sie ihn wirklich wert. Sie hat mich nie enttäuscht. Sie kocht ausgezeichnet, ist sehr ordentlich, bescheiden und ich hätte nichts dagegen, sie in die Familie aufzunehmen."

Yussuf hatte das Lachen ebenfalls vernommen. Neugierig steckte er den Kopf zur Tür heraus. „Da erübrigt sich die Frage, wie es dir geht", stellte er zufrieden fest, als er Hakim erkannte.

Der strahlte über das ganze Gesicht. „Ich war gerade mit Celine auf dem Basar. Ich wusste gar nicht mehr, wie schön es sein kann, unter so vielen Menschen zu sein. Ganz anders, als in Ben Abu, wo dich jeder scheel ansieht, nur weil du nicht da geboren bist."

„Celine?", fragte Yussuf.

„Ja, unser Hausmädchen." Hakim hatte diesen Glanz in den Augen, den der Geologe ziemlich gut kannte. Da hatte wohl der Blitz aus heiterem Himmel eingeschlagen.

„Na du legst ja ein Tempo vor", wunderte er sich. „Wobei – Geschmack hast du."

Ali, der soeben den Flur betreten hatte, hatte die kurze Unterhaltung gehört. Er klopfte Yussuf auf die Schulter. „Ich bin froh, dass er sich ohne Scheu hier gleich ins Leben stürzt." Er deutete zur Tür des Verwaltungstraktes. „Sie ist keine schlechte Wahl. Und wenn ihr beide ihn etwas unter eure Fittiche nehmt, holt er sicher ganz schnell auf, was ein junger Mann in seinem Alter wissen sollte."

„Das heißt, du engagierst mich als Lehrer?" Yussuf zog eine Augenbraue hoch.

„So ähnlich" erwiderte Ali lachend. „Du warst ja schon immer sein Idol, vielleicht ist die Erde ja groß genug, um zwei Geologen zu beherbergen?"

„Keine Sorge, ich hatte es ihm schon angeboten, falls er hier nicht mehr willkommen gewesen wäre. Unter den jetzigen Voraussetzungen macht die Sache erst richtig Spaß, zumal wir ja möglichst schnell einen brauchbaren Plan zu Fatimas Rettung benötigen."

„Deshalb schlage ich vor, dass du hier bleibst, bis wir handlungsfähig sind. Oder stehen dem private Interessen entgegen?"

Yussuf zwinkerte Ali fröhlich zu. „Nein, ich habe eher ein deutlich gesteigertes privates Interesse. Na du weißt schon. Es wäre ziemlich ärgerlich, wenn mir dieser Malik zuvor käme."

„Oh, da sind wir mindestens schon zwei, die so denken. Aber ehe ich es vergesse: Heute Abend gibt es eine kleine Willkommensfeier für Hakim, bei der du keinesfalls fehlen darfst."

„Ich werde pünktlich sein", versprach der Geologe. Etwas später lud er seine Messgeräte, die Laptops und was sein Geländewagen noch beherbergte aus. Hakim gesellte sich zu ihm, half und erfuhr nebenbei eine Menge nützlicher Dinge.

Jasina saß mit Namu im Garten unter Palmen. Hin und wieder zog sie einen blühenden Zweig zu sich heran, sog den süßen Duft der Blüten ein und flüsterte ein um das andere Mal: „Ja, ich bin wieder da, ich bin zu Hause."

Gegen Mittag trieb es sie in die Küche. Celine staunte, als ihre Herrin plötzlich in der Tür stand und noch mehr, als diese, wie ganz selbstverständlich, das Geschirr bereitstellte. Die gemeinsame Arbeit lief nach wenigen Minuten reibungslos, trotz angeregter Unterhaltung. Ali konnte die Stimmen, weil alle Fenster geöffnet waren, bis zu seinem Büro hören. Er konnte zwar nicht verstehen, was gesprochen wurde, aber der Tonfall und das herzliche Lachen machten ihn glücklich.

„Na, wenn das kein guter Tag ist, dann weiß ich gar nicht, was gute Tage sind", murmelte er zufrieden, wählte sich im Internet in die neuesten Schmuckkollektionen ein, was er schon seit Jahren nicht mehr getan hatte. Endlich hatte das Leben wieder Sinn. Ali hielt inne. Ach du lieber Himmel! Vor lauter Freude hätte er beinahe vergessen, dass es ja noch andere wichtige Dinge gab. Er eilte die Treppe zu Yussuf hinauf.

„Ich habe eine Bitte: Würdest du mit Hakim die Bekleidungsgeschäfte durchstreifen? Du weißt besser als ich, was jetzt in seinem Alter angesagt ist. Leider muss ich euch ein Limit setzen, du weißt ja, wie meine Situation momentan ist. Sein Zimmer muss ja auch schnellstens angepasst werden."

„Mach dir deshalb keine Sorgen", tröstete Hakim. „Ich kann damit leben. Wenn du erfährst, wie ich in Ben Abu auskommen musste, dann siehst du die Welt mit ganz anderen Augen. Das Stroh in einem Pferdestall war purer Luxus. Wie sich eine Decke anfühlt hatte ich schon fast vergessen."

Yussuf überlegte kurz. „Ich weiß, wo ein guter Factory Outlet ist. Sind nur ein paar Kilometer mit dem Auto, da dürften wir so beinahe alles bekommen." Er klappte seinen Laptop zu.

„Nicht so eilig", bremste Ali seinen Tatendrang. „Das Essen ist gleich fertig. Celine ist eine hervorragende Köchin. Euch würde wirklich etwas entgehen."

Dass dem so gewesen wäre, davon konnten sich die beiden Männer ein paar Minuten später überzeugen. Über Hakims Gesicht zog ein Strahlen. Er, der mitunter tagelang hungern musste, wusste die Kochkunst Celines besonders zu würdigen.

Jasina winkte das Mädchen heran, das sich gerade in die Küche zum essen zurückziehen wollte. „Hier ist dein Platz." Sie deutete auf den freien Stuhl neben sich.

Ali und Hakim nickten erfreut. Sie hatten wirklich keine Einwände, dass die Hausherrin Celine wie eine Tochter behandelte. Nun saß sie Hakim direkt gegenüber und sein Blick huschte immer wieder für den Bruchteil einer Sekunde zu ihr hinüber. Yussufs Augen hingegen blieben öfter an dem leeren Platz hängen. Er hoffte inständig, bald Fatima an jener Stelle sitzen zu sehen.

„Wir holen sie zurück", sagte Hakim, der das sehr wohl bemerkt hatte.

Der Geologe hob den Kopf. „Ich habe schon überlegt, ob ich nicht einen Sender in der Nähe der Oase platzieren sollte. Hört er auf zu arbeiten, ist die Oase in unserer Welt, arbeitet er weiter, dann ist sie wieder weg. Vielleicht können wir so etwas über das mögliche Zeitfenster erfahren."

„Das leuchtet sogar mir ein", sinnierte Ali. „Kannst du auch eine Kamera anbringen?"

„Sicher. Nur was soll die uns zeigen? Es muss nur irgendein technisches Gerät sein, das ich von jedem Punkt aus überwachen kann. Ich will nur wissen, wann und wie lange es nicht funktioniert."

„War ja nur so ein Gedanke. Schließlich bist du der Experte", seufzte Ali.

Yussuf lehnte sich zurück. „Auf alle Fälle fahre ich morgen in die Wüste, um die Technik zu installieren. Je eher ich alle Daten habe, umso besser ist es für uns alle. Eines will ich auf gar keinen Fall – ins offene Messer laufen."

„Ich komme mit", erklärte Hakim sehr bestimmt.

Niemand widersprach ihm.

„Hast du noch deine Sammlung alter Münzen?", wandte sich Yussuf an Ali.

Und auf dessen Nicken: „Könntest du von den weniger wertvollen Stücken einige entbehren?"

Der Juwelier erinnerte sich an Yussufs Bericht. „Aber natürlich, irgendwie müsst ihr ja die Ware bezahlen, die ihr dort kauft."

„Ich brauche auch drei oder vier Kamele", fuhr Yussuf fort. „Vielleicht haben wir etwas mehr Glück, wenn wir uns der Situation optisch anpassen. Man könnte die Tiere mit einem Lastwagen bis zur Oase bringen, um keine Zeit zu verlieren. Die Fahrzeuge sind unsere Festung für die Nacht, falls wir es beim ersten Versuch schaffen, Fatima zu befreien."

„Wir haben nur einen Versuch", flüsterte Hakim kaum hörbar.

Yussuf hatte ihn trotzdem verstanden. „Ich habe befürchtet, dass du das sagen würdest. Also noch mehr Gründe, alle erreichbaren Daten zu sammeln. Wenn wir in drei Tagen wieder hier sind, hole ich Björn her, mit dem ich zusammen studiert habe. Der kann aus Hakims Angaben die Stadt in 3-D erstehen lassen. Dann spielen wir am Computer einige Varianten durch, wie wir am schnellsten zum Zuge kommen."

Ali schaute Celine an.

„Wird umgehend erledigt", sagte sie daraufhin.

„Was?", fragte Jasina neugierig, die Alis Blick nicht deuten konnte.

„Das Zimmer für den neuen Gast", erwiderte Celine.

„Sie ist ein intelligentes Mädchen, das auch ohne ellenlange Erklärungen gute Arbeit leistet", erklärte er Jasina, als sie nach dem Essen allein waren.

„Dabei dürfte sie kaum älter sein, als Hakim", warf Jasina ein.

„Stimmt genau. Sie war sechzehn, als sie hier anfing."

„Ich mag sie." Jasina betrachtete das kleine Blumengesteck auf dem Tisch, welches das Hausmädchen liebevoll arrangiert hatte.

Ali lächelte schelmisch. „Hakim wohl auch. Hast du bemerkt, wie er sie anschaut?"

„Ja sicher. Nur kann sich das durchaus noch ändern, wo er doch sein Leben heute erst neu entdeckt."

„Und was, falls nicht?"

Jasina lachte herzlich. „Du hast doch selbst gesagt, dass du nichts dagegen hättest."

„Auch war." Ali stimmte in das Gelächter ein. Im Alltag würde sich früh genug zeigen, ob die beiden zueinander passten.

Die beiden jungen Männer waren bereits im Auto unterwegs. Hakim hatte unzählige Fragen, die Yussuf gern und besonders ausführlich beantwortete. Vor allem die Technik des Fahrzeugs hatte es Alis Sohn angetan. Navi, GPS und vor allem die supermoderne Unterhaltungstechnik waren Dinge, von denen Hakim noch nie gehört hatte. Selbst das Handy mit Kamera war für ihn ein Novum, welches sich genau zu studieren lohnte. „Ich glaube fast, ich habe wirklich etwas verpasst", seufzte er schließlich.

„Versuche aber bitte nicht, alles auf einmal nachzuholen", warnte Yussuf. „Dieser ganze Krempel kann ganz schnell süchtig machen."

Hakim lachte. „Bevor ich für so etwas Geld ausgeben kann, muss ich erst mal welches verdienen. Steht das Angebot als dein Helfer noch?"

„Natürlich."

Hakim nickte erfreut. „Weißt du, ich kann nicht plötzlich auftauchen und zu meinen Eltern sagen: Da bin ich wieder, so nun füttert mich mal durch."

„Das sind brauchbare Ansichten." Yussuf konnte Hakim verstehen. In dessen Alter war für ihn auch wichtig, von anderen unabhängig zu sein. „Betrachte dich also als mein Mitarbeiter. Allerdings wirst du wohl noch nebenbei die Schulbank drücken müssen, schließlich willst du eines Tages wirklich auf eigenen Füßen stehen."

„Gibt es die guten alten Abendschulen noch?", fragte Hakim.

„Die gibt es noch. Fernstudium gibt es übrigens auch, das setzt aber voraus, dass du einen ordentlichen Schulabschluss hast", erklärte Yussuf.

„Ich werde es schon packen. Ich muss es packen", präzisierte Hakim einen Moment später. „Schon um vor mir selber nicht wie der letzte Idiot dazustehen."

„Aber auch weil, ...?", fragte Yussuf lächelnd.

„... mir Celine nicht aus dem Kopf geht", ergänzte Hakim den Satz. „In Ben Abu gab es eine Menge Mädchen, aber nicht eine war wie sie. Mal abgesehen davon, dass sie mit so einem Dreikäsehoch wie mir nichts anfangen konnten. Ich denke, das dürfte sich seit gestern Nacht grundlegend geändert haben." Er setzte ein breites Grinsen auf, was Yussuf jeden Zweifel nahm, dass er ziemlich genau wusste, wovon er sprach.

„Ernsthafte Absichten?"

„Vielleicht. Erst mal jemand werden, dann sehen wir weiter."

Yussuf steuerte seinen Geländewagen auf den Parkplatz der Fabrik.

„Wir beginnen bei der Alltagskleidung und arbeiten uns zur Abendrobe durch", empfahl er, bevor sie den Wagen verließen.

„Abendrobe?", fragte Hakim irritiert.

„Ja sicher. Du möchtest ja standesgemäß auftreten, wenn es ganz offiziell wird."

„Auch das noch", schnaufte Hakim. „Ich habe das als Kind schon immer gehasst."

Yussuf zog eine lustige Grimasse. „Ja so ist das Erwachsenwerden."

Dann stürzten sie sich in den Trubel. Wenigstens sendeten sie geschmacklich auf einer Wellenlänge, so dass Yussuf nur die Qualität und die Preise besonders im Auge behalten musste. Schwer bepackt kehrten sie nach fast drei Stunden zum Auto zurück. Hakim hatte sich zu früh gefreut, als er erwartete, dass es nun sofort heimwärts ginge.

„Nein, mein Lieber, erst wenn wir alles haben ist Schluss." Yussuf amüsierte sich köstlich über Hakims langes Gesicht.

„Was fehlt denn jetzt noch?", stöhnte dieser.

„Schuhe. Du kannst schlecht in meinen alten Tretern zum schwarzen Anzug herumlaufen."

„Na, dann bringen wir es hinter uns", sagte Hakim resigniert. „Jetzt verstehe ich endlich, warum Vater immer die Augen verdreht hat, wenn Mutter und Fatima in die Stadt fahren wollten."

„Kopf hoch, du wirst es überleben", tröstete Yussuf. „Wozu Frauen zwanzig Paar Schuhe brauchen weiß ich übrigens auch nicht."

Bester Laune machten sie sich wieder auf den Weg. An einem kleinen Straßencafé legte sie eine Pause ein. Yussuf bestellte Tee und Gebäck. Hakim atmete bei jedem Schluck selig den Duft des Jasmins aus seinem Glas ein.

„Ich wusste, dass ich deinen Geschmack treffen würde", freute sich der Geologe.

„Apropos Geschmack – meinst du, dass sich Celine über eine Orchideenblüte freuen würde?"

„Ich habe noch keine Frau gesehen, die sich nicht darüber freuen würde", antwortete Yussuf.

Hakim schien wirklich viel, an dem hübschen Hausmädchen zu liegen. Ein paar Geschäfte weiter fanden sie, was er suchte. Die große zartrosa Blüte steckte in einem Gläschen, inmitten filigraner grüner Blättchen. Yussuf wollte zahlen.

„Warte. Ich möchte für Mutter noch einen Blumenstrauß mitnehmen", bat Hakim. Er wählte verschiedenfarbige Rosen. „Die mochte sie immer besonders."

Kurz vor dem Abendbrot trafen sie endlich wieder zu Hause ein. Jasina hatte sie schon sehnsüchtig erwartet. Sie eilte ihnen auf dem Hof entgegen. „Ich hab mir schon Sorgen gemacht", rief sie schon von weitem, dann hielt sie inne, schlug die Hände vor das Gesicht. „Oh, ich hatte glatt vergessen, dass du inzwischen erwachsen bist."

Hakim lachte. „Jedenfalls habe ich nicht vergessen, dass du so was hier magst." Er zog die Rosen hervor.

„So viele Farben!" Jasina freute sich wirklich sehr. Schnell trug sie den wundervollen Strauß hinein, um ihn in eine Vase zu stellen. Die beiden Männer luden inzwischen die Einkäufe aus. Hakim ließ den Inhalt der vielen Beutel auf sein Bett gleiten, wo Celine bereits die Kinderbettwäsche gegen welche mit Mustern in verschiedenen Blautönen ausgetauscht hatte. Vorsichtshalber ließ sie bei dieser Gelegenheit gleich noch das Kranauto, die Baukästen und die Kinderkleidung aus dem großen Schrank im Abstellraum des Zimmers verschwinden. Hakim würde den Platz sicher für seine neue Ausstattung benötigen. Einzig die vielen Bücher und mehrere Modellautos ließ sie unberührt stehen.

Und Hakim war dankbar für die Weitsicht des Hausmädchens. Er hätte sich gern mit der Orchidee bei ihr bedankt, nur steckte sie in der Küche mitten in den Vorbereitungen für das kleine Fest. Yussuf assistierte Hakim beim Einräumen der Schränke, schließlich wollten sie pünktlich zum Essen erscheinen. Nun waren noch ganze zwanzig Minuten, die Hakim ausgiebig nutzte. Endlich wieder einmal duschen! Wohlig streckte er sein Gesicht den warmen Wasserstrahlen entgegen.

Beim Griff nach Duschgel und Handtuch fiel ihm auf, dass Celine tatsächlich an alles gedacht hatte. Selbst hier hatte sie, ohne spezielle Anweisung dafür erhalten zu haben, auf Mann umgerüstet. Auf der Spiegelkonsole standen diverse Rasierutensilien, die er momentan etwas hilflos musterte. Nur keimte in ihm ziemliche Freude, dass sie ihn wirklich als das wahrnahm, in das er sich quasi über Nacht verwandelt hatte. Celine war anders, als alle die er kannte, daran ging kein Weg vorbei. Schließlich machte man sich auch als Zwölfjähriger, auf die eine oder andere Weise, seine Gedanken über das andere Geschlecht.

In Anbetracht der Situation, mit ihr beim Abendessen an einem Tisch zu sitzen, legte er zum ersten Mal wirklich Sorgfalt auf seine Frisur, wählte ein himmelblaues Hemd zur schwarzen Hose und war buchstäblich fünf Minuten vor der Angst ganz zufrieden mit seinem Aussehen. Mit dem Gongschlag trat er aus seinem Zimmer. Hakim freute sich auf einen gemütlichen Abend mit seinen Eltern, mit Yussuf, dem er so viel verdankte und natürlich mit Celine, von der er sicher in seiner ersten Nacht zuhause träumen würde. Er traf Yussuf auf dem Gang zum Esszimmer.

„Irgendwie sind wir uns auch hier einig", schmunzelte der Geologe, auf seine Kleidung zeigend. Er hatte die gleichen Farben gewählt, nur in umgekehrter Reihenfolge.

Hakim lachte. „Aber in einem Punkt bist du mir ziemlich deutlich überlegen." Er deutete mit den Händen ein Dreieck an, was den durchtrainierten Körper eines Athleten symbolisieren sollte.

„Keine Bange, das wird auch noch. Jetzt, wo du regelmäßig Essen bekommst, kannst du dir den Rest mit ein bisschen gutem Willen antrainieren. Wenn du Lust hast nehme ich dich mit in den Speck-Weg-Tempel."

„Speck-Weg ist gut", feixte Hakim, wobei er sich an den Brustkorb tippte, welcher nur aus Haut und Knochen bestand.

Als die beiden unter Scherzen durch die Tür traten, strahlte Ali: „Von diesem Lachen kann ich gar nicht genug bekommen. Das ist, wie alle Feiertage auf einmal."

„Wie ich sehe, wart ihr erfolgreich", stellte Jasina angenehm überrascht fest.

Die jungen Männer nickten. Yussuf erklärte: „In Anbetracht der Tatsache, dass Hakim bald nichts mehr passen wird, haben wir uns stark zurückgehalten."

„Ach, daran hatte ich ja gar nicht gedacht", gestand Ali kleinlaut. „Vor lauter Wiedersehensfreude habe ich völlig ausgeblendet, wie abgemagert er ist. In ein paar Tagen wird er sich sicher etwas erholt haben. Wir werden uns schon gut um ihn kümmern."

Hakim lächelte nachsichtig. „Übertreibt es bitte nicht. Ab Morgen gehe ich einer geregelten Arbeit nach und dann werden wir sehen, wie sich eins zum anderen findet."

„Wie?" Die al Kassims glaubten sich verhört zu haben. „Aber …"

„Kein Aber." Hakim schnitt Mutter das Wort ab. „Ich weiß, dass ihr es euch nicht leisten könnt, einen Nichtsnutz als Sohn zu haben. Ich werde mein Bestes tun, um euch nicht zur Last zu fallen. Außerdem will ich, so schnell es eben geht, meinen Schulabschluss machen und vielleicht sogar studieren. Ich habe keine Lust darauf, der in Ben Abu verlorenen Zeit nachzutrauern und mich selbst zu bemitleiden. Yussuf hat mir einen Job angeboten und ich wäre Prügel wert, wenn ich da nicht zufasse. Oder wäre es euch lieber, wenn ich irgendwann auf die Frage nach meinem Beruf mit ‚Sohn' antworte?"

Ali dachte eine Weile nach. „Offensichtlich hast du in den zehn Jahren, die du in einem Kinderkörper stecktest, trotzdem eine geistige Reife für dein wahres Alter durchgemacht, die nun eindeutig zutage tritt."

„Ich möchte mich ja auch nicht völlig abnabeln", warf Hakim schnell ein. „Es ist schön, so eine Familie zu haben. Hilfe werde ich sicher noch oft genug brauchen."

Jasina lächelte still, bevor sie sich an Ali wandte. „Er hat schon als Kind immer ganz genau gewusst, was er will. Das hat ihn ja auch veranlasst, in Ben Abu weiter nach Fatima zu suchen, als wir schon zur Nachtruhe zum Auto gingen. Und mit genau dieser Beharrlichkeit bringt er sie uns vielleicht wieder, genau wie er für sich selbst einen Weg gefunden hat. Ich weiß, dass er seine Ziele erreichen wird und bin stolz auf unseren Sohn."

Celine trug die Speisen auf. Ali war es tatsächlich gelungen, den besten Koch von ganz Kairo zu bekommen. Jetzt quoll der Tisch fast über von den vielen Köstlichkeiten. Erst als das Mädchen Platz genommen hatte, eröffnete Ali die kleine Feier. Sie betrachtete mit großen Augen die vielen Früchte, war aber viel zu schüchtern, um zuzufassen. Hakim, der das schnell erkannt hatte, nahm sich ebendieses Obst, wobei er ihr immer eine Hälfte auf den Teller schob. Er freute sich über ihr glückliches Lächeln. Ali zwinkerte seiner Frau über den Tisch hinweg zu. Jasina erwiderte das Blinzeln. Die Unterhaltung, die etwas ins Stocken gekommen war, lebte wieder auf.

„Morgen muss ich mich sofort um deine Räume kümmern", versprach Jasina Hakim.

Der winkte ab. „Ich glaube, da war schon eine gute Fee zugange. Das Bett ist nicht mehr von Micky Maus und Daisy beherrscht, der Kran steht mit seinen Baukästen in der ‚Garage' und im Bad herrschen statt Bambi und Klopfer Saunatücher und Rasierzeug."

„Wirklich?" Jasina schaute ihn etwas ungläubig an. „Aber die Kleiderschränke …"

„Waren auch schon ausgeräumt und sind schon wieder neu eingeräumt", schmunzelte Hakim, während er Celine ein zufriedenes Nicken schenkte.

„Aber wann hast du denn das gemacht?", fragte die Hausherrin völlig erstaunt das junge Mädchen.

„Ich hatte doch heute etwas mehr Zeit, weil ...", Celine sprach nicht weiter, schaute aber ihre Herrin etwas hilflos an.

„Du dich nicht mit mir abplagen musstest", vollendete Jasina den Satz. „Ich glaube, deine Arbeitszeit sollte nun etwas anders geregelt werden."

Celine wurde blass.

„Freust du dich nicht, wenn du ab sofort neunzehn Uhr Feierabend hast und tun und lassen kannst, was du möchtest?", fragte Ali erstaunt.

„Doch, doch, ich dachte nur ..."

„... dass wir dich nun nicht mehr brauchen?", sagte Ali mit einem amüsierten Kopfschütteln.

Celines Antwort war eine Mischung aus zaghaftem Nicken und Kopfschütteln, wobei sie Hakim einen scheuen Blick zuwarf.

„Dafür schätze ich deine Arbeit viel zu sehr", erklärte Ali unumwunden.

„Und ich habe sie, als ich heute Abend meine Räume betrat, sofort schätzen gelernt", setzte Hakim hinzu.

Celine wurde verlegen.

„Sie hat, seit sie bei uns ist, ja nicht mal einen einzigen Tag Urlaub genommen", berichtete Ali.

„Tatsächlich?", Jasina, Hakim und auch Yussuf konnten es kaum fassen.

„Warum denn das?", fragte Jasina.

Celine lief dunkelrot an, so weit es ihre braune Haut zuließ. „Ich – ich – ich möchte nicht darüber sprechen", hauchte sie kaum hörbar. Hakim sah, dass sie mit den Tränen kämpfte.

„Das musst du auch nicht", versprach Ali, der sich plötzlich bewusst wurde, dass er fast nichts über Celine wusste, obwohl sie schon fünf Jahre mit ihm unter einem Dach lebte, Tag für Tag als guter Geist für sein Wohl sorgte, immer freundlich und bescheiden war. Ihm war nur aufgefallen, dass sie nie private Kontakte pflegte und unglaublich schnell von allen Besorgungen außer Haus zurück war. Heute hatte er sie auch zum ersten Mal lachen hören.

Yussuf und Hakim hatten inzwischen fast unauffällig das Thema gewechselt. Sie sprachen über Fatima, deren Gefangenschaft sie so schnell wie möglich beenden wollten. Celine lauschte den Worten Hakims, der noch einmal beschrieb, wie man seine Schwester praktisch vor seinen

Augen auf ein Pferd gezerrt und verschleppt hatte. Celine gab vor, dem Koch helfen zu müssen, als sie schnell vom Tisch verschwand. Einzig Hakim bemerkte, dass sie am ganzen Körper zitterte. Fragend sah er seinen Vater an. Ali schüttelte kaum merklich den Kopf. Er hatte keine Ahnung, was in dem Mädchen vorging. Hakim flüsterte ihm einige Worte ins Ohr. Ali nickte kurz.

„Schaut er nach ihr?", fragte Jasina.

„Weibliche Intuition?", stellte Ali die Gegenfrage.

Seine Frau wiegte den Kopf. „Vielleicht. Oder gibt es etwas, was ich vielleicht auch wissen sollte?"

„Nicht, dass ich wüsste. Ich bin nur etwas erstaunt über mich selbst, weil ich Celine nun schon so lange und trotzdem überhaupt nicht kenne", gab Ali zurück. „Ich habe mir nie Gedanken darüber gemacht, welches Schicksal sie damals zu uns getrieben hat."

Hakim war, auf einem Umweg, zu Celines Zimmer gegangen. Er klopfte. Weil auch beim zweiten Klopfen keine Antwort kam, trat er ein. Celine hatte sich quer über ihr Bett geworfen, das Gesicht fest in das Kissen gedrückt und weinte stumm.

Hakim tippte sie vorsichtig an. „Celine."

Das Mädchen fuhr herum und starrte ihn mit Schreck geweiteten Augen an. Sie hatte ihn wirklich nicht kommen hören.

„Was ist passiert?", fragte Hakim, während er sich auf die Bettkante setzte.

Celine rückte an das äußerste Ende ihres Bettes. Ihre Reaktion beunruhigte Hakim. Instinktiv wechselte er seinen Platz, indem er sich auf einen Stuhl setzte. Sofort entspannte sich die Abwehrhaltung des Mädchens etwas. „Alles wieder in Ordnung?", fragte Hakim. „Ich habe dir etwas mitgebracht. Vielleicht heitert es dich ja etwas auf." Er zog die Orchidee hervor.

„Für mich?", hauchte Celine. „Die ist wunderschön."

„Ich hatte gehofft, dass sie dir gefällt." Er stellte die Blüte auf das kleine Tischchen. „Kann ich dir irgendwie helfen?"

Celine schüttelte den Kopf.

„Komm bitte wieder mit. Ich hatte mich sehr auf den Abend in deiner Gesellschaft gefreut", sagte Hakim leise. „Na komm schon."

Celine hatte sich erhoben. Unschlüssig stand sie vor Hakim. Er nahm sie kurzerhand in den Arm, drückte sie an sich.

„Ich bin nicht die Richtige für dich", wehrte sie ab. „Such dir eine Mädchen, das standesgemäß ist."

„Warum sagst du das?"

„Ich bin nicht das, wofür du mich hältst. Ich..." Sie begann wieder zu schluchzen.

Hakim drückte sie auf den Stuhl, setzte sich auf den anderen, ihr genau gegenüber, hielt ihre Hände ganz fest und bat sie: „Erzähle, was dich bedrückt. Vielleicht kann ich dir doch helfen oder meinst du, ich hätte nicht gemerkt, wie du gezittert hast, als ich von meiner Schwester berichtet habe. Hat man dir Ähnliches angetan?"

Celine zuckte heftig zusammen.

„Also doch", sagte Hakim leise. „Willst du lieber mit meiner Mutter oder meinem Vater darüber sprechen?"

„Mm, mm." Sie schüttelte ziemlich heftig den Kopf.

„Okay." Hakim stand auf, zog sie auf die Füße. Fragend deutete er mit dem Kopf auf die Tür. Celine folgte ihm. Vor der der Schwelle des Speisezimmers drückte er noch einmal ihre Hand, nickte ihr aufmuntern zu, ehe er öffnete. Ein kurzer Blickkontakt mit Vater. Niemand würde an diesem Abend Celine unangenehme Fragen stellen.

„Wir werden morgen gegen Mittag hier losfahren und werden, falls keine widrigen Umstände dazwischen kommen, übermorgen gegen Abend wieder hier sein", legte Yussuf gerade fest. „Erreichbar sind wir auf meinen üblichen Frequenzen und natürlich per Handy. Hakim bekommt mein zweites Handy, dessen Nummer ihr ja auch habt, damit wir auch untereinander im Notfall reden können."

„Proviant lasst ihr euch von Celine geben. Sie weiß am besten über die Vorräte Bescheid", ordnete Ali an.

„Habt ihr besondere Wünsche oder wollt ihr lieber das übliche Wüstenpaket mitnehmen?", fragte Celine, die sich wieder völlig im Griff hatte.

Yussuf überlegte kurz. „Das Übliche, aber bitte drei Mal. Man weiß ja nie, ob einem mitten im Niemandsland ein Kind unter das Auto gerät", erwiderte er mit einem Augenzwinkern an Hakim.

Der lachte herzlich. „Ja, du hast vollkommen Recht. In der Wüste tauchen manchmal seltsame Gestalten an völlig unerwarteten Orten auf, auch unter Autos."

Yussuf wandte sich Jasina. „Würden Sie uns vorsichtshalber eines Ihrer Kleider mitgeben?"

„Aber natürlich", versicherte sie schnell. Die Kinderkleidung Hakims erforderte keine weitere Erklärung.

Falls die Männer Fatima zufällig begegnen würden, sollte sie sich nicht schämen müssen, wenn plötzlich die Magie alle Fesseln wieder löste.

„Hoffentlich ist sie stark geblieben", murmelte Yussuf besorgt. Schweigen.

„Und wenn nicht?", fragte Jasina kaum hörbar.

„Wäre es für mich kein unüberwindliches Hindernis, obwohl ich nicht gerade in Jubelstürme ausbrechen würde." Yussuf schluckte. Eine ziemlich ungewöhnliche Meinung hierzulande. Aber der Geologe hatte in Europa studiert, betrachtete seit dem einige Dinge unter einem völlig anderen Winkel, woraus er hier, im Freundeskreis auch keinen Hehl machte.

Hakim schaute Celine in die Augen. Deutlich konnte sie herauslesen: *Ich denke ebenso, falls es das ist, was du mir nicht sagen wolltest.* Er konnte das Fünkchen Hoffnung erkennen, welches sich in ihren Blick mischte.

„Falls Björn auftaucht, bevor wir zurück sind …", überlegte Yussuf laut.

„… kümmern wir uns um ihn", versprach Ali. „Ich habe mir ein paar Notizen gemacht, von dem, was ihr berichtet habt, vielleicht kann er damit ja schon was anfangen."

Celines Augen sprachen Bände. Sie machte sich Sorgen, dass den Männern etwas zustoßen könnte.

„Wir gehen kein Risiko ein", versprach Yussuf. „Uns liegt beiden nichts daran, in Ben Abu Ärger zu bekommen."

Das junge Mädchen atmete auf. Dann eilte sie in die Küche, um noch einmal Getränke zu holen.

„Und?", fragte Ali Hakim ganz kurz.

Hakim wiegte langsam den Kopf. „In ihrem Leben scheint es auch ein traumatisches Ereignis gegeben zu haben, das aber nicht so glimpflich ausgegangen zu sein scheint, wie mein kleines Abenteuer in Ben Abu. Lasst sie einfach in Ruhe."

„Das werden wir", entgegnete Ali. „Zumal wir keinerlei Gründe haben, ihr das Leben schwer zu machen."

„Kleines Abenteuer ist gut", schmunzelte Yussuf. „Du hast vielleicht Nerven!"

Hakim winkte ab. „Ich habe mal gelesen, dass uns alles, was uns nicht umbringt, härter macht. Das scheint wohl zu stimmen."

Celine kam mit dem Tablett herein. Sie war auffällig blass.

„Alles in Ordnung?", fragte Hakim nun doch vorsichtshalber, weil er seine Erfahrung lieber nicht für allgemeingültig erklären wollte.

Er bekam ein fröhliches Lächeln. „Ich denke schon. Es ist nur heute ein ziemlich aufregender Tag gewesen."

„Das trifft den Kern und ist die große Überschrift des Tages", pflichtete ihr Ali bei. „Deshalb sollten wir auch lieber langsam den Abend ausklingen lassen. Ich hoffe, dass es noch unendlich viele solche Abende in diesem Kreis geben wird. Hakim und Yussuf haben Morgen eine lange Fahrt vor sich, da sollten sie gut ausgeruht sein. Sogar Namu schläft schon."

Etwas später räumte Celine den Tisch ab, sortierte das Geschirr in den Spüler, wischte die Küchengeräte sauber, ehe auch sie zur Ruhe ging. Lange lag sie noch wach, dachte über ihr früheres Leben, über Hakim, der im Sturm ihr Herz erobert hatte, und über die Zukunft nach. Fast unbewusst, glitt ihre Hand über die Stelle ihrer Matratze, auf der Hakim einen Moment lang gesessen hatte. Mit einem leisen Lächeln auf den Lippen schlief sie ein.

Hakim hingegen wälzte sich eine Etage höher in seinem Bett hin und her. Eingeschlafen war er schnell, nur hielten ihn jetzt Alpträume gefangen. In ihnen streckte Malik, der finstere Magier aus Ben Abu, seine Klauen nicht nur nach Fatima, sondern auch nach Celine aus. Schweißgebadet schreckte er schließlich hoch. Er brauchte ein paar Sekunden, um sich zu orientieren, dann ließ er sich wohlig wieder in die Kissen zurücksinken, um für den kurzen Rest der Nacht doch noch angenehmere Dinge zu träumen. Danach empfand er nicht einmal das Weckerklingeln als unangenehm, er hatte seit vollen zehn Jahren nicht mehr so gut geschlafen.

Rasch huschte er unter die Dusche. Beim anschließenden Blick in den Spiegel stellte er nachdenklich, wenn auch nicht ganz unzufrieden fest, dass es doch besser wäre, sich mit dem Rasierapparat zu beschäftigen. Gut gelaunt erschien er am Frühstückstisch, wo seine Eltern und Yussuf schon auf ihn warteten. Das reichhaltige Frühstück hatte Celine extra wegen der bevorstehenden Wüstentour bereitet. Yussuf war ihr dafür besonders dankbar. Aus Gewohnheit würde er sicher wieder mehrere Stunden durchfahren.

„Ich habe euch noch eine Kleinigkeit für zwischendurch eingepackt", erklärte sie beim Einschenken des Kaffees. Sie wandte sich zum Gehen.

„Isst du nicht mit uns?", fragte Hakim.

Celine lächelte nachsichtig. „Vergiss bitte nicht, dass ich im Dienst bin."

„Ach ja", seufzte Hakim. Irgendwie fiel es ihm schwer, sie als Angestellte zu sehen, schon weil die Dienstmädchen in seiner Kinderzeit ältere Modelle waren, wie er es heute scherzhaft bezeichnen würde.

„Kaum flügge und schon schwer verliebt", konstatierte Yussuf amüsiert.

„Ich fürchte du hast Recht." Hakim zuckte hilflos mit den Schultern.

Jasina warf ihm einen fast mitleidigen Blick hinüber. Seit gestern war so wie so alles im Wandel, alles sortierte und fügte sich neu. Gerade erst hatten sie ihren Sohn wieder gefunden, so ging er auch schon eigene Wege. Alles war so unfassbar, so unglaublich und irgendwie märchenhaft. Jasina trug es mit ziemlicher Fassung. Auch wenn in den letzten Jahren das Leben nur wie durch eine Watteschicht zu ihr gedrungen war, hatte sie doch Anteil daran genommen, selbst wenn dieser auf das äußerste Minimum begrenzt war.

Dass auch sie wieder ins Leben zurück gekehrt war, hatte Ali sie in der vergangenen Nacht spüren lassen. Er liebte sie noch genau so sehr wie damals, bevor das Unglück über die Familie hereingebrochen war. Bis zum Morgen hatte er sie schützend im Arm gehalten und diese Zeit der Zweisamkeit unendlich genossen. Jetzt saß er mit Frau und Sohn endlich wieder einmal gemeinsam am Frühstückstisch. Ein Gefühl, dass er lange schmerzlich vermisst hatte.

Celine

Nach dem Essen checkten Yussuf und Hakim gemeinsam die Instrumente. Yussuf war ein guter Lehrmeister, Hakim ein gelehriger Schüler. Als eine Stunde später der Geländewagen mit den beiden jungen Männern vom Hof fuhr, folgten ihm drei Augenpaare, bis er hinter der nächsten Kurve verschwand.

„Kommt gesund zurück", murmelte Celine. Wehmütig schaute sie noch eine Weile in die Richtung, in die der Nissan gefahren war. Dann spürte sie, wie ihr ein Arm um die Schulter gelegt wurde. Erstaunt hob sie den Kopf. Sie begegnete dem Blick Jasinas.

„Komm, wir fahren jetzt einkaufen", sagte Frau al Kassim mit einem Augenzwinkern zu ihr.

„Aber…" Celine deutete auf den Berg schmutziger Wäsche, der noch nicht einmal vorsortiert war.

Jasina lachte. „Ist dir schon einmal die Wäsche weggelaufen?"

Das Mädchen schüttelte ganz langsam und ziemlich ungläubig den Kopf.

„Na siehst du. In fünf Minuten am Auto." Jasina wartete die Antwort nicht ab, als sie die Wirtschaftsräume verließ. Celine bemühte sich, den Wunsch ihrer Dienstherrin umgehend zu erfüllen. Vorher überprüfte sie schnell noch, ob auch wirklich alle Fenster geschlossen waren. Die Geheimnisse der Alarmanlage hingegen kannte einzig und allein Ali. Die al Kassims verließen gerade das Haus, als Celine den Nebeneingang zuschloss. Etwas unschlüssig lief sie auf das Auto zu. Ali nahm ihr die Entscheidung ab, indem er die Tür hinter dem Beifahrer öffnete.

„Zuerst zu Hassan ins Einkaufsparadies?", fragte Ali, während er den Motor startete.

Jasina schaute ihn amüsiert an. „Dann sind wir doch erst heute Abend wieder hier, falls Hassan noch genau so ist, wie er vor zehn Jahren war."

„Ich denke, ein freier Tag kann keinem von uns schaden. Also geradenwegs zu ihm." Ali fädelte sich in den zähen Verkehr auf der Hauptstraße ein.

„Warst du schon mal in diesem Viertel?", fragte Jasina nach hinten.

Celine verneinte. Sie betrachtete interessiert die fantasievollen, weitläufigen Anlagen des Einkaufsparadieses. Offenbar lohnte es sich nur, hierher zu kommen, wenn man wirklich solvent oder einfach nur neugierig darauf war, was für Luxus es auf dieser Welt überhaupt gab. Ali brauchte eine Weile, ehe ihm ein Parkplatz gut genug erschien. Jetzt außerhalb des Autos war Celines Blick eher ängstlich wegen des ungeheuren Trubels. Auf dem großen Basar kannte sie seit Jahren jedes Haus und jeden Stein. Hier hingegen, verlor sie schon bei der ersten Betrachtung völlig den Überblick.

„Keine Sorge, du kommst uns schon nicht abhanden", schmunzelte Ali. „Stürzen wir uns also ins Getümmel." Er folgte den beiden Frauen in drei Schritten Abstand, um auch wirklich beide im Auge behalten zu können.

Die Regionen, denen sich Yussuf und Hakim gerade näherten, waren alles andere als überlaufen. Seit mindestens einer Stunde hatten sie schon gar kein anderes Fahrzeug mehr getroffen. Nicht einmal Esel- oder Kamelreiter begegneten ihnen. Hin und wieder schaute Yussuf auf den Kompass, denn auch von befestigter Straße konnte schon bald keine Rede mehr sein.

„Es ist ein komisches Gefühl, an den Ort zurückzukehren, wo ich so viel wertvolle Zeit einfach verloren habe." Hakim betrachtete die Dünen am Horizont. Er schüttelte den Kopf. „Irgendwie ist das alles wie in einem schlechten Film. Abartig wie das Bermuda-Dreieck oder so."

„Ha!" Yussuf wandte sich ihm ruckartig zu, „der Vergleich ist nicht übel! Gar nicht übel! Dort weiß doch auch kein Mensch, warum die Technik plötzlich irre Kapriolen schlägt. Und von da gibt es auch die wildesten Spekulationen. Ich hab das ganze Dreieck immer für Spinnerei gehalten. Aber das, was wir beide erlebt haben, lässt mich nun etwas anders denken. Bermuda-Dreieck, nicht schlecht …" Er kramte in seinem Gedächtnis, was er darüber alles gehört und gelesen hatte. Zeitverschiebungen, Technik die streikt, von der Bildfläche verschwundene Personen, Schiffe und Fluggeräte, elektromagnetische Felder, Infraschall, Methanhydrat. Letzteres konnte er mitten in der Wüste mit bestem Gewissen ausschließen.

„Erklärst du es mir?", fragte Hakim.

„Log dich mal lieber via Satellit ins Internet ein, dort findest du sicher auf alle Fragen eine Antwort", riet Yussuf.

Hakim kicherte. „Äh, das musst du mir nun aber doch erklären."

„Stimmt. Also …" Yussuf gab genaue Anweisung, wie Hakim, der solche Technik am Vorabend erstmals gesehen und noch nie selbst bedient hatte, den Laptop öffnen, starten, sich einloggen und im Netz suchen konnte.

Eine Weile sagte Hakim keinen Ton, dann kam ein gehauchtes: „Wahnsinn". Er strahlte über das ganze Gesicht. „Sachen gibt es, die gibt es gar nicht. Und so was gibt es einfach im Laden?"

„Ja und nein. Das ist wie mit dem Telefon. Irgendjemand will dafür immer Gebühren haben, nachdem du einen Vertrag über genau definierte Leistungen abgeschlossen hast."

„Hätte mich auch echt gewundert, wenn es anders gewesen wäre." Hakim strich vorsichtig mit der flachen Hand über die Tastatur. „Wundervolle Technik." Dann seufzte er: „Na gut, jetzt weiß ich zumindest, was es mit den Spekulationen um das Bermuda-Dreieck auf sich hat. Ich finde die Gedanken über Kraftfelder nicht mal so abwegig. Ich bin ja auch immer gegen eine unsichtbare Wand gelaufen, als ich türmen wollte."

„Wie bist du denn überhaupt dort raus gekommen?", fragte Yussuf voller Interesse.

Hakim grinste breit. „Du bist rein und ich zur gleichen Zeit raus. Die Torwächter haben dir ziemlich lange nachgeschaut, da habe ich mich hinter ihrem Rücken davongemacht. Ich bin außen um die halbe Stadtmauer gelaufen, damit sie mich nicht sehen und dann schnurstracks zu dem einladenden roten Punkt in der Wüste gerannt. Ich steckte also schon den ganzen Tag unter deinem Auto."

Yussuf schien angestrengt über Hakims Worte nachzudenken. Schließlich fragte er: „Sag mal, sind, solange du dort warst, überhaupt jemals Einheimische zum Tor hinaus gegangen oder sind es nur immer Fremde gewesen?"

Hakim schaute seinen Freund verblüfft an. „Darüber habe ich mir nie Gedanken gemacht. Aber jetzt, wo du fragst, bin ich ziemlich sicher, dass die Bewohner der Oase niemals die Stadt verlassen haben."

„Und dieser Malik?"

„Weiß ich nicht. Zumindest konnte ich ihn nie dabei beobachten, obwohl ich mich ziemlich oft in der Nähe des Palastes herumgedrückt habe. Vielleicht hat er es nachts getan, wenn alle ihre Türen verbarrikadierten."

Eine Weile hing jeder schweigend seinen Gedanken nach. Dann fragte Hakim plötzlich: „Und du würdest Fatima wirklich heiraten, auch wenn Malik …? Na du weißt schon."

„Ganz sicher. Dabei hoffe ich inständig, dass er ihr in diesem Fall nicht noch ein Andenken beschert hat."

Hakim brauchte eine Weile, ehe er begriffen hatte, was Yussuf meinte. Das Kind eines anderen, als Zugabe zu bekommen, hätte wohl auch ihm nicht sonderlich gefallen. „Scheiße", murmelte er nachdenklich.

Yussuf nickte. „Vielleicht würde sie unter diesen Umständen nicht einmal mit uns nach Kairo zurückkehren wollen. Auch damit müssen wir wohl rechnen, selbst wenn wir es gar nicht wollen. Wir können sie nicht zwingen mit uns zu gehen. Dann wären wir keinen Deut besser, als dieser Malik. Lassen wir uns also überraschen." Er stoppte den Geländewagen, hielt den GPS-Empfänger aus dem Fenster, pfiff durch die Zähne und brummte zufrieden: „Absolut perfekt." Hakim sah ihn fragend an. Yussuf grinste burschikos. „Zufällig auf den Meter genau die Stelle, an der ich beim letzten Mal gestanden habe."

„Wirklich?" Hakim schaute seinen Freund skeptisch an. Yussuf zeigte ihm die gespeicherten Daten, erklärte ihm die Funktionsweise des Gerätes, womit er ihn am Ende von der Richtigkeit seiner Worte überzeugte. „Komm, wir bauen unseren Sender auf."

„Und dann?"

„Legen wir uns vielleicht noch eins, zwei Stunden auf die Lauer." Yussuf begann, den Aluminiumkoffer mit dem leistungsstarken Funksender auszupacken. Hakim reichte ihm die Kabel, während er ganz genau beobachtete wie Yussuf die Komponenten verband. „Der Akku reicht für etwa drei Monate", sagte der noch, ehe er den Ständer des Gerätes tief in den Sand rammte, um es anschließend sofort einzuschalten. Hakim überwachte den Monitor im Auto, wo alle zehn Sekunden ein Lichtpunkt aufblitzte, während aus dem Lautsprecher gleichzeitig ein Piepton erklang. Yussuf beschattete die Augen mit Hand, als er nach der verschwundenen Oase Ausschau hielt.

Hakim kam zu ihm heraus. Er reichte seinem Freund und Partner eine Wasserflasche. „Was zu sehen?"

Yussuf schüttelte den Kopf. „Wäre auch zu schön gewesen. Wir dürfen auf keinen Fall ungeduldig werden. Ich nehme jetzt noch da hinten einige Bodenproben", erklärte er, während er in die Richtung zeigte, wo Ben Abu liegen musste.

Hakim wurde unbehaglich zumute. „Pass bloß auf dich auf."
„Wird schon schief gehen. Hier gibt es so viel Sand, dass man eh auf nichts anderes bauen kann." Yussuf griff sich die kleine Schaufel und ein paar Behälter.

Hakim kannte zwar den Bibelspruch nicht, aber ihm leuchtete ein, dass eine Düne ein schlechtes Fundament ergeben würde. Voller Sorge und Unbehagen beobachtete er, wie sich der Geologe entfernte, wobei er etwa alle zehn Meter eine Schaufel Sand in einen neuen Schraubbehälter füllte. Erst als er zurückkam, verlangsamte sich Hakims rasender Herzschlag wieder.

„Alles okay?", fragte Yussuf, dem sofort auffiel, wie blass sein Partner aussah.

„Jetzt schon.", entgegnete Hakim wahrheitsgemäß.

Yussuf klopfte ihm auf die Schulter. „Statt hier sinnlos herumzuhängen, sollten wir uns lieber auf den Heimweg machen, die Proben untersuchen und die Messdaten im Auge behalten."

„Und mich bei einer passenden Lehreinrichtung anmelden", erinnerte ihn Hakim. „Fatimas Bücher werden mir für den Anfang bestimmt nützlich sein." Auf der Rückfahrt huschten die Blicke der Männer immer wieder über den Monitor, obwohl das regelmäßige Piepsen allein schon verriet, dass sich am Standort des Senders nichts verändert hatte. Hin und wieder stoppte Yussuf den Wagen, um ein paar Messungen vorzunehmen, die für seinen eigentlichen Job anstanden. Hakim assistierte, notierte die Daten und lernte schließlich, wie man diese an das Geologische Institut übertragen konnte. Sein Notizbuch füllte sich zusehends mit Hinweisen und Skizzen. Er erfuhr, dass man hoffte, in diesem Teil der Wüste größere nutzbare Wasservorkommen zu finden. Als die Sonne unterging suchte Yussuf einen günstigen Platz zum Übernachten. Auf einem Spirituskocher bereiteten sie sich Tee und wärmten eine große Dose Suppe auf, die ihnen Celine zusätzlich eingepackt hatte.

„Frauen, die mitdenken, sind eine feine Sache", schmunzelte Yussuf. „Du solltest sie dir wirklich warm halten."

„Die Suppe?", fragte Hakim harmlos.

Yussuf wollte schon zu einer Erklärung ansetzen, als er dessen verschmitztes Grinsen sah. Lachend winkte er ab. Hakims herzerfrischende Art gefiel ihm. Der junge Mann war einfach ein angenehmer Gesprächspartner und so machte es Yussuf auch nicht das Geringste aus, die vielen Fragen zu allen möglichen Themen ausführlich zu beantworten. Irgendwann mitten in der Nacht krochen sie schließlich in ihre Schlafsäcke, nicht ohne vorher das Fahrzeug gegen ungebetenen Besuch abgesichert zu haben.

Jasina sollte Recht behalten, was Hassan anging. Er kam ihnen schon von weitem entgegen, kaum dass er Ali erkannt hatte. Wenn ihn Jasinas Genesung überraschte, so ließ er es sich nicht anmerken. Er begrüßte alle mit einer Herzlichkeit, die sonst ihresgleichen suchte. Ali stellte ihm Celine als verdienstvolle Mitarbeiterin vor, was Hassan zu dem Glauben bewog, sie sei eine von Alis Schmuckberaterinnen. Jasina drückte unbemerkt die Hand des jungen Mädchens, was soviel hieß wie: Lass ihn ruhig dabei. Nach dem obligaten Begrüßungs-Tee schlenderten alle durch die vielen Einkaufspassagen.

Hin und wieder blieb Celines Blick etwas länger an einem der wundervollen Kleider hängen. Immer wieder überrechnete sie ihr Erspartes. Am Ende siegte stets die Überzeugung, auch ohne genau dieses Kleidungsstück leben zu können. Nur ein Traum in Sonnengelb, Orange und Blutrot brachte sie ziemlich in Bedrängnis. Im Vorbeigehen drehte sie sich noch mehrmals danach um. Ali bemerkte den sehnsüchtigen Blick in den Schaufenstern auf der anderen Seite. Er blieb stehen.

„Ist das jetzt eine Entscheidung der Vernunft oder der knappen Kasse gewesen?", fragte er lächelnd.

Celine lief puterrot an. Sie hatte nicht geahnt, wie auffällig ihr Interesse für ebenjenes Kleid gewesen war. Ali machte mit dem Zeigefinger die Geste für „umkehren". Sekunden später standen sie im Geschäft, Celine fand sich in der Anprobekabine wieder.

„Und passt es?", fragte Jasina, als sie wieder zum Vorschein kam.

Celine nickte heftig mit dem Kopf. Ali schob seine Kreditkarte über den Tresen. Auf Celines erschrockenen Blick antwortete er mit: „Betrachte es als überfällige Prämie. Ich will auch kein ‚Danke' hören."

Mit breitem, äußerst zufriedenem Lächeln verließ er die Boutique. Celine streifte sich die Kordel des Henkels über die Schulter und hielt die bunte Glanzpapiertasche fest, als ginge es um ihr Leben. Jasina blinzelte Ali vergnügt zu, dass das Mädchen glücklich war, verriet das Leuchten seiner Augen. Hassan erwartete die drei im Palmengarten am großen Springbrunnen. Kaum hatten alle an einem der gedeckten Tische Platz genommen, wieselten zwei Kellner herbei, um die Getränkewünsche entgegen zu nehmen. Mit großen Augen blätterte Celine in der Speisekarte. Von den Beträgen, die hier ein Menü kostete hätte, sie glatt eine ganze Woche leben können. Etwas verunsichert warf sie einen Hilfe suchenden Blick zu Jasina hinüber. Die schloss für den Bruchteil einer Sekunde die Augen und deutete ein kaum merkliches Kopfschütteln an. *Mach dir darüber bloß keine Gedanken*, las Celine deutlich heraus. Sie konnte ja nicht ahnen, dass Hassan alles auf Kosten des Hauses spendierte.

„Die Kleine ist hübsch", sagte der Gastgeber zu Ali als die beiden Frauen kurz den Tisch verließen.

„Unbestritten", entgegnete Ali.

„Gesteigertes privates Interesse?", fragte Hassan unverblümt.

Ali musste sich schon jetzt das Lachen verkneifen, weil er ahnte, was auf seine Antwort: „Das könnte man so sagen", für eine Frage folgen werde.

Und tatsächlich schnappte Hassan sofort interessiert: „Du willst sie doch nicht etwa als Nebenfrau heiraten?"

Ali legte Hassan die Hand auf den Arm. „Nein, mein Lieber, da bist du auf dem völlig falschen Dampfer. Aber damit du nicht noch mal die falsche Richtung bekommst: Ich will sie auch nicht adoptieren. Lass dich doch ganz einfach überraschen."

„Ach", war alles, was der erstaunte Hassan dazu sagen konnte. Was sollte es denn sonst noch für private, sprich familiäre, Interessen geben? Aber irgendwie war ja alles rätselhaft, was mit den al Kassims zusammenhing. Hassan gab es auf, die Lösung finden zu wollen. Gegen Abend verabschiedete er seine Gäste, die für reichlich Umsatz gesorgt hatten, persönlich. Der Kofferraum des Benz quoll fast über von Tragetaschen. Celine gelang es nicht ganz, ein Stöhnen zu unterdrücken. Ihr schmerzten die Füße.

„Anstrengend?", fragte Jasina kurz.

„Ja sehr", antwortete das Mädchen seufzend. „Das ist schlimmer als ein Sechzehn-Stunden-Tag." Auf dem Rückweg hatte sie Mühe, nicht einzuschlafen. Sie half, die Einkäufe ins Haus zu tragen, dann zog sie sich um, um die liegen gebliebenen Arbeiten in Angriff zu nehmen.

Ali sprach schließlich ein Machtwort. „Heute ist ein freier Tag. Wenn du müde bist, gehst du ganz einfach ins Bett, das ist dein gutes Recht. Die Arbeit läuft nicht davon."

Celine nickte dankbar, trollte sich und schlummerte, noch auf der Bettkante sitzend, ein. Trotzdem schaffte sie es, mit dem Morgengrauen auf den Beinen zu sein. In Windeseile kümmerte sie sich um die Wäsche vom Vortag, goss die Zimmerpflanzen, fütterte Hakims Fische, wobei sie fast lautlos durch die Räume huschte. Erst als sie Namus Näpfe auswusch schaltete sie einen Gang zurück. Frisch gefüllt, warteten sie auf einen kleinen hungrigen Hund.

Jasina glaubte, ihren Augen nicht trauen zu können, als sie die Küche betrat. Celine hatte schon das Frühstück vorbereitet, die letzten Tropfen Kaffee fielen soeben aus dem Filter in die volle Kanne. Nebenan begann die Waschmaschine gerade mit dem Schleuderprogramm. Das fröhliche „Guten Morgen" zeugte davon, dass Celine putzmunter war. Jasina stellte noch ein Gedeck auf das Tablett, welches Celine geschickt durch die Türen balancierte.

Celine überzeugt davon, dass der Studienkollege von Yussuf angekommen sein musste, deckte dreimal ein, dann wollte sie das Esszimmer verlassen.

„Stopp!", rief Jasina.

Celine fuhr herum. Sicher hatte sie irgendeinen Fehler begangen. Schnell überflog sie mit den Augen den Tisch.

Jasina begann zu lachen. „Es ist alles in bester Ordnung. Der dritte Teller ist für dich bestimmt. Komm, setz dich." Ehe Celine dazu kam, sich zu wundern, klappten auf dem Hof Autotüren, einen Moment später die Haustür.

Mit den Worten: „Ich hole schnell noch zwei Gedecke", verschwand sie augenblicklich in der Küche. Sofort lief die Kaffeemaschine, ein zweiter Brotkorb war auch schnell bestückt und schon saß sie wieder am Tisch. Als schließlich Hakim den Kopf zur Tür hereinsteckte machte ihr Herz einen großen Sprung. Gut gelaunt begrüßten die Ankömmlinge die kleine Frühstücksgesellschaft.

„Ihr seid aber schnell wieder da", wunderte sich Ali.

„Wie erwartet, blieb die Oase verschwunden. So angenehm ist es da draußen nicht, um länger als unbedingt nötig zu warten", gab Yussuf Auskunft. „Wir haben den Sender platziert, Proben und Messungen genommen. Das dürfte vorerst genügen."

„Es war ein ziemlich mulmiges Gefühl, wieder so nah an diesem verdammten Ort zu sein", warf Hakim ein. Er bestrich sein Brot mit Marmelade. „Und was habt ihr in der Zwischenzeit gemacht?"

„Wir haben Hassan unsere Aufwartung gemacht", witzelte Ali.

„Ach sieh an. Hat er neugierige Fragen gestellt?", wollte Hakim wissen.

Ali nickte mit breitem Grinsen. „Na klar. Eigentlich müsste ich erst mal die Frauen rausschicken."

„Hä?", machte Hakim. Jasina und Celine schauten sich fragend an.

„Der fragte doch allen Ernstes, ob ich Celine als Nebenfrau auserkoren hätte", feixte Ali.

Das Mädchen ließ vor Schreck fast die Tasse fallen.

„Was???", fragten alle gleichzeitig.

„Ihr habt euch nicht verhört", schmunzelte al Kassim.

Celine wechselte ihre Farbe wie eine bengalische Wunderkerze von leichenblass zu dunkelrot. Völlig verschüchtert hockte sie auf ihrem Stuhl. Sie wagte es nicht einmal, einen hilfesuchenden Blick zu Hakim zu werfen.

„Logisch, dass sich ihm diese Frage aufgedrängt hat, wenn du plötzlich in Begleitung eines jungen, gut aussehenden Mädchens bei ihm erscheinst. Außerdem musste ihn die Sache mit der Kreditkarte ja voll in diese Richtung lenken", entgegnete Jasina Schulter zuckend und zu Celine gewandt: „Deswegen brauchst du nun wirklich nicht verlegen werden. Soll Hassan doch denken, was er will."

Celine nickte und schaute zu Hakim hinüber. Der zwinkerte ihr lächelnd zu. Offensichtlich sah er das Ganze auch nicht so verbissen. Sie atmete auf.

„Und was war mit der Kreditkarte?", fragte Hakim neugierig.

Celine wäre am liebsten im Boden versunken, als Ali die Sache mit dem Kleid erzählte.

„Dann lade ich euch beide am besten zum Abendessen ein, wenn Björn da ist", schlug Yussuf vor. „Ein schönes Kleid sollte schließlich entsprechend gewürdigt werden." Das freudige Nicken Hakims ließ keine Fragen offen.

Bis zum späten Nachmittag hockten die jungen Männer vor den Messgeräten Yussufs, analysierten die Bodenproben aus der Nähe Ben Abus, um festzustellen, dass sie allesamt völlig unauffällig waren. Kein auffälliger Magnetismus, keine anormalen Beimengungen, keine Radioaktivität – nichts, buchstäblich gar nichts.

Yussuf lehnte sich zurück, faltete die Hände auf dem Bauch. „Na ja, so was Ähnliches habe ich durchaus erwartet."

„Und nun?", fragte Hakim.

„Müssen wir abwarten, wann die ersten Störungen unseres Senders auftreten", entgegnete Yussuf. „Ich werde mir die Daten zusätzlich aufs Handy schicken lassen. Schließlich soll uns nichts entgehen." Im gleichen Augenblick summte das Gerät. „Al Bakir", meldete sich Yussuf förmlich. Dann hellte sich seine Miene auf. „Schön dich zu hören, Björn … gut in zehn Minuten, wir erwarten dich. Bis gleich." Er stand auf. „Komm, wir warten vor dem Haus. Björn wird jeden Moment auftauchen."

Auf dem Basar herrschte noch immer dichter Andrang. Das Taxi kroch zentimeterweise durch die Menschenmassen. Der Fahrer kannte das, schließlich fuhr er Tag für Tag durch Kairo. Björn hingegen schwitzte vor Aufregung. Er war nicht einmal sicher, hier im richtigen Viertel gelandet zu sein. Dann erspähte er seinen alten Studienfreund am Straßenrand. Ihm fielen gleich mehrere Steine vom Herzen. Yussuf ließ es sich nicht nehmen, die Fahrt zu bezahlen.

„Sagt mal, ist es bei euch immer so extrem?", fragte Björn, als sie mit Koffern und Taschen bepackt zum Haus liefen.

„Extrem?", lachte Yussuf. „Du solltest mal einen der großen Markttage erleben!"

„Lieber nicht", winkte Björn lächelnd ab. „Ich hab so schon fast graue Haare bekommen." Der Schwede wischte sich mit dem Taschentuch den Schweiß von der Stirn. „Sind nicht ganz meine bevorzugten Temperaturen."

„Na dann schnell ins Haus", schmunzelte Hakim. „Nichts ist wichtiger, als dass sich der Gast wohlfühlt." Er führte Björn zu den Gästezimmern. „In einer halben Stunde treffen wir uns zum Abendbrot", sagte er noch, bevor er ihn verließ.

Hakim war den ganzen Tag seinem Job bei Yussuf nachgegangen, jetzt freute er sich auf ein paar Minuten Ruhe. Er legte sein Notizbuch auf den Schreibtisch und stutzte. Irgendetwas hatte sich seit heute morgen verändert. Nur was? Es dauerte eine Weile bis er darauf kam. Das Bücherbord, auf dem früher noch genügend Platz für die Modellautos war, hatte sich fast komplett gefüllt. Ganz in Reichweite standen nun, statt der Märchenbücher, Fatimas alte Schulbücher und Tafelwerke. Er zog ein Mathematikbuch hervor. „Ach du Schreck", murmelte er, die Hände vor das Gesicht schlagend. „Da hab ich mir ja was vorgenommen." Aber, statt das Buch wieder wegzulegen, begann er an der Lösung der Aufgaben zu tüfteln. Als es an der Tür klopfte zuckte er erschreckt zusammen.

Celine steckte den Kopf herein. „Würdest du bitte zu Tisch kommen? Alle warten schon auf dich."

„Aber natürlich. Sofort", stammelte er schuldbewusst. Im Lerneifer hatte er völlig die Zeit vergessen.

„Verschlafen?", witzelte Yussuf, als sich Hakim endlich an den Tisch setzte.

„Ja sicher, was denkst du denn. Celine hat mich aus dem allerschönsten Traum gerissen", entgegnete Hakim todernst.

„Wirklich?", fragte Jasina das Hausmädchen.

Celine hob etwas die Schultern. „Dann muss es aber der Traum gewesen sein, ein berühmter Mathematiker zu werden." Jasina schaute sie verständnislos an.

„Nun, er war offensichtlich gerade dabei, die Aufgaben aus einem Mathematikbuch zu lösen, welches er auf dem Tisch liegen hatte", erklärte das Mädchen.

„Sag bloß, du hast die alten Bücher schon herausgesucht!", rief Ali. Celine nickte, während sie das Essen servierte. „Hakim hatte davon gesprochen jene Bücher nutzen zu wollen, da hielt ich es für angebracht, sie ihm gleich ins Regal zu stellen."

„Pass auf, dass du ihn nicht zu sehr verwöhnst", riet Jasina.

„Meinst du, dass er dann zu anhänglich wird?", fragte Ali amüsiert.

Der Blick mit dem Celine Hakim bedachte, sagte: *Ich hätte sicher nichts dagegen.*

Ich auch nicht, dachte sich Hakim, dem ganz wohlig ums Herz geworden war, hatte ihn doch auch schon Zweifel geplagt, ob sie nicht vielleicht schon anderweitig fest versprochen war. Offensichtlich standen seine Chancen bei ihr überaus gut. Er nahm sich vor, diese auch keinesfalls ungenutzt verstreichen zu lassen. Das Versprechen, sie zu heiraten, musste ja nicht am selben Tag erfüllt werden, konnte aber eine Unzahl Fragen endgültig beantworten.

„Sag ihr es bei einem Abendessen mit Kerzenschein", drangen Alis Worte in seine Gedanken.

Hakim machte eine überraschte Bewegung. Alle schauten ihn an, Celine war wieder einmal puterrot geworden.

Ali lachte. „Dir sieht man schon von weitem an der Nasenspitze an, worüber du gerade grübelst."

Ziemlich spät am Abend bat Ali Hakim zu sich. Ohne Umschweife begann er: „Du trägst dich also mit ernsthaften Heiratsabsichten?"

„Langsam, langsam", zügelte ihn Hakim, der etwas Ähnliches erwartet hatte. „Es ist mir zwar sehr ernst, nur habe ich nicht vor von heute auf morgen zu heiraten. Ich möchte erst einmal in der Lage sein, überhaupt eine Familie zu ernähren, ehe ich mich in dieses Abenteuer stürze. Ein Eheversprechen würde ich ihr hingegen sofort geben, falls sie die Geduld aufbringen kann, zu warten, bis ich mein Leben so sortiert habe, dass ich ihr etwas Komfort und Sicherheit bieten kann. Außerdem hat dieser Schritt für sie auch anderweitig Konsequenzen."

„Was meinst du?", fragte Ali.

Hakim rieb Daumen und Zeigefinger der rechten Hand aneinander. „Du wirst sie als Schwiegertochter kaum für die Arbeiten im Haushalt bezahlen wollen."

Ali schaute seinen Sohn verblüfft an. „Daran hab ja noch nicht einmal ich gedacht!", rief er. „Wenn ich dich so höre, dann kann ich mir fast nicht vorstellen, dass du erst vor ein paar Tagen in die reale Welt zurück gekehrt bist."

Hakim hob beschwörend die Hände. „Es gibt Dinge, die wohl überall gleich sind, egal ab man in Kairo oder in Ben Abu ist. Ich habe ziemlich gut mitbekommen, wie das Leben läuft. Nur kann ich jetzt erst die Tragweite von dem erkennen, was ich dort gehört und gesehen habe. In diesem von Allah verlassenem Flecken haben sich Tag für Tag kleine und große Dramen abgespielt."

Ali nickte. „Jedenfalls hast du Recht, wenn du sagst, dass sie ihre finanzielle Unabhängigkeit verlieren würde. Es sei denn, sie hätte Lust in einem meiner Geschäfte als Verkäuferin zu arbeiten, so du sie es tun lässt."

Hakim runzelte die Stirn. „Obwohl ich weiß, dass das üblich ist, widerstrebt es mir, so über ihr Leben zu bestimmen. Das erinnert mich an die unsichtbare Wand in der Oase, die mich daran gehindert hat, diesen Ort zu verlassen. Ich werde aber deinen Vorschlag überdenken und zu gegebener Zeit mit ihr darüber sprechen." Hakim wünschte seinem Vater eine gute Nacht, bevor er sich endgültig in sein Zimmer begab.

Die nächsten beiden Tage vergingen damit, dass er Björn jeden Stein und jeden Strauch von Ben Abu beschrieb. Der hagere Schwede schnitt das Gespräch mit, um hin und wieder Details noch einmal abhören zu können. Gleichzeitig begann er seinen Computer mit Daten zu füttern. Mauern wuchsen empor, Straßenzüge formten sich heraus und bald konnten sich alle ein ziemlich genaues Bild von der geheimnisvollen Oasenstadt machen. Hin und wieder nickte Yussuf, weil er die entsprechenden Stellen ebenfalls wiedererkannte. Aus der Vogelperspektive betrachtet stellten sie schnell fest, dass es unzählige Sackgassen gab, die die Rettungsaktion für Fatima nicht gerade erleichtern würden. Die Hauptstraße durchschnitt die oval angelegte Stadt längs, wobei sie exakt von Nord nach Süd verlief. Der einzige Markt befand sich gleich hinter dem Südtor, durch welches ja auch Yussuf Ben Abu betreten hatte. Das Schloss, oder vielmehr die Festung, lag im Westen der Stadt und war von schier unüberwindlich hohen Mauern umgeben.

Yussuf schaute in die Runde. „Vorschläge, tröstende Worte oder hauseigene Wunder?"

Björn zog eine hilflose Grimasse, Hakim schüttelte traurig den Kopf. Das leise Klopfen an der Tür hätten sie fast überhört. Celine brachte Tee und Gebäck. Ihr fiel sofort die gedrückte Stimmung auf. Als sie das Zimmer verließ drehte sie sich noch einmal um. Hakim war ihr mit den Augen gefolgt.

Celine blieb stehen. „Lässt man sie denn niemals aus den Mauern heraus?", fragte sie leise, dann schloss sie die Tür.

Hakim sprang auf, rannte ihr hinterher: „Celine, bitte bleib hier!"

Zögernd kam sie zurück. Hakim rückte einen Stuhl für sie an den Tisch. „Ich glaube, wir brauchen deine Hilfe. Was würdest du tun, wenn man dich dort festhielte?"

Das Mädchen überlegte kurz. „Vorausgesetzt ich will wieder nach Hause – dann würde ich versuchen, in die Nähe des Tores zu kommen."

„Warte einen Moment", bat Yussuf. Björn führte sie virtuell durch die Stadt. Hin und wieder stellte Celine eine Frage zu Details, die den Männern nicht so wichtig erschienen waren. Nach dem zweiten Rundgang durch die Stadt schien sie zufrieden.

„Also, ich würde immer wieder verlangen, dass man mich zum Stoffhändler gehen lässt", sagte sie schließlich kurz und bündig.

Die Männer sahen sich groß an. „Versteh ich nicht", murmelte Björn. „Warum zum Stoffhändler? Warum nicht zum Gemüsemann, der genau daneben steht?"

„Weil man nicht Stunden braucht, um Gemüse auszuwählen", erklärte Celine nachsichtig. „Aber welchen Stoff eine Frau für ein Kleid haben will, dass muss ja so was von genau durchdacht sein … und dann die vielen Farben … ist es eher der grüne oder lieber doch der rote Stoff … ach ich komme morgen noch mal wieder, die Entscheidung ist ja so schwer."

„Hinhaltetaktik", platzte Hakim heraus.

„Genau", gab Celine zu.

„Mädchen, du bist genial." Yussuf nickte anerkennend. „Wenn Fatima nicht selbst darauf gekommen ist, dann können wir sie vielleicht darauf bringen."

„Und wenn dieser Malik die Finte durchschaut?", zweifelte Björn. Celine hob den Kopf.

„Sag ruhig, was du denkst", ermunterte sie Hakim.

„Es gibt ja noch die beiden Schmuckhändler", warf Celine zaghaft ein, „Falls ich das richtig im Gedächtnis habe. Auch wenn sich eine Frau den Schmuck nicht leisten kann – ansehen wird sie ihn sich ganz bestimmt."

„Klingt wahrscheinlich", murmelte Björn.

Hakim blinzelte Celine kaum merklich zu. Dabei fiel ihm auf, dass sie wohl auch hier aus Erfahrung gesprochen hatte, denn sie trug, außer kleinen goldenen Creolen, überhaupt keinen Schmuck. Auf alle Fälle hatte sie die Männer auf einige gute Ideen gebracht, wie man Fatima zumindest öfter in die Nähe des Tores locken konnte. Yussuf fiel bei der Gelegenheit ein, dass er ihnen ja noch ein Abendessen schuldig war. Also machte er gleich Nägel mit Köpfen, indem er Ort und Zeit bestimmte. Celines strahlende Augen verrieten, dass sie sich riesig freute.

Kaum hatte sie das Zimmer verlassen fragte Hakim Yussuf: „Äh, wäre ein kleiner Lohnvorschuss möglich?"

„Warum nicht? Wie viel brauchst du?"

Hakim nannte den Betrag. Sein Freund und Chef nickte, zückte das Portmonee, um ihm sofort die Scheine auszuhändigen. Irgendwie ahnte er was Hakim vorhatte, denn er sagte: „Frag doch nach einem Vorzugsrabatt für Familienmitglieder."

Hakim fuhr zusammen. „Sag mal ehrlich, sieht man mir wirklich an, woran ich denke?"

Yussuf lachte herzlich. „Das nicht, aber ich müsste ein Trottel sein, wenn ich nicht eins uns eins zusammenzählen könnte. Ich erinnere dich nur an das Abendessen vor zwei Tagen. Heute hättest du ja die beste Gelegenheit ihr deine Absichten kund zu tun. Also gehe ich davon aus, dass du ein passendes Geschenk suchst, weil dir vorhin auch aufgefallen ist, dass sie so gut wie keinen Schmuck trägt, was hierzulande doch ungewöhnlich ist."

„Kann man sich irgendwie ein Pokerface antrainieren?", fragte Hakim mit breitestem Grinsen. „Nicht, dass ich irgendwann unbemerkt noch mehr verrate." In bester Laune beendeten die drei Männer die Arbeit, um sich in Ruhe auf den gemütlichen Abend vorzubereiten. Celine liefen in der Vorfreude alle Arbeiten besonders leicht von der Hand. Jasina wunderte sich, wie schnell sie durch die Zimmer wirbelte, Staub wischte und Ordnung machte, bis ihr einfiel, dass Hakim ja Bescheid gegeben hatte, dass alle den Abend außer Haus verbringen wollten. Dann war er gleich mit Ali im Verkaufsraum verschwunden. Celine meldete sich nach Dienstschluss bei Jasina ab, die ihr viel Spaß wünschte.

Ali drückte Yussuf die Schlüssel seines Benz in die Hand. „Es ist mir lieber, wenn ihr nachts nicht zu Fuß unterwegs seid." Hakim klopfte er auf die Schulter. „Pass bitte gut auf Celine auf."

Das Mädchen trat soeben auf den Gang heraus. Sie trug das neue Kleid, hatte Kajal aufgetragen, was ihre ohnehin ausdrucksvollen schwarzen Augen noch größer erscheinen ließ. Nicht nur Hakim schaute etwas genauer hin. Er stieg mit ihr nur zu gern in den Fond des Wagens, den Beifahrersitz gönnerhaft Björn überlassend. Trotz aller Freude entging ihm nicht, dass das Mädchen ziemlich nervös wirkte, als das Auto vom Hof rollte.

Yussuf erklärte Björn einige der wundervoll beleuchteten Sehenswürdigkeiten auf dem Weg, die hell in die Nacht strahlten. Immer seltener kamen ihnen andere Fahrzeuge entgegen. Celine zuckte jedes Mal zusammen, wenn Scheinwerferlicht vor ihnen auftauchte. Beim Anblick einer schwarzen Limousine mit verdunkelten Fenstern begann sie heftig zu zittern. Hakim tastete nach ihrer Hand auf dem Polster des Sitzes. Ein kurzes Erschrecken, dann fasste sie hastig zu, um sich ängstlich festzuklammern. Hakim dachte nun doch mit einiger Sorge über Celines seltsames Verhalten nach.

Dass es ein dunkles Geheimnis geben musste, war ihm seit jenem Abend klar, an dem er sie in ihrem Zimmer aufgesucht hatte. Den Worten seines Vaters zufolge, hatte sie auch nie über Eltern, Geschwister oder sonstige Verwandte gesprochen. Auch wenn er sich Hals über Kopf in sie verliebt hatte, so wollte er doch von der Dame seines Herzens etwas mehr wissen, als nur den Namen. Das Schweigen auf er Rückbank fiel schließlich auch Yussuf auf. Er warf einen Blick in den Innenspiegel. Frisch Verliebte sahen irgendwie anders aus, stellte er rasch fest.

Yussuf steuerte den Parkplatz des „Nile Hilton" an, wo er im „Jackies" einen Tisch reserviert hatte. Als Hakim Celine beim Aussteigen die Hand reichte, lächelte sie schon wieder. Es wurde eine fröhliche Nacht, bei angeregter Unterhaltung und sehenswerten Darbietungen verschiedener

Künstler. Mitten in einer Showeinlage verließ Yussuf plötzlich das Lokal. Als er wieder hereinkam flüsterte er: „Ben Abu kündigt sich an, der Sender fällt zeitweise aus."

„Planst du um?", fragte Hakim.

Yussuf schüttelte den Kopf. „Nein, wir warten ab, wie wir es besprochen haben." Nach einer kurzen Pause: „Hast du umgeplant?"

„Ja." Als Celine und Björn einen Moment den Tisch verließen fügte Hakim hinzu: „Ich möchte schon wissen, woran ich eigentlich bin. Vielleicht ergibt sich ja noch die Gelegenheit, mit ihr allein zu sprechen."

„Das lässt sich einrichten. Geh mit ihr doch eine kleine Runde. Im Garten sind ein paar Blütenlauben mit Bänken. Dort halten sich höchstens zwei, drei Liebespaare auf, die nur Augen und Ohren für sich selbst haben."

Hakim passte den Zeitpunkt perfekt ab. Unter dem Vorwand, sich etwas die Beine vertreten zu wollen, bot er Celine einen kleinen Nachtspaziergang an, dem sie erfreulicherweise auch zusagte. Eine freie Bank an einem der kleinen Springbrunnen war schnell gefunden.

„Celine, ich muss dringend mit dir reden", begann Hakim ohne Umschweife. „Ich hätte dir heute Abend lieber ganz romantisch eine völlig andere Frage gestellt, nur sehe ich mich gezwungen vorher einige Dinge zu klären."

Celine wurde aschfahl. Schon im Auto hatte sie gezittert, dass Hakim Fragen stellen werde. Hier blieb ihr wohl keine andere Wahl, als diese zu beantworten. Betreten zu Boden schauend nickte sie. Schließlich konnte sie ja nicht ein Leben lang vor der Vergangenheit davonlaufen. Ihr gequälter Blick dauerte Hakim zwar, trotzdem stellte er die Frage: „Wer bist du wirklich?"

Celine begann leise zu erzählen. „Ich bin in einem der Armenviertel geboren. Meine Eltern starben an Tuberkulose, als ich gerade 14 Jahre alt war. Ich habe meinen Lebensunterhalt mit Gelegenheitsjobs in den unzähligen kleinen Spelunken am Stadtrand verdient, indem ich abwusch, putzte und manchmal die Gäste bediente. Vor fünf Jahren habe ich dann bei deinen Eltern angefangen."

„Und vorher?"

Celine seufzte, sie wusste sehr wohl, worauf Hakim hinaus wollte. Lange schwieg sie, schaute in den Sternenhimmel, öffnete ein paar Mal den Mund, als wolle sie erzählen, wisse aber nicht, wie sie beginnen solle.

Hakim nahm ihre Hände. „Was ist passiert und wovor hast du Angst?"

Das Mädchen schloss die Augen. „Schwörst du, dass du es für dich behalten wirst?", fragte sie kaum hörbar.

Hakim atmete tief durch. „Ich schwöre es, auch wenn ich keinen Schimmer davon habe, was ich mir damit vielleicht auflade."

Celine fing stockend an, zu erzählen, aber so leise, dass Hakim fast auf Körperkontakt an sie heran rücken musste, um sie zu verstehen. „Das war kurz bevor ich zu deinen Eltern kam. Ich hatte eine Saisonarbeit in der Küche einer kleinen Kneipe bekommen. Dort sind beinahe jede Woche drei Männer in dunklen Anzügen aufgetaucht, haben gezielt Mädchen angesprochen, die sie in einem schwarzen Auto mit abgedunkelten Scheiben irgendwohin mitnahmen." Celine schluckte. „Ich musste manchmal alkoholische Getränke in das Zimmer bringen, wo sie ..."

„Wo sie was?", fragte Hakim, als Celine nicht weiter sprach.

„Ich weiß nicht genau, was sie gemacht haben. Nur zwei oder drei Mal habe ich nackte Mädchen dort gesehen", erinnerte sie sich mit zusammengezogenen Augenbrauen. Sie zog die Nase hoch. Hakim bemerkte, wie ihre Hände wieder zu zittern begannen.

„Und dann?"

„Ich war schon auf dem Heimweg, als das Auto neben mir hielt. Der Mann auf dem Rücksitz sprang heraus, packte mich am Arm und versuchte, mich hinein zu zerren. Ich habe um mich geschlagen und um Hilfe gerufen. Dann kam der Beifahrer dazu. Er hat mir Hände und Füße gefesselt, mich geknebelt. Sie haben mich auf die Rückbank geworfen." Celine liefen Tränen über die Wangen bei dieser Erinnerung. „Ich weiß nicht wohin sie mich brachten. Sie stießen mich in ein Zimmer ... sie ... sie ..."

Hakim zog sie schützend an seine Brust.

„Sie sind über mich hergefallen ... alle drei ... immer wieder..." Celine weinte hemmungslos.

Hakim fragte nicht weiter. Unendliche Wut stieg in ihm auf. Diese Bestien!

Es dauerte lange, bis Celine weitersprechen konnte. „Ich habe immer wieder versucht, mich zu wehren. Sie haben mich dafür immer wieder ganz furchtbar geschlagen. Nach drei Tagen begriffen sie wohl, dass ich mich lieber totschlagen lassen würde, als in einem Bordell für ihren Boss zu arbeiten. Sie haben mich noch einmal vergewaltigt, halb ohnmächtig mitten in der Nacht wieder in das Auto gezerrt, wo sie mich schließlich bei voller Fahrt aus der Tür auf die Straße stießen. Ich habe mich unter

Schock stehend in den erstbesten Hauseingang geschleppt. Das erhoffte Wunder kam kurz nach dem Morgengrauen in der Gestalt deines Vaters. Er hat mir Arbeit angeboten und mich nicht nach dem woher und warum gefragt. Er hat mich immer gut behandelt. Ich fühle mich sehr wohl bei euch."

Hakim hielt Celine noch immer im Arm. „Das soll auch so bleiben. Ich habe keinen Grund, meine Meinung über dich zu ändern. Möchtest du irgendwann meine Frau werden?"

Celine schaute ihn zutiefst überrascht an. „Du willst mich trotz allem heiraten?"

„Damit ist es mir todernst. Sag ja. Lass nicht zu, dass sie dein Leben für immer zerstören." Hakim streichelte ihr Haar. „Ich verspreche dir, dass ich dich niemals schlecht behandeln werde und egal, wie du dich entscheidest, ich werde immer für dich da sein."

„Ich glaube dir. Nur ..."

„Das geht dir alles zu schnell", vollendete Hakim lächelnd Celines Gedankengang.

Sie nickte.

„Ich lasse dir genügend Zeit. Du weißt ja, was auch ich mir für die nächsten Wochen vorgenommen habe. Vielleicht verschwinde ich ja auch wieder in Ben Abu, ohne die Chance, noch einmal fliehen zu können. Ich möchte nicht, dass du dann als trauernde Frau allein hier sitzt. Aber wenn alles gut geht, dann werde ich dir die gleiche Frage noch einmal stellen." Er zog ein kleines Etui aus der Hosentasche. „Wie es auch immer kommen mag, Chepri, der kleine Skarabäus, soll immer Licht in dein Leben bringen." Er legte ihr die goldene Kette um, küsste sie auf die Stirn. „Komm, Yussuf und Björn werden sicher schon auf uns warten."

Die ernsten Gesichter von Celine und Hakim beim Frühstück am nächsten Morgen beantworteten Ali die Frage, ob sich die beiden in der vergangenen Nacht ausgesprochen hatten. Die Tatsache, dass sie den Skarabäus trug, ließ aber auch keinen Zweifel daran, wie die Chancen seines Sohnes bei ihr standen. Aber ganz offensichtlich hatten sich die jungen Leute auch dafür entschieden, die Dinge ganz in Ruhe anzugehen.

Dafür elektrisierte ihn Yussufs Mitteilung, dass Ben Abu am Morgen wieder einmal aufgetaucht war, nachdem sich das Kommen schon in der Nacht angekündigt hatte. So hockten dann vier Männer am Computer, um stundenlang einen leeren Monitor zu beobachten. Celine und Jasina kamen einige Male vorbei, um Getränke zu bringen, aber auch, um ebenfalls wie gebannt auf den Bildschirm zu schauen. Mit dem Sonnenuntergang blinkte plötzlich der kleine Leuchtpunkt wieder auf, das gewohnte Piepsen erklang. Celine, die hinter Hakim stand, sah, wie er die Finger ineinander krallte. Sie berührte ihn leicht mit der Hand an der Schulter. Dankbar für diesen kleinen Trost, legte er seine Wange an ihren Arm. Niemand konnte ihm mehr nachfühlen, als sie.

„Zweiundzwanzig Stunden", sagte Yussuf. „Sogar fast auf die Sekunde genau."

„Nicht eben viel." Hakim stützte den Kopf auf die Handflächen. „Und wer weiß, wann das verdammte Nest mal wieder greifbar ist."

„Ich schätze alle zwei Wochen für genau einen Tag." Yussuf schaute in die Runde. „Wollen wir wetten?"

„Du würdest sicher gewinnen." Ali stand auf. „Ihr braucht in zwei Wochen die Kamele und den Transporter, wenn ich das jetzt richtig deute."

„Ich würde meinen Kopf dafür verwetten", entgegnete Yussuf. „Ich kann es noch nicht beweisen, aber ich bin ganz sicher, dass Ben Abu in diesem Rhythmus auftaucht."

„Willst du nicht lieber noch einen Zyklus warten?", fragte Hakim.

„Nein. Lieber stehe ich einmal umsonst mit einer Herde Kamele in der Gegend herum."

Hakim nickte dankbar. „Hoffentlich geht es ihr gut." Er musste daran denken, was Celine widerfahren war und er konnte Yussuf deswegen bestens verstehen.

Ali stand mit dem Handy am Fenster. „Grüß dich Yassir, kannst du mir eine Hand voll Kamele für vier Tage reservieren? Für Donnerstag in zwei Wochen. Ich bringe sie am Montag darauf zurück. Ach, einen Transporter für die Tierchen hätte ich auch gern. Geht klar? Na super. Bis Donnerstag. Machs gut."

„Und Treiber?", fragte Yussuf beunruhigt. „Ich kenne mich mit den Viechern nicht aus."

„Aber ich", winkte Hakim ab. „Zehn Jahre in einer Oase reichen aus, um die nötigen Erfahrungen zu sammeln. Etwas anderes macht mir viel größere Sorgen, nämlich, Fatima wird mich kaum erkennen und dich genau so wenig, wie sollen wir sie überzeugen, mit zwei Fremden mitzugehen?"

Schweigen. Darüber hatte sich Yussuf nun wirklich keine Gedanken gemacht. „Vielleicht weiß Celine Rat? Sie hat bisher die besten Ideen eingebracht." Hakim eilte in die Küche, um sie zu holen.

„Treibt dich der Hunger hierher?", fragte Jasina mit einem Augenzwinkern.

„Nein, die Hilflosigkeit. Wir brauchen dringend einen guten Rat von Celine."

„Jetzt sofort?", fragte das Mädchen. Dabei warf sie einen Blick auf den Tisch, wo sich die Zutaten für das Abendbrot türmten.

„Geh nur", schmunzelte Jasina. „Aber kassiere ordentlich Beratungsgebühren."

Es irritierte Celine etwas, dass Ali mit anwesend war. Sie hörte sich die Bedenken an, die Hakim angemeldet hatte. „Da muss ich ihm leider Recht geben. Sie wird, nachdem was passiert ist, nicht mit fremden Männern mitgehen, egal was diese ihr erzählen. Ich fürchte fast, ihr werdet mich mitnehmen müssen. Vielleicht fällt mir vor Ort eine Lösung ein."

„Du willst dich wirklich einfach so in Gefahr begeben? Warum?", fragte Ali. Celine nickte. „Es genügt, dass Hakim die wahren Gründe kennt, die mich dazu bewegen. Ich weiß ziemlich gut, was es bedeutet völlig hilflos zu sein."

„Ich bin dankbar für jede Hilfe", erklärte Ali. „Und bei dir weiß ich, dass nichts unmöglich ist. Sag, wenn du irgendetwas brauchst, was dir dabei nützlich sein könnte."

Celine überlegte nicht lange. „Ich bräuchte ein Erkennungszeichen, eine Sache, die Fatima sehr am Herzen lag und die sie als die ihre wiedererkennen könnte."

„Darüber solltest du mit Jasina sprechen", schlug Ali vor. „Kleine Geheimnisse hat sie, wenn überhaupt, ganz bestimmt nur mit ihr geteilt."

Noch bevor die Oase das nächste Mal erschien musste Björn wieder abreisen. „Haltet mich bitte auf dem Laufenden", rief er noch, bevor er in der Abfertigungshalle des Flughafens verschwand. Yussuf und Hakim schauten dem Flugzeug noch lange hinterher.

„In drei Tagen wird es ernst", seufzte Hakim. „Hoffentlich geht alles gut."

„Hat Celine ein Erkennungszeichen von Jasina bekommen?", fragte Yussuf.

„Ja, sogar eines, das keinerlei Zweifel an seiner Echtheit aufkommen lässt.", schmunzelte Hakim.

„Was ist es denn?"

„Eine Autogrammkarte mit einer ganz persönlichen Widmung."

„Ooops."

Hakim begann zu lachen. „Keine Konkurrenz für dich. Er ist verheiratet."

„Er?" Yussuf verging fast vor Neugier.

Amüsiert ließ Hakim seinen Freund noch ein paar Sekunden schmoren, ehe er erklärte: „Fatima ist Bollywood-Fan. Das Autogramm hat ihr Sha Rukh Khan gegeben."

„Also doch Konkurrenz", grinste Yussuf breit. Er wusste, dass die Mädels in diesem Alter irgendwie alle auf diesen Typen standen.

Zu Hause angekommen, wollte Hakim Celine Bescheid geben, für wann sie sich genau zur Abreise bereit halten solle. Auf sein Klopfen an ihrer Zimmertür folgte ein: „Die Tür ist offen". Hakim trat ein. Erschreckt hielt er inne. Celine trug ein langes dunkles Gewand mit einem dichten Schleier. Sie sah darin genau wie die Frauen aus Ben Abu aus.

Beim Anblick seines ungläubigen Gesichtes musste sie lachen. „Na dann bin ich doch perfekt. Du guckst, als hättest du gerade ein Déjà-vu gehabt." Sie nahm den Schleier ab, um ihn sorgfältig glatt auf ihr Bett zu legen. Als sie sich auf die Bettkante daneben setzte rutschte der Knöchelbund ihrer Pluderhose, die sie unter dem Kleid trug, etwas nach oben.

Hakim erstarrte. „Stammt das von damals?", fragte er leise, auf die breiten Narben über ihren Fußgelenken zeigend.

„Ja. Die Hanffesseln haben ziemlich tief eingeschnitten. Das wird mich mein ganzes Leben lang daran erinnern, dass ich drei Tage durch die Hölle gegangen bin."

„Wenigstens kannst du jetzt endlich darüber sprechen."

„Ich habe seitdem auch nicht mehr jede Nacht diese Alpträume", gab Celine zu. Sie berührte mit der Fingerspitze den kleinen Skarabäus. „So habe ich immer das Gefühl, dass du bei mir bist." Sie erhob sich. „Jetzt muss ich mich aber sputen, sonst gibt es heute kein Mittagessen."

Hakim beeilte sich, zu gehen, schließlich musste sie sich noch umziehen. Yussuf empfing ihn mit den Worten: „Deine Mutter hat mir gerade unser Oasen-Outfit übergeben." Er deutete auf Pluderhosen, Mäntel und Turbantücher. „Ich schätze mal, da steckt Celine dahinter."

„Volltreffer. Sie empfing mich soeben im perfekten Ben-Abu-Look. Ich hab mich regelrecht erschreckt."

„Sie ist wirklich eine tolle Frau."

Hakim schaute Yussuf groß an. „Du wirst doch nicht etwa …?"

„Ganz bestimmt nicht. Versprochen. Ich hoffe, dass ich das Objekt meiner Begierde bald willkommen heißen kann", beeilte sich Yussuf klarzustellen.

Abends klopfte Hakim vergeblich an Celines Tür. „Wo steckt sie nur?", murmelte er beunruhigt.

Ali konnte ihm weiterhelfen. „Die Frauen schauen sich gerade alte Fotos an. Celine hat Fatima ja noch nie gesehen. Sie hofft nun, dass sich Fatima nicht zu sehr verändert hat und ihr die Bilder wirklich weiter helfen."

„Sie denkt tatsächlich an alles", murmelte Hakim erstaunt. „Sie hat wirklich ein besseres Leben verdient. Ich werde mich anstrengen müssen."

„Sag, wenn du Unterstützung brauchst." Ali legte seinem Sohn die Hand auf die Schulter.

„Ich würde mir auch sehr gern die Alben ansehen", erklärte Hakim in fragendem Ton.

„Dann los. Ich glaube nicht, dass die Frauen etwas gegen unserer Gesellschaft haben."

Wenig später saßen alle auf dem kleinen Sofa. Die Männer nahmen die Frauen in die Mitte. Es war zwar etwas eng, aber jeder hatte gute Sicht auf die Schnappschüsse aus dem Familienalltag. Celine genoss die körperliche Nähe zu Hakim. Das Gefühl, bei ihm geborgen zu sein, grub sich tief in ihr Gedächtnis. Die Alben sahen ziemlich abgegriffen aus und die meisten Fotos zeigten die Spuren eingetrockneter Tränen.

„Ich muss irgendwann noch einmal Abzüge machen lassen", sagte Ali entschuldigend. „Aber diese Bilder waren fast das Einzige, was mich in den letzten Jahren aufrecht gehalten hat. Ich habe sie wieder und immer wieder angesehen." Dann strahlte seine Miene plötzlich auf. „Und nun werden sicher noch viele neue Aufnahmen hinzukommen. Dabei werde ich aber immer glauben, dass mittendrin ein Sammelbuch verloren gegangen ist." Er nahm Jasinas Hand. „Es ist schön so viel Hoffnung zu haben."

Es klopfte. Yussuf schaute herein. Die Familienidylle weckte alte Erinnerungen an seine eigene Kindheit. Wortlos zog er sein Handy, um mehrere Bilder zu schießen. Mit den Worten: „Ich drucke sie euch gleich aus", verschwand er wieder. Nicht einmal zehn Minuten später wurde im letzten Album buchstäblich ein neues Kapitel aufgeschlagen.

Celine legte ihre Exemplare beiseite. „Die nehme ich mit nach Ben Abu." Eine Erklärung, warum, war ja nun wirklich völlig überflüssig. Sie strich sehr vorsichtig mit den Fingerspitzen über das Glanzpapier. „Ich habe als Erinnerung an meine Eltern nur mein Gedächtnis. Aber auch dort verblassen die Bilder immer mehr." Celine schloss leise hinter sich die Tür.

„Sie ist schon ziemlich lange ganz allein auf dieser Welt", erklärte Hakim sehr ernst. „Dabei grenzt es schon fast an ein Wunder, dass sie an ihrem Schicksal nicht seelisch zerbrochen ist. Für mich steht fest, sie ist die Frau, mit der ich einmal alt werden möchte." Hakim steckte die Fotos in die Brusttasche seines Hemdes. „Vielleicht sind ja auf den nächsten Bildern Fatima und Yussuf."

Als Ali am späten Nachmittag noch einmal mit Hakim über Ben Abu reden wollte, fand er ihn tief über mehrere Bücher gebeugt. „Neue Bücher?"

„Ja, die habe ich gleich aus der Abendschule mitgebracht. Ich habe sie, für einen eher symbolischen Obolus, einem Absolventen des letzten Jahrganges abgekauft."

„Oh, dann will ich dich nicht weiter stören." Ali stand noch ein paar Sekunden vor Hakims Zimmertür. Erstaunlich, wie gewissenhaft sein Sohn sein Leben in die Hand nahm. Lernte wie ein Wilder, ohne auch nur ein Wort darüber zu verlieren. Eben ein al Kassim, wie er im Buche stand, fleißig, gründlich, rechtschaffen. Äußerst zufrieden ging Ali in sein Büro. Es lohnte sich wieder, alle Geschäfte zum florieren zu bringen.

Donnerstagmorgen machten sich die Männer auf den Weg zu Yassir. Der alte Mann saß unter eine Palme auf einem Teppich. Die drei Ankömmlinge nahmen Platz, um nach alter Sitte den Handel abzuschließen. Der ehemalige Nomadenfürst, der im Alter sesshaft geworden war, freute sich im Stillen über die beiden Begleiter Alis, die so selbstverständlich die alten Bräuche einhielten. Nach der üblichen Teezeremonie, dem Feilschen und dem Handschlag als Abschluss, nahm Hakim den praktischen Teil in Angriff. Mit Kennerblick schaute er sich die Tiere an.

Wenige Handgriffe genügten, um Yassir fragen zu lassen: „Wo hast du es gelernt?"

„In Ben Abu", antwortete Hakim wahrheitsgemäß.

Der Alte machte zwei schnelle Schritte auf den jungen Mann zu. Lange schaute er ihm tief in die Augen. Stumm nickend, strich er ihm mit beiden Zeigefingern fest über die Schläfen, um sich plötzlich abzuwenden, als sei nichts gewesen. Hakim begann, die Tiere auf den Lastwagen zu führen. Yussuf setzte sich hinters Lenkrad. Langsam fuhren sie vom Hof des Karawanenführers, der ihnen hinterher schaute, bis sie am Horizont verschwanden.

Hinter dem Haus der al Kassims wartete der reisefertig gepackte Nissan. Diesmal musste der Dachgepäckträger mit bestückt werden, denn man brauchte nunmehr für vier Personen Wasser, Verpflegung und Schlafsäcke. Außerdem hatte sich Yussuf aus dem Institut ein Zelt besorgt, weil vier Erwachsene in dem Geländewagen nun wirklich keinen Schlafplatz finden konnten. Die Oasenkleidung steckte in einem extra Koffer. Die drei wollten sich wirklich erst umziehen, wenn die Stadt greifbar war. Ali umarmte zum Abschied die Männer. Bei Celine zögerte er, dann sah er ihr winziges Lächeln.

Dann schloss er sie in die Arme, wie er es bei seiner Tochter getan hätte. „Pass gut auf dich auf."

Jasina stand mit Namu auf dem Arm am Fenster. Sie hatte nicht die Kraft gehabt, Hakim wieder nach Ben Abu zu verabschieden. „Viel Glück", murmelte sie unter Tränen.

Hakim setzte sich hinter das Lenkrad des Transporters. Ali war das anfänglich zwar gar nicht Recht gewesen, aber es war auch nicht gerade ratsam einen Fremden in das Vorhaben einzuweihen. „Wird schon schief gehen", meinte Hakim. „Ich hab ja in den letzten Tagen mit dem Nissan auf dem Hof üben dürfen."

Celine saß auf der Rückbank des Geländewagens. Hakim wollte sie keinesfalls durch seine waghalsige Aktion gefährden. Es war die erste Reise ihres Lebens. Dass diese ausgerechnet in die Wüste, in ein völlig unberechenbares Abenteuer führte, machte die Sache für sie noch spannender. „Das ist ja noch schöner als auf Postkarten", sagte sie, als die ersten Ausläufer der Trockenzone auftauchten.

„Soll ich dir ein paar Erinnerungsfotos machen?", fragte Yussuf.

„Oh ja, bitte. Dieser Goldton des Sandes, die gleißende Sonne – einfach faszinierend."

Yussuf hielt an. „Wenn schon, dann sollen es richtige Kunstwerke werden."

Hakim griff ebenfalls nach seiner Kamera. Er winkte Celine heraus. „Dann muss aber auch die schönste Blume mit auf das Bild." Der leichte Wind drückte die lange hemdartige Bluse an den Körper des jungen Mädchens, als wolle er ihn extra für diese Fotos nachmodellieren und zur Geltung bringen. Hakim bemerkte dies nicht ohne Wohlgefallen. Was sich seinem Auge im Sucher bot, war durchaus mehrere Blicke wert. Irgendwie hätte er gern mit dem Wind getauscht. Vor der Weiterfahrt lud er die Bilder sofort auf den Laptop, wo sie sich Celine großformatig anschauen konnte. Ziemlich schnell begriff sie die Technik des Gerätes. Yussuf erklärte ihr die Geheimnisse des Internets. Stundenlang hörte er kein Wort, nur ihre strahlenden Augen verrieten, dass sie Freude am neu Gelernten hatte.

„Was Schönes gefunden?", fragte er irgendwann.

„Ja. Ich habe die Seite deines Institutes aufgeschlagen und mich über diese Wüste schlau gemacht. Ich wusste ja gar nicht wie viele Lebewesen in diesem Sandmeer existieren. Jetzt habe ich auch eine Ahnung davon, wie verantwortungsvoll dein Job dort ist." Celine unterdrückte ein Gähnen.

„Wir werden bald unser Nachtlager aufschlagen", versprach Yussuf.

Nach ein paarhundert Metern stoppte er den Wagen. Hakim hielt neben ihm. Er ließ die Kamele von der Ladefläche, legte ihnen aber lockere Fußfesseln an. Celine hatte keine Scheu vor den großen Tieren. Hakim wusste, dass sie ziemlich genau nachschauen würde, dass die Stricke die Kamelstuten nicht verletzten. „Es geht leider nicht anders", sagte er. „Wir sind den Tieren fremd."

„Ich weiß. Ich habe auf der Fahrt einige Artikel über die Beduinen gelesen. Du brauchst dich nicht zu entschuldigen."

Die Nacht verbrachten die Männer im Zelt. Celine schlüpfte im Nissan in ihren Schlafsack. Das Abendbrot, wo sie gemeinsam um den Spirituskocher saßen, Tee tranken und wo Yussuf ein paar Geschichten erzählte, die ihm während seiner vielen Einsätze an den verschiedensten Orten der Welt passiert waren, ließen sie noch lange wach liegen.

Celine stutzte. Irgendetwas hatte sich verändert. Auf die Unterarme gestützt lauschte sie in die Dunkelheit. Dann begriff sie. Das Piepen des Senders setzte immer wieder aus. Sie öffnete die Autotür und huschte zum Zelt. „Hakim? Hakim??"

Er war sofort hellwach. „Was ist passiert?"

„Ben Abu taucht auf. Der Sender meldet sich nur noch kurz."

Yussuf hatte die Worte verstanden. „Ich hab es euch doch prophezeit." Er drehte sich seelenruhig auf die andere Seite und schlief weiter.

„Wo er Recht hat, hat er Recht", schmunzelte Hakim. „Versuche, noch ein bisschen zu ruhen. Danke für die Information."

Celine zog leise die Autotür hinter sich zu. Die Kaltblütigkeit der Männer tat ihr gut. Selbst der sporadische Funkton störte sie nun nicht mehr. Die seltsamen Laute der Kamele weckten sie am Morgen. Schnell rollte sie den Schlafsack ein, zündete den Kocher an, damit auch wirklich der starke Kaffee fertig war, sobald die Männer aufwachten.

„Kaffeeduft", hörte sie Hakim sagen.

„Dann nichts wie hin", antwortete Yussuf und schon tauchten die beiden auf.

Celine schenkte augenblicklich die großen Becher voll. „Guten Morgen!", rief sie fröhlich.

„Wenn man so nett begrüßt wird, kann es nur ein guter Morgen werden", gab Yussuf zurück.

Hakim wärmte sich die klammen Finger an seinem Kaffeetopf. Er blinzelte Celine, über den Rand des Gefäßes hinweg zu. Sie antwortete mit einem kurzen Zucken des Augenlides.

„In etwa zwei Stunden werden wir vor Ben Abu sein", erläuterte Yussuf. „Wir werden uns dann sofort mit den Kamelen auf den Weg in die Oase machen und uns auf dem Markt umsehen. Egal was auch passiert, wir bleiben zusammen und wir werden auch noch vor dem Sonnenuntergang gemeinsam die Stadt verlassen. Keine Sondertouren, mögen sie auch noch so erfolgversprechend erscheinen."

„Dann sollten wir uns am besten auch jetzt gleich umziehen", schlug Celine vor.

„So wird es gemacht", bestätigte Yussuf.

„Darf ich?" Sie deutete auf das Zelt. Auf das zustimmende Nicken hin, verschwand sie sofort darin. Die Männer wechselten gleich neben dem Nissan die Kleidung. Nach einer halben Stunde waren alle anstehenden Arbeiten erledigt, die Kamele verladen, so dass sich die beiden Fahrzeuge zielstrebig dem Sender nähern konnten. Eine dunkle Silhouette tauchte am Horizont auf.

„Ah, da ist sie ja", brummte Yussuf.

Celine starrte mit gemischten Gefühlen auf die schnell näher kommende Oase. Sie tastete nach den Bildern unter dem Schleier, die sie in einen kleinen Beutel an ihrem Gürtel gesteckt hatte. Hakim klappte gerade die

Rampe für die Kamele herunter. Drei der Tiere ließ er sich hinlegen, damit Celine ihnen die Reitdecken überstreifen konnte. Hakim half ihr beim Aufsteigen, was ohne Übung eine heikle Sache werden konnte. Celine hielt sich gut, als die Stute wieder aufstand. Yussuf sah der Sache skeptisch entgegen. Erst als sein Reittier wieder auf den Beinen stand, beruhigte er sich. Hakim schwang sich geübt auf eines der herumstehenden Tiere.

Yussuf pfiff beeindruckt durch die Zähne. „Reife Vorstellung", flüsterte er erstaunt.

Hakim setzte sich an die Spitze der kleinen Karawane. Gemächlich näherten sie sich dem Tor. Celines Herz begann beim Anblick der bewaffneten, finster blickenden Wächter ängstlich zu schlagen. An einer Palme vor der Mauer ließ Hakim rasten. Fachmännisch legte er den Tieren wieder die Fesseln an. Neben Yussuf betrat er die Stadt, Celine ging drei Schritte hinter ihnen. Ihre Tarnung war perfekt, kaum jemand nahm Notiz von den Fremden.

„Da, der alte Mann", flüsterte Yussuf aufgeregt.

Hakim nickte. Sofort änderte er die Marschrichtung.

Ein Zug des Erkennens ging über das Gesicht des Alten. „Du bist also zurück gekommen", sagte er zu Yussuf ohne die Stimme zu heben.

„Vielleicht, weil ich dir danken muss", entgegnete Yussuf, den Greis genau beobachtend.

Der lachte. „Sag mir lieber, was euch wirklich hertreibt." Er winkte Hakim und Celine heran. Seine Augen weiteten sich ungläubig. Er deutete Hakim an, sich zu ihm herabzubeugen. Der Alte berührte ihn genau so wie Yassir an den Schläfen. „Du hast ihn getroffen. Er lebt also", brummte er zufrieden in seinen langen weißen Bart.

„Wer?", fragte Hakim.

„Der Bruder des Königs", hauchte der alte Mann Hakim ins Ohr. Dabei hielt er zum Zeichen des Stillschweigens einen Zeigefinger vor seine Lippen.

„Was gibt es für Neuigkeiten?" Hakim überflog mit kurzem Blick den Basar, der aussah wie er ihn zehn lange Jahre erlebt hatte.

„Der Herrscher bereitet seine Hochzeit vor."

Yussuf glaubte, sein Herz müsse stehen bleiben.

„Noch ist es nicht so weit. Die Schöne hält ihn immer wieder hin. Wenn ihr wollt, könnt ihr sie heute Mittag auf dem Basar bewundern. Dann zeigt sie sich dem Volk und verteilt mildtätige Gaben."

Im selben Moment war der Greis verschwunden, als habe er sich in Luft aufgelöst. Yussuf setzte sich schwer atmend auf die kleine Mauer.

Hakim schaute ihn mitleidig an. „Zumindest ist jetzt der Ablauf klar. Wir legen uns auf die Lauer, warten bis Fatima erscheint, Celine versucht, an sie heran zu kommen und dann sehen wir weiter."

„Meinst du nicht, dass die Sache noch irgendwo einen Haken hat?", fragte Yussuf zweifelnd.

„Sicher ist irgendwo ein Pferdefuß versteckt, den werden wir nur erst bemerken, wenn er uns mit voller Wucht trifft", machte sich auch Hakim wenig Illusionen. „Lasst uns über den Basar gehen. Mal sehen, ob uns dort gute Ideen kommen."

Unter ihrem dichten Schleier hervor beobachtete Celine genauestens das dichte Treiben. Während man den beiden Männern kaum Beachtung schenkte, hoben einige den Kopf wenn sie erschien, um sie neugierig zu mustern. Außerdem gab man ihr stets den Weg frei. Schließlich machte sie die Männer darauf aufmerksam. „Hab ich irgendwas Komisches an mir?", fragte sie zweifelnd.

Yussuf betrachtete sie von Kopf bis Fuß. „Nicht, dass ich wüsste."

Hakim zuckte mit den Schultern. Dass er angestrengt in seinem Gedächtnis kramte, war ihm deutlich anzusehen. „Kommt mit", sagte er dann. Langsam führte er sie quer über den Basar zu einem der Schmuckhändler. Als sich Celine über die Auslagen beugte, trat auch er einen Schritt zurück, wobei er fast ängstlich die Fremde musterte.

„Und was willst du uns damit sagen?", wollte Yussuf wissen.

„Ist euch denn gar nichts aufgefallen?"

„Doch, der Schmuck hat keinerlei Verzierungen und es gibt auch keine Symbole, wie meinen Chepri zum Beispiel", teilte Celine ihre Erkenntnisse mit.

„Eben", triumphierte Hakim. „Eben!"

Celine gab einen seltsamen Laut von sich. „Aha, man hält sich von mir fern, weil ich ein altes Symbol der Pharaonen bei mir trage."

„Genau das wollte ich hören", lobte Hakim. „Man fürchtet sich vor der Macht der Pharaonen. Wie es uns helfen kann weiß ich nicht, auf alle Fälle ist das ein nicht zu unterschätzender Aspekt."

Yussuf sah ihn überrascht an. „Ich schätze, du hast den Finger auf dem wunden Punkt. Lassen wir uns also überraschen."

„Dann bin ich so etwas wie euer Schutzschild?" Celine sah die beiden verunsichert an.

„Unter Umständen könnte das passieren. Lass uns bitte nicht im Stich." Hakim warf ihr einen liebevollen Blick zu.

„Was ist denn jetzt los?", rief Yussuf plötzlich. Die Menschmassen fluteten zur Hauptstraße.

„Ich schätze, jetzt beginnt das Spiel. Wir dürfen Celine nicht aus den Augen verlieren." Hakim wurde unruhig.

Wie alle anderen, bildeten sie an der Straße Spalier. Zwei Palastwächter machten den Weg für die Sänfte mit der zukünftigen Herrscherin frei. Durch die Vorhänge, war kaum etwas von ihr zu erkennen. Yussuf warf Hakim einen verzweifelten Blick zu.

Im selben Moment löste sich Celine aus der Menge, um gemessenen Schrittes auf die Sänfte zuzugehen. Die Männer hielten den Atem an.

Sofort postierten sich die Wächter neben der Sänfte. „Halt! Keinen Schritt weiter! Was willst du?"

Mit einer herrischen Bewegung streckte Celine die rechte Hand aus. „Gebt den Weg frei!", befahl sie, noch einen Schritt näher auf die Bewaffneten zugehend.

Wie unter Zwang senkten sie die Waffen. Unangefochten erreichte Celine die Sänfte. Sie schob die Vorhänge beiseite. Zwei große traurige Augen in einem schmalen Mädchengesicht schauten sie fragend an. Von den Menschen unbemerkt schob Celine die Bilder unter das Kissen, auf welchem das Mädchen saß, das sie eindeutig als Fatima identifizierte. „Ich soll dich von deinem Bruder Hakim, von Yussuf al Bakir und von deinen Eltern grüßen", flüsterte sie.

„Wo sind sie?", fragte Fatima mit zitternder Stimme.

„Das darf ich dir nicht sagen. Wenn du sie wiedersehen willst, musst du zum Südtor kommen."

„Dort darf ich erst zum nächsten Markttag hin", klagte Fatima.

„Warum?"

„Malik hat es verboten"

„Tust du immer was er verlangt?"

„Ja, denn wenn ich nicht gehorche lässt er jedes Mal einen Menschen köpfen", weinte Fatima. „Und ich muss dabei zusehen."

„Dann sehen wir uns am nächsten Markttag. Bis dahin lebe wohl." Celine drehte sich um und ging genau so langsam an den Rand der Straße zurück, wie sie gekommen war.

Hinter ihr setzten sich die Träger der Sänfte wieder in Bewegung. Celine schritt, ohne sich umzuschauen, durch die Gaffer, in der Hoffnung, dass ihr die beiden Männer auf dem Fuß folgen würden. Außer Hörweite der Bewohner Ben Abus blieb sie stehen.

„Fatima lebt, sie scheint soweit gesund zu sein. Alles andere erfahrt ihr am Auto. Nichts wie weg hier."

Die Männer folgten ihrem Rat. Ohne Eile verließen sie den Basar, sattelten ganz in Ruhe die Kamele, um gemächlich mit ihnen davon zu ziehen. Nur kein weiteres Aufsehen erregen. Das wäre für ihren Plan alles andere als förderlich gewesen. Hakim hob bei den Fahrzeugen Celine vom Kamel herunter. Sie streifte sich den Schleier ab. Im selben Augenblick, zog Hakim sie in seine Arme. Erschreckt versuchte sie, sich seinen heißen Küssen zu entziehen. Dann wurde ihm schlagartig klar, was er gerade tat. Schnell ließ er sie los.

„Tut mir furchtbar leid. Ich hatte wahnsinnige Angst um dich", murmelte er schuldbewusst. Am Boden zerstört, verschwand er bei den Kamelen. Auf der Kante der Ladefläche hockend, ließ er den Kopf hängen. Wie konnte er sich nur so hinreißen lassen? „Ich bin doch so ein Idiot", stöhnte er.

Yussuf hatte von all dem nichts mitbekommen. Er hockte im Auto, wohl wissend, dass die gesamte Elektronik streikte und versuchte trotzdem, den Motor zu starten. Celine stand noch immer am selben Fleck. Sollte sie nun Hakim nachlaufen oder war es besser zu warten, bis er käme?

„Willst du lieber noch eine Weile schmollen oder möchtest du hören, was ich in Ben Abu herausbekommen habe?", hörte Hakim Celine fragen. Er war so mit seinen düsteren Gedanken beschäftigt, dass er sie nicht mal hatte kommen hören.

Schnell sprang er von der Ladefläche. „Celine, es tut mir wirklich leid."

Sie presste die Lippen aufeinander atmete tief durch Nase ein, schüttelte missbilligend den Kopf. „Bist du jetzt fertig mit deiner Selbstzerfleischung?"

„Was?"

Sie nahm sein Gesicht in beide Hände. „Vielleicht tröstet das dich etwas." Mit diesen Worten küsste sie ihn zärtlich auf die Nasenspitze. „Ich mag dich", hauchte sie. Dann drehte sie sich um, den verdatterten Hakim einfach wieder sich selbst überlassend. Der stand noch Weile als hätte ihn der Blitz getroffen. Schließlich ging er zu ihr auf die andere Seite der Fahrzeuge.

„Die Sonne wird bald untergehen. Wir sollten lieber ins Auto steigen", schlug Yussuf vor. Schnell folgten alle seinem Rat.

Celine wollte gerade mit ihrem Bericht beginnen, als Hakim rief: „Die Kamele!"

Yussuf warf einen Blick aus dem Fester. „Sind alle noch da."

„Nur nicht mehr lange, wenn wir uns nicht beeilen. Die haben nämlich kein Dach über dem Kopf", verriet Hakim erblassend.

Celine erschrak ebenfalls. „Nehmt doch das Zelt."

„Da passen sie doch nicht rein", murmelte Yussuf. Celine lachte. „Männer! Nicht die Kamele rein ins Zelt, sondern das Zelt über die Ladefläche mit den Kamelen."

„Ja natürlich!" Sofort sprangen die beiden aus dem Auto, um Celines Vorschlag in die Tat umzusetzen. Die Sonne sank schnell. Celines Herz begann zu rasen. Endlich sprangen die beiden ins Auto und verriegelten die Türen. Diesmal vergaß Celine alles. Sie warf sich an Hakims Brust und küsste ihn ab.

Das „hmm, hmm" von Yussuf riss sie in die Wirklichkeit zurück.

„Oh, ich glaube, ich habe mir Sorgen gemacht", stammelte sie knallrot anlaufend.

„Dafür könnte ich glatt noch einmal aussteigen." Hakim grinste spitzbübisch.

„Blöde Idee", lachte Yussuf. „Könntet ihr euch vielleicht dazu durchringen, ohne auszusteigen miteinander zu schmusen? Ich meine ja nur ."

„Äh – ja", antworteten beide gleichzeitig.

Worauf sich Yussuf wirklich köstlich amüsierte. „Na es geht doch", feixte er. „Dass die Jungverliebten immer eine Starthilfe brauchen, tz, tz, tz."

„In zwei Wochen reden wir weiter", konterte Hakim. „Übrigens verschwindet die Oase gerade." Er deutete aus dem Fenster. Celine rieb sich ein paar Mal die Augen. Jetzt, wo sie es selbst miterlebte, konnte sie es trotzdem kaum glauben.

„Wieder warten", hörte sie Yussuf fast verzweifelt sagen. Auch Hakim schaute wehmütig in die Dunkelheit.

„In zwei Wochen werden wir wieder hier sein.", begann Celine zu erzählen. „Für Fatima ist es die einzige Gelegenheit, in die Nähe des Südtores zu kommen, ohne dass dafür Menschen sterben müssen."

„Sterben?" vergewisserte sich Hakim.

„Ja, sterben. Sie hat erzählt, dass jedes Mal, wenn sie sich gegen Malik auflehnt, vor ihren Augen ein Mensch enthauptet wird."

„Und sie verkraftet das?" Hakim schaute Celine beschwörend an.

„Nicht besonders gut. Sie hat traurige Augen und sie sieht schmaler aus, als auf den Bildern. Als ich sie von euch grüßte, leuchteten ihre Augen. Ich glaube, sie hat Heimweh. Ich habe ihr nicht gesagt, dass ihr ganz in der Nähe seid. Aber sie hat die Bilder bekommen. Vielleicht findet sie allein heraus, dass auch ihr euch verändert habt. Ich habe ihr versprochen, dass ich sie zum nächsten Markttag wieder besuche."

„Danke." Hakim drückte Celines Hand. „Wenigstens wissen wir jetzt, dass sie lebt und auf Nachricht von uns warten wird. Du warst großartig, Celine. Einfach großartig."

„Dem gibt es nichts hinzuzufügen." Yussuf warf dem Mädchen einen dankbaren Blick zu.

„Mir spuken eine Menge Gedanken im Kopf herum", fuhr Celine fort. „Aber die erfahrt ihr erst, wenn ich mir sicher bin. Jetzt möchte ich bitte ein Stück von diesem furchtbaren Ort weg."

„Dein Wunsch ist uns Befehl." Yussuf ließ den Motor an.

„Darf ich diesmal mit dir mitfahren?", bat Celine.

„Gern, aber erst wird das Zelt verpackt." Hakim reichte ihr die Hand. Bald waren die Fahrzeuge abreisebereit. Celine kletterte in den Transporter. „Der ist nicht so komfortabel wie der Nissan", schmunzelte Hakim.

„Macht nichts, Hauptsache ich bin bei dir." Celine streckte die Beine aus.

Auf dem alten Rastplatz versorgten sie die Kamele, aßen eine Kleinigkeit, um todmüde in die Schlafsäcke zu kriechen. Auf das Zelt hatten sie verzichtet, für drei Personen war der Geländewagen ausreichend. Als Celine am nächsten Morgen erwachte, ruhte ihr Kopf an Hakims Brust. Er hatte seinen Arm schützend um ihre Schulter gelegt. Sie wünschte sich inständig, bald für immer so ihren Tag beginnen zu können. Hakim hatte es nicht verdient, dass sie ihn zappeln ließ.

„Dann kann ich auf ein ‚Ja' hoffen?", hörte sie ihn leise fragen. Sie hatte keine Ahnung, wie lange er sie schon liebevoll anschaute. Statt einer Antwort kuschelte sie sich wieder an. Das sagte ihm mehr als viele Worte. Auf der Heimfahrt folgte Celine der Stimme der Vernunft, indem sie bei Yussuf mitfuhr. Mitten in der Nacht erreichten sie Kairo.

Die al Kassims kamen sofort auf den Hof hinunter. Das Glück, die drei wohlbehalten wiederzusehen, stand ihnen deutlich ins Gesicht geschrieben.

„Habt ihr Fatima gefunden?", fragte Ali sofort.

„Haben wir", antwortete Celine für alle. Ihr Bericht erfreute die Eltern der Vermissten sehr. „Wenn sie nichts Unbedachtes tut, dann haben wir gute Chancen, sie in zwei Wochen dort raus zu holen", beendete Celine ihre Erklärungen.

„Braucht ihr noch etwas, außer den Kamelen?", wollte Ali wissen.

Celine schloss einen Moment die Augen. „Es gäbe da schon etwas, dass uns sehr helfen würde. Jeder sollte wenigstens einen Skarabäus um den Hals tragen und für Fatima wäre das Käferchen ganz besonders wichtig."

„Daran soll es nicht scheitern", versprach Ali. „Ich werde euch Skarabäen, Lebensschlüssel und Isis-Flügel besorgen."

„Morgen bringen wir Yassir die Kamele zurück", warf Hakim ein. „Ich muss mich unbedingt mit ihm unterhalten."

„Darf ich mit?" Celine schaute die Männer flehend an.

„Ich bitte darum", sagte Hakim sehr ernst. „Du bist die, welche immer zuerst merkt, wenn sich seltsame Dinge ereignen. Seit den Worten des Alten auf dem Basar würde mich brennend interessieren, was Yassir mit Ben Abu zu schaffen hat."

„Stimmt ja, die haben beide die gleichen komischen Zeichen an deinen Schläfen gemacht", fiel es Yussuf wieder ein.

„Und davon habt ihr mir nichts gesagt?" fragte Celine fassungslos. „Möglicherweise hätte uns der Mann auf dem Basar noch viel mehr Informationen geben können." Dann winkte sie ab. Es war nun nicht mehr zu ändern.

Yussuf kicherte. „Ich weiß genau was du jetzt denkst."

„Wirklich?"

„Männer!" Und das brachte er genau in dem Tonfall heraus, den Celine drauf hatte, als es um das Zelt für die Kamele ging.

Sie warf einen scheuen Blick zu Ali hinüber. Womöglich mochte er es gar nicht, wenn sie Hakim und Yussuf die Meinung sagte.

Ali schaute die beiden jungen Männer amüsiert an. „Sie sollte wirklich langsam Beratungsgebühren kassieren."

Als Celine gehen wollte, hielt Ali sie noch einmal zurück. Er drückte ihr zwei Blätter Papier in die Hand. „Es würde mich freuen, wenn du das erledigen könntest."

Sie warf einen Blick darauf, bekam riesengroße Augen, presste die Papiere an sich, dann stürzte sie mit einem nicht ganz zu unterdrückenden Jubelschrei aus dem Zimmer.

„Was war das?" Hakim schaute erstaunt die geschlossene Tür an.

Ali grinste breit. „Das Anrecht auf ein besseres Leben."

„Wie?", stotterte Hakim verblüfft.

„Sie wird ab Montag mit dir die Schulbank drücken. Wenn ich dich recht verstanden hatte, dann wolltest du doch, dass sie nicht völlig abhängig von dir wird. Wenn ihr es wirklich schafft, Fatima wieder nachhause zu bringen, dann finanziere ich Celine auch noch ein Studium. Sie ist ein kluges Mädchen, das das Zeug dazu hat, wirklich weit zu kommen. Warum sollen bei den al Kassims nur die Männer glänzen? Nach allem was passiert ist, schmücke ich mich gern mit einer intelligenten Schwiegertochter. Es wird genügend Neider geben. Zufrieden?"

„Ich glaube schon. Jedenfalls habe ich kein Problem damit, dass meine zukünftige Frau eine eigene Meinung hat oder gar findiger ist als ich. Es kam nur ziemlich überraschend."

Die Flucht

Genauso überraschend kam für Fatima der Besuch der fremden Frau auf dem Markt. Wer mochte sie nur gewesen sein? Woher kannte sie ihre Familie und Yussuf? Was hatte sie ihr nur unter das Kissen gesteckt? Fatima traute sich nicht, nachzusehen. In den finstern Gängen der Burg blieb noch genügend Zeit, um etwas unter ihrem Schleier zu verbergen.

Wie gewohnt, ließ sie sich über den Basar tragen, schaute sich die Waren der Händler an, verteilte Silbermünzen an die Armen und Kranken. Malik war sehr viel daran gelegen durch sie seinen Ruf aufzupolieren, nur merkte Fatima nicht, dass er sie benutzte. Er hatte fest damit gerechnet, dass sie keine Geschenke von ihm nehmen werde. Was er ihr zukommen ließ, verteilte sie an jedem Markttag unter das Volk. Malik rieb sich mit genüsslichem Grinsen die Hände. Dass sie seinem Werben nicht nachgab, stand auf einem anderen Blatt.

Malik wusste, wie er früher oder später ihren Widerstand brechen konnte. Brachte sie ihn zur Weißglut, indem sie ihn abwies oder seine Befehle missachtete, reagierte er sich ab, indem er dem erst besten Gefangenen den Kopf abschlagen ließ. Wirklichen Genuss an der Sache hatte er aber nur, wenn er Fatima zwang, dabei anwesend zu sein, schließlich war die grausige Strafe ja auch für sie gedacht. Ihr die Schuld am Tod der vielen Opfer zu geben, bereitete ihm dann stets den allerhöchsten Genuss. Lange würde es sicher nicht mehr dauern, bis sie ‚Ja' sagen würde, nur um das Morden zu beenden.

Fatima hasste Malik aus tiefstem Herzen. Ihr wurde richtig übel bei dem Gedanken, ihr ganzes Leben mit diesem Scheusal verbringen zu müssen. Ein Mal versuchte sie zu fliehen, indem sie die Palastwache bestach. Weit kam sie nicht, dafür gab es umgehend wieder zwei Hinrichtungen. Malik ließ die abgeschlagenen Köpfe zur Abschreckung auf Stangen genau vor ihrem Fester stecken. Eine alte Dienerin erzählte Fatima unter Todesgefahr, dass der Magier seine vier Ehefrauen ebenfalls hatte umbringen lassen, weil er ihrer überdrüssig geworden war. Manchmal wunderte sich das junge Mädchen, weshalb er sie nicht anrührte. Wobei die seelischen Grausamkeiten, die er ihr zufügte, fast genau so schlimm wie körperliche Schmerzen waren.

Eines Abends erzählte ihr Malik, weshalb er sie entführt und zu seiner Frau auserkoren hatte. Vor hunderten von Jahren war die Oase vom

Reich des Pharao abtrünnig geworden. Statt den Bund mit Horus zu erneuern, hatten sich die Bewohner in die Hände Seths begeben und den Pharao in einen gemeinen Hinterhalt gelockt. Während die Eskorte bis auf den letzten Mann niedergemacht wurde, gelang es dem Herrscher, zu fliehen. Auf seinem Weg folgte er einem Skarabäus, der ihn zu einem Nomadenlager führte. Das Wandervolk der Wüste brachte den König wohlbehalten in seine Residenz zurück, wo er noch am selben Tag im Tempel des Horus einen furchtbaren Fluch über Ben Abu aussprach.

Seit jenem Tag kann die Stadt alle zwei Wochen für genau einen Tag in der Welt der Lebenden erscheinen. Die restliche Zeit ist sie, im Reich der Toten, den Augen der Menschen verborgen. Das Orakel hatte prophezeit, dass dereinst ein wunderschönes Mädchen aus einer Stadt mit Namen Kairo erscheinen, die Macht des Herrschers der Oase für alle Ewigkeit festigen und damit den Fluch lösen werde. Sie sei nun gekommen, und er, Malik, habe allen Grund, sie nicht mehr gehen zu lassen.

Fatima wagte nicht, zu widersprechen, obwohl sie auch die Prophezeiung des Orakels von Delphi kannte, das Krösus zu seinem Persienfeldzug gesagt hatte: *Wenn du den Halys überschreitest, wirst du ein großes Reich zerstören.* Ein großes Reich wurde zerstört, nur eben das des Krösus und nicht das der Perser. Ihre Einwände würde sicher wieder ein Unbeteiligter büßen, also hielt sie lieber den Mund. An jenem Abend begriff Fatima, wie schlecht ihre Chancen standen, jemals wieder nach Hause zu kommen. Ob ihr Bruder und ihre Eltern noch lebten, wusste sie auch nicht. Zumindest hatte sie deren Hinrichtungen nicht beigewohnt. Warum hatte sie sich auch ständig mit Hakim streiten müssen? Er war ein Träumer, aber damit richtete er doch keinen Schaden an. Sie hatte ihn auf dem Basar ausgelacht, weil er die alten Gemäuer und die verwinkelten Gassen so geheimnisvoll fand und weil er Zauberer und Dämonen hineinträumte. Dann war sie einfach davongelaufen, um hinter einer Ecke zu beobachten, wie er hilflos nach ihr Ausschau hielt. Als man sie plötzlich packte und auf ein Pferd zerrte, hatte sie keine Ahnung, wie nah Hakims Gedanken der Wahrheit kamen. Hakim, ihr kleiner Bruder…

Sie wusste nicht, dass er sein Leben gewagt hatte, um sie zu finden und auch nicht, dass ihm das zum Verhängnis geworden war. Wie lange das alles schon her war, konnte Fatima auch nicht ermessen. Wochen? Monate? Vielleicht Jahre? Die Menschen in Ben Abu veränderten sich nicht. Auch sie selbst veränderte sich nicht. Zumindest fiel es ihr selbst nicht auf, dass sie immer schmaler, trauriger und in sich gekehrter wurde. Selbst die Wunder, die Malik erschuf, beeindruckten sie nicht mehr. Er hatte vor ihren Augen aus zwei alten Bäumen schlangenartige Drachen erstehen lassen.

„Taschenspielertricks", hatte sie verächtlich gesagt und sich abgewandt.

„Wie du meinst, meine Liebe", antwortete Malik mit einer amüsierten Verbeugung.

Am Abend sah sie, wie man den Drachen ein totes Pferd brachte. Nach ein paar Sekunden waren nicht einmal mehr die Hufe übrig. Damals begann sie, die Macht des Magiers zu begreifen, für den sein fliegender Teppich wirklich nur ein läppisches Spielzeug war. Je grausamer Malik wütete, umso weniger konnte sich Fatima an seinen magischen Spielereien erfreuen. Am Ende war es ihr völlig egal, dass er sie mit einem Fingerschnippen hätte töten können. Fatima hatte Sehnsucht nach zu Hause, nach Hakim mit den verträumten schwarzen Augen, nach Freiheit, nach Leben.

Fatima ließ sich zum Palast zurücktragen. Die Worte der Fremden gingen ihr nicht mehr aus dem Kopf, die Grüße der Familie und eines jungen Mannes, den sie immer bewundert hatte. Yussuf al Bakir, der Mann, der sich mit bloßen Händen gegen den Angriff eines Löwen gewehrt und ihn am Ende besiegt hatte. Die lange Narbe am linken Oberarm wies ihn als Helden aus. Yussuf kam oft zu ihrem Vater. Zwar hatte er sie nur zwei oder vielleicht drei Mal gesehen, aber vielleicht hätte er eines Tages sogar um ihre Hand angehalten? Fatima kamen die Tränen. Hätte – wäre – könnte – wenn – vielleicht, das half ihr hier alles nicht weiter.

Die Träger erreichten die äußere Ringmauer. Im Schatten der Palmen tastete Fatima nach dem Geschenk, um es über dem Gürtel in den Ausschnitt ihres Gewandes gleiten zu lassen. Sich nur nichts anmerken lassen, nur keine falsche Eile. Malik saß nicht auf seinem Thron, sein schwarzer Hengst stand ebenfalls nicht im Stall, alles deutete darauf hin, dass er erst gegen Abend wiederkommen werde. Fatima erreichte unangefochten ihre Räume. Schnell verriegelte sie die Tür. Dann zog sie die Kärtchen hervor, die sich als Fotos entpuppten.

Sie stöhnte gequält auf. „Vater, Mutter." Die beiden hatten sich sehr verändert. Einzelne Silberfäden durchzogen ihr Haar. Fatima runzelte die Stirn. Die jungen Leute kannte sie nicht, die mit ihren Eltern eng zusammengedrängt auf dem Sofa saßen und Bilderalben anschauten. Sicher Freunde. Vater hatte viele Freunde. Sie nahm ein anderes Bild in die

Hand. Das junge Paar schaute direkt in die Kamera. Fatima begannen die Hände zu zittern. Diese Augen … das konnte kein Zufall sein … dieser verträumte Ausdruck … das Lächeln. Hakim? Aber das konnte nicht sein. Hakim war drei Jahre jünger als sie. Wie sollte er sich plötzlich so verändern und eine Frau haben. Aber Mutter und Vater sahen auch älter aus, als an jenem verhängnisvollen Tag. Fatima riss ihren Handspiegel an sich. Ungläubig starrte sie hinein. Vielleicht war das alles doch nur ein Trick Maliks? Die Bilder waren nicht echt. Genau so musste es sein. Sie warf sie wütend auf den Boden.

Plötzlich erstarrte sie. Zwischen den Fotos gewahrte sie Sha Rukh Khan. Den indischen Superstar konnte Malik nun wirklich nicht kennen. Sehr vorsichtig sammelte sie die verstreuten Bilder wieder ein. Nur ihre Mutter wusste, wo sie die Autogrammkarte aufbewahrt hatte. Außerdem besaß Malik nur über Ben Abu Macht. Noch einmal betrachtete sie die Fotos, jetzt war sich auf einmal ganz sicher, Hakim vor sich zu haben. Aber dann bedeutete das ja… Ja natürlich! Die Fremde, die ihr die Bilder zugesteckt hatte, war dieselbe Frau wie auf dem Bild. Sie hatte Grüße ausgerichtet, von Mutter, Vater, Hakim und Yussuf. Also hatte Yussuf fotografiert und ganz sicher war er heute mit dieser geheimnisvollen Unbekannten und Hakim auf dem Basar gewesen. Und die Frau hatte versprochen, wiederzukommen.

Jetzt ergab auch die Sache mit dem Südtor einen Sinn. Sicher war alles schon für ihre Rettung vorbereitet. Fatima lauschte an der Tür, dann warf sie die verräterischen Fotos schnell ins Feuer. Es fiel ihr nicht einmal besonders schwer, auch noch das Autogramm ihres Idols zu vernichten. Nicht den kleinsten Verdacht durfte Malik schöpfen. Der war imstande, ihre ganze Familie auszulöschen. Die Asche ihrer geheimen Vernichtungsaktion streute Fatima in den Wind. Nicht ein einziger Krümel sollte übrig bleiben. Dann zog sie lautlos den Türriegel wieder zurück, legte sich in ihr Himmelbett, um den wundervollsten Traum ihres Lebens zu träumen.

Der Magier ließ sie rufen, als sie nicht zum Essen erschien. Ungeduldig schaute er ihr entgegen. Sein Unmut verrauchte schnell, als sie etwas näher kam. Fatima war noch blasser als sonst, in ihren Augen lag ein fiebriger Glanz. Stumm nahm sie auf der untersten Stufe zu seinem Thron Platz, ohne ihn überhaupt anzusehen. Malik fasst nach ihrem Handgelenk, wo der Puls raste, als würde es kein Morgen mehr geben.

„Du bist krank?", fragte er eher sich, als seine unfreiwillige Braut. „Was fehlt dir?"

„Sonne und ein wenig Freiheit", murmelte Fatima. „Lass mich doch wenigstens auf den Markt gehen. Ich kann doch Ben Abu sowie so nicht verlassen."

„Ja die magischen Siegel haben auch manchmal etwas Gutes", lachte Malik. „Schade, dass ich sie nicht nach meinem Willen lenken kann. Wenn du Sonne haben willst, dann geh in den Garten."

„Zu deinen Drachen?" Fatima bedachte ihn mit einem Blick, als wäre er nicht ganz bei Sinnen.

„Ich lasse sie wegbringen", versprach Malik.

Fatima horchte auf. Die Macht des Magiers war wohl doch nicht unüberwindlich, wenn er seine Kreaturen nicht einmal rückverwandeln konnte. „Ich möchte auf den Markt", widersprach sie. Und ehe er wieder wütend werden konnte, setzte sie hinzu. „Den Stoff für ein Festkleid werde ich in deinem Garten ganz sicher nicht finden."

Malik stutzte. Ein Festkleid? Hier gab es keine Feste, es sei denn … Sein finsteres Herz machte einen Sprung. Eigentlich konnte nur der Stoff für ein Hochzeitskleid gemeint sein. Er versuchte, in Fatimas Augen zu lesen, die wieder diesen trüben, traurigen Schimmer angenommen hatten. „Dann geh in Seths Namen auf den Markt und ergötze dich an den Stoffen", platzte er heraus. „Mein Schatzmeister wird dich begleiten."

„Danke", murmelte Fatima gepresst, um nicht in einen Freudenschrei auszubrechen.

Malik grübelte so über ihre Worte nach, dass er sogar die allabendliche Hinrichtung ausfallen ließ. Außerdem sorgte er sich nun doch um Fatima, die nicht einen Bissen aß, sofort wieder in ihrem Zimmer verschwand, um zu schlafen. Auf den Gedanken, dass ihre Krankheit auf der Wirkung einiger Kräuter beruhte, die ihr die alte Dienerin verraten hatte, wäre er niemals gekommen. Am nächsten Morgen sah sie noch kranker aus. Malik konnte ja nicht ahnen, dass sie die Aufregung über das bevorstehende Wiedersehen mit der Unbekannten zusätzlich aufwühlte.

Vorsichtshalber ließ er seinen Leibarzt hinter ihrer Sänfte herlaufen, schließlich sollte ihr nichts zustoßen, zumindest nicht, solange sie noch nicht seine Frau war. Fatima musste sich ziemlich zusammenreißen, um dem Gift nicht völlig zu erliegen. Immer wieder glitt sie in kurze Phasen der Bewusstseintrübung hinein. Es war wohl doch ein Tropfen zuviel gewesen. Der Arzt beobachtete den Zustand des Mädchens mit Sorge. Malik würde ihn köpfen lassen, wenn sie nicht heil in die Burg zurückkehrte. Nur sehr langsam baute der Körper die Substanzen ab. Noch bevor sie den Basar erreichten, fühlte sie sich wieder etwas wohler. Trotzdem musste sie der Arzt führen, als sie die Sänfte verließ. Fatima ließ sich verschiedene Stoffe zeigen. Ein gut gespielter Schwächeanfall zwang sie in die Festung zurück zu kehren.

„Dann muss ich mir morgen die anderen Stoffe ansehen", seufzte sie. Rasch trug man sie zur Burg zurück. Kaum in ihrem Zimmer, fiel sie in einen traumlosen Schlaf. Sie merkte nicht, wie Malik neben ihrem Bett stand, forschend das schweißüberströmte, bleiche Gesicht betrachtete und kopfschüttelnd wieder verschwand.

Wie versprochen, durfte Celine zu Yassir mitfahren. Sie half beim Abladen der Kamele, dann zog sie sich in den Schatten einer Palme zurück, während die Männer auf dem Teppich sitzend ihre Geschäfte abwickelten. Der alte Beduine beobachtete das Mädchen aus den Augenwinkeln, ohne dass seine Gesprächspartner etwas davon merkten.

Als Hakim schließlich die Unterhaltung in Richtung der seltsamen Oase lenkte, fragte Yassir: „Meinst du nicht, dass es ihr hier besser gefallen würde, als so allein unter diesem Baum?" Dabei blitzten seine Augen schelmisch auf. Dann winkte er Celine zu. „Na komm schon her, mein Kind. Es ist noch Platz auf dem Teppich." Dankend nahm sie die Einladung an, setzte sich ganz an den Rand, um den Worten des alten Mannes zu lauschen.

„Ich kenne eure Fragen", begann Yassir, „und ich werde euch auch viele Antworten geben. Ob ihr daraus die richtigen Schlüsse zieht, ist ganz allein eure Sache." Dabei sah er Celine bedeutungsvoll an. „Du trägst etwas bei dir, was für euer Vorhaben einen unschätzbaren Wert hat. Ich weiß, dass du das schon erkannt hast und ich weiß auch, wie du es einzusetzen gedenkst. Mit deinem Mut könnte es sogar funktionieren."

Yussuf und Hakim staunten nicht schlecht. Der Alte war offenbar bestens informiert.

Yassir lächelte still. „Vielleicht sollte ich euch von der alten Prophezeiung erzählen? Es könnte hilfreich für euch sein."

„Woher willst du eigentlich wissen, was wir tun wollen?", fragte Yussuf.

„Niemand hat dir gesagt, wer die beiden sind." Er deutete auf Hakim und Celine.

Yassir kicherte. „Du magst zwar Recht haben, aber ich bin trotzdem voll im Bilde."

„Erzähl uns von der Prophezeiung", bat Celine. „Das ist sicher wichtiger, als die Frage zu klären, woher du welche Informationen hast. Das erfahren wir sicher auch noch nebenbei, wenn wir ganz genau zuhören."

„Kluges Mädchen", murmelte der Alte. „Hakim al Kassim, wenn ich dir einen ganz persönlichen Rat geben darf – warte bloß nicht zu lange mit der Hochzeit."

„Ich werde es beherzigen", stotterte Alis Sohn völlig überrascht darüber, dass ihn Yassir tatsächlich mit vollem Namen ansprach.

Celine schlug verlegen die Augen nieder. Der alte Mann schaute alle drei forschend an. „Was habt ihr an Informationen über Ben Abu zusammengetragen?"

Reihum, zählte jeder auf, was ihm einfiel. Die Details prasselten nur so über Yassir herein. „Gut, gut", brummte er zufrieden in seinen Bart.

Hakim hob den Zeigefinger. „Eine ganz wichtige Beobachtung hätten wir jetzt fast vergessen – den alten Mann vom Basar. Der nimmt sich nicht nur freundlich der Fremden an, der erinnert mich auch ganz stark an dich. Nicht nur, weil er mich genau so seltsam berührt hat, er ähnelt dir irgendwie, auch wenn er anders aussieht. Übrigens sprach er davon, dass ich den Bruder des Königs getroffen hätte. Da ich weiß, dass du ein Stammesfürst warst, bin ich versucht anzunehmen, dass der alte Mann aus Ben Abu der rechtmäßige König der Stadt ist. Zwar heißt es, Malik habe ihn enthaupten lassen, aber geredet wird viel, wenn der Tag lang ist."

Yassir rieb sich die Hände. „Ihr seid ja richtig gut. Der Fluch über die Oase wurde übrigens vor sehr, sehr langer Zeit durch einen Pharao ausgesprochen. Reden wir lieber über das, was das Orakel gesagt hat. Also wörtlich heißt es in dem Papyrus: ‚Mädchen, das du aus Kairo kommst, wunderschön und jung wie der Morgen. Im Zeichen des Chepri gibst du dem Herrscher die Macht auf ewig, so wie ewig die Sonnenscheibe am Himmel erglüht. Im Namen des Lichtes wird Horus den Fluch lösen, um den Bund mit den wahren König zu besiegeln.'"

„Ach du heiliger Skarabäus! Dann weiß dieser Malik gar nicht, dass er mit Fatima einem Phantom nachjagt! Celine ist die Erlöserin und Fatima stürzt ihn ins Verderben, weil er ja nicht der König ist", rief Yussuf.

„Stimmt", entgegnete Yassir kurz.

Celine nickte. „Das ist auch die Erklärung dafür, warum er Fatima relativ gut behandelt. Er kennt den Wortlaut der Prophezeiung, aber nicht den Grund, aus dem sie wahr werden wird."

„Hast du für mich auch einen guten Rat?", wandte sich Yussuf an Yassir.

Dem schaute schon wieder der Schalk aus den Augen. „Wer einen Löwen bändigen kann, der wird auch mit einer Frau fertig."

Yussuf blieb beinahe der Mund offen stehen. „Gibt es auch Sachen, von denen du keine Kenntnis hast?"

„Computer", antwortete Yassir kurz und bündig. Bei dem einsetzenden Gelächter hoben sogar die Kamele erschreckt die Köpfe. „Natürlich habe ich auch für dich einen Rat", fuhr er ziemlich ernst fort. „Auch wenn es dir widerstrebt, du solltest Fatima notfalls mit Gewalt aus der Oase bringen. Egal was ihr Malik auch erzählt hat, er wird sie früher oder später umbringen lassen, wie er es mit einer meiner Schwestern getan hat."

„Dann hat er sie nur geheiratet, um an die Macht in Ben Abu zu kommen?" Celine schüttelte angewidert den Kopf.

Yassir nickte. „Anders wäre er nicht in den Palast gelangt."

„Liegt der Ursprung eueres Stammes in der Oase?", wollte Hakim wissen.

Yassir wich einer klaren Antwort aus, indem er erwiderte: „Das ist wohl der alte Streit, was eher da war, das Huhn oder das Ei." Er schaute nachdenklich in den Himmel. „Wisst ihr, ich möchte meinen Lebensabend in Ben Abu verbringen, falls ihr siegreich aus der Schlacht zurückkehrt."

„Weil dir dadurch noch viele Jahre geschenkt werden?", vermutete Yussuf.

„Ja, genau deshalb. Ich möchte mit Faruk die alten Traditionen leben, die hier Stück für Stück verschwinden.", sinnierte der alte Beduine. „Ich werde euch deshalb in zwei Wochen begleiten. Vielleicht kann ich euch ja auch nützlich sein." Yassir bat seine Gäste zu gehen, weil er noch viele Dinge bis dahin zu regeln habe. Die drei jungen Leute machten sich auf den Heimweg.

Celine war ziemlich aufgeregt, als sie am folgenden Tag mit Yussuf den Abendlehrgang besuchte. Ziemlich schnell hatte sie herausgefunden, dass die anderen Teilnehmer auch nur mit Wasser kochten. Etwas hilflos schaute sie nur, als es um Hausaufgaben am Computer ging. Bevor sie sagen konnte, dass sie keinen hatte, tippte Hakim sie an und schüttelte kaum merklich den Kopf.

„Du kannst meinen Rechner mit nutzen", sagte er auf dem Heimweg. „Da gibt es ohnehin keine geheimen Daten. Wenn du möchtest, können wir ja auch gemeinsam arbeiten."

„Aber deine Eltern werden es sicher nicht gern sehen, wenn ich ständig in deine Zimmer komme", warf sie zaghaft ein.

„Soll ich lieber zu dir kommen?", fragte Hakim mit einem Augenzwinkern.

Celine senkte den Blick. Hakim hatte ja Recht, an seinem großen Schreibtisch war genügend Platz für zwei zum Arbeiten. So wie sie ihn kannte, würde er die Situation sicher auch nicht ausnutzen. Celine seufzte.

„Und?" Hakim dehnte das Wort.

„Hast gewonnen. Das ist wirklich meine einzige Chance."

Hakim blieb stehen, nahm Celines Hände, lachte und sprach: „So, nun Klartext. Nächsten Monat heirate ich dich, egal ob wir Fatima befreien können oder nicht. Irgendwie werden wir zwei uns schon finanziell durchwursteln. Ich brauche weder eine Riesenfeier noch den ganzen Verwandtschaftsrummel. Es weiß ja eh keiner, dass es mich noch gibt. Irgendwann, eines Tages, wenn wir fleißig genug sind und uns nicht beirren lassen, werden wir uns vielleicht einen kleinen Wohlstand schaffen, mit dem wir gut leben können. Ich hatte zwar alles etwas anders geplant, aber ungewöhnliche Situationen erfordern ungewöhnliche Reaktionen."

„Hältst du ihr ein Referat?", sagte eine Stimme hinter ihnen. Beide fuhren erschreckt herum.

„Vater!" Hakim war sehr erstaunt. „Bist du schon lange hier?"

Ali schmunzelte. „Lange genug, jedenfalls." Alis Grinsen wurde noch breiter. „Streicht schon mal die Miet- und Verpflegungskosten aus eurer Rechnung." Den jungen Leuten war auch ohne weitere Worte klar, dass er Hakims Erklärung zumindest teilweise gehört haben musste. „Wegen fehlender Einnahmen hast du doch sicher schon mit ihr gesprochen?"

Hakim schüttelte den Kopf. „Dazu bestand bis gerade eben ja keine Notwendigkeit."

„Na gut, dann kann ich das auch gleich selbst in die Hand nehmen." Ali wandte sich Celine zu. „Auch Klartext", begann er seinen Satz, der deutlich zeigte, dass er sogar die ganze Unterhaltung der beiden mitbekommen hatte. „Da ich dich, als Schwiegertochter, nicht für Arbeiten im Haushalt bezahlen werde,..." Celine erschrak und warf Hakim einen flehenden Blick zu. „... hätte ich einen Job als Schmuckverkäuferin in einer meiner Filialen für dich", fuhr Ali fort, als hätte er ihr Erschrecken gar nicht bemerkt. „Da wäre zum Beispiel das Geschäft am großen Basar in Kairo, das durchaus ein neues Image vertragen könnte. Von einer jungen hübschen Frau kaufen die solventen Touristen doch lieber, als von einem alten Mann."

Celine bekam riesengroße Augen. „Ich darf ... ich meine ... ich kann wirklich weiter für Sie arbeiten?"

„Versprochen." Ali legte die rechte Hand auf sein Herz.

Hakim lachte. „Ich glaube, nun ist sie wirklich sprachlos."

Celine stand in der Tat einfach nur da, wischte sich ein paar Freudentränen ab und strahlte regelrecht vor Dankbarkeit.

„Kommt nach Hause, ehe wir hier alle Wurzeln schlagen", sagte Ali schließlich, legte den beiden die Arme um die Schultern, damit er sie sanft wieder auf den Weg dirigieren konnte. Zu Hause wartete eine ganz andere Überraschung auf ihn – Bankdirektor Sabiri.

Nach den üblichen Begrüßungsfloskeln begann der ohne Umschweife: „Ali, ich bin lieber gleich selber gekommen, auf dem Konto deines verschwundenen Sohnes sind plötzlich Bewegungen, die mit den üblichen Buchungen, die du noch immer laufen lässt, nichts zu tun haben. Du solltest umgehend alles überprüfen und notfalls die Polizei einschalten."

Ali fasste sich an die Stirn. „Ach ja, die Buchungen. Die sollte ich nun wirklich stoppen."

„Dann wickelst du also Geschäfte darüber ab?", fragte Sabiri erstaunt.

Al Kassim lachte. „Nein, nein, ich bin ganz unschuldig. Ich danke dir auch sehr für die Informationen, aber sei versichert, dass das alles völlig legal und rechtens ist."

Bevor der Bankdirektor etwas erwidern konnte bat Ali über das Haustelefon Hakim zu sich. Schon beim Eintreten ahnte der junge Mann den Grund des späten Besuches Sabiris.

„Guten Abend Herr Sabiri, tut mir leid, wenn ich sie etwas beunruhigt habe", sagte er lächelnd.

Der Banker schaute den Ankömmling verständnislos an. „Ich kann mich gar nicht erinnern, dass wir uns schon einmal begegnet sind."

„Kein Wunder, zehn Jahre sind eine lange Zeit und ich habe mich sicher etwas verändert", erklärte Hakim leichthin. „Ich glaube, ich muss demnächst in der Filiale vorbeischauen, denn meine Kreditkarte ist schon vor zwei Jahren abgelaufen", fuhr er ungerührt fort.

Ali musste sich mühsam das Grinsen verbeißen, als er die entgleisenden Gesichtszüge des Geschäftsmannes beobachtete.

„Äh, ich verstehe nicht.", stammelte Sabiri.

Ali öffnete den Safe. „Vielleicht bringen die Papiere etwas mehr Klarheit." Er zog Hakims Unterlagen hervor, unter anderem die ungültige Kreditkarte. „Ach da haben wir ja schon das Corpus Delicti", brummte er erfreut. „Siehst du, er hat sie nicht umgetauscht."

„Aber diese Karte gehört doch deinem Sohn, Hakim al Kassim!", stöhnte Sabiri auf. „Was hat denn dieser junge Mann damit zu schaffen?"

Ali begann lauthals zu lachen. „Falls du anzweifelst, dass er mein Sohn ist, können wir gern einen Gentest machen lassen."

Sabiri fasste sich mit beiden Händen an den Kopf. „Ich glaube ich werde verrückt. Dein Sohn ist doch …"

„Tot?" vollendete Ali amüsiert fragend den Satz. „Dafür sieht er aber ziemlich lebendig aus, würde ich sagen."

Jasina brachte persönlich Getränke. Sabiri wurde noch um einen Schein blasser. Sie hatte er ebenfalls seit Jahren nicht gesehen, nur gehört, dass es ihr mehr als schlecht gehen würde. Plötzlich tauchte sie auf, aussehend wie das blühende Leben und Hakim, von dem es hinter vorgehaltener Hand hieß, sein Vater habe ihn umgebracht, saß ebenfalls vor ihm, als wäre nie etwas geschehen. Sabiris Hände begannen zu zittern, betreten schaute er zu Boden. „Ali, ich glaube ich muss mich bei dir entschuldigen."

„Etwa dafür, dass du mich die ganzen Jahre auch für einen Mörder gehalten hast? Geschenkt. Unterschwellig habe ich es euch doch allen angemerkt, dass ihr Zweifel an meiner Unschuld hattet."

„Es tut mir leid", murmelte Sabiri. „Verzeih mir bitte, wenn du irgendwie kannst."

Ali nickte. „Gern, aber unter einer Bedingung – du schweigst darüber, was du heute erfahren hast. Fatima ist noch in der Gewalt der Entführer."

„Ich schwöre", antwortete Sabiri mit fester Stimme.

„Ein kleiner Schreck in der Abendstunde hat doch etwas Herzerfrischendes", bemerkte Ali grinsend, als Sabiri gegangen war.

„Na, der sah aber eher aus, als würde er einen Herzanfall bekommen", stellte Hakim richtig. „Aber ich kann dich verstehen. Wenn sie mich so behandelt hätten, würde ich auch mit der Schocktherapie beginnen."

„Dabei ist er noch einer von denen, die sich nicht völlig von mir abgewandt haben."

Das schlechte Gewissen des ehemaligen Freundes von Ali saß offensichtlich ziemlich tief, denn am nächsten Morgen erschien ein Bote, der Hakims neue Kreditkarte brachte und eine Einladung für die ganze Familie zu einem Empfang in acht Wochen. Der Wunsch nach Wiedergutmachung, schien ehrlich zu sein. In der Nachbarschaft hatte es sich schon weit herum gesprochen, dass Jasina wieder völlig genesen war, zumal sie ab und zu mit Celine auf dem Basar ein Eis essen ging. Selbst Namu, das treue Hündchen lebte wieder auf. Statt im Haus herumzulungern, lag er lieber im Garten unter den Sträuchern, freute sich über jeden Vogel, den er verscheuchen konnte.

Die Zeit bis zum erneuten Aufbruch nach Ben Abu verging quälend langsam. Vor allem Yussuf litt unter der Ungewissheit, ob es ihnen tatsächlich gelingen werde, Fatima zu befreien. Als endlich ein gepanzerter Transporter in den Hof fuhr liefen sofort alle zusammen. Es war Alis bestellte Lieferung Goldamulette, die er sofort gemeinsam mit Celine einer genauen Prüfung unterzog. Das Mädchen nahm jedes einzeln in die Hand.

„Steckt hier eine Kraft drin!", rief sie erstaunt. Das mit der größten Energie legte sie für Fatima zur Seite.

Ali verriet nicht, woher er die wertvolle Fracht erhalten hatte. Auf alle Fälle schloss er sie sofort in den Safe, damit ihnen bis zum Abreisetag auch ja nichts zustoßen würde. Immerhin bestanden sie aus massivem Gold und waren, mit fast sechs mal vier Zentimetern Länge, auch nicht gerade klein zu nennen.

In Ben Abu ging das Leben seinen gewohnten Trott. Einzig die Tatsache, dass die Braut des Herrschers fast täglich auf den Basar kam, war neu. Bereits nach dem dritten Besuch, schien sich ihr Zustand zu bessern. Die Fieberschübe kamen immer seltener und sie dehnte die Besuche bei den Händlern immer länger aus. Schließlich gestattete ihr Malik sogar, fast allein, nur in Begleitung eines einzigen Wächters, auf den Markt zu gehen. Wobei Gehen nicht der richtige Ausdruck war. Fatima ritt standesgemäß auf einem Schimmel. Hin und wieder kaufte sie eine Kleinigkeit, um den Magier in Sicherheit zu wiegen.

Die alte Zahara achtete sehr darauf, die geheimen Tropfen für ihre Herrin wohl dosiert zu mischen. Ihr durfte es weder zu schlecht, noch zu gut gehen. Malik zerriss sich fast vor Nettigkeiten, um die erhoffte Hochzeit nicht zu gefährden. Die Hinrichtungen fielen fast vollständig aus, er brillierte bei jedem Abendessen mit kleinen magischen Spielereien, zauberte Blumensträuße und tausend kleine Wunder für Fatima. Fast war sie geneigt zu glauben, er habe sich geändert.

Zahara erschrak gewaltig. Felsenfest redete sie Fatima dann ein, sie habe noch immer starke Halluzinationen, was ihr Urteilsvermögen erheblich trüben würde. Die gütige Alte setzte wirklich alles daran, ihre junge Herrin von Malik fern zu halten. Sie hatte schon genug Leid in diesem Palast gesehen, seit der Usurpator an der Macht war.

Gerade eben brachte sie neue Kräuter, als Fatima sie rief. „Zahara, den nächsten großen Markttag möchte ich bei völlig klarem Bewusstsein erleben. Ich freue mich schon so lange auf die vielen fremden Händler."

„Ich gehorche, meine Herrin. Aber ..."

„Was aber?"

„Dann spiele wenigstens einen ganzen Abend lang die Rolle der Kranken – bitte." Die Alte schaute Fatima flehend an.

„Ich verspreche es dir." Fatima nahm zufrieden lächelnd die Tropfen, die ihr gereicht wurden.

Ein paar Minuten später war sie bereits fest eingeschlafen. Zahara atmete auf. Dass sie ihre Anweisungen von Faruk bekam ahnte nicht einmal die schlafende Schöne. Und nur noch zwei Tage bis zum großen Treffen der Händler auf dem Basar...

Celine saß nach Beendigung ihres Dienstes täglich über ihren Büchern. Es machte Spaß, so viele neue Dinge zu lernen. Manchmal erklärte ihr Yussuf Aufgaben, wo sie nicht ganz sicher war, sie verstanden zu haben. Hakim gesellte sich dazu, denn Yussuf hatte immer einen guten Tipp, wie man zeitsparend arbeiten konnte. Er brachte die beiden auch mit dem Auto zur Schule, wenn die Zeit einmal zu knapp wurde, um zu laufen. Ein oder zwei Mal die Woche fuhr er zu seiner Wohnung, sah kurz nach dem Rechten und leerte den Briefkasten.

Ganz im Stillen, von den drei jungen Leuten völlig unbemerkt, bereiteten die al Kassims die Hochzeit von Hakim und Celine vor, immer mit dem Gedanken im Hinterkopf, dass es vielleicht doch eine Doppelhochzeit werden könnte.

Am Vorabend der Rettungsaktion für Fatima herrschte gedrückte Stimmung. Beim gemeinsamen Abendbrot erklärten die Männer noch einmal sehr ernst, sich genau an die Anweisungen Celines halten zu wollen, die aus unerklärlichen Gründen ein immenses Wissen über die geheimen Kräfte altägyptischer Symbole offenbarte. Hätten die Männer nicht mit eigenen Augen gesehen, was sie dadurch in Ben Abu bewirkt hatte, wäre sie wohl als Spinnerin belächelt worden. Selbst Yussuf war jede flapsige Bemerkung vergangen. Die Möglichkeit, dass alle den Tod finden konnten, ließ einfach keine fröhliche Stimmung aufkommen.

Celine bat Ali, die Amulette zu holen. „Ihr sollt sie bereits in dieser Nacht auf der Haut tragen, denn der Schlaf ist ein Bruder des Todes", sagte sie leise.

„Hast du Angst, dass unsere Gedanken sonst nach Ben Abu gelangen?", fragte Hakim.

Celine nickte. „Ein wenig schon. Wenn ich an Yassirs Fähigkeiten denke, habe ich Furcht, dass Maliks Macht größer sein könnte, als wir glauben. Traumgedanken fliegen weit." Das Symbol, welches sie Fatima zugedacht hatte, gab sie Yussuf mit den Worten: „Nun liegt es an dir und deiner Liebe zu ihr, das Amulett zu aktivieren. Morgen, bevor wir in die verfluchte Stadt gehen, nehme ich es dir wieder ab, denn ich glaube nicht, dass einer von euch Männern in die direkte Nähe Fatimas gelangen kann."

„Drei Uhr fahren wir hier los, holen Yassir und seine Kamele ab, dann geht es geradenwegs in die Wüste. Wir werden die Nacht am alt bekannten Lagerplatz verbringen", erörterte Yussuf. „Die letzte Etappe nach Ben Abu beginnen wir zeitiger als beim letzten Besuch, damit wir nicht im Niemandsland mit den Autos liegen bleiben. Ich habe keine Lust auf stundenlange Kamelritte."

Der Türsummer ertönte. Celine stand auf. Hakim hielt sie zurück. „Das ist mit ziemlicher Sicherheit für mich." Ein paar Minuten später war er wieder da, einen großen Karton auf den Armen balancierend. Unter den fragenden Blicken der anderen begann er, ihn auszupacken.

„Schusssichere Westen?", murmelte Ali ungläubig.

Hakim nickte. „Die Amulette mögen uns ja gegen Zauberei schützen, aber ich glaube nicht, dass sie den Pfeilhagel der Wachen abhalten können. Ich möchte ganz sicher sein, dass wir alle lebend aus diesem verdammten Nest zurückkehren. Deshalb habe ich auch noch das geordert ...", er hielt kappenartige Helme hoch, die unter den Turbanen und Celines Schleier getragen werden konnten.

„Warum hast du uns nicht eher davon unterrichtet, dass du so was besorgst?", fragte Celine

„Weil es mir erst vor zwei Stunden eingefallen ist, dass es die Bogenschützen ja auch noch gibt", gab Hakim zu. „Ich habe sofort mit Nasri telefoniert. Sein Vater bildet Scharfschützen aus. Das Ergebnis des Anrufs liegt hier vor euch."

„Was hast du bezahlt?"

„Nichts. Die Sachen sind geliehen. Ich habe Nasri ein großes Abendessen beim Chinesen versprochen", schmunzelte Hakim.

Ali nickte anerkennend. Sein Sohn hatte den richtigen Geschäftssinn. Ohne Beziehungen war man, im wahrsten Sinne des Wortes, erschossen. Celine beugte sich über die Kiste. Erschreckt ließ sie die Weste fallen.

„Die sind ja furchtbar schwer", murmelte sie besorgt.

Hakim lachte. „Nur zwei davon, für dich und Fatima habe ich zwei High Tech Westen verlangt. Ihr sollt ja damit auch noch schnell laufen können." Tatsächlich, unter den Exemplaren für die Männer kamen zwei kleinere, sehr viel leichtere, weiblicher geformte Westen zum Vorschein.

„Das beruhigt mich", seufzte Celine dankbar, dabei bedachte sie Hakim mit einem liebevollen Blick. Sie verdrängte seit Tagen schon den Gedanken, was geschehen würde, wenn ihn die Oase wieder verschlang, um ihn vielleicht nie mehr frei zu geben.

„Du würdest ihn erwürgen", kommentierte Yussuf ihren Blick, aus dem er alles herausgelesen hatte.

Celine fuhr zusammen. „Ja, das täte ich", gab sie unumwunden zu.

„Worüber sprecht ihr?", fragten Ali und Hakim gleichzeitig, völlig überrascht.

„Sie würde Malik mit bloßen Händen den Hals umdrehen, wenn Hakim etwas zustieße", erklärte der Geologe die Situation.

„Dann sollten wir wohl besonders umsichtig, aber nicht minder entschlossen vorgehen. Wir haben alle sehr viel mehr, als unser eigenes Leben zu verlieren", warf Hakim ein. Eine Zukunft ohne Celine wollte auch er sich nicht vorstellen. Alle stimmten ihm zu.

„Gehen wir schlafen", schlug Yussuf vor. „Morgen wird ein langer Tag."

Die beiden Frauen räumten noch das Geschirr ab, putzten gemeinsam die Küche.

Plötzlich schloss Jasina Celine in die Arme. „Pass gut auf dich auf. Ich wünsche euch alles Glück dieser Welt."

Celine erwiderte die herzliche Umarmung. Wie gern würde sie Jasina ihre Tochter wiederbringen. Aber ob der waghalsige Plan gelingen würde stand in den Sternen. „Eure guten Wünsche werden uns begleiten. Drückt uns einfach ganz fest die Daumen."

Zu nächtlicher Stunde machten sie die drei jungen Leute auf den Weg. Ihnen folgten die Blicke der besorgten al Kassims, bis die Rücklichter des Nissans nicht mehr zu erkennen waren.

„Versuche, noch ein wenig zu schlafen", rieten die beiden Männer Celine, die schweigsam auf der Rückbank hockte.

Sie folgte den guten Ratschlägen, griff sich eine Wolldecke und rollte sich auf dem Sitz zusammen, so gut es eben ging. Kaum stand das Auto bei Yassir auf dem Gelände schlug sie die Augen wieder auf. Trotz der Finsternis konnte sie erkennen, dass sich seit dem letzten Besuch viel verändert hatte. Das Anwesen wirkte irgendwie steril. Die Erklärung bekamen sie auch sofort.

„Ich habe hier meine Zelte abgebrochen", sagte der alte Mann, wie er es ihnen ja schon angekündigt hatte. Er drückte Hakim einen kleinen Schlüssel in die Hand. „Der gehört zu meinem Bankschließfach. Ich habe hinterlassen, dass du der rechtmäßige Eigentümer über den Inhalt bist. Wenn du, hoffentlich erfolgreich, aus Ben Abu zurückkehrst, wirst du dort alles finden, was du wissen musst." Den Ernst seiner Worte dokumentierte auch, dass er nur vier Kamele auf den Transporter geladen hatte. Wo der Rest der riesigen Herde steckte, war in der Finsternis nicht zu erkennen. „Lasst uns aufbrechen", gebot er, in seinen alten Transporter kletternd.

„Möchtest du Gesellschaft haben?", fragte Hakim.

Yassir schüttelte den Kopf. „Dieser Weg könnte mein letzter sein. Den möchte ich allein gehen." Er startete den Wagen.

Yussuf folgte ihm langsam, denn der Alte kannte sich in der Wildnis um Längen besser aus, als jeder andere Ägypter. Celine kuschelte sich mit ihrer Decke in die Ecke des Sitzes. Zum Schlafen war sie viel zu aufgeregt. Sie betrachtete fasziniert den riesigen Vollmond, der silbern glänzend über dem Land hing. Dunkle Wolkenfetzen jagten über Himmel. Ziemlich ungewöhnlich für dieses Jahreszeit. Celine seufzte schwer. Hakim drehte sich um. Seinen fragenden Blick beantwortete sie mit einem hilflosen Schulterzucken.

„Wir schaffen es", beruhigte er sie. „Wir schaffen ganz bestimmt. Ich glaube an die Prophezeiung und an dich und Yassir tut es auch. Er wäre sicher nie mit uns gefahren, wenn da nicht wenigstens ein kleiner Funken berechtigter Hoffnung wäre."

Langsam hellte sich das Morgengrauen immer mehr auf, bis endlich die Sonne über dem Horizont erschien und die weiten Sandebenen in goldrotes Licht tauchte. Yassir hatte seinen alten Transporter gestoppt. Ohne Absprache genau an jenem Platz, wo Yussuf immer hielt.

Der Beduine lachte. „Das ist ein alter Karawanenhaltepunkt, mein Junge, mich wundert höchstens, dass so zivilisierte junge Leute, wie ihr es seid, ihn auch für gut befunden haben."

Celine war schon dabei, den beliebten starken Kaffee zu zaubern. Dankbar nahmen ihn die Männer an.

Yassir nickte zufrieden. „Fast so gut, wie ich ihn mache."

„Danke", schmunzelte Celine. „Dieses Lob ehrt mich wirklich."

„Woher stammt deine Familie?", wollte Yassir wissen.

Das Mädchen wiegte langsam den Kopf. „Ich weiß es nicht. Dabei ist es mir, als verstünde ich die Stimme der Wüste besser, als die der großen Stadt. Ich bin in einem Slum geboren. Woher meine Eltern kamen – keine Ahnung – sie haben nie darüber gesprochen."

Yassir schaute sie lange an. „Vielleicht ist es uraltes Wissen? Wer sagt, dass du nicht schon zur Zeit der Pharaonen auf diesen Pfaden gewandelt bist?"

„Wiedergeburt?", fragte Celine verblüfft.

„Das würde ihr Wissen um so viele Geheimnisse erklären", murmelte Hakim mehr für sich.

Yussuf pflichtete ihm bei. „Gibt es noch mehr Weissagungen, die uns interessieren könnten?", wandte er sich an Yassir.

„Wie man es nimmt. Es gibt da eine interessante Geschichte aus dem Neuen Reich. Eine junge Priesterin der Hathor, die ein immenses Wissen über verborgene Dinge hatte, und darin den Männern weit voraus war, wurde eines Tages von drei Priestern des Seth entehrt, um sie daran zu hindern, dieses Wissen einzusetzen. Sie nahm sich das Leben. Doch in das Reich des Osiris kann sie erst eingehen, wenn ein liebender Mann sie von ihren Qualen erlöst, die sich in jedem ihrer Leben ähnlich wiederholen werden." Yassir schaute dabei interessiert in seinen Kaffeebecher, wo sich, weil er das Gefäß schnell bewegte, ein großer Strudel bildete. Die Wasser den Nuhn konnten wohl nicht heftiger wirbeln.

„Getötet, um erlöst zu werden?" Yussuf rümpfte die Nase.

Celine legte ihm die Fingerspitzen auf den Arm. „Man kann eine Qual auch anders beenden. Ich glaube, die Priesterin hat ihren Retter gefunden. Wenn sich ihr Erdenweg dem Ende nähert, wird sie stolz erhobenen Hauptes ihr Herz gegen eine Feder wiegen lassen, um endgültig von dieser Welt zu gehen. Das ‚Dazwischen' wird sie randvoll mit Liebe und Leben füllen."

Hakim leuchtende Augen zeigten, dass er ganz genau verstanden hatte, was der alte Beduine und Celine meinten. Yussuf begriff, dass die Worte des Alten mit dem dunklen Geheimnis im Leben des Mädchens zusammenhängen mussten. Und wenn er alle Fakten zusammenzählte, davon ausgehend, dass Hakim eine unumstößliche Wahl getroffen hatte, dann konnte er sich durchaus vorstellen, was man Celine angetan hatte. Er warf ihr einen tastenden Blick zu, den sie völlig ruhig erwiderte, was ihm die Richtigkeit seiner Gedankengänge bestätigte.

Hakims Liebe gab ihr die Kraft, so offen das Thema anzusprechen. Yussuf hielt das zeitliche Zusammentreffen der Erfüllung zweier Prophezeiungen keinesfalls für Zufall, zumal die Hauptperson der einen gleichsam die der zweiten war, selbst wenn zwischen beiden Begebenheiten ganze Jahrhunderte lagen.

Wie oft hatte das Mädchen, das man Celine nannte, schon die immer gleichen Demütigungen ertragen müssen? Yussuf wollte die Antwort lieber gar nicht wissen. Er zweifelte auch nicht daran, dass Hakim die ganze Geschichte kannte, zumindest, was ihr jetziges Leben betraf.

Celine schenkte noch einmal Kaffee nach. Yassir trank aus, zupfte seinen blauen Turban zurecht. „Wir sollten noch ein Stück weiterfahren."

Ohne Zögern folgten alle seiner Anweisung. Der Wind deckte die Reifenspuren mit Sand zu, als wolle er sie auf ewig verwischen. Vielleicht zehn Kilometer weiter, inmitten eines langgezogenen Tales zwischen zwei gigantischen Dünen ließ Yassir für die Nacht halten. Den Kamelen gab er freien Auslauf. Er kannte seine Tiere. Fußfesseln waren nicht nötig. Yussuf betrachtete etwas nervös das Terrain.

Der alte Beduine lächelte still. Den beiden anderen schien es nichts auszumachen, am Fuße zweier todbringender Dünen zu verharren. Der Geologe enthielt sich eines Kommentars, niemand kannte dieses Gebiet so gut, wie die Nomadenstämme. Der alte Mann musste seiner Sache mehr als sicher sein.

Er saß mit dem Rücken an ein Rad gelehnt neben seinem Transporter, ließ Sand durch die Finger rinnen und beobachtete sehr genau die Flugrichtung der winzigen Körnchen. Sein Lächeln wurde noch eine Winzigkeit zufriedener. Schließlich schaute er Celine zu, die gerade den Topf für das verspätete Mittagessen auf den Kocher setzte. Daneben brodelte bereits das Wasser für den Mokka. Ein kurzer Blickkontakt, dann hielt er auch schon einen gefüllten Becher in den Händen.

„Weißt du eigentlich, was für ein Glück du hast?", fragte er unvermittelt Hakim.

Der junge Mann nickte. „Ja, eines, wie man es höchstens alle paarhundert Jahre mal finden kann. Ich werde es mir nicht durch die Finger schlüpfen lassen." Er sah hinüber zu Celine, die sich bereits wieder um das Essen kümmerte.

Yussuf dachte sofort wieder an das, was Yassir erzählt hatte, an Celines und Hakims Reaktionen. Er war sich nicht sicher, ob er ebenfalls so selbstlos wie sein Freund reagieren würde. Am Ende warf er alle Zweifel in den Müll. Wahrscheinlich hatte das Schicksal Fatima für ihn vorgesehen, sonst hätte er sicherlich schon längst eine feste Partnerin gefunden. Mit fast dreißig wurde es ja auch langsam Zeit. Andererseits – bei dem Leben, das er führte, liefen ihm die Mädchen innerhalb der ersten paar Tage wieder davon. Er war eben zu selten zu Hause.

„Kopf hoch", hörte er Hakims Stimme. „Ich glaube wirklich nicht, dass sich Fatima und Celine die Augen auskratzen werden. Sie wird schon nicht an Einsamkeit leiden. Bei uns in der Familie hilft man sich noch nach alter Tradition."

Yussuf schaute erschrocken auf. „Und da fragst du mich, wie man sich ein Pokerface antrainieren kann!"

Yassir kicherte amüsiert. „Kismet. Du kannst dem Schicksal sowieso nicht entgehen, egal was du auch anstellst. Hinter irgendeiner Ecke lauert es, um sich dir immer wieder an den Hals zu werfen."

Nun musste auch Yussuf lachen. Er hatte sich soeben das Schicksal in Fatimas Gestalt vorgestellt. Dagegen, dass sie sich ihm an den Hals warf, hatte er nun ganz und gar nichts einzuwenden. Mit dem Rest, der ihm Sorgen machte, würde er sich irgendwie arrangieren.

Celine brachte die Schüsseln mit der Suppe, reichte Fladenbrot dazu, ehe sie sich mit in den Schatten setzte. „Es ist schön hier", sagte sie.

„Ich wundere mich schon die ganze Zeit, wie du es in der glühenden Sonne ausgehalten hast", meinte Yussuf kopfschüttelnd. Celine zuckte mit den Schultern. Sie lächelte kaum merklich. Eigentlich waren es nur ihre Augen. Sie schaut genau so verträumt wie Hakim, stellte der Geologe überrascht fest. Vielleicht waren ihre Gedanken irgendwo, in einer Zeit vor vielen hundert Jahren.

„Dies ist ein ganz besonderer Ort", sprach sie weiter. „Hier treffen sich die Energien."

Yussuf hob den Kopf. „Du meinst solche, die ich nicht messen könnte?"

„Ja."

„Erstaunlich." Er hatte sich seit dem Wiederauftauchen Hakims abgewöhnt, alles infrage zu stellen, was andere, die er früher für Verrückte hielt, erzählten. Es lag so sonnenklar auf der Hand, dass es Dinge gab, die man rational, rein wissenschaftlich nicht erklären konnte. Sie hatten ihn in ihren Strudel gezogen, er konnte sie sogar anfassen, sehen, riechen, schmecken und trotzdem nicht wirklich beweisen. Wie bei einer Massenhalluzination, fiel ihm ein.

„Versuchs nicht erst", schlug Yassir vor. „Du verzweifelst sonst an dir selbst."

„Ich weiß ja, dass du hast Recht hast. Außerdem bin ich inzwischen ziemlich überzeugt, dass wir Ben Abu nie wiedersehen werden, wenn unser Coup morgen gelingt. Es wäre also ziemlich sinnlos, eine Sache beweisen zu wollen, von der ich weiß, dass sie sich dem Beweis von vorn herein entzieht."

Yassir grinste verschmitzt. „Wissenschaftliche Erkenntnis?"

„Reines Bauchgefühl."

„Na es geht doch!", der Alte zog den Mund noch mehr in die Breite.

Celine kam von den Kamelen zurück, die sie ein wenig gekrault hatte. „Darf ich dir eine Frage stellen?", wandte sie sich an Yassir.

„Nur zu!"

„Die vier Kamele sehen nicht wie Lastkamele aus, eher wie Rennkamele, so feingliedrig und schlank sind sie. Habe ich damit Recht?"

Yassir musterte Celine erfreut. „Du hast es also bemerkt. Schön, schön. Es sind zwar keine Rennkamele, aber ganz besondere Tiere, wie du ja festgestellt hast. Ihr werdet zeitig genug herausfinden, was es mit den vieren auf sich hat." Er schaute in die untergehende Sonne. „So, ich für meinen Teil lege mich jetzt aufs Ohr. Schließlich bin ich nicht mehr der Jüngste."

„Das sollten wir wohl auch lieber tun. Wer weiß, was uns der Morgen bringt", schlug Yussuf vor.

Niemand widersprach. Die Männer krochen ins Zelt, Celine machte es sich im Auto bequem. Sofort fiel sie in einen tiefen Schlaf. Horus, Isis, Osiris und der Sonnenkäfer Chepri erzählten ihr Details aus einem längst vergessenen Leben. Sie wandelte in den finsteren Tiefen des Hathor-Tempels, brachte der Göttin Weihrauchopfer dar, heilte Kranke, unterrichtete junge Mädchen in Tempelgesängen… Celine lächelte im Schlaf.

Dann verfinsterte sich ihre Miene, der Atem ging stoßweise. Sie stöhnte gequält auf. Seth-Apis der Priester des Wüstengottes betrat ihr Haus, im Schlepptau zwei seiner Getreuen. Celine wusste, was jetzt kommen würde. Nur es geschah nicht. Statt das wehrlose Opfer zu sein, hielt sie plötzlich ein bronzenes Schwert in der Hand. Sie schlug zu.

Der Traum brach ab, Celine erwachte. Innerlich aufgewühlt tastete sie nach ihrem Skarabäus und erschrak. Das Amulett fühlte sich glühend heiß an, aber nicht etwa unangenehm – ganz im Gegenteil. „Ich werde nicht mehr das Opfer sein", murmelte sie zuversichtlich, drehte sich auf die andere Seite und schlief augenblicklich wieder ein.

Vor Sonnenaufgang weckte Yassir die Schlafenden. „Beeilt euch, wir müssen weiter!"

„Kaffee?", fragte Celine kurz.

„Keine Zeit", wehrte der alte Mann ab. „Macht schnell!"

Mit fliegenden Händen verstauten sie ihre Utensilien, schwangen sich ins Auto, um dem Transporter zu folgen, der bereits abfuhr.

„Ich ziehe mich um", erklärte Celine während der Fahrt, wer weiß, ob uns am Ziel überhaupt noch Zeit bleibt. „Hier habt ihr eure Sachen. Hakim, hilf Yussuf irgendwie, damit er weiterfahren kann. Ansonsten müsst ihr mal kurz halten und die Plätze tauschen."

„Du willst wirklich gleich so?", fragte Hakim erstaunt.

„Ja, für falsche Schamgefühle ist keine Zeit. Außerdem habe ich nicht vor, mich bis auf die Haut auszuziehen", fügte sie lächelnd hinzu. „Darauf musst schon noch einige Tage warten."

„Eine klare Ansage", kicherte Yussuf, der sich zwang, nicht in den Innenspiegel zu schauen, obwohl es ihn brennend interessiert hätte, was unter der weiten Hemdbluse steckte. Hakim hatte mehr Glück.

„Ich kriege die Verschlüsse der Weste nicht zu" klagte Celine. „Ich glaube, ich brauche Hilfe."

Hakim half nur zu gern. Dass er sich nun doppelt auf das freute, was er andeutungsweise zu sehen bekam, konnten sich sowohl Yussuf, als auch Celine ausmalen. Es war tatsächlich nicht ganz einfach gewesen, die

Weste fachgerecht anzulegen, vor allem, wenn man vorher noch nie so ein Ding gebraucht hatte. So fiel es auch nicht auf, dass Hakims Fingerspitzen öfter als erforderlich über ihre Schultern glitten. Dann wandte er sich umgehend seinem eigenen Outfit zu. Celine staunte, wie er am Ende ohne Spiegel einen wirklich ansehnlichen Turban band. Schnell half er Yussuf beim Umziehen. Das war bei voller Fahrt ein wirklich halsbrecherischer Akt. Die kleinen Pannen, die dabei passierten, trugen zur allgemeinen Erheiterung bei. Schließlich kraxelte Hakim mit auf die Rückbank, von wo aus er Yussuf ebenfalls einen oasengerechten Turban auf den Kopf zauberte.

„Die Nummer war wirklich zirkusreif", kicherte der Geologe, dem es trotzdem gelungen war, Yassir im Auge zu behalten.

Celine hatte ihren Schleier griffbereit neben sich liegen. „Wie weit ist es noch?", fragte sie.

„Keine Ahnung. Ich habe völlig die Orientierung verloren", antwortete Yussuf.

Hakim versuchte per GPS den Standort zu bestimmen. „Na so fünf, sechs Kilometer noch, denke ich."

„Na das ist doch eine gute Nachricht. Yassir muss doch schon einen steifen Hintern haben. Seine Sitze sind ja nicht annähernd so bequem wie meine."

Hakim lachte. „Oh ja, davon können Celine und ich ein Liedchen singen."

„Apropos Liedchen singen, mein Magen glaubt auch schon seit einer Weile, er müsse mitreden", seufzte Yussuf.

„Möchtest du einen Müsliriegel?" Celine kramte in der Tasche.

„Nein Danke. Wir sind ja gleich da. Ich hoffe Yassir lässt uns wenigstens etwas Zeit zum Essen", entgegnete Yussuf. Celine atmete hörbar ein. Yussuf schaute sie im Rückspiegel an. „Du würdest dich glatt wegen Hakim mit ihm anlegen, stimmt es?" Celine nickte.

„Was? Wegen mir? Wieso denn das?" Hakim verstand den Sinn der Worte nicht.

„Dir bläst noch immer der Wind fast ungehindert durch die Rippen", antwortete Yussuf für Celine. „Und ihr missfällt es ganz offensichtlich sehr, wenn du nicht regelmäßig deine Mahlzeiten bekommst. Vielleicht hat sie Angst, dass sie sich in der Hochzeitsnacht an dir einen Schiefer einreißt." Er zwinkerte dem Mädchen schelmisch zu.

Celine blieben glatt die Worte weg. Dafür drohte sie Yussuf scherzhaft mit dem Finger.

Hakim lachte aus vollem Hals. „Ist der frech oder ist der frech? Ja oder Ja? Wie lautet deine zustimmende Antwort?"

Celine lachte nun ebenfalls. „In einem Punkt hat er aber Recht – ich kann es wirklich nicht mit ansehen, wenn dir die Zeit fehlt, dein Essen zu genießen."

Hakim strich sich über den Bauch. „Fühlt sich doch schon ganz passabel an, auch wenn es noch kein Sixpack ist."

„Achtung!!!", schrie Celine plötzlich. Yussuf wäre beinahe auf Yassirs stehenden Transporter aufgefahren.

„Oh Schit! Das war knapp! Celine, du bist die Größte." Yussuf war vor Schreck blass geworden. Vor lauter Witzelei hatte er sich nicht mehr auf das konzentriert, was vor ihm passierte. „Frauen können eben wirklich mehrere Sachen gleichzeitig", stellte er kleinlaut fest.

„Ich werde mich trotzdem nur auf Fatima konzentrieren. Ich habe wirklich keine Zeit, auch noch auf euch beide aufzupassen", sagte Celine mit leichtem Vorwurf in der Stimme. Die Männer zogen die Köpfe ein. „Tut mir leid", murmelte Yussuf. Yassir begann seine Kamele vom Transporter zu führen. Hakim schaute auf den GPS-Empfänger, dann blickte er sich suchend um.

„Was ist?", fragte Celine.

„Irgendwo da drüben steht der Sender. Wir dürften hier genau vor der Stadtmauer stehen", antwortete Hakim.

„Gut beobachtet", hörten sie den alten Beduinen sagen.

„Ist das nicht gefährlich?", fragten die drei jungen Leute gleichzeitig.

„Nur für die Autos", schmunzelte Yassir. „Es wird sicher einige Lackkratzer geben, wenn die Pfeile und Lanzen einschlagen."

Yussuf nickte. „Etwas in der Richtung habe ich befürchtet. Aber lieber kaputter Lack, als ein Loch im Pelz."

„Eben." Der alte Mann setzte sich auf die Ladefläche seines Autos. „Ich könnte einen …" Er kam nicht dazu den Satz zu vollenden, da drückte ihm Celine schon den vollen Kaffee-Becher in die Hand. „Ich würde dich vom Fleck weg heiraten", seufzte der Alte erfreut. Hakim zuckte zusammen. Er versuchte in Yassirs Augen zu lesen und stellte fest, dass der das todernst gemeint hatte. „Ja, mein Junge, das kannst du ruhig glauben", bestätigte Yassir. „Aber sie hat etwas anderes verdient, als einen Greis, der sie nicht mehr wirklich befriedigen kann. Wenn ich fünfzig Jahre jünger wäre …"

Bloß gut, dass Celine nur den ersten Satz gehört hatte, sie wäre mindestens tomatenrot angelaufen. Hakim sehnte nun noch mehr den Tag seiner Hochzeit herbei. Bis dahin wollte er mit Argusaugen über das Wohlergehen seiner Braut wachen. Sie ging bereits wieder den Aufgaben einer Frau nach, indem sie das Mittagessen vorbereitete. Selbst hier in der Wüste liefen ihr die Arbeiten leicht von der Hand. Sie improvisierte, ohne nachdenken zu müssen. Sogar Yussuf gelangte immer mehr zu der Erkenntnis, sie habe das alles schon mehr als einmal erlebt und nun steige das uralte Wissen wieder empor. Ab und zu schaute sie nach dem Stand der Sonne, statt die Uhr abzulesen, was für ein Großstadtmädchen am ungewöhnlichsten war. Yussuf hatte sich aufgemacht, den Sender zu bergen, der etwa einen halben Kilometer in nördlicher Richtung stand. Er, beziehungsweise die Reflektionen der Sonne auf dem Metall, waren sogar bis zu den Fahrzeugen zu erkennen. Die anderen folgten ihm mit den Augen. Wie immer war er nur mit seinem Dolch unterwegs, der ihm damals, beim Angriff des Löwen, vollauf genügt hatte. Hakim wusste, dass sein Freund damit täglich trainierte und im Umgang mit der Waffe fast unschlagbar war. Er selbst zeigte wenig Ambition auf kriegerische Auseinandersetzungen.

Yassir winkte ab. „Es muss auch sanftmütige Poeten und andere Schöngeister geben. Vielleicht ist es ja gerade das, was dich für deine Angebetete so einmalig macht."

Gegen Abend begannen die elektrischen Geräte, minutenlang auszusetzen. Die vier Abenteurer wurden immer schweigsamer. Als die Sterne schon lange an einem völlig klaren Himmel funkelten, zogen sich alle in die Autos zurück. Nur an baldigen Schlaf war nicht zu denken. Nicht nur, weil die schusssicheren Westen äußerst unbequem waren. Jeder hing einsam und stumm seinen Gedanken nach, was der morgige Tag wohl bringen werde. Hakim, der neben Celine in seinem Schlafsack lag, zog sie schützend an seine Brust. Sie ließ es geschehen. Niemand konnte garantieren, dass sie sich jemals wieder so innig berühren würden.

Das ängstliche Blöken der Kamele weckte die Schläfer im Morgengrauen. Sofort waren sie hellwach und Sekunden später aus den Schlafsäcken. Die Autos schwankten wie bei einem starken Erdbeben. Zum Greifen nah wuchsen die Mauern von Ben Abu aus dem Wüstenboden.

Yassir öffnete von außen die Tür des Geländewagens. „Bereit?", fragte er kurz. Alle nickten.

„Bitte setz dich. Niemand wird von hier weggehen, ohne vorher einen Kaffee getrunken und etwas gegessen zu haben. Ein leerer Magen ist ein schlechter Ratgeber." Celines Tonfall duldete keine Widerrede. Ohne zu Murren folgte Yassir ihrer Aufforderung. Die beiden jungen Männer staunten. Hakim schien es, als umgäbe Celines Gestalt ein kaum merkliches Leuchten. Auch die anderen beiden sahen das Mädchen immer wieder unverwandt an.

Eine halbe Stunde später ließ sie sich von Yussuf das Amulett für Fatima aushändigen, welches sie sofort in den kleinen Beutel an ihrem Gürtel steckte. „Gehen wir." Sie schaute sich noch einmal, um ob auch jeder seine Utensilien bei sich habe.

Hakim hatte die Silbermünzen in seinem breiten Gürtel verborgen, Yussuf trug seinen Dolch offen sichtbar in einer Lederscheide. Yassir trieb gemächlich seine vier Kamele vor sich her, um die halbe Stadtmauer herum, durch das bereits geöffnete Südtor. Celine ging hinter den Tieren, die jungen Männer bildeten die Nachhut. Yussuf hatte seinen Turban auf die ihm eigene Art gebunden, was ihm zusätzlich ein äußerst kriegerisches Aussehen gab. Seine schwarzen Augen blitzten vor Entschlossenheit über den Rand des Gesichtstuches. Auch von Hakim und Yassir waren nur die Augen zu sehen, welche suchend über die Menge huschten. Noch hielten sie sich am Rande des Basars, welchen sie erst betreten wollten, wenn sich Fatima nähern würde.

Hakim dirigierte die kleine Gruppe zu jener kleinen Mauer, auf der gewöhnlich der geheimnisvolle alte Mann zu finden gewesen war. Es dauerte auch nicht lange, bis sie ihn durch die enge verwinkelte Gasse kommen sahen. Beim Anblick der Fremden blieb der Greis stehen, witterte fast wie ein wildes Tier, ehe er ganz langsam näher trat. Vor Yassir blieb er stehen, streckte beide Arme aus, um den geliebten Bruder fest zu umarmen.

„Du bist also gekommen", flüsterte er ergriffen. „Und du hast sie mitgebracht. Ich glaubte schon, ich würde diesen Moment nie mehr erleben." Er warf einen so liebevollen Blick zu den vier Kamelstuten hinüber, dass Hakim ganz seltsam zumute wurde.

Celine berührte ihn kaum merklich an der Schulter. Stell bitte keine diesbezüglichen Fragen, sollte das heißen. Faruk begrüßte die jungen Leute mit Hochachtung. Wer sich so oft in die Höhle des Löwen begab, hatte sie auch durchaus verdient.

„Was gibt es Neues?", fragte Yassir.

„Es heißt, Maliks Braut sei schwer erkrankt, aber schon auf dem Wege der Besserung. Seitdem lässt er sie täglich auf den Basar gehen. Ihr folgen nur zwei Bewaffnete und manchmal eine alte Dienerin."

„Hat die Krankheit einen natürlichen Ursprung?", wollte Yassir wissen. Faruk antwortete nur mit den Augen. Mitnichten, sagte dieser kurze Blick.

Yussuf und Hakim beobachteten die Wachen am Tor. Auf der Mauerkrone entdeckten sie die Bogen, Pfeile und zusätzlichen Lanzen. Mit einer unverfänglichen Geste machten sie Celine aufmerksam. Ein Wasserträger überquerte den Markt. Faruk winkte ihn heran, kaufte zwei Flaschenkürbisse mit dem lebensnotwendigen Nass.

„Sind die Stoffhändler schon da?", sprach er ihn an.

„Ja, das sind sie und sie haben die wertvollsten Stoffe mitgebracht, die ich je hier gesehen habe. Sicher wird die Braut des Herrschers heute sehr zufrieden sein." Leise setzte er hinzu. „Er wird schon langsam ungeduldig, weil sie noch immer nicht den passenden Stoff für ihr Hochzeitsgewand gefunden hat." Dann eilte er weiter, um die nächsten Durstigen zu erfrischen.

Keiner verlor ein Wort darüber, aber alle dachten dasselbe: Fatima hielt den Magier hin, seit sie wusste, dass man sie befreien wolle. Schon fluteten die Menschen zur Hauptstraße. Für die drei jungen Leute wurde es Zeit, ihre Plätze auf dem Basar einzunehmen. Die Brüder folgten ihnen nicht. Yussuf schaute mit brennendem Blick seiner großen Liebe entgegen. Sie ritt tief verschleiert auf einem Schimmel heran, gefolgt von den angekündigten Wächtern. Unterwürfig gab man ihr den Weg frei.

Nur eine Frau tat das nicht – Celine. Sie stand erhobenen Hauptes neben dem Stand des Stoffhändlers und machte keinerlei Anstalten, in Ehrfurcht zu versinken. Die beiden Männer standen unter Hochspannung. Ein Zug des Erkennens huschte über Fatimas Gesicht. Trotz des undurchsichtigen Schleiers hatte sie die Fremde sofort wiedererkannt. Celine ging langsam auf Fatima zu.

Doch diesmal reagierten die Wächter anders. Sie nahmen die Unbekannte von beiden Seiten mit gezogenen Schwertern in die Zange. Hakim hielt die Luft an. Der Blick ihrer Augen bedeutete nichts Gutes und er konnte sich ausmalen, was Celine blühen würde, verschleppte man sie in die Burg. Aber noch etwas war anders, als beim ersten Kontakt, die leuchtende Aura um Celines Gestalt, die Hakim vor einigen Stunden noch für eine optische Täuschung gehalten hatte, verstärkte sich für jedermann sichtbar.

„Fang!" Celine hatte blitzschnell das Amulett aus dem Beutel gezogen. Es landete direkt in den Händen Fatimas, die es, ohne überlegen zu müssen, umhängte. Dann überschlugen sich die Ereignisse.

Ein großer Schatten huschte über den Basar. Erschreckt hoben die Menschen die Köpfe, um gleichsam zu erstarren. Malik, auf dem Rücken eines der beiden Drachen, landete am Tor. Yussuf tastete nach seinem Dolch. Hakim schob sich etwas näher an die beiden Mädchen heran. Kein Laut war zu hören, als sich Malik diabolisch grinsend auf diese zu bewegte.

„Man hat mir von dir berichtet", sprach er Celine an.

Die war beim Klang seiner Stimme deutlich sichtbar zusammengeschreckt. Leicht nach vorn gebeugt, erwartete sie sein Kommen. Als sie ihn richtig erkennen konnte, streifte sie ihren Schleier ab. „Seth-Apis", flüsterte sie hasserfüllt.

Auch Malik war überrascht stehen geblieben. Er taxierte das hübsche Gesicht der Frau, welches ihn nun voller Abscheu anstarrte. „Schep-en-Isis", sagte er schließlich. „Du bist also wiedergeboren." Dabei schaute er sie gierig an, wie eine Hyäne ihre Beute.

Hakim schoss das Blut in den Kopf. Mühsam zwang er sich stiller Beobachter zu bleiben, obwohl er im tiefsten Innersten ahnte, was sich hier soeben abspielte.

Wie zu Bestätigung schnappte Malik: „Du kannst gern noch einmal bekommen, was dir offensichtlich nicht genügt hat." Er stand nur noch zwei Schritte von seinem ehemaligen Opfer entfernt.

Bevor er auch nur eine Hand nach ihr ausstrecken konnte, geschah etwas, womit niemand gerechnet hatte. Celine entriss einem der Wächter das Schwert. Aus der Drehung heraus zog sie es Malik, oder Seth-Apis, wie er frühen geheißen hatte, durch den Hals. Lautlos sackte der Magier zusammen.

Hakim zerrte in einem Handstreich Celine und Fatima aus der Gefahrenzone, während sich Yussuf mit seinem Dolch dem Drachen entgegenstellte. Er stach zu und traf die Rinde eines knorrigen Baumes, der auf einmal statt des Untieres vor ihm stand. Hakim warf Fatima notdürftig die Weste über. Er rechnete fest mit einem Pfeilhagel von der Zinne der Mauer.

„Flieht!", hörten sie die Stimmen von Faruk und Yassir. „Flieht!"

Die Männer nahmen ihre Liebsten an der Hand. Um ihr Lebend rennend, stürzten sie auf das Tor zu, doch niemand verfolgte sie. Keinen

Pfeil, keinen Speer, ja nicht einmal einen Blick schickte man ihnen hinterher. Die Menschen von Ben Abu umringten den Leichnam des Magiers, kaum glaubend, dass er wirklich tot war, obwohl sein abgeschlagener Kopf ein Stück neben dem Körper lag.

Ein hilfloser Ruf erreichte die Flüchtenden. „Herrin, lass mich nicht zurück!" Hakim überlegte nicht lange, auf sein Zeichen nahm Yussuf Celines Hand, um sie mit sich fortzureißen, genau wie Fatima.

Hakim drehte sich um, erreichte mit ein paar schnellen Sätzen die völlig verzweifelte Alte, warf sie sich über die Schulter und spurtete den anderen hinterher, die draußen vor dem Südtor, außer Pfeilschussweite auf ihn warteten. Zahara, die alte gütige Dienerin, sank vor Fatima in die Knie, kaum dass Hakim sie auf den Boden gestellt hatte.

„Schaut!" Yussuf zeigte auf das noch immer offene Tor.

Alle wandten sich um. Die beiden Brüder, Yassir und Faruk, standen mit der kleinen Kamelherde am Rande des Basars und winkten ihnen zu. Zugleich vollzog sich eine unglaubliche Wandlung. Die Mauern der Stadt verblassten langsam, in einem Flimmern verschwanden die Kamelstuten. An ihrer Stelle standen vier junge Frauen, die sich zärtlich an Faruk schmiegten.

„Die Königinnen von Ben Abu", hauchte Celine ergriffen.

Dann verschwand die seltsame Oase für immer von dieser Welt. Ein erstickter Laut Fatimas ließ alle herumfahren. Statt der alten Zahara hielt sie ein Kamel-Stuten-Fohlen fest umschlungen, das sich Schutz suchend an sie drückte.

Fatima küsste das Kleine zwischen die Ohren. „Ich schwöre dir, ich werde dich niemals im Stich lassen, egal was auch immer passiert."

„Das gleiche Versprechen wollte ich dir gerade geben", sagte Yussuf neben ihr.

Fatima wandte sich um. Der Geologe zog sie einfach in die Arme, noch bevor sie sich überhaupt bedanken konnte. Als er sie wieder losließ traute er kaum seinen Augen. Bar jeder Magie hatte sich Fatima in eine blühende Frau verwandelt. Hakim, Celine ebenfalls fest im Arm haltend, schaute den beiden zufrieden zu. Fatima löste sich vom Yussuf. Langsam trat sie auf das umschlungene Pärchen zu, das ihr einladend die Arme entgegenstreckte.

„Kein Danke", schlug Hakim glücklich lächelnd vor.

Fatima lachte. „Es ist schön, so einen Bruder zu haben. Besser?"

„Viel besser. Schwesterchen!" Hakim hob sie hoch und schwenkte sie im Kreis.

Dann wandte sich Fatima Celine zu. „Kein Wort ist wirklich gut genug, um das zu beschreiben, was ich dir sagen möchte. Ich werde mein Leben lang immer für dich da sein, wenn du mich brauchst. Egal wann, egal wo." Fatima umarmte Celine dankbar.

Plötzlich sackte sie in sich zusammen. Yussuf konnte sie gerade noch auffangen. „Es war wohl doch etwas viel für sie, zumal sie ja gerade erst auf dem Weg der Gesundung stehen soll."

Hakim nickte. „Lasst uns die Nacht hier verbringen. Wir haben alle Ruhe nötig nach den Aufregungen des Tages."

Die Fahrzeuge mussten sie nicht lange suchen. Der rote Lack des Nissans glänzte in der untergehenden Sonne.

„Oh je, das sieht nicht gut aus", seufzte Hakim. Der alte Transporter Yassirs war halb im Sand versunken.

„Keine Sorge", beruhigte ihn Yussuf. „Das kleine Fohlen passt schon mit ins Auto. So wie es aussieht, gehorcht es Fatima aufs Wort. Da mache ich mir keine Sorgen."

In der Tat trottete das Tier neben seiner ohnmächtigen Herrin her, die der Geologe gerade auf die Rückbank bettete. Fatima kam wieder zu sich, war aber zu schwach, um sich auf den Beinen zu halten. Sogleich stellten die Männer das Zelt auf, Celine bereitete ein schmackhaftes Abendessen zu, welches Fatima schnell wieder zu Kräften brachte.

„Brauchst du irgendwelche Medikamente?", fragte Hakim.

Fatima schüttelte den Kopf, dann erzählte sie die Geschichte ihrer „Krankheit" und welche Rolle dabei Zahara gespielt hatte. Yussuf kraulte der kleinen Stute dankbar den Hals. Immerhin hatte sie, wenn auch in anderer Gestalt, dafür gesorgt, dass er seine Liebste jungfräulich in die Arme schließen konnte. Celine rieb sich mit beiden Händen das Gesicht.

„Müde?" Hakim legte ihr eine wärmende Decke um die Schultern.

„Auch. Vor allem aber ziemlich fertig." Sie betrachtete nachdenklich ihre Hände. „Ich habe eine abscheuliche Bestie vernichtet."

„Das ist genau die richtige Beschreibung." Fatima nickte. „Du hast keine Vorstellung davon, wie viele Menschen du heute glücklich gemacht hast. Man wird dich wie eine Göttin verehren."

„Am glücklichsten bin ich wohl selber", seufzte Celine.

„Du hast ihn Seth-Apis genannt … und er schien dich auch zu kennen…" Fatima schaute Celine nachdenklich an.

„Oh, das ist eine ur-ur-uralte Geschichte", erklärte Celine. „Damals hat er mich in den Tod getrieben, heute habe mich für alles gerächt, was er mir in den letzten, rund viertausend Jahren immer wieder angetan hat. Ich habe seinetwegen gelitten und bin tausend Tode gestorben. Heute hat er mir zum ersten Mal seit unendlichen Zeiten persönlich gegenüber gestanden. Ich habe schlagartig festgestellt, dass nicht nur Angst, sonders auch Hass ins Unermessliche wachsen kann. Das Ergebnis habt ihr ja gesehen."

Fatima nickte begeistert. „Das war die erste Hinrichtung, der ich mit Freude beigewohnt und die ich richtig genossen habe. Dabei hoffe ich inständig, dass es auch die allerletzte war und nie wieder jemand solch einen Horror durchleiden muss."

„Weise Worte zum Abschluss eines turbulenten Tages." Yussuf löschte das Feuer.

„Geht eigentlich das Satellitentelefon wieder?", fragte Hakim.

Alle schauten sich betreten an. Beinahe unverzeihlich, dass sie erst jetzt daran dachten. Er holte das Gerät, wählte an, drückte die Mithören-Taste und reichte es Fatima.

„Al Kassim", meldete sich Ali nach wenigen Augenblicken.

Fatima zitterte die Stimme, als sie antwortete: „Ja, hier auch. Hallo Dad."

Ein markerschütternder Freudenschrei tönte aus dem Gerät. Fatima versicherte, dass es ihr gut ginge, den anderen auch und dass sie nun an Hakim weitergäbe.

„Hallo Vater. Wir leben noch und sind überdies alle unversehrt. Morgen früh fahren wir hier los und dürften Übermorgen bei euch ankommen. Wir bleiben über Satellit in Verbindung. Ich melde mich wieder. Gute Nacht. Grüße Mutter von uns allen. Ach, sag ihr, wir brauchen im Garten ein wenig Platz für ein Kamel-Baby. Bis bald."

Ja, Platz für ein Kamel-Baby – welches ängstlich jammerte, als alle ins Zelt abtauchten. Yussuf ließ es schließlich herein. Sofort herrschte Ruhe. Das Kleine legte sich in eine Ecke des Zeltes. Die Männer nahmen die Frauen schützend in die Mitte. Bald zog Stille ein, nur das ruhige Atmen der Schlummernden war zu hören.

Mit dem Sonnenaufgang erwachte Celine, nach einem äußerst erquickenden Schlaf. Fast lautlos kroch sie aus ihrem Schlafsack.

„Lass mich zuerst hinausgehen", flüsterte ihr Hakim zu. Vorsichtig öffnete er den Reißverschluss, spähte hinaus, um wenig später Celine zu winken. Die Luft war rein, nirgends lauerten Gefahren. „Habe ich dir eigentlich schon gesagt, wie sehr ich dich liebe?" Er zog sie an sich.

Celine lächelte glücklich. „Nicht gesagt, aber du lässt es mich täglich spüren."

„Hoffentlich gelingt mir das auch noch, wenn du meine Frau bist und uns der Alltag zwischen die Mahlsteine nimmt."

„Finden wir es heraus." Celine holte den Kocher aus dem Auto. Hakim füllte Wasser in den Topf, stellte die Becher bereit.

„Frauenarbeit?", sagte Celine überrascht.

Hakim zuckte die Schultern. „Warum nicht? Das hat sicher noch keinem Mann gesundheitlich geschadet. Ob es das Ansehen bei anderen Männern fördert, steht auf einem ganz anderen Blatt. Dass du die Kriegerin bist, daran habe ich mich doch auch gewöhnt, ohne dass ich mich deswegen verstecken werde."

„Wenn das keine wahre Liebe ist, dann weiß ich auch nicht weiter", meldete sich Yussuf aus dem Zelt.

„Steht auf, ihr Faulpelze, der Kaffee ist fertig", entgegnete Hakim fröhlich. „Kuscheln könnt ihr später noch."

Fatima kam heraus. „Guten Morgen. Kuscheln ist eine prima Idee. Vor allem, weil der Mann meiner Träume und unzähligen schlaflosen Nächte, endlich greifbar bei mir ist."

„Meinst du das ernst?", fragte Yussuf vorsichtig.

„Verdammt ernst." Fatima schenkte ihm einen liebvollen Blick, der ihm wie ein Blitz durch Mark und Bein ging. Er nahm ihre Hände. „Willst du meine Frau werden?"

„Ja, ja, ja und immer wieder ja." Fatima nickte heftig. „Wenn Zahara reden könnte, dann würde sie dir so einiges zu erzählen haben."

Hakim und Celine hoben beide Daumen. „Doppelhochzeit! Gleich nächste Woche." Sie klatschten sich ab.

Fatima und Yussuf lachten. „Na aber gern doch."

„Für mich kann es ja nur besser werden", strahlte Fatima. Sie drückte die kleine Zahara an sich, die ein zustimmendes Brummen von sich gab.

„Ich werde zwar ein kleines Problem mit der Finanzierung bekommen", überlegte Yussuf, „aber das ist mir die Sache wert."

Fatima hielt ihren Kaffeetopf mit beiden Händen fest, schnupperte, verdrehte selig die Augen. „Celine, weißt du, das ist der beste Kaffee, den ich jemals getrunken habe."

„Sie ist auch bestimmt die beste Köchin, die es jemals gegeben hat", erklärte Yussuf. „Nicht nur beim Kaffee."

Fatima stutzte. „Wirklich?" Ihr Blick auf Hakim, der noch immer ziemlich mager war, sprach Bände. Dass alle zu Lachen anfingen, irritierte sie.

„Lass dich dadurch nicht täuschen", kicherte Hakim. „Ich bin erst wenige Tage vor dir aus Ben Abu frei gekommen und hatte noch keine Gelegenheit Muskelmasse aufzubauen. Du hättest mich mal vor vier Wochen sehen sollen!"

„Du warst die ganz Zeit in Ben Abu?" Fatima schaute Hakim entsetzt an. „Warum? Und wie hast du das überlebt?"

„Zuerst habe ich dich gesucht, dann musste ich täglich ums nackte Überleben kämpfen. Ich erzähle dir die ganze Geschichte auf der Heimfahrt."

Hakim half Celine beim Einpacken. Zuletzt hoben die Männer gemeinsam Zahara auf die Ladefläche, für die sie mehrere Decken als Polster bereitgelegt hatten. Hakim löste sein Versprechen ein, indem er Fatima, die vorn neben Yussuf saß, alles erzählte, bis zu jenem Punkt, als er das erste Mal an die Stelle der Oase zurück kehrte, um mit Yussuf ihre Rettung vorzubereiten.

„Ihr seid Helden, alle drei." Fatima schaute sich stolz im Auto um. Dann verstummte sie. Es dauerte eine Weile, ehe sie fragte: „Wie geht es Mutter und Vater? Auf den Bildern, die ihr mir mitgebracht habt, sah ich einzelne graue Haare."

Hakim legte Celine eine Hand auf den Arm. „Erzähle du, was du in den letzten fünf Jahren erlebt hast. Ich werde am Ende meinen Teil berichten."

Celine begann damit, Fatima zu erklären, dass sie eigentlich „nur" das Hausmädchen ihrer Eltern sei. Die überraschte Bewegung Fatimas, schien sie nicht zu bemerken. Auch Hakim hörte heute zum ersten Mal, was sich wirklich zugetragen hatte. Vater hatte in seinem Kummer ziemlich viel davon gar nicht wahrgenommen. Die hochachtungsvollen Blicke, die Fatima und Yussuf immer wieder zu Celine warfen, mehrten Hakims Stolz auf seine tapfere Braut. Inzwischen hatte er mit Yussuf den Platz getauscht, damit dieser auch in Ruhe seine belegten Brote verzehren konnte, denn vor dem Abend wollte man, außer um Diesel nachzufüllen, keine Pause machen. Im Schein der untergehenden Sonne erreichten sie den alten Karawanenplatz. Beim Abendbrot mit heißem Tee und Suppe, unterrichtete Hakim Fatima über das, was er erlebt hatte.

Fatima freute sich über die vielen guten Nachrichten, besonders darüber, dass Celine wie eine Tochter aufgenommen worden war. Nach dem Essen reichte ihr Yussuf das Telefon. Fatima führte eine lange Unterhaltung mit ihrer Mutter, die es kaum erwarten konnte, ihre Tochter wiederzusehen und ihnen am liebsten entgegen gefahren wäre. Hakim gab inzwischen der kleinen Zahara Wasser. Das Fohlen lebte sofort auf. Auch das trockene Stück Fladenbrot nahm es dankbar an. Nachts kuschelte es sich wieder im Zelt in eine Ecke. Die Hauptsache war doch, dass es eine „Herde" hatte, bei der es sich geborgen fühlen konnte.

Celine erwachte am nächsten Morgen von einem dröhnenden Geräusch. Es dauerte eine Weile bis sie begriff, dass es Hakims Herzschlag war, der überlaut durch die Stille hallte. Fragend schaute sie ihn an.

Er strich ihr sanft übers Haar. „Ich habe Lust auf Dinge, die mir nicht zustehen. Noch nicht zustehen", verbesserte er sich seufzend.

Sie streichelte zärtlich sein Gesicht. Sie scheute sich zuzugeben, jenen Tag genau so sehr herbei zu sehnen. Vielleicht deshalb, weil sie es selbst nicht fassen wollte, nach ihren schlimmen Erlebnissen jemals Spaß daran haben zu können. Gemeinsam huschten sie aus dem Zelt. Hakim küsste Celine auf die Stirn.

„Woran denkst du?", fragte er, als er ihr melancholisches Lächeln sah.

„Daran, dass es gut ist, keine Hochzeitsnacht nach Beduinen-Bräuchen verbringen zu müssen."

„Wegen des blutigen Tuches als Unschuldsbeweis?"

Celine nickte.

Hakim winkte ab. „Meinst du, dass wirklich jemand zu fragen wagte, woher der Blutfleck stammt, den ich stolz präsentieren würde?"

Sie schaute ihn groß an. „Du würdest meinetwegen lügen?"

„Wenn man mich so dazu zwingt: Ja." Hakim zündete demonstrativ den kleinen Kocher an. Für ihn war die Diskussion über Schuld oder Unschuld abgeschlossen. Was hatte das andere Leute zu interessieren? Celine deutete seine zusammengezogenen Augenbrauen völlig falsch.

„Tut mir leid, ich wollte dich nicht verärgern", flüsterte sie traurig.

Hakim zog sie neben sich auf den kleinen Teppich. „Wenn ich vielleicht sauer aussehe, dann auf keinen Fall wegen dir." Er legte ihr den Arm um die Schulter und drückte sie ganz fest an sich. „Ich kann es nicht ausstehen, etwas tun zu müssen, nur um vor anderen zu glänzen. Solange wir beide immer ehrlich zueinander sind können die anderen von mir aus im Dreieck springen."

Er blinzelte ihr zu. „Na siehst du, schon lächelst du wieder."

Der Kaffeeduft weckte die beiden Schläfer. Auch Zahara steckte die Nase aus dem Zelt. „Ob sie wirklich alles menschlich versteht, was wir reden?", fragte Fatima zweifelnd.

Hakim schüttelte den Kopf. „Glaube ich nicht. Ich habe sie lange beobachtet. Sie ist in dieser Existenz einfach nur ein hilfloses kleines Kamel, das die große Welt erst noch kennenlernen muss. Dass sie dir aufs Wort gehorcht, liegt an der Gewohnheit, die instinktiv in ihr steckt. Weißt du eigentlich, dass sie dich vielleicht bis ins hohe Alter begleiten wird?"

Fatima verneinte erstaunt.

„Ist aber wirklich so", erklärte Hakim. „Kamele können an die fünfzig Jahre alt werden. Du wirst also lange Zeit Verantwortung für sie tragen."

„Das ist sie mir wert." Fatima streichelte die Nase des wuscheligen Tierchens. „Am besten wäre natürlich, wenn sie mit einer großen Herde mitlaufen könnte."

„Mach dir keine Sorgen, wir werden alle mithelfen, einen schönen Platz für deinen kleinen Liebling zu finden", versicherte Yussuf.

Zahara sprang, wie jedes kleine Kind, um die vier herum und versuchte, sie zum Spielen zu animieren. Hakim erbarmte sich schließlich. Er stand auf, klatschte in die Hände – Zahara rannte davon – blieb neugierig stehen – kam zurück und das Spiel begann von neuem. So lange bis sie sich richtig ausgetobt hatte. Amüsiert hatten ihnen die anderen zugeschaut. Die Kleine war aber auch zu drollig, mit ihren langen dünnen Beinen, die immer wirkten, als würden sie sich jeden Moment beim Laufen verknoten. Die beiden Frauen räumten das Geschirr in die Tasche, die Männer rollten die Schlafsäcke ein, bauten das Zelt ab und halfen, alles auf dem Dachgepäckträger zu verstauen. Der kleine vierbeinige Wirbelwind sprang dabei ständig um sie herum.

„Keine Angst, wir nehmen dich doch mit", schmunzelte Hakim. Fatima half ihm, das Minikamel auf die Ladeklappe zu heben.

„Ich bin gespannt, was Namu dazu sagt", sagte er nachdenklich.

„Namu?" Fatima staunte. „Sag bloß, den kleinen Kerl gibt es noch. Der dürfte doch mindestens so alt wie Methusalem sein, wenn das wahr ist, dass wir zehn Jahre gefangen waren."

„Stimmt genau", bestätigte ihr Hakim. „Aber nun sollten wir uns langsam in die Spur machen. Vater und Mutter werden schon, wie die Tiger im Käfig, durch das Haus laufen, alle paar Sekunden aus dem Fenster schauen und sich gegenseitig Mut zusprechen, weil sie denken, uns sei etwas zugestoßen."

Auf der letzten Etappe nahm Fatima bei Celine auf der Rückbank Platz. Die beiden hatten schnell ein gemeinsames Thema gefunden, über das sie leise sprachen. Sie wirkten dabei überaus ernst. Hin und wieder glaubten die Männer ein unterdrücktes Stöhnen zu hören.

Schließlich drehte sich Hakim um. „Worüber sprecht ihr?"

Celine versuchte zu lächeln. „Ihr würdet es beide nicht gern hören wollen."

„Malik", stellte Yussuf leise fest.

Die Frauen nickten. Hakim ließ sie in Ruhe. „Es ist besser, wenn sie darüber reden und dieses Trauma bald vergessen", sagte er. Und um nicht doch noch heimlich zu lauschen, debattierte er lieber mit seinem Freund über die anstehenden Arbeiten des Institutes für die nächsten Tage. Inzwischen wich die gedrückte Stimmung auf den hinteren Plätzen glockenhellem Lachen.

„Na, so was höre ich gern", brummte Yussuf in seinen Dreitagebart. Die beiden Schönen berieten sich über die passenden Kleider für die Hochzeitszeremonie. Die Männer grinsten sich überaus zufrieden an. Im Stillen überrechneten wohl beide ihr Erspartes, das eine heftige Ebbe erleben werde. Wenigstens brauchten sie sich wegen der Ringe, keine Sorgen zu machen. Vater al Kassim würde schon das Passende zu einem bezahlbaren Preis auf Lager haben. Fatima begriff langsam, dass sich die Uhr tatsächlich zehn Jahre weiter gedreht hatte. Hakim war nicht mehr der unbekümmerte, abenteuerlustige Junge, als den sie ihn in Erinnerung hatte. Der Mann Hakim hatte etwas Beruhigendes an sich. Er würde Celine sicher ein guter Ehemann sein. Als die ersten Häuser auftauchten stellte Fatima fest, dass sie in eine fremde Welt zurückkehrte.

„Jetzt kann ich mir vorstellen, wie du dich gefühlt haben musst", wandte sie sich an Hakim. „Du wusstest ja nicht einmal, ob man dich erkennen und mit offenen Armen empfangen würde." Fatima betrachtete die Silhouette Kairos, die sich atemberaubend verändert hatte. Je näher sie ihrem Viertel kamen, umso stiller wurde die junge Frau. Schließlich rollte der Nissan auf den Hof, wo die al Kassims schon sehnsüchtig warteten. Beide ließen ihren Freudentränen freien Lauf, als sie endlich ihre verloren geglaubte Tochter wieder in die Arme schließen konnten.

Celine drückten sie nicht minder herzlich an sich, genau wie Hakim und Yussuf. Neugierig, aber etwas ratlos, hießen sie Zahara willkommen. Die Kleine blökte herzzerreißend, als alle ins Haus gingen.

„Vielleicht sollten wir ausprobieren, ob sie sich beruhigt, wenn Namu bei ihr ist", schlug Hakim vor.

„Na, dann los." Jasina holte ihren Liebling. Er lief erst einmal Schwanz wedelnd ein paar Runden, begrüßte alle, bis auf Fatima. Ganz vorsichtig schlich er um sie herum, roch noch vorsichtiger an ihren Beinen.

„Hock dich mal hin", riet Hakim.

Kaum geschehen hatte Fatima die Hundenase mitten im Gesicht, ein Freudenheuler, in der Art einer Luftangriffsirene erklang, dann sprang ihr der gute alte Namu in die Arme.

„Und wie bringen wir ihm jetzt bei, dass er draußen bleiben und auf ein Kamel aufpassen soll?", fragte Jasina.

Hakim lachte. „Kein Problem." Er holte Fatimas Schlafsack aus dem Auto, legte ihn in Ecke des Hofes, ganz in die Nähe von Futterplatz und Wassernapf. Zuerst trottete Zahara heran. Sie legte sich neben die Rolle und sagte keinen Mucks mehr. Namu witterte. Er hatte keine Vorstellung, was so fremdartig roch. Schritt für Schritt näherte er sich dem Kamel-Mädchen, welches das fremde Pelzknäuel mit großen Augen betrachtete. Dann war Namu genau vor ihr, tupfte seine feuchte Nase an die des Kamels, schnüffelte ein wenig das Fell des Fremdlings an, nahm den Duft des Schlafsacks auf, kroch hinein und ließ es sogar zu, dass Zahara sich an ihn kuschelte.

„Liebe auf den ersten Blick", kommentierte Yussuf.

„Damit halte ich dieses Problem für gelöst", schmunzelte Hakim. Er drehte sich nach Celine um. „Wo steckt sie denn?"

Ali hob bedauernd die Hände. „Du kennst sie doch. Sie hat von einer Sekunde zur anderen auf Dienst umgeschaltet."

Tatsächlich, aus der Küche klang das Klappern von Geschirr und Besteck.

„Sie ist ungewöhnlich", murmelte Fatima erstaunt. „Dann auf, in die Küche." Sie eilte Celine hinterher.

Ali trug ein behagliches Lächeln zu Schau. „Alles klar, die beiden scheinen sich zu verstehen."

„Tun sie", bestätigten die Männer. Noch ein kurzer Blick auf Zahara und Namu, dann gingen alle ins Haus. Die Männer hatten nur wenige Wünsche: ab unter die Dusche, rasieren und endlich wieder einmal zivilisierte Kleidung tragen. Die beiden Mädchen übergaben die Restarbeiten an Jasina, bevor auch sie sich frisch machten. Nach einer halben Stunde trafen sich alle im kleinen Salon. Celine reichte Getränke und etwas Gebäck. Schon wollte sie wieder in Richtung der Wirtschafträume verschwinden, als Hakim ein Machtwort sprach. Er zog sie auf den Sessel neben sich. „Du bleibst hier sitzen. Keine Widerrede. Wenn es nicht anders geht, helfe ich dir dann. Aber jetzt wünsche ich, dass du anwesend bist."

Celine gehorchte. Noch weniger als ihrem Dienstherrn, würde sie es gerade jetzt wagen, ihrem zukünftigen Ehemann zu widersprechen, der ja mit seiner Forderung vollkommen Recht hatte. Sein Tonfall war zwar sehr bestimmt, aber gleichsam auch sehr liebevoll gewesen. Fatima hatte erstaunt den Kopf gehoben. Sie kannte Hakim nur als den, der immer nachgab. Dass er Forderungen stellte und diese auch durchsetzte, war ihr völlig fremd. Der Mann Hakim war ihr fremd, wie sie in den letzten Stunden schon öfter feststellen musste. Hakim begann auch zu erzählen, was geschah, bevor sie mit Yassir nach Ben Abu aufgebrochen waren, er wiederholte die Worte des Alten Mannes, legte als Beweis den kleinen Schlüssel auf den Tisch, ehe er weiter sprach. Hin und wieder flocht Yussuf eine Bemerkung ein. Als Celine noch einmal Getränke holte, wobei ihr Fatima half, sprach Hakim über die zweite Prophezeiung, Yussuf gab schnell Yassirs kleine Betrachtung zum Thema Hochzeit mit Celine zum Besten. Ali schüttelte amüsiert den Kopf, Jasina lächelte still in sich hinein.

„Der alte Fuchs hat nie etwas unbedacht gesagt", warf Ali ein.

Yassirs Vermächtnis

„Jedenfalls haben mich seine Worte darin bestärkt, in der kommenden Woche Celine zu meiner Frau zu machen, ehe mir doch noch jemand die Schau stiehlt." Hakim lauerte auf die Reaktion seiner Eltern.

Ali nickte mit breitestem Grinsen. „So soll es ein."

Die beiden Mädchen hatten die letzten beiden Sätze vernommen. Fatima tippte Yussuf mit flehendem Blick an.

Jasina lachte. „Ach? Habt ihr uns auch etwas zu sagen?"

Yussufs Gestalt straffte sich, bevor er sich an Ali wandte. „Gibst du mir Fatima zur Frau?"

Ali warf einen Blick auf seine Tochter, die ganz zaghaft „bitte" hauchte.

„Lass die beiden doch nicht so zappeln." Jasina drückte Fatimas Arm. „Es ist doch schon lange beschlossene Sache, dass er sie bekommt."

Ali lachte. „Natürlich geben wir sie dir. Sie kann es ja kaum erwarten. Aber bevor wir die Modalitäten besprechen, möchten wir eure Geschichte zu Ende anhören."

Hakim beeilte sich, weiter zu erzählen, während Fatima Yussufs Hand vor lauter Glück fest umklammert hielt. Hakim fuhr fort bis zu jenem Punkt, wo der Magier auf dem Rücken des Drachen erschien.

„Er hatte übrigens zwei dieser Untiere erschaffen", berichtete Fatima. „Das war wohl auch sein Fehler, er konnte sie nicht zurück verwandeln und ich habe begriffen, dass er nicht völlig unbesiegbar ist. Yussuf hat sich dem Drachen nur mit dem Dolch entgegen gestellt."

„Und er hat ihn getötet?" Jasina schaute ungläubig.

Yussuf schüttelte langsam den Kopf. „Getötet hat ihn Celine. Aber lasst euch das in der richtigen Reihenfolge erzählen."

Die al Kassims glaubten, sie hätten sich verhört. Ihre sanftmütige Celine sollte einen Drachen besiegt haben. Hakim beschrieb detailgenau, was passierte, als sich Celine Malik zu erkennen gab, mit welchen Worten er ihren Hass ins Bodenlose trieb, wie sie plötzlich das Schwert aus den Händen eines der Wächter riss und dieser Bestie in Menschengestalt ein schnelles Ende bereitete. Zugleich löste sie damit jeglichen Fluch, der über Ben Abu gelegen hatte, der Drache wurde wieder zum Baum, die vier edlen, grazilen Kamelstuten zu Königinnen.

Nur eine Wandlung konnte auch sie nicht aufhalten, die der alten Dienerin Zahara zu einem kleinen hilflosen Kamel.

Die al Kassims hatten Celine zu sich heran gewinkt. Sie umarmten ihre zukünftige Schwiegertochter mit einer Dankbarkeit, die aus allertiefstem Herzen kam. „Ich habe einen Eid geschworen", sagte Ali. „Ich habe versprochen, dir ein Studium zu finanzieren, wenn du mir Fatima wiederbringst. Zwar weißt du nichts davon, aber Hakim kennt diesen Schwur. Sobald du deine Schulausbildung fertig hast, stehen dir alle Türen offen."

Celine weinte vor Freude.

Ali fuhr fort. „Ich habe nie gefragt, welches Schicksal dich damals vor meine Tür getrieben hat, obwohl ich gesehen habe, dass es dir schlecht ging. Heute ahne ich, was an jenem Tag geschehen ist. Vielleicht wird jetzt alles wieder gut. Ich wünsche es dir so sehr. Und weil wir so viele Gründe haben, eine große Feier zu veranstalten, haben Jasina und ich uns gedacht, dass wir am kommenden Samstag eine Doppelhochzeit, die Rückkehr Fatimas, den Dank an dich und Yussuf und alles was noch wichtig ist, auf einmal zelebrieren."

Hakim rieb fragend die bewussten drei Finger der rechten Hand aneinander. Ali schmunzelte. „Das ist ganz allein unser Problem. Kümmert ihr euch lieber um die Kleider eurer Bräute. Ach, wo es Trauringe gibt, das wisst ihr ja. Ehe ich es noch vergesse: Auf den Empfang bei Sabiri werden wir alle gemeinsam gehen. Dort wird die einflussreiche Öffentlichkeit zum ersten Mal erfahren, dass meine Kinder befreit wurden und es ihnen wieder gut geht. Ich werde dafür sorgen, dass Yussufs und Celines Verdienste entsprechend gewürdigt werden."

„Wir sollten an unserer Story möglichst schnell arbeiten, damit wir alle die gleiche, völlig unverfängliche Geschichte erzählen", regte Hakim an.

Celine nickte. „Vor allem darf kein Wort von Magie und wundersamen Ereignissen fallen."

„Was schlägst du vor?", fragte Ali.

„Auf Wüstensafari mit Kamelen, in Begleitung einer Beduinenfamilie, auf Wanderschaft zufällig in das Zeltlager der Banditen gelangt und unter Todesgefahr mit den Gefangenen entkommen. Wir hatten eben die besseren, schnelleren Kamele", gab Celine in Kurzform ihre Gedanken kund.

„Klingt gut und lässt sich ausbauen. Du bist eben doch die Beste", seufzte Yussuf.

„Das ist völlig unbestritten", nickte Fatima. „So viel Frauenpower reißt richtig mit." Dann drohte sie Hakim scherzhaft mit dem Finger. „Wehe, wenn du sie nicht glücklich machst."

Sein Blick ging Celine tief unter die Haut. Dieses ‚Ich werde es in jeder Weise tun', erinnerte sie an seine Worte vom Vortag. Hakim entging nicht der ungewöhnliche Glanz in ihren Augen. Er zählte nicht nur die Tage, sondern er begann schon die Stunden zu zählen, bis sie endlich die Seine wäre.

Fatima begann mit ihrem Bericht über das Leben in der Festung des Magiers. Er hatte sie entführen und buchstäblich in einen goldenen Käfig sperren lassen, im Glauben, dass ein so junges Mädchen einfach ‚Ja' sagen müsse. Es ging ihm einfach nicht in den Kopf, wie sie es wagen konnte, zu widersprechen und seine Offerten zu ignorieren. Sie erzählte, wie er es am Anfang mit magischen Spielereien versucht hatte, mit Drohungen, um sie schließlich mit den unzähligen Hinrichtungen immer mehr unter Druck zu setzen.

Als ihr Versuch, die Wachen zu bestechen, aufgeflogen war und sie die Gefangenschaft kaum noch aushielt, habe ihr die alte Zahara gezeigt, wie sie hin und wieder einen Teil ihres Kummers vergessen konnte. Die darauf folgenden Kopfschmerzen waren bei weitem nicht so schlimm, wie die ständige Angst vor Maliks Wutausbrüchen. Dann war eines Tages die Fremde auf dem Basar aufgetaucht und habe ihr die Grüße und Fotos gebracht.

Fatima lächelte Celine dankbar an. „An jenem Tag änderte sich alles. Ich wollte wieder leben, weil ich endlich wieder Hoffnung auf Freiheit hatte. Zahara mixte mir neue Tränklein, die selbst Malik davon überzeugten, dass ich schwer erkrankt sei. Er hat mich von Stunde an in Ruhe gelassen und sogar die Gefangenen geschont. Er hat nicht einmal gewütet, als ich darum bat, täglich den Basar besuchen zu dürfen. Ich habe ihn damit geködert, dass ich Stoff für ein Festkleid kaufen wolle, welchen ich einfach nicht nach meinen Vorstellungen fand." Fatima schüttelte verständnislos den Kopf. „Wisst ihr, was mir erst jetzt aufgefallen ist? Malik war doch ein Magier – wie so hat der nicht den Stoff ganz einfach nach meinen Wünschen erschaffen?"

„Gute Frage." Alle schauten sich ratlos an.

Celine überlegte laut: „Der konnte doch auch die Drachen nicht zurück verwandeln – oder?"

Fatima bejahte. „Du meinst, der war einfach nur ein Hochstapler?"

„Ganz so einfach ist das nicht. Er konnte definitiv magische Dinge tun. Die hat er schon immer getan. Aber er hat sich stets damit begnügt, durch Mittelmaß und wenig Aufwand, die Menschen in seine Abhängigkeit zu bringen. War er nicht gut genug, dann hat er Kritiker töten lassen oder anders zum Verstummen gebracht. Ich denke, so wird er es auch in Ben Abu gehalten haben." Celine schluckte. Hakim drückte zärtlich ihre Hand. „Warum sollte er sich also bemühen, den Stoff zu zaubern, wo er den doch einfacher haben konnte?"

„Auch hier wirst du wohl wieder den Finger genau auf dem Punkt haben", konstatierte Hakim nachdenklich. „Vielleicht sollte ich sogar dankbar für seine Bequemlichkeit sein, sonst hätte er mich wohl mühelos zur Strecke gebracht."

„Wahrscheinlich." Celine erwiderte seinen Händedruck, stand auf und sagte lächelnd. „Ich weiß ja nicht, wie du darüber denkst – aber ich bekomme langsam Hunger, was heißen soll, dass ich mich jetzt wieder meinen Aufgaben widme." Sie tippte ihm auf die Brust: „Und keine Widerrede." Im nächsten Moment war sie schon in der Küche verschwunden.

Hakim schaute ihr verblüfft hinterher, Yussuf grinste, die beiden Frauen glucksten hinter vorgehaltener Hand, während Ali in schallendes Gelächter ausbrach.

„Na ja." Hakim zuckte mit den Schultern. „So ganz Unrecht hat sie nicht, ich könnte auch einen Happen vertragen. Mal sehen, was sie Schönes zaubert." Er faltete behaglich die Hände auf dem Bauch und lächelte harmlos in die Runde.

„Wolltest du ihr nicht helfen?", stichelte Fatima.

„Wenn es nicht anders ginge. Es geht aber anders. Jetzt, wo jeder Handgriff sitzen muss, würde sie es nicht lustig finden, wenn ich ihr die Zeit durch dämliche Fragen stehle oder ihr im Weg herumstehe", entgegnete Hakim ruhig. „Sie weiß genau, dass ich da bin, wenn sie mich wirklich braucht."

Fatima seufzte. „Tut mir leid. Es fällt mir wirklich noch schwer, mich daran zu gewöhnen, dass die Zeit in Ben Abu aus dir einen sehr ernsten Mann gemacht hat. Vorgestern warst du für mich noch mein kleiner Bruder."

„Biologisch ändert sich an der Tatsache sicher auch nichts", schmunzelte Hakim.

„Ich gebe es auf", stöhnte Fatima, wobei sie lustig die Augen verdrehte.

Jasina lachte. „Das ist wie in alten Zeiten. Fatima stichelt."

„Nur, dass Hakim jetzt mit echten Argumenten aufwarten kann, ist neu", ergänzte Ali. „Yussuf hat sich ganz schön was vorgenommen."

„Ach, da nehme ich Yassir beim Wort, der gesagt hat: ‚Wer einen Löwen bändigen kann, der wird auch mit einer Frau fertig.'" Yussuf saß genau so entspannt in seinem Sessel wie Hakim. „Und ich glaube Yassir hat sich niemals geirrt."

Dass Hakim den Salon verließ, fiel bei der allgemeinen Heiterkeit niemandem auf. Erst als Essenduft in der Luft lag, vermisste man ihn. Da ging auch schon die Tür auf, Hakim balancierte das volle Tablett herein, von dem Celine das Geschirr austeilte.

„Wie jetzt?", fragte Yussuf ungläubig.

„Das ist neu", stellte Jasina überrascht fest.

Celine schüttelte leicht den Kopf. „Ganz und gar nicht. Von unserer ersten Begegnung an, hat er immer wieder geholfen."

„Ja, ich erinnere mich sehr gut daran", sagte Ali „Er hat an jenem Tag, als er nach Hause kam, Celine auf den Markt begleitet und die Einkäufe getragen. Das war auch der Tag, an dem ich sie zum allerersten Mal hab lachen hören. Schon deshalb werde ich das nie vergessen."

Hakim schmunzelte. „Was guckt ihr so? Gesundheitliche Schäden gibt es nicht, wenn man seine Liebste ein wenig unterstützt. Irgendwann bleibt auf diese Weise eher mehr Zeit für Zweisamkeit."

„Und da hattest du Angst, dass Celine ihn zu sehr verwöhnt." Ali blinzelte seiner Frau fröhlich zu.

„Wenn wir beide irgendwann studieren wollen, müssen wir uns schon arrangieren, damit auch die Ehe nicht darunter leidet", fuhr Hakim ungerührt fort. „Wenn ich möchte, dass es ihr gut gehen soll, dann kann ich sie nicht gleichzeitig mit ihren Aufgaben allein lassen." Er stellte nebenbei noch einige Gläser und Wasserflaschen bereit.

„Ich bin völlig unschuldig", beteuerte Yussuf auf Alis fragenden Blick hin. „Ich habe ihm zwar über Europa erzählt, aber das von gerade eben hat er selbst herausgefunden."

„Apropos herausfinden – ich gehe heute Nachmittag noch zu Sabiri. Mal sehen, welches Vermächtnis mir Yassir hinterlassen hat. Dabei würde ich gern Celine mitnehmen, falls sie ein bis zwei Stunden entbehrlich wäre", erklärte Hakim. „Außerdem sollten Fatima und Yussuf mit dabei sein."

„Dann fahre ich euch hin", bot Ali an. „Fatimas Kreditkarte sollte ja auch getauscht und ihr Konto offiziell wieder übernommen werden. Sonst bekommt der gute Sabiri doch noch einen Herzanfall. Da kann er sich gleich an ein paar Fingern abzählen, was auf seinem Empfang das Hauptthema sein wird."

„Darf ich mich erst eine Stunde hinlegen?", fragte Fatima. „Zaharas Wundermittel haben ziemlich heftige Nachwirkungen."

„Keine Bange, wir müssen uns nicht beeilen. Die Gesundheit geht in jedem Fall vor", beruhigte sie Hakim. „Weißt du eigentlich, was sie dir da zusammengemixt hat?"

„Keine Ahnung. Auf alle Fälle macht es nicht süchtig. Ich habe übrigens noch ein Fläschchen."

Ali hob rasch den Kopf. „Das sollten wir Doktor Feisal zur Analyse überlassen."

Fatima machte eine abwehrende Handbewegung.

„Ich bin auch dafür", warf Yussuf ein. „Ich möchte sicher sein, dass wir einmal gesunde Kinder haben werden."

Fatima senkte den Blick. Dieses Argument war nicht von der Hand zu weisen. Sie zog die kleine Phiole aus dem Beutel, drückte sie ihrem Vater in die Hand. „Yussuf hat mich überzeugt."

Ali brachte Zaharas Wundermittel sofort in sein Arbeitszimmer, wo er es in den Schrank einschloss. Bis zum nächsten Besuch Feisals waren es noch ein paar Tage. Ali dachte nach, dann griff er zum Telefon.

In den Salon zurückgekehrt sagte er: „Der Doktor kommt heute Abend vorbei, dann kannst du ihm gleich ein paar sachdienliche Hinweise geben."

Fatima widersetzte sich nicht. Yussuf hatte ein Recht darauf, vor der Hochzeit zu erfahren, wie es um sie stand. Sie bemühte sich, ihn nicht zu verärgern. Er hatte mit den anderen zusammen sein Leben aufs Spiel gesetzt, um sie zu befreien. Sie hatte hautnah erfahren, dass das Schicksal ganz plötzlich Haken schlagen konnte und man aus der vermeintlichen Sicherheit heraus, in ausweglose Situationen geraten konnte. Ben Abu hatte auch in ihr tiefe Spuren hinterlassen, ihren ständigen Widerspruchsgeist gebrochen und das Nachdenken über das unbedachte Reden gesetzt.

Dabei war Fatima weit davon entfernt, einen Kampfeswillen wie Celine zu entwickeln. Von Klein auf waren ihr förmlich die gebratenen Tauben in den Mund geflogen. Selbst im Palast des Magiers hatte sie im puren

Luxus gelebt, war bedient und versorgt worden. Sie begriff, dass dies alles nun der Vergangenheit angehörte. Sie würde zumindest einen Haushalt selbst führen müssen, denn Yussuf machte keinen Hehl daraus, dass er von dem, was er verdiente, zwar sehr gut, aber nicht luxuriös leben konnte. Fatima empfand es als durchaus angemessen, für echte Liebe und Geborgenheit arbeiten zu müssen. Sie schwor sich, ihrem zukünftigen Ehemann keinen Grund zur Beschwerde zu geben.

Hakim und Celine schienen hingegen große Dinge vorzuhaben. Im Augenblick räumten sie gemeinsam den Tisch ab. Hakim wollte sowieso in die Vorratskammer, um eine Kleinigkeit für Zahara zu holen, da fand er es durchaus sinnvoll, das schwere Tablett gleich mitzunehmen.

Namu war die ungestüme Kameldame nicht ganz geheuer gewesen. Er hatte sich tief in den Schlafsack verzogen, um seine Ruhe zu haben. Zahara stand also ziemlich verlassen auf dem Hof. Kaum sah sie Hakim lief sie auch schon auf ihn zu.

„Ach Kleines", seufzte er. „Wir müssen schleunigst eine Kamelherde für dich finden. Du gehst uns sonst wirklich vor die Hunde." Namus „Wuff", kam wie zu Bestätigung aus dem Schlafsack. Ali und Yussuf kamen ebenfalls aus dem Haus.

„Heute geht das, aber morgen muss eine Lösung her", sagte Hakim. „Vielleicht hat ja Yassir auch das vorausgesehen. Bei ihm ist alles möglich. Wie geht es Fatima?"

„Sie hat sich hingelegt." Yussuf streichelte das Kamel-Mädchen. „Hoffentlich ist der Mix, den sie bereitet hat, wirklich harmlos. Ich mache mir ernsthafte Sorgen."

Hakim klopfte ihm auf die Schulter. „Kopf hoch! Yassir hätte bestimmt einen Ton gesagt, wenn ernsthafte Probleme in der Luft lägen."

„Sicher hast du Recht." Yussuf beruhigte sich etwas. Er schaute in den strahlend blauen Himmel. „Übermorgen legen wir einen freien Tag ein. Sonst stehen wir am Wochenende womöglich in Arbeitskleidung vor dem Mufti. Allerdings haben wir deshalb morgen volles Programm, wenn nicht noch mehr."

„Geht schon klar. Vielleicht komme ich heute noch dazu die Daten zu bearbeiten. Nachts bin ich sehr kreativ."

„Heb dir die Kreativität lieber für die Hochzeitsnacht auf", schmunzelte Yussuf.

Ali lachte. „Guter Vorschlag."

Hakim räumte die Taschen aus dem Nissan. Dabei fiel ihm die Kiste mit den Westen wieder ein. „Ach du Schreck! Das hätte ich vor lauter Freude beinahe vergessen. Ich muss Nasri die Westen zurückbringen. Bevor wir zu Sabiri fahren, machen wir einen kurzen Abstecher zu ihm."

Ali lud sie vorsichtshalber sofort in den Benz.

Celine kam heraus, um die Reisetaschen zu holen. Hakim schob sie sanft beiseite. „Du bist kein Lastesel."

Yussuf fasste mit zu. Einen Augenblick später standen sie bereits vor der Waschmaschine. Celine atmete dankbar auf. Sie hätte wirklich schwer zu schleppen gehabt. Im Hinausgehen streichelte Hakim mit der Fingerspitze wie zufällig ihre Wange. Sie schloss für den Bruchteil einer Sekunde die Augen. Seine Zärtlichkeiten taten ihr unendlich gut.

Ich liebe dich, flüsterte es in ihren Gedanken. Dann beeilte sie sich, die Wäsche zu sortieren, die Maschine zu füllen und schließlich die Taschen in die Abstellkammer zu tragen. Inzwischen war auch der Geschirrspüler fertig, sodass sie vor dem Aufbruch zur Bank das Geschirr wieder in den Schränken unterbringen konnte. Als Hakim nach ihr rief, war bereits das Abendbrot vorbereitet. Dieses Rufen geschah auch nicht über die Klingel, sondern er kam persönlich, um sie zu begleiten.

Fatima sah nach ihrer Mittagsruhe auch wesentlich frischer aus, als sie sie bisher erlebt hatten. Das Gefühl, endlich in Sicherheit zu sein, tat das Übrige. Nun saß sie zwischen Yussuf und Celine auf der Rückbank des Autos. Ali drängelte sich in den dichten Verkehr. Die richtige Abzweigung zu Nasris Wohnviertel fand er schnell. Hakim nahm den Karton mit beiden Händen, klingelte mit dem Ellebogen und drückte mit dem Rücken die Tür auf. Fünf Minuten später war er wieder da, schaute Celine liebevoll an: „Für nächsten Mittwoch habe ich ihm das Essen beim Chinesen versprochen."

„Ich werde es mir merken", gab sie lächelnd zurück. Immerhin war es ein Termin, an dem er allein unterwegs sein würde.

Fatima sah die beiden erstaunt an. „Ihr plant ja schon richtig als Ehepaar."

„Ja natürlich. Das erspart uns eine Menge unnötige Missverständnisse", entgegnete Hakim.

„Was macht ihr eigentlich übermorgen Schönes?", fragte Fatima neugierig.

„Unseren Jobs nachgehen", schmunzelte Hakim.

„Ach." Fatima staunte.

„Ohne Fleiß kein Preis und ohne Arbeit kein Lohn", erklärte Hakim. „Für Vater hat sich sehr viel verändert, seit wir verschwunden waren. Nur die Hoffnung hat ihn aufrecht gehalten und immer wieder vorwärts getrieben. Von den Verlusten, die das auch finanziell mit sich brachte, wird er sich nur langsam erholen. Nun will er uns allen auch noch die die Hochzeit finanzieren. Es wäre unverzeihlich, wenn ein gesunder Mann, wie ich, ihm als zusätzlicher Ballast auf der Tasche läge, besonders, wo ich seine Situation kenne."

Hakim machte eine kurze Pause. „Ich, für meinen Teil, will demnächst meiner Frau ein möglichst sorgenfreies Leben bieten. Das geht aber momentan nur, wenn sie ebenfalls ein Einkommen hat, weil mich Yussuf nur als Helfer beschäftigen kann. Also mache ich gerade meinen Schulabschluss und die Hochschulreife, damit ich studieren und mehr Geld verdienen kann. Sie sitzt ebenfalls Abend für Abend und lernt, nicht nur weil wir es ihr versprochen haben, sondern weil ein besseres Leben eben auch von irgendetwas finanziert werden will. Dass sie sich entschieden hat, meine Frau zu werden, ändert nichts daran, gibt uns aber die Möglichkeit, irgendwann die Früchte unserer Arbeit gemeinsam und mit gutem Gewissen zu genießen."

Fatima hatte aufmerksam zugehört. „Ich habe das alles nicht geahnt", murmelte sie.

„Wie denn auch", tröstete sie Hakim. „Bei mir hat es auch bald zwei Tage gedauert, ehe ich voll im Bilde war, was sich an Veränderungen ergeben hat."

Ali scherte in eine freie Parklücke direkt vor dem Bankgebäude ein. Er trug einen kleinen Safekoffer mit allen Unterlagen zu Fatimas Konto bei sich. Sabiri ließ es sich nicht nehmen, die fünf persönlich zu empfangen.

Bei Fatimas Anblick stutze er kurz. „Fatima al Kassim?", fragte er, bevor sie etwas sagen konnte.

„So ist es. Schön, dass Sie mich wiedererkannt haben."

„Nun, auf diese Begegnung war ich besser vorbereitet, als auf die mit Ihrem Bruder", erklärte der Geschäftsmann lächelnd. „Damals habe ich fast einen Nervenzusammenbruch erlitten." Sabiri tippte ein paar Befehle in seinen Rechner. „Jetzt ist das Konto wieder voll aktiviert und in wenigen Augenblicken wird die neue Kreditkarte gebracht." Dann schaute er die anderen erwartungsvoll an.

Hakim legte den kleinen Schlüssel auf den Tisch. „Yassir abd el Nasser hat mir diesen Schlüssel übergeben."

Sabiri nickte. Er zog aus der Schublade seines Schreibtisches einen geöffneten Umschlag, welcher an ihn addressiert war, und in dem ein kleineres, versiegeltes Kuvert steckte. „Hier ist das Schreiben, worin er mich ermächtigt, Ihnen das gesamte Schließfach zu überschreiben. Das hier", er gab Hakim den verschlossenen Brief, „ist das Inhaltsverzeichnis. Wir sollten hinunter in den Tresorraum gehen und vor Ort die Vollzähligkeit prüfen."

Sabiri ging voran. Mit einem Zahlencode öffnete er die Panzertüren. Hakim hatte schnell das richtige Fach gefunden. Erstaunt stellte er fest, dass es eines der besonders Großen war. Hakim zog den Schlüssel hervor. Geräuschlos öffnete sich das Türchen. Zuerst gewahrten sie eine Holztruhe in der doppelten Größe eines Schuhkartons mit einem uralten Schloss. Darunter lagen mehrere breite Aktenordner.

Sabiri rollte ein Tischchen heran. Hakim riss den Umschlag mit der Liste auf. Dann entnahm er dem Fach den gesamten Inhalt, welchen er auf dem Tisch deponierte. Neugierig schauten ihm alle über die Schultern.

„Besitzurkunde über das Farmland Isri", begann er.

Ali half ihm die Ordnerrücken zu sichten. „Hier."

Hakim schaute hinein und bekam große Augen. „Ich bin seit drei Tagen Großgrundbesitzer", flüsterte er.

„Was???"

„Wirklich. Yassir hat mir sein gesamtes Farmland und die darauf stehende Kamelherde überschrieben." Er strich mit der Hand über den Ordner, den er vorsichtig beiseite legte. „Punkt zwei: Besitzurkunde über das Wohngebäude."

„Da." Ali reichte die Mappe weiter.

Hakim studierte kurz den Text, dann drückte er Celine mit genüsslichem Grinsen die Akten in die Hand. „Das gehört eindeutig dir."

„Wie?" Verdutzt schlug sie die erste Seite auf. „…überschreibe ich mein Haus, mit allem was darinnen ist, Celine Iskander." Celine musste sich an der Tischkante abstützen.

„Ein angemessener Dank für die Rettung eines ganzen Wüstenvolkes", stellte Yussuf erfreut fest.

„Punkt drei: Besitzurkunde über vier preisgekrönte Rennkamele."

Ali fischte die Mappe vom Tisch. Hakim nahm sie entgegen, schaute hinein und lachte. „Schwesterchen, das ist für dich. Deine kleine Zahara hat ab sofort eine richtige Herde und du einen Tag ausfüllenden Zeitvertreib." Er wandte sich wieder der Liste zu.

„Vorletzter Punkt: Das in Jahrhunderten gesammelte Wissen der Nomadenvölker."

„Haben wir hier." Ali hob den dicken Wälzer hoch.

Hakim staunte. „Oh, schwer wiegendes Wissen." Er schlug den Ordner auf. „Ja, im wahrsten Sinne des Wortes – schwerwiegend. Yussuf das ist für dich. Damit dürfte einer deiner größten Träume in Erfüllung gehen."

Der Geologe nahm erstaunt den Wälzer entgegen. Vorsichtig blätterte er in den alten vergilbten Papieren. „Hakim, ich glaube du hast Recht. Das ist kaum mit Geld aufzuwiegen, was er mir hier vermacht. Das ist ein Schatz, ach was sage ich, das ist DER Schatz." Yussuf streichelte fast liebevoll den Pappeinband.

Hakim begann die Truhe zu untersuchen, weil der passende Schlüssel fehlte. „Silberbeschläge?", murmelte er. Ali nickte. „Die muss allein schon ein Vermögen wert sein."

Als Hakim den Kasten leicht ankippte, konnte er unter dem Boden ein Metallplättchen fühlen. Er fingerte kurz daran herum und merkte, dass sich der Boden verschieben ließ. Ein Geheimfach kam zum Vorschein, welches den fehlenden Schlüssel enthielt. Hakim atmete tief ein, als er das antike Schloss öffnete. Er hob etwas heraus, das in weißes Leinen eingewickelt und mit schmalen Lederbändern verschnürt war. Die Spannung wuchs. Geduldig löste er die festen Knoten, dann schlug er das Tuch auseinander. Stumm und andächtig betrachteten die Versammelten was da zum Vorschein kam. Goldener Brautschmuck aus einer längst vergangenen Zeit, über und über mit Edelsteinen und Lapislazuli besetzt.

„Damit schließt sich der Kreis", flüsterte Hakim, als er das massive Pektoral ins Licht hielt. Im nächsten Moment legte er es Celine um, die wie erstarrt stand. „Du hast das schon einmal gesehen. Habe ich Recht?", fragte Hakim.

„Das war meine Grabbeigabe, damals, als mich Seth-Apis in den Tod getrieben hat. Horus hat es mir erzählt."

Er küsste sie auf die Stirn. „Diesmal wird es dich ins Leben begleiten. Du wirst es als das tragen, als was es vor undenklicher Zeit für dich gefertigt worden ist, als Brautschmuck."

Hakim wandte sich um. „Alles vollzählig, genau nach Liste."

Sabiri atmete auf. „Dann ziehe ich mich zurück, damit Sie in Ruhe beraten können, was Sie mitnehmen und was Sie wieder einschließen möchten. Ich lasse Ihnen Stühle bringen. Sie können auch den Kopierer nutzen." Er deutete auf das Gerät gleich neben der Tür.

Celine nahm den Schmuck ab, legte ihn wieder neben die Ohrringe, Armreifen und den Stirnschmuck in die Truhe. „Es wäre besser, wenn er bis zur Hochzeit hier bliebe."

„Dann werde ich ihn am Freitag holen", versprach Hakim. „In Vaters Safe ist er bis zu Zeremonie sicher. Möchtest du die Besitzurkunde für das Haus mitnehmen?"

Celine schüttelte den Kopf. „Nur eine Kopie, es sind ja alle Stempel der Behörden drauf."

Auch Fatima hielt es für besser, sich nur eine Kopie mitzunehmen.

Yussuf konnte sein Glück noch immer nicht fassen. „Ich weiß nicht, was ich mache. Normalerweise müsste ich die ganzen Papiere scannen, um sie beim Durcharbeiten nicht zu gefährden. Für das Original werde ich auf alle Fälle auch ein Schließfach mieten."

„Dann steht also fest, was wir übernächste Woche tun", sagte Hakim. „Wir suchen einen vertrauenswürdigen Archivar, der unter unseren Argusaugen das Datensichern übernimmt. Danach kannst du eine Kopie mit in den Safe schließen und mit der anderen in Ruhe arbeiten."

„Guter Vorschlag. Ich bin vor lauter Freude ja richtig blockiert." Yussuf streichelte immer wieder unbewusst das wertvolle Geschenk.

Fatima hatte inzwischen einen persönlichen Brief Yassirs an sie entdeckt. „Wisst ihr, dass er mir auch eine richtige Goldgrube überlassen hat?"

„Erzähle!", forderten sie die Männer auf.

Fatima strahlte über das ganze Gesicht. „Also, zuerst muss ich mich mit Hakim arrangieren, weil meine Kamele auf seinem Land stehen. Das dürfte kein Problem sein, weil ich dann seine Herde mitbetreuen kann. Guckt nicht so. Ich denke, das kann ich alles lernen. Er schreibt, dass Zahara wirklich keinerlei Menschliches mehr an sich hat, weil die Magie der Oase für immer zerstört und eine Rückverwandlung damit völlig ausgeschlossen ist. In ihr stecken die wertvollsten Eigenschaften, die ein Rennkamel haben kann, sagt er. Er hat auch einen der Hengste bereits als den idealen Deckhengst bestimmt, damit die Fohlen eines Tages den allerhöchsten Marktwert erzielen.

Er hat mir seine ganzen Zuchttabellen überlassen, nebst einer langen Liste Adressen von Leuten, die sich mit der Zucht und dem Training der Tiere auskennen. Auch wann und wo man am gewinnbringendsten verkaufen kann steht hier geschrieben. Jedes vierte Fohlen, das jemals aus meiner Zucht kommt, gehört Hakim, als Nutzungsentgelt für das Land.

Ich denke, wenn wir in Yassirs Sinne zusammenarbeiten, dürfte es keine Probleme untereinander geben."

„So soll es sein." Hakim besiegelte damit den Vertrag, den der alte Beduine weise vorausbestimmt hatte.

Ali schaute Hakim und Celine nachdenklich an. „Damit dürfte sich so einiges ändern. Ihr werdet sicher ins Touristikgeschäft einsteigen, mit Kamelsafaris und so."

Celine lächelte fröhlich. „Da steht ja meine Studienrichtung schon fest. Und ich weiß, dass es ein Fernstudium werden sollte, weil sich ja einer um Haus, Hof und die Geschäfte kümmern muss."

„Wenn ihr Hilfe braucht, ihr wisst ja wo ihr mich findet." Ali drückte fest ihre Hand.

„Mit Celines Wissen über die ägyptische Geschichte werden die Touren bestimmt der Renner", mutmaßte Yussuf. „Kombiniert mit geologischem Wissen kann die Sache ganz groß ins Laufen kommen."

„Dann auf gute familiäre Zusammenarbeit!", freute sich Hakim. „Vater liefert den begehrten Schmuck und so hat jeder ein Stück vom großen Kuchen."

„Apropos Kuchen: Sollten wir die Hochzeiten nicht auch gleich in Isri feiern? Die Verpflegung kann ein Cateringservice übernehmen. Parkplätze gibt es zuhauf und Zelte für die Übernachtungen lassen sich auch preiswerter anmieten als Hotelzimmer", regte Ali an.

„Bin dafür!", riefen die jungen Leute im Chor.

„Dann auf nach Isri. Noch ist es hell genug, um die Örtlichkeiten in Augenschein zu nehmen." Ali gab Jasina per Handy Bescheid, dass sich die Rückkehr noch um ein bis zwei Stunden verzögern werde.

Schon während der Fahrt betrachtete Hakim aufmerksam seine Ländereien. Das mehrere Quadratkilometer große Areal war durchaus beeindruckend. Yassir hatte geduldet, dass sich drei Familien ganz am Rande seines Landes ein Lehmhäuschen errichteten. Er, Hakim, würde an diesem Zustand keinesfalls etwas ändern. Er hatte gelesen, dass die Bewohner hin und wieder für den Herrn der Kamele arbeiteten. Vielleicht ließe sich das in Zukunft zu einer festen Einnahmequelle für die Betreffenden machen. Die Männer standen vor der Einfahrt zum Anwesen. Hakim stieg mit Celine aus.

„Du bist der neue Besitzer?", fragte einer der Männer vorsichtig.

„Sagen wir lieber, wir sind die neuen Nachbarn", entgegnete Hakim.

Aufatmen bei den anderen. „Das klingt, als dürften wir vorerst bleiben?"

„Ihr dürft bleiben.", stellte Hakim klar. „Vorerst lassen wir ganz schnell weg. Ich habe keinen Grund, euch zu vertreiben. „Sie", er deutete auf Celine, „ist meine zukünftige Frau. Ihr gehört das Haus, mir das Land und die Herde. Am Samstag soll hier die Hochzeit sein, es gibt sicher etwas zu verdienen."

„Lass hören."

„Dann kommt am besten mit. Ihr kennt euch hier aus und könnt uns gleich ein wenig in die Besonderheiten einweisen."

Hakim bedeutete den anderen, auszusteigen. Mit wenigen Worten war erklärt, was soeben besprochen worden war. Ali stellte wiederholt fest, dass Hakim den richtigen Sinn für Geschäfte hatte. Sich die „Schwarzmieter" zu Verbündeten zu machen, war der beste Weg, um Augen und Ohren immer überall zu haben. Hakim nannte den Betrag, den er pro Mann zu geben gedachte, dann erklärte er, was er dafür erwartete. Schnell war man sich handelseinig und die Neuankömmlinge erhielten eine umfassende Führung zu allen markanten Punkten. Beim Anblick der fast vierzigköpfigen Herde gingen Hakim beinahe die Augen über. Separat in einem Gehege fand Fatima die Rennkamele. Einfach wundervolle Tiere, denen man auf den ersten Blick ihren Wert ansah.

Celine stand vor dem zweistöckigen Gebäude, das aus Lehmziegeln errichtet schien. Sie hatte den Kopf in den Nacken gelegt, um die Zinnen die den Dachabschluss bildeten zu betrachten. Ein großer Brunnen auf dem Hof führte ganzjährig Wasser, wie es aussah. Die Überlandleitung des Stromversorgers hatte eine solide Abzweigung hierher. Wenigstens müsste sie nicht beim Schein einer Öllampe auf einer offenen Feuerstelle kochen, wie es damals in dem Slum der Fall war. Celine trat ins Haus, tastete nach dem Lichtschalter und erstarrte. Die vermeintliche Lehmbauweise hatte nicht vermuten lassen, was sich hinter den Mauern verbarg. Sie fühlte sich in einen Palast versetzt. Fußbodenmosaike und Säulen vermittelten diesen Eindruck.

Celine rief nach Hakim. „Komm, ich möchte diese Welt mit dir entdecken."

Gemeinsam gingen sie von Raum zu Raum. Mehrere große Zimmer, durch deren Fenster jetzt die Abendsonne schien. Eine moderne Küche, in der auch die Waschmaschine stand, vervollständigte das Bild.

„Und ich dachte schon ich müsste mit dem Waschbrett am Brunnen sitzen", gab Celine ziemlich beeindruckt zu.

„Obwohl er gesagt hat, er kenne sich mit Computern nicht aus, gibt es

Internetanschlüsse in drei Zimmern", ergänzte Hakim. „Ich glaube, hier lässt es sich aushalten. Wir müssen uns nur schnellstens ein Auto anschaffen, weil die Gegend doch etwas abgelegen ist."

Celine lachte übermütig. „Ein Bett wäre vielleicht auch nicht schlecht. Falls du es nicht bemerkt haben solltest, nur das Esszimmer, die Küche und der Wohnraum sind möbliert."

Die anderen kamen herein. „Ein solides Häuschen", stellte Ali fest. „Des Bruders eines Königs wirklich würdig. Irgendwie märchenhaft."

„Das beschreibt es treffgenau", freute sich Celine, die es noch immer nicht fassen konnte, dass dies alles ihr Eigentum war.

„Wie viele Leute werden denn zur Hochzeit kommen?", wollte Fatima wissen.

„Vielleicht zwanzig, vielleicht dreißig. Lassen wir uns überraschen", gab Ali zurück.

„Ich würde gern Björn einladen", sinnierte Yussuf.

„Dann tu es doch", schmunzelte Ali. „Er hat ja auch eine Menge dazu beigetragen, dass ihr Fatima befreien konntet."

Hakim tippte seinen Vater an. „Sag mal, bist du wirklich überzeugt, dass die Einflussreichen erst zu Sabiris Empfang von uns Wind bekommen?"

„Nach den heutigen Ereignissen bin ich da nicht mehr so sicher. Ist ja auch völlig egal. Ich würde am liebsten die Doppelhochzeit ganz groß ankündigen."

„Dann tu es doch", antwortete diesmal Hakim. „Ist doch gleich eine Gelegenheit, unser Geschäftsmodell für die Safaris vorzustellen. Außerdem wird es Zeit, dass man dir öffentlich Abbitte leistet."

„Kommt, fahren wir nach Hause. Wir haben eine Menge zu besprechen." Ali öffnete die Autotür.

Hakim verabschiedete sich von den Wächtern, wie er sie im Stillen, aber sicher zutreffend, nannte, nicht ohne ihnen ein paar Scheine in die Hand gedrückt zu haben. Er wusste, dass sie sich bis zum endgültigen Einzug in das Haus um die Herde und alles weitere kümmern würden.

Yussuf teilte den al Kassims auf der Rückfahrt mit, dass er ab dem übernächsten Tag wieder in seine Wohnung wechseln wolle. Schließlich gäbe es eine Menge vorzubereiten, wenn sich seine junge Frau wohl fühlen solle.

„Keine Panik, Hakim, ich hole dich jeden Morgen ab. Du kommst schon pünktlich in das Institut und Isri liegt ja buchstäblich am Weg, weil ich doch gleich um die Ecke wohne."

„Da fällt mir echt ein Stein vom Herzen." Hakim hatte im Geiste schon durchgerechnet, wie viel Zeit er für den langen Fußmarsch einplanen müsste.

„Und mich setzt du morgens bei Celine ab, damit ich mich, wie versprochen, mit um die Herde kümmern kann.", warf Fatima ein.

„Zumindest wären damit die dringendsten logistischen Fragen geklärt." Yussuf freute sich, wie einfach sich alles gestalten ließ.

„Zahara bringen wir morgen früh gleich zur Herde. Sie läuft dort erst mal mit, bis sie alt genug für die Zucht ist", schlug Hakim Fatima vor.

„Einverstanden. Ich mache ihr ein buntes Halsband um, damit wir sie schon von weitem erkennen können."

„Damit wäre der nächste Punkt abgehakt", schmunzelte Ali. Er bog in die Hauptsraße zum Basar und kurz darauf in die Toreinfahrt ein. Gleich nach ihm fuhr der Doktor auf den Hof.

„Perfektes Timing." Jasina bat alle herein. „Das Abendessen ist gerade fertig."

Doktor Feisal schaute zweimal hin. Die junge Frau, die soeben aus dem Auto stieg, ähnelte Fatima al Kassim auffallend. Er ging ein paar Schritte auf sie zu. Sie ähnelte ihr nicht nur, das war Fatima. Irrtum ausgeschlossen. Der Familie war es also irgendwie gelungen, auch die Tochter zu befreien. Im Laufe des Abends erfuhr Feisal, weshalb man ihn gerufen hatte. Er nahm das Fläschchen entgegen und vorsichtshalber untersuchte er Fatima sehr gründlich. Die Ergebnisse der Blutproben versprach er für den nächsten Tag. „Und wie lange haben Sie dieses Mittel bekommen?"

„Ja, das weiß ich eben nicht. Vielleicht Jahre, vielleicht aber auch nur Wochen. Ich hatte durch die Gefangenschaft jegliches Zeitgefühl verloren." Fatima konnte beim besten Willen keine genauere Auskunft geben.

„Rein körperlich, scheinen Sie vom ersten Eindruck her gesund zu sein.", erklärte Feisal. „Wenn Sie psychologische Hilfe brauchen rufen Sie mich einfach an."

Doktor Feisal wollte sich gerade auf den Heimweg machen, als ihn die Männer noch einmal aufhielten. Sie saßen in Alis Arbeitszimmer, wo sie am Text für die Einladungen und die Pressemeldung tüftelten.

„Doktor es wäre schön, wenn Sie am Samstag viel Zeit für uns hätten", sagte Ali.

„Das lässt sich einrichten."

„Gut, dann lade ich Sie und Ihre Gattin zur Doppelhochzeit meiner Kinder ein. Wir feiern auf der Isri-Farm."

„Ich komme gern. Man sagt, die Farm habe einen neuen Besitzer."

„Das ist richtig", bestätigte Ali. „Er sitzt vor Ihnen", erklärte er, mit dem Kopf auf Hakim deutend.

„Oh, gratuliere zum Traumschloss."

Hakim lachte. „Das gehört nicht mir. Ich heirate aber am Samstag die Eigentümerin, sodass auch Land und Schloss wieder zusammenfinden."

Feisal schüttelte fassungslos den Kopf. Was mit den al Kassims zusammenhing war äußerst ungewöhnlich.

„Die Schweigepflicht, was die Rückkehr meiner Kinder betrifft, ist ab sofort aufgehoben", erklärte Ali noch, bevor der Doktor endgültig nach Hause aufbrach.

Als die Männer endlich zu Bett gingen, schliefen die Frauen schon lange.

Hakim erwachte als Erster. Zumindest glaubte er das – ein Blick aus dem Fenster belehrte ihn eines Besseren. Celine war gerade dabei, den Kamelmist zusammenzukehren. Das Kleine sprang ausgelassen um sie herum. Celine stellte den Besen weg, schmuste ausgiebig mit Zahara, dann brachte sie Ordnung in Namus Näpfe.

„So, du kleiner Wirbelwind, es gibt noch mehr für mich zu tun. Mach bitte keinen Unsinn." Celine eilte ins Haus, um Kaffee zu kochen. Sie wusch sich rasch die Hände, zog die Küchentür auf und stand unvermittelt Hakim gegenüber, der einfach nur Sehnsucht nach ihrer Nähe gehabt hatte.

„Ich werde dich auch ganz bestimmt nicht stören", versprach er, sich in eine Ecke zurückziehend.

Celine lachte. „In reichlich drei Tagen wirst du mich dauerhaft auf dem Hals haben, mal sehen, ob du dann auch noch freiwillig in die Küche kommst."

„He, Bange machen gilt nicht", entgegnete Hakim, ebenfalls lachend. „Zumindest würde ich es schaffen, das Wasser nicht anbrennen zu lassen", witzelte er. „Allerdings riefe ich auch sofort um Hilfe, wenn nach einer Viertelstunde die kochenden Eier immer noch hart sind."

Jasina steckte neugierig den Kopf in die Küche. So eine Fröhlichkeit war um diese Zeit selten. Sie hatte eher Fatima als Hakim hier vermutet. Celine ließ, trotz des Spaßes mit Hakim, ihre gewohnten Handgriffe flink aufeinander folgen. Der würzige Duft des starken Gebräus ließ ihm schon das Wasser im Mund zusammenlaufen. Noch lieber hätte er sie jetzt allerdings ganz fest in die Arme genommen. Sein Blick sprach Bände.

Celine seufzte. „Es sind doch nur noch drei Tage."

„Von denen ich jede einzelne Minute zähle", fügte er leise hinzu. „Mir kommt es vor, als wäre im Moment jeder Tag um Stunden länger."

Celine lächelte glücklich. Dann wurde sie plötzlich ernst. „Woher weißt du eigentlich, dass ich den Schmuck aus der Truhe kenne?"

„Ich habe erwartet, dass du früher oder später diese Frage stellen würdest", antwortete Hakim leise. „Ein Traum hat mir davon erzählt."

„Ein Traum?", fragte Celine irritiert. „Und warum hast du mir nichts gesagt?"

„Weil ich es wirklich nur für einen Traum gehalten habe."

„Was hast du gesehen?"

Hakim schloss für einen Moment die Augen. Er versuchte sich an Details zu erinnern. „Es waren nur einzelne Sequenzen. Was sagt dir der Name Horiher?"

Celine entfärbte sich jäh. Fast ließ sie die volle Kaffeekanne fallen. „Lass uns später darüber reden", flüsterte sie. Schnell nahm sie das volle Tablett, um es in den kleinen Salon zu tragen.

Hakim folgte ihr nachdenklich. Während des Frühstücks glitt Celines Blick immer wieder forschend über Hakims Gesicht. Er hatte zunehmend das Gefühl, sie würde ihn mit jemandem vergleichen. Der leichte Wechsel ihres Mienenspiels ließ ihn darauf schließen, dass das Ergebnis für ihn durchaus positiv ausgefallen war. Seine innere Unruhe legte sich etwas.

Ali war aufmerksam geworden. „Habt ihr Probleme?", fragte er vorsichtig.

Beide schüttelten den Kopf.

„Hm, ihr seid so still und seht euch so seltsam an."

Celine atmete tief durch. „Ich habe nur gerade festgestellt, dass sich Hakim in diesem Leben kaum von dem Mann unterscheidet, als der er mich vor vielen hundert Jahren schon einmal heiraten wollte."

Während die anderen ruckartig die Köpfe hoben, nickte Ali wissend: „Ah ja, daher wusste er also, dass du diesen wundervollen Schmuck schon einmal gesehen hast."

Hakim hatte der Unterhaltung überrascht zugehört. Jetzt wunderte er sich auch nicht mehr, warum seine Traumsequenzen so real gewesen waren. „Ich habe ihr diesen Schmuck damals als Grabbeigabe in den Sarkophag gelegt." Er war sich nun ganz sicher, dass es so und nur so gewesen war. „Der Möglichkeit beraubt, sie im Leben zu begleiten, wollte ich ihr wenigstens im Tode nahe sein." Er lächelte sie liebevoll an. „In diesem Leben hat sie mir wenigstens die Chance gelassen, ihr zu sagen, dass ich sie trotz aller Widrigkeiten heiraten werde."

„Du bist mir gefolgt?" Celine schüttelte völlig ungläubig den Kopf.

Hakim nickte. „Sonst wäre ich heute sicher nicht hier. Ich wollte schon damals nicht mehr ohne dich leben." Er streichelte Celines Hand.

„Dafür hat man dich teuer bezahlen lassen", flüsterte sie.

Hakim nickte. „Nur war für mich Ben Abu eine Winzigkeit zu dem, was du ertragen musstest."

„Wahre Liebe kann wohl doch alle Zeiten überdauern", murmelte Yussuf. „Ich werde nie wieder geringschätzig lächeln, wenn jemand einen Schwur für die Ewigkeit tut."

Fatima und Jasina hatten Tränen der Rührung in den Augen. Ali legte ihnen die Arme um die Schultern. „Wer weiß was einmal unser Vergehen war, wofür man uns in diesem Leben so gestraft hat. Eines ist sicher, jeder hat seine Schuld nun abgetragen. Ben Abu war unser aller Schicksal. Dabei müssen wir Yussuf für die Initialzündung danken, der, indem er Hakim nach Hause brachte, die Kettenreaktion eingeleitet hat. Er ist eben ein Freund, auf den man sich jederzeit felsenfest verlassen kann."

Alle nicken begeistert, während der hoch Gelobte sehr verlegen wurde.

„Wisst ihr, was wir jetzt machen?" Ali schaute in erwartungsvolle Gesichter. „Wir gehen jetzt runter ins Geschäft und ihr sucht euch die Ringe aus."

„Wir müssen ja auch noch die Amulette abgeben", warf Yussuf ein.

„Willst du es wirklich tun?", fragte Ali mit einem Augenzwinkern.

Yussuf seufzte. „Eigentlich nicht. Wissenschaft hin oder her, ich fühle mich sehr wohl damit."

„Na also, ich kann mich auch nicht erinnern, dass ich etwas von Rückgabe gesagt habe." Ali stand auf. „Gehen wir?"

Diese Frage brauchte er nicht zweimal stellen. Hakim war als Erster an der Tür, Celine an der Hand hinter sich her ziehend.

„Ich glaube da kann es einer wirklich kaum noch erwarten", schmunzelte Jasina, wofür sie ein heftiges Kopfnicken als Antwort bekam.

Im Büro gab Ali den beiden Pärchen den neuesten Katalog. Celine schaute Hakim über die Schulter. „Ich wünsche mir etwas mit Skarabäen oder Lebensschlüsseln", flüsterte sie ihm ins Ohr.

„Was immer du willst. Wenn es das gibt, dann sollst du es bekommen", gab Hakim ebenso leise zurück.

„Und wenn es das nicht gibt, dann lass ich es anfertigen." Ali hatte Celines Wunsch trotzdem vernommen. „Ich glaube, ihr beide braucht einen anderen Katalog, denn bei den Trauringen werdet ihr sicher nicht fündig werden." Ein Griff in den Schrank und vor den beiden lagen mehrere Flyer der Folkloreschmuckkollektionen.

„Da!" Celine tippte eines der Bilder an.

„Perfekt", jubelte Hakim. „Da hast du alles, was du dir wünschst." Auf einer schmalen Ringschiene wechselten sich Skarabäen und Ankh-Hieroglyphen ab.

Ein kurzer Blick von Ali, der sofort ein Päckchen aus dem Tresor nahm. „Wenn ich mich nicht irre, habe ich gerade davon zwei Musterexemplare bekommen." Tatsächlich, auf schwarzem Samt lagen die begehrten Ringe. Mit klopfendem Herzen nahm Celine den Kleineren zur Anprobe.

„Schade, er ist zu weit", sagte sie niedergeschlagen.

„Dieser hier ist zu eng", stellte Hakim fest.

„Nur keine Panik – gleich passen sie." Ali nahm genau Maß, dann verschwand er nach nebenan. Die Minuten verrannen. Celine hatte schon fast die Hoffnung aufgegeben, als er wieder erschien. „Es war nicht ganz einfach bei diesem Muster, aber nun sehen beide wieder völlig gleich aus. So, versucht es noch einmal."

Die leuchtenden Augen machten eine verbale Antwort völlig überflüssig. Schnell war ein Etui zur Hand, in dessen Samtpolster Ali die Ringe steckte. Auch Fatima und Yussuf waren fündig geworden. Die fast Fingerglied breiten Ringe zierten eingravierte Blumenranken. Hiervon waren alle erdenklichen Größen vorhanden, sodass Ali sofort das zweite Kästchen bestücken konnte. Er legte beide in den Tresor.

„Und der Preis?" Yussuf schaute Ali erwartungsvoll an.

„Äh, ja, den haben sie auch." Ali fasste ihn sanft an der Schulter, drehte ihn in Richtung Tür: „So, raus jetzt, Zahara wartet." Lachend schob er alle vier hinaus, schloss die Tür und konnte sich lebhaft die verdatterten Gesichter vorstellen. Ali rieb sich zufrieden die Hände.

Celine eilte in die Küche. Jasina ließ sie gar nicht erst hinein. „Ab jetzt! Ihr habt genug zu tun, um Zahara zur Herde zu bringen, Festkleider zu kaufen und, und, und…"

Hakim war schon dabei, das kleine Kamelmädchen in den Nissan zu laden, Yussuf rief nach Fatima. Celine rannte zu ihrem Zimmer, riss die Tasche aus dem Schrank, übersprang mehrere Stufen auf der Treppe, um völlig außer Atem auf dem Hof anzukommen. Hakim hielt ihr die Tür auf und im nächsten Augenblick rollte der Geländewagen schon vom Hof.

Ali griff zum Telefon. Er hatte eine lange Liste abzuarbeiten, wenn der Samstag für beide Brautpaare wirklich unvergesslich werden sollte. Jasina schrieb derweil die Einladungen. Zwischendurch kümmerten sich beide um neu eintreffende Ware, Anfragen von Kunden und tausend kleine Dinge. Die Ankündigung der Doppelhochzeit spielte Ali gerade jener Zeitung zu, die sich nach dem Verschwinden seiner Kinder in den bösartigsten Vermutungen geübt hatte.

„Auch so kann Rache Spaß machen", sagte er mit einem genüsslichen Grinsen. Es dauerte keine halbe Stunde, als der erste Reporter um einen Termin bat. Das Spiel konnte beginnen.

Die jungen Leute waren inzwischen in Isri angekommen. Zahara witterte in alle Richtungen, sehr angetan vom Kamelduft, der hier überall in der Luft lag. Einer der Wächter versprach, sich um die Kleine kümmern zu wollen, bis sie sich richtig bei der Herde eingelebt habe. Fatima fielen gleich mehrere Steine vom Herzen.

Hakim erfuhr ganz nebenbei, dass er auch Herr über unzählige Ziegen geworden war, die hier halbwild die Gegend unsicher machten. „Nehmt euch eine", versprach er den Männern, die für dieses Angebot äußerst dankbar waren. Von sich aus hätten sie es nie gewagt, sich an den Tieren zu vergreifen.

„Irgendeine?", lautete die Gegenfrage.

Hakim lachte. Er wusste genau, worauf die Frage abzielte. „Natürlich, wenn ihr geschickt genug seid, habt ihr drei."

„Danke, Herr."

Hakim wusste, dass sie sich ein trächtiges Weibchen suchen würden, das mindestens zwei, wenn nicht gar drei Junge werfen würde, wie es hin und wieder vorkam. Leben und leben lassen hieß Hakims Devise. Yassir hatte sicher ähnlich mit seinen Untermietern zusammen gelebt. Nur, dass er den Bonus eines Fürsten hatte, den sich Hakim anders zu sichern suchte, was ihm auch ganz trefflich zu gelingen schien.

Der nächste Anlaufpunkt war Hassans Einkaufswelt. Lasst die Mädchen keinen Moment allein, hatte ihnen Ali eingeschärft. Aber Hakim und Yussuf wären ihnen ohnehin nicht einen Schritt von der Seite gewichen.

Celine saß mit Fatima hinten im Auto. Sie unterhielten sich leise über das das Gespräch beim Frühstück.

„Du kannst dich wirklich, so ganz richtig, an dein erstes Leben erinnern?", fragte Fatima neugierig.

Celine lächelte. „Das könnte man so sagen. Beinahe täglich fallen mir neue Details ein."

„Und Hakim hat auch schon einmal gelebt?"

„Ja. Daran besteht überhaupt kein Zweifel, zumal er sich auch erinnert. Woher hätte er sonst über den Schmuck aus der Truhe Bescheid gewusst?"

Fatima schaute aus dem Fenster. Ja, der Schmuck aus der Truhe, für eine Braut gefertigt, einer Toten als letzten Liebesgruß mitgegeben. Eine Sehnsucht, die nach Jahrhunderten endlich gestillt werden sollte. „Wie hieß er damals?", fragte sie unvermittelt.

„Horiher", antwortete statt Celine Hakim. „Ich war Schriftgelehrter und damit ziemlich wohlhabend. Schep-en-Isis war meine große Liebe. Für sie habe ich den Schmuck bei einem der besten Handwerker des Landes fertigen lassen. Das hat mich zwar ein halbes Vermögen gekostet, aber für sie war mir nichts zu teuer."

„Nicht einmal dein eigenes Leben", murmelte Fatima ergriffen.

„Ja, nicht einmal mein Leben. Wenige Tage nach ihrer Begräbniszeremonie stürzte ich mich in ein Schwert." Hakim hatte sich zu den beiden Frauen umgedreht. Celine fasste nach seiner Hand. Er schaute sie liebevoll an. „Siehst du, auch ohne Traum kommen die Erinnerungen wieder. Das richtige Stichwort genügt. Nun hoffe ich, dass sich mein allergrößter Wunsch endlich erfüllt. Erst dann werde ich wirklich zur Ruhe kommen."

„Ich fand es schon erstaunlich, wie er sich von der allerersten Minute an um Celine bemüht hat", erklärte Yussuf. „Er hatte sie nie zuvor gesehen und verhielt sich sofort, als müsse es ganz einfach so sein, dass er sie auf den Markt begleitet. Schon ungewöhnlich, wie zwei, sich völlig fremde Menschen, miteinander harmonierten."

Hakim lachte. „So sieht es aus, wenn jemand wirklich nach Hause kommt. Es ist alles so logisch was geschieht, so vertraut, so unumstößlich…"

Fatima seufzte. „Früher habe ich dich ständig gehänselt, weil du so eine romantische Ader hast, heute finde ich es einfach nur beeindruckend. Woher hätte ich auch ahnen sollen, welch realen Hintergrund deine vermeintlichen Träumereien haben."

„Lass gut sein Schwesterchen. Dem Schicksal kann man sowieso nicht entgehen. Hoffentlich hat es für uns alle jetzt nur noch gute Überraschungen zu bieten."

Yussuf brummte zustimmend. Sein Bedarf an außergewöhnlichen Aufregungen war jedenfalls gründlich gedeckt. Jetzt lenkte er erst einmal seinen Wagen in die große Einfahrt, um möglichst nahe am Haupteingang einen Parkplatz zu erwischen. „Na wer sagt es denn", murmelte er zufrieden, als genau vor ihm ein anderes Fahrzeug die ideale Lücke freigab.

„Wir statten zuerst einmal Hassan einen Besuch ab", legte Hakim fest. „Was dann geschieht, werden wir merken. Ist sein Büro noch dort drüben?", wandte er sich an Celine, die ja bereits hier gewesen war.

Die positive Antwort stellte ihn zufrieden. Er ging voran, ihm folgten die Frauen, Yussuf bildete die Nachhut. Hassan kam ihnen entgegen, nachdem er durch die Glasfront bereits die ausnehmend hübsche Angestellte Ali al Kassims erkannt hatte.

„Ah, Miss Celine beehrt mein Haus!", rief er erfreut.

Die drei anderen wechselten amüsierte Blicke.

„Treten Sie ein, treten Sie ein." Er hielt den Gästen persönlich die Tür auf, orderte bei seiner Sekretärin Kaffee und Gebäck. Sein Blick ruhte lange auf Fatima. Ein paar Mal räusperte er sich, begann aber nicht zu sprechen. Die Ähnlichkeit mit al Kassims Tochter war sicher nur ein Zufall.

Hakims Augen funkelten schelmisch. „Ich möchte Ihnen die Grüße Ali al Kassims überbringen, sowie die Einladung für kommenden Sonnabend zur Doppelhochzeit meiner Schwester Fatima und meiner."

Hassan sprang auf, wie von einer Stahlfeder getrieben, starrte den jungen Mann ungläubig an, setzte sich wieder und flüsterte ungläubig: „Hakim? Hakim al Kassim?"

„Genau dieser", schmunzelte der Erkannte. „Wünschen Sie, dass ich mich ausweise?"

„Nein, nein", wehrte der Geschäftsmann ab. „Ich bin sicher, dass Sie der Richtige sind, denn Ihre Schwester hat sich kaum verändert. Verzeihen Sie, aber ich muss erst einmal meine Gedanken ordnen…"

Dann hellte sich sein Gesicht zusehends auf. „Jetzt verstehe ich endlich, was Ihr Vater meinte, als er sagte, dass er an Miss Celine ein gesteigertes privates Interesse hätte. Verständlich, wenn ich davon ausgehe, dass sie Ihre Braut ist. Weiterführend nehme ich an, dass dieser junge Mann", er schaute Yussuf an, „Ihre Schwester heiraten wird."

Hakim nickte. „Treffend kombiniert."

„Es ist mir eine Ehre, Gast auf Ihrer Hochzeit zu sein", versicherte Hassan. „Wo findet sie denn statt? Auf der Isri-Farm? Dann sind Sie sicher mit dem neuen Herrn befreundet."

„Ich bin der neue Herr." Hakim weidete sich an Hassans Mienenspiel.

„Sie haben schon Ihre Ausstattung beisammen?", fragte der Boss über das Shopping-Imperium vorsichtig.

„Nein, deshalb sind wir auch ganz persönlich hier", entgegnete Hakim. „Uns fehlen komplett die Festtagsgewänder, neben ein paar Möbeln."

„Oh, dann sollten wir uns wohl etwas sputen!", rief Hassan. „Ich werde Sie natürlich selbst führen." Er brachte die vier über interne Wege zu einem Hochzeitsausstatter.

Die beiden Pärchen waren sich, was die Art ihrer Kleidung betraf, einig. Hakim und Celine suchten etwas Prachtvolles in traditionellem Stil, die beiden anderen wollten es eher europäisch mit ‚Frack und Zylinder' haben, wie es Yussuf scherzhaft nannte.

Celine traf am schnellsten ihre Wahl. Das cremefarbene, über und über mit weißen Zuchtperlen bestickte Gewand werde das kostbare Geschmeide aus der Truhe richtig zur Geltung bringen.

Hakim brachte nicht einmal der Preis aus der Ruhe. Zwei Kamele in seiner Herde weniger, waren für das Glück seiner Traumfrau durchaus angemessen, falls man sich nicht anders handelseinig werden würde.

Das, was er sich aussuchte, war ebenfalls eine Augenweide. Die Silberstickereien auf dem langen Mantel zeigten stilisierte Lotusblüten, das altägyptische Symbol der Sonne, der Schöpfung und der Wiedergeburt.

Selbst das Tuch für den Turban war mit Silberfäden durchwirkt. Die passenden Stiefel rundeten das Bild endgültig ab.

„Märchenhaft", hauchte Fatima. „Das übertrifft ja sogar alles, was ich in Ben Abu gesehen habe." Sie selbst probierte nun schon das zehnte Kleid an, ohne sich wirklich entscheiden zu können. Yussuf zuckte hilflos mit den Schultern, als ihm Hakim einen fragenden Blick zuwarf. Dann endlich erspähte auch Fatima das ultimative Kleid. Schwere Seide, kombiniert mit filigraner Spitze, dazu ein langer Schleier, ließen ihr Herz schneller schlagen.

Yussuf atmete auf. Er hatte schon befürchtet, Fatima würde noch ein paar Stunden lang ein Kleid nach dem anderen begutachten.

Bevor man überhaupt an das Möbelgeschäft denken konnte, lud Hassan zum Mittagessen ein. Nebenbei ließ er sich von Hakim haarklein erklären, wie das Geschäft mit den Safaris laufen sollte. Seinem Blick entnahm Hakim, dass er liebend gern alle nötigen Utensilien liefern würde, die man im Laufe der Zeit dafür bräuchte.

„Ich hoffe doch sehr, dass Sie unser Stammlieferant werden", sagte Hakim deshalb mit Bedacht.

Ein fester, dankbarer Händedruck besiegelte diesen Plan. Hakim wusste von Vater, dass Hassan diesem stets gewogen geblieben war, egal was man sich erzählte. Außerdem war Hassan nie ein Schwätzer gewesen, was ihm nun die Gunst einbrachte, exklusive Informationen über die ‚Entführung' zu erhalten. Der Geschäftsmann hörte zu, warf hin und wieder achtungsvolle Blicke zu Celine und Yussuf.

Nach einer Weile fragte er ihn vorsichtig: „Sind Sie nicht der Mann mit dem Löwen?"

Yussuf nickte erstaunt. „Ja, der bin ich."

Hassan strahlte vor Zufriedenheit. „Ich habe nicht einmal im Traum gewagt, auf solch eine Begegnung zu hoffen. Es freut mich wirklich sehr, Sie kennen zu lernen. Haben Sie das Fell des Tieres wenigstens als Trophäe behalten?"

„Natürlich. Es hängt bei mir im Arbeitszimmer an der Wand."

Fatima machte eine überraschte Bewegung. Man erzählte sich, dass das Tier über einhundert Kilo schwer gewesen sein sollte, das Fell musste also riesig sein.

Yussuf schmunzelte. „Du könntest dich bequem darin einwickeln."

Hassan starrte ungewollt Yussufs linken Arm an. Seine Frage sah man ihm direkt an der Nasenspitze an.

Yussuf schob den Ärmel bis zur Schulter hinauf. „Nun, sieben Zentimeter lange Krallen mit scharfen Haken an den Enden haben keine Mühe einen menschlichen Knochen übel zuzurichten."

„Ach du lieber Himmel", murmelte Hassan, während er entsetzt die Hände vors Gesicht schlug.

„Ich hatte ganz einfach Glück", fuhr Yussuf fort, wobei er die riesige Narbe wieder verdeckte. „Er hat die lebenswichtigen Blutgefäße um wenige Millimeter verfehlt. Sonst säße ich heute sicher nicht hier. Es hat auch so fast ein Jahr gedauert, bis der Arm wieder einigermaßen funktionierte."

Die Frauen waren blass geworden. Sie waren von dem Mut, mit dem er sich dem Drachen in Ben Abu entgegengestellt hatte, jetzt noch mehr beeindruckt.

„Sie haben das Untier wirklich erwürgt?", hörten sie soeben Hassan ungläubig fragen.

„Mir blieb nichts anderes übrig. Meinen Dolch hatte ich vor Schmerz fallen lassen, eine Chance, ihn wiederzubekommen, gab es nicht, und die Zähne des Löwen hätten mir mit einem Biss den Garaus gemacht. In Todesangst wächst der Mensch eben manchmal über sich selbst hinaus. Ich bin zwar kein Schwächling, aber einem Löwen das Genick zu brechen, hätte ich mir im Normalfall nicht zugetraut. Ich möchte es auch nicht noch einmal erleben."

Fatima bedachte ihn mit einem liebevollen Blick, aus dem der ganze Stolz sprach, die Frau dieses Heroen werden zu dürfen. Yussuf war es unangenehm, derartig im Mittelpunkt zu stehen. Er brachte schnell das Thema auf den Möbelkauf.

Celine und Hakim gingen fast die Augen über, was sie hier alles zu sehen bekamen. Yussuf wartete mit lustig-unmöglichen Vorschlägen auf. Celine war am Ende diejenige, welche das Angenehme mit dem Nützlichen in Verbindung brachte. An ihr wäre es ja in wenigen Tagen auch, überall für Ordnung und Wohlbehagen zu sorgen. Selbst wenn es ihr nicht gelungen wäre, Hakim zu überzeugen, hätte er ihr auch so den Wunsch nach ebendiesem Bett ohne Zögern erfüllt. Die Vorfreude auf gewisse Annehmlichkeiten stand ihm deutlich ins Gesicht geschrieben.

Hassan begleitete seine Gäste an die Zentralkasse, wechselte ein paar Worte mit der Dame hinterm Tresen, ehe er zur Seite trat. Sie scannte die Belege, nannte die Beträge und nahm die Kreditkarten der beiden Männer zur Zahlung entgegen.

Das überaus zufriedene Lächeln Hassans deuteten sie als Zeichen der Freude über die Höhe der Summe. Der Geschäftsmann verabschiedete die vier Freunde, nicht ohne noch einmal zu versichern, dass er am Samstag pünktlich erscheinen werde.

Auf dem schnellsten Wege kehrten sie nach Hause zurück, wo die al Kassims das gleiche behagliche Lächeln zierte. Jasina freute sich, als die beiden Mädchen in der Küche erschienen, um die letzten Handgriffe für das Abendbrot mit ihr gemeinsam zu tun.

„Es war ein turbulenter Tag", sagte sie geheimnisvoll.

Celine warf einen Blick zum Geschirrspüler, der beinahe überquoll. Jasina nickte zum Zeichen, dass der Gedankengang des Mädchens völlig korrekt war. Das Essen trugen die Frauen in den kleinen Salon. Offensichtlich gab es viel zu berichten und das ging am besten wenn man zwischendurch ganz gemütlich immer wieder nach einem Häppchen greifen konnte.

„Ich vermute, ihr wart sehr erfolgreich", begann Ali das Gespräch, nachdem er in die Runde und lauter strahlende Gesichter geschaut hatte. Alle nickten. „Wir sind auch nicht untätig gewesen", fuhr er fort. „Ich habe die Einladungen in der Stadt und näherer Umgebung per Boten persönlich abgeben lassen. Ihr glaubt ja gar nicht, wen das schlechte Gewissen alles herbei getrieben hat! Mal abgesehen von mehreren Journalisten, die sich förmlich zerrissen haben, mit mir sprechen zu dürfen." Ali lachte. „Die wenigen Freunde, die mir wirklich die Treue gehalten haben, meldeten sich per Telefon. Für sie bestand ja auch kein Grund, förmlich auf dem Bauch vor mir zu kriechen." Er machte eine Pause, schaute noch einmal alle an. „Es wird eine ziemlich große Hochzeitsgesellschaft werden."

„Dann werde ich wohl morgen einen Teil der Herde verkaufen", überlegte Hakim laut.

„Das lässt du schön bleiben", hielt ihn Ali sofort zurück. „Da ihr alle keine heurigen Hasen mehr seid, was heißen soll, dass ihr finanziell nicht ganz am Boden liegt, habe ich meine Freunde gebeten, statt der vielen unnützen Sachen, die oft verschenkt werden, die Feier anderweitig zu unterstützen, womit ich auf offene Ohren gestoßen bin. Ich hoffe, das ist in eurem Sinne gewesen."

Freudig-zustimmendes Gemurmel begleitete seine Worte.

„Und wie war euer Tag?"

„Hassan hat sich sehr über die Grüße, die Einladung und das Angebot, unser Safari-Lieferant zu werden, gefreut. Du hättest sein Gesicht sehen sollen, als er begriff, warum du an Celine so ein Interesse bekundet hast!" Hakim amüsierte sich noch immer. „Wir haben ihn mit einigen Informationen versorgt, die unsere ‚Entführung' betreffen. Bei ihm besteht ja kaum die Gefahr, dass er sein Wissen weiter trägt. Die offizielle Version haben wir ihm natürlich auch präsentiert, damit die Öffentlichkeit stimmige Daten bekommt. Was dann noch von anderen kommt, ist unserem Improvisationstalent überlassen."

„Wo steckt denn eigentlich Namu?" Fatima schaute sich suchend um.

Jasina hob bedauernd die Hände. „Ich vermute, er hatte dich noch ein einziges Mal sehen wollen. Sehr wahrscheinlich hat er sich zum Sterben zurück gezogen. Tut mir leid um den kleinen Kerl. Ich hätte auch noch gern mehr Zeit mit ihm verbracht."

Ali nahm tröstend ihre Hand. „Lassen wir ihn in Ruhe gehen. Immerhin ist er schon älter, als es für Hunde üblich ist. Bei uns muss es wohl so sein, dass sich in jede Freude auch ein Wermutstropfen mischt."

„Da hebt man wenigstens nicht ab", warf Hakim mit tonloser Stimme ein. „Ich werde jedenfalls niemals vergessen, wie er sich freute, als er mich wiedererkannt hat."

„Ich auch nicht", bestätigte Fatima. „Ich ganz bestimmt auch nicht."

Am nächsten Morgen standen alle mit betretenen Gesichtern um ein winziges Grab in der Gartenecke herum. Namu hatte sich still verabschiedet, nachdem sein letzter Wunsch, sein „Rudel" noch einmal vollständig versammelt zu sehen, erfüllt worden war.

„Und nun?", fragte Jasina. „Die Kinder gehen aus dem Haus, der Hund ist weg …"

„Werden wir in der Welt herum reisen, weil wir nur noch für uns selber Verantwortung haben", entgegnete Ali sofort. „Vergiss nicht, was wir alles nachzuholen haben."

„Überzeugt." Jasina versuchte, zu lächeln.

Die vier jungen Leute warfen sich verständnisvolle Blicke zu.

„Ich mache mich jetzt erst einmal in meine Wohnung auf." Yussuf zog den Autoschlüssel aus der Hosentasche.

Fatima seufzte vernehmlich. „Brauchst du nicht vielleicht jemanden, der dir beim Vorbereiten hilft?"

Alle lachten. Yussuf schaute fragend zu Ali. Der machte mit dem Kopf nur eine Bewegung zum Auto hinüber. Fatima eilte sofort ins Haus, um ihre Tasche zu holen. Hakim half seinem Freund beim Koffertragen.

„Ich bringe sie vor dem Abendessen wieder", versprach Yussuf.

„Celine und ich kommen etwas später – wir haben Unterricht", rief ihm Hakim noch hinterher.

„Und danach müssen wir uns intensiv über unsere Bücher her machen", erklärte Celine. „Ich möchte die nächsten Klausuren nicht in den Sand setzen, egal ob wir privat unter Hochdruck stehen oder nicht."

Hakim stimmte sofort zu.

„Klare Angelegenheit." Ali ging zum Haus zurück. Er freute sich immer wieder, wie gut sich Hakim und Celine verstanden und wie ehrgeizig beide für ihre gemeinsame Zukunft arbeiteten. Sie waren einfach füreinander bestimmt.

„Ali!"

Al Kassim drehte sich um. Am Tor stand Hafiz, der Gemüsehändler vom großen Basar.

„Brauchst du Hilfe?", fragte Ali erstaunt.

Hafiz schüttelte den Kopf. „N – nein." Er druckste herum. „Ich habe gehört, bei euch soll bald eine Hochzeit stattfinden", rang er sich schließlich durch. „Vielleicht brauchst du ja Obst und Gemüse", setzte er schnell noch hinzu, weil al Kassim nicht sofort reagierte.

„Komm ins Haus." Ali machte eine einladende Geste und der Händler beeilte sich, der Aufforderung zu folgen. Bevor sie das Büro betraten, rief eine fröhliche Frauenstimme: „Mach's gut Paps!"

Ali wandte sich kurz um. „Viel Spaß!"

„Danke!" Dann fiel die Haustür ins Schloss.

Hafiz war mit offenem Mund stehen geblieben. Vielleicht stimmte es ja doch, was die Zeitung heute berichtet hatte?

„Bitte, setz dich." Ali deutete auf die Sitzgruppe vor seinem Schreibtisch.

Der Gemüsemann nahm regelrecht verschüchtert Platz. Er bekam noch eine kurze Galgenfrist, in der er seine Gedanken ordnen konnte, denn Celine erschien, um Tee zu reichen.

„Du kommst gerade zur rechten Zeit", freute sich Ali. „Ich will gerade die Bestellung für eure Hochzeit aushandeln. Was und wie viel möchtest du haben?"

„Geplant sind?", fragte Celine.

Ali schmunzelte. „Sagen wir zweihundert."

Wenn Celine erschrak, so überspielte sie dies geschickt. Sie schloss einen Moment die Augen, um das Menü des Cateringservices zu rekapitulieren, dann zählte sie ihre Wunschliste auf. Hafiz notierte hastig. Offensichtlich ging es wirklich um zweihundert Personen.

„Werde ich noch gebraucht?", fragte Celine, als Hafiz sein Buch schließlich wieder zuklappte.

Ali lächelte sie fröhlich an. „Geh nur. Hakim wartet sicher schon."

Hafiz starrte nachdenklich sein Notizbuch an. Er zuckte erschreckt zusammen als ihm Ali auf die Schulter tippte und „Probleme?", fragte.

„Nein ... oder doch ... aber eigentlich nicht", murmelte Hafiz.

Ali brach in schallendes Gelächter aus. „Wie wäre es, wenn du einfach sagst, wo der Schuh drückt?"

Hafiz atmete tief durch, knetete nervös die Hände. „Wer heiratet denn nun eigentlich wen?"

„Der junge Mann, den du gerade im Hof gesehen hast, heiratet unsere Fatima und unser Hakim Celine, die dir soeben die Bestellung diktiert hat."

„Dann ist es also doch war. Ich hatte das ganze für eine Zeitungsente gehalten. Es klang so unwahrscheinlich, weil doch genau vor zehn Jahren …"

„Ich habe euch doch immer gesagt, dass ich eines Tages meine Kinder lebend wiedersehen werde." Ali lächelte glücklich. „Und nun ist es endlich so weit. Weißt du was? Komm am Samstag mit deiner Frau raus zur Isri-Farm, wir freuen uns über jeden Gast."

„Das werde ich tun. Vielen Dank für die Einladung." Hafiz' Augen leuchteten dankbar auf. „Aber nun muss ich los, der Basar öffnet gleich."

„Warte, wir haben den Preis noch gar nicht ausgehandelt", hielt ihn Ali zurück.

„Vergiss das ganz einfach." Der Gemüsemann war schon fast zur Tür hinaus.

Ali staunte. Genau so schnell, wie man damals über ihn den Stab gebrochen hatte, versuchten nun alle irgendwie, ihr abweisendes Verhalten vergessen zu machen. Al Kassim war nicht nachtragend. Es würde mit seinen ehemaligen Freunden nur nie wieder so wie früher werden, zu tief saß die Enttäuschung. Einzig Hassan und Sabiri hatten ihn weiterhin als Freund behandelt, wenn auch etwas zurückhaltender.

Wie auch immer, Ali freute sich auf die große Feier, auf die vielen Gäste, am meisten aber auf die strahlenden Gesichter seiner Kinder. Er verließ sein Büro, stieg die Stufen zu den Wohnräumen hinauf, wo er mit Jasina noch ein paar Dinge durchsprechen wollte. Lauter Wortwechsel aus Hakims Zimmer ließ ihn innehalten.

„So stirb denn ...", hörte er ihn rufen.

Ali riss die Tür auf. Ein kurzer irritierter Blick, dann musste er lachen. Die beiden standen in theatralischer Pose, Texthefte in der Hand und probten ein Stück für die Schulaufführung.

Hakim grinste. „Ich glaube wir waren gut."

„Fantastisch wart ihr, es klang, als wolltest du sie wirklich erwürgen. Mir sitzt der Schreck jetzt noch in den Gliedern."

Hakim zog Celine in die Arme. „Lieber würde ich mir eine Hand abhacken lassen, als sie gegen Celine zu erheben und das ist ein Schwur."

„Das merkt man auch, ohne dass du es extra sagen musst." Ali klopfte seinem Sohne auf die Schulter. „Wollt ihr heute noch mal zur Farm?"

Hakim hob bedauernd die Hände. „Da haben wir ein Logistik-Problem."

„In zehn Minuten am Auto?", fragte Ali als Antwort.

Celine strahlte über das ganze Gesicht, als Hakim freudig nickte. Sofort packten sie ihre Taschen, weil der Weg von Isri zu den Unterrichträumen schnell zu Fuß zu bewältigen war. Jasina ließ es sich nicht nehmen, mitzufahren. Sie freute sich auf den kleinen Ausflug. Immerhin war es mindestens zwölf Jahre her, als sie das letzte Mal dort gewesen war und nun war sie neugierig auf das, was Yassir den beiden vermacht hatte.

Auf der Fahrt unterhielten sich die beiden Frauen angeregt über die bevorstehende Feier. Ali und Hakim warfen sich amüsierte Blicke zu. Jasina war genau so aufgeregt wie die beiden Bräute, daran bestand gar kein Zweifel.

„Jedenfalls muss ich mir keine Sorgen machen, dass du mit der neuen Situation nicht fertig wirst." Jasina lachte fröhlich. „Niemand kann einen Haushalt besser führen als du."

Celine stimmte in das Lachen ein. „Sagen wir so: Ich bin ziemlich gut in Übung." Dann wurde sie ernst. „Morgen werden wir unsere ganze Habe mit nach Isri nehmen. Ganz leicht fällt es mir nicht. Es war eine sehr schöne Zeit bei euch."

Jasina fasste nach Celines Hand. „Uns fällt es auch nicht leicht."

„Das ist wohl war. Mir wirst du besonders fehlen", ließ sich Ali vernehmen. „Ich habe selten mit jemandem so hervorragend zusammen gearbeitet."

„Danke." Celine war ganz verlegen geworden.

„Wenn ihr irgendeine Hilfe braucht, dann ruft einfach an", fuhr Ali fort, als habe er es gar nicht bemerkt. „Wir werden immer für euch da sein."

In der Ferne tauchten bereits die Hütten der drei Wächter-Familien auf. Auch die Ankömmlinge blieben nicht unbemerkt. Sie wurden bereits an der Auffahrt erwartet, mit freudigem Winken begrüßt, dann folgten ihnen die drei Männer zum Vorplatz des Hauses.

„Gibt es Neuigkeiten?", fragte Hakim nach einer herzlichen Begrüßung.

„Die gibt es", entgegnete der Älteste. „Wir haben in den letzten Tagen einige Reporter fern halten müssen, die offensichtlich glaubten, hier könne man so einfach ein- und ausspazieren."

„Schau an!" Ali schüttelte den Kopf. „Das Großereignis zieht sie offensichtlich an, wie das Licht die Motten."

„Ansonsten ist alles in Ordnung. Das kleine Kamel hat sich gut eingelebt und in der Herde einige Spielkameraden gefunden, die etwa im gleichen Alter sind."

„Das ist eine wirklich gute Nachricht." Celine atmete auf. Fatima konnte zufrieden sein mit dem Lauf der Dinge.

Die Frauen gingen ins Haus, um für die Männer einen starken Mokka zu bereiten. Celine hatte vorsorglich ein Päckchen gemahlenen Kaffees eingepackt. Jasina half ihr den Inhalt der Schränke zu sichten. Auch den großen Teppich, auf welchem Yassir gern unter den Palmen gesessen hatte, fanden sie. Ein paar Minuten später nahmen die Männer erfreut und dankbar sowohl den Platz auf dem Teppich, als auch ihren Mokka ein.

Celine freute sich, dass der Start als Hausherrin so gut klappte. Sie zog in der Küche einen Schreibblock hervor, um die Liste der nötigsten Dinge zu notieren. Bis auf die Nahrungsmittel hatte sie hier eine perfekte Ausstattung. Die Schlafzimmermöbel würden sicher am Freitag geliefert werden, beruhigte sie Jasina. Hassan Aziz hielt immer Wort.

Außer einem großen Spiegel mit breitem vergoldetem Rahmen, den Celine und Hakim zu behalten gedachten, war das Zimmer völlig leer. Jasina ging hinaus auf den Hof, während Celine noch einmal den Platz für Bett und Schränke nachmaß. Ein seltsames Leuchten ließ sie innehalten. Zuerst glaubte sie, die Sonne habe sich im Glas gebrochen, nur das wäre völlig unmöglich gewesen, die Sonne stand auf der anderen Seite des Gebäudes. Der Spiegel schien von innen her zu leuchten. Celine trat nahe an das Prachtstück heran, ihre Fingerspitzen glitten über die Lotusblüten und Papyruswedel der Verzierung. Erstaunt schaute sie in die ovale, schimmernde Fläche.

Dass der Spiegel ihr Gesicht nicht zeigte, fiel ihr gar nicht auf, stattdessen öffnete sich ein Tunnel – nein ein Fenster – in eine fremde und doch so vertraute Welt. Der silbrige Schleier lichtete sich, hohe Säulen strebten gen Himmel, gekrönt von ebenjenem Lotus, der auch den Spiegelrahmen verzierte, an dem sich Celine noch immer festhielt. Das Antlitz der kuhohrigen Göttin Hathor bildete den Abschluss jeder einzelnen Säule.

„Dendera?", hauchte Celine ungläubig. Mühsam ordnete sie ihre Gedanken, die ihr immer wieder entglitten. Das war nicht jenes Leben, in welchem man sie von Horihers Seite gerissen hatte! Es war eines von vielen Leben, in denen man sie grausam gequält hatte. Furcht stieg in ihr auf. Sie versuchte vergeblich, den Blick zu wenden. Selbst ihre Hände klebten widernatürlich an der Vergoldung des Rahmens fest.

Ein schwarzer Strudel bildete sich inmitten des unwirklichen Bildes. Celines Herz begann zu rasen, Todeskälte griff nach ihr. Ein Schatten kristallisierte sich aus dem Chaos, vom dem der Hauch des Verderbens ausging.

„Seth-Apis", stammelte die junge Frau, sich mit letzter Kraft gegen den Dämon in Menschengestalt wehrend, welcher plötzlich Horihers Gestalt annahm, um ihren Widerstand zu brechen.

Hakim erklärte seinen Wächtern gerade die Details, wie er sich die zukünftigen Karawanentrips vorstellte, als er plötzlich blass wurde. Mit schmerzverzerrtem Gesicht griff er an seine Brust, quälte sich auf die Beine, um eher taumelnd ins Haus zu hasten. Ali sprang auf, rannte ihm hinterher, sah gerade noch, wie Hakim in jenem Raum verschwand, der einmal das Schlafzimmer werden sollte.

„Neiiin! Tu es nicht!", hörte er ihn schreien.

Ali folgte der Stimme und blieb, als sei er gegen eine Mauer gelaufen, voller Entsetzen auf der Schwelle stehen. Was sich vor seinen Augen abspielte, war nicht von dieser Welt. Celine stand vor einem grausigen Schacht, der schwarz vor ihr gähnte, wo einmal der Spiegel gewesen war. Sie stemmte sich gegen etwas, das an ihr riss, um sie in die Tiefe zu stürzen, wo eine Stimme lockte: „Komm, komm zu mir, Schep-en-Isis. Dann werden wir für immer vereint sein."

Hakim kniete mit erhobenen Händen neben ihr. „Celine, du gehörst zu mir, in das Reich der Lebenden", flehte er. „Wehre dich! Lass nicht zu, dass man dich wieder opfert! Kämpfe!"

Celines Körper wurde wie von Fieberschüben geschüttelt. Hakim richtete sich mühsam auf. Der Schmerz in der Brust schien ihn zerreißen zu wollen. Er trat hinter seine Liebste, sie mit dem ganzen Körper berührend, legte seine Hände auf die ihren und versuchte ihre Finger vom Rahmen des Spiegels zu lösen. Es gelang. Celine stöhnte auf, erschlaffte und sank ihm gleichsam in die Arme. Zugleich krachte und zischte es aus der lichtlosen Schwärze des Schachtes.

Aus sicherer Entfernung beobachteten sie, wie Seth-Apis für immer in die finstersten Regionen der Unterwelt geworfen wurde. Hakim ließ sich, den Rücken an der Wand, mit Celine auf den Armen einfach zu Boden rutschen, wo sich beide stumm ganz fest umschlungen hielten.

Ali schlich auf Zehenspitzen hinaus. Schreckensbleich, wie betäubt, lehnte er sich an den Rahmen der Haustür.

„Was ist mit Hakim passiert? Ist Celine bei ihm?" Jasina nahm seine Hand. „Du bist ja eiskalt!", rief sie erschrocken. „So sprich doch endlich!"

Auch die Männer waren hinzu gekommen. Fragend sahen sie Ali an. Er wandte ihnen ganz langsam das Gesicht zu, versuchte zu lächeln: „Sie sind in Sicherheit", kam es fast tonlos über seine Lippen.

„In Sicherheit?", echote Jasina fragend. Sie machte Anstalten, ins Haus zu gehen.

Ali hielt sie am Handgelenk zurück. „Bleib! Es ist besser. Ich habe Dinge gesehen, die sicher nicht für meine Augen bestimmt waren. Magische Dinge", fügte er hinzu und präzisierte nach einer Sekunde des Nachdenkens: „Schwarzmagische Dinge."

„Wie?" Jasina bekam große Augen.

„Ich kann es dir nicht erklären ... etwas ist mit Celine geschehen ... Hakim muss es gefühlt haben." Ali schüttelte noch immer fassungslos den Kopf. „Es war grauenvoll." Er hatte Mühe, seine Beobachtungen in Worte zu fassen. Sein Blick ruhte auf Jasina und ging trotzdem durch sie hindurch in weite Ferne.

Einer der Männer nickte wissend. „Dies ist ein magischer Ort. Yassir hat ihn mit Bedacht in die Hände der beiden übergeben. Jetzt weiß ich, dass sie auch würdig sind, dieses Vermächtnis behüten zu dürfen."

„Du hast es gewusst???" Ali packte ihn grob an der Schulter.

Gamal sah ihm fest in die Augen und nickte noch einmal. Diese Sicherheit ließ Ali zögern.

„Es gibt Regeln, die nicht durchbrochen werden dürfen, soll aus ihnen etwas Gutes erwachsen", erklärte Gamal. „Es war mir bei Todesstrafe verboten, darüber zu sprechen."

Ali ließ ihn los. „Tut mir leid." Er dachte eine Weile nach, dann fragte er: „Kommen solche Katastrophen", er deutete mit dem Kopf zum Haus, „jetzt öfter vor?"

„Nicht so lange die beiden dieses Haus bewohnen werden", erhielt er als Antwort.

„Da bin ich einigermaßen beruhigt", entgegnete Ali. Ob er auch dachte, was er sagte, war seinem Mienenspiel nicht anzusehen.

Leise Schritte näherten sich. Alle drehten sich zur Tür um, wo die beiden jungen Leute, sich fest an der Hand haltend, auftauchten.

„Tut mir leid, wenn ich euch erschreckt habe", sagte Hakim, ohne Celine loszulassen.

„Ist es vorüber?", fragte Ali ungewollt, wobei er leicht mit dem Kopf ins Haus deutete.

Hakim schaute ihn ungläubig an. „Du hast es gesehen?"

Ali nickte wie ein ertappter Sünder. „Ich wusste doch nicht ..."

Celine wischte mit einer Handbewegung seinen Einwand einfach beiseite. „Ein schweres Erbe", sagte sie mit einem Lächeln, als wolle sie um Verzeihung bitten.

„Aber gemeinsam werden wir die Magie schon im Zaum halten", warf Hakim zuversichtlich ein. „Wir müssen uns nur auf das alte Wissen besinnen."

„Und genau, weil nur ihr das könnt, hat euch Yassir den magischen Spiegel überlassen. Er darf niemals in die falschen Hände geraten", erklärte Gamal seinen verblüfften Zuhörern.

„Ah, ja." Hakim zog die Augenbrauen in die Höhe. „Da es keine Zufälle gibt, ist es auch kein Wunder, dass gerade ihr eure Häuschen hier gebaut habt. Ihr schützt die, die den Spiegel hüten."

Das breite, überaus zufriedene Lächeln der drei Männer machte eine verbale Antwort wahrlich überflüssig.

Ali schüttelte noch einmal fassungslos den Kopf, ehe ein erleichterter Zug um seine Mundwinkel spielte. „Dann kann ich also davon ausgehen, dass die beiden hier in völliger Sicherheit sind."

Die drei Wächter schüttelten synchron die Köpfe. „Wirkliche Sicherheit gibt es nirgends auf der Welt. Was wir dir aber versprechen können ist, dass niemand an uns vorbei kommt, der finstere Absichten hat. Wir würden ohne zu Zögern unsere Leben für Celine und Hakim geben, sollte das einmal vonnöten sein." Gamal legte die Hand auf sein Herz und deutete eine leichte Verbeugung zu den jungen Leuten hin an.

Zutiefst beeindruckt dankten Hakim und Celine ihren geheimnisvollen Nachbarn.

Ali atmete auf. Nach einem kurzen Blick auf die Uhr verabschiedete er sich mit Jasina. „Wir sehen uns dann also zum Abendbrot."

Hakim beschattete die Augen mit Hand, um einen Blick auf seine Kamelherde zu werfen. Es wurde ein langer Blick.

„Stimmt etwas nicht?", fragte Celine.

„Nein, nein. Ich wundere mich nur, wie sauber das ganze Areal ist. So viele Tiere müssten doch auch einen ganzen Haufen Mist produzieren."

Gamal begann zu lachen. „Sei ganz beruhigt, das tun sie auch. Wir sammeln ihn nur ganz nach alter Beduinentradition als Brennmaterial ein. Den gibt es täglich in Massen, er trocknet schnell in der Sonne, hat einen wirklich guten Heizwert und vor allem, es gibt ihn kostenlos. Ich denke, eure zukünftigen Gäste werden die Sauberkeit schätzen."

Hakim nickte. „Mit dieser Meinung dürftest zu zweifellos richtig liegen. Ich würde dich trotzdem gern etwas ganz Persönliches fragen."

„Dann tu es doch einfach." Gamals Augen blitzten verschmitzt.

„Na gut. Irgendwie werde ich das Gefühl nicht los, dass du kein einfacher Beduine bist. Mit jedem Gespräch drängt sich mir mehr der Gedanke auf. Dabei ist es nicht das, was du über den Spiegel weißt, eher so eine Ahnung, du könntest früher ein ganz anderes Leben geführt haben. Ich möchte glatt behaupten, du hättest studiert."

„Erwischt", kicherte Gamal. „Ich habe, bevor ich Yassir kennen lernte, als Physiker gearbeitet. Wir haben Phänomene untersucht, die magischen Ursprungs waren. Damals begriff ich, dass man mit solchen Dingen nicht spielen und sich nur damit befassen sollte, wenn man genau weiß was man tut."

„Ach was!", rief Hakim völlig überrascht. Celine versuchte in Gamals Augen zu lesen.

Er erwiderte ganz ruhig ihren Blick. „Ja, es war ein Weg voller schmerzlicher Erfahrungen. Yassir hat mir die Möglichkeit geboten, meine Schuld abzutragen. Ich habe keine Sekunde gezögert. Nun bin ich schon fast siebzehn Jahre hier und habe es nie bereut, ganz im Gegenteil. Euer Erlebnis mit dem Spiegel hat mir deutlich gemacht, dass ich hier eine sehr verantwortungsvolle Aufgabe zu erfüllen habe, nämlich die, die Magie zu hüten und nicht sie zu erforschen. Denn Dinge, die einem nicht gegeben sind, sollte man nicht mit Gewalt erzwingen. Daraus kann einfach nichts Gutes erwachsen."

Celine nickte zustimmend, bevor sie sich erhob, um den Männern noch einen starken, belebenden Kaffee zu brühen.

„Die beiden", fuhr Gamal mit einem Seitenblick auf die anderen Männer fort, „sind waschechte, wirklich unverfälschte Wüstensöhne. Das heißt aber nicht, dass sie weniger wissen als ich. Sie verfügen über die ganz alten Informationen, die unsere Stämme in Jahrtausenden gesammelt haben."

„Ich werde mir sicher oft Rat von euch holen", entgegnete Hakim. „Nichts liegt mir ferner als Experimente zu starten, die ihr vielleicht schon im Vorfeld als Unsinn abtun würdet."

„Wir werden dich auch nicht ins Messer laufen lassen. Wenn eine Sache nicht funktionieren kann, dann sagen wir es dir früh genug." Gamal nahm einen großen Schluck aus seinem Becher. „Wenn du nichts dagegen hast, dann würde ich für eure Feier Verbindung mit meinem Stamm aufnehmen, der hier ganz in der Nähe seine Zelte aufgeschlagen hat. Unsere Leuten hängt ja noch immer der Ruf an äußerst kriegerisch zu sein, sie können durch ihre Präsenz viel besser ungebetene Besucher abschrecken als jedes Polizeikommando. Ich verbürge mich dafür."

„In Ordnung. Es beruhigt mich, wenn ich die vielen hochgestellten Gäste unter eurer Obhut weiß. Über die Finanzen werden wir uns sicher einig."

„Etwas anderes würde sie mehr erfreuen. Gestatte ihnen einfach, über dein Land ziehen zu dürfen, wenn sie ihre jährlichen Wanderungen antreten."

„Dürfen sie das nicht?", fragte Hakim irritiert.

„Bisher schon. Aber nach einem Besitzerwechsel bitten sie generell um neue Erlaubnis. Zu viele vermeidbare Auseinandersetzungen, haben zu oft handfeste Stammesfehden eingebracht", erklärte Gamal.

„Verstehe. Meine Zustimmung bekommen sie auf alle Fälle."

Tamer wechselte einen kurzen Blick mit Gamal, dann wandte er sich an Hakim. „Hast du Lust auf einen kurzen Ausflug? Dann kannst du ihnen die gute Nachricht gleich selbst überbringen. Wir werden in etwa drei Stunden wieder hier sein."

Celine nickte Hakim kaum merklich zu. Er stand auf, schaute sich kurz um. „Dann mal los. Wir reiten doch bestimmt auf Kamelen hinüber?"

Tamer schmunzelte. „Na gern doch. Ich hatte nämlich eher an unsere Lastesel gedacht."

Aakash machte sich ohne Worte daran, zwei Tiere aufzuzäumen.

„Ist Celine jetzt wirklich sicher im Haus?", vergewisserte sich Hakim noch einmal bei Gamal.

„Ich schwöre es dir. Außerdem bleibe ich hier auf dem Hof, bis ihr wieder da seid."

Augenblicke später zogen die beiden Reiter gemächlich davon. Die Zurückbleibenden sahen ihnen lange nach. Celine machte sich daran, die kleine Zahara zu besuchen. Sie hatte den Zaun noch nicht einmal erreicht, als das Fohlen schon angelaufen kam, um höchst erfreut mit ihr zu schmusen.

Hakim genoss indessen den Ritt über die weite, leicht wellige Ebene. Tamer erklärte ihm einige Besonderheiten dieses Landstrichs, gab Kostproben seines immensen Geschichtswissens, verpackt in witzige Sprüche.

Hakim schaute ihn hin und wieder amüsiert von der Seite an. „Ich dachte immer, ihr seid todernste Menschen."

Tamer quittierte das mit breitem Grinsen. „Nur wenn Fremde in der Nähe sind. Unter Freunden geht es schon etwas lockerer zu. Yassir war auch kein Kind von Traurigkeit."

Hakim nickte. Er hatte noch deutlich dessen Worte über Celine im Gedächtnis. „Ich hoffe, dass sich sein großer Traum zu seiner vollsten Zufriedenheit erfüllt hat.", seufzte er.

„Ach daran besteht, glaube ich, überhaupt kein Zweifel. Er hatte nur den einzigen Wunsch, irgendwann mit seinem Bruder Faruk einen gemütlichen Lebensabend verbringen zu können."

„Was weißt du eigentlich über Ben Abu?" Hakim schaute Tamer forschend an.

„Nicht viel.", antwortete der ausweichend und ehe Hakim weitere Fragen stellen konnte: „Schau, da drüben sind die Zelte meines Stammes."

Die Kamele hatten schon, von ganz allein, die richtige Richtung eingeschlagen. Das Kommen der der Reiter war nicht unbemerkt geblieben. Mehrere Männer erschienen vor den Zelten, um die Ankömmlinge in Augenschein zu nehmen. Als sie Tamer erkannten, wich die Spannung der Freude, aber auch der Verwunderung, weil er nicht wie üblich auf seinem Esel geritten kam.

„Hast du eine Ölquelle entdeckt, weil du dir plötzlich ein Kamel leisten kannst?", rief ihm der Älteste entgegen, kaum dass sie das Lager erreicht hatten.

Tamer lachte herzlich und auch Hakim schmunzelte still in sich hinein. Die beiden stiegen von ihren Tieren.

„Wen bringst du uns denn mit?", fragte der alte Mann, Hakim mit einem undefinierbaren Blick messend. Es schien ihn zu irritieren, dass jemand, der wie ein Stadtmensch gekleidet war, ohne Sattelzeug auf einem Kamel daherkam und überdies dabei eine erstklassige Figur machte.

Tamer gab, wie auch Hakim, sein Kamel frei. „Den Herrn der Isri-Farm", entgegnete er leichthin, womit er die umstehenden Männer zutiefst überraschte.

Der Alte zuckte freudig zusammen. Schnell deutete er zu seinem Zelt. „Tritt ein Fremder, tritt ein!"

Alle folgten ihm. Etwas später saßen sie auf dem wundervollen handgewebten Teppich, tranken Kaffee und musterten sich wortlos, aber eindeutig wohlwollend.

Schließlich brach der Hausherr das Schweigen. „Du bist also der Mann, der zehn Jahre Ben Abu überlebt hat."

Hakim nickte.

„Ich habe nicht zu hoffen gewagt, dich so schnell in meinem Zelt begrüßen zu dürfen. Welcher Wind treibt dich her?"

„Eine Bitte und ein Vorschlag", gab Hakim Auskunft.

„Sprich."

„Ich möchte euch bitten, am Sonnabend und Sonntag ein paar Männer zur Farm zu schicken. Wir feiern eine Doppelhochzeit, viele hochgestellte Persönlichkeiten aus Kairo und Umgebung werden mit ihren Familien anwesend sein. Es würde mich beruhigen, wenn ihr ein wenig patrouillieren könntet, damit ihnen kein Unglück zustößt. Über die Bezahlung werden wir uns sicher einig."

Der Stammesälteste machte eine unwillige Handbewegung. „Vergiss den Teil mit der Bezahlung. Ich müsste mich vor Scham in die tiefste

Wüste zurückziehen, wenn ich gerade von dir etwas nehmen würde. Wir werden pünktlich anwesend sein und ein wachsames Auge auf deine Farm haben."

„Ich danke dir."

„Verrätst du mir, wer heiratet?"

„Ja natürlich. Der Löwenmann heiratet meine Schwester und ich die junge Frau, der Yassir sein Haus vermacht hat.", gab Hakim Auskunft.

„Das sind gute Nachrichten. Yassir wäre höchst erfreut, wenn er wüsste, Hof und Haus kommen wieder zusammen."

„Er wusste, dass es genau so kommen werde. Er hat wohl nie etwas ohne Bedacht getan", erklärte Hakim. „Aber nun zu meinem Vorschlag, von dem ich hoffe, dass du ihn nicht zurückweisen wirst.

Wie wäre es, wenn ihr während eurer jährlichen Wanderungen über mein Land ziehen dürftet?"

Der Alte hob erstaunt den Kopf. Hakim erwiderte seinen Blick, streckte ihm die Hand hin. Der Älteste schlug ein, besiegelte damit den Vertrag.

„Ich glaube, Yassir hat einen würdigen Nachfolger gefunden", stellte er mit zufriedenem Blick in die Runde seiner Männer fest, die zustimmend nickten.

Eine halbe Stunde später machten sich die Gäste wieder auf den Heimweg. Der alte Beduine bedeutete Hakim, sich noch einmal von seinem Kamel herunter zu beugen. „Ben Abu ist nicht völlig spurlos von dieser Welt verschwunden", flüsterte er kaum hörbar. „Du wirst dich im rechten Moment an meine Worte erinnern. Und nun geht, mit allen guten Wünschen." Er sah den davon Reitenden hinterher, bis sie in der Ferne verschwanden. „Der Löwenmann…, die Erlöserin…", murmelte er als er langsam zu seinem Zelt zurück ging, um sich die jungen Männern des Stammes auf ihre Aufgabe vorzubereiten.

Es wäre fatal, wenn ihnen dabei irgendein Fehler unterliefe, ein Makel, von dem man sich nie wieder rein waschen könnte. Gamal hatte Recht gehabt, als er sagte, man würde sich wieder an ihren Stamm erinnern. Nun würde der Stamm dafür sorgen, dass man ihn nicht so schnell wieder vergäße. Überhaupt waren die Nachrichten, die Yassirs Vertrauter in letzter Zeit überbracht hatte, erstaunlich.

Vielleicht sollte man sich auf eine feste Zusammenarbeit zu gegenseitigem Nutzen einrichten? Ganz sicher sogar. Die Karawanentouren, die Hakim plante, könnten dazu beitragen, das Leben seiner Leute etwas zu erleichtern. Man musste ja deshalb nicht gleich sesshaft werden, die Frauen webten wundervolle Teppiche aus der Ziegenwolle, ein bisschen Geld konnte nicht schaden, in einer Zeit, wo die alten Traditionen langsam starben.

Hakim grübelte ebenfalls noch lange über die letzten Worte des alten Mannes nach. Tamer störte ihn nicht. Er ahnte wohl, was seinen Begleiter beschäftigte und irgendwie war er froh, dass dieser keine Fragen zu Ben Abu stellte. Er hätte Hakim ungern angelogen.

„Du siehst nachdenklich aus", stellte Celine fest, als die Männer endlich in Isri ankamen. „Es ist wohl nicht so gut gelaufen?"

„Ganz im Gegenteil, es war ein sehr aufschlussreicher und für beide Seiten interessanter Besuch", beruhigte sie Hakim. „Mir geht nur eine winzige Information nicht aus dem Kopf." Er wiederholte die Worte des Stammesältesten.

Celine legte ihm die Hand auf den Arm. „Zermartere dir nicht unnütz das Gehirn. Es wird schon alles einen tieferen Sinn haben. Wenn er meint, dass du zur rechten Zeit im Bilde sein wirst, dann wird das sicher auch geschehen."

Hakim lächelte sie an. „Ich werde es beherzigen, wenn es auch schwer fällt." Er strich ihr übers Haar. „Was hast du Schönes gemacht?"

„Ich habe zwei Zimmer noch einmal vermessen."

„Wegen des Spiegels?"

„Ja. Ich möchte ihn auf gar keinen Fall im Schlafzimmer haben."

„Wo soll ich ihn hinhängen?"

Celine seufzte. „Genau das ist das Problem. Er sollte eigentlich an genau dieser Stelle bleiben, wo er jetzt ist."

„Dann richten wir eben den Raum daneben als Schlafzimmer ein", legte Hakim sofort fest. „Ist doch egal, wenn im Arbeitszimmer ein Spiegel hängt. Gästen können wir ja immer noch was vorschwärmen von antikem Rahmen, Erbstück und so."

„Danke. Wobei das ja nicht einmal gelogen wäre." Celine hauchte ihm einen Kuss auf die Wange.

Hakim zog sie in die Arme. „Ganz im Ernst, ich möchte auch nicht beobachtet werden. Zumindest nicht im Bett."

Celine schmiegte sich an, schloss die Augen und atmete tief durch. Diese wenigen Worte von Hakim hatten genügt, um die ganzen Zweifel der letzten Stunden einfach weg zu wischen. Hatte sie doch schon befürchtet, er würde ihre unterschwellige Angst vor ungebetenen Zaungästen im Schlafgemach nicht verstehen. Schließlich wand sie sich aus seinen Armen. „Ich glaube wir sollten langsam aufbrechen. Immerhin haben wir einen ziemlich langen Fußmarsch vor uns."

Hakim nahm die Taschen, gemeinsam verließen sie das Haus. Kurz hinter der Einfahrt trafen sie auf Aakash, der drei Esel am Halfter führte. „Ihr seid spät dran. Kleiner Ritt gefällig?"

Hakim warf Celine einen fragenden Blick zu.

„Warum nicht?", lachte sie. „Die werden Augen machen, wenn wir auf den Langohren vor der Schule ankommen!"

Auch Hakim kicherte. Die anderen Lehrgangsteilnehmer wurden mit dem Auto gebracht oder sie fuhren mit dem Bus. Natürlich nahmen sie Aakashs Angebot gern an. Schon der Spaß war es wert.

Als sie nach vier Stunden Unterricht das Gebäude wieder verließen, wartete Ali bereits mit dem Auto auf sie. Celine atmete auf. Der Tag war für sie anstrengender gewesen, als vierzehn Stunden Arbeit bei den zukünftigen Schwiegereltern. Trotzdem lief sie sofort in die Küche, kaum dass sie ihre Tasche in ihrem Zimmer abgelegt hatte. Fatima war Jasina bereits zur Hand gegangen und Celine trug nun das volle Tablett in den kleinen Salon. Die Männer schauten ihr erwartungsvoll entgegen.

„Du wirst doch wohl nicht krank werden?", fragte Yussuf besorgt, dem die Müdigkeit in ihrem Blick nicht verborgen geblieben war.

„Ganz bestimmt nicht", versicherte Celine, während sie ihm Tee einschenkte. „Das könnte ich Hakim jetzt auf keinen Fall antun."

„Apropos antun: Hast du zufällig mal auf dein Konto geschaut?" wollte Yussuf von Hakim wissen.

Der schüttelte den Kopf. „Ich wollte den Schock nicht so schnell erleiden."

„Den wirst du schon noch bekommen, nur anders als du denkst." Yussuf grinste breit.

„Wieso denn das nun wieder?"

Yussuf zog statt einer Antwort eine lustige Grimasse.

„Mach es nicht so spannend, rede endlich." Hakim wurde ungeduldig.

„Na ja, es ist ein anderer Betrag abgebucht worden, als auf meinem Kassenbeleg steht."

„Wie?"

„Kannst es ruhig glauben. Auf meinem Konto erschien ein Betrag mit fünfzig Prozent Rabatt."

„Entschuldigt." Hakim sprang auf und eilte an seinen Computer. Als er zurück kam, strahlte er über das ganze Gesicht. „Hast Recht, bei mir auch. Jetzt verstehe ich, warum sich Hassan so genüsslich die Hände gerieben hat. Die Überraschung ist ihm wirklich gelungen."

„Dann sind die beiden Kamele ja gerettet", schmunzelte Ali.

„Nicht nur das, ich glaube für ein altes klappriges Auto reicht das Geld nun auch. Hauptsache ist doch, es fährt." Hakim blinzelte Celine schelmisch zu.

„O ja", seufzte Celine. „Eselreiten macht ja Spaß, ist aber nicht sehr alltagstauglich."

„Wieso Esel? Ihr habt doch Kamele", wunderte sich Fatima.

Hakim erzählte die kleine Begebenheit vom Ritt in die Schule.

Ali schlug sich an die Stirn. „Und ich habe mich schon gewundert, warum mich alle so seltsam verschmitzt angesehen haben, als ich auf euch wartete. Ich dachte schon, mit dem Auto sei etwas nicht in Ordnung."

„Ich war froh, dass wir nicht laufen mussten. Die Aufregung vom Morgen hat doch deutlichere Spuren hinterlassen", erklärte Hakim mit einem Blick auf Celine, die noch immer ungewöhnlich blass aussah. Dann direkt an sie gewandt: „Ich schlage vor, du legst dich nach dem Essen sofort schlafen, um alles andere kümmere ich mich." Hakim erstickte jegliche Widerrede ihrerseits im Keim, wobei er die volle Unterstützung seiner Eltern bekam.

Yussuf und Fatima sahen ihn erstaunt an. Die al Kassims hatten kein Wort über den Besuch in Isri verloren.

„Was ist passiert?", fragte Yussuf beunruhigt.

„Hakim hat Maliks Ka endgültig in die Unterwelt geschickt, dorthin, wo die finstersten Dämonen hausen", berichtete Celine.

„Was? Wie?" Die beiden jungen Leute schauten sie entgeistert an.

Hakim nickte. „Glaubt es ruhig. Er hatte sich in Yassirs Spiegel manifestiert, um Celine in den Tod zu reißen. Irgendwie bin ich mit ihr so fest seelisch verbunden, dass ich das Unheil gespürt habe, es mir mit viel Mühe gelungen ist, sie zu retten und gleichzeitig den Magier für immer zu bannen."

„Sicher?", fragte Fatima vorsichtig, die nicht erwartet hatte, noch einmal mit dem Grauen konfrontiert zu werden.

„Ganz sicher", entgegnete Hakim mit fester Stimme. „Den sind wir für alle Ewigkeiten los. Von da, wo er jetzt ist, kann er nicht entkommen. Das ist völlig ausgeschlossen. Seine Bösartigkeiten werden aber zeitlebens in unserem Gedächtnis bleiben."

Yussuf schüttelte noch immer verständnislos den Kopf. „Der war im Spiegel? Wie ist er denn dort hingekommen?"

„Spiegel sind Fenster und Fenster sind Tore", antwortete Celine leise.

„Ich vergaß…" Yussuf verstummte. Natürlich hatte er von ihr schon einiges zu diesem Thema gehört. Nur hatte er nicht geglaubt, dass man ihn so drastisch daran erinnern werde. „Ihr wollt wirklich in Isri feiern?", vergewisserte er sich.

„Natürlich. Jetzt erst recht." Hakim ließ keinen Zweifel aufkommen. „Und um deine nächste Frage vorab zu beantworten: Ja, wir werden den Spiegel behalten. Yassir hat ihn uns in vollstem Wissen übereignet, dass wir damit umgehen können oder besser gesagt, dass wir ihn behüten können. Immerhin sind wir dabei nicht allein."

„Ich glaube jetzt dämmert es! Eure Wächter?"

„So ist es."

„Sie haben sich offenbart?" Ali staunte.

„Wahrheit gegen Wahrheit. Anders kann man kaum an einem Strang ziehen, besonders wenn es ein magischer ist."

„Mir fällt es noch immer schwer, mich daran zu gewöhnen", murmelte Yussuf.

„Das kann ich gut verstehen." Hakim hatte Celines Hand genommen. „Habe ich doch auch erst hier begriffen, was es mit Ben Abu wirklich auf sich hat. Dieser Ort wird uns noch oft genug beschäftigen. Wer weiß, was man uns auf der Hochzeit für Fragen stellt?"

Celine lächelte. „Du wirst die richtige Antwort wissen." Sie erhob sich, räumte den Tisch ab, anschließend fiel sie wirklich todmüde ins Bett.

Die drei Männer saßen noch lange zusammen. Sie besprachen den Umzug nach Isri. Die wenigen Dinge, die die beiden jungen Leute mitnehmen würden, passten in die Autos von Yussuf und Ali.

Bevor Hakim zu Bett ging, schaute er noch einmal nach Celine. Er hätte nicht ruhig schlafen können, ohne das Wissen, dass es ihr gut ging.

Vorsichtig zog er die Tür ihres Zimmers einen winzigen Spalt auf, lauschte kurz, um genau so leise wieder zu verschwinden. Die gleichmäßigen Atemzüge seiner Liebsten beruhigten ihn. Erst nach Mitternacht schlief er endlich ein. Die Ereignisse des Tages forderten eben auch von ihm Tribut.

Nicht auszudenken, was geschehen wäre, hätte er Celine nicht rechtzeitig vom Spiegel wegreißen können. Ein Leben ohne sie? Niemals! Noch vor dem Morgengrauen war er wieder auf den Beinen. Er hatte ihr versprochen, sich zu kümmern, und das tat er nun auch.

Schnell räumte er seine Schränke aus, packte den Inhalt in Koffer und Taschen, die er sofort zu den Fahrzeugen trug. Auf dem Rückweg prallte er fast mit Celine zusammen, die ebenfalls schon unterwegs war, um das letzte gemeinsame Frühstück mit den al Kassims vorzubereiten.

Forschend schaute er sie an. Celine schenkte ihm ein strahlendes Lächeln. „Es geht mir gut."

„Die erste gute Nachricht des Tages", freute sich Hakim. „Packst du nach dem Essen?"

„Aber ja. Ich beginne mit deinen Schränken, denn für meine brauche ich höchstens zehn Minuten. Meine ganze Habe passt in zwei große Reisetaschen. Wenn du möchtest, gehe ich sofort."

Hakim schüttelte den Kopf. „Lass dir nur Zeit. Die zehn Minuten haben wir schon noch."

Celine schaute ihn irritiert an. Dann ging ein ungläubiges Staunen über ihr Gesicht. „Du hast…?"

„Natürlich. Wie versprochen. Es ist auch schon alles in die Autos verladen."

Celine schüttelte lächelnd den Kopf, dann wandte sie sich der Kaffeemaschine zu. Ein paar Augenblicke später zog der würzige Duft durch die Küche. Hakim hatte sich ans Fenster zurück gezogen und einfach nur zugeschaut, wie flink sie ihre Arbeit verrichtete. Die anmutigen Bewegungen erinnerten ihn an einen Tanz.

Er seufzte. Celine schaute ihn fragend an. Hakim seufzte noch einmal. Sie verstand ihn auch ohne Worte.

„Übermorgen", flüsterte sie lächelnd, ehe sie Geschirr und andere Frühstücksutensilien auf ihr Tablett stellte.

Hakim trug es in den kleinen Salon. *Übermorgen*, jubelte es in seinen Gedanken, dabei dehnten sich die Minuten bis dahin fast zu Stunden. Und immer wieder diese Angst, dass das Schicksal noch einmal hinterhältig und grausam zuschlagen könnte.

Fatima und Yussuf wechselten bei Tisch auch immer wieder Blicke, die davon kündeten, wie furchtbar lang dreißig Stunden werden können.

Ali konnte die Ungeduld der beiden Pärchen durchaus nachvollziehen. Trotzdem verkniff er sich, während des Essens über die geplanten Arbeiten des Tages zu sprechen. Erst nach dem Abräumen des Tisches rief er alle zu sich, um noch einmal die Details zu klären.

Doppelhochzeit

Einen ganzen Ordner Papiere hatte er bereitgestellt, Verträge über die Zelte, die Beköstigung und kulturelle Einlagen, die seitenlange Gästeliste und alles, was sonst noch wichtig war. Bis zum Abend würde man sicher mit allen Vorbereitungsarbeiten fertig werden. Der Partyservice brachte ein eigenes Küchenzelt mit, sowie das Personal, es aufzubauen. Die Nachtwache dafür und die Sorge um die gesamte Sicherheit der Feierlichkeiten hatten sich die Beduinen ausbedungen.

Celine öffnete ein paar Mal den Mund als wolle sie etwas sagen. Ließ es aber immer wieder sein.

Schließlich blinzelte ihr Ali zu. „Keine Sorge, eure Schlafzimmermöbel kommen sicher pünktlich, den Brautschmuck und die Ringe holen wir ebenfalls rechtzeitig herbei. Das war es doch, was dich beunruhigt hat, oder?"

Celine nickte unter dem Gelächter der anderen heftig, wobei sie wieder einmal tomatenrot anlief.

„Dabei dachte ich, ich sei allein so kribbelig", schmunzelte Hakim.

„Wie arrangiert ihr euch heute Nacht?", wollte Fatima ziemlich ungeniert-neugierig wissen.

„In zwei der kleinen Gästezimmer", entgegnete Celine. „Ich werde vor lauter Aufregung ja doch nicht zum Schlafen kommen", setzte sie erklärend, mit einem liebevollen Blick auf Hakim, hinzu.

„Und dann trefft ihr beide euch irgendwo im Salon oder im Arbeitszimmer und verbringt die Nacht auf diese Weise doch gemeinsam, weil Hakim auch nicht schlafen kann", schmunzelte Yussuf.

„So ganz abwegig ist der Gedanke nicht", bemerkte Hakim. „Ich zähle ja schon die Minuten."

„Und du denkst, das haben wir nicht bemerkt?" Ali zwinkerte ihm zu.

„Ach ja." Hakims Seufzer kam aus den allertiefsten Tiefen seiner Seele. „Am liebsten würde ich auf der Schwelle ihrer Tür wachen, damit ihr wirklich nichts geschehen kann. Seit der Sache mit dem Spiegel bin ich etwas nervös."

„Was spricht eigentlich dagegen, dass ihr im selben Zimmer schlaft?" Yussuf runzelte nachdenklich die Stirn. „Im Zelt habt ihr schließlich auch Seite an Seite im Schlafsack gelegen. Oder hat etwa einer von euch Angst, dass ihm vorzeitig die Sicherungen durchbrennen?"

Schweigen. Aller Augen richteten sich auf Hakim und Celine. Sie räusperte sich. „Ich glaube das war soeben die Stimme der Vernunft."

Zustimmendes Nicken und irgendwie auch Erleichterung in den Gesichtern von Ali und Jasina.

„Wenn es auch dein Wunsch ist, dann soll es so sein", versprach Hakim, dem ein riesiger Felsbrocken vom Herzen fiel. Er hätte sonst wirklich die ganze Nacht vor ihrer Tür gehockt und hinter jeden Lufthauch einen magischen Angriff vermutet.

„Recht so." Ali nickte Celine aufmunternd zu. Dann erhob er sich. „Es wird Zeit, dass wir in die Spur kommen."

Eine halbe Stunde später rollten die vollgepackten Autos zur Isri-Farm. Fatima sprang, kaum angekommen, wie ein Irrwisch aus dem Nissan und eilte zu Zahara, die ihr freudig blökend entgegen lief.

Yussuf schüttelte amüsiert den Kopf. „Für heute habe ich wohl abgefrühstückt."

„Wir werden dich schon ausreichend beschäftigen, damit du schnell darüber hinwegkommst", sagte eine Stimme hinter ihm.

Yussuf fuhr herum. „Björn?!!"

„Genau selbiger welcher", schmunzelte der Schwede. Er stand inmitten der drei Wächter, strahlte mit der Sonne um die Wette und freute sich diebisch über die gelungene Überraschung. „Ihr habt also das Objekt deiner großen Begierde tatsächlich aus Ben Abu geholt", stellte er mir einem interessierten Blick zu Fatima hinüber fest.

Yussuf lachte. „Treffend ausgedrückt. Eins kann ich dir verraten, ohne Celine hätten wir ganz schön alt ausgesehen. Aber sag mal, wo hast du denn dein Gepäck?"

„Bei Gamal. Er hat mich quasi auf dem Weg hierher aufgelesen. Ich muss mir heute erst noch ein Hotel suchen."

„Na jetzt hört es aber auf!", rief Ali, der die letzten Worte gehört hatte. „So weit kommt es noch! Sie schlafen bei uns. Und kein Wort der Widerrede."

„Dann ist das also der Mann mit dem 3-D-Programm?", fragte Fatima, die mit Zahara heran gekommen war. „Ich freue mich unendlich, Sie kennen zu lernen."

„Ganz meinerseits", entgegnete Björn, der sofort feststellte, dass Fatima Celine in nichts nachstand.

Lautes Hupen riss alle aus ihren Betrachtungen. Ein Truck rollte die Auffahrt herauf, lange Staubfahnen hinter sich herziehend.

„Oh, jetzt wird es hektisch." Hakim dirigierte das riesige Gefährt um das Brunnenareal herum, als er plötzlich merkte, dass noch zwei kleinere Fahrzeuge folgten, nämlich das von Hafiz, dem Gemüsemann und der LKW Hassans, der die Möbel geladen hatte. Ein weiterer Truck hielt unten auf der Landstraße. Die Fahrer stiegen aus. Schnell waren die Aufgaben verteilt. Die Frauen, allen voran Celine, kümmerten sich um das frische Obst und Gemüse, Die Männer halfen die Möbel entladen und ins Haus tragen, während die drei Wächter mit dem Mann vom Catering verhandelten. Der Chef der Firma hatte kurzerhand einen kompletten Küchen-Truck mit Kühlzelle geschickt, um alle Abläufe reibungslos zu gestalten. Aakash zog ein Kabel vom Haus zum Auflieger, während die anderen beiden mit den Technikern vom Service-Bereich die Seitenwände aufklappten, einige zusätzliche Platten installierten, wodurch sich das Fahrzeug Stück für Stück in eine Großküche verwandelte.

Eine Stunde später begannen alle gemeinsam, das imposante Festzelt aufzubauen. Noch vor der Mittagsstunde standen die ersten Tische und Stühle unter dem Dach des Zeltes, indem auch jetzt, zur Zeit der größten Sonneneinstrahlung, geradezu angenehme Temperaturen herrschten. Die Männer setzten sich, um einen Moment auszuruhen. Da erschienen auch schon die Frauen mit einem kräftigen Gemüseeintopf, den sie sofort aus einem Teil von Hafiz' Gaben bereitet hatten.

„Das kommt ja wie gerufen", staunten die Männer, die nicht mit warmer Verpflegung gerechnet hatten.

„Wir können euch doch nicht verhungern lassen." Lächelnd servierten Celine und Jasina, während Fatima die Gläser mit Tafelwasser füllte. Endlich setzen auch sie sich mit an den Tisch. Ein Handy klingelte.

„Al Kassim" Ali lauschte. „Okay, in einer halben Stunde passt gut. Bis dann."

Alle sahen ihn fragend an.

„Das war der Sanitär-Truck mit Toiletten und Waschräumen. Er bringt auch die Übernachtungszelte mit. Immerhin werden rund einhundert Gäste die Nacht hier verbringen."

„Wahnsinn", hauchte Fatima in dem Moment, wo die anderen es dachten.

„Du hast noch kein Wort gesagt, was dich das alles kostet", stellte Hakim beunruhigt fest.

Die al Kassims lachten herzlich. „Nur die Lebensmittel gehen auf unsere Rechnung", erklärte schließlich Jasina. „Vaters alte Freunde bringen euch all das wirklich und wahrhaftig als Geschenke zur Hochzeit dar."

„Was so ein schlechtes Gewissen manchmal wert sein kann – wirklich erstaunlich", überlegte Hakim laut. Er erntete begeistertes Nicken.

Pferdegetrappel riss ihn aus seinen Überlegungen. Hakim lugte vor das Zelt. Zwanzig berittene und bis an die Zähne traditionell bewaffnete Wüstensöhne standen in Reih und Glied.

Ehe Hakim dazu kam, sich zu wundern, sprach der Anführer: „Wir hielten für ratsam, schon heute zu kommen. So viele Zelte wecken oft Begehrlichkeiten. Ihr wollt ja morgen keine bösen Überraschungen erleben."

„Ich bin euch äußerst dankbar. Was benötigt ihr?"

„Nichts. Wir sind es gewohnt, für uns selbst zu sorgen. Wir wechseln uns auch alle paar Stunden mit weiteren Männern ab, sodass immer eine voll konzentrierte Wache gewährleistet ist." Er hob die Hand, worauf die Reiter wendeten und sich so weit zurück zogen, dass sie immer noch guten Blick auf die Farm behielten.

Björn schüttelte fassungslos den Kopf. „Das ist ja fast wie in den Geschichten aus Tausend-und-einer-Nacht. Ich würde es fast nicht glauben, wenn ich es nicht selber gesehen hätte. Woher kommen die Männer?"

„Wir sind sozusagen Nachbarn", entgegnete Hakim mit zutiefst zufriedenem Lächeln. „Die drei", er deutete auf Gamal, Aakash und Tamer, „gehören auch zu ihnen."

„Darf ich ein wenig fotografieren oder sollte ich das bleiben lassen?", fragte Björn vorsichtig.

Gamal nickte. „Mach nur. Uns stört es nicht und morgen wird es ohnehin das ultimative Blitzlichtgewitter geben."

„Da hat er Recht." Ali rieb sich den Nacken. „Es werden Pressefotografen mehrerer Zeitungen erwartet. Dann wirst du auch deine Geschichte mehr als einmal erzählen müssen", wandte er sich an Yussuf.

„Ach auch das noch! Daran habe ich in der Tat nicht mehr gedacht." Der junge Mann schlug die Hände vor das Gesicht.

„Geschichte?", schnappte Björn. „Jetzt bin ich neugierig."

„Du kennst sie nicht?", fragte Hakim ungläubig.

Yussuf seufzte. „Das war erst lange nach dem Studium passiert. Er kann sie gar nicht kennen. Ich bin damit ja nicht hausieren gegangen. Es war mir schon unangenehm, dass damals die Zeitungen darüber berichtet haben."

Der Schwede zog die Augenbrauen in die Höhe. „Dann bist du wohl so was wie eine Lokalberühmtheit?"

„Schlimmer", stöhnte der Geologe. „Ganz Ägypten sprach tagelang von nichts anderem."

„Nun aber raus mit der Sprache!" Björn lehnte sich zurück, schaute ihn aufmunternd an, genau wie die Serviceleute und die drei Wächter.

„Du gibst ja sonst doch keine Ruhe." Yussuf begann zu erzählen. Er hatte gerade seinen Bericht beendet, als der nächste Laster auf den Hof fuhr.

„Perfektes Timing", freute sich Ali. „So schaffen wir es bis zum frühen Nachmittag, mit allen Arbeiten fertig zu werden."

Er sollte Recht behalten. Endlich machte er sich mit Hakim auf den Weg, die Ringe und den Brautschmuck aus dem Bankschließfach zu holen. Kaum stand die Truhe im Haus, legte Hakim seinen goldenen Lebensschlüssel, der ihn nach Ben Abu begleitet hatte, als sie Fatima holten, auf den Deckel.

„Sicher ist sicher", sagte er, mit einem Blick in die Richtung, wo der magische Spiegel hing.

Mit dem Sonnenuntergang zog langsam Ruhe in Isri ein. Am nächsten Morgen werde die Farm zu gigantischer Betriebsamkeit erwachen. Hakim und Celine schlenderten im Abendrot noch einmal hinüber zu den Kamelen. Egal wohin sie blickten, überall waren die dunklen Silhouetten der Reiter zu erkennen. Mit der Dunkelheit kam auch die Kühle der Nacht. Hakim legte Celine einen Arm um die Schulter. Wärme suchend, schmiegte sie sich an. Schweigend sahen sie hinauf zu den unzähligen Sternen, die golden am samtschwarzen Himmel funkelten. Auch ohne Wort verstanden sie einander, fühlten was der andere sagte. Etwas huschte an ihnen vorbei, schlich auf leisen Pfoten um die Zelte.

„Was war das?", fragte Celine erschreckt.

„Ich weiß nicht." Hakim versuchte das Tier zu erkennen. „Vielleicht sollten wir nachschauen, was sich da zu verstecken sucht."

Fast lautlos näherten sie sich dem späten Gast, der sich zitternd in einen Winkel drückte.

„Ein Kätzchen", rief Celine erfreut.

„Miau", tönte es wie zur Bestätigung durch die Nacht.

Hakim hakte eine Lampe von einem der Zelte ab. Der Lichtstrahl schälte ein völlig abgemagertes Tier aus der Finsternis, das ängstlich die beiden Menschen betrachtete. Celine streckte vorsichtig die Hand aus. „Komm her, Kleines, bei uns ist jeder Gast willkommen. Ein Schälchen Milch wird dir gut tun."

Die Katze wehrte sich nicht, als sie im Nacken gepackt und aus ihrem Versteck gezogen wurde. Celine nahm das Tier auf den Arm, streichelte das struppige Fell. Hakim holte indes ein Näpfchen, wählte mit sicherem Gespür eine Kamelstute mit Fohlen aus, und einen Augenblick später stellte er dem Kätzchen die gefüllte Schale hin. Celine setzte den Findling davor, welcher sich gierig über das Geschenk her machte.

„Was machen wir mit ihr?" Hakim rieb sich nachdenklich die Nasenspitze.

„Wir behalten sie ganz einfach hier. Da draußen hat dieses winzige Fellknäuel nicht die geringste Chance." Celine betrachtete sorgenvoll das halb verhungerte Tier. Dann erhellte sich ihr Gesicht. „Weißt du, an wen sie mich erinnert?"

Hakim schaute das rabenschwarze Tierchen, welches kerzengerade vor ihnen hockte, forschend an. „An Bastet. Sie hat genau das gleiche edle Gesicht, den schlanken Hals und eben solche ausdrucksvolle grüne Augen."

„Genau." Celine nickte begeistert. „Ich werde dich Bastet nennen." Sie tippte dem Findling leicht mit dem Zeigefinger auf die Nasenspitze.

„Miau", antwortete die Katze.

Hakim lachte. „Ich glaube, der Name gefällt ihr. Na, nimm sie schon mit rein. Du findest doch sonst keine Ruhe."

„Ruhe ist genau das Richtige. Ich bin furchtbar müde."

„Keine Sorge, ich passe inzwischen auf die Kleine auf", versicherte Hakim, als Celine ins Badezimmer eilte.

Bastet begann das Zimmer zu erkunden, sie lugte unter die Sitzecke, streifte um die Sessel, dann blieb sie plötzlich stehen und miaute. Hakim öffnete ihr die Tür. Bastet lief den Gang entlang, witterte, dann setzte sie sich vor die Tür des Gästezimmers, in dem die beiden jungen Leute die Nacht verbringen wollten und wo auch die Truhe mit dem Schmuck stand. Celine war inzwischen zu ihnen gestoßen. Neugierig beobachtete sie das seltsame Verhalten der Katze. Sie drückte langsam die Klinke herunter. Sofort sprang Bastet auf, schlüpfte durch den Türspalt. Einen

Moment später waren nur die grün leuchtenden Augen zu sehen. Celine schaltete das Licht an. Ungläubig betrachteten sie das Bild, das sich ihnen bot. Bastet war schnurstracks auf die kleine Truhe zugelaufen, hatte sie einmal umrundet, an ihr gerochen, sich schließlich schnurrend an ihr gerieben, um nun, mit dem Rücken am Holz, neben ihr zu ruhen.

„Perfekt. In Anbetracht der Situation, dass Katzen die Wächter zum Tor der Unterwelt sind, können wir wohl ganz beruhigt schlafen gehen." Hakim streckte sich. Er beeilte sich, ins Bad zu kommen. Celine rollte inzwischen die Schlafsäcke auf den beiden Liegen aus. Hakim löschte das Licht, kroch in seinen Schlafsack, hauchte Celine noch einen Gutenachtkuss auf die Stirn.

„Schlaf schön, Bastet", sagten sie gleichzeitig und mussten lachen.

Celine tastete nach Hakims Hand. Sie ganz fest haltend, schlief sie rasch ein. Hakim lauschte noch ein paar Minuten auf das ruhige Atmen seiner zukünftigen Frau, auf das leise Schnaufen des Kätzchens, mit einem glücklichen Lächeln auf den Lippen glitt er in einen wundervollen Traum hinein.

Er sah sich auf den Stufen eines Tempels sitzen, eine Papyrusrolle in der Hand, die Sonne strahlte und auf den Straßen sangen und tanzten die Menschen. Das Hathor-Fest, welches die Herzen zueinander treibt, wurde gefeiert. Als Hakim am Morgen durch das Bastet-Kätzchen geweckt wurde, war das Fest in seinem Traum noch in vollem Gange. Ein gutes Zeichen. Dankbar lächelte er das schnurrende Tier an. Das leise Geräusch, mit dem er aus dem Schlafsack kroch, weckte Celine. Sie sah ebenfalls glücklich aus.

„Weißt du, wovon ich geträumt habe?", fragte sie fröhlich.

„Vom Hathor-Fest, auf dem alles begann", entgegnete Hakim, ohne zu zögern.

Celine staunte. „Woher weißt du das? Habe ich etwa im Schlaf gesprochen?"

Hakim lachte herzlich. „Ich war schließlich auch dort. Hast du nicht die schwarze Katze hinter der ersten Säule bemerkt? Das war ganz sicher kein Zufall." Er strich dem Tierchen über den Kopf.

Celine schaute ihn zutiefst verwundert an. Dann schwärmte sie: „Solche Träume habe ich am liebsten."

„Frag mal wer noch." Hakim streichelte ihre Wange.

Ein paar Minuten später bereitete sie das Frühstück zu, während er in die Vorratskammer ging, um für Bastet ein Zipfelchen Ziegenfleisch abzuschneiden. Klein gewürfelt, legte er es auf einen Teller. Celine füllte Milch in ein Schälchen. Die ersten Morgensonnenstrahlen glitten über Bastets Rücken.

„Schau mal, unsere Kleine sieht heute richtig zufrieden aus. Ihr schmeckt es, das Fell glänzt wie das Gefieder eines Raben und zu gefallen scheint es ihr bei uns auch", stellte Celine erleichtert fest. „Ich werde ein buntes Halsband für sie flechten, damit alle sehen, dass sie kein Streuner ist. Womöglich tritt man sonst nach ihr. Nicht auszudenken, wenn ihr heute im Getümmel etwas zustieße. Auf dem dunklen Fell wird man das Band schon von weitem sehen."

Bastet strich schnurrend um die Beine der beiden, sprang auf den Fenstersims, schaute sich um und maunzte. Hakim öffnete das Fenster, Bastet turnte hinaus und verschwand in Richtung der Rennkamele.

„Ob sie wieder kommt?", flüsterte Celine.

„Ganz bestimmt. Daran habe ich nicht den geringsten Zweifel. Mir kommt es fast so vor, als wäre sie das Geschenk Yassirs. Wie sie die Truhe begutachtet hat, fand ich sehr überzeugend."

„Könnte stimmen." Celine schaute noch immer aus dem Fenster. „Oh, da hinten kommen deine Eltern!", rief sie plötzlich. „Ich habe das Auto genau erkannt."

Hakim schaute auf die Uhr. „Wir haben genügend Zeit. In zwei Stunden kommen die Köche und Kellner, die Folklore-Künstler sind ja erst am späten Nachmittag nach den Zeremonien eingeplant."

„Du wirkst heute kein bisschen mehr nervös", stellte Celine lächelnd fest.

Hakim nickte zustimmend. „Das hat wohl der Traum von heute Nacht bewirkt. Ich bin überzeugt, dass nun wirklich alles gut wird. Bastet hat den Schmuck bewacht und unsere Träume. Ich hoffe inständig, dass der kleine vierbeinige Glücksbringer während der Trauungen ganz in der Nähe ist."

„Ja, das wäre schön", seufzte Celine, sich langsam erhebend, um den Tisch abzuräumen. Schnell stellte sie noch Getränke und Knabbereien in den Salon, schließlich sollten sich ihre Gäste rundum wohl fühlen. Hakim begrüßte die Ankömmlinge auf das Herzlichste.

„Warum so nervös, Schwesterchen?", fragte er lachend. „Denkst du, dass Yussuf, nach all den Mühen, dich zu retten, plötzlich kalte Füße bekommt?"

Die Antwort war eine Mischung aus Nicken, Kopfschütteln und hilflosem Schulterzucken.

„Sie ist die ganze Nacht ruhelos im Haus herum gewandert", warf Jasina im Vorbeigehen ein. Sie trug Fatimas Brautkleid in einer Schutzhülle über dem Arm ins Haus. An der Küchentür hielt sie inne, schaute, überlegte und schaute noch mal. „Was ist denn das?" Sie zeigte auf die beiden Näpfchen neben dem Küchenschrank.

„Das gehört unserem Mitbewohner", gab Celine Auskunft. „Uns ist gestern Abend ein winziges, süßes, ganz drolliges, schwarzes Kätzchen zugelaufen."

„Klingt hellauf begeistert", schmunzelte Ali, der die Worte ebenfalls gehört hatte.

„Das ist auch nicht gelogen. Die Kleine ist unser Talisman", gab Hakim Auskunft. „Ich hoffe doch, ihr werdet sie heute noch kennen lernen."

Fatima kam von Zahara zurück, der wie immer ihr erster Weg gegolten hatte. „Ich habe was Niedliches erlebt!", rief sie schon an der Haustür. „Da draußen bei den Kamelen läuft ein Kätzchen den ausfallen Fellresten hinterher und versucht, sie zu fangen. So was Süßes!"

„Wenn sie schwarz war, dann hast du sicher unsere Bastet gesehen", antwortete Celine.

„Wirklich? Woher habt ihr sie?" Fatima bekam große Augen.

Hakim kicherte. „Och, in der Wüste passieren immer wieder so komische Sachen. Yussuf ist ein fremdes Kind zugelaufen, uns eine junge Katze. Sie hat übrigens, in Ermangelung einer Anstandsdame, die Nacht mit uns verbracht."

Die angelehnte Zimmertür bewegte sich leicht. Durch den Spalt lugte ein grünes Augenpaar.

„Ach da ist ja der kleine Racker." Celine nahm das Kätzchen auf den Arm. „Jetzt bekommt du dein Halsband, damit du uns heute nicht im Trubel verloren gehst." Sie band Bastet ihr Flechtwerk um. Bastet begann mit den Fransen der Wolldecke zu spielen. Celine überlegte kurz, dann holte sie ein wollenes Schultertuch, das seine beste Zeit schon hinter sich hatte, warf es der Katze zu und freute sich, wie diese Besitz davon ergriff. Zuerst wurde das Tuch gezerrt, geschüttelt, herum gewirbelt, bis es „aufgab" und sich Bastet rundherum glücklich hineinkuschelte.

„Ich hoffe, dass sie keinen Unsinn anstellt", seufzte Celine.

Lautes Motorengeräusch kündete von der Ankunft des Catering-Personals. Hakim eilte mit Ali hinaus. Vor der Tür trafen sie auf die drei Wächter.

„Wie war die erste Nacht auf Isri?", fragte Gamal.

„Wundervoll. Wir wurden ja auch besser bewacht als Fort Knox, sogar im Schlafzimmer."

„Was?! Wer tut denn so was?" Gamal wurde unbehaglich zumute.

Hakim brach in schallendes Gelächter aus. „Keiner von euren Männern. Uns ist gestern Abend eine junge Katze zugelaufen, die hat Celines Brautschmuck und unseren Schlaf bewacht."

Der Beduine atmete auf. „Musstest du mich so erschrecken?! Ich dachte es gab handfesten Ärger." Er schaute sich forschend um, ob auch wirklich überall die Wachposten bereit standen. Was er sah erfreute ihn. In Rufweite zueinander umschlossen die Reiter das Areal vollständig. Ihre hellen Mäntel leuchteten im grellen Sonnenlicht. Auch er und seine drei Freunde trugen schon das traditionelle Festtagsgewand. Sie würden für die vielen Gäste als Ordner, Fremdenführer und Auskunfter fungieren.

Fatima saß wie auf Kohlen. Dabei waren bis zum vereinbarten Zeitpunkt noch mindestens zwanzig Minuten. Jasina konnte ihre Tochter kaum beruhigen. Sie atmete erleichtert auf, als endlich der rote Nissan auf den Hof fuhr. Yussuf hatte noch den Türgriff seines Wagens in der Hand, da hing ihm Fatima schon wie eine Klette am Hals.

„Was ist denn nun los?", wunderte er sich, als Fatima: „Du hast mir gefehlt", hauchte.

„Kann es sein, dass du nicht sicher warst, dass ich kommen würde?", fragte er amüsiert.

Fatima nickte verschämt. Ali hob hilflos die Schultern. „Du glaubst doch nicht etwa, dass sie in der letzten Nacht auch nur eine Minute geschlafen hätte? Stunde um Stunde ist sie durch das Haus gegeistert und hat uns gleich noch mit nervös gemacht."

Celine und Hakim schauten sich an, kicherten: „Dann sind wir also die Einzigen, die wahrhaft himmlisch geschlafen haben und völlig entspannt dem großen Ereignis entgegensehen."

Yussuf schaute die beiden neugierig an. „Wirklich? Hatte ich euch nicht eine schlaflose Nacht prophezeit?"

Celine strahlte über das ganze Gesicht. „Isri ist eben ein magischer Ort, da kann man nie genau sagen, was als nächstes geschehen wird."

Etwas zupfte an Yussufs Hosenbein. Erschreckt drehte er sich um. „Oh, ein gefährliches Raubtier", schmunzelte er, als er das winzige Kätzchen bemerkte, welches sich mit der offenen Schnalle an der Hosentasche in Kniehöhe beschäftigte. „Wenn du groß bist, wirst du bestimmt mal ein Panther."

Celine lachte herzlich. „Denke daran, Isri ist ein magischer Ort. Das Herz einer Löwin hat unsere Bastet schon jetzt."

Yussuf schaute Celine groß an. „Ach, dieses süße Pelztier gehört euch? Ein Geschenk?"

Hakim wiegte den Kopf. „So ähnlich. Diese weite Wüste hat sie uns gebracht oder ganz banal, sie ist uns gestern Abend zugelaufen."

„Und da es keine Zufälle gibt ...", murmelte Yussuf.

„Eben! Sie hat uns die ganze Nacht Gesellschaft geleistet, indem sie vor der Truhe mit dem Schmuck geschlafen hat. Ein Wachhund kann nicht treuer sein. Es war nicht geflunkert – wir haben wirklich eine sehr erquickende Nacht gehabt."

„Ich glaube es, ihr strahlt nämlich beide fühlbare Ruhe aus. Wäre nicht schlecht, wenn das auf mich abfärben könnte."

Aakash kam vorbei, wechselte ein paar leise Wort mit Hakim. Es ging weitläufig um die Einweisung der Kellner.

„Gut. Ich bin dankbar wenn du das in die Hand nimmst." Er zog ein mehrfach gefaltetes Blatt Papier aus der Tasche. Er reichte es ihm mit den Worten. „Nimm vorsichtshalber. Das ist die vollständige Liste der geladenen Gäste. Lassen wir uns überraschen, wer noch alles kommt."

Tamer postierte sich bereits an den provisorischen Parkplätzen, dessen erste imaginäre Parktasche nun der Kleinbus vom Cateringservice bekam. Die Autos von Ali und Yussuf standen hinter dem Wirtschaftsgebäude. Gamal schaute auf die Uhr und zuckte mit dem Augenlid. Hakim nickte. Es wurde wirklich langsam Zeit in die Festtagsgewänder zu schlüpfen. Der erfahrene Beduine war genau der richtige Mann, die Gäste zu begrüßen und sie zu ihren Plätzen zu geleiten, so sie es nicht vorzogen erst einmal die Farm zu besichtigen.

Die drei Frauen waren bereits im Haus verschwunden. Jasina hatte mit der übernervösen Fatima alle Hände voll zu tun. Selbst das kleinste Missgeschick beim Frisieren brachte die junge Frau den Tränen nah. Bei Celine hingegen saß jeder Handgriff, als müsse das so sein. Sie überließ das große Badezimmer Fatima und Jasina, ihr selbst genügte ein kleinerer Spiegel. Bastet brachte sie schließlich auf eine gute Idee. Miauend führte sie ihre „Herrin" vor den magischen Spiegel im Arbeitszimmer, legte sich selbst wieder auf das Tischchen und schien die Haarspangen zu bewachen. Celine stellte erstaunt fest, dass das Glas des ungewöhnlichen Gegenstandes heute unübertrefflich funkelte, ihr Bild leicht vergrößert wiedergab und überhaupt ganz den Eindruck erweckte, er wolle sie dabei unterstützen, heute die Allerschönste zu sein. Aber dazu hätte es seiner Mithilfe nicht einmal bedurft. Unter Zuhilfenahme eines kleinen Handspiegels steckte sie schnell und perfekt ihr langes Haar kunstvoll hoch, trug nur einen Hauch Kajal auf, dann ging sie ins Schlafzimmer, um sich ganz ihrem Kleid zu widmen.

Die Männer zogen sich in den Gästezimmern um. Fatima begann schließlich doch noch zu schluchzen, weil einfach nichts klappen wollte. Celine huschte über den Gang, setzte ihr kurzerhand Bastet auf den Schoß und verschwand so leise, wie sie gekommen war. Das Schnurren des Kätzchens beruhigte die völlig verzweifelte Fatima langsam. Schließlich begann sie sanft das glänzende Fell zu streicheln und augenblicklich hatte sie die Welt um sich her völlig vergessen. Endlich konnte Jasina ohne Störungen ihre Arbeit verreichten. Ein paar Minuten später bestaunte die Braut das fertige Kunstwerk, in das die Mutter ihre Haare verwandelt hatte. Endlich huschte das erste Lächeln über ihr Gesicht. Bastet tippte sie noch einmal mit der Pfote an, dann sprang sie auf den Boden, um bei Celine nach dem Rechten zu sehen.

Einen Wimpernschlag später erschien Jasina. „Du bist schon frisiert?!", rief sie erstaunt. „Wie hast du denn das gemacht?"

Celine lachte herzlich. „Ich bin nicht so nervös wie Fatima. Jetzt, wo der ersehnte Augenblick ganz nahe ist, werde ich immer ruhiger. Wenn ich wirklich Hilfe brauche, dann melde ich mich. Fatima wird sicher froh sein, wenn du ihr noch etwas unter die Arme greifst."

Jasina eilte zu Fatima zurück.

Celine breitete ihr wundervolles Kleid auf dem Bett aus. Immer wieder strich sie mit dem Finger über die unzähligen, matt schimmernden Perlen. Tränen des Meeres, fiel ihr ein. Ihre eigenen Tränen der vergangenen Jahrtausende waren sicher genau so zahlreich gewesen. Schon die ihres jetzigen Lebens hätten ausgereicht, um das Kleid über und über besticken zu können. Erst Hakim hatte den Strom endgültig zum Versiegen gebracht. Sie öffnete die Truhe. Ein wenig zitterten ihr doch die Finger, als sie den prunkvollen Schmuck heraus nahm. Vorsichtig schlug sie das Leinentuch auseinander. Lange betrachtete sie die wundervollen filigranen Skarabäen, Lotusblüten und Papyruswedel, die aus reinstem Gold gefertigt und mit Edelsteinplättchen geschmückt waren. Motorengeräusche und Stimmengewirr drangen langsam wieder in ihr Bewusstsein. Sicher waren schon alle Gäste da, der Mufti, und es wurde Zeit, dass sie ihr Gewand anlegte. Ein schelmisches Lächeln huschte über ihr Gesicht.

Das „Darunter" konnte sich auch sehen lassen. Celine war es gelungen, völlig unbemerkt zarte blütenweiße Spitzendessous zu erstehen. Wenn Hakim schon auf einen, hierzulande nicht ganz unbedeutenden Teil der Hochzeitsnacht verzichten musste, dann sollte er wenigstens besonders viel Freude an der Verpackung haben. Sie zog die Pluderhose aus weißer Seide an, darüber das fast knöchellange cremefarbene Kleid, streifte die flachen Stoffschuhe über, die, wie sie erst jetzt bemerkte, ebenfalls mit Zuchtperlen bestickt waren. Es glich einem Ritual, wie sie endlich das schwere Pektoral umlegte. Auch das Befestigen der Ohrgehänge zelebrierte sie fast, genau wie das des Stirnschmucks. Auf einmal wurde sie stutzig. Ohrringe durften zu jener Zeit nur die Pharaonen, sogar ausschließlich die Pharaonen, tragen.

Was mochte Horiher damals bewogen haben, den verbotenen Schmuck fertigen zu lassen? Celine beschloss, Hakim bei Gelegenheit danach zu fragen. Jetzt beeilte sie sich, ihren Schleier überzuwerfen und auf das Klopfzeichen Alis zu warten, der beide Bräute ihren zukünftigen Ehemännern zuführen sollte. Für ihn eine Selbstverständlichkeit als Celines Ersatzvater aufzutreten. Bastet maunzte. Celine öffnete das Fenster. Die Katze sprang hinaus. Da meldete sich auch schon Ali.

Die verschleierte Braut trat auf den Gang. Der helle Organza schillerte geheimnisvoll. An der nächsten Tür holten sie Fatima ab. Ali staunte. Er hatte nicht im Traum geahnt, dass sie sich wirklich für ein europäisches Kleid entschieden hatte. Sie trug einen silbernen Brautkranz, an dem auch der durchbrochene Spitzenschleier befestigt war, der im Moment noch ihr Gesicht bedeckte. Mit stolz geschwellter Brust geleitete Ali seine beiden, wirklich wunderschönen Mädchen hinüber ins Festzelt, wo die Zeremonien stattfinden sollten.

„Ah!" und „Oh!", ging durch die Menge, als die drei erschienen. Mit brennenden Blicken schauten Hakim und Yussuf ihren Liebsten entgegen. Celine und Hakim, obwohl vom Alter her das jüngere Pärchen, nahmen den ersten Platz vor dem Mufti ein. Als Sohn gebührte Hakim der Vorrang vor Fatima mit Yussuf. Jasina tupfte ständig Tränen der Rührung weg, Ali hatte Mühe, sich zu beherrschen, als die beiden mit fester Stimme den heiligen Eid schworen. Fatima, zitterte bei ihrem Gelöbnis die Stimme, fast so schlimm wie die Knie. Mühsam hielt sie sich aufrecht. Genau mit dem Ende der Trauung kippte sie Yussuf in die Arme. Er trug sie zu einem Stuhl.

„Aber, aber, Frau al Bakir, du wirst doch jetzt nicht schwächeln?", fragte er lächelnd.

„Tut mir leid", seufzte Fatima. „Du glaubst ja nicht, unter was für einem Druck ich bis zur letzten Sekunde gestanden habe. Ich hatte wahnsinnige Angst, es sei alles nur ein Traum, dass ich die Augen aufmache und plötzlich mit Malik verheiratet bin."

„Alles wird gut", versprach Yussuf, zärtlich ihre Wange streichelnd. Dann zwinkerte er ihr zu: „Wobei – mich zu ertragen wird vielleicht auch nicht immer leicht sein."

„Warten wir es ab." Fatima küsste ihn auf die Nasenspitze.

Kaum hatte sie sich wieder etwas erholt, strömten die guten Wünsche der Feiernden auf die beiden Paare ein, aber auch auf Jasina und Ali, für die man viele stramme Enkel erhoffte. Die drei Männer eröffneten nun den gemütlichen Teil der Feier, die Kellner wieselten um die Tafel, eine Musik- und Tanzgruppe bot ihr Können dar, das Blitzlichtgewitter nahm kein Ende mehr.

Hakim beugte sich zu Celine hinüber. „Hast du es gesehen? Dein Wunsch ist wahr geworden."

Sie wusste sofort worauf er anspielte. „Ja, Bastet saß zwischen den Stoffbahnen des Zeltes, genau hinter dem Mufti. Vielleicht kann Yassir ja durch ihre Augen sehen?"

„Würde mich nicht wundern. Er weiß sicher ganz genau, dass heute unser aller großer Tag ist", gab Hakim leise zurück.

„Was wird sie jetzt wohl machen?"

„Bestimmt hockt sie vor dem Spiegel und gibt telepathisch Bericht. Ich wäre nicht einmal erstaunt, wenn sie sich als die wahre Bastet erweist. Hier, auf diesem Flecken Erde, ist wirklich alles möglich."

„Ihr sorgt euch um euer Kätzchen?", fragte Jasina, die nur den Namen verstanden hatte.

„Nein, nein. Der Kleinen geht es gut. Sie nimmt ganz regen Anteil an der Feier", erklärte Hakim. „Hast du sie denn vorhin nicht bemerkt?"

Jasina schüttelte den Kopf. Sie war dem Tier noch immer dankbar, wie es Fatima zur Ruhe gebracht hatte. „Bekommt sie heute auch ein Festmahl?"

„Aber sicher. Ich bringe ihr dann, wenn sich der erste Trubel etwas gelegt hat, ein Schälchen Sahne in die Küche. Dort kann sie es ganz in Ruhe leer schlabbern." Hakim hatte bereits den Gießer bereit gestellt. „Und heute Abend gibt es sicher ein paar Scheibchen Wurst."

„Bei euch möchte ich auch mal Katze sein", schmunzelte Yussuf. „Laufend wird man verwöhnt, gestreichelt und geschmust."

„Ich dachte, du bist verheiratet und das zu tun, wäre Fatimas Part", warf Hakim trocken ein, womit er für Lachsalven auf den Plätzen in Hörweite sorgte.

Yussuf amüsierte sich ebenfalls köstlich. „Vor dir muss man sich wirklich in Acht nehmen", kicherte er.

Neugierige Blicke streiften die al Kassims und die al Bakirs nicht erst jetzt. Beinahe jeder wollte wenigstens ein paar Worte mit Hakim und Fatima wechseln, deren plötzliches Wiederauftauchen und die pompöse Doppelhochzeit mehr Fragen aufwarfen, als sie beantworteten. Vor allem, weil man Hakim die Entbehrungen der letzten Jahre noch deutlich ansehen konnte. Er machte auch kein Geheimnis daraus, wie schlecht es ihm manchmal ergangen war. Aber auch wie Fatima immer wieder bei Yussuf Schutz und Halt suchte, machte deutlich, dass auch sie unter ständiger Angst gelitten haben musste. So ließ man sie, ganz zu ihrer Freude, auch in Ruhe und hielt sich mit Fragen an Hakim, der buchstäblich auf jeden Topf den passenden Deckel hatte.

Bald war allgemein bekannt, wie er den Entführern entkommen und zufällig auf seiner Flucht auf Yussuf getroffen war, wie beide, zusammen mit der mutigen Celine den Plan zur Rettung Fatimas aushecken. Der Computerspezialist aus Schweden schuf den 3-D-Plan des Zeltlagers der Banditen, Yassir abd el Nasser führte sie auf geheimen, schnellen Pfaden durch die Wüste und mit viel, viel Glück gelang es ihnen schließlich doch noch, beim zweiten Versuch, Fatima aus den Klauen ihrer Peiniger zu reißen.

„Haben Sie eine Erklärung, wo abd el Nasser jetzt ist?", fragte ein Reporter lauernd.

Hakim schaute ihm tief in die Augen. „Nein. Das letzte Lebenszeichen von ihm war, wie er uns inmitten des fremden Lagers anschrie: Flieht! Das, was uns erwartete, als wir zurück kehrten, lässt mich vermuten, er hat ganz genau gewusst, was er tat. Man müsste am Ort des Geschehens nach Spuren seines alten Lasters suchen, mit dem er uns begleitet hatte. So ein großes Auto kann in so kurzer Zeit nicht völlig vom Sand verweht worden sein, falls man ihn selbst per Kamel tiefer in die Wüste verschleppt hat."

Celine nickte. Genau das war es, Ben Abu ist nicht völlig spurlos verschwunden. Das hatte der alte Beduine also gemeint. Polizeichef Hawass horchte auf. Natürlich! Spuren suchen. Man musste doch nur die Koordinaten des GPS-Senders von Yussuf als Bakirs Geländewagen auf die Karten übertragen und schon hatte man ein Ziel. Er trat auf Hakim zu. „Die Sache interessiert mich. Würden Sie und Ihre Frau mir etwas mehr erzählen, als den anderen Gästen?"

„Aber natürlich. Folgen Sie uns." Hakim bat den Gast ins Haus, wo er ihn ins Arbeitszimmer führte, in welchem Bastet tatsächlich vor dem Spiegel ruhte. Celine reichte Gebäck und Tafelwasser. „Möchten Sie, dass ich Fragen beantworte oder lieber die Geschichte von Anfang an hören?", fragte Hakim.

„Bitte von Anfang an." Hawass war voller gespannter Erwartung.

„Nun, es geschah zwei Tage nach meinem zwölften Geburtstag …" Hakim erzählte, wie man Fatima in dem fremden Zeltlager plötzlich auf ein Pferd gezerrt und ihn daran gehindert hatte, zu ihr zu kommen oder gar das Lager zu verlassen. Die Eltern hatten sich, um das Leben der Kinder nicht zu gefährden, zurück gezogen. Was daraufhin mit seiner Mutter geschehen war, die das nicht verkraftet hatte, wäre ja allgemein bekannt.

Er berichtet, dass der Anführer Fatima zur Hochzeit zwingen wollte und dass er, Hakim, zwischen den anderen Gefangenen sein Heil im Betteln suchen musste. Schließlich war es ihm zufällig gelungen, den bewaffneten Wächtern zu entkommen und in die Wüste zu fliehen.

„Dort hat mich, ein paar Kilometer weiter, halb verhungert, der Geologe Yussuf als Bakir aufgelesen, der Messungen in diesem entlegenen Teil des Sandmeeres durchführte. Er hat mich angeschaut wie einen Geist. Noch nie hat er dort jemals einen anderen Menschen zu Gesicht bekommen. Trotzdem hat er mir geglaubt und mich nach Kairo zu meinen Eltern gebracht."

„Ihr Vater hat sie einfach so, ohne alle Vorbehalte in die Arme geschlossen?"

„Keineswegs. Ich hatte die alte Kinderkleidung bei mir, die ich getragen hatte, als das alles passierte. Außerdem konnte ich einige Begebenheiten beschreiben, die nur mir und meinem Vater bekannt waren. Meine Mutter hat es wohl gefühlt, dass der Fremde vor ihr, ihr Sohn ist.

Denn von dieser Minute an war sie wieder völlig gesund. Doktor Feisal, der an jenem Tag zufällig anwesend war, ist ebenfalls unter den Gästen. Er gibt Ihnen sicher gern Auskunft."

„Interessant." Der Polizeichef notierte sich den Namen.

„Meine Frau hat in den letzten fünf Jahren als Hausmädchen meiner Eltern gearbeitet, meine Mutter gepflegt und meinen Vater unterstützt, wo sie nur konnte", sprach Hakim weiter. „Sie wird Ihnen, wenn es unbedingt erforderlich ist, berichten was sie in dieser Zeit erlebt hat."

„Sie haben sie aus Dankbarkeit geheiratet?", fragte Hawass ganz direkt.

Celine lächelte, während Hakim herzhaft lachte. „Weit davon entfernt. Das war der sprichwörtliche Blitz aus heiterem Himmel, an jenem Tag, als ich nach Hause kam. Ich habe mit dem ersten Blickkontakt an ihr geklebt, wie eine Fliege am Sonnentau. Vater hatte, weil er ihre Arbeit sehr hoch schätzt, nichts dagegen, dass ich ausgerechnet sie zu seiner Schwiegertochter mache."

„Erstaunlich." Hawass maß Celine mit einem neugierigen Blick.

„Die al Kassims haben mich immer wie eine Tochter behandelt. Sie haben sich auch beide sehr für mich gefreut, als Hakim seine Heiratspläne kund tat. Ich bin nicht nur ein ganz einfaches Dienstmädchen, ich stamme auch aus einem Slum am Rande der Stadt."

„Ach wirklich? Das hätte ich niemals vermutet. Ich habe mich nur gewundert, warum Ihre Eltern nicht anwesend sind", warf Hawass ein.

„Sie sind beide seit vielen Jahren tot", erklärte Celine nachsichtig.

„Verzeihen Sie."

„Bitte."

Celine goss Wasser nach, Hakim nahm wieder das Wort. „Celine hatte den Mut, weil kein Mann in die Nähe meiner Schwester gekommen wäre, in die Höhle des Löwen zu gehen und Fatima ein Stück von den Zelten fort zu locken. Als verschleierte Frau, schien sie den Bewachern nicht gefährlich zu sein. Sie drehten ihnen mehrmals den Rücken zu. Celine packte Fatima an der Hand, zerrte sich hinter sich her, bis wir Männer sie notfalls auf die Schultern werfen konnten. Yassir abd el Nasser hat uns auf beiden Expeditionen seine Erfahrung und seinen Lastwagen zur Verfügung gestellt. Als wir Fatima bei uns hatten rief er uns plötzlich zu: ‚Flieht! Flieht!' Wir sind einfach nur gerannt, in das Auto gesprungen und mit Höchstgeschwindigkeit davon gefahren. Er hat sein Leben gegen unsere vier Leben gesetzt. Er hat gewusst, dass er nicht zurück kehren würde." Hakim machte eine Pause, schaute Celine melancholisch an, ehe er weiter sprach. „Erst als wir erfolgreich wieder hier waren, haben wir seine Briefe und Anweisungen für diesen Fall in die Hände bekommen. Wir werden in seinem Sinne diese Farm weiter führen."

„Das ist nicht zu übersehen", warf der Polizeichef ein. „Seine Beduinen sind die beste Security, die ich je auf einer Hochzeit erlebt habe. Wer hier auf krumme Touren aus ist, hat mehr als ein Problem. Es erstaunt mich nur, dass ein junger Mann wie Sie, diesen kriegerischen Stamm überzeugt hat."

Hakim lachte. „Wissen Sie, wer zehn Jahre Gefangenschaft und seelische Folter inmitten der Wüste übersteht, der hat auch keine Mühe, mit den wahren Söhnen der Wüste zu verhandeln. Immerhin sind wir Nachbarn und müssen uns arrangieren, wenn für beide Seiten etwas Positives erwachsen soll."

„Ich würde trotzdem gern heraus bekommen, ob noch mehr hinter all diesen Grausamkeiten steckt."

Bastet, die während der ganzen Unterhaltung kerzengerade vor dem Spiegel auf einem kleinen Tischchen gesessen hatte, maunzte leise. Celine hob den Kopf. Hakim sah, wie ihr Gesicht einen lauschenden Zug annahm, wobei ihr Blick unverwandt am Spiegel hing.

Nach einigen Augenblicken drehte sie sich dem Polizeichef zu: „Sie sollten den Halter des Wagens mit folgendem Kennzeichen", sie nannte die Buchstaben-/Zahlenkombination, „beobachten lassen. Vielleicht finden Sie dort die Antwort auf so viele offene Fragen. Seine Leute sollen sich Abend für Abend in der ‚Wüstensonne' aufhalten."

Ein erstaunt, ungläubiger, absolut irritierter Blick traf sie.

„Es gab ein Leben vor diesem hier", erklärte Celine leise. „Ich habe bis vor fast sechs Jahren für das nackte Überleben, dort Gäste bedient und in der Küche gearbeitet."

Der Polizeichef zückte sein Handy. Er gab seinen Leuten die Koordinaten Ben Abus und die Daten des Fahrzeuges durch. Noch ein kurzer Wortwechsel, dann wurde er blass. Mit einem undefinierbaren Blick auf Celine steckte er das Gerät wieder in die Tasche. „Dieses Fahrzeug gehört dem berüchtigtsten Bordellbetreiber von ganz Kairo, der ganz nebenbei noch mit Drogen dealen soll."

„Viel Erfolg bei der Jagd", wünschte Celine mit unbeteiligter Miene.

„Oh ja, und ich werde jagen – und wie ich jagen werde! Mir sind da gerade ein paar gute Ansätze in den Sinn gekommen. Herzlichen Dank für diesen Tipp." Er erhob sich. „Ich möchte Sie an Ihrem großen Tag nicht weiter belästigen. Noch einmal vielen Dank."

Kaum hatte er das Arbeitszimmer der beiden verlassen sprang Bastet von ihrem Tischchen, strich schnurrend um Celine herum, ehe sie flink durch den Türspalt huschte.

Hakim zog seine frisch angetraute Frau in die Arme. „Ich bin stolz auf dich. Die Hatz auf diese Schufte ist jetzt offiziell eröffnet. Hoffentlich bekommen sie bald ihre gerechte Strafe. Aber sag mal, wie konntest du dir das Kennzeichen so lange merken?" Er schaute unbewusst in Richtung des Spiegels, wo Bastet gesessen hatte, als Celine ihre Beobachtungen erzählte.

Sie lächelte Hakim fröhlich an. „Die Blickrichtung stimmt. Ich habe mir die Nummer nicht gemerkt, sondern im Glas des Spiegels abgelesen. Hast du nicht gehört, wie Bastet plötzlich miaute? Und dann standen da ganz einfach die Zeichen auf dem Glas, wie Schatten, oder vielleicht, als hätte jemand auf beschlagenem Glas mit dem Finger gemalt."

„Erstaunlich, ich habe nichts dergleichen gesehen." Hakim ließ die Fingerspitzen über die glänzende Fläche gleiten, die sich ungewöhnlich warm anfühlte. „Aber ich glaube dir aufs Wort, er strahlt noch immer die Wärme einer schützenden Magie ab. Komm, lass uns wieder ins Festzelt gehen. Dieser Abend ist viel zu schön, um länger solch trüben Gedanken nachzuhängen." Er nahm Celine einfach auf die Arme, trug sie hinaus und weidete sich an den neugierigen Blicken.

„Heh, verwöhn deine Frau nicht zu sehr", riefen einige lachend aus der Menge.

„Unsinn, ich löse bloß mein Versprechen ein", antwortete Hakim burschikos grinsend.

„Welches Versprechen?"

„Meine Frau immer auf Händen zu tragen."

Unter dem tosenden Beifall der Feiernden trug er Celine bis zu ihrem Platz an der großen Tafel.

„Offensichtlich kannst du die Finger gar nicht mehr von ihr lassen", witzelte Yussuf.

Hakim zog sein Schmunzeln noch mehr in die Breite. „Dazu besteht seit einigen Stunden auch kein Zwang mehr." Er drückte Celine noch einmal fest an sich, bevor er sie vorsichtig auf ihren Stuhl gleiten ließ. Am liebsten hätte er sie schon jetzt in eine ganz andere Richtung getragen. So wie sie sich an ihn geschmiegt und mit halb geschlossenen Augen den Weg zum Zelt genossen hatte, wäre ihr der andere Weg alles andere als unrecht gewesen.

Ali und Jasina schauten überglücklich in die Runde, überall nur strahlende Gesichter, angeregte Unterhaltung und zufriedene Gäste. Beide Kinder hatten aus Liebe geheiratet, waren, jeder auf seine Weise, abgesichert und konnten zuversichtlich in die Zukunft blicken. Ali hatte es sich auch nicht nehmen lassen, in seiner kleinen Festrede ganz besonders auf Celines Verdienste hinzuweisen, sowohl bei der Pflege seiner Frau, der Sorge um sein Wohl und ganz besonders bei der Rettung Fatimas. Er verhehlte auch nicht, wie glücklich ihn ihre Verbindung mit Hakim wirklich machte.

Selbstverständlich dankte er genau so herzlich Yussuf, Björn und in Abwesenheit Yassir, dem sowohl alle al Kassims, als auch die al Bakirs so viel verdankten. Für seine guten alten Freunde, die die Doppelhochzeit buchstäblich gesponsert hatten, fand er ebenfalls die richtigen Worte des Dankes. Hakim, als Stammhalter der Familie bekräftigte Vaters Ausführungen, unterstrich aber auch gebührend die Verdienste seiner beduinischen Nachbarn, die so selbstlos für die Sicherheit der vielen hohen Persönlichkeiten auf dieser Feier sorgten, stellvertretend dafür würdigte er natürlich die drei Anwesenden.

Damit nahm er gleichzeitig jenen den Wind aus den Segeln, die Böses hinter dem Verschwinden Yassirs gewittert hatten. Der eine oder andere anwesende Journalist kratzte sich verlegen am Hinterkopf. Ali und Yussuf tauschten zufriedene Blicke. Hakims geschickte Rede beantwortete jede Frage, ohne jedoch wirklich etwas zu verraten. Es war also kein Wunder gewesen, als sich Polizeichef Hawass unter sechs Augen mit dem jungen Ehepaar al Kassim unterhalten wollte. Die sofortige Zusage und Durchführung ließ auch noch die allerletzten Zweifler verstummen, besonders nachdem sich Hawass den Rest des Abends wirklich locker freundschaftlich mit den Gastgebern unterhalten und amüsiert hatte.

Eine große Gruppe Frauen war zu den Kamelen hinaus gezogen, wohin sie Gamal begleitete. Ausführlich beantwortete er selbst die albernsten Fragen. Die Überlegung, dass es doch ein Leichtes sein müsse, die wertvollen Rennkamele zu entführen, quittierte er mit einem angedeuteten Nicken in die Wüste, wo in regelmäßigen Abständen die Reiter standen und mit dem Hinweis: „Die Männer da draußen sind immer in Bereitschaft. Ein Narr, wer sich hier zu bedienen versuchte."

Jasina warf ihm einen dankbaren Blick zu. Sollte ruhig jeder glauben, dass dieses Paradies am Rande der Trockenzone unter dauerhafter verschärfter Bewachung stand. Die kleine bunte Zeltstadt für einen Tag leuchtete im Abendrot. Lachen und fröhliches Stimmengewirr drang bis hinaus zu Hakims riesiger Herde. Die Gattinnen von Hafiz und Hassan hakten sich bei Jasina unter. Sich angeregt unterhaltend, schlenderten sie rund um die geparkten Autos, am Wirtschaftsgebäude vorbei und zuletzt um den Brunnen.

„Gehört der rote Geländewagen Hakim?", fragte Suleika Aziz.

Jasina schüttelte den Kopf. „Das ist Yussufs Wagen. Hakim ist doch erst seit ein paar Tagen wieder in Freiheit. Gedanken um einen fahrbaren Untersatz hat er sich wirklich noch nicht gemacht. Im Augenblick nimmt ihn Yussuf mit auf Arbeit. Hakim und Celine stellen keine großen Ansprüche. Sie sind letztens sogar auf den Eseln der Beduinen zur Schule geritten. Nicht zuletzt ist es ja auch ein finanzielles Problem. Hakim will verständlicherweise auch keine Kamele verkaufen, jetzt wo er die Safaris plant."

„Seine Frau war wirklich euer Hausmädchen? Hassan war überzeugt, sie sei eine eurer Schmuckberaterinnen gewesen." Suleika schaute Jasina neugierig an.

„Weil Ali sie ihm als verdiente Mitarbeiterin vorgestellt hat?"

„Genau."

Jasina nickte nachdenklich. „Habt ihr eigentlich eine Vorstellung davon, was das Mädchen geleistet hat? Verdiente Mitarbeiterin ist da noch stark untertrieben. Wir lieben sie wie eine leibliche Tochter. Hakim hat eine wirklich gute Wahl getroffen. Selbst Yassir hat Celine zu schätzen gewusst, sonst hätte er ihr sicher nicht sein Haus überschrieben."

„Wovon leben die beiden, bis die Wüstenritte richtig ins Laufen kommen?", wollte die Frau des Gemüsehändlers wissen.

„Von Hakims Lohn und Celines Talent, aus wenig Geld das Beste zu machen", erwiderte Jasina seufzend.

Suleika blieb stehen. „Hm, Hassan hat mir von der Sache mit dem Kleid erzählt. Pass mal auf. Ich wollte schon lange ein anderes Auto haben, konnte mich nur nie entschließen, weil mein Kleinwagen ja topp in Schuss ist. Wie wäre es, wenn ich den Renault am Montag hierher bringe? Hakim und Celine werden sich bestimmt freuen, so schnell zu einem Auto zu kommen." Schnell setzte sie noch hinzu: „Zum Nulltarif, versteht sich."

„Wirklich einfach so?" Jasina glaubte sich verhört zu haben.

„Im Ernst. Hassan und Hakim haben für Montag hier ihren ersten Geschäftstermin. Wir kommen mit zwei Autos und gehen mit einem. Der Nutzen, den Hassan von Hakims Geschäftsidee hat, ist mein altes Auto sicher wert. Außerdem weiß ich dann, dass mein kleiner blauer Flitzer in guten Händen ist. Aber sag es den beiden noch nicht. Ich möchte sie überraschen."

Jasina fiel Suleika um den Hals. „Ich danke dir von ganzem Herzen."

Die Frau des Gemüsehändlers nickte. „Ja, Suleika, bei den jungen Leuten ist er wirklich in guten Händen. Celine hat in den letzten Jahren immer bei uns eingekauft. Manchmal habe ich zu Hafiz gesagt: ‚Der Mann, der die Kleine heiratet, bekommt ein echtes Goldstück. So eine findest du so schnell nicht wieder.' Dabei ahnten wir ja nicht, dass der junge Mann, der sie plötzlich begleitete, Hakim ist. Als Hafiz vor ein paar Tagen nach Hause kam und berichtete, dass es wahr ist, was in der Zeitung gestanden hatte und sie eine der Bräute ist, da haben wir uns riesig für sie gefreut."

Jasina strahlte über das ganze Gesicht. „Kommt, feiern wir mit den vier jungen Leuten noch ein wenig diesen ungewöhnlichen Tag."

Gamal bildete die Nachhut, denn die anderen Frauen waren längst zum Zelt zurück gekehrt. Was er heute ganz nebenbei über seine neuen Nachbarn gehört hatte, stimmte ihn höchst zuversichtlich, vor allem, weil es sich mit seinen eigenen Beobachtungen deckte. Ganz offensichtlich hatte Celine mehr Grips in ihrem ausgesprochen hübschen Köpfchen, als mancher, der einen großen Titel vor sich her trug. Inzwischen konnte er auch Hakim verstehen, der selbst die unbedeutendsten Dinge mit ihr besprach. Sie gehörte einfach nicht nur hinter den Kochtopf, wie es das antiquierte Frauenbild vorsah, selbst wenn sie sich dort nie fehl am Platz gefühlt hatte.

Gamal nahm sich vor, Celine zu unterstützen, wo immer es nur ging. Sie zu beschützen, hatte er ja ohnehin geschworen. Im Augenblick war er eher auf das erste Zusammentreffen seiner und der Frauen seiner Freunde mit ihr gespannt. Bisher gab es noch keine Berührungspunkte. Völlig in Gedanken erreichte er die Zelte. Er zuckte heftig zusammen, als ihn plötzlich eine Hand an der Schulter berührte.

„So in Gedanken?", hörte er eine weiche Stimme fragen. Es dauerte einen Lidschlag bis er begriff. Celine stand neben ihm. Aus ihrem Blick sprach die Frage, ob wirklich alles in Ordnung sei.

Gamal lächelte. „Alles bestens. So eine Märchenhochzeit geht wohl an niemandem ganz spurlos vorbei."

„Das möchte ich ganz stark hoffen", sagte Celine mit seltsamem, aber angenehmem Unterton. Diesmal war es an Gamal, fragend zu schauen. Sie drehte sich um, winkte mit dem Finger. „Du wirst erwartet."

Neugierig folgte er ihr ins Festzelt, um schon am Eingang völlig überrascht stehen zu bleiben. Im Innenraum der hufeisenförmigen Tafel saßen mehrere Kinder auf einem Teppich, die gespannt einer jungen Frau lauschten, welche aus einem großen Buch vorlas. Zwei der Kinder waren die seiner Freunde. Dann bekam er noch größere Augen. Die Vorleserin kannte er ebenfalls. Es war Bassima, seine Tochter, die er schon mindestens zwei Jahre nicht mehr gesehen hatte. „Aber wie…?", murmelte er aufgewühlt.

Bassima gab das Buch einem größeren Jungen, der die ehrenvolle Aufgabe übernahm, den Kleineren vorzulesen.

„Hallo Daddy!" Sie reichte Gamal beide Hände. „Komm, setzen wir uns." Sie führte ihn zum Tisch, an dem, wie er erst jetzt bemerkte, seine Freunde und die drei Frauen saßen.

„Jetzt ist er sprachlos", schmunzelte Hakim, im Vorbeigehen.

Bassima nickte. „So habe ich Vater noch nie erlebt. Ich würde es nicht glauben, wenn es mir andere erzählen würden."

Gamal atmete tief durch. „Die Überraschung ist gelungen. Woher wusstest du von dieser Feier und wie kommst du hierher?" Seine Gedanken fuhren noch immer Achterbahn. Bassima studierte in Prag, arbeitete nebenbei, um irgendwie das Studium zu finanzieren, schrieb ab und zu einen Brief, weil das Geld für mehr nicht reichte. Und plötzlich war sie hier, bei einer Hochzeit, von der Gamal auch erst vor knapp einer Woche erfahren hatte.

Bassima lachte. „Das ist eine verrückte Geschichte. Ich bekam vor drei Tagen einen Brief mit einem Flugticket, einer Einladung, dabei lag noch ein Bild von dir und einem jungen Mann, den ich nicht kannte, der sich als Absender des Briefes vorstellte und mir mitteilte, dass er der neue Besitzer der Isri-Farm sei. Nachdem ich das Schreiben genau studiert hatte, war ich sicher, dass es keine Finte war. Ich nahm also allen Mut zusammen, drei Tage Studienfrei und den gebuchten Flug, landete vor knapp zwei Stunden hier in Kairo, rief die Nummer auf dem Bild an, worauf ein Mann mit einem großen Auto erschien, mir das gleiche Bild wie aus dem Brief als Erkennungszeichen zeigte, mich ins Auto bat und direkt hierher brachte. Mutter ist vor Freude erst einmal in Ohnmacht gefallen. Mir wäre es vor Aufregung fast nicht anders gegangen, als ich merkte, wer hier alles versammelt ist. Sie schaute mit strahlenden Augen in die Runde. Ich konnte ja nicht ahnen, welche dramatischen Wendungen sich hier in den letzten Wochen ergeben haben."

„Ich freue mich riesig, obwohl ich es noch immer nicht verstehe", murmelte Gamal mehr für sich.

Bassima lächelte glücklich. „Sieht ganz so aus, als ob du Freunde hättest, von denen du nicht weißt, dass sie es sind."

Gamal lachte befreit auf. „Wahre Wort. Ich kann mich sogar wieder ganz genau erinnern, wem ich von dir erzählt habe, und auch, in welchem Zusammenhang." Er schaute zu Hakim und Celine hinüber, die sich verliebt in die Augen sahen, als wären sie ganz allein in dem riesigen Zelt.

Bassima war seinem Blick gefolgt. „Ich mag die beiden."

Gamal wurde nachdenklich. „Jetzt ahne ich auch, wohin eines der Kamele verschwunden ist. Es war schon verwunderlich, dass Hakim einfach abgewinkt hat, als ich ihm vom Fehlen des Tieres berichtete."

Bassima erschrak. „Du meinst, sie haben es meinetwegen verkauft?"

„Ganz sicher. Denn die beiden haben nur ihre Herde. Diese Hochzeit wurde von vielen, die hier feiern, für die zwei Brautpaare ausgerichtet." Gamal erzählte seiner Tochter fast flüsternd in Kurzfassung alles, was er über die al Kassims und über Yussuf wusste. Vater und Tochter waren in ihr Gespräch vertieft, sie merkten erst nach ein paar Sekunden, dass sie Gesellschaft bekommen hatten.

„Oh! Celine, Hakim…", stammelte Gamal überrascht. „Danke, danke."

Die beiden schmunzelten verschmitzt. Celine seufzte: „Ach, ich liebe Familienzusammenführungen."

Hakim antwortete im gleichen Ton. „Ja, ich weiß. Darin bist du einsame Spitze."

Gamal drückte beide an sich. „Ach ihr. Das kann ich nie wieder gut machen. Ihr habt doch nicht etwa wegen uns ein Kamel verkauft?"

„Das war mir durchaus eines der größeren Fohlen wert." Hakim klopfte Gamal auf die Schulter. „Und nun höre auf, dir deswegen einen Kopf zu machen. Genießt ganz einfach diesen wundervollen Abend."

„Habt ihr überhaupt genug Platz, um Bassima unterzubringen?", fragte Celine schließlich.

Betretene Gesichter bei Gamal und seiner Frau. „Es wird schon irgendwie gehen."

„Nicht irgendwie. Sie bleibt zum Schlafen bei uns. Morgen früh bist du ja sowieso hier eingetaktet. Du bringst ganz einfach deine Frau mit, wir frühstücken alle gemeinsam im großen Zelt mit den Gästen, die hier übernachten, weil sie von weiter her kommen. Deine beiden Freunde mit Familien habe ich auch schon eingeladen." Celine lächelte Gamal entwaffnend an.

„Hast gewonnen", seufzte Gamal. „Ich hätte sowieso nicht zu widersprechen gewagt. Bleibt Björn auch bei euch?", fragte er dann.

„Nein, er schläft bei meinen Eltern", entgegnete Hakim.

Celine war, als läge Bedauern in Bassimas Blick. Der Schwede stand schon den ganzen Tag im Zentrum des Interesses. Zu deutlich hob sich sein blondes Haar und die helle Haut von der breiten Masse der Gäste ab.

Gamals Tochter überwand sich schließlich. „Ist er morgen auch wieder hier?"

Jetzt fiel bei den jungen al Kassims der Groschen. „Aber ja!", rief Hakim. „Wenn dein Vater nichts dagegen hat, dann wird gleich so eingedeckt, dass du neben ihm sitzt."

Gamal machte eine hilflose Handbewegung. „Das Studium in Europa hinterlässt deutliche Spuren."

Hakim lachte. „Yussuf hat mir auch viel darüber erzählt. Die Welt verändert sich eben. Manchmal sogar über Nacht."

Sogar Bassima verstand die Anspielung auf seine Flucht aus Ben Abu. Sie hatte inständig gehofft, dass Hakim und Celine alles etwas lockerer sahen, als ihre traditionelle Festkleidung vermuten ließ. Jetzt lächelte sie dankbar.

„Ist ja auch kein Wunder, wo sie hier doch die wenigsten Leute kennt", warf Celine ein. „Ich würde mir auch Gesprächspartner suchen, von denen ich am ehesten denke, ich fände mit ihnen ein gemeinsames Thema." Sie zwinkerte Gamal und seiner Frau fast unbemerkt zu. „Björn ist übrigens Single."

Bassima unterdrückte mühsam eine Geste der Überraschung.

„Jagdinstinkt", kommentierte Hakim, worauf alle in Gelächter ausbrachen. Bassima zog eine Unschuldsmine. Björn kam auf die andere Tischseite herüber. Er zog die Augenbrauen fragend hoch, weil ihn alle so erwartungsvoll anschauten.

„Björn, darf ich dir meine Tochter Bassima vorstellen?", fragte Gamal. Der Schwede nickte erfreut. „Eine wundervolle Überraschung." Er begrüßte das Mädchen mit Handkuss.

„Oh, ein Kavalier der alten europäischen Schule!", rief Bassima vergnügt, ebenfalls auf Englisch. „Komm, setz dich."

„Aber gern. Bist du erst heute angekommen?"

„Ja. Geradenwegs aus Prag."

„Was??? Prag in Tschechien?"

„Genau das."

Die anderen am Tisch amüsierten sich, wie schnell sich die beiden, eigentlich wildfremden, jungen Leute unterhielten.

„Arbeitest du dort?", fragte Björn neugierig.

„Auch." Bassima freute sich geradezu diebisch über sein Interesse. „Ich studiere dort Kunstgeschichte."

„Wirklich? Ein bestimmtes Jahrhundert?" Björn rückte noch etwas näher.

„Hm, hm, 14. Jahrhundert, die Mystiker, Brigitta von Schweden und so."

„Ach." Björn blieb glatt die Luft weg.

„Alter Schwede!", witzelte Hakim. „Nun guckst du. Wenn ich mich recht entsinne, dann hast du doch auch was in dieser Richtung gemacht. Mal abgesehen von der Tatsache, dass du Schwede bist."

Bassima griff nach Björns Hand. „Du bist Schwede? Richtig dort geboren?"

„Ja, ja, sogar in Uppsala."

„Dort liegt Finsta ganz in der Nähe", erklärte das Mädchen den anderen, die eigentlich Bahnhof verstanden, aber im nächsten Atemzug erfuhren, dass von da ebendiese Brigitta stammte.

Yussuf, hatte einen Teil der Unterhaltung mitbekommen. Er begann zu kichern, als er Gamals undefinierbares Minenspiel sah. „Da es keine Zufälle gibt…"

„…lass ich dem Schicksal seinen Lauf", ergänzte Gamal den Satz.

„Am besten beschwerst du dich bei mir, ich habe ihr ja das Ticket geschickt", riet Hakim. Dabei hüpften regelrechte Funken schelmisch in seinen Augen.

Inzwischen machten sich die ersten Gäste zum Aufbruch bereit. Innerhalb der nächsten Stunde leerte sich das Zelt bis auf die rund einhundert Personen, die über Nacht hier bleiben wollten. Die Musiker packten langsam ein, im Küchen-Truck liefen mehrere Spülautomaten, die Kellner konnten endlich ein wenig verschnaufen. Der Ring aus Wächtern zog sich enger zusammen.

Auch Yussuf und Fatima verabschiedeten sich. Kein Wunder, wenn man daran dachte, was in dieser Nacht noch auf die beiden wartete. Hakim und Yussuf tauschten einen festen Händedruck, ein kurzes Zucken mit dem Augenlid, dann rollte der Nissan langsam vom Hof. Jasina seufzte. Ali hielt ihr die Hand hin, um ihr beim Aufstehen zu helfen. Björn verstand.

„Bis morgen Bassima, schlaf schön", verabschiedete er sich.

„Du kommst ganz bestimmt?"

„Versprochen – und wenn ich laufen müsste. Ich bringe meinen Laptop mit, dann kann ich dir zeigen, woran ich arbeite."

Bassima, aber auch ihre Eltern schauten hinterher, bis vom Benz der al Kassims nicht einmal mehr die Rücklichter zu sehen waren.

Celine legte ihr den Arm um die Schulter. „Ich bringe dich zu deinem Zimmer. Morgen siehst du ihn ja wieder."

Die Lichter im großen Zelt waren erloschen, die Mitarbeiter des Catering stiegen in den Kleinbus, der Fahrer des Trucks zog die Gardine seiner Schlafkabine zu und aus den kleinen Zelten drang kein Laut mehr. Hakim schloss hinter den beiden Frauen die Tür. Selbst Bastet schlummerte schon friedlich auf einem der großen Sessel im Arbeitszimmer. Während sich Celine noch um Bassima kümmerte, verwandelte er das Schlafzimmer in eine kleine Märchenwelt.

Auf allen Konsolen und Fensterbrettern verteilte er in Windeseile kleine Öllämpchen, welche mit ihren flackernden Flämmchen geheimnisvolle Lichtreflexe an Decke und Wände malten. Einige Krümel Räucherwerk vollendeten das Werk. Dann wartete er vor der Tür, wie zufällig, auf seine hübsche Frau. Er nahm sie wortlos auf die Arme, löschte das Licht im Flur, dann drückte er die Tür des Schlafzimmers mit dem Ellebogen auf.

„Oh, wie schön", hauchte Celine ergriffen. Mit großen Augen betrachtete sie dieses stimmungsvolle Bild.

Hakim stieß mit dem Rücken die Tür ins Schloss. Vorsichtig ließ er sich mit seinem liebsten Schatz auf der Bettkante nieder, ohne sie auch nur einen einzigen Augenblick loszulassen. Celine schmiegte sich mit halb geschlossenen Augen fest an seinen Körper.

„Ich liebe dich", flüsterte ihr Hakim leise ins Ohr, bevor er mit ihr in einem schier endlosen Kuss versank. Seine warmen Hände streichelten zärtlich ihren Nacken, ihre nackten Schultern … Nackte Schultern? Celine hatte nicht einmal bemerkt, wie er ihr das Kleid sacht vom Körper streifte. Sie genoss die heißen Küsse, mit denen er ihren Hals und ihre Arme bedeckte. Mit einer Hand begann er, sein Hochzeitsgewand auszuziehen. Celine zog rasch die Schleife ihrer Pluderhose auf, wand geschickt die Füße aus den Bündchen, dann schob sie langsam die Hose immer weiter hinunter, bis sie schließlich ganz zu Boden rutschte. Hakim hatte es trotzdem bemerkt. Er ließ sich mit Celine umsinken, so dass sie in der Mitte des Bettes zu liegen kam, eilig warf er seine Kleidung über einen Polsterhocker, um sich endlich mit allen Sinnen der göttlichen Gabe zwischen den Kissen zu widmen.

Der Hauch von fast Nichts aus weißer Spitze heizte ihm ein, wie er es nie gekannt hatte. Er sog diesen Anblick ein, um ihn nie mehr zu vergessen. Immer wieder huschten seine Lippen über ihre Haut, streichelten seine Hände ihre schlanken Schenkel, um hin und wieder für einen Augenblick zwischen ihnen zu verharren. Celine fuhr ihm mit Fingern beider Hände durch das Haar, ihn unbewusst dahin dirigierend, wo sie das Streicheln in einen Glücksrausch versetzte. Sie wagte kaum zu atmen. Hakim ließ seine Fingerspitzen über ihren Rücken gleiten, wobei er den Verschluss ihre BHs öffnete. Mit Wohlgefallen betrachtete er, was sich seinem Auge bot, küsste, was er sah, während seine Hände schon wieder auf Wanderschaft gingen. Celine drückte mit lustvollem Stöhnen seinen Kopf fest an ihre Brüste.

Mit zwei schnellen Bewegungen zog er die Schleifen ihres winzigen Höschens auf, legte es achtlos beiseite, dann drang er in höchster Erregung tief in ihren heißen Schoß ein. Sie grub ihm in wilder Lust die Fingernägel in den Rücken. Immer wieder peitschten sie sich gegenseitig zum höchsten Sinnesrausch. Völlig erschöpft, erst kurz vor dem Morgengrauen, ließen sie voneinander ab. Celine schlief innerhalb weniger Sekunden in Hakims Armen ein. Er zog mit letzter Kraft die Decke über seinen Schatz und sich, dann übermannte ihn ebenfalls der Schlaf.

Gegen sechs Uhr befahl Celines innere Uhr: „Aufstehen". Als sie die Augen aufschlug, begegnete sie Hakims liebevollem Blick. Wie lange er schon, auf einen Ellebogen gestützt, gelegen und sie einfach nur angeschaut hatte, wusste sie nicht. Sie trug noch immer den uralten, wertvollen Schmuck und sonst nichts auf der Haut. Lächelnd schlang sie ihrem

Ehemann die Arme um den Nacken, zog ihn an ihren warmen Körper und gab sich mit geschlossenen Augen noch einmal den Freuden hin, mit denen die Nacht begonnen hatte.

Irgendwann stand Hakim als Erster auf. Celine schlug die Decke zurück, stutze und gab einen unterdrückten Schreckenslaut von sich. Hakim schaute auf. Er folgte Celines Blickrichtung, die völlig verständnislos mehrere Blutflecke auf dem Bettlaken anstarrte. Sein herzhaftes Lachen irritierte sie. Fragend sah sie ihn an.

Er drehte sich ganz langsam um. „Meine Schmusekatze hat heute Nacht ziemlich die Krallen ausgefahren." Über seinem Rücken zogen sich mehrere tiefe blutige Kratzer.

Celine wurde flammend rot. „Das ... das ... das wollte ich nicht", stammelte sie.

Hakim zog sie in die Arme. „Ich werde es sicher überleben", erklärte er belustigt. „Auf alle Fälle können wir, ohne Lügen zu müssen, behaupten, dass wir in unserer Hochzeitsnacht ein blutbeflecktes Laken hatten." Er blinzelte ihr lustig zu, küsste sie noch einmal zärtlich, bevor er ins Bad ging, um die Spuren dieses kleinen Nahkampfes so gut es ging zu beseitigen.

Celine atmete auf. Hakim schien ihr wirklich nicht böse zu sein, weil sie so die Beherrschung verloren hatte. Schnell streifte sie sich einen Morgenmantel über, zog den Schub ihres Nachttischchens auf. Einen Moment später nahm sie ein Salbentöpfchen heraus.

Hakim kam frisch geduscht zurück. „Dusche ist frei!", rief er fröhlich.

Celine warf sich in seine Arme. „Es tut mir leid. Ich wollte dir wirklich nicht weh tun."

„Heh, Kopf hoch! Das Allerwichtigste für mich ist doch, dass du Spaß beim Sex hattest."

„Dann lass mich dir wenigstens Salbe auf die Kratzer machen", bat Celine.

Hakim zog sein Hemd aus. Celine machte sich ans Werk, wobei ihre Fingerspitzen immer wieder über Stellen huschten, wo kein einziger Kratzer weit und breit zu sehen war. Hakim gab ein zufriedenes Brummen von sich.

Dann haschte er nach Celines Hand, hielt sie fest, warf Celine auf das breite Bett, hechtete hinterher, drückte sie in die Kissen, küsste sie, dass ihr fast die Luft weg blieb. „Ab unter die Dusche, sonst vergesse ich noch, dass da draußen Gäste auf uns warten."

Celine seufzte.

„Auch heute wird es ganz bestimmt wieder Nacht", tröstete Hakim „Na komm, Schatz." Er reichte ihr die Hand, um sie auf die Füße zu ziehen. Celine legte bedächtig ihren Brautschmuck ab. Hakim öffnete die Truhe, schlug das Leinentuch auseinander, in welches er das Geschmeide sofort wickelte.

Ein paar Sekunden später prasselten die Wasserstrahlen der Dusche über Celines braune Haut. Zufrieden verteilte sie den duftenden Schaum über ihren Körper, in dem sie sich noch nie so wohl gefühlt hatte wie an diesem Morgen. Es wird ganz bestimmt wieder Nacht, hallten Hakims Worte in ihren Gedanken nach. Wenn es nur bald wieder so weit wäre… Mit diesem Mann an ihrer Seite war die Dunkelheit alles andere als beängstigend.

Sie beeilte sich beim Anziehen. Bastet saß sicher schon in der Küche und wartete sehnsüchtig auf ihr Frühstück. Das Bettenmachen würde schon nicht davonlaufen. Noch war genug Zeit, denn die Morgensonne lugte gerade erst eine Stunde über den Horizont. Auf dem Flur kam ihr Bassima entgegen.

„Guten Morgen!", rief Gamals Tochter schon von weitem.

Hakim steckte den Kopf zur Küchentür heraus. „Guten Morgen. Du bist wohl auch notorische Frühaufsteherin?"

„So ähnlich. Ich jobbe täglich ab sechs Uhr eine Stunde lang in einem Schnellimbiss, da steckt diese frühe Stunde einfach drin, egal wo man ist."

„Gut geschlafen?", fragte Celine.

Bassima nickte heftig. „So gut wie schon lange nicht mehr. Prag ist eine hektische Stadt. Die Ruhe hier fehlt mir ein bisschen."

„Heimweh?"

„Nicht ganz. Ich weiß nicht, wie ich es erklären soll – es ist einfach ein völlig anderes Leben, wenn ihr versteht, was ich meine. Man hat als Frau viel mehr Möglichkeiten der Selbstverwirklichung, besonders wenn man aus weniger begüterten Verhältnissen kommt. Hier müsste man heiraten, um versorgt zu sein…" Sie schaute die jungen al Kassims etwas hilflos an.

„Du meinst die Unabhängigkeit", warf Hakim ein.

„Ja, genau." Gamals Tochter nickte heftig. „Wobei es ja nicht schlecht ist, einen festen Lebensmittelpunkt zu haben."

„Vielleicht sieht es Björn ja genau so. Wer weiß?", stellte Celine lächelnd fest.

Bassima verfärbte sich jäh bis in die Haarspitzen. „Hoffentlich ist Vater nicht böse auf mich, weil ich gestern so offen Interesse an einem wildfremden Mann gezeigt habe."

Hakim schaute sie mitleidig an. „Beruhige dich. Die beiden kennen sich schon seit vorgestern. Dein Vater hat sich mit ihm einige Stunden bekannt gemacht. Ich hatte nicht den Eindruck, dass sie sich unsympathisch gewesen wären. Lass die Dinge doch einfach laufen, du wirst ja sehen, welchen Weg sie heute nehmen. Würde er alles zu verbissen sehen, dann hätte er dich sicher nicht in Europa studieren lassen."

Die drei verließen gemeinsam das Haus. In der Toreinfahrt standen die drei Wächter, unterhielten sich leise, weil in den Gästezelten noch tiefe Ruhe herrschte. Bassima eilte auf ihren Vater zu. Er breitete die Arme aus. „Meine Kleine."

Hakim und Celine schlenderten ebenfalls hinüber, um allen einen guten Morgen zu wünschen.

„Hattet ihr eine angenehme Nacht?", fragte Gamal. Dann begann er zu kichern. „Blöde Frage, wo es doch die Hochzeitsnacht war."

Bassima schaute ihn überrascht von der Seite an. So salopp-lustig kannte sie ihn gar nicht. Vielleicht hatte Hakim ja doch Recht?

Hakim setzte ein breites Lächeln auf, das dem von Celine in nichts nachstand.

„Da erübrigt sich wohl jede weitere Bemerkung", schmunzelte Aakash. „So sehen nur sehr glückliche Paare aus."

„Du meinst bestimmt: sehr, sehr, sehr glückliche Paare", verbesserte Tamer grinsend.

Hakim begann zu lachen. „Erwartet ihr etwa, dass ich aus dem Nähkästchen plaudere? Der Gentleman genießt und schweigt."

Bester Laune warteten sie auf die Familien der Männer, welche bereits auf der Straße zur Farm zu sehen waren. Die ersten Gäste fanden sich ebenfalls auf dem freien Platz vor dem großen Festzelt ein. Bastet saß auf der Türschwelle, ließ sich die Sonne auf den rabenschwarzen Pelz scheinen und beobachtete ganz genau die vielen Menschen. Motorengeräusche klangen von der Straße herauf. Alis Benz rollte kurz darauf langsam über den Hof. Bassima folgte ihm nur mit den Augen. Dann erspähte sie Björn und ein leises Lächeln setzte sich in ihren Mundwinkeln fest. Der Schwede kam geradenwegs auf die kleine Gruppe zu.

Hakim stutzte. „Was ist denn mit dir passiert?"

Björn hob bedauernd die Hände. „Sonnenbrand. Ich habe es erst heute früh gemerkt. Euer Klima scheint mir nicht sonderlich gut zu bekommen." In der Tat war sein Gesicht heftig gerötet. Ratlos schauten ihn die Männer an.

„Da hilft wohl nur noch Panthenol und wenn es heute Nachmittag nicht besser ist, ein Besuch beim Arzt", stellte Bassima fest.

„Oder ein altes Hausmittel, welches die schlimmsten Entzündungen lindert", warf Celine ein. „Es brennt nur beim Auftragen im ersten Moment ziemlich heftig."

„Hast du so was da?", fragte Björn sofort.

„Natürlich. Davon habe ich immer einen Vorrat. Komm mit, je eher du es aufträgst, umso schneller hast du Ruhe. Es schützt übrigens auch vor der Sonne, wenn man gar so helle Haut hat wie du."

„Vielleicht sollte Bassima zum Trost Händchen halten?", witzelte Hakim.

„Gute Idee." Björn folgte Celine zum Haus.

Bassima lief hinterher. „Ich werde es ihm wohl gleich eigenhändig auftragen, damit auch wirklich alle Stellen bedeckt sind."

„Noch bessere Idee", schmunzelte Hakim.

„Nein diese Jugend von heute!", rief Gamal in gespielter Entrüstung.

Hakim warf trocken ein: „Ein Glück, dass wir von gestern sind."

Die Männer brachen in wieherndes Gelächter aus und selbst die Frauen glucksten hinter vorgehaltener Hand.

„Langweilig scheint es bei euch jedenfalls nicht zu werden." Ali amüsierte sich über Hakim, der, seit er wieder da war, immer wieder für Heiterkeit sorgte. Hinter ihnen hupte es.

„Ah, da kommen endlich die Langschläfer!"

Yussuf stellte das Auto gleich neben dem Tor ab. „Wieso Lang‚Schläfer'???" Er grinste von einem Ohr zum anderen.

Fatima wurde rot. Sie war froh, als Celine, Bassima und Björn auftauchten.

Yussuf schaute seinen alten Studienfreund kurz an, dann schüttelte er den Kopf. „Dir scheint unsere Sonne echt nicht zu bekommen. Zweimal Ägypten, zweimal Sonnenbrand."

„Es geht schon wieder. Die beiden Schönen haben mich gerade medizinisch notfallversorgt. War eine Rosskur, die aber zu helfen scheint. Ich habe tatsächlich keine Schmerzen mehr."

„Björn ist brutal im Nehmen", erklärte Celine. „Er hat mit keiner Wimper gezuckt."

Der Schwede lachte. „Wenn man von zwei so hübschen Frauen umgeben ist, kehrt sicher selbst das größte Weichei den starken Max heraus. Unter diesen Umständen würde ich sogar glatt mitten durch die Wüste reiten."

„Ich nehme dich beim Wort." In Gamals Augen blitzte der Schalk. „Nach dem Frühstück brechen wir nach Gizeh auf. Ich wette, du kennst die Pyramiden nur von Fotos oder aus dem Fernsehen."

„Jetzt wird es interessant", schnappte Yussuf. „Über sechs Kilometer auf Eseln – na dann viel Spaß."

„Falsch." Hakim tippte Yussuf an. „Wir werden unsere erste Kamel-Safari machen. Ich könnte nämlich auch wetten, dass Celine die Pyramiden ebenfalls noch nicht von nahem gesehen hat."

„Ooops." Ali staunte. „Dann musst du Mutter und mich noch mitnehmen. So was lassen wir uns doch nicht entgehen."

„Tamer kennt mit Sicherheit die schönste Route", sprach Hakim an seinen Wächter gewandt weiter. Der kratzte sich verlegen am Hinterkopf. „Das kommt ein bisschen plötzlich, aber ich habe kein Problem damit. Packen wir es also an."

Bester Laune strebten alle ins große Zelt, wo inzwischen das Frühstücksbuffet auf reichen Zuspruch wartete. Aakash flüsterte während des Essens Hakim einige leise Worte ins Ohr. Hakim nickte mit ernster Miene, worauf der Beduine das Zelt verließ.

„Probleme?" Ali war beunruhigt.

„Nein, nein. Er holt nur zwei Männer, die mit ihm gemeinsam Haus und Hof bewachen werden, solange wir unterwegs sind. Celines Schmuck ist ja noch hier. Ihn können wir doch erst morgen wieder ins Schließfach bringen."

„Stimmt. Ich könnte ihn höchstens bei mir in den Safe einschließen."

„Muss nicht sein. Auf die Männer kann ich mich voll und ganz verlassen", gab Hakim zurück. Celine brachte inzwischen höchst persönlich den starken Mokka zu ihren vielen Gästen. Es war ihr wichtig, noch einmal mit allen ein paar Worte zu wechseln und ihnen zu danken. Ali freute sich ganz besonders, wie leicht es ihr gelungen war, die Herzen im Sturm zu erobern. Egal ob Verwandtschaft oder seine Freunde, alle sprachen mit Hochachtung über sie. Fatima versteckte sich nach wie vor lieber hinter Yussuf. Sie war einfach nicht die Powerfrau, wie ihre

Schwägerin. Es dauerte sogar eine ganze Weile, bis sich ihn zu fragen traute, ob sie beide nicht vielleicht auch mitreiten könnten.

„Wenn du es unbedingt möchtest. Warum nicht?" Yussuf hätte ihr diesen Wunsch ganz bestimmt nicht abgeschlagen.

Hakim schaute Yussuf erstaunt an. „Sag mal, hast du ihr Redeverbot erteilt? Sie war doch früher immer ganz flink mit der Zunge vornweg?"

Yussuf setzte sich zu ihm. „Ben Abu hat tiefe Risse in ihrer Seele hinterlassen. Ich hoffe, dass sie eines Tages wirklich darüber hinweg kommt. Im Augenblick klammert sie sich an mich, wie eine Ertrinkende an einen Strohhalm. Sie versucht fast krampfhaft, alles richtig zu machen, um mich bloß nicht irgendwie zum Widerspruch zu reizen. Jeder noch so kleine Fehler, den sie zufällig macht, lässt sie in Tränen ausbrechen. Dabei verlange ich doch alles, nur keine perfekte Hausfrau und schon gar nicht, dass sie sich allen meinen Wünschen unterordnet. Vielleicht hilft es ja, wenn sich Celine ab nächste Woche etwas um sie kümmert. Auch wenn sie die Jüngere ist, so ist sie bei weitem die Erfahrenere und Stärkere. Ich werde jedenfalls alles für Fatima tun."

„Ich denke, sie muss es erst einmal lernen, wieder richtig in Freiheit zu leben, ohne Überwachung und ohne jeden Zwang", murmelte Hakim nachdenklich. „Ich werde mit Celine reden, aber auch mit meinem Vater. Er sollte wissen, wie es um Fatima wirklich steht."

Das Zelt leerte sich langsam, die letzten Gäste verabschiedeten sich von den al Kassims und al Bakirs. Celine machte sich daran, die übriggebliebenen Nahrungsmittel vom Catering-Service zu übernehmen. Aakash war sofort zur Stelle. „Ich kümmere mich darum. Es wird alles zu deiner vollsten Zufriedenheit eingelagert werden."

Celine warf Hakim einen fragenden Blick zu. Er nickte zustimmend. „Nimm Aakashs Angebot an und bereite dich auf den Ausflug vor."

„Danke!", rief Celine und huschte ins Haus.

Hakim sprach indes noch mit den beiden Beduinen, welche die Wache auf der Farm übernommen hatten. Er kannte sie vom Besuch bei ihrem Lager. Bastet schlich in der Nähe herum. Sie schien die beiden Männer zu begutachten. Schließlich legte sie sich wieder auf die Schwelle, nur ab und zu ihre grünen Augen einen winzigen Spalt öffnend. Celine strich ihr im Vorbeigehen mit der Hand über das Köpfchen.

Hakim, Gamal und Tamer sattelten die Kamele, zehn Tiere für die Reiter, zwei beluden sie mit Wasserschläuchen und Verpflegung. Sie führten die kleine Karawane auf den Platz, wo kürzlich noch der große Truck gestanden hatte. Das Festzelt wurde soeben zusammengelegt, auf die Ladefläche eines kleineren LKW gehoben, dann folgten die Stangen, die Elektrik und schon lag der Hof da, als hätte es nie ein Fest gegeben. Einzig die vielen kleinen Löcher im Boden zeugten von Ungewöhnlichem. Aakash begann sie zu verfüllen, bevor die Reisenden nach Gizeh aufbrachen. Dann endlich hatte jeder Ausflügler das passende Kamel gefunden, Tamer setzte sich an die Spitze der Karawane, Gamal bildete die Nachhut. Björn und Bassima ritten mit ihm am Ende des Zuges. Gemächlich trabten ihre Tiere durch die Trockenzone.

Zarte Bande

„Ich habe gelesen, dass der altägyptische Götterkult besonders auf das Leben nach dem Tod gerichtet war", warf Björn in das Gespräch um die Pyramiden ein.

„Nicht nur, aber der größte Teil hatte tatsächlich dieses Ziel." Celine brillierte mit ihren Kenntnissen über die Bestattungsrituale zur Zeit der alten Pharaonen.

Hin und wieder flocht Hakim einen Satz ein. Björn hörte aufmerksam zu. Die Mystik und Magie der Pharaonenzeit war wohl doch ein paar Recherchen mehr wert. In Ali wuchs der Stolz auf „seine" Kinder, denn er rechnete Celine ganz unverhohlen mit dazu. Fatima warf Celine und Hakim immer wieder achtungsvolle Blicke zu. Es erstaunte sie, wie schnell ihr Bruder von seinem neuen Leben Besitz ergriffen, aber auch welche Gabe der Beobachtung und Analyse er in Ben Abu erlangt hatte. Das Wechselspiel auf Leben und Tod mit den Häschern Maliks hatte Hakims Sinne auf das Äußerste geschärft.

„Ihr beide könnt das so plastisch und spannend erklären, als wärt ihr selbst dabei gewesen", sagte Bassima anerkennend. „Einfach toll." Dabei ahnte sie nicht, wie nah dieser Gedanke der Wahrheit kam.

Yussuf erklärte die Besonderheiten der Geologie, besonders des Untergrundes, der tief unter dem Sand verborgen lag und wie dies alles perfekt mit dem Klima zusammenpasste, um natürlich, durch Austrocknung, entstandene Mumien auf ewig zu erhalten. Er erklärte aber auch, wie die feuchte Atemluft der Besucherströme die Grabanlagen im Tal der Könige schädigte.

Als in der Ferne die Silhouetten der Pyramiden auftauchten fragte Björn plötzlich: „Die Große war eine Grabanlage?"

„Niemals", gab Celine mit fester Stimme zurück. „Dieses technische Meisterwerk diente einem völlig anderen Zweck. Welchem genau, werden wir wohl erst erfahren, wenn die mit Metallklammern versiegelte geheime Kammer eines Tages geöffnet werden kann. Es ist schon erstaunlich, dass die Baumeister nicht für alle sichtbar hinterlassen haben, wer sie waren."

Niemand wagte ihr zu widersprechen. Zu genau waren ihre vorherigen Ausführungen gewesen.

„Wie geht es eigentlich deinem Sonnenbrand?" Celine drehte sich zu Björn um, der die Krempe seines breiten Hutes tief ins Gesicht gezogen trug.

„Dank deiner Salbe und Bassimas Behandlung ganz gut. Die Haut spannt nicht einmal. Es ist wirklich erstaunlich."

„Du solltest das Rezept der Mixtur an einen Pharmakonzern verkaufen", schlug Yussuf vor.

Celine lachte. „Vergiss es! Es gibt Regeln, ohne deren Einhaltung sich die Wirkung der Salbe ins genaue Gegenteil verkehrt."

„Also auch was Uraltes", murmelte der Geologe erstaunt.

„Ja", entgegnete Celine kurz und bündig. Sie breitete die Arme aus. „In diesem Land gibt es so viele Wunder, man muss sie nur zu nutzen wissen."

„Dann solltest du Lehrerin werden, um dein Wissen weiter zu geben", riet Björn.

Celine schüttelte den Kopf. „Auch das nicht. Solche Dinge werden nur von der Mutter auf die Tochter oder von der Großmutter auf die Enkelin vererbt. Vielleicht habe ich ja irgendwann das Glück, Mutter einer wissbegierigen Tochter zu werden."

„Also Hakim, streng dich an", schmunzelte Yussuf.

„Gemach, gemach, ich bin doch seit letzter Nacht ganz fleißig an der Arbeit." Hakim grinste harmlos.

Und ich habe weder das Bett gemacht, noch das Laken gewechselt, fiel es Celine siedendheiß ein. Hakim hatte ihr Erschrecken bemerkt, er beugte sich zu ihr hinüber, zwinkerte ihr mit einem Auge zu. „Ich weiß genau woran du gerade denkst. Für das Laken ist heute Abend noch genug Zeit. Am besten legst du gleich noch eins für morgen früh mit bereit", flüsterte er ihr kaum hörbar ins Ohr.

„Und für übermorgen und überübermorgen und überüberübermorgen", gab sie genau so leise zurück.

Hakims begeistertes Nicken ließ ganze Wolken von Schmetterlingen in ihrem Bauch fliegen.

„Hast du schon mal zwei derart glückliche Menschen erlebt?", fragte Jasina Ali.

„Hab ich. Nämlich mich und dich, als die Kinder wieder zu Hause waren." Er schaute zu Fatima und Yussuf hinüber, die ebenfalls ein strahlendes Lächeln zur Schau trugen. „Er hingegen wird es nicht leicht haben. Langsam begreife ich die Worte, die Yassir zu ihm gesagt haben soll. Der alte Fuchs hat genau gewusst, was auf die beiden zukommt. Aber ich schöpfe auch Hoffnung daraus, dass Yussuf genau der richtige Mann ist, um mit der Situation wirklich fertig zu werden." Alis Erinnerungen schweiften zurück. Wie hatte sich wohl Celine gefühlt, als sie mutterseelenallein auf dieser Welt mit ihren furchtbaren Erlebnissen zurecht kommen musste? Ali verscheute die trüben Gedanken. Das war Vergangenheit, man durfte sie nicht vergessen, brauchte aber nicht ständig an ihr kleben. Jasina strahlte mit der Sonne um die Wette, ließ die Seele baumeln und freute sich wie ein kleines Kind über das wundervolle Erlebnis des Ausritts. Wenn sie daran dachte, dass am nächsten Tag noch eine Riesenüberraschung auf Hakim wartete, dann hätte sie jubeln und tanzen mögen.

Ali schaute sie amüsiert von der Seite an. „Träumst du schon vom Empfang bei Sabiri?"

Sie lachte. „Nein. Ich freue mich ganz einfach über diesen herrlichen Tag." Ali sollte kein Wort davon erfahren, was sie gestern mit Suleika besprochen hatte. Er würde früh genug große Augen bekommen. „Aber der Party bei Sabiri fiebere ich trotzdem entgegen", fügte sie fröhlich hinzu.

„Schon, weil du vorher wieder meine Schmuckkollektionen heimsuchen kannst?", kicherte Ali, dem dieses kleine Ritual in den letzten Jahren schmerzlich gefehlt hatte.

„Aber ja!", rief Jasina überschwänglich. „Ich habe immerhin seit über zehn Jahren keinen neuen Schmuck mehr bekommen."

„Oh, ha!" Ali kratzte sich hinterm Ohr. „Dann muss ich mich also auf einen Raubzug gefasst machen."

Das fröhliche Gelächter der beiden war sicher schon bis zu den Pyramiden zu hören, die sich majestätisch vor ihnen erhoben. Die vier jungen Eheleute warfen sich zufriedene Blicke zu. Tamer führte die kleine Karawane bis an die Steinquader der unteren Ebene heran. Die Männer halfen den Frauen beim Absteigen. Björn genoss es, wie sich Bassima einen Augenblick an ihn schmiegte. Die großen, schwarzen, geheimnisvollen Augen des Mädchens verfehlten ganz offensichtlich nicht die beabsichtigte Wirkung. Die zarte Haut, fast in der Farbe eines Milchkaffees, hatte ihn schon die ganze letzte Nacht in seinen Träumen beschäftigt. Bisher hatte er sich für völlig beziehungsuntauglich gehalten, um Frauen einen großen Bogen gemacht, wenn es sich irgendwie einrichten ließ. Allein zu leben, fand der Dreißigjährige ganz in Ordnung. Seit gestern hatte diese Ordnung einen Kratzer bekommen. Ausgerechnet diese dunkelhäutige, exotische Schönheit hatte es geschafft, Interesse bei ihm zu wecken. Wenn er daran dachte, dass sie schon morgen nach Prag zurückfliegen musste, dann wurde ihm ganz seltsam zumute. Björn schüttelte kaum merklich den Kopf, so kannte er sich nicht. Als er den Kopf hob begegnete er dem fragenden Blick eines braunen Augenpaares.

„Du magst sie", hörte er Gamal sagen.

„Ich fürchte ja."

„Du befürchtest es?" Gamal betonte das Wort. „Weil sie dunkelhäutig ist?"

Björn schüttelte heftig den Kopf. „Das hat absolut nichts mit ihrer Hautfarbe zu tun. Ich habe mich mein ganzes bisheriges Leben nicht mit Frauen beschäftigt und plötzlich…" Er rieb sich die Nasenspitze. „Ja, ich mag sie wirklich." Björn warf einen kurzen Blick zu Bassima hinüber, die sich angeregt mit Fatima unterhielt. „Wenn du kein Problem mit meiner Hautfarbe hast."

Gamal sah den Schweden prüfend an. „Ich ganz bestimmt nicht. Und dass du anpacken und nicht nur reden kannst, habe ich ja vorgestern gesehen."

Björn ahnte nicht, wie gut Bassimas Vater wirklich über ihn unterrichtet war. Gamal hingegen wusste, dass der eher stille Schwede eine Softwarefirma mit drei Mitarbeitern betrieb, etliche wissenschaftliche Werke zum europäischen Mystizismus und zur Architektur des 14. Jahrhunderts veröffentlicht hatte und dass er auf diesem Gebiet als Koryphäe galt. Inzwischen war die Angst, er könne seine Tochter als Spielzeug betrachten, der Überzeugung gewichen, er würde sie als gleichberechtigte Partnerin behandeln. Vielleicht konnte Bassima ja ein wenig für ihr Studium von den Erfahrungen des Wissenschaftlers profitieren. Ganz sicher sogar.

Gamal half Tamer, den Kamelen die lockeren Fußfesseln anzulegen. „Ich bleibe mit bei den Tieren", gab er Hakim Bescheid, der sich bereits nach den Eintrittskarten angestellt hatte.

Während die Ausflügler mit einem guten Führer in das Dunkel der Pyramide eintauchten, sorgte Gamal für etwas Geld in Hakims Kasse. Einige Touristen fragten, ob sie sich mit den Kamelen fotografieren lassen könnten. Für ein paar Münzen ließ sie Gamal aufsitzen, um für wirklich unvergessliche Schnappschüsse zu sorgen. Tamer gratulierte seinem Freund zu dieser Idee. Nach einer Stunde hatten die beiden Männer, die sich hin und wieder abwechselten, einen ansehnlichen Geldbetrag beisammen. Den Kamelen machte die kleine Fotosession wenig aus, zumal die Männer auch immer ein anderes Tier auswählten, sodass alle genügend Zeit zum Ausruhen bekamen.

Da tauchten auch schon die Freunde wieder auf. Celines leuchtende Augen sprachen ganze Bände. Sie hatte in den Energien der Pyramide regelrecht gebadet. Auch Hakim sah äußerst zufrieden aus. Für die anderen war es einfach nur ein wunderschöner Exkurs in die Geschichte gewesen.

„Bei den nächsten Besuchen geht ihr abwechselnd mit hinein", versprach Hakim seinen Wächtern, der keinen Hehl daraus machte, für wie ideal er diese Art Safari hielt.

Etwas abseits vom großen Touristenrummel, im Schatten einer der anderen Pyramiden, nahmen die Ausflügler einen reichhaltigen Imbiss ein. Begeistert erzählten sie sich gegenseitig, was sie im Inneren des imposanten Bauwerks gefühlt und gesehen hatten. Celine naschte mit Hakim getrocknete Datteln.

„Tragen die Bäume in Isri eigentlich auch?", fragte sie schließlich Gamal.

„Eher selten", antwortete er. „Zumindest kann ich mich nicht an große Ernten erinnern."

„Yussuf, kannst du herausbekommen wie der Untergrund bei uns aussieht? Ich meine die Sache mit dem Grundwasser. Nicht, dass ich noch ein paar Palmen pflanze und der Brunnen trocknet plötzlich aus, weil er nicht genügend Nachschub bekommt." Celine ließ die abgeknabberten Kerne von einer Hand in die andere gleiten. „Diese Sorte schmeckt nämlich wirklich sehr gut. Wenigstens zwei drei Palmen, so für den Hausgebrauch, zum Naschen und so."

„Ich schaue mal nach", versprach Yussuf. Dann lachte er. „Aber nur, wenn ich später mitnaschen darf."

„Versprochen." Celine hob die Hand zum Schwur.

Gut gelaunt formierte sich die kleine Karawane für den Heimweg. Gamal ertappte sich immer wieder dabei, wie er Björn und Bassima beobachtete, die auch jetzt genau vor ihm ritten. Die beiden unterhielten sich über das, was sie in den nächsten Tagen vor hatten.

„Du musst morgen wirklich schon zurück?", hörte Gamal Björn fragen.

„Ja, leider. Ich habe immerhin schon drei Tage aufzuholen. Das sind auch drei Stunden, die mir am Lohn von meinem Studentenjob fehlen", erklärte die junge Frau seufzend.

„Wann bist du denn mit dem Studium fertig?"

„In einem dreiviertel Jahr."

„Und was machst du dann?"

„Weiß ich noch nicht. Habe noch keinen passenden Job gefunden."

Björn dachte eine Weile nach. „Könntest du dir vorstellen, dauerhaft irgendwo zu leben, wo es sehr viel kühler ist als hier?"

„Ich denke schon." Bassima schaute ihn neugierig an.

Sie ritten eine Weile schweigend nebeneinander her.

„Hast du ein Handy?" Björns Frage überraschte Bassima.

„Kann ich mir nicht leisten und Prepaid lohnt sich für mich nicht", gab sie Auskunft.

„Okay. Bekommst mein zweites Handy. Ich hab einen Flatrate-Partnertarif und keinen Partner für den Tarif. Dann kann ich mich wenigstens erkundigen, ob es dir gut geht."

„Nur danach?", schmunzelte Bassima.

„Auch. Oder ich rufe dich an und sage: ich lande in ein paar Stunden in Prag, hast du Zeit für mich. Vielleicht sage ich dir auch nur einfach gute Nacht, damit du schöne Träume hast." Björn lächelte melancholisch. „Es sei denn du sagt, der Kerl spinnt doch."

Bassima lenkte ihr Tier näher an das Björns heran. Ehe er sich versah, hatte sie ihm einen Kuss auf die Wange gehaucht, ihr Kamel wieder in die alte Position gelenkt und lächelte still vor sich hin.

Gamal wunderte sich nicht einmal. Irgendetwas in dieser Art hatte schon am Vorabend in der Luft gelegen.

Björn hingegen schaute Bassima etwas irritiert hinterher. Bisher war er ziemlich überzeugt gewesen, ihr Interesse bestünde nur an seiner Arbeit und sie habe seine versteckten Offerten nicht einmal bemerkt. Er drehte sich fast mechanisch zu Gamal um, der bedauernd die Hände hob, als wolle er sagen: Damit musst du allein klarkommen. Gamal musste sich mühsam ein Grinsen verkneifen.

„Hast du etwas dagegen, wenn ich dich morgen auf dem Flug begleite?", wandte sich Björn schließlich an Bassima.

„Im Gegenteil. Ich würde mich riesig darüber freuen." Sie lächelte ihn dankbar an.

„Na endlich kommt Tempo in die Sache", murmelte Gamal nicht unzufrieden in das Mundtuch seines Turbans. Wenn hier schon alle vor Glück strahlten, dann sollte seine „Kleine", wie er Bassima immer nannte, auch darunter sein.

Tamer ließ nach gut zwei Stunden rasten. Celine sprang von ihrem Reittier. Mit wenigen Handgriffen baute sie den kleinen Kocher auf, zauberte den heiß begehrten Kaffee, den man ihr förmlich aus den Händen riss.

„Danach könnte ich süchtig werden", seufzte Tamer.

„Da kannst du mal sehen, was uns jetzt jeden Tag entgeht", schmunzelte Ali. „Die Entzugserscheinungen werden grausam sein."

Hakim grinste seinen Vater über den Rand des Bechers schelmisch an. Er wusste genau, welch herrlichen Kaffee seine Frau stets zauberte.

„Damit könnte sie glatt die Barista-Meisterschaften gewinnen", versicherte Björn nach einem langen Schluck.

„Die was?", fragten alle durcheinander.

„Na die Meisterschaften der Kaffeekünstler." Der Schwede erklärte mit wenigen Worten, worum es bei diesen Wettbewerben ging.

„Und so was gibt es wirklich?" Tamer schüttelte ungläubig den Kopf.

„Aber ja", beteuerte Björn. „Ich zeige es euch dann im Internet. Das müsst ihr wirklich gesehen haben."

Jasina lachte. „Drachenmuster im Cappuccino. Na gut, das Auge trinkt mit. Ali, ich möchte so was mal von nahem sehen. Fährst du mit mir im nächsten Jahr dorthin?"

Fatima ließ vor Schreck fast ihre Tasse fallen. Erst recht, als Vater ohne mit der Wimper zu zucken, Mutter die Reise versprach.

„Die beiden haben viel nachzuholen", flüsterte ihr Hakim zu. „Ich freue mich, dass es ihnen wieder richtig gut geht."

„Es ist nur ungewöhnlich, weil Vater früher nie ins Ausland fahren wollte."

Hakim lächelte. „Ich wollte auch nie eine Kamel-Farm betreiben."

„Stimmt! Du wolltest immer Pilot oder Taucher werden."

„Ist ja auch fast das Gleiche", witzelte Yussuf.

„Na sag ich doch." Hakim schaute mit breitem Grinsen in die Runde, dabei klopfte er seinem Tier liebevoll den Hals. „So ein Wüstenschiff hat auch seine Qualitäten. Dazu schaut euch nur das riesige Sandmeer an. Jeden Tag ändert es sein Aussehen. Mal glänzt es fast goldgelb, dann wieder schwarzbraun. Ab und zu tanzen Staubteufel in der Luft. Wozu muss ein Mann Abenteuer in der Ferne suchen, wenn er sie doch genau vor seiner Nase haben kann."

Die Männer spendeten für diese kurze Rede heftig Beifall. Auf den letzten Kilometern bis nach Hause kreisten die Gespräche um alle möglichen und unmöglichen Meisterschaften, die die Menschheit bisher erfunden hatte. In Isri angekommen versorgten Gamal, Tamer, Hakim und Aakash zuerst die Tiere. Dann setzte sich Hakim ein paar Minuten mit den beiden Beduinen zusammen, die Haus und Hof bewacht hatten. Er bat sie, Grüße an den ganzen Stamm auszurichten. Während sich die anderen die versprochenen Kaffeemeisterschaften auf Björns Laptop im Salon anschauten, zogen sich Hakim und die beiden Wächter ins Arbeitszimmer zurück. Gamal hatte darum gebeten. Erwartungsvoll schaute ihn Hakim an.

Der Beduine zog den vollen Geldbeutel aus der Tasche. „Ich wollte einfach nur ganz in Ruhe Kasse machen."

„Wie???" Hakim glaubte, sich verhört zu haben.

Gamal schüttete die Münzen auf den Schreibtisch. „Wir haben deine Kamele vor den Pyramiden als Fotomodels vermietet und das ist der Erlös. Ich hätte im Traum nicht geglaubt, dass es so viel werden würde." Mit diesen Worten sortierte er die Münzen zu kleinen Türmen mit gleichem Wert.

Tamer lachte, als er Hakims verdutztes Gesicht sah. „Na ja, zwei Stunden sind eine lange Zeit. Ehe sich der Mensch langweilt, beschäftigt er sich eben", erklärte er kurz.

Die beiden Beduinen erhoben sich, um zu gehen.

„Stopp!", rief ihnen Hakim hinterher. Er schob den Männern je ein Viertel des Geldes über den Tisch.

„Aber ..."

„Kein aber. Diese geniale Idee muss belohnt werden, genau so wie die Ehrlichkeit. Ihr hättet es mir ja nicht sagen brauchen."

Hakim schloss das restliche Geld in eine Kassette ein. Gemeinsam gingen sie nun ebenfalls in den Salon, wo alle noch immer hingerissen die tollen Kreationen der Baristas anschauten. Celine und Jasina setzten sich unbemerkt in die Küche ab. Bastet wartete auf ihr Abendbrot und den anderen würde sicher auch bald der Magen knurren. Spätestens dann, wenn Essenduft in der Luft schwebte. Die Frauen hatten sich nicht geirrt. Fatima und Bassima deckten schnell den Tisch, Jasina und Celine servierten, während die Männer schnuppernd die Nasen hoben. Als dann die einen noch gemütlich beisammen saßen, löste Björn sein Versprechen ein. Er wanderte mit Bassima ins Arbeitszimmer aus, wo er ihr endlich zeigte, was sein tatsächliches Forschungsgebiet war. Ein paar Bilder klickte er besonders schnell weg, ehe die junge Frau etwas erkennen konnte.

Schließlich hielt Bassima seine Hand fest, bevor er das Touchpad berühren konnte. Sie bekam große Augen. Auf dem Bild erschienen mehrere Bücher, die Björn als Autor auswiesen. Sie switchte auf eine Suchmaschine, gab seinen Namen ein und erstarrte.

„D … d … du bist Professor Doktor Hallberg???" Sie war nahe daran, in Ehrfurcht zu versinken.

Er zog sie an sich, küsste sie und sagte: „Ich bin Björn, ganz einfach Björn. Das andere vergiss bitte sofort wieder."

Bassima wandte sich wieder dem Laptop zu. Björn seufzte. „Na gut, ist vielleicht besser, ehe du es von anderen erfährst." Er ließ sie in Ruhe, wie sie förmlich alle Informationen über ihn verschlang. Nur hin und wieder gab er eine kurze Erklärung zu genauen Hintergründen. Seine Biografie las sie gleich mehrmals. Der Schwede lächelte. Offensichtlich suchte sie nach Frauen in seinem Leben. Also sagte er: „Das was du suchst gab es bisher nicht."

„Warum?"

Er wiegte nachdenklich den Kopf. „Keine Zeit, kein Interesse. Ich habe mich immer voll auf meine Forschungsarbeiten konzentriert."

Bassima überlegte. „Ich glaube das sogar, sonst wärst du mit gerade dreißig nicht schon Professor." Sie verstummte. Björn ahnte, was in ihr vorging.

„Ich bin zu ungeübt, um große Komplimente zu drechseln. Es ist mir verdammt ernst damit, dass ich dich wiedersehen möchte. Gibst du mir eine Chance?"

Bassima klappte den Laptop zu. Lange schaute sie ihm in die fast himmelblauen Augen, die sie beinahe flehend anschauten. Statt einer verbalen Antwort warf sie sich an seine Brust. Björn drückte sie zärtlich an sich, streichelte ihr Haar und flüsterte: „Ich glaube, ich liebe dich."

Bassima lachte leise. „Du glaubst es?"

Björn lächelte sie etwas hilflos an. „Ich war noch nie verliebt. Aber so wie mein ganzes Innerstes in Aufruhr ist, dann kann das nur Liebe sein."

Bassima schaute ihn mitfühlend an. Der eins-neunzig-große Schwede, der wenn es um seinen Job ging, der ultimative Vollblut-Fachmann war, schien unter seiner Unbeholfenheit in Liebesdingen, schwer zu leiden.

Er schob seinen Laptop in die Tasche, entnahm einem Seitenfach ein größeres Etui. „Ehe ich es noch vergesse. Hier ist das versprochene Handy, Bedienungsanleitung, Lade- und Datenkabel. PIN im Moment 0-8-15, kannst du jederzeit ändern, Internet, Bildübertragung beim Gespräch."

Bassima schaute ihn groß an. „Ich kann dich dann wirklich sehen, wenn wir telefonieren?"

„Sogar mit Beleuchtung, wenn es dunkel ist." Björn zeigte ihr die Licht-Taste.

Sie hauchte ihm einen Kuss auf die Wange, schaute ihm tief in die Augen. „Ich bin ganz sicher, dass ich dich mehr als einfach nur sympathisch finde."

Björn rann sofort wieder so ein wohliger Schauer über den Rücken.

„Hast du es dir aber auch gut überlegt, was geschieht, wenn du mit einer Farbigen zusammenleben willst? So nennt man uns doch bei euch?"

Ihm wurde unbehaglich. „Wie meinst du das?"

Bassima zog ihren Sessel näher zu ihm heran. „Nuuun", sie dehnte das Wort besonders lang, „man wird sagen, jetzt hat sich der Professor eine billige Haushälterin aus Ägypten geholt."

Björn wurde blass, was bei seiner extrem hellen Haut fast unmöglich schien. „Ich weiß, dass es Leute gibt, die so denken werden. Aber ist das nicht völlig egal? Was geht es andere an, mit wem ich unter einem Dach lebe? Selbst wenn ich meine Liebe einem Mann schenken würde, wäre es noch immer mein Leben!"

Bassima begann bei diesem Gedanken zu lachen. Björn hingegen wurde sehr ernst. „Das hat man mir jetzt jahrelang nachgesagt, weil ich einfach kein Interesse an irgendwelchen Beziehungen zu Frauen hatte. Schlimmer wäre nur noch gewesen, wenn man mir unterstellt hätte, ich würde mich deshalb an Kindern vergreifen."

„Tut mir leid." Bassima legte ihren Kopf an seine Schulter. „Ich wollte dir nicht weh tun."

Er zog sie in die Arme, folgte seiner inneren Stimme, streichelte ihr Haar, um sie endlich wahrhaft leidenschaftlich zu küssen.

„Ich freue mich morgen auf den Flug", flüsterte sie ihm ins Ohr, als sie sich von ihm löste. Sie steckte das Handy in die Gürteltasche ihres Kleides, klemmte sich das Etui unter den Arm, reichte ihm eine Hand, um ihn eher scherzhaft aus dem Sessel zu ziehen. Schnell verstaute sie sein Geschenk in ihrer Reisetasche. Björn wartete vor der Salontür. Er wollte nicht allein hineingehen.

„Probleme?", fragte Gamal leise, als sich Bassima neben ihn setzte.

„Keineswegs", antwortete sie so, dass es alle hören konnten. „Wir haben nur die Rassenvorurteile etwas unter die Lupe genommen."

„Sieh an!", rief Yussuf erstaunt. „Und zu welchem Schluss seid ihr gekommen?"

„Dass wir uns nicht in die Suppe spucken lassen werden. Egal von wem." Björn schenkte Bassima ein breites, fröhliches Lächeln. „Solange sie studiert, können wir ja doch nur miteinander telefonieren und keiner weiß, ob daraus eine wirkliche Beziehung werden kann. Aber wenn sie danach noch Interesse an meiner Gesellschaft hat, lassen wir uns die Freude daran durch nichts und niemanden vergällen."

Yussuf faltete die Hände auf dem Bauch. „Eine gelungene Analyse Professor Doktor Hallberg."

Einige hoben ruckartig die Köpfe.

„Professor Doktor???", fragte Hakim irritiert.

Björn wurde rot. Bassima schüttelte amüsiert den Kopf.

„Er ist der geborene Ultra-Tiefstapler. Wusstest du das nicht?" Yussuf grinste.

„Da nehmt ihr euch nicht viel." Celine ließ die Worte förmlich in den Raum tropfen.

Alle schauten sie an.

„Wer von euch weiß, dass Yussuf einen Doktortitel hat? Keiner, außer Björn und Hakim?" Sie winkte ab. „Ich habe es nur zufällig auf der Homepage des Institutes gelesen, als mir die Männer in der Wüste den Umgang mit dem Computer beigebracht haben. So viel zum Thema Tiefstapler, von der Sache mit dem Löwen wollen wir erst gar nicht reden."

„Verräter!", zischte Björn scherzhaft zu Yussuf hinüber.

Gamal lachte herzlich. „Ich sage auch niemandem, dass ich eines der Analytik-Bücher, die du geschrieben hast, in meinem Regal stehen habe."

Björn machte eine überraschte Bewegung.

„Gamal ist auch nicht der, der er zu sein vorgibt", erklärte Hakim dem Schweden. „Eure Studienrichtungen dürften sich in einigen Punkten berührt haben."

Ali schmunzelte. „Eine aufschlussreiche Unterhaltung. Macht mal weiter. Wer weiß, was hier noch für Geheimnisse zutage kommen?"

Als sich die allgemeine Heiterkeit etwas gelegt hatte, rückte Björn mit der Sprache heraus, dass er einen Tag früher abfliegen, weil er Bassima nach Prag begleiten wolle. Seine Freunde nahmen es ihm nicht übel.

„Unter diesen Umständen sehen wir dich bestimmt schneller in Ägypten wieder, als du heute denken kannst", witzelte Yussuf.

„Dann komme ich morgen mit Björn eine Stunde eher, damit ihr euch in Ruhe verabschieden könnt", schlug Ali vor, der wieder die ehrenvolle Aufgabe des Transfers zum Flughafen übernehmen wollte.

Für den heutigen Abend löste sich die fröhliche Runde auf. Es war ein langer erlebnisreicher Tag gewesen. Celine räumte noch das Geschirr in den Spüler, wischte die Küchengeräte sauber, sah nach Bastet, dann eilte sie ins Bad. Der Duft von Hakims Duschgel hing noch in der Luft. Celines Herz begann heftig zu klopfen, als sie an das dachte, was in wenigen Minuten folgen werde. Frisch frottiert, nur mit einem flauschigen Bademantel bekleidet, huschte sie ins Schlafzimmer. Heute brannten nur zwei Öllämpchen, verbreiteten aber eine heimelige Atmosphäre. Hakim lag schon im Bett. Er schaute Celine sehnsüchtig entgegen. Sie trat nahe heran, dann ließ sie den Mantel langsam von den Schultern gleiten, schlüpfte zu Hakim unter die Decke, der sofort jeden Quadratzentimeter ihrer warmen zarten Haut in Besitz nahm.

Drei Türen weiter summte plötzlich der Vibrationsalarm von Bassimas neuem Handy. Mit einem Satz sprang sie aus dem Bett, verfing sich in der Decke, wobei sie sich heftig an der Bettkante stieß. Der Schmerz trieb ihr ein paar Tränen in die Augen. Sie fischte das Gerät aus der Tasche. „Hallo."

„Ich bin's, Björn. Ich wollte dir nur noch einmal eine gut Nacht wünschen. Oder habe ich dich etwa geweckt?"

Bassimas Herz machte einen großen Sprung. Sie schaltete auf Bild. Ehe sie etwas sagen konnte fragte er beunruhigt: „Du hast geweint? Doch nicht etwa meinetwegen?"

Bassima nahm das Gerät mit ins Bett, kuschelte sich in die Kissen. „Genau genommen schon deinetwegen." Mit wenigen Worten erzählte sie von ihrem kleinen Missgeschick. „Nun ist es eine dicke Beule geworden."

„Oh je, dann muss ich wohl morgen Salbennothilfe leisten", seufzte Björn geknickt.

„Ich glaube nicht, dass die Stelle geeignet ist, es dich tun zu lassen", schmunzelte Bassima. „Das könnte zu innerfamiliären diplomatischen Verwicklungen führen."

Björn schaute erschreckt auf.

„Oder du solltest wenigstens bis nach der Landung in Tschechien warten", schränkte Bassima ein. Plötzlich wurde ihr bewusst, was sie soeben gesagt hatte und wurde so rot, dass es nicht einmal ihre braune Haut verbergen konnte, womit sie Björns Fantasie entfachte, der keine Ahnung hatte, welche Stelle denn nun wirklich betroffen war. Er vermutete eine Region zwischen Knie und Hüftknochen, was in der Tat zu ungeahntem Ärger führen konnte, würde er dort Hand anlegen.

„Dann fühle dich wenigstens gestreichelt." Björn blinzelte ihr zu.

Bassima lachte. „Tu ich und schon geht es mir besser." Sie unterdrückte ein Gähnen.

„Schlaf schön", wünschte Björn, der es trotzdem bemerkt hatte. „Ich werde sicher die ganze Nacht von dir träumen."

Bassima hauchte einen Kuss in die kleine Kamera. „Gute Nacht. Bis morgen. Ich freue mich auf dich." Sie drückte zeitgleich mit ihm die Auflegen-Taste.

Drei Straßenzüge entfernt kuschelten Fatima und Yussuf genau so exzessiv wie Celine und Hakim. Nur mit dem kleinen Unterschied, dass sich Celine in Hakims Armen einfach treiben ließ, wobei sie ihn eher unbewusst an jene Stellen dirigierte, die beiden den höchsten Genuss versprachen. Seine streichelnden Hände stießen nirgendwo auf Widerstand, genau so wenig wie seine heißen Küsse, die wohl keine Stelle ihres Körpers ausließen. So war es auch nicht verwunderlich, wie beide immer wieder gemeinsam von einem Höhepunkt zum nächsten gelangten.

Yussuf griff zu einem kleinen Trick, um Fatima ein wenig die Freude an der Lust zu lehren. Er verteilte Teelichter rund um den Rand der Badewanne, entzündete ein Räucherstäbchen, versetzte das Wasser mit wohlriechenden anregenden Ölen, ehe er sie zum gemeinsamen Bad kurzerhand direkt bis in die Wanne trug. Schnell trug Yussufs Plan die erhofften Früchte.

Fatima entspannte sich zusehends und irgendwann konnte sie es kaum noch erwarten, aufs Trockene zu kommen, wo Yussuf noch tausend Berührungen mehr kannte, die ihrer beider Lust zum Kochen brachten.

Zufrieden registrierte er den völlig gelösten Gesichtsausdruck seiner jungen Frau, als sie schließlich erschöpft unter ihm einschlief.

Der Einzige, der eine unruhige Nacht hatte, war Björn. Zum ersten Mal überkam ihn das Verlangen, diesen schlanken Frauenkörper, welchen er im Arm gehalten hatte, auf der nackten Haut spüren zu wollen. Dann wieder peinigte ihn die Angst, sie könne ein Problem mit dem Altersunterschied von fast zehn Jahren haben. Andererseits tröstete er sich wieder damit, dass man hier die Mädchen ohne Zögern Männern zur Frau gab, die durchaus deren Väter oder gar Großväter sein könnten.

Am Ende plagten ihn heftigste Alpträume. Immer wieder schreckte er auf. Die Berichte über Malik, Ben Abu und das, was Celine widerfahren war, vermischte sich zu einem Strudel, in dem ständig das Gesicht Bassimas auftauchte. Als ihn der Weckton des Handys schließlich in die Realität zurück holte, wusste er nicht einmal mehr, was er geträumt hatte, nur dass es furchtbar gewesen war. Er sehnte sich nach Bassima, nach ihren großen schwarzen Augen, dem schlanken anschmiegsamen Körper und nach ihren vollen weichen Lippen. Björn fühlte sich, als sei er unter einen Dampfhammer geraten. Beim Frühstück mit den al Kassims war er schweigsam und unkonzentriert. Ali schaute ihn mehrmals beunruhigt an.

Schließlich war es Jasina, die merkte, was dahinter steckte. „Du solltest Björn mit ins Geschäft nehmen. Vielleicht findet er ja eine passende kleine Liebesgabe für seine Angebetete."

„Ach, daher weht der Wind." Ali schlug sich an die Stirn.

Björn zog ein leidendes Gesicht. „Ich fürchte, Ihre Frau hat den Finger mitten in der Wunde. Es ist für mich ziemlich erschreckend, dass Liebe das logische Denken so völlig ausschalten kann." Dann lächelte er. „Aber es tut gut, nicht alles nüchtern sachlich zu betrachten."

„Wie würde Yussuf jetzt sagen? Schwer erwischt", schmunzelte Ali.

Björn blinzelte. „Äh, ich glaube ja. Vor den Waffen einer Frau kann ein Mann wohl nur kapitulieren, besonders wenn sie so hübsch sind wie die Frauen hier." Er deutete eine leichte Verbeugung zu Jasina an.

Sie lachte. „Es schmeichelt wohl jeder Frau, wenn man sie nicht nur als notwendiges Wohnungsinventar betrachtet. Bei uns ist man da sicher anfälliger als anderswo." Sie warf ihrem Ali einen dankbaren Blick zu. So wie er, sorgten sich in diesen Gefilden nicht viele Männer um ihre Gattin.

Umso mehr freuten sich beide für Fatima und Celine, denen dieses seltene Glück ebenfalls zuteil geworden war. Westeuropäischen Männern eilte der Ruf voraus, ihre Frauen wirklich als Partnerinnen zu behandeln. Die Sache mit der Hautfarbe stand auf einem anderen, wenn auch nicht vordergründigen, Blatt.

Björn folgte Ali nur zu gern, zu den Schmuckauslagen. Er sucht ein unverfängliches Geschenk, welches sie wirklich annehmen, aber auch im Alltag tragen würde.

„Ich habe etwas Besonderes", fiel Ali plötzlich ein. „Etwas, das eigentlich gar nicht in unsere Region passt. Schauen Sie mal." Er zog ein Etui mit einem kleinen goldenen Schneekristall hervor. Das Kleinod war nicht ganz zwei Zentimeter im Durchmesser, äußerst filigran gearbeitet und hing an einer zierlichen kurzen Kette.

Björn nickte begeistert. „Das ist genau das Richtige. Dieses Sternchen wird auf ihrer braunen Haut wundervoll aussehen."

Schnell war er sich mit Ali über den Preis einig, der schon nicht mehr daran geglaubt hatte, dieses ungewöhnliche Motiv verkaufen zu können. Wer zu ihm kam, kaufte in der Regel ganz bewusst traditionell. Für Björn war es fast wie Gruß aus der Heimat und somit das ideale Andenken für Bassima.

Ein paar Minuten später brachen sie auch schon in Richtung Isri auf. Schließlich war heute ein normaler Arbeitstag, an dem Ali gegen Mittag sein Geschäft öffnen wollte. Vorher stand ja noch die Fahrt zum Flughafen an. Gamals hübsche Tochter stand vor dem Häuschen ihrer Eltern. Sie schaute schon sehnsüchtig nach dem Auto der al Kassims aus. Björn sah gleich zweimal hin. Bassima trug, statt des langen traditionellen Kleides, hautenge Jeans, eine karierte Bluse und Turnschuhe.

„Mein lieber Schwan!", schoss es dem Schweden durch den Kopf. Er konnte es nicht fassen, dass sich solch ein Prachtexemplar für ihn interessierte. Und schon war unterschwellig die Furcht da, sie an einen jüngeren Mann zu verlieren. *Oh Gott, ich Idiot! Auf wen oder was bin ich eifersüchtig?*, hämmerte es in seinem Hirn. *Hoffentlich merkt niemand, was in mir vorgeht!* Er begrüßte alle mit einem fröhlichen: „Guten Morgen!"

In einem unbeobachteten Moment hauchte ihm Bassima einen zärtlichen Kuss auf die Wange. Björn hätte beinahe nach ihrer knackigen Kehrseite gefasst. Im allerletzten Augenblick fielen ihm die möglichen Konsequenzen ein. Björn verstand sich selbst nicht mehr. Wie konnte er sich nur derartig gehen lassen? Verliebt sein war offensichtlich schlimmer als eine Krankheit. Er war gespannt, was das noch für Blüten treiben werde. Für den Augenblick kehrte wieder Normalität ein. Bassima war mit ihrer Mutter zu den Kamelen unterwegs, Gamal war es gelungen, Björns Interesse auf seine umfangreiche Bibliothek zu richten, die sich, versteckt hinter einem unscheinbaren Vorhang, in einer Nische befand und schon waren beide Männer in ihrem Element. Fast bedauernd stellten sie die Bücher zurück, als Ali zum Aufbruch drängte. Yussuf und Fatima wollten zum Flughafen kommen, um sich gebührend von den Abreisenden zu verabschieden.

„Pass gut auf meine Kleine auf", bat Gamal, als er Björn die Hand reichte.

„Nichts lieber als das. Ich lasse ganz sicher von mir hören. Auf Wiedersehen."

Alle Bewohner von Isri standen auf der Straße, sahen dem davon fahrenden Auto hinter und winkten. Eine halbe Stunde später waren die beiden jungen Leute allein in der Vorhalle des Airports. Noch war mindestens eine Stunde Zeit. Björn saß neben Bassima auf einer Bank, zog die kleine Schmuckschachtel aus der Hosentasche.

„Ich habe eine winzige Überraschung für dich, die ich dir noch vor dem Abflug geben möchte." Er klappte unter ihren neugierigen Blicken das Kästchen auf, nahm den Schneestern heraus, legte ihr das Kettchen um den Hals und flüsterte: „Ich liebe dich. Den dazugehörigen Kuss gebe ich dir lieber erst nach der Landung. Ich möchte dich nicht in Bedrängnis bringen."

Bassima hielt seine Hand fest. „Danke", hauchte sie mit strahlenden Augen. Sie betrachtete hingerissen das wunderschöne Schmuckstück. „Den Antwortkuss bekommst du ebenfalls mit ein paar Stunden Verspätung", fügte sie leise hinzu.

„Da sind sie ja", sagte eine Stimme hinter ihnen. „Schön, dass wir euch so schnell gefunden haben. Lust auf einen Kaffee?"

„Immer."

Yussuf holte vier Coffee-to-go. „Das ist fast wie in alten Zeiten", erklärte er den Frauen. „Björn und ich irgendwo auf einem Flughafen, jeder einen Kaffeebecher in der Hand und am Ende fliegen wir in verschiedene Richtungen davon. Ich werde Mühe haben, mich an das sesshafte Leben zu gewöhnen. Immerhin bin ich bisher fast dreihundert Tage im Jahr durch die Gegend gezogen, um irgendwelche Daten zu sammeln."

Björn lachte. „Ich hatte mein System schnell umgestellt, saß wie eine Spinne mitten im Netz und habe an langen Fäden die nötigen Informationen an Land gezogen. Was mir dabei alles entgangen ist, habe ich erst in den letzten beiden Tagen gemerkt." Er zwinkerte Bassima zu. „Ich muss wohl wieder etwas reisefreudiger werden." Und bevor sie erschrecken konnte: „In Prag soll es ja massenhaft Sehenswürdigkeiten geben."

Nun lächelte er harmlos, weil er deutlich merkte, wie gern sie sich in seine Arme geworfen hätte.

„Welchen Flug habt ihr eigentlich?" Yussuf studierte die Leuchtanzeigen.

„In fünfzig Minuten mit der deutschen Maschine", erklärte Björn. „Wir müssen also bald einchecken."

Die Männer drückten sich fest die Hände, die Frauen umarmten sich herzlich.

„Lass mal wieder von dir hören", bat Björn. „Und nicht erst, wenn du jemanden retten musst."

„Ich werde es beherzigen." Yussuf klopfte ihm auf die Schulter. „Viel Glück."

„Euch auch. Macht es gut." Björn nahm Bassimas Tasche, dann strebten sie eilig den letzten Formalitäten der Abreise zu. Die al Bakirs schauten vom Parkplatz aus der startenden Maschine hinterher.

„Der gute alte Björn verliebt – ich befürchtete schon, der sei völlig frauenresistent." Yussuf rieb sich vergnügt die Hände. „Bin neugierig, ob er sie dauerhaft für sich begeistern kann."

Fatima seufzte. „Ich wäre schon zufrieden, wenn das mir bei dir gelingen würde."

Yussuf grinste. „Ich zeig dir heute Abend, wie begeistert ich bin." Er öffnete ihr die Autotür. „Komm, besuchen wir Hakim, Celine und vor allem unseren Liebling Zahara."

Auf dem Hof der jungen al Kassims suchte sich Yussuf einen Parkplatz im Schatten einer Palme. Er hatte nicht geahnt, dass da noch drei Autos stehen würden. Eines davon war das seines Schwiegervaters. Die beiden anderen schon einmal gesehen zu haben, konnte er sich nicht erinnern.

„Na, das ist eine Überraschung!", rief Celine, als die beiden das Haus betraten. Sie führte sie in den Salon.

„Oh, stören wir?", fragte Yussuf überrascht, als er Hassan und Suleika gewahrte.

„Keinesfalls, wir sind erst einmal beim ganz gemütlichen Teil. Den Geschäften widmen wir uns später", erklärte Hakim. „Schön, dass ihr gekommen seid. Bitte setzt euch."

Celine brachte Kaffee, Tee und Gebäck. Das Gespräch hatte sich, bevor die al Bakirs kamen, um ihren Schmuck und das Brautkleid gedreht. Beides sollte im Safe der Bank deponiert werden.

„Dann müssen Sie wohl allein hin fahren", sagte Suleika soeben zu Hakim, weil keiner der Männer Zeit hatte, dies zu tun. Yussuf zu fragen, kam ihnen im Eifer der Unterhaltung gleich gar nicht in den Sinn.

Hakim lachte. „Ich kann höchstens hin reiten. Ein Auto haben wir leider noch nicht."

Suleika hob eine Augenbraue. „Ich weiß aus berufener Quelle, dass sie ein eigenes Auto haben."

„Bitte???" Hakim beugte vor. „Wer erzählt denn so was?", fragte er verärgert.

Suleika stand auf, winkte ihn ans Fenster, deutete hinaus. „Das kleine Blaue da draußen ist Ihres und ich würde, an Ihrer Stelle, jeden einen ganz gemeinen Lügner nennen, der das Gegenteil behauptet." Sie drückte ihm die Schlüssel in die Hand. „Viel Spaß damit."

Hakim stand wie vom Donner gerührt, schaute völlig irritiert zwischen Suleika Aziz, dem Auto, sowie dem Schlüssel hin und her. Frau Aziz und Jasina begannen zu kichern.

„Auf diese Gesichter haben wir uns die ganze Zeit schon gefreut. Schau dir nur die großen erschreckten Augen an! Einfach herrlich!" Suleika klopfte Hakim auf die Schulter. „Sie können ruhig einen Moment die Augen schließen. Wenn Sie sie wieder öffnen, steht das Auto immer noch dort."

Ali warf den beiden Frauen einen forschenden Blick zu. „Kleines Frauengeheimnis", schmunzelte Suleika.

Hassan nickte. „Irgendwas lag in der Luft. Jetzt kapiere ich endlich, warum du sämtliche Papiere zusammengesucht hast." Er wandte sich an Hakim. „Nun freuen Sie sich schon. Sie meint es wirklich ernst. Jetzt hat sie nämlich endlich einen triftigen Grund, sich ein neues Auto zu wünschen."

„Ich … ich … ich weiß gar nicht, was ich dazu sagen soll. Mir fehlen einfach die richtigen Worte, um meine Freude wirklich auszudrücken", stotterte Hakim, der mühsam überlegte, ob er nicht vielleicht doch in einem seltsamen Traum gefangen war.

Schließlich stieß er einen Jubelschrei aus, der die anderen zu Lachsalven rührte.

Suleika rieb sich die Hände. „So, meine Geschäfte sind erledigt, nun bist du dran." Sie nickte Hassan fröhlich zu.

„Gemach, gemach." Hassan nahm einen langen Schluck Kaffee. „Jetzt widme ich mich erst einmal diesem wundervollen Getränk." Behaglich lehnte er sich in seinem Sessel zurück. „Ich habe gehört, Sie hätten ein Kamelfohlen in die Mizra-Zucht verkauft?", wandte er sich an Hakim.

„So ist es. Ich möchte auch kein großes Geheimnis daraus machen. Mir lag es sehr am Herzen, die Tochter meines Nachbarn zu unserer Hochzeit einfliegen zu lassen, und bei meiner momentanen Finanzsituation hatte ich keine andere Wahl. Ich weiß aber, dass ich damit mindestens vier Menschen wirklich glücklich gemacht habe. Somit hat sich die kleine Transaktion richtig gelohnt. Es muss nicht hinter jeder Entscheidung ein finanzielles Plus stehen, um zufrieden zu sein."

„Sehen Sie, genau deshalb gehört Ihnen jetzt auch mein kleiner blauer Flitzer. Hier ist er in wirklich guten Händen. Ich weiß, dass Sie glücklich sind, was könnte ich mir mehr wünschen? Der Bonus auf ein neues Auto für mich steht auf der anderen Seite desselben Blattes." Suleika konnte Hakims Beweggründe bestens nachvollziehen.

Celine hatte für wenige Augenblick den Salon verlassen. Im Arbeitszimmer stellte sie Getränke für Hassan und Hakim bereit, dann schloss sie sich den anderen an, die die Kamelherde besuchen wollten. Ali verabschiedete sich mit Jasina. In ein paar Minuten würden die ersten Kunden vor seinem Geschäft stehen, und die wollte er keinesfalls warten lassen. Fatima freute sich auf Zahara. Die Kleine war in den letzten Tagen kräftig gewachsen, aber noch genau so verschmust wie eh und je.

Yussuf kraulte das wollige Fell. „Danke, auch wenn du es nicht verstehst, was ich sage", flüsterte er ihr ins Ohr. Vielleicht war es ja überhaupt nur deren Tränklein zu verdanken, dass Fatima den Alptraum Ben Abu überlebt hatte.

Suleika blieb stehen. Sie beschattete die Augen mit der Hand gegen die glühende Sonne. „Dort schleicht ein Tier zwischen den Kamelen herum. Die scheint das aber gar nicht zu stören."

„Wie sah es denn aus?"

„Schwarz und klein."

Celine versuchte, etwas zu erkennen. „Das kann nur unser Kätzchen, auf der Jagd nach einem neuen Abenteuer, gewesen sein."

„Haben Sie keine Angst, dass sie zertrampelt wird?"

„Katzen haben ihren eigenen Kopf", erklärte Celine. „Wie man sieht, geschieht das in gegenseitigem Einvernehmen. Ich habe nur Angst wenn große Greifvögel in der Nähe sind. Vielleicht hält sie sich deshalb in der Herde auf, weil sie hier keine Luftangriffe zu befürchten hat. Mit den ausgefallenen alten Wollfetzen der Kamele kann man ja auch so herrlich spielen."

„Was machen Sie überhaupt mit der vielen Wolle?", fragte Suleika weiter.

Celine zuckte mit den Schultern. „Darüber müssen wir mit Gamal, unserem Nachbarn, sprechen. Vielleicht gab es bisher Wege, die wir ungern unterbrechen würden."

„Ich möchte gern spinnen lernen", seufzte Fatima. Dann kann man so schöne warme Schals stricken. Björn hat erzählt, die wären in seiner kalten Heimat der Renner."

„Warum nicht?" Yussuf und Celine reagierten gleichzeitig. Sie waren froh, wenn Fatima überhaupt ein Ziel fand, das zu erreichen, ihr Spaß machen würde.

„Zubehör finden Sie bei uns", warf Suleika ein. „Handspindeln, Spinnräder, Haspeln, Bürsten, Karden und Kämme, Strikutensilien …"

„Oh je, ich weiß ja noch gar nicht, was ich alles brauche", murmelte Fatima. „Das war ja nur so eine Idee."

Suleika lachte. „Keine Panik – unser Einkaufszentrum läuft nicht weg."

„Unsere Nachbarinnen können dir sicher ein paar gute Tipps geben", tröstete Celine. „Sie weben aus Ziegenwolle wundervolle Taschen. Bestimmt können sie dir zeigen, wie man richtig spinnt oder wenigstens, was du alles bei der Wollbearbeitung beachten musst."

Yussuf streichelte ihre Hand. „Na siehst du, schon lächelst du wieder. Wenn du möchtest, kaufen wir noch heute alles, was du brauchst." Er dreht sich zu Celine um. „Was machst du in den nächsten Tagen?"

„Zuerst einmal lernen, dann mich um Haus und Hof kümmern, mit Fatima die nähere Umgebung erkunden und abends vielleicht auch Handarbeiten. Ich habe nie wirklich Zeit für mich gehabt. Erst als du Hakim nach Hause brachtest, konnte ich ab und zu ein wenig davon träumen, was ich gern einmal machen würde." Sie lachte. „Ich habe so viele winzigkleine Wünsche, die ich mir nach und nach erfüllen werde. Einer meiner Träume ist gestern wahr geworden - die große Pyramide zu besuchen."

Fatima schaute in die Ferne. „Früher habe ich Hakim immer geneckt, weil er solch verrückte Ideen hatte. Heute weiß ich, dass er das alles erreichen wird, wovon er als kleiner Junge schon begeistert war.

Eines Tages wird er sicher auch tauchen gehen oder vielleicht sogar einen Pilotenschein machen. Bei ihm ist nichts unmöglich."

„Wärest du böse, wenn ich seine ungewöhnlichen Hobbys teilte?", wollte Yussuf wissen.

„Bestimmt nicht. Dann passt ihr wenigstens gegenseitig auf euch auf", entgegnete Fatima. „Ich könnte es nicht ertragen, wenn einem von euch etwas zustieße. Celine denkt sicher genau so darüber."

Vom Haus her näherten sich Hakim und Hassan. Beide wirkten überaus zufrieden, was auf einen guten Geschäftsabschluss deuten ließ.

„Wenn Sie irgendetwas brauchen, melden Sie bei mir im Büro", bat Hassan die vier jungen Leute. „Sie wissen doch, nichts ist unmöglich."

„Wir werden möglicherweise noch heute auftauchen", gab Yussuf Bescheid. „Meine Frau wünscht sich komplettes Spinnzubehör."

„Kein Problem. Ich werde meine Mitarbeiter entsprechend instruieren, dass sie eine umfassende Beratung bekommt. Bis dann also." Das Ehepaar Aziz verabschiedete sich für den Moment.

Björn verließ gemeinsam mit Bassima das Flughafengebäude in Prag. Er stellte beide Reisetaschen ab, zog die junge Frau an seine Brust. Ihre weichen Lippen warteten schon auf den versprochenen Kuss. Diesmal umfasste er genussvoll ihren festen Po mit beiden Händen und presste den schlanken Körper an sich. Ihr anfängliches leichtes Zögern wich im Bruchteil eines Wimpernschlages einer leidenschaftlichen Erwiderung.

„Hallo Bassima", sagte eine rauchige Stimme.

Erschreckt ließen die zwei voneinander ab.

„Hallo Violetta", gab die junge Ägypterin zurück. „Darf ich vorstellen: Professor Doktor Hallberg – Violetta, meine Zimmernachbarin in der WG."

„War das der Grund für deine plötzliche Reise?" Violetta, grell geschminkt, mit einem ultra kurzen Rock und Highheels bekleidet, musterte Björn neugierig.

„Ja natürlich. Wir sind auch erst seit wenigen Minuten zurück." Bassima machte Björn unmerklich mit dem Augenlid ein Zeichen, worauf er die Taschen aufnahm und sich nach einem Taxi umsah. Violetta schaute ihnen erstaunt hinterher.

„Musste das sein?", fragte Björn unangenehm berührt.

„Tut mir leid. Es ging wirklich nicht anders." Bassima erwiderte seinen Blick. „Sie verkauft sich für Geld an Männer, um ihr Studium zu finanzieren. Das ist ihr Problem. Ich finde es nur entwürdigend, wie sie dabei ständig giftet, dass der ‚Dreckjob im Bistro' gerade das Richtige für mich und meine dunkelhäutigen Freundinnen sei, wir sowieso für nichts anderes gut wären und das Geld für unser Studium glatt ein Witz sei."

„Ach daher weht der Wind. Unter diesen Umständen verzeihe ich dir gern." Björn küsste sie noch einmal zärtlich, wohl wissend, dass die Fremde sie genauestens dabei beobachten würde.

„Wann musst du weiter?" Bassima schaute auf die Uhr.

Björn lächelte unsicher. „Am liebsten bliebe ich noch bis morgen hier. Ich bin ja einen ganzen Tag früher abgeflogen als geplant."

„Oh ja, bitte!" Bassima strahlte über das ganze Gesicht.

„Okay, vielleicht hat das Hotel da drüben noch ein Zimmer frei." Björn wollte los gehen. Erstaunt registrierte er, wie Bassima stehen blieb und zu Boden sah. „Kannst du nicht bei mir schlafen?" Sie traute sich nicht den Blick zu heben.

Björn hob mit dem Zeigefinger ihr Kinn an, bis er ihr in die Augen sehen konnte, die flehend und etwas verschüchtert blickten.

„Willst du das wirklich?"

Bassima nickte stumm, aber heftig.

„Und die innerfamiliären diplomatischen Verwicklungen?" Björn berührte mit seiner Nasenspitze die ihre.

„Muss es denn jemand erfahren? Ich will doch auch nicht, dass du mich ..." Sie brach den Satz ab. „Ich will doch nur die Nacht mit dir verbringen", murmelte sie verstört.

Björn streichelte ihr Haar. „Fahren wir also zu dir."

„Wirklich?"

„Schon unterwegs." Er winkte das nächste Taxi heran, stellte die Taschen in den Kofferraum. Bassima nannte die Adresse. Vor einem Haus mit uralter Fassade hielten sie. Björn zahlte.

„Ich teile mir eine Wohnung mit drei anderen", erklärte Bassima, als sie die Treppen zum zweiten Stock hoch stiegen. Sie schloss die Wohnungstür auf. Im Flur kam ihnen eines der Mädchen entgegen. „Hi, Bassima, heute mit Begleitung?"

„Grüß dich. Das ist Björn und sie ist Farah", machte Bassima die beiden miteinander bekannt. „Er bleibt heute Nacht bei mir." Sie öffnete ihre Zimmertür, um ihm den Vortritt zu lassen. Den erstaunten Blick ihrer Freundin bemerkte sie schon gar nicht mehr.

„Schön hast du es hier", stellte Björn angenehm überrascht fest. Das Zimmer war groß, hell, freundlich und geschmackvoll, wenn auch einfach, eingerichtet. In einem Regal entdeckte er einige seiner Bücher in englischer Sprache. Sie nahm eines davon aus dem Fach. „Ich hatte es anfänglich für eine zufällige, wenn auch völlig verblüffende, Ähnlichkeit gehalten." Sie drehte die Rückseite des Einbandes nach oben, auf der ein kleines Konterfei von ihm, als Autor, abgedruckt war. „Nun bin ich sehr glücklich, dass es Identität ist", schmunzelte sie.

Er zog sie auf seinen Schoß. „Auf solche Augenblicke habe ich mich riesig gefreut", gab er unumwunden zu. „Ich sehne mich seit zwei Tagen danach, deinen Körper zu spüren."

„Und ich, dir einiges von dem zu geben, was du dir wünschst." Sie schmiegte sich katzenhaft an, auf ihn und darauf vertrauend, dass er sich nicht mehr nehmen werde, als sie zu geben bereit wäre.

„Was macht eigentlich deine Verletzung?", fragte er unvermittelt.

„Ich habe einen großen Bluterguss, immer noch eine Beule, mit den dazugehörigen Schmerzen. Vielleicht musst du heute Abend doch noch ein wenig Salbennothilfe leisten." Sie legte seine Hand auf die Innenfläche ihres linken Oberschenkels. Sogar durch den dicken Stoff ihrer Hose konnte er die Hitze einer Entzündung spüren.

„Bist du sicher, dass du solange warten willst?" Björn war beunruhigt. Er steckte Bassima mit seiner Sorge an.

„Ich weiß nicht", entgegnete sie.

„Komm, ich bringe dich zu einem Arzt."

„Nein, bitte nicht. Dann möchte ich lieber dich nachschauen lassen." Sie öffnete ihren Hosenbund, ließ die Jeans nun doch etwas verschämt zu Boden gleiten.

„Ach du lieber Gott! Das sieht ja schlimm aus!" Björn erschrak zutiefst. „Bloß gut, dass ich noch ein Restchen von Celines Wundermittel habe." Er zog das Näpfchen aus der Reisetasche. Ganz vorsichtig trug er das heftig brennende Gemisch auf Bassimas entzündete Haut auf. „Bist du sicher, dass du das Zusammenleben mit einem Mann versuchen möchtest, der dich ständig vor Schmerzen zum Weinen bringt."

„Es kann ja nur besser werden", presste sie zwischen den zusammengebissenen Zähnen hervor, dann setzte endlich die betäubende Wirkung der anderen Komponenten der Salbe ein. Bevor sie die Jeans wieder anzog erhaschte Björn doch noch einen Blick auf das, was das leicht durchscheinende Höschen mehr erahnen als sehen ließ.

Er freute sich nun noch mehr auf die Nacht mit ihr, auch wenn die Verlockung unter dem Stoff vorerst Tabuzone bleiben musste.

„Warst du schon einmal in dieser Stadt?", brachte Bassima etwas Ruhe in Björns Innenleben.

„Noch nie."

„Komm, lass uns ein Stück spazieren gehen. Hier gibt es sagenumwobene Ecken, die dir sicher gefallen werden."

„Und dein Bein?"

„Ist ja noch dran und funktioniert sogar noch."

„Einen Moment, ich zieh mir lieber etwas an, das neben dir nicht so spießig aussieht." Er packte ebenfalls Jeans und kariertes Hemd aus. Bassima sah ihm ziemlich interessiert beim Umziehen zu. Mit so einem ausgeprägten Sixpack, wie sie hier zu Gesicht bekam, hatte sie jedenfalls nicht gerechnet. Auch wenn Björn bisher ausnahmslos seine Arbeit in den Vordergrund stellte, so hatte er zumindest das leibliche Wohl nicht nur auf die Mahlzeiten beschränkt. Ihren ungläubigen Blick beantwortete er mit einem verlegenen Lächeln. „Das ist das Ergebnis purer männlicher Eitelkeit."

„Ich kann dir versichern, dass es sich sehen lassen kann." Bassima strich ihm mit den Fingerspitzen über den Bauch. Sie war gespannt, was noch für Überraschungen hinter der beinahe biederen Fassade Björns lauerten.

Als sie schließlich das Haus verließen, legte er ihr den Arm um die Schulter, sie ihm den ihren um die Hüfte, wobei sie ihren Daumen, der Bequemlichkeit halber, in seiner Gürtelschlaufe einhakte, wohl wissen, dass man sie aus allen Fenstern beobachten werde. Bassima führte Björn durch die verwinkelten Gassen der Altstadt, bis hinunter an die Moldau. Auf einer Bank rasteten sie.

„Mit dem Nil kann sie zwar nicht mithalten, aber ich sitze gern hier am Wasser", erzählte Bassima. „An manchen Tagen sieht der Fluss fast bleigrau aus, tost und schäumt. Am liebsten ist er mir aber so", sie deutete zum Wasser, welches blaugrün schillerte und wo jeder winzige Wellenkamm eine goldene Krone vom Sonnenlicht trug.

„Und dann hast du Sehnsucht nach zu Hause." Björn streichelte ihre Hand.

„Manchmal schon. Besonders wenn ich wieder mal als ‚Ausländerpack', oder ‚Nigger' beschimpft worden bin." Bassima legte ihren Kopf an seine Schulter.

Er hielt sie einfach stumm im Arm, wie hätte er sie auch trösten anders sollen? Tags zuvor hatten sie das Thema ausgiebig diskutiert. Es ließ sich nicht schön reden. Wichtig war, dass sie beide zu ihrer Entscheidung standen und ihre Familien und Freunde dies akzeptierten.

Dann huschte plötzlich ein Lächeln über Björns Gesicht. „Mich haben Yussuf und seine ägyptischen Freunde während des Studiums immer ‚Das Weißbrot' genannt. Ich habe mich am Anfang tierisch darüber geärgert. Ein paar Wochen später wurden wir dann die allerbesten Freunde, die wir bis heute geblieben sind." Er hielt seinen Arm neben Bassimas, um den Farbunterschied deutlich zu machen. „Yussuf ist ja noch ein paar Nuancen dunkler. Wir gaben sicher ein lustiges Duo ab. Schwarzbrot und Weißbrot. Ich habe mit meiner extrem hellen Haut auch bei ‚Weißen' mit Vorurteilen aller Art zu kämpfen. Vielleicht habe ich mich auch deshalb mit aller Verbissenheit nur auf meine Studien gestürzt."

Bassima schaute ihn nachdenklich an. Er hatte durchaus Recht. Mitunter genügte es hier schon, nur einen winzigen Tick anders zu sein, um von den Mitmenschen nicht akzeptiert zu werden. Sie nahm sein Gesicht in beide Hände. „Ich liebe dich, so wie du bist. Wie groß der Farbunterschied zwischen weiß und weiß ist interessiert mich nicht, besonders weil es meiner Familie genau so egal ist und ich sicher bin, dass es dir mit braun genau so geht."

Björn erwiderte ihren zärtlichen Kuss. „Für meine Familie kann ich mich nicht verbürgen, für meine Person und meine Freunde auf jeden Fall."

Langsam schlenderten sie am Ufer weiter. Langsam meldete sich der Hunger. „Kann man hier irgendwo gemütlich zu Abend essen, auch wenn man in Jeans kommt?"

Bassima nickte. „Ja natürlich, hier gibt es viele kleine Restaurants."

Das Passende war schnell gefunden. Beide aßen typisch tschechisch, bestellten am Ende noch ein Eis mit Früchten, bevor sie langsam zu Bassimas WG zurück kehrten. Ihr war es sichtlich unangenehm, sich den ganzen Tag von ihm aushalten zu lassen.

Björn lachte. „Wenn ich jemanden einlade, dann zahle ich logischerweise auch. Rufe ich ein Taxi, wenn es der Bus auch getan hätte, ebenso und selbst dieses Ticket hätte ich bezahlt. Außerdem fehlen dir ja schon drei volle Tage von deinem Minijob", fügte er mit einem Augenzwinkern hinzu. Vor einem blühenden Strauch, blieb er plötzlich stehen. „So, nun machen wir ein schönes gemeinsames Foto, das wir in deine Heimat schicken." Er zückte das Handy. Nach dem vierten Versuch waren beide strahlende Gesichter auf dem Bild, umrahmt von großen roten Blüten. „Perfekt." Björn gab die Email-Adressen von Hakim und Yussuf ein, wobei er für Ersteren ein paar Zeilen mehr hinzu fügte, in denen er bat, Gamal Grüße auszurichten und sie seien gut in Prag gelandet. Das gleiche Bild schickte er der überglücklichen Bassima auf das Handy.

Vom Gehweg aus war zu sehen, dass in der Wohnung der vier jungen Frauen noch Licht brannte. Sie würden also mit ihrem späten Erscheinen niemanden stören. Bassima meldete sich bei den anderen zurück. Björn wartete in ihrem Zimmer.

„Ich habe für die nächste halbe Stunde die Sanitärzelle gebucht", erklärte sie sofort. „Es wird also niemand in Ohnmacht fallen, wenn du im Bademantel über den Flur gehst."

„Da bin ich aber beruhigt", schmunzelte Björn, der sich sofort auf den gewiesenen Weg machte. Eine viertel Stunde später nahm Bassima das Gemeinschaftsbad in Beschlag. Der Duft von Aftershave lag noch in der Luft. Sie duschte ausgiebig, massierte etwas Pfirsichlotion in die leicht feuchte Haut. Zuletzt löste sie den Haargummi und bürstete ihre wellige rabenschwarze Mähne kräftig auf. Dann eilte sie mit heftigem Herzklopfen in ihr Zimmer, welches sie sofort abschloss. Björn stand vor dem Bücherregal. Als sie erschien stellte er das Buch, welches er in der Hand hielt, zurück, um ihr beide Arme entgegenzustrecken. Er hatte in den letzten Minuten noch einmal rekapituliert, was er eigentlich über sie wusste.

Da gab es einen Punkt, der ihn etwas beruhigte. Gamal hatte durchblicken lassen, dass er und seine Familie keine Muslime waren. Sonst hätte sich Bassima wohl auch kaum so offen für ihn interessiert. Allerdings wusste er nicht, welcher Glaubensrichtung sie angehörte, fragte aber auch nicht danach. Bassima war sicher alt genug, um zu wissen, was sie tun durfte. Jetzt wischte er alle Zweifel beiseite, küsste sie so leidenschaftlich, dass sie weiche Knie bekam. Fest und sicher hielt er sie in den Armen, öffnete mit einer Hand den locker gebundenen Gürtel ihres Bademantels, dann den seinen, um die Wärme ihres Körpers auf der Haut zu spüren. Der kurze Blick auf ihr Panty-Höschen aus fast blutroter Spitze, welches deutlich sagte, bis hierhin und nicht weiter, beruhigte ihn tief im Innersten. Genauso so signalisierten seine eng anliegenden Boxershorts, wie viel ihm daran gelegen war, das Tabu zu respektieren. Er streifte seinen Bademantel ab, trug sie zum Bett, wo seine heißen Hände genussvoll-zärtlich ihren Körper erkundeten.

Auf der Isri-Farm verlief der Tag etwas weniger aufregend. Kaum waren die Aziz' vom Hof gefahren kamen die drei Beduinen herüber.

„Wie gerufen", freute sich Celine. „Ich würde gern etwas darüber erfahren, wie die Sache mit der Kamelwolle bisher verlaufen ist. Außerdem brauchen wir Frauen ein paar Tipps zum Verarbeiten derselben."

„Fangen wir hinten an", schlug Gamal vor. „Kamelwolle eignet sich nur bedingt, das ist etwas zum Verweben für wasserdichte Mäntel oder Zeltbahnen. Wollt ihr anschmiegsame, weiche und wärmende Stoffe, dann solltet ihr euch lieber an die vielen Ziegen halten. Unsere Frauen zeigen euch gern, wie man die Tier schert und die Wolle behandelt."

„Oh, danke", Fatima nickte freudig, weil ihr Gamals Argumente einleuchteten.

Der fuhr fort: „Die Wolle der Kamele hat Yassir immer zu den Zelten gegeben, was nicht heißen soll, dass ihr das genau so halten müsst."

„Es wäre aber eine brauchbare Option, solange niemandem andere Ideen kommen. Ich werde es also vorerst genau so tun", versicherte Hakim. „Die paar Kilo, die unsere Frauen vielleicht einmal verspinnen, fallen da wohl kaum ins Gewicht. Wir sollten uns aber gleich über einige Dinge unterhalten, die ich in den nächsten Wochen zu tun gedenke." Er nickte Celine zu, die sich sofort zum Haus begab. Fatima schaute zuerst erstaunt, dann begriff sie: Die Männer würden nicht ohne den obligatorischen Kaffee miteinander verhandeln. Sie eilte Celine hinterher, um zu helfen und von ihr zu lernen. Etwas später lag der bunte Teppich im Schatten der Palmen, die fünf Männer saßen mit untergeschlagenen Beinen gemütlich beisammen, schlürften heißen, starken Kaffee und Hakim erläuterte seine Pläne.

Fatima lernte soeben ihre zweite Lektion: Bei den Männerrunden der Beduinen hatten Frauen nichts zu suchen.

„Das heißt aber nicht, dass sie dich nicht respektieren", erklärte Celine. „Es ist ganz einfach so Tradition. Was für die Frau wichtig ist, erfährt sie früh genug." Sie wusch noch schnell Bastets Näpfe aus, bevor sie den einen wieder mit frischem Wasser füllte.

Fatima seufzte. „Warum muss das Leben nur so kompliziert sein?"
„Damit wir daran wachsen?", antwortete Celine im Tonfall einer Frage. Nebenbei räumte sie den Geschirrspüler aus, sah sich noch einmal kurz in der Küche um. „Komm, nun gehen wir beide auf einen Plausch zu den Nachbarn." Sie zog Fatima einfach an der Hand hinter sich her. „Stopp!" Ein kurzer Griff ins Regal. „So, jetzt können wir." Gemeinsam liefen sie den breiten Weg zu den Hütten hinunter. Die drei Frauen standen zusammen, schauten ihnen neugierig entgegen.

Die Ankömmlinge wünschten fröhlich: „Guten Tag". Mit den Worten: „Bassima hat mir erzählt, wie gern du Honig isst", drückte Celine deren Mutter das mitgebrachte Glas in die Hand.

„Oh danke, danke, danke." Amina freute sich wirklich riesig. Schnell trug sie das Geschenk ins Haus. „Ob die beiden wohl gut angekommen sind?", fragte sie zaghaft, als sie wieder heraus kam.

„Im Moment werden sie noch in der Luft sein", erwiderte Celine nach einem Blick auf die Uhr. „Aber, wie ich Björn kenne, schickt er noch heute eine Nachricht. Er ist verlässlich wie ein Fels in der Brandung."

„Das beruhigt mich. Bassima scheint ihn wirklich zu mögen."

Celine nickte. „Er ist keine schlechte Wahl, ein stiller Typ, der immer zu seinem Wort steht."

„Gamal hat Ähnliches gesagt, obwohl er ihn erst seit drei Tagen kennt", murmelte Amina nachdenklich. „Was macht ihn so sicher?"

Celine lachte herzlich. „Er hat Björns Bücher gelesen und ihn auf dem Ritt nach Gizeh erlebt. Du musst dir um Bassima wirklich keine Sorgen machen, wenn sie mit ihm leben möchte."

„Man macht sich halt Gedanken um sein Kind", erklärte Amina. „Besonders dann, wenn der Auserwählte aus einem völlig anderen Kulturkreis kommt. Aber ihr seid sicher nicht hier, um mit mir über Bassima zu reden."

„Wir wollten euch bitten, uns etwas über Wolle und das Spinnen beizubringen."

Amina tauschte einen kurzen Blick mit den anderen Frauen. „Dann solltet ihr am Mittwoch um die gleiche Zeit kommen. Dann können wir euch das Scheren zeigen und wie es mit dem Vlies weitergeht. Was ihr dafür braucht, könnt ihr euch jetzt gleich ansehen." Sie führte die jungen Frauen ins Haus. „Ich selber kann es leider nur mit der Handspindel", schränkte Amina ein, aber das dürfte ja auf die Bearbeitung der Wolle keinen Einfluss haben. Sie gab Fatima die Werkzeuge in die Hand, erklärte, was man damit machte und gab auch Auskunft darüber, was alles besser gemacht werden könnte, wenn man geeignetere Werkzeuge hätte. Dabei rieb sie Daumen und Zeigefinger aneinander. Zwischen den fünf Frauen entwickelte sich eine angeregte und vor allem fröhliche Unterhaltung. Celine beantwortete ohne Zögern die Fragen zu ihrer Person.

„Dann bist du ja nur ein Jahr älter als meine Bassima", stellte Amina erfreut fest. „Kein Wunder, dass ihr euch auf Anhieb so gut verstanden habt und dann weiß ich auch, warum du dich so gut in ihre Lage versetzen kannst. Es hat ihr bei euch sehr, sehr gut gefallen."

Celine freute sich über so viel Lob. „Für Bassima ist immer ein Plätzchen bei uns frei", versicherte sie.

„Das höre ich gern", sagte Gamal plötzlich hinter ihr, der soeben hereinkam. „Weißt du eigentlich, dass mit den Übernachtungen bei euch einer ihrer ganz geheimen Kindheitsträume in Erfüllung gegangen ist? Sie hat als ganz kleines Mädchen immer versucht, wenigstens einen Blick in die säulengeschmückte Vorhalle des Palastes von Yassir zu werfen. Dass sie nun sogar zwei Nächte darin schlafen durfte, war das schönste Erlebnis für sie." Er sah Celines spitzbübischen Blick, zog eine lustige Grimasse: „Ja, ja, schon verstanden – das Zusammentreffen mit Björn nimmt sicher den selben Stellenwert ein." Dann seufzte er: „Hoffentlich jagt sie keinem Luftschloss hinterher."

„Das wird die Zeit zeigen. Ich denke, Björn hat das ganz realistisch gesehen, was wirklich wird, kristallisiert sich erst nach ihrem Studium hervor", erklärte Celine.

„Und dein Studium?", fragte Gamal.

Sie wiegte den Kopf. „Jetzt muss ich erst meine Hochschulreife schaffen und dann ein Fernstudium beginnen. Einer muss sich ja um Haus und Hof kümmern, wenn Hakim vielleicht direkt an eine Uni geht. Es kostet ja alles sehr viel Geld."

„Wenn du bei irgendetwas Hilfe brauchst, dann sag es mir."

„Werde ich nicht vergessen, danke." Celine und Fatima verabschiedeten sich. Ihre Männer warteten sicher schon. Das taten sie auch, aber ganz gemütlich im Schatten der Palmen, sollten die Frauen ruhig ihren Spaß haben. Ab dem nächsten Tag würde sie der Alltag in die Zange nehmen und ihnen viel abverlangen.

„Wasser?", rief Celine von weitem.

„Gern", antwortete Hakim.

Einen Moment später kam seine junge Frau mit einem Korb, stellte vier Gläser und Wasserflaschen auf den Teppich, dann ließ sie sich mit Fatima ebenfalls dort nieder.

„Ich habe heute mit Hassan abgesprochen, dass wir am Samstag unsere erste bezahlte Pyramiden-Safari veranstalten. Als Testlauf sozusagen", begann Hakim zu erzählen. „Er bietet die Tour zehn ausgewählten Kunden an und gibt mir telefonisch Bescheid, ob Interesse besteht. Gamal und Tamer übernehmen wieder die Begleitung, Aakash die Wache hier beim Haus. Du sollst mit Yussuf für den geschichtlichen und wissenschaftlichen Teil sorgen."

Fatima erschrak. „Keine Panik", Hakim legte ihr die Hand auf den Arm, „..dich bringt Yussuf zu Mutter und Vater. Ihr habt euch sicher viel zu erzählen." Das freudige Nicken seiner Schwester nahm Hakim erleichtert zur Kenntnis. „Wenn du natürlich lieber mit reiten möchtest, brauchst du es nur zu sagen."

„Ich überlege es mir noch."

„Das ist dein gutes Recht. Schließlich ist es ein Tag am Wochenende und den sollst du angenehm verbringen." Damit hielt Hakim den geschäftlichen Teil für abgeschlossen. „Ich fahre dann gleich zur Bank", informierte er Celine noch.

„Vor oder nach dem Essen?", fragte sie lächelnd.

„Nachher – ich lasse mir doch deine Kochkünste nicht entgehen." Er rieb sich genüsslich die Hände.

Yussuf erhob sich. „Wir beide werden bei Hassan ein Häppchen zu uns nehmen. Fatima hat sicher einen Großeinkauf vor", blinzelte er Celine lustig zu.

„Dann viel Spaß."

Hakim legte auf dem Weg zum Haus Celine einen Arm um die Taille. „Wenn ich es mir recht überlege, dann könnte ich das Essen glatt noch ein Stündchen verschieben." Sein Blick erklärte deutlich warum.

„Und was hält dich vom Verschieben ab?", fragte sie mit einem Augenaufschlag, der ihm sowieso keine andere Wahl ließ.

Hakim schloss die Haustür ab, denn dieses Stündchen, wie er es nannte, gedachte er äußerst intensiv, vor allem aber ohne Störungen, zu nutzen. Besonders wenn er daran dachte, dass sie heute zum ersten Mal als Ehepaar wirklich völlig allein im Haus waren. So verwunderte es auch nicht weiter, wie das Stündchen kontinuierlich auf beinahe einhundertzwanzig Minuten anwuchs.

„Eine interessante Art der Zeitrechnung", hauchte Celine rundum glücklich.

„Vor allem wirklich appetitanregend", ergänzte Hakim augenzwinkernd.

„Auf mehr davon oder auf Mittagessen?", wollte Celine wissen.

Hakim lachte. „Im Augenblick in umgekehrter Reihenfolge. Heute Abend sieht das sicher wieder anders aus."

„Oh, dann sollte ich mich jetzt aber sputen. Es wäre fatal, wenn du mir inzwischen verhungerst." Celine sprang aus dem Bett. Hakim schaute ihr interessiert zu. Wie sie es schaffte, beim Ankleiden genau so aufreizend zu wirken, wie beim Ausziehen, blieb ihm schleierhaft. Er konnte sich lebhaft vorstellen, dass das nicht vielen Frauen gegeben war. Fast hätte er seinen Hunger wieder vergessen. Der Duft, der kurz darauf durch das Haus zog, trieb ihn in den kleinen Salon, wo Celine bereits eingedeckt hatte. In der Tischmitte stand eine flache Glasschale, in der sie getrocknete Blüten von Gräsern und verschieden geformte Samenstände zu einem echten Augenschmaus arrangiert hatte. Hakim freute sich über die kleinen liebe- und vor allem fantasievollen Überraschungen. Mit wenigen Handgriffen gelang es ihr immer wieder, Wohnlichkeit an die schier unmöglichsten Stellen zu bringen.

„Du siehst glücklich und zufrieden aus", stellte Celine lächelnd fest, als sie ihm das Essen servierte.

„Ich wäre ein verdammt großer Lügner, wenn ich das Gegenteil behaupten wollte." Er strich mit dem Finger über eine der Blüten. „Es ist wunderschön", sagte er versonnen. „Ich habe mir früher nie Gedanken darüber gemacht, wie wundervoll so ein Halm sein kann. Mit deinen Augen gesehen, ist die Welt gleich noch viel bunter."

„Danke." Celine freute sich sehr über so viel Lob. Es tat ihr gut, dass auch Hakim, wie schon früher sein Vater, die kleinen Dinge sehr hoch achtete.

Als Nachtisch teilten sie sich die letzten Datteln jener Sorte, die ihr auf dem Rückweg von Gizeh so gut geschmeckt hatte. Celine hob die Kerne auf. Vielleicht konnte sie ja doch noch ihre Palmen pflanzen.

„Soll dir etwas von unterwegs mitbringen?", fragte Hakim, weil Celine nicht selbst mitfahren wollte.

„Oh ja, bitte." Sie steckte ihm einen kleinen Zettel zu. „Das bekommst du sicher auf der kleinen Ladenstraße beim Blumenhändler."

Hakim schaute auf das Papier, kratzte sich am Hinterkopf: „Das gebe ich guten dem Mann wohl lieber gleich in die Hand." Celine hatte eine kleine Liste Sämereien aufgeschrieben. „Mit diesen Pflanzen kenne ich mich nicht aus."

Celine schmunzelte. „Keine Sorge, die wirst du sicher bald kennen lernen. Ich möchte nämlich rund um das Haus ein Blumenbeet anlegen, welches das ganze Jahr über blühen soll. An der Vorderfront beginne ich und ziehe dann die fehlen Pflanzen aus Samen nach."

„Ich weiß schon, warum ich dich so liebe. Mit dir, als Herrin, wird Isri eine richtige Wohlfühl-Oase hier am Rande der Stadt." Er steckte den Zettel in die Hosentasche, hauchte Celine noch einen Kuss auf die Lippen, dann startete er zur ersten Fahrt mit dem kleinen blauen Renault. Celine sah ihm lange hinterher, bevor sie sie ins Haus zurückkehrte, wo sie ihre Schulbücher nahm und sich intensiv auf die nächsten Unterrichtsstunden vorbereitete. Bastet lag dabei zusammengerollt auf ihrem Schoß. Sie schien den Fortgang des Lernens zu überwachen.

Eine Stunde später machte Celine eine kurze Pause, brachte Futter zu den Kamelen, füllte die Tränke mit der Handpumpe, schmuste mit Zahara, um sich dann sofort wieder ihrem Lernstoff zu widmen. Als Hakim nach Hause kam hatte sie alle Hausaufgaben gelöst, Wäsche gewaschen, auf die große Wäschespinne neben dem Wirtschaftgebäude gehängt und war gerade dabei einen schmackhaften Obstsalat für das Abendbrot vorzubereiten. Natürlich ließ sie alles stehen und liegen, um ihrem Schatz auf dem Hof entgegen zu laufen.

Hakim fing sie ab, schwenkte sie im Kreis. „Ich habe alles von deiner Wunschliste bekommen und noch eine Kleinigkeit mehr." Er nahm einen Einkaufsbeutel aus dem Kofferraum. Celine schaute neugierig hinein.

„Ist das schön!", rief sie beim Anblick des dicken Gartenbuches.

„Da sind all die Gewächse drin, deren Samen du dir gewünscht hast und ganz viele interessante Gestaltungsideen", erklärte Hakim.

„Was bekommst du von mir?", fragte sie schließlich.

„Nichts. Betrachte es als verspätetes Hochzeitsgeschenk." Er streichelte ihre Wange. „Deine strahlenden Augen sind Dank genug." Hakim blieb stehen. „Celine, wenn du irgendwelche Dinge für dich persönlich haben möchtest, dann sag es mir.

Irgendwie werden wir uns schon arrangieren, dass du vorerst wenigstens ein kleines Taschengeld für deine Wünsche bekommst. Ich meine damit nicht die Dinge, die eine Frau notwendigerweise braucht und die sowieso gekauft werden müssen."

Celine überlegte, ob sie ihm von der Idee mit dem Spinnen lernen erzählen sollte, als Gamal auf den Hof kam.

„Habt ihr zufällig schon nachgesehen, was alles in der kleinen Abstellkammer ist?", fragte er die beiden.

„Nein. Warum?" Hakim schaute ihn fragend an.

„Dort müssten eigentlich Handkarden und Spindeln und Scheren aufbewahrt sein. Amina bat mich, euch das zu sagen, ehe ihr viel Geld für Dinge ausgebt, die schon da sind."

„Wirklich?" Celine dreht sich unwillkürlich um, als könne sie durch die Mauern sehen.

Hakim schmunzelte. „Ich weiß zwar nicht, worum es geht, aber wir schauen am besten gleich nach."

Er folgte Gamal zum Wirtschaftsgebäude. Celine trug eilig den Beutel ins Haus, dann lief sie den Männern hinterher. In den beiden großen Räumen lagerten die Kamelsättel, -decken und das Zaumzeug, größere Arbeitsgeräte und Werkzeuge, ein Beduinenzelt mitsamt allen Stangen und eine Menge Dinge, die in einem Nomadenhaushalt unerlässlich waren. Die schmale Seitentür war ihnen noch nicht einmal aufgefallen. Dahinter verbarg sich eine Art Werkstatt mit Arbeitstisch und Regalen an den Wänden, in denen kleinere Werkzeuge, neben den gesuchten Utensilien zum Spinnen lagen.

Celine klatschte vor Freude in die Hände. „Heute ist der Tag der Überraschungen", strahlte sie. Die Männer lachten.

„Überraschung ist gut", sagte eine Stimme an Tür. Aakash steckte den Kopf herein. „Hast du die Kamele versorgt?", fragte er Gamal.

„Ich? Ganz bestimmt nicht."

„Und ich war gar nicht da", warf Hakim ein.

Aakash war ratlos. „Tamer hat es auch nicht getan."

„Bleib ja bloß noch ich übrig", kicherte Celine. „Ich bekenne mich schuldig."

„Dann bin ich also umsonst gekommen." Aakash wollte wieder gehen.

„Ganz umsonst war es nicht", erklärte Celine. „Ich mache euch jetzt einen Jasmin-Tee."

Gamal feixte: „Voll ins Schwarze. Dafür läuft Aakash bis ans andere Ende der Stadt, wenn es sein muss."

Die vier Männer machten es sich im Arbeitszimmer gemütlich. Die langsam untergehende Sonne tauchte die Wände in rotgoldenes Licht, verfing sich in dem Gesteck aus Trockengräsern, welches auf der Berührungskante der beiden Schreibtische stand.

„Deine Frau hat wirklich Geschmack." Gamal betrachtete Celines Kunstwerk fast andächtig. „Sie sollte diese Kostbarkeiten zum Kauf anbieten."

Celine schenkte den Tee in pastellfarbenen Gläsern aus. „Wenn du das auch sagst, sollte ich wohl wirklich schon tätig werden. Eigentlich wollte ich es erst tun, wenn die Safaris laufen, aber man sollte jede Gelegenheit nutzen, den Standort schon vorher bekannt zu machen. Yussuf hat mir erklärt wie das im Internet geht. Ich werde mit kleinen Schritten anfangen."

„Vielleicht wird mal ein ganz großes Geschäft daraus", sinnierte Gamal.

Plötzlich ertönte „Ping" und eine Computerstimme sagte: „Sie haben Post."

„Tatsächlich?" Hakim schaute auf den Monitor. Dann drehte er den Bildschirm so, dass ihn alle gut einsehen konnten.

Gamal sprang auf. „Aber ... das sind ja Bassima und Björn!"

„Ein wunderschönes Foto", seufzte Celine.

„Den Lichtverhältnissen nach, ist Björn noch ein paar Stunden in Prag geblieben", stellte Hakim zutreffend fest. „Sein Anschlussflug wäre normalerweise gleich eine Stunde später gewesen. Ihm liegt offensichtlich ziemlich viel an deiner Tochter."

„Irgendwie macht es mich doch ein bisschen stolz", erklärte Gamal.

„Ist nicht zu übersehen", schmunzelte Tamer. „Vielleicht gibt es bald die nächste Hochzeit."

„Und wie kommen wir alle nach Schweden?" Aakash grinste.

Gamal schüttelte amüsiert den Kopf. „Ihr seid durch und durch unmöglich. Vielleicht ist ja nur sein Flug ausgefallen?"

„Glaubst du selber dran?" Celine blinzelte ihm zu.

„Ehrlich gesagt? Nein."

Drei Wochen nach jenem Gespräch erreichte eine neue Mail die Isri-Farm, mit der Bitte, sie für Amina und Gamal auszudrucken.

„Hallo Mom, hallo Dad, habe meine drei freien Tage und das Wochenende bei Björn in Uppsala verbracht. Es war herrlich. Ich bin von seinen Freunden sehr herzlich aufgenommen worden. Er wohnt in einem hübschen Haus am Ufer eines Sees. Von der Wohnstube aus kann man sein Motorboot am Steg liegen sehen. Wir sind stundenlang auf dem Wasser gewesen, haben geangelt und geträumt. Die Nachmittage verbrachten wir meist mit Freunden auf der Eislaufbahn und die kalten Abende ganz heimelig am Kamin. Morgen fliege ich wieder nach Prag zurück, um die letzten Prüfungen vorzubereiten. Björn hat mir so viel von seinem Forschungsmaterial eingepackt, dass mir nicht mehr Bange vor den Tests ist.

In Liebe

Bassima und Björn"

Angefügt waren noch mehrere Bilder. Bassima mit einem Riesenhecht an der Angel, Bassima inmitten den neuen Freunde in der Eislaufhalle, vor dem prasselnden Kaminfeuer und beim Spazierengehen an diesem wundervollen See. Eine glückliche junge Frau, der das Leben im kalten Norden nichts auszumachen schien. Amina weinte vor Rührung und in Gamals Augen blitzte unübersehbar der Stolz. Yussuf, dem Gamal natürlich ebenfalls diese guten Nachrichten zukommen ließ, freute sich für seinen guten alten Freund.

Mit einem Augenzwinkern berichtete er den anderen, wie sich damals ‚Weißbrot und Schwarzbrot' kennen gelernt hatten. „Diese Geschichte hat er ihr unter Garantie erzählt."

Die gleichen drei Wochen verliefen auf Isri nicht weniger aufregend. Wie abgesprochen, machten sich Celine und Fatima am Mittwoch zu den Hütten der Beduinenfrauen auf. Sie freuten sich auf die Lehrstunden in der Wollbearbeitung. Die drei Ziegen, die bereits eingefangen worden waren, fanden das Ganze sicher weniger spannend und hätten sich lieber still und leise davon gemacht. Voller Interesse beobachteten die beiden jungen Frauen, wie Amina, die Älteste, das langhaarige Fell des Tieres über die Finger der linken Hand zog und mit der rechten akkurat die Schere ansetzte.

„Aha", murmelte Celine. „Das funktioniert also doch etwas anders als bei Schafen."

„Erfahrungswert", schmunzelte Amina. „Wir haben ganz am Anfang auch die Tiere richtig nackt geschoren, dann haben sie aber nachts jämmerlich gefroren und gaben bald keine Milch mehr. Es dauerte eine Weile, bis wir herausbekommen hatten, wie man die Tiere am schonendsten behandelt.

Bis uns Hakim noch ein trächtiges Tier geschenkt hat, besaßen wir ja nur fünf Ziegen, deren männliche Lämmer wir zum Lebensunterhalt geschlachtet haben."

„Das Dumme war nur, dass wir fast nur kleine Böcke als Nachwuchs bekamen", erklärte Tamers Frau.

„Stimmt leider", fuhr Amina fort, während sie zügig die Ziege bearbeitete. „Erst das Tier, welches sich unsere Männer aussuchen durften, brachte zwei weibliche Lämmer zur Welt. Ihr glaubt ja gar nicht, wie dankbar wir Hakim dafür sind." Sie streichelte der Ziege den Rücken. Schließlich sagte sie: „Es war noch nie so schön in Isri, wie seit den letzten Tagen."

Celine lachte übermütig. „Das lag sicher an der Tradition. Wir sind weder Könige noch Verwandte von Königen, keine Stammesältesten und keine Persönlichkeiten, denen Respekt und Unterwürfigkeit entgegengebracht werden muss. Wir versuchen ganz einfach, unser Leben zu gestalten und auch anderen die gleiche Möglichkeit zu geben. In den Festreden auf der Hochzeit haben ja Ali und Hakim berichtet, wie es uns allen vorher ergangen ist. Jeder von uns weiß, wie hart das Leben zuschlagen kann. Eine kleine unscheinbare Geste kann dann manchmal ganze Berge versetzen. Vielleicht können wir Frauen ja eines Tages hier einen kleinen Souvenir-Handel betreiben. Vielleicht sind gewebte Taschen ja das, was Touristen gern nach Hause mitnehmen möchten? Nicht solche einfachen Säcke, sondern ein bisschen flott, wie aus einer Edelboutique. Bassima kann uns sicher einen heißen Tipp geben, was in Europa gerade so läuft. Man könnte ja auch exportieren."

Die anderen vier Frauen sahen Celine verblüfft an. Auf solche Ideen wären sie im Traum nicht gekommen. Die beiden jungen al Kassims hatten offenbar den richtigen Riecher zum Geldverdienen.

„Habe ich etwas Falsches gesagt?", fragte Celine erschreckt, als Amina wehmütig ihre Hütte anschaute.

„Nein, nein. Es gab nur einmal ein ganz anderes Leben, eines vor diesem hier auf Isri", murmelte Amina, wobei sie mühsam Tränen zurück hielt.

„Arbeiten wir einfach darauf hin, dass es für euch auch wieder mehr inneren Sonnenschein gibt." Celine drückte Gamals Frau spontan, wie sie es mit einer Mutter getan hätte. Amina erwiderte die Geste genau so herzlich.

„Mit dieser Powerfrau ist nichts unmöglich", erklärte Fatima unumwunden. „Wenn sich jemand selbst aus dem Treibsand befreien kann, dann ist sie es."

Hakim und Yussuf planten im Geologischen Institut ihre Arbeiten so, dass genügend Zeit blieb, Stück für Stück den dicken Ordner, den Yussuf von Yassir vererbt bekommen hatte, zu sichten und zu scannen. Yussuf war selig, so viele wertvolle Informationen über Dinge, die er zwar vermutet hatte, aber nie beweisen konnte, beflügelten seine Studien und Messungen. Sein Enthusiasmus übertrug sich auch auf Fatima, der es immer leichter fiel, über kleine Fehler auch mal zu lachen, statt sofort in Tränen auszubrechen.

Stolz präsentierte sie nach ein paar Tagen ihre erste selbst gesponnene Wolle, was ihr natürlich sehr viel Lob ihres Ehemannes eintrug. Yussuf freute sich über jeden winzigen Fortschritt, den sie in ihrem neuen Leben machte. Nach vier Wochen fühlte sie sich stark genug, um einen ganzen Tag allein in der Wohnung zu bleiben. Sie putzte, wusch und kochte. Gegen Abend nahm sie ihr Strickzeug, um ohne fremde Hilfe, nur mit einer gedruckten Anleitung den Umgang mit Nadeln und Faden zu lernen. Yussuf staunte. Als extra Belobigung führte er sie ganz groß zum Essen aus. In seinen Augen hatte sie sich dies wirklich redlich verdient.

Celine war auch nicht untätig geblieben. Noch vor der ersten Probesafari mit zahlenden Gästen fertigte sie einige der wundervollen kleinen Gräsergestecke, die den Männern so gefallen hatten. Dabei ging sie äußerst kreativ vor. Sie flocht aus dünnen Ruten kleine Rhomben, mit Ösen zum Aufhängen, die sie gekonnt mit den Gräsern schmückte. Dann formte sie winzige Körbchen, in denen sie die getrockneten Fruchtstände einiger Pflanzen befestigte, zwischen denen dann einzelne dekorative Grasblüten hervorschauten. Natürlich standen diese Kleinode „rein zufällig" auf dem Tischchen vor dem Haus, als die zehn Gäste eintrafen.

Noch bevor der Ritt überhaupt begann, waren alle Gestecke verkauft und Celine hatte überdies mehrere Bestellungen vorliegen. Hakim freute sich, Gamal staunte und Bastet bekam die weniger schönen Blüten zum Spielen und Zausen. Am Ende des Tages teilte Hakim die gesamten Zusatzeinnahmen für die Fotovermietung der Kamele zwischen den drei Beduinen auf. Jeder von ihnen hatte, auf seine Weise, zum guten Gelingen des Ausfluges beigetragen. Von seinen direkten Einnahmen zahlte

Hakim Yussuf und Celine aus, so wie es vereinbart worden war. Unter dem Strich blieb noch genug, um für das nächste Wochenende eine neue Reise vorzubereiten.

„Du hast eines deiner Kunstwerke nicht verkauft?", fragte Hakim erstaunt, als er es oben auf dem Regal erblickte.

Celine lachte fröhlich. „Nein. Das da ist für deine Eltern. Wir nehmen es morgen mit, wenn wir sie besuchen. Die anderen müssen sich bis Dienstag gedulden, ehe sie ihre bestellte Ware bekommen."

Celine freute sich riesig auf das Wiedersehen. Sorgfältig wählte sie die Kleidung aus. Plötzlich hörte sie hinter sich Hakim kichern. Sie drehte sich um, stutzte, dann fiel sie in das Gelächter ein. Am Bund seiner schwarzen Hose fehlten ganze drei Zentimeter, um den Knopf ins Loch zu bekommen.

„Egal was andere sagen würden, ich freue mich über diesen Anblick." Celine strich zärtlich mit den Fingerspitzen über seinen Bauch, der sich diese Bezeichnung langsam, aber endlich nachweislich, verdiente.

„Was machen wir denn nun?" Hakim war ratlos.

„Zieh aus, gib her und lass mich überlegen", schmunzelte Celine.

Nach kurzer Untersuchung der Hose hellte sich ihre Miene noch mehr auf. Schnell zückte sie eine Nagelschere, trennte kurzerhand den Bund bis an die eingenähte Falte über den vorderen Taschen auf, ebenfalls die hintere Naht, welche die zwei Hälften des Bundes verband. Dann gab sie auf beiden Seiten zwei Zentimeter Stoff zu, nähte erst die Hälften neu zusammen, ehe sie ganz einfach die Falten vorn auf ein Minimum reduzierte, den neuen Rand feststeckte, nähte und Hakim das fertige Ergebnis nach einer Stunde zur Anprobe reichte.

„Passt perfekt", freute er sich.

Celine atmete tief durch. „Da bin ich aber froh. Nun muss ich nur noch die Löcher der alten Nähte hinten verschwinden lassen und die neuen Falten ordentlich aufbügeln."

Hakim sah ihr äußerst interessiert zu. Tatsächlich, nach ein paar Manipulationen mit den Fingernägeln und einer dünnen Nadel war kaum noch zu ahnen, wo einmal die Einstiche gewesen waren. Den Rest besorgten das Bügeleisen und ein feuchtes Tuch.

„Nun hast du einen ganz großen Wunsch frei", schwärmte Hakim.

Celine legte ihm die Arme um den Nacken. „Dann wünsche ich mir eine lange, heiße Liebesnacht."

„Stell schon den Feuerlöscher bereit", riet Hakim, bevor er sie leidenschaftlich küsste. Er ahnte nicht, dass sich Celine in den letzten Tagen auch ein paar Tipps auf diversen Ratgeberseiten für Frauen im Internet geholt hatte, sonst hätte er glatt einen ganzen Löschzug der Feuerwehr angefordert. Diesmal führte eindeutig seine Frau die Regie und sie heizte ihm derart ein, dass jeder Vulkan vor Neid erkaltet wäre.

Hakim war sich nicht so sicher, dass er dieses Tempo eine ganze Nacht durchhalten würde, als Celine endlich den Schmusegang einlegte. Sie kuschelte sich in seine Arme, mit geschlossenen Augen sein sanftes Streicheln auf ihrem Rücken genießend. Jedes Mal wenn er glaubte, sie sei eingeschlafen, gab sie ein leises „mm, mm" von sich, kaum dass er seine Hände wegziehen wollte.

„Weißt du eigentlich, dass du unersättlich bist?", flüsterte er ihr ins Ohr.

Celine zog einen lustig-hilflosen Flunsch, sah ihn mit großen unschuldigen Augen an und schüttelte demonstrativ den Kopf.

Hakim küsste sie amüsiert auf die Nasenspitze. „Na gut, dann auf zur nächsten Runde." Er ließ seine Fingerspitzen erneut über ihre heiße Haut gleiten. Augenblicke später war Celine dann wirklich eingeschlafen, wie die ruhigen gleichmäßigen Atemzüge verrieten. Hakim zog die Decke etwas höher, legte seine Wange an ihre Stirn, dann glitt er fast genau so schnell ins Land der Träume.

Ben Abu und Isri verwoben sich. Der Traum war so real gewesen, dass er heftig erschrak, als er am Morgen im Aufwachen neben sich fasste und einen leeren Platz vorfand. Es dauerte einen Moment bis sich sein rasender Herzschlag wieder beruhigte. Mit einem Satz sprang Hakim aus dem Bett. Auf dem Flur strömte ihm würziger Kaffeeduft entgegen.

Celine hatte die leisen Schritte gehört, öffnete die Küchentür und rief fröhlich: „Guten Morgen! Ich dachte schon, du wolltest gar nicht mehr aufwachen."

Hakim zog sie wortlos in seine Arme, hielt sie stumm ganz fest.

„Was ist passiert?", fragte Celine beunruhigt.

„Ich hatte den furchtbarsten Alptraum, den es überhaupt geben kann", antwortet Hakim leise. Er behielt es für sich, dass er das gesehen hatte, was passiert wäre, wenn sie Malik nicht geköpft hätte. „Ich liebe dich", flüsterte er.

„Möchtest du das Frühstück ans Bett haben?"

Hakim schüttelte den Kopf. „Ich beeile mich. Ich freue mich viel zu sehr auf deine Gesellschaft. Bin sofort wieder da."

Celine kochte inzwischen zwei Eier, deckte ein, schenkte Kaffee aus, da kam Hakim schon zurück. Das kalte Wasser hatte die Schrecken der Nacht fortgespült. Er hauchte ihr einen Kuss auf die Lippen.

„Du hast genascht", sagte er lächelnd, als der Kuss nach einer Spur Orangengelee schmeckte.

„Ooops", Celine kicherte. „Erwischt."

Hakim streichelte zärtlich ihre Wange. Es machte ihn glücklich, wenn sie so viel Fröhlichkeit versprühte. Nicht auszudenken, wenn das Schicksal bei Fatimas Rettung eine andere Wendung genommen hätte. Ihre Heiterkeit steckte ihn an. Ein Wort gab das andere und am Ende wussten beide gar nicht mehr, warum sie eigentlich lachten. Bastet saß auf einem Polsterhocker. Sie schien sich mit ihnen zu amüsieren.

Hin und wieder steckte ihr mal Celine, mal Hakim ein Bröckchen zu, welches sie genüsslich verspeiste. Bastet liebte ihre Zweibeiner, genau so, wie diese sie liebten. Sie hätte nicht mehr tauschen wollen. Später, als ihre Herrschaften weg fuhren, saß sie lange in der Auffahrt, schaute hinter, putzte sich, um schließlich bei den Kamelen nach dem Rechten zu sehen.

Jasina rannte beinahe über den Hof, als der kleine Flitzer plötzlich auftauchte. Sie drückte die beiden jungen Leute fest an sich.

„Ihr seht glücklich aus", stellte sie sehr zufrieden fest.

Als Antwort kam ein heftiges Nicken.

„Kommt rein, Vater wird sich riesig freuen." Sie ließ die beiden voran gehen, warf dem Renault einen dankbaren Blick zu, ehe sie ihnen rasch folgte. Da hatte Ali sie schon links uns rechts neben sich auf das Sofa gezogen, fragte ihnen Löcher in den Bauch, wie denn die erste Safari gelaufen sei und freute sich über so viel Erfolg. Celine war es gelungen, unbemerkt den Beutel mit dem Gesteck mit hinein zu nehmen. Jetzt holte sie ihn hervor, um es ihren Schwiegereltern zu überreichen.

„Ist das schön!", riefen sie fast gleichzeitig.

Hakim lieferte einen Kurzbericht, weil Celine keine Anstalten dazu machte.

„Da habe ich doch DIE Idee", murmelte Ali. „Es kommt in den Verkaufsraum, an die Wand, wo ich nie etwas hinhängen wollte, mit einem Schildchen über das woher und das ‚wie kommt man dazu'. Dieses Meisterstück müssen einfach alle sehen. Es ist viel zu schade, um in der

Wohnung vergraben zu werden." Er nickte. „Genau so mache ich das."

„Dann fertige ich eben noch eins für die Wohnung", schlug Celine vor, der Jasinas enttäuschtes Gesicht nicht entgangen war und die ihr nun ein freudiges „Oh ja, bitte!" schenkte.

„Du hast offensichtlich etwas zugenommen", sagte Jasina plötzlich zu Hakim.

Er lachte. „Ja natürlich, das ist doch aber kein Wunder bei dem guten Essen, welches meine Frau mit so viel Liebe zubereitet."

Ali schmunzelte. „Dann wirst du wohl vor dem Empfang bei Sabiri noch einen neuen Nobelanzug kaufen müssen."

„Ach du Schreck!" Hakim ließ fast das Teeglas fallen. „Daran haben wir ja gar nicht mehr gedacht. An das Ereignis schon, nur an die Kleidung nicht", schränkte er dann ein, um keine Zweifel aufkommen zu lassen.

„Ich wünsche mir ein knielanges Etuikleid", sagte Celine leise und mit fragendem Unterton, weil sie nicht sicher war, damit den richtigen Griff für so eine Veranstaltung zu tun.

„Das sieht sicher fantastisch aus", rief Jasina sofort. „Ich habe die neuesten Modemagazine da, möchtest du mal rein schauen?"

Celine machte etwas verzagt die reibende Bewegung zwischen Zeigefinger und Daumen.

„Ach, anschauen kostet doch nichts." Jasina sprang auf und eilte aus dem Zimmer.

Die Männer schauten sich kichernd an. „Jetzt ist Mutter in ihrem Element."

Da kam Jasina auch schon wieder, einen Packen Zeitschriften im Arm. Mit strahlenden Augen breitete sie sie aus und begann demonstrativ zu blättern. Celine rutschte etwas näher, noch näher, dann war sie ganz schnell in der Welt der Mode versunken. Dass sich die Männer leise davon machten, merkten die Frauen gar nicht. Hakim und Ali waren in den Verkaufsraum gegangen, hängten den geflochtenen Rahmen mit den wundervollen Gräsern und Samen an die Wand, druckten am Computer das kleine Hinweisschild aus, ehe sie sich über das Geschäftliche unterhielten. Plötzlich zog Essenduft durch das Haus.

„Das klappt doch immer wieder", lachte Jasina, als die beiden im Laufschritt den Gang entlang eilten.

Celine trug die Speisen auf. In der Küche hatte sich fast nichts verändert. Jasina fand die Einteilung in den Schränken, wie sie ihr Celine hinterlassen hatte, absolut perfekt. Warum hätte sie es also ändern sollen?

„Hat sich Hawass noch einmal bei euch gemeldet?", wollte Ali wissen.

„Ja, mal kurz, um uns mitzuteilen, dass man sehr vorsichtig zu Werke gehen müsse. Celines Hinweise haben wohl eine mittelschwere Lawine ins Rollen gebracht. Jetzt will Hawass an die Hintermänner herankommen", entgegnete Hakim. „Er hat sich ja von Yussuf sofort die GPS-Daten geben lassen", fügte er noch erklärend hinzu.

„Ich verstehe das mit der Autonummer im Spiegel trotzdem nicht", murmelte Celine. „Sollten wirklich Ben Abu und diese gemeinen Schufte im Zusammenhang stehen?"

„Warum nicht? Yassir und Ben Abu hingen ja auch zusammen, der eine ein Ehrenmann und Malik das ganze Gegenteil. Wenn du an das denkst, was Yassir über die zweite Prophezeiung erzählt hat und was dir wissentlich widerfahren ist, dann scheint es schon einen Berührungspunkt zu geben." Hakim streichelte Celines Hand. „Was ist los? Sonst bist du doch immer die, die zuerst Lunte riecht."

„Vielleicht habe ich ganz einfach Angst. Wenn sie die drei Männer fassen … dann muss ich sie sicher identifizieren", entgegnete Celine leise. „Ich weiß, dass ich es durchziehen werde. Ich muss es tun, damit sie nicht noch mehr Mädchen ins Unglück stürzen. Was mag in den letzten fünf Jahren alles geschehen sein?"

„Wir werden dich überall unterstützen", erklärte Ali, „Aber ich glaube, das weißt du auch so. Die Sache mit Hakims und Fatimas Gefangenschaft ist für uns beendet, nun ist nur noch wichtig, dass du Gerechtigkeit bekommst."

Celine nickte zaghaft. Es war noch ziemlich ungewohnt für sie, dass sie plötzlich eine richtige Familie hatte, die ganz hinter ihr stand.

„Bei mir ist Hawass vor zwei Tagen gewesen", erzählte Ali. „Er machte einige Andeutungen über mehrere junge Leute, die in den letzten Jahren spurlos verschwunden und bis heute nicht wieder aufgetaucht sind. Ich habe große Augen gemacht, erstaunt mit den Schultern gezuckt. Was wirklich geschehen ist, konnte ich ihm ja schlecht auf die Nase binden. Ich denke, er wird sich in Kürze noch einmal bei euch melden."

Celine zog die Augenbrauen zusammen. „Dann sollte ich ihm wohl oder übel detailliert beschreiben, was mir passiert ist." Sie warf Hakim einen Hilfe suchenden Blick zu.

„Mach das", ermunterte er sie.

„Aber nur, wenn du dabei bist", sagte sie schnell, wobei sie sich an seine Hand klammerte.

„Ich verspreche es dir." Er zog sie schützend an sich. „Vielleicht wäre es sogar angebracht, mit Björn zu reden. Er könnte vorab das vermeintliche Lager in der Wüste am Computer erschaffen, dabei die Daten des echten Ben Abu nutzen, die Hütten gegen Zelte austauschen und wir haben etwas Stoff, um von den tatsächlichen Vorgängen dort abzulenken. Wenn der alte Beduine Recht hat, dann finden sie tatsächlich irgendwelche Spuren von Yassir oder sogar von den anderen Verschwundenen.

Wer sagt denn, dass die Schufte nicht Mitwisser oder unliebsame Gefangene als Opfer zu Malik getrieben haben? Fatimas Worten zufolge hat er ja Massen von Gefangenen hinrichten lassen. Die müssen ja von irgendwo gekommen sein. Ich habe zwar oft gesehen, wie seine Schergen Menschen in die Burg schleppten, habe aber keine Ahnung wer sie waren. Im Grunde genommen können es keine Einheimischen gewesen sein, dann wäre die Oase binnen kürzester Zeit entvölkert gewesen. Ich habe auch ganze Karawanen ankommen, aber nicht wieder abreisen sehen. Womöglich waren es Gefangene. Zwar kamen auch oft Händler, nur sind die nachmittags immer unbehelligt davon gezogen."

Ali schaute ihn erstaunt an. Hakim reagierte sofort. „Alle zwei Wochen, um genau zu sein, was ich aber erst jetzt weiß. Damals hat mich nur interessiert, warum ich nicht wie sie die Stadt verlassen konnte."

„Waren oft Frauen dabei?", fragte Ali.

„Kann ich dir nicht sagen. Ich musste höllisch aufpassen, dass mich die Wächter nicht zu fassen bekamen. Außerdem war mein damaliger Entwicklungsstand nicht so, dass ich explizit nach Frauen ausgeschaut habe." Hakim grinste jungenhaft.

Ali stutzte. „Ach, stimmt, das hatte ich schon völlig verdrängt", murmelte er. „Diesen Teil kenne ich ja nur aus deinen und Yussufs Berichten."

„Haben wir denn kein anderes Thema?" Jasina schüttelte missbilligend den Kopf.

„Tut mir leid. Ich wollte euch nicht den Tag verderben." Ali wurde verlegen. „Als Wiedergutmachung fahren wir zu Hassan, essen im Blütengarten ein großes Eis, dann zelebrieren wir einen Schaufensterbummel und heute Abend gehen wir alle ganz gemütlich essen, so richtig bei Kerzenschein und leiser Musik."

Die strahlenden Augen der beiden Frauen machten jede Antwort überflüssig. Celine schaute an sich hinunter, schwarze Nadelstreifenhose, silberblaue Bluse.

„Perfekt", lobte Ali. „Du siehst umwerfend aus."

„Danke." Celine wurde rot.

Jasina lächelte still. Zweifellos fiel es der jungen Frau nicht ganz leicht, Ali in die Rolle des Schwiegervaters, anstatt des Arbeitgebers hinzudenken. Das vertraute „DU" kam ebenfalls noch etwas stockend. Wenig später saßen alle in Alis Benz und waren glücklich, dass sie ohne größeren Stau durch die Stadt kamen.

„Weißt du worauf ich mich am meisten freue?", wandte sich Jasina an Celine. „Auf den Tanzabend bei Sabiri."

„Oh nein!" Celine schreckte zusammen. „Ich … ich … ich kann nicht tanzen."

Auch Hakim zuckte. „Äh, dem schließe ich mich an."

„Dann sollten wir es euch schleunigst beibringen", schmunzelte Ali. „Noch ist genügend Zeit."

Hakim murmelte: „Irgendwas in der Art hatte ich befürchtet. Mir bleibt aber auch nichts erspart."

„Doch, etwas", kicherte Jasina. „Nämlich, dass ihr Geld dafür ausgeben müsst."

Celine schlug die Hände vor das Gesicht, schaute durch die gespreizten Finger und seufzte vernehmlich. Wenn es denn unbedingt sein musste, dann würde sie dem Wunsch ihrer Schweigereltern Folge leisten. In den Kreisen, wo sie sich nun bewegen durfte, gehörte das Tanzen dazu und irgendwie fand sie es ja auch schön, Paaren beim Walzer oder Tango zuzusehen. Außerdem hatte es ihr schon immer Freude bereitet, Neues zu lernen.

Hakim deutete ihr Mienenspiel vollkommen richtig. „Na gut, wenn du es auch für besser hältst, dann werde ich mich wohl fügen", gab er resigniert bekannt. „Aber einen Frack ziehe ich nicht an", setzte er schnell hinzu.

Ali begann lauthals zu lachen. Hakims Tonfall war aber auch zu komisch gewesen – eine Mischung aus Trotz, Frage und verhaltenem Protest. Jasina wechselte einen amüsierten Blick mit Celine, die sich nur mühsam das Lachen verkneifen konnte.

Sie legte Hakim, der vor ihr saß, eine Hand auf die Schulter. „Ich glaube das sähe neben mir, im Etui-Kleid, unglaublich albern aus."

„Das beruhigt mich." Hakim ließ sich entspannt im Sitz zusammensinken. Celine würde ganz sicher keinen Schabernack mit ihm treiben.

Bester Laune erreichten sie das Einkaufsparadies. Hassan empfing sie hoch erfreut in seinem Büro.

„Ihr glaubt ja nicht, was hier in den letzten Stunden los war! Auf eure Safaris hat ein regelrechter Run eingesetzt. Ich hatte gestern zu Testzwecken mehrsprachige Plakate aufhängen lassen, eine halbe Stunde später klingelte der erste Reiseveranstalter an, ob auch unter der Woche die Ausritte möglich wären."

Die al Kassims sahen sich ratlos an.

„Das Angebot ist auch für die Arbeitstage gültig", ließ sich schließlich Celine vernehmen. „Ich werde mit unseren drei Beduinen durch diese Touren führen. Es wäre der schlimmste Fehler, wenn wir hierauf nicht sofort positiv reagieren."

„Bist du sicher, dass du das auf Dauer durchstehst?", fragte Hakim besorgt.

Celine nickte. „Es wirft nur einige andere Fragen auf, die wir beide miteinander klären müssen."

Jasina nickte wissend. „Du meinst Familienplanung."

„Ja. Solange ein solches Geschäft nicht auf felsenfesten Füßen steht, kann Hakim seinen Job im Institut nicht aufgeben. Im Umkehrschluss kann ich es mir nicht leisten, schwanger zu werden. Ein Unternehmen, ein Studium und ein Kind gleichzeitig unter einen Hut zu bringen, das traue ich mir beim besten Willen nicht zu. Eines, wenn nicht gar alles, würde zu sehr darunter leiden." Dann hellte sich ihr Gesicht auf. „Aufgeschoben ist ja nicht aufgehoben. Dr. Feisal wird mich sicher gut beraten."

Falls es dafür nicht schon zu spät ist, schoss es Hakim durch den Kopf. Aber dann würde sich sicher auch eine Lösung finden lassen.

„Ich kann Sie wirklich gut verstehen", seufzte Hassan. „Ich sitze ja auch nicht nur zu meinem Vergnügen am heutigen Sonntag hier. Das ist der Preis, den man für Erfolg zu zahlen hat. Aber ihr seid ja nicht gekommen, um über Geschäfte zu reden."

„Stimmt." Alis Gestalt straffte sich. „Ich habe allen einen großen Eisbecher versprochen, einen Bummel durch die Passagen, ein pompöses Abendbrot …"

„Oh, ha, dann will ich euch nicht weiter aufhalten", lachte Hassan. „Sonst bringe ich mich selber um ein Geschäft." Er blinzelte Celine lustig zu. Egal wie er es drehte, er mochte die hübsche und vor allem intelligente junge Frau ganz einfach. Wäre er ein Maler gewesen, dann hätte er sie zu seiner Muse auserkoren.

Am Tisch im Blütengarten beugte sich Jasina zu ihr hinüber. „Lass dich bitte nicht wieder von den Preisen beeindrucken. Such dir aus, was du wirklich möchtest", sagte sie leise.

Celine nickte. Jasina wusste sehr genau, dass es dieser Aufforderung bedurfte. Von sich aus hätte Celine nie gewagt den Vanille-Zitrone-Becher mit Früchten, bunten Streuseln und drei Waffelröllchen zu bestellen, dessen Abbildung ihr schon das Wasser im Mund zusammen laufen ließ. Die Vorfreude war ihr so deutlich anzusehen, dass Ali und Hakim ein breites Grinsen tauschten.

„Kaffee?", fragte Jasina.

„Lieber Cappuccino", entgegnete Celine schnell. „Der schwirrt mir seit Björns Berichten über die Barista-Meisterschaften ständig durch den Kopf. Ob er wohl wirklich so gut schmeckt wie er aussieht?"

Hakim lachte. „Gleich wirst du es wissen."

Neugierig schaute Celine dem Kellner entgegen. Der Inhalt ihrer Tasse trug ein Palmen-Muster, aus frisch geschlagener Milch mit einem Hauch Schokopulver als Krönung. Das voller Entzücken gehauchte: „Oh!", brachte sogar den Kellner zum Schmunzeln.

„Ich mag es, wenn sie glücklich ist", seufzte Hakim zufrieden. Wofür er die ganze Zustimmung seiner Eltern erntete. Immer wieder huschte sein Blick zu Celine, die fast andächtig das Meisterwerk in der Tasse betrachtete, ehe sie sie vorsichtig anhob, um mit halb geschlossenen Augen den Duft des Getränks zu inhalieren. Ein vorsichtiger Schluck, dann strahlte sie über das ganze Gesicht.

Hakim dozierte: „Der Schulaufsatz – Thema: Mein schönstes Wochenenderlebnis – Cappuccino trinken." Worauf die anderen in fröhliches Gelächter ausbrachen.

„Soll ich drei oder vier Seiten schreiben?", kicherte Celine, sich mit der Zunge den Milchschaum von der Oberlippe leckend.

„So wie du es genießt, wird sicher ein Roman daraus." Hakim blinzelte ihr zu. Zu Hause hätte er sie jetzt in den Arm genommen, ihr einen zärtlichen Kuss auf die Lippen gehaucht.

Celine zuckte ebenfalls leicht mit dem Augenlid, ihm so mitteilend, dass sie soeben die gleichen Gedanken hatte.

„Kannst du dir vorstellen", sagte Ali, dem das nicht ganz entgangen war, plötzlich zu Jasina, „dass es die beiden einmal als Einzelstücke gegeben haben soll?"

Bei dem einsetzenden Gelächter drehten sich einige Gäste erschreckt zu ihnen um. Die Antwort darauf war ein vierfaches Grinsen aus fröhlichen Gesichtern. Genau so kurzweilig und überaus lustig gestaltete sich der anschließende Spaziergang durch die Ladenpassagen, deren Geschäfte heute zwar geschlossen waren, wo sich die Schaufenster aber mit ihren vielfältigen Auslagen auch so sehen lassen konnten. Celine entdeckte ihr Herz für den Büroausstatter.

Tausend kleine Dinge, die ihr wichtig erschienen, wenn sie beide ihre Karawanenstation erfolgreich führen wollten. Hakim stöhnte. Ali pflichtete Celine in den meisten Dingen bei, während Jasina ganz einfach die drei beobachtete und sich schon gar nicht mehr wunderte, wie ähnlich Ali und Celine dachten. Fünf Jahre erfolgreiche Zusammenarbeit hatten beide tief geprägt.

„Ich gebe ja schon nach", schmunzelte Hakim. „Was den Papierkram betrifft, bist du um Längen praktischer veranlagt als ich. Wir lassen Hassan einen Wunschzettel da. Mit der nächsten Lieferung bekommst du alles, was du brauchst. Einverstanden?"

„Einverstanden." Celine sprach nicht weiter. Sie war, wie zur Salzsäule erstarrt, stehen geblieben, alle Farbe wich ihr aus dem Gesicht. Mit weit aufgerissenen Augen starrte sie in ein Schaufenster, dann drehte sie sich fast in Zeitlupe um. Hakim war mit einem Satz bei ihr, um sie zu stützen, weil ihre Knie nachgaben.

„Was ist passiert?", fragten alle durcheinander.

Stumm streckte Celine den Zeigefinger aus, deutete auf einen kleinen Aushang hinter der Scheibe des Ladens, dem sie alle soeben noch den Rücken zugekehrt hatten. Das Foto eines Mannes, mit dem Hinweis: Gesucht wird, wegen mehrfachen Kreditkartenbetruges.

„Und wegen gemeinschaftlicher Vergewaltigung in Tateinheit mit Verschleppung und Freiheitsberaubung", flüsterte sie Worte, die nicht auf dem Zettel standen, bevor ihre Stimme versagte.

„Irrtum ausgeschlossen?", fragte Hakim leise.

Celine nickte heftig.

Ali hatte bereits sein Handy gezückt, die Nummer Hawass' gewählt und lauschte. „Al Kassim", meldete er sich. „Sie sind im Dienst? Na wunderbar. Wir sind hier im Einkaufszentrum von Hassan Aziz, Passage

3, vor dem Büroausstatter – es wäre nicht schlecht, wenn Sie uns ganz unauffällig einen kleinen Besuch abstatten könnten. In zehn Minuten? Okay, wir werden hier auf Sie warten." Dann rief er Hassan an. „Hier Ali. Sag mal, hast du in der 3 irgendwo ein Büro, in dem wir in den nächsten Minuten ungestört mit Hawass reden können? Celine hat gerade eine überaus wichtige Entdeckung auf einem Fahndungsfoto gemacht. Gut. Danke." Ali steckte das Gerät wieder in die Hosentasche.

„Sag ihm alles, was du weißt", bat er Celine. „Auch ein Schaufenster ist ein Spiegel. Offensichtlich stehen alle Zeichen auf Sturm und du solltest keine Zeit mehr verlieren. Ihr findet uns dann bei Hassan." Ali nahm die kreidebleiche Celine in den Arm, drückte sie väterlich. „Du schaffst es."

Hassan und Hawass kamen gemeinsam. Der Polizeichef hatte es für sinnvoll gehalten, den Herrn des Hauses aufzusuchen. Erstaunt darüber, dass dieser schon informiert war, folgte er ihm über die Pfade, auf denen sonst nur Mitarbeiter und das Wachpersonal wandeln duften. Celines Anblick erschreckte die Ankömmlinge. Das schmale Gesicht zeigte eine fast wachsartige Blässe.

„Es geht um dieses Foto." Ali deutete an die Glasscheibe.

Hawass trat näher. Mit zusammengekniffenen Augen betrachtete er das Konterfei des Gesuchten. Schließlich wandte er sich um.

Hassan führte sie wortlos zu dem kleinen Zimmer, wo sonst der Manager für diese Verkaufebene sein Domizil hatte. Er öffnete es, drückte Hakim den Schlüssel in die Hand. „Bringen Sie ihn mir dann einfach in mein Büro." Gemeinsam mit Ali und Jasina wollte er dort auf einen hoffentlich guten Ausgang der Sache warten.

Hawass deute auf die kleinen Ledersessel neben dem Schreibtisch, wo er als Erster Platz nahm, ein Notizbuch hervorzog und die beiden jungen Leute erwartungsvoll anschaute. Celine schloss für einen Moment die Augen, tastete nach Hakims Hand.

„Ich habe den Mann auf dem Bild wiedererkannt", sagte sie schließlich mit zitternder Stimme.

„Erzählen Sie, ich werde Sie nicht unterbrechen", versprach Hawass.

Sich an Hakims Arm klammernd, berichtete Celine noch einmal, was sich fünf Jahre zuvor ereignet hatte. Wenn den Polizeichef etwas wirklich erstaunte, dann die Tatsache, dass der jungvermählte Mann, dieses dunkle Kapitel im Leben seiner Frau zu kennen schien. Trotz seiner versteinerten Miene, blieb dieser gefasst, spendete seiner verzweifelten Frau Trost und Halt, indem er ihr immer wieder aufmunternd zunickte. Hawass notierte eifrig die wichtigsten Anhaltspunkte. Schließlich klappte er sein Büchlein zu, schaute Hakim prüfend an. „Sie wussten davon?"

„Ja."

„Seit wann?"

„Meine Frau hat mir ein paar Tage vor der Rettung meiner Schwester davon berichtet."

„Freiwillig?"

Celine nickte. „Er hatte mir an jenem Abend einen Heiratsantrag gemacht. Ich hielt es für dringend angebracht, ihm zu sagen, dass er kein unberührtes Mädchen erwählt hatte. Er wies mich nicht voller Abscheu von sich, wie es vielleicht andere getan hätten."

„Dafür habe ich viel zu viel Elend am eigenen Leibe erfahren", erklärte Hakim. „Sie hat mir an jenem Abend die ganze traurige Wahrheit berichtet."

„Wusste Ihr Vater davon?"

Hakim schüttelte den Kopf. „Damals nicht. Seit ein paar Tagen schon."

„Und?"

„Nichts und." Hakim streichelte Celines Hand. „Das was ihm und Mutter mit mir und meiner Schwester widerfahren ist, lässt ihn von Grund auf anders reagieren, als die meisten Menschen."

Hawass nickte. „Klingt logisch. Sonst hätte er mich wohl auch nicht sofort angerufen."

„Falls es für Sie von persönlichem Interesse ist, er wusste es ebenfalls vor unserer Hochzeit", präzisierte Hakim. „Nicht was im Detail geschehen ist, aber dass sie vergewaltigt wurde."

„Ach tatsächlich?" Diesmal war Hawass wirklich überrascht. Er erinnerte sich an die Zeremonie, wo Ali voller Stolz seine beiden Mädchen ins Festzelt führte, an die strahlenden Augen und die Freude, als sich die Paare das Ja-Wort gaben. Da war nichts gespielt. Hawass verkniff sich, danach zu fragen, ob die beiden als Bakirs ebenfalls eingeweiht waren.

So ehrlich, wie man hier miteinander umging, war das mit hundertprozentiger Sicherheit anzunehmen. Ob der Geologe in der Hochzeitsnacht eine unberührte Braut vorgefunden hatte, stand hier nicht zur Diskussion.

Hawass erhob sich. „Auf alle Fälle möchte ich Ihnen danken. Jetzt ergeben sich doch schon wieder ganz neue Gesichtspunkte. Offenbar haben wir es mit dem größten Verbrecherring zu tun, von dem wir je erfahren haben. Ich werde Sie auf dem Laufenden halten." Er begleitete die beiden bis zu Hassans Büro.

„Jetzt bin ich wirklich erleichtert", entgegnete Celine auf Alis fragenden Blick.

Er streichelte ihre Hand. Aus den Augenwinkeln registrierte Hawass diese liebevolle Geste. Diese Familie stand felsenfest füreinander. Die quälenden Ereignisse der vergangenen zehn Jahre, hatte sie zusammengeschweißt. Celine, das ehemalige Hausmädchen, war unübersehbar als vollberechtigtes Mitglied aufgenommen worden. Der Polizeichef machte sich auf den Rückweg, nicht ohne der jungen Frau noch einmal zu versichern, dass er alles tun werde, um die Schufte hinter Schloss und Riegel zu bringen.

Ali schaute auf die Uhr. „Und nun?"

„Gehen wir Abendbrot essen", sagte Celine mehr im Tonfall einer Frage.

„Dein Wunsch ist mir Befehl", entgegnete Ali erfreut. Hatte er doch schon befürchtet, der Tag würde in einer Katastrophe enden.

Jasina legte Celine den Arm um die Schulter, als sie nebeneinander zum Auto liefen. „Du zitterst ja noch immer."

Celine nickte. „Es ist nicht gerade angenehm einem fremden Mann, auch wenn er der Polizeichef persönlich ist, solche Dinge erzählen zu müssen. Ohne Hakim hätte ich es ganz bestimmt nicht durchgestanden. Hoffentlich sind die Männer bald hinter Schloss und Riegel. Ich habe noch immer Angst, allein irgendwohin zu gehen."

„Und ich mache mir manchmal Vorwürfe, warum ich nie gefragt habe, ob du Probleme hast. Natürlich fiel es auf, dass du das Haus nur ungern verlassen hast."

„Mach dir darum bitte keine Sorgen. Ich war und bin sehr, sehr dankbar eben gerade dafür, dass du nicht gefragt hast. Du hast mir einen Ort geboten, an dem ich mich vor der Welt verstecken konnte und wo ich niemals das Gefühl hatte, Abfall zu sein", erwiderte Celine lächelnd. „Du hast mir eine verantwortungsvolle Aufgabe gegeben, die mich von meinen eigenen Problemen abgelenkt und mir gezeigt hat, dass man auch schuldlos im Unglück versinken kann, wenn man nicht am Rande der Gesellschaft geboren ist."

Jasina, die mit Celine auf der Rückbank des Autos saß, nahm dankbar ihre Hand. „Was du für uns getan hast, lässt sich mit Worten nicht ausdrücken, egal ob es um die jahrlange Hilfe geht, die du mir gegeben hast oder um Fatima, die dank dir wieder in Freiheit ist. Dass du mit Ali ein exzellentes Team gebildet hast, ist auch heute noch deutlich bei jeder Kleinigkeit zu sehen. Ich muss mich ganz schön anstrengen, um deine Arbeit zu ersetzen."

„Wirklich?" rief Celine ungläubig erschrocken.

Jasina lachte fröhlich. „Und ob! Wo ihr euch wortlos versteht, muss ich nachfragen."

Hakim blinzelte Celine zu. Sein ganzer Stolz sprach aus dieser kleinen Geste.

Ali fuhr bereits die Auffahrt zum Parkhaus eines der gefragtesten Restaurants der Stadt hinauf. Celine betrachtete erstaunt die unzähligen Fahrzeuge in den Parktaschen.

Plötzlich tippte sie Hakim auf die Schulter. „Ist das da vorn nicht Yussufs Nissan?"

„Zweifellos ist er das."

„Interessant", murmelte Ali. Dann lachte er. „Jetzt machen wir uns einen Spaß der besonderen Art: Ich lasse die beiden ausrufen. Vielleicht haben sie ja Lust, mit uns gemeinsam den Abend zu verbringen." Er parkte den Benz in der nächsten freien Lücke, fasste kurz die Motorhaube des Geländewagens an. „Noch ziemlich heiß, sie sind vielleicht noch ganz in der Nähe." Er zog sein Handy hervor, wechselte ein paar Worte mit dem Service und schon erschallte es aus dem Lautsprechern: „Der Fahrer des roten Nissan mit folgendem Kennzeichen möchte sich bitte unverzüglich bei seinem Fahrzeug einfinden."

Augenblicke später nahten hastige Schritte vom anderen Ende des Parkhauses. Die al Kassims hatten hinter ihrem Wagen Deckung gesucht. Außer Atem kamen die al Bakirs zum Auto, an dem weit und breit weder ein Schaden und schon gar nicht der vermeintliche Verursacher zu entdecken waren. Yussuf untersuchte den Lack des Fahrzeugs akribisch. „Verstehe ich nicht." Er zog die Augenbrauen zusammen, sah sich auf der Parkebene um.

Fatima begann zu lachen. „Ich schon. Schau mal da." Sie deutete auf den verräterischen Benz.

Im selben Moment steckte Ali den Kopf um das Heck. „Überraschung!" Worauf die drei anderen ebenfalls hervor kamen.

„Noch dazu eine gelungene", schmunzelte Yussuf. „Euch treibt wohl auch der Hunger her?"

„So ähnlich. Habt ihr Lust auf ein gehobeneres Mahl?" Ali deutete nach oben, wo die Preise mit jeder Etage stiegen.

„Aber ja doch." Fatima nahm Yussuf begeistert die Entscheidung ab. „Dann ist ein lustiger Abend garantiert", rieb sie sich freudestrahlend die Hände.

Gemeinsam mit Jasina und Celine folgte sie den Männern, die Ali zum Aufzug lotste. Als er den Kopf zur obersten Etage drückte, blieb dann, außer Jasina die eingeweiht war, doch allen die Luft weg. Mit dem Stolz eines siegreichen Feldherrn führte Ali die kleine Schar mitten durch das Restaurant zu einem Tisch in einer großen Nische mit Panoramafenster. Schon der Anblick der langsam untergehenden Sonne, die das Land ringsum in einem Farbenrausch explodieren ließ, war überwältigend und sicher ein Highlight des Abends.

„Kostet nicht extra", witzelte Ali mit einem Augenzwinkern.

„Glaub ich gern", gab Celine lächelnd zurück. „So etwas ist einfach unbezahlbar. Jeder muss sich glücklich schätzen, der in seinem Leben wenigstens einmal so etwas Wundervolles sehen darf."

„Einfach nur göttlich schön", seufzte Hakim. „Man kann fast fühlen, wie Re, in seiner Sonnebarke stehend, das Tor zur westlichen Welt durchfährt, dabei das Versprechen hinterlassend, die Dämonen der Dunkelheit zu besiegen, um am Morgen zurück zu kehren."

„Hm, hm", brummte Yussuf zustimmend. „Das kann sogar ich nachvollziehen."

Ali schaute ihn erstaunt an. Yussuf öffnete einen Knopf seines Hemdes, zog sein Amulett ein Stück hervor, ließ es wieder verschwinden und sagte: „Ich weiß jetzt ganz sicher, dass eine Kraft darinnen steckt, die ich nicht mit Geräten messen kann. Auch wenn du mich für verrückt erklärst – ich kann sie fühlen." Dann grinste er verlegen. „Ich lasse es sogar beim Duschen um, sonst fühle ich mich nicht komplett."

„Was er bei Celine gesehen und von ihr gehört hat, hat ihn so beeindruckt, dass er sich intensiv mit der alten ägyptischen Geschichte beschäftigt", erklärte Fatima. „Wenn er in den Schriften liest, die ihm Yassir überlassen hat, dann liegt ein glückliches Lächeln auf seinem Gesicht, was nicht nur vom geologischen Inhalt her rührt."

Yussuf nickte. „Ja, die Alten wussten mehr vom Ganzen, weil sie es nicht in Scheiben zerschnitten, um es zu analysieren, sondern stets alles im Zusammenhang betrachteten. Eine Gabe, die uns heute fast völlig verloren gegangen ist. Ein Arzt ist für die Augen zuständig, einer für die

Nase, ein anderer für den Mund, aber keiner kann dir mehr sagen, wie du am schnellsten deine Erkältung wieder los wirst, weil jeder von ihnen nur versucht lokal ‚seine Entzündung' zu behandeln. Dass die tränenden Augen vom Schnupfen herrühren, ist beinahe schon Nebensache."

„Treffend formuliert, dem gibt es nichts hinzuzusetzen." Ali faltete zufrieden die Hände auf dem Bauch.

Celine schien angestrengt zu überlegen. „Ach, jetzt ist mir gerade eingefallen, was ich dich seit Tagen fragen wollte", wandte sie sich an Hakim. „Warum hat Horiher Ohrringe fertigen lassen, obwohl er wusste, dass nur der Pharao persönlich, so einen Schmuck tragen durfte?"

„Um Schep-en-Isis zu zeigen, welchen Stellenwert sie in seinem Leben einnimmt. Sie hätte den Schmuck nicht tragen dürfen, ihn aber als besondere, weil verbotene, Liebesgabe besessen", kam sofort die Antwort. „Dass es die Ohrringe noch gibt, verdankt Horiher übrigens einem guten Freund unter den Balsamierern, der sie Schep-en-Isis heimlich unter die Bandagen steckte. Hätte eine andere Person davon erfahren, wäre das das Todesurteil für Horiher gewesen."

„Aber wie kam der Schmuck zu Yassir?", fragte Fatima.

Hakim zuckte mit den Schultern. „Ich vermute, die Grabanlage wurde geplündert, wie so viele andere auch und Yassir, oder einer seiner Vorfahren, hat den Schmuck gekauft, um ihn für die Nachwelt zu bewahren. Die Völker der Wüste waren schon immer sehr traditionsbewusst. Vielleicht war ja sogar ein Grabräuber unter seinen Altvorderen und der Schmuck wurde innerhalb der Familie weiter vererbt, bis er zu Yassir kam, der aus unerfindlichen Gründen ganz genau wusste, was es mit den Kleinoden auf sich hat."

Jasina schüttelte kaum merklich den Kopf. Celine sah sie fragend an. „Ich finde es interessant, wie ihr in der dritten Person über die Vergangenheit sprecht."

Celine lächelte. „Es ist schön, so viele Details aus unserer ersten gemeinsamen Zeit zu kennen, aber wir leben hier und jetzt. Wir sind nicht mehr jene Personen, die damals gehandelt haben. Das reale Leben zu meistern, ist wichtiger, als stets am Gewesenen zu hängen, was wir doch nicht mehr ändern können. Wichtig ist höchstens, was wir daraus gelernt haben."

„Das sehe ich in allen Punkten genau so", bestätigte Hakim. „Unsere gemeinsame Hauptlektion war: Sprich mit deinem Partner über alles, damit keine Missverständnisse entstehen."

„Für alle offensichtlich haltet ihr euch auch immer an diese Regel", stellte Ali schmunzelnd fest.

Celine und Hakim antworteten mit einem fröhlichen Grinsen, das ebenfalls keine Fragen offen ließ.

Fatima nickte erfreut. Sie hatte sich von Celine das Geheimnis des großen Vertrauens zu Hakim erklären lassen und mit Yussuf entdeckt, dass es tatsächlich kein besseres Rezept für ein zufriedenes Zusammenleben gab. Fatima sprach mit ihm offen über ihre Ängste und Yussuf half ihr, diese zu besiegen.

Ein Kellner entzündete die vielen kleinen Kerzen auf dem Tisch, dämpfte das Licht und trug den nächsten Gang auf, während leise Musik erklang. Celine wechselte einen tiefen Blick mit Hakim. Sie hätte selbst nicht sagen können warum, aber es erinnerte sie an die Nacht des Hathor-Festes, auf welchem sie ihm in die Arme gelaufen war und die sie beim Schein der Opferfeuer gemeinsam verbracht hatten. Horiher mit den verträumten Augen hatte Schep-en-Isis' Herz im Sturm erobert. Er war ihr Ruhepol im Trubel der Feier geworden, der einzige Mann im ganzen Tempelbezirk, der sich nicht bis zur Besinnungslosigkeit betrunken hatte und der ihr allzu aufdringliche Feiernde auf Distanz gehalten hatte, ohne dabei die Riten zu missachten.

Jasina tippte Ali an. „Ich glaube die beiden sind jetzt ganz, ganz tief in der Vergangenheit."

Fatima seufzte. Sie fasste nach Yussufs Hand. Er nickte lächelnd. „Es ist wirklich beeindruckend, wie sie sich ohne Worte verstehen."

Die Flämmchen spiegelten sich in Celines Augen, zauberten goldene Lichtreflexe auf ihr Gesicht. „Ja, ihr habt Recht, wir waren am Ursprung unserer Liebe", erklärte sie leise, ohne den Blick von Hakims Gesicht zu wenden.

„Erzählt ihr uns davon?", bat Fatima. Auch die anderen schauten Celine und Hakim erwartungsvoll an. Er schloss für den Bruchteil einer Sekunde die Augen, Celine so bedeutend, mit dem Bericht zu beginnen.

„Es war am zweiten Tag des Hathor-Festes, welches man auch das kleine Bastet-Fest der Trunkenheit nennt. Schon tags zuvor war mir der junge Schriftgelehrte aufgefallen, der am frühen Morgen auf den Stufen des Tempels gesessen hatte, in welchem ich als Priesterin der Göttin mit den Kuhohren die heiligen Riten zelebrierte. Seinem gesellschaftlichen Rang entsprechend, hatte ich ihm das Begrüßungsbier eigenhändig gereicht. Dankend nahm er den Krug entgegen und unsere Blicke trafen sich. Diese schwarzen sanften Augen brannten sich tief in mein Gedächtnis und sie sollten mir den ganzen Tag lang folgen. Egal wohin ich auch ging, er war stets in meiner Nähe, ohne dass es störend gewirkt hätte.

An jenem zweiten Tag lehnte er an einer Säule des Tempels, schaute den berauschten Festteilnehmern zu, die singend und tanzend die Straßen und Plätze füllten. Mein Herz schlug heftig, als ich ihn wiedersah. Wie am Vortag brachte ich ihm persönlich das rituelle Getränk, den Seth-Wein. Diesmal begriff ich, dass er nicht gekommen war, um sich wie die anderen einfach nur zu betrinken, sondern dass er meinetwegen den Weg zum Tempel genommen hatte. Sein Lächeln und die verträumten Augen erklärten auch ohne Worte sein Anliegen.

Ich drückte ihm einen der großen Krüge in die Hand und bedeutete ihm wortlos, mir zu folgen. Als Träger meines Weinkruges hatte er das Recht, mich überall hin zu begleiten und stets in meiner Nähe zu sein. Immer wieder berührten sich unsere Hände, wenn wir zusammen die Feiernden mit Wein versorgten. Als zur Tageswende die Opferfeuer langsam herunter brannten, tranken wir gemeinsam den letzten Becher Wein aus dem Krug, schauten schweigend in die züngelnden Flammen und träumten.

Er hatte den ganzen Tag, bis tief in die Nacht darauf geachtet, dass kein anderer Mann im Rausch meinen Körper berühren konnte. Nun zog er mich auf seinen Schoß, teilte seinen Umhang und die Wärme seines Körpers mit mir. Im Morgengrauen des nächsten Tages verließ er den Tempel, um mich von nun an jeden Abend bis vor meine Haustür zu begleiten." Celine schenkte Hakim, der bestätigend nickte, ein liebevolles Lächeln.

„Ich hatte schon am ersten Tag des Festes im Tempel der Göttin geschworen, dass ich nur mit dieser Frau meinen Erdenweg gehen würde", verriet Hakim.

„Bist du ihr deshalb in den Tod gefolgt?", fragte Yussuf.

Hakim schüttelte den Kopf. „Der Schwur hat damit nichts zu tun. Ich hätte ja auch weiterleben können, ohne jemals eine andere Frau zu heiraten. Aber was wäre das für ein Leben gewesen? Ich hätte mich Tag für Tag nach dieser Einen verzehrt, möglicherweise, nein, sicher sogar, furchtbare Schuld auf mich geladen, um sie zu rächen. In meinem Regal lagen bereits Schriftrollen mit Rezepten der stärksten Gifte, mit denen ich ihre drei Peiniger zu ermorden gedachte. Aber dann wäre ich in der anderen Welt auch niemals dorthin gelangt, wo sie weilte. Amit, die Seelenfresserin hätte mir ein Ende für immer bereitet. So wählte ich den sichersten Weg, um sie eines Tages wiederzufinden, indem ich meinem Leben ein schnelles, wenn auch schmerzhaftes, Ende setzte."

„Habt ihr euch noch in anderen Leben getroffen?", wollte Jasina wissen.

Beide schüttelten synchron den Kopf. „Daran können wir uns entweder nicht erinnern oder wir haben uns nicht getroffen, was wahrscheinlicher ist", erklärte Celine. Etwas leiser setzte sie hinzu: „Ich möchte auch, um aller Götter Willen, nicht an meine anderen Leben erinnert werden."

„So möge es sein", sagte Ali feierlich.

Fatima spielte mit ihren silbernen Armreifen, schaute Celine plötzlich mit strahlenden Augen an. „Weißt du, welche Erinnerungen ich nie vergessen möchte? Den Tag, an du mir das erste Mal Grüße nach Ben Abu brachtest und wie du Malik mit einem Hieb den Kopf abgeschlagen hast. Diese Hinrichtung lässt von allen anderen, die so furchtbar für mich waren, einen Teil des Schreckens vergessen." Sie beugte sich zu Celine hinüber, um sie ganz, ganz fest zu umarmen. „Wenn ich Alpträume habe, sehe ich am Ende immer deine Gestalt, die von einer leuchtenden Aura umgeben das Schwert erhebt und zuschlägt. Dann drehe ich mich auf die andere Seite, schlafe beruhigt wieder ein, weil ich weiß, dass mich die Frau mit ihrer unglaublichen Kraft beschützt."

„Und das darfst du wörtlich nehmen", warf Yussuf mit tiefster Dankbarkeit in der Stimme ein. „Feiern wir also die Frauen."

Celine lachte übermütig. „Klingt gut, wäre aber nur die halbe Wahrheit. Die Liebe ist der Schlüssel zum Ziel." Sie legte Hakims Handrücken an ihre Wange und schloss für einen Moment die Augen.

Ich verspreche dir eine heiße Nacht, hörte sie seine Stimme in ihren Gedanken, öffnete überrascht die Augen, um seinem verschmitzten Lächeln zu begegnen.

„Schön, dass wir uns auch daran erinnern", gab sie ebenso zurück.

Ali schmunzelte. „Ich glaube fast, die beiden unterhalten sich ohne uns."

Celine blinzte fröhlich in die Runde, legte einen Zeigefinger vor ihre Lippen und machte: „Pssst."

„Also doch. Hätte mich ja auch gewundert, wenn ihr das nicht beherrschen würdet, nach allem was ich gesehen habe." Ali blinzelte zurück. Dass er auf den Spiegel anspielte, lag offen auf der Hand. „Hütet ihr ihn nur oder könnt ihr ihn benutzen?", fragte er ungeniert.

Celine schaute sich forschend im Restaurant um, ehe sie leise antwortete: „Er hat sein eigenes Leben, möchte ich fast sagen. Zweimal habe ich bisher seine Hilfe gebraucht und sie sofort erhalten. Wir haben nicht vor, ihn als Werkzeug für irgendwas zu benutzen. Aber wir nehmen dankbar an, was er uns gibt."

„Zweimal?", fragte Hakim überrascht.

Celine nickte. „Ja. beim ersten Mal hat er am Tag unserer Trauung als fantastischer Frisierspiegel mein Bild vergrößert wiedergegeben."

„Ach deshalb warst du so schnell fertig!" Jasina staunte.

Hakim schaute Celine fast ungläubig an. „Du hast dich dort gekämmt? War das nicht zu unbequem?"

Sie lachte. „Bastet hat mich miauend hin geführt. Die Kleine kennt sich wohl doch mit Magie besser aus als wir. Sie ist davor sitzen geblieben, hat meine Utensilien bewacht und bestimmt auch mich. Und wie deine Mutter schon treffend feststellte, ich war in Null-Komma-Nichts fertig. Bastet bleibt übrigens immer, so lange ich im Arbeitszimmer allein bin, bei mir, liegt auf dem Schränkchen vor dem Spiegel oder auf meinem Schoß."

„Sie hört wohl auch deine Aufgaben ab", schmunzelte Ali. „Mir ist zu Ohren gekommen, dass du hervorragende Ergebnisse in den Tests der Abendschule hast."

Celine wurde flammend rot. Hakim zwinkerte ihr zu. „Du musst kein schlechtes Gewissen haben, nur weil du besser bist als ich."

„Ich habe ja auch mehr Zeit zum Lernen", versuchte Celine, zu erklären.

Ali schüttelte amüsiert den Kopf. „Du musst dich wirklich nicht rechtfertigen. Ich bin stolz darauf, dass es so ist, wie es ist."

„Stimmt", warf Jasina ein. „Er freut sich die ganze Zeit schon über die Kommentare seiner Freunde, als sie merkten, was für ein kluges Mädchen Hakim geheiratet hat."

„Und das hast du auch verdient", bemerkte Fatima. „Selbst wenn du dich mit Händen und Füßen gegen so viel Lob zu wehren versuchst, es ist gerechtfertigt. Wenn ich deine guten Ratschläge nicht beherzigen würde, hätte Yussuf sicher noch viel mehr Mühe mit mir."

Eine Stunde später ergab sich für Hakim die Gelegenheit Yussuf unter vier Augen über den Nachmittag bei Hassan zu unterrichten.

„Dann sollte ich schleunigst mit Björn sprechen", überlegte Yussuf laut. „Uns darf nicht der kleinste Fehler unterlaufen, damit man uns irgendwann endgültig in Ruhe lässt. Ich bin ziemlich überzeugt, dass die Verbrecher auch kein Interesse daran haben, übersinnliche Dinge erklären zu müssen. Schlagen wir sie also mit Waffen und Argumenten aus unserer Welt."

„Wird Fatima stark genug sein, alles noch einmal aufzurollen?"

Yussuf nickte. „Celine gibt ihr die Kraft dazu. Es war nicht übertrieben, dass deine Frau für Fatima die Leitfigur überhaupt ist."

Große Veränderungen

Seit Bassima nach ihrem Besuch bei Björn wieder nach Prag zurück gekehrt war, wusste er ganz sicher, dass sie die richtige Frau für ihn war. Er freute sich jeden Abend darauf, mit ihr zu telefonieren, ihr Lächeln zu sehen und zu hören, wie sehr sie sich auf das nächste Treffen freute. Jedes zweite Wochenende flog er zu ihr, kam Freitagnacht an und verließ sie erst Montagfrüh wieder, nachdem er sie in das kleine Bistro begleitet hatte, in dem sie nach wie vor ihrem Nebenjob nachging. Sein Angebot, sie finanziell etwas zu unterstützen, hatte sie dankend abgelehnt.

„Ich möchte kein Anhängsel von dir werden", waren ihre Worte gewesen.

Björn akzeptierte dies. Allerdings dachte er mit sehr gemischten Gefühlen daran, was nach ihrem Studium werden würde. Möglicherweise würde sie, wenn sie ein entsprechendes Angebot erhielte, nach Ägypten zurück gehen. Bassima betonte immer wieder, nicht studiert zu haben, um dann als Heimchen am Herd zu versauern. Und die Zeit lief und lief und lief. Björn hätte sich dich Haare raufen mögen. Die Abschlussprüfungen waren immerhin schon in fünf Monaten.

Im Augenblick saß er gerade wieder im Flugzeug, betrachtete die graue Wolkendecke und grübelte. Yussuf hatte ihm vor zwei Tagen eine Mail geschrieben, die ihn elektrisierte. Offenbar überschlugen sich in Kairo die Ereignisse. Plötzlich huschte ein zufriedenes Strahlen über sein Gesicht. Ja, die Ereignisse in Kairo …

Bassima wartete, wie immer, sehnsüchtig auf das Flugzeug. Heute war das Wetter genau so trübe wie ihre Stimmung. Sie hatte wieder eine Absage auf ihre Bewerbung bekommen. Am liebsten hätte sie mit den schwarzen Wolken um die Wette geheult. Björns Auftauchen zauberte endlich wieder ein Lächeln auf ihr Gesicht. Er schaute sie prüfend an.

„Ärger?", fragte er kurz, bevor er sie zärtlich küsste.

„Wie man es nimmt", versuchte sie abzuwiegeln. Sie hakte sich bei ihm unter, als sie zum Taxistand gingen.

„Du bist eine schlechte Schauspielerin." Björn streichelte ihre Wange. „Was ist los?"

Bassima seufzte. „Das Übliche. Ich hab wieder eine Absage. Langsam glaube ich wirklich, dass ich nicht das richtige Geschlecht habe. Aber vielleicht auch nur die falsche Hautfarbe." Sie wischte eine Träne weg, legte ihren Kopf an Björns Schulter und schloss die Augen.

In der kleinen WG schliefen wohl schon alle. Kein einziger Lichtstrahl, war in den Fenstern zu sehen. Björn stellte seine Tasche ab, Bassima eilte in die Küche, jonglierte Augenblicke später die liebevoll angerichtete Platte mit Wurst und Käse herein. Es glich fast schon einem Ritual, wie die beiden diesen kleinen Nachtimbiss einnahmen. Björn hatte sich schon die ganze Zeit darauf gefreut. Bassima ließ sich immer etwas Neues einfallen, womit sie auch zielsicher genau seinen Geschmack traf. Heute konnte sie ihre gedrückte Stimmung wirklich nicht ganz verbergen.

Er atmete tief durch, worauf sie den Kopf hob. „Tut mir leid, ich wollte dir nicht die Laune verderben."

„Vielleicht habe ich ja das Richtige, um dich etwas aufzuheitern." Er zog seinen Laptop heran.

Bassima bekam große Augen. „Ein Jobangebot?"

„Und ein Heiratsantrag und außerdem in genau dieser Reihenfolge, damit du nicht glaubst, dass ich dich als Anhängsel betrachte." Björn zog die Augenbrauen in die Höhe. „Habe ich wenigstens im letzten Punkt eine Chance oder stimmt hier auch die Hautfarbe nicht?"

Bassima wechselte die Gesichtsfarbe wie eine bengalische Wunderkerze. „Das – das – das kommt alles so plötzlich", stotterte sie verwirrt.

Er klappte den Laptop wieder zu. „Lass dir Zeit mit der Entscheidung." Von seinen Ängsten, sie könne einem jüngeren Mann den Vorzug geben, sollte sie nichts erfahren.

Björn griff nach Kulturtasche und Bademantel, um sich für die Nacht mit ihr frisch zu machen. Noch bevor er den Schlüssel der kleinen Sanitärzelle herumdrehen konnte, wurde die Tür von außen aufgedrückt und Bassima schlüpfte mit hinein. Überrascht-fragend schaute er sie an. Sie blinzelte mit einem Auge, deutete mit dem Kopf auf die Dusche und begann, sich auszuziehen. Björn wurde heiß und kalt.

So wie es aussah, war das wohl die Antwort auf seinen Heiratsantrag, denn diesmal ließ sie auch die letzte Hülle fallen. Seine heftige Gefühlsaufwallung etwas südlich quittierte sie, indem sie sich lustvoll an ihn schmiegte und schließlich langsam tiefer glitt.

„Übertreib es nicht", flüsterte er in höchster Erregung, während ihre Hände und Lippen genau das taten, was er nur halbherzig zu verhindern suchte.

Das warme Wasser spülte augenblicklich alle verräterischen Spuren weg.

Björn drückte Bassima an die gefliese Wand, schaute ihr lange in die schwarzen Augen, in denen ein geheimnisvolles Feuer brannte. „Den letzten Schritt gehe ich trotzdem erst in der Hochzeitsnacht, auch wenn es fast unmenschlich schwer fällt", hauchte er ihr ins Ohr, bevor er ihr leidenschaftlich in gleicher Währung zurückzahlte. Wenn auch ziemlich verwirrt darüber, was sie selbst begonnen hatte, presste Bassima lustvoll Björns Kopf fest in ihren Schoß.

Am nächsten Morgen öffnete sie die Augen und begegnete seinem liebevollen Blick. Schnell schloss sie die Augen wieder, als könne sie damit verhindern, beinahe dunkelrot anzulaufen.

Björn schüttelte amüsiert den Kopf. „Ja, ja, die Geister die ich rief…"

Bassima kuschelte sich an seine Brust. Vorsichtig wagte sie einen zweiten Versuch, die Augen aufzumachen. Björn schien ihr wirklich nicht böse zu sein. Immerhin hatte sie sich gestern ohne Erklärung regelrecht in den Schlaf geflüchtet. Ziemlich erleichtert stellte sie fest, dass er auch keinerlei Erklärungen erwartete.

Mit den Worten: „Es war schön", küsste er sie auf die Nasenspitze.

„Hmm, hmm, das war es wirklich." Bassimas Zeigefinger huschte streichelnd über seine Brust.

Björn fing ihre Hand auf halben Weg zum eigentlichen Ziel ab, schüttelte leicht den Kopf. Die Stimmen auf dem Gang vor dem Zimmer hätten kaum die richtige Atmosphäre aufkommen lassen.

Das Frühstück nahmen alle in der WG gemeinsam in der großen Küche ein. Zufrieden stellte Bassima fest, dass niemand etwas von ihrem kleinen Abenteuer bemerkt hatte. Violetta hätte sich einen entsprechenden Kommentar keinesfalls verkneifen können. Björn gab sich ebenfalls so unbefangen, wie eben einer, der in jeder Weise völlig unschuldig ist.

Nach dem Essen bat Bassima darum, sich das Angebot noch einmal ansehen zu dürfen. Sie studierte aufmerksam die Stichpunkte, die er in einer extra Datei hinterlegt hatte. Ab und zu nickte sie. Dieser Job hatte zwar absolut nichts mit dem zu tun, was sie studierte, interessierte sie aber trotzdem aus mehreren Gründen mindestens genau so.

Bassima schaute auf. „Ja und ja und genau in dieser Reihenfolge", sagte sie lächelnd.

„Wirklich?", fragte Björn überrascht, denn darauf, dass sie den Job annehmen würde, hatte er fast nicht zu hoffen gewagt.

Sie beugte sich ihm zum hinüber. „ Ja, weil es mich beides wirklich überzeugt."

Björn zog sie auf seinen Schoß, drückte sie stumm an sich, streichelte ihr Haar und war einfach nur der glücklichste Mensch auf der Welt. Bassimas Herz klopfte nicht minder heftig wie das seine.

Er schaute plötzlich auf die Uhr. „Ich glaube, ich sollte schnellstens deinen Vater um deine Hand bitten."

Bassima nickte begeistert, während er bereits Hakims Nummer wählte. Schon beim zweiten Klingeln hob er ab.

„Hallo Björn, schön dich zu hören."

„Grüß dich, Hakim. Kannst du mir einen ganz großen Gefallen tun? Ich müsste dringend mit Gamal sprechen."

„Kein Problem, der sitzt genau neben mir."

„Warte, kannst du online gehen? Ich möchte ihn gern sehen."

„Wird gemacht." Hakim ging ins Internet und drehte den Laptop etwas zur Seite, so dass alle auf den Monitor schauen konnten.

„Oh, störe ich bei wichtigen Dingen?", fragte Björn erstaunt, dann begrüßten er und Bassima Gamal, Aakash und Tamer.

Gamal lachte. „Warum so aufgeregt, was ist passiert?"

Björn atmete tief durch. „Ich möchte dich um die Hand deiner Tochter bitten."

Überraschte Gesichter am anderen Ende der Verbindung.

Björns Herz begann zu rasen. Was, wenn Gamal vielleicht doch gegen diese Ehe wäre?

Da sagte er schon: „Wenn es euer beider Wunsch und Wille ist, stehe ich dem nicht im Wege."

Bassima fiel Björn mit einem Jubelschrei um den Hals, winkte in die Kamera und ließ keinen Zweifel daran, wie groß ihr Wunsch danach war. „Danke Daddy!", rief sie überglücklich.

Die Männer um Gamal applaudierten.

„Habt ihr schon geplant?", fragte Gamal neugierig.

Bassima und Björn schüttelten die Köpfe. „Ich stelle mir das Ganze in etwa so vor", erklärte Björn, „Bassima beendet zuerst ihr Studium, zieht zu mir nach Uppsala, wo sie auch ihren Job antritt. Dann holen wir dich und Amina zur Trauung nach Schweden. Anschließend, das heißt schon am nächsten Tag, fliegen wir alle, damit meine ich auch meine Eltern und Freunde, nach Kairo. Wenn Hakim nichts dagegen hat, und wie zu seiner Hochzeit ein Zelt und Unterkünfte für etwas sechzig Leute aufstellen kann, dann fallen wir wie ein Heuschreckenschwarm über Isri her und feiern mit euch allen zwei volle Tage unsere Hochzeit."

„Na logisch kann ich das!", rief Hakim. „Du hast ja keine Ahnung, wie schnell ich hier wieder eine Zeltstadt hinzaubern lasse. Dafür erwarte ich aber, dass du dann mit deiner Gattin mindestens noch zwei oder drei Wochen bei uns bleibst."

„Aber mit dem größten Vergnügen", waren sich die beiden Verliebten sofort einig.

„Und ihr seid sicher, dass Bassimas Arbeitgeber, gleich so lange Urlaub genehmigt?", fragte Gamal verunsichert.

Björn grinste jungenhaft. „Ach doch, den kenne ich ziemlich gut."

Hakim begann zu lachen. „Ich glaube, Yussuf kennt ihn auch. Er wird sich besonders freuen, ihm auf eurer Feier, auf die Schulter klopfen zu dürfen."

Jetzt fiel bei Gamal der Groschen. Ohne Worte deutete er auf den Monitor auf Björn, der sein Grinsen noch mehr in die Breite zog.

„Hakim und Yussuf haben mich so mit Aufträgen eingedeckt, dass ich es für richtig halte, eine kompetente Mitarbeiterin einzuweihen, die zudem mit Herzblut an der Sache hängt und beim Übersetzen besonders feinfühlig zu Werke gehen wird", erklärte Björn dann doch ziemlich ernst. „Wem könnte ich wohl mehr vertrauen als Bassima? Sie weiß noch nicht worum es genau geht, nur, dass es streng vertraulich und hoch brisant ist."

„Wenn ich euch schon mal im Gespräch habe, dann gebt mir für Celine bitte noch die E-Mail-Adresse von Bassima. Unsere Frauen planen irgendetwas Großes, was sie ganz allein durchziehen wollen", bat Hakim.

„Celine und Fatima?", wollte Bassima wissen.

Hakim lachte. „I wo! Alle fünf!" Er deutete in die Runde der Beduinen.

Bassima nannte die Adresse. „Schön, wenn Mutter endlich wieder Hoffnung schöpft."

„Wir alle", strahlte Gamal. „Passt auf euch auf und haltet uns auf dem Laufenden."

„Machen wir. Du kannst damit rechnen, dass wir sofort nach Studienabschluss heiraten werden", verriet Björn. „Macht es alle gut. Bis bald." Er unterbrach den Kontakt.

„Noch mehr Gründe, deine Projekte in jeder Weise zu unterstützen", schmunzelte Gamal, als ihm Hakim die Schulter klopfte. „Ich habe inständig auf diese Hochzeit gehofft und bin nun trotzdem ziemlich überrascht worden, weil ich so schnell nun wirklich nicht damit gerechnet habe."

„Tja, mein Lieber, Björn hat der Blitz aus völlig heiterem Himmel getroffen. Ich kann ihn bestens verstehen, dass er nichts anbrennen lassen will. Er zählt garantiert schon die Tage, so wie ich es getan habe." Hakim lehnte sich überaus zufrieden zurück. „Richten wir also deiner Tochter eine unvergessliche Feier aus. Mit uns allen, inbegriffen eurem Stamm, kommen wir auf vielleicht hundertsiebzig, wobei ich davon ausgehe, dass alle Kairoer die Nacht zu Hause verbringen werden."

Gamal seufzte. „Ich werde einige Probleme haben." Er rieb Daumen und Zeigefinger aneinander.

„Wirst du nicht." Hakim tippte ihm mit dem Finger auf die Brust. „Du kümmerst dich um die Kleidung für dich und deine Frau, den Rest bekommen wir schon irgendwie zusammen. Vergiss nicht, dass dein zukünftiger Schwiegersohn nicht irgendwer ist. Geschenke kannst du voll vergessen, es gibt sicher nichts, was er nicht schon in seinen vier Wänden hat. Stecken wir also Geld und Ideen lieber in das Fest."

„Und wie kommen wir nach Schweden?", fragte Gamal verzagt.

„Mit dem Flugzeug", grinste Hakim. „Björn sprach davon, dass er euch holt. Bassima hatte doch auch plötzlich ein Ticket in der Hand, um zu meiner Hochzeit zu kommen. Also lass das Grübeln und freue dich einfach auf die Reise."

„Verrückter Kerl, du könntest vom Alter her glatt mein Sohn sein", murmelte Gamal. „Aber ich sollte trotzdem auf dich hören." Er schloss Hakim liebevoll-väterlich in die Arme.

Aakash und Tamer zwinkerten Hakim hinter Gamals Rücken verschwörerisch zu.

Auf dem Hof hupte es. Celine schaute neugierig aus dem Wirtschaftsgebäude, in welchem sie noch einige Arbeiten zu erledigen hatte. „Ah, Fatima, Yussuf! Welcher Wind treibt euch denn zu später Stunde hierher?"

Die vier Männer kamen auch gerade aus dem Haus und sie hörten wie Yussuf antwortete: „Die Sorge, dass ich Björn zuviel zumute. Ich muss dringend mit Hakim reden. Ach, da ist er ja schon."

„Kommt alle rein, es gibt Neuigkeiten", rief der Hausherr schon von weitem. Gamal, der sich wie die beiden anderen auf den Heimweg machen wollte, zog er einfach am Arm wieder mit ins Haus. Erst als Celine ein paar Erfrischungen und Naschwerk auf den Tisch gestellt hatte, begann er mit einem Kurzbericht, ohne vorher Yussuf zu Wort kommen zu lassen.

Der Geologe staunte. „Ich fasse es nicht, Björn im Glücksrausch! Leute, ich freue mich wirklich tierisch auf die Feier! Wenn seine Freunde aus der Heimat auch so sind wie er, dann wird es ein Erlebnis, das noch lange von sich reden machen wird! Lassen wir also unsere Beziehungen spielen."

Gamal schüttelte erschreckt den Kopf. Seine Freunde hatten offensichtlich wirklich vor, einfach so eine Riesenparty zu finanzieren.

Hakim brachte das Gespräch schließlich wieder auf Ben Abu. „Ich bin dafür, Gamal wirklich über jedes Detail zu informieren, so wie es auch Björn mit Bassima tun wird", beendete er seine Erklärungen.

Fatima warf einen scheuen Blick zu Celine. Die nahm ihre Hand, drückte sie, bevor sie ohne Vorbehalte zustimmte. Sie stand auf, schaute ihre Schwägerin aufmunternd an. „Das lassen wir die Männer regeln."

Fatima blieb stehen. „Aber …"

Celine schüttelte den Kopf. „Ob Hakim meine Geschichte erzählt oder ich selbst, das kommt auf das Gleiche heraus." Sie winkte Fatima aus dem Zimmer, schloss hinter sich die Tür und sagte: „Mein Leidensweg ist erst zu Ende, wenn die Verbrecherbande hinter Schloss und Riegel sitzt." Sie schaute wehmütig aus dem Fenster, vor dem Millionen Sterne an einem samtschwarzen Himmel funkelten. Leise fügte sie hinzu: „Ich hoffe inständig, dass Gamal wie die Mitglieder unserer Familie reagiert."

„Traust du ihm wirklich zu, dass er sich abwendet?"

„Ich weiß nicht." Celine streichelte Bastet, die schnurrend um ihre Beine strich.

Am nächsten Tag ging Celine Gamal, wenn auch eher unbewusst, aus dem Weg. Hakim hatte keine Andeutungen gemacht, wie dieser die Informationen zu ihrer Vergangenheit aufgenommen hatte. Celine lehnte am Gatter der Rennkamele und grübelte. Sicher hätte Hakim etwas gesagt, wenn das Gespräch eine unerwartete Wendung genommen hätte.

Sie seufzte gequält, riss sich beinahe mühsam aus ihrer Lethargie, weil die täglichen Arbeiten auf sie warteten. Celine drehte sich um und wäre beinahe mit Gamal zusammengeprallt. Wie lange er schon hinter ihr gestanden hatte, wusste sie nicht.

„Tut mir leid", stammelte er schuldbewusst, als sie heftig vor Schreck zusammenzuckte. Das hatte er auf keinen Fall gewollt. Ihren irritierten Blick beantwortete er mit: „Ich habe mich nicht getraut, dich anzusprechen, weil du so in Gedanken versunken warst. Sag doch, wenn du irgendwelche Hilfe brauchst. Du weißt, dass wir immer für dich da sind."

Ein kaum merkliches Lächeln huschte über Celines Gesicht. Sie nickte und machte sich auf den Weg zurück zum Haus. Gamal sah ihr lange nachdenklich hinterher. Es beeindruckte ihn, wie die zierliche, so zerbrechlich wirkende Frau Mut und Kraft zusammennahm, allen Widrigkeiten die Stirn zu bieten. Gamal beeilte sich die Kamelsättel für die Safari vorzubereiten, die in zwei Stunden beginnen sollte. Celine brachte ihm einen starken Kaffee, wie sie es jeden Morgen tat.

„Du siehst ungewöhnlich blass aus", stellte Gamal besorgt fest.

Sie zuckte beinahe resigniert mit den Schultern. „Mir geht es auch nicht besonders."

„Wegen gestern?"

Celine schüttelte irgendwie hilflos den Kopf. „Mir ist furchtbar übel. Aber das wird sicher wieder."

Gamal behielt sie auf dem Ritt zu den Pyramiden immer im Auge. Nach einer Weile schien sie sich wirklich erholt zu haben. Mit charmantem Lächeln erzählte sie den Touristen über die ägyptische Vergangenheit, die Pharaonen, Rituale und geheimnisvollen Tempel. Trotzdem beschloss er, Hakim einen kleinen Hinweis zu geben.

Der wiegte bekümmert den Kopf. „Das geht nun schon seit ein paar Tagen so. Sie schiebt es auf die Aufregung wegen Sabiris Empfang. Immerhin haben wir wirklich etwas Stress, weil wir uns alle Mühe geben, bis dahin eine halbwegs vernünftige Figur auf dem Tanzparkett zu machen. Aber wenn es dir auch schon aufgefallen ist, dann werde ich lieber den Rat von Doktor Feisal einholen."

Celine sträubte sich nicht einmal, als Hakim ihr den Vorschlag unterbreitet. Ihr fiel es wirklich schwer, morgens aus dem Bett zu kommen. Dann dauerte es immer bald zwei Stunden, bis sie einigermaßen Tritt gefasst hatte.

Der Doktor kam in den Abendstunden, stellte seiner Patientin Fragen über Fragen, maß Blutdruck, nickte ein paar Mal wissend, dann setzte er ein beinahe fröhliches Lächeln auf. „Nun, meine liebe Frau al Kassim, ich halte das für die völlig normalen Begleiterscheinungen einer Schwangerschaft. Ein kleiner Test dürfte da endgültige Klarheit bringen." Er kramte in seiner großen Tasche, drückte der völlig konfusen Celine die Packung in die Hand und sagte: „Rufen Sie mich morgen früh am besten gleich an, wie das Ergebnis aussieht."

„Und was hat der Doktor gesagt?", fragte Hakim, kaum dass Celine das Zimmer verließ.

Sie reichte ohne Kommentar, und noch immer völlig aufgelöst, den Schwangerschaftstest an ihn weiter. Ein neugieriger Blick, ein schnelles Begreifen, dann riss er sie in die Arme. Weder Hakims riesige Freude, noch das Warum, drangen wirklich in ihr Bewusstsein ein. Celine stand da, ließ den Kopf hängen und überlegte krampfhaft, was eigentlich gerade mit ihr geschah. Hakim hob ihren Kopf an.

Zwei tief traurige Augen blickten ihn. „Ich schaffe das alles nicht." Celine begann hemmungslos zu weinen.

Er nahm sie auf die Arme, trug sie ins Schlafzimmer, wo er sie beinahe übervorsichtig auf das Bett legte, setzte sich zu ihr und wartete, bis sie sich in den Schlaf geweint hatte. Dann griff er zum Telefon. „Entschuldige die späte Störung, Yussuf. Ich habe hier ernsthafte Probleme. Ist morgen ein Tag Urlaub drin? Ja? Super. Ich danke dir." Schnell kehrte er ins Schlafzimmer zurück, deckte Celine zu, zog nur seine Schuhe aus und legte sich neben sie auf das Bett.

Ihre Reaktion auf die, eigentlich freudige, Nachricht hatte ihn zutiefst enttäuscht. Er starrte an die Decke und versuchte, eine brauchbare Lösung zu finden. Einerseits konnte er sie verstehen – sie hatte wirklich immens viel Arbeit, andererseits war das doch alles kein Grund, die Schwangerschaft wie eine Seuche von sich zu weisen. Hakim schluckte. Es wäre ja auch zu fantastisch gewesen, wenn sich in sein großes Glück nicht irgendwo ein gallebitterer Wermutstropfen gemischt hätte. Es dauerte eine Weile, bis er merkte, dass ihm Tränen über die Wangen liefen. Er tastete nach Celines Hand, umfing mit einem Arm ihren Körper, legte seine Wange an ihre Stirn und schlief irgendwann ein.

Mitten in der Nacht erwachte er. Celine warf sich unruhig hin und her, zuckte einige Male zusammen, machte Bewegungen, als ob sie vor etwas flüchten wolle, um beinahe übergangslos beide Hände schützend auf ihren Bauch zu legen. Hakim gab es auf, begreifen zu wollen, was sie gerade durchlebte. Am Morgen tastete er neben sich. Das Bett war leer. Mit einem Satz war er auf den Beinen und horchte in den Flur. Das Klappern von Geschirr aus der Küche beruhigte ihn. Er beeilte sich ins Bad zu kommen, um die letzten Spuren einer quälenden Nacht aus seinem Gesicht zu tilgen. Kaffeeduft empfing ihn, als er die Tür aufzog.

Celine kam ihm entgegen, schmiegte sich an ihn, als wäre nie etwas Ungewöhnliches gewesen. Hakim hauchte ihr einen Kuss auf die Lippen. Seine Hände glitten über ihren Rücken, um schließlich an ihren Hüften zu ruhen. Celine drehte sich langsam zwischen seinen Händen um, die sie etwas tiefer dirigierte, bis sie die Wärme seiner Haut ein Stück unterhalb ihres Nabels spüren konnte. Hakim schloss glücklich die Augen.

Was auch immer diese Nacht mit ihr geschehen war, es hatte sie dazu gebracht, sich auf das Baby zu freuen. Seine Fingerspitzen wanderten über ihren Hosenbund, fanden den Knopf, öffneten ihn, huschten auf der nackten Haut tiefer und noch tiefer und Augenblicke später trug er sie ins Schlafzimmer, wo er nachholte, was ihm am Abend zuvor versagt geblieben war. Dass sich Bastet am Essen auf dem Tisch vergreifen könnte, war in weite, weite Ferne gerückt, außerdem würde davon die Welt ganz sicher nicht untergehen.

Die Beduinen wunderten sich, dass gegen zehn Uhr Hakims Auto noch immer hinter dem Haus stand, wo er doch normalerweise sieben Uhr im Institut mit der Arbeit beginnen musste. Auch Celine war weit und breit nicht zu sehen.

„Hoffentlich ist nichts Schlimmes, ich hab gestern ziemlich spät den Doc vom Hof fahren sehen." Aakash kratzte sich nervös am Kinn.

„Das sagst du erst jetzt???" Gamal fuhr herum. Bevor er richtig ungehalten werden konnte, öffnete sich die Haustür, Bastet huschte heraus, ihr folgten Hakim und Celine. Gamal atmete auf.

„Hast es wohl verschlafen?", fragte Tamer mit einem Augenzwinkern.

Hakim lachte. „Könnte man um diese Uhrzeit durchaus vermuten."

Gamal schaute Celine prüfend an. „Alles in Ordnung?"

Hakim blinzelte ihr zu. Sie zwinkerte zurück und deutete für alle sichtbar einen dicken Bauch an.

„Na, dann wundert mich nichts mehr", seufzte Gamal erleichtert. „Ich hatte mir schon ernsthafte Sorgen gemacht."

„Die werde ich dir möglicherweise machen", warf Hakim ein. Er zeigte hinüber zu den Palmen, um anzudeuten, dass dringender Gesprächsbedarf bestand. Celine breitete bereits den Teppich aus, stellte die Kaffeebecher bereit und beeilte sich, das duftende Getränk auszuschenken. Dann zog sie sich zurück. Die Männer tranken ihren Kaffee, schwiegen und warteten darauf, dass Hakim zu sprechen anfing.

Er stellte seinen Becher ab, nickte Gamal zu. „Ich habe vor, dich auf unbestimmte Zeit zum Verwalter meiner Geschäfte zu machen."

Der Angesprochene ließ vor Schreck beinahe seinen Becher fallen. Mit allem hätte er gerechnet, nur nicht damit. Celine war absolut perfekt in der Koordination aller Vorgänge. Offenbar ging es ihr doch nicht so gut, sonst hätte Hakim ihr niemals diese Aufgabe entzogen.

„Es war Celines Wunsch", stellte Hakim klar. „Sie wird sich in erster Linie um ihre Ausbildung kümmern, solange es geht, die Karawane begleiten und ihr eigenes Geschäft weiter aufbauen, welches sie mit den Frauen abgesprochen hat. Ich kann von ihr nicht völlig Unmögliches verlangen. Sie kann nicht Mutter, Studentin und Chefin zweier Firmen gleichzeitig sein und nebenbei auch noch einen ganzen Hof versorgen.

Ich bin inzwischen durchaus in der Lage, dir einen fairen Vertrag anbieten, und dich angemessen entlohnen zu können. Ihr werdet alle drei in den nächsten beiden Wochen an das Strom- und Telekommunikationsnetz von Isri angeschlossen. Ich hoffe, dass ich eines Tages in der Lage sein werde, auch Aakash und Tamer fest unter Vertrag zu nehmen."

„Ich werde euch nicht enttäuschen." Gamal hob die Hand zum Schwur. Später folgte er Hakim ins Arbeitszimmer, wo er seinen Vertrag eingehend prüfte und schließlich sehr zufrieden unterschrieb.

Celine kam mit hinzu. „Ich werde dich in den nächsten Tagen in alles einweisen und dir dann die Geschäfte übergeben. Natürlich bin ich jederzeit für dich erreichbar, wenn es Fragen gibt. Es ist mir nicht leicht gefallen, aber die Entscheidung gegen unser Baby, nur weil es zu einer ungünstigen Zeit kommt, wäre das schlimmste Verbrechen gewesen. Ich habe Hakim gestern sehr weh getan, weil ich etwas Zeit gebraucht habe, bis ich wirklich begriffen hatte, was geschehen ist. Es wäre eine glatte Lüge, wenn ich behauptete, ich würde mich nicht freuen." Celine war an den Spiegel heran getreten, legte die Hände um den goldverzierten Rahmen und schaute in das Glas, welches ihr Bild fast durchscheinend wiedergab.

Dahinter breitete sich eine grüne Landschaft aus Palmen und blühenden Sträuchern aus. Ein kleines Mädchen pflückte Blüten, die es vorsichtig in einen geflochtenen Korb legte. Hakim war aufgestanden und neben Celine stehen geblieben. Das Mädchen winkte ihm fröhlich zu, bevor die Landschaft zerfloss und der Spiegel Celines Bild deutlich und klar wiedergab.

„Ich glaube fast, das Geheimnis deiner Salben ist gerettet", sagte Hakim lächelnd, als sich Celine zu ihm umwandte.

„Du hast sie auch gesehen?", fragte sie überrascht.

Er nickte glücklich. „Sie ist genau so hübsch wie du – unsere kleine, wissbegierige Tochter. Und er", Hakim deutete auf den Spiegel, „scheint Freude daran zu haben, dich mit Informationen zu versorgen."

Gamal betrachtete überrascht das junge Paar, dem es tatsächlich immer wieder gelang, mit dem Spiegel zu kommunizieren, wobei Celine in der Tat den heißeren Draht hatte.

„Der Aura einer Priesterin kann er wohl nicht widerstehen", bemerkte er fast beiläufig. „Ich könnte mich nicht erinnern, dass er in den letzten Jahren so oft, in so kurzer Zeit, im Beisein Dritter aktiviert worden wäre."

„Das könnte wirklich die Erklärung sein." Hakim ließ seinen Blick noch einmal über die makellos glänzende Spiegelfläche gleiten, aus der ihm vor wenigen Sekunden seine kleine Tochter zugewinkt hatte.

Das Telefon klingelte. Yussuf war am anderen Ende. „Ich wollte nur anfragen, ob du Hilfe brauchst."

„Dank der Nachfrage. Die größten Probleme haben wir bereits geklärt. Ich stehe morgen früh wieder pünktlich auf der Matte."

„Dann grüße alle von mir. Bis morgen."

„Yussuf lässt euch grüßen. Er hat sich Sorgen gemacht."

Celine schaute betreten zu Boden. „Es tut mir leid, dass ihr meinetwegen so viel Ärger habt."

„Unsinn", sagte Hakim. „Du hast oft genug gesagt, bis wohin deine Kraft reicht. Wenn dann plötzlich noch mehr auf dich einstürzt, brauchen wir uns doch alle nicht wundern, wenn du völlig verzweifelt bist. Das Allerwichtigste ist jetzt, dass du gesund bleibst und unsere Kleine einen guten Start ins Leben bekommt.

Wenn du dich nicht stark genug fühlst, dann lass einfach einige Arbeiten liegen. Die laufen ganz sicher nicht weg und ich werde nicht gleich umfallen, wenn ich dich nun etwas mehr unterstützen muss."

Plötzlich zog ein lustiges Grinsen über sein Gesicht. „Und wenn die Kleine da ist und nicht mehr ganz winzig ist, dann wird sich Großmutter

Jasina riesig freuen, sie betreuen und mit ihr ein paar nette Stunden verbringen zu können."

„Amina ist ja auch noch da", ließ sich Gamal vernehmen.

Celine nickte freudig. „Stimmt, auf sie fliegen die Kinder regelrecht. Das hat sie aber auch verdient, so liebevoll, wie sie mit ihnen umgeht. Bassima muss ein sehr glückliches Kind gewesen sein, mit euch beiden als Eltern."

„Danke. So viel Lob tut gut." Gamals Augen leuchteten stolz. Als er etwas später mit Hakim auf dem Hof stand, sagte er: „Ich habe gestern ein paar unserer Männer nach Ben Abu raus geschickt. Sie finden mit Sicherheit eher brauchbare Spuren als die Leute von Hawass', auch wenn sie nur vorbei ziehen und beobachten. Aber eines kann ich dir versprechen, ihnen wird nicht die kleinste Anomalie im Sand entgehen, wenn du verstehst, was ich meine."

Hakim drückte dankbar seine Hand.

Gamal hatte die Einfahrt gerade passiert, als Hakim noch etwas einfiel. „Moment noch!", rief er hinterher und folgte mit schnellen Schritten seinem Freund und Mitarbeiter. „Eine Option auf die Zukunft, wenn du oder die beiden anderen anbauen möchtet, dann werde ich euch keine Steine in den Weg legen. Das sage ich ihnen bei Gelegenheit auch noch einmal persönlich. Das Land hier unten am Rand werde ich nicht anderweitig verplanen." Hakim ließ den völlig überraschten Gamal einfach stehen.

„Du siehst aus, als wärest du einem Geist begegnet", stellte Amina mit einem skeptischen Blick auf Gamal fest. „Gab es Probleme?"

Er setzte sich und legte die Papiere auf den Tisch. Amina bekam große Augen. Immer wieder las sie die drei Seiten von oben bis unten durch, schloss und öffnete die Augen, schüttelte den Kopf und las noch einmal. „Ich verstehe das nicht. Warum entzieht er Celine auf einmal die Verantwortung?"

Gamal begann zu lachen. „Genau die gleiche Frage habe ich auch gestellt. Celine hat es persönlich so bestimmt. Sie ist schwanger und kann sich schließlich nicht zerreißen. Also kümmert sie sich um das, was sie mit euch begonnen hat und ich mich ab sofort darum, dass Hakims Geschäfte boomen, woran wir ja alle mitverdienen. Nicht einmal schlecht, wie du gerade gelesen hast. Spätestens in zwei Wochen gibt es hier in unseren Hütten Strom und Internet. Andere Modernisierungen, in Form von An- und Ausbau, hat Hakim ausdrücklich befürwortet."

Amina fiel Gamal mit Freudentränen in den Augen um den Hals. „Ich bin so stolz auf dich."

Er drückte sie liebevoll an sich. „Langsam, langsam, das muss ich mir erst erarbeiten. Der Vertrag ist das eine, ihn ordentlich zu erfüllen, das andere." Er zwinkerte ihr lustig zu. „Wenigstens muss ich Björns Eltern nun nicht mehr sagen, ich sei nur ein Tagelöhner vom Rande der Wüste."

„Meinst du, dass dich Hakim und Celine jemals als solchen gesehen haben?"

Gamal schüttelte den Kopf. „Nein, für die beiden bin ich vom ersten Tag an ein Nachbar, und später ein Freund, gewesen, der ihnen etwas behilflich ist. So soll es auch bleiben, egal ob mit oder ohne Vertrag. Ich werde das Zipfelchen Glück, welches mit den beiden zu uns gekommen ist, mit allen Kräften festhalten, so wahr mich der alte Schwur bindet."

„Apropos Glück – Celine freut sich doch bestimmt riesig auf das Baby."

„Jetzt schon", antwortete Gamal ausweichend. „Ich weiß nicht, was gestern vorgefallen ist, aber die große ungetrübte Freude scheint es für sie nicht sofort gewesen zu sein."

Amina nickte. „Ich habe mich die ganze Zeit schon gefragt, wie sie mit allem gleichzeitig zurecht kommt. Sie baut ja auch Fatima immer wieder seelisch auf, obwohl sie selber sicher genug Probleme hat. Sie tut gut daran einen Teil der Verantwortung abzugeben, damit sie sich in Ruhe um ihr Baby kümmern kann."

Am späten Nachmittag tauchten natürlich die al Bakirs und plötzlich auch die al Kassims auf, denen Fatima logischerweise telefonisch Bescheid gegeben hatte, dass Hakim vielleicht in Problemen stecken könnte. Ali konnte einen Jubelschrei nicht ganz unterdrücken, als er erfuhr, dass er in einigen Monaten den ehrenvollen Titel „Großvater" führen sollte.

Er begrüßte die Entscheidung, einen Verwalter einzusetzen, voll und ganz, erst Recht, als er erfuhr, um wen es sich dabei handelte. „Es kommt manchmal im Leben etwas anders, als man es in den schönsten Planungen vorgesehen hat", sagte er mit einem frohen Lachen zu Celine.

„Stimmt. Deshalb bekommst du ja auch eine Enkelin", konterte Celine, auf seine Hoffnung anspielend, sein Geschäft irgendwann seinem Enkel übergeben zu können.

„Ihr habt das Geschlecht bestimmen lassen?", fragte Ali etwas unangenehm berührt.

„Ach was! Der Spiegel hat es uns verraten! Wir haben unsere Tochter sogar gesehen", kicherte Hakim. „Wozu Geld für Dinge ausgeben, die doch eigentlich völlig egal sind. Hauptsache die Kleine ist gesund."

„Gesehen?" Jasina glaubte, sich verhört zu haben.

„Ja, in einem blühenden Paradies, in das Celine in den nächsten Jahren Isri verwandeln wird", erzählte Hakim. „Manche Dinge kommen wohl doch genau so, wie man es geplant hat. Die ersten Sämlinge sind auf der Rabatte vor dem Haus schon aufgegangen. Von Papa bekommt sie genau so ein Körbchen zum Geschenk, wie sie heute in der Hand hielt, damit sie mit Mama Kräuter für Salben sammeln kann."

„Und wenn ich mich nicht irre, dann werden unsere Lieblingsdattelpalmen voller Früchte hängen. Du kannst dich also schon auf die Ernte freuen", gab Celine Yussuf frohe Auskunft. „Deine Bodenanalysen sind wirklich phänomenal. Ich habe zwanzig kleine Bäumchen, die ich in wenigen Wochen genau dort auspflanzen werde, wo du es mir empfohlen hast. Farah wird in einem schattigen Palmenhain spielen und im Wasser der kleinen flachen Bewässerungsgräben planschen können."

„Farah?" Jasina schaute Celine neugierig an.

„Damit ich nicht alles vergesse. Das war der Name meiner Mutter", sagte sie leise.

„Irgendwelche Wünsche, Sorgen, bei denen wir euch helfen können?" wollte Ali wissen.

Celine lächelte dankbar. „Im Augenblick nicht. Ich muss nur endlich lernen, dass ich Teil einer Familie bin und auch Freunde habe."

Eselsgeschrei ließ alle erschreckt aufhorchen. Im Licht der untergehenden Sonne nahte ein Reiter auf einem der Langohren.

„Wo kommt denn Gamal um diese Zeit her?" Yussuf hatte den Beduinen sofort erkannt.

Hakim beschattete die Augen mit der Hand um besser sehen zu können. „Ich denke, von den Zelten. Die Männer suchen nach Spuren in der Nähe von Ben Abu. Sie trauen den Ermittlern aus der Stadt nicht allzu viel zu, womit sie sicher nicht völlig falsch liegen."

Ali gab ein zustimmendes Brummen von sich. „Ich habe auch mehr Vertrauen zu ihnen, als zur Polizei. Aber wir leben in einem zivilisierten Land und müssen gewisse Regeln einhalten. Ich bin trotzdem froh, dass sie sich der Sache angenommen haben."

„Allerdings kann niemand für die Regeln garantieren, wenn sie einen der Gesuchten allein irgendwo in der Wüste erwischen", erklärte Hakim. „Gamal hat mir erzählt, was üblicherweise passiert, wenn sie einen Vergewaltiger zwischen die Finger bekommen, der sich an einer Frau aus ihrem Stamm vergriffen hat. Celine nimmt für sie den gleichen Stellenwert ein, wie ihre Frauen. Sie werden nicht eher ruhen, bis sie auch noch den Letzten aus seinem Schlupfloch getrieben haben."

Yussuf bekam eine Gänsehaut. „Ich glaube, davon mal irgendwo gelesen zu haben – kein Bedarf an genaueren Erklärungen."

„Gleichfalls", warf Ali sofort ein. „Reden wir lieber von etwas Schönem. Seid ihr alle auf Sabiris Empfang vorbereitet?"

„Bestens!", hörte er die vier jungen Leute im Chor sagen.

Ali schmunzelte. Sie beiden Paare hatten in den letzten Tagen so verbissen das Tanzen geübt, als ginge es um eine Weltmeisterschaft. Das brachte Jasina auf die Idee, in jeden der Tänze drei kleine Partnerwechsel einzubauen, so dass am Ende die Männer wieder ihre Angetraute in den Armen hielten. „Wenn wir schon auffallen, dann richtig", hatte sie gesagt und war damit bei allen auf offene Ohren gestoßen.

„Kleidung?", fragte Jasina.

Wieder vierfaches Nicken.

„Schmuck?" Ali schaute die Frauen an. Strahlendes Lächeln bei Jasina und Fatima, während Celine etwas unsicher ihren Skarabäus und die kleinen Creolen berührte.

„Also nicht ganz", stellte Ali amüsiert fest. „Aber dem kann abgeholfen werden. Mein Musterkoffer ist wieder bestens bestückt und ich habe auch schon eine ganz wundervolle Idee zu deinem dunklen schlichten Kleid." Er öffnete die Heckklappe, zog den Koffer hervor, den er auch gleich auf der Kühlerhaube des Autos aufmachte. Ganz oben, auf schwarzem Samt, lag eine goldene Oberarmspange, welche eine Kobra mit drohend aufgerichteter Haube darstellte, äußerst filigran gearbeitet war und im Abendlicht funkelte.

„Leg sie an!" Ali reichte Celine das Schmuckstück. „Einfach wundervoll!", strahlte er, als sie ihren Arm mit der Kobra präsentierte. „Passt zum Skarabäus, zu den Creolen, zum Kleid und zur Frau – Herz was willst du mehr." Er klappte den Koffer wieder zu.

„Und der Preis?" Celine schaute ihn aus großen Augen an.

„Ist eine kleine Enkelin, die sicher eines Tages auch Gefallen an Großvaters Schmuck findet", sagte er lachend und verstaute die Tasche wieder im Auto.

Celine fiel ihm, völlig entgegen ihrer sonstigen Zurückhaltung, dankbar um den Hals. Ali grinste über ihre Schulter hinweg die anderen siegesbewusst an. Seinem Gesicht war überdeutlich anzusehen, wie sehr er sich auf den Abend bei Sabiri freute. Der kleinen Instruktionen, die er Celine und Hakim die Aziz' betreffend in den letzten Tagen gegeben hatte, hätte es nicht einmal bedurft. Der Tanz mit Suleika war fest bei Hakim eingeplant und Celine wäre nie auf die Idee gekommen, Hassan einen Korb zu geben. Sie hatten den beiden wahrlich viel zu verdanken.

„Dann wollen wir euch nicht weiter aufhalten", sprach Ali schließlich und öffnete Jasina die Autotür. „Jetzt bin ich beruhigt, weil ich mit eigenen Augen gesehen habe, dass es euch gut geht."

Auch Fatima und Yussuf traten erleichtert den Heimweg an. Hakim sah mit Celine den Fahrzeugen hinterher, bis die Rücklichter in der Ferne verschwanden. Er legte ihr den Arm um die Schulter, gemeinsam schlenderten sie zum Haus, vor dem Bastet schon sehnsüchtig auf ihr Abendbrot wartete.

„Den Bürokram erledigst du morgen mit Gamal, damit er gleich live und in Farbe sieht, was sich jeden Tag aufstaut. Ich denke, die Emails laufen bis dahin nicht davon." Hakim schlug den Weg zur Küche ein.

Er füllte Bastets Näpfe, Celine kümmerte sich inzwischen um das Abendbrot. Wenige Worte hatten genügt, um sich abzustimmen. Endlich saßen sie bei Kerzenschein, mit untergeschlagenen Beinen inmitten der Wohnlandschaft, hörten leise Musik und ließen sich die Salate und Häppchen schmecken, die auf dem kleinen Tischchen davor standen. Das Kätzchen rollte sich still auf einem Sessel zusammen und genoss die gemütlichen Stunden mit ihren Menschen.

„Einen Abend in der Woche werden wir nur für uns frei halten", schlug Hakim vor. „Es bekommt sicher keiner Ehe gut, wenn beide Partner zwar miteinander leben, aber zu wenig Zeit füreinander haben."

Celine nickte. „Ja du hast Recht. Ich werde auch Aakash und Tamer bitten, die Kamele wieder voll zu versorgen. Es war ziemlich dumm von mir, zu glauben, dass ich alles allein machen kann. Als Gegenleistung können sie sich Tiere für die Ritte zu den Zelten ausleihen, dann müssen sie nicht stundenlang auf Eseln durch die Wüste zuckeln."

Hakim hauchte ihr einen Kuss auf die Stirn. „Freut mich, dass du von allein darauf gekommen bist. Ich habe schon befürchtet, in den nächsten Tagen ein Machtwort sprechen zu müssen. Ich liebe dich zu sehr, um einfach zuzuschauen, wie du dich hoffnungslos übernimmst."

Celine lächelte um Verzeihung heischend, schmiegte sich an seine Brust und lauschte seinem Herzschlag, der ihr das Gefühl von Wärme und Geborgenheit gab. Dann fühlte sie sich auf einmal emporgehoben. Hakim blies die Kerzen aus, ohne seinen Schatz noch einmal aus den Armen zu lassen. Er trug Celine ins Schlafzimmer, um noch lange intensiv mit ihr zu kuscheln, dabei immer wieder streichelnd mit den Fingerspitzen ihren Bauch berührend, in dem noch unsichtbar die süße Frucht ihrer großen Liebe heranwuchs.

Noch vor dem Weckerklingeln huschte er aus dem Schlafzimmer, widmete sich der Kaffeemaschine und natürlich auch Bastet, die ihn aus großen, grünen, überaus erstaunten Augen musterte, wie ein paar Minuten später auch Celine, die überrascht in der Küchentür stehen blieb. Hakim grinste vergnügt: „Frühstück ist fertig."

Ein leises „Miau", Bastet machte sich sofort über ihren Napf her. Celine gab Hakim einen Guten-Morgen-Kuss, dann ließ sie sich den Kaffee schmecken.

„Vielleicht nicht ganz perfekt, aber Mann ist ja lernfähig", witzelte er. „Yassir kann es, Yussuf ebenfalls, Björn mit großer Sicherheit, warum sollte ich es nicht probieren?"

„Für den ersten Versuch ist es ausgezeichnet", lobte Celine. „Die kleinen hilfreichen Tricks verrate ich dir noch."

Eine halbe Stunde später nahm er sie am Auto noch einmal in den Arm. „Pass gut auf euch beide auf", flüsterte er ihr ins Ohr.

„Versprochen", entgegnete sie und blinzelte ihm zu.

Hinter dem Tor traf Gamal auf Hakim, der ihm im Vorbeifahren zuwinkte. Gamal ging die übliche Runde zu den Kamelen, prüfte die Balken der Gatter, dann lief er hinüber zum Haus, klopfte und trat ein. Celine erwartete ihn im Arbeitszimmer. Der Beduine warf einen scheuen Blick auf den magischen Spiegel, den wohl oder übel alle passieren mussten, die das Zimmer betraten. Bastet lag gelangweilt auf dem kleinen Schränkchen, putzte ihr Fell und gähnte. Schließlich sprang sie zu Boden und verschwand irgendwo auf dem Hof.

„Guten Morgen. Schön, dass du schon da bist.", sagte Celine erfreut. „Ich habe noch nicht angefangen, damit du gleich allumfassend informiert bist." Sie deutete auf Hakims Schreibtisch, der nun Gamals täglicher Arbeitsplatz war. Wenige Worte genügten, Gamal das Netzwerk zu erklären. „Hakim kann sich von seinem Laptop aus von überall her einwählen und nach dem Rechten sehen, sowohl in seinen, als auch in meinen Daten. Von diesen beiden Rechnern aus kannst du sie auch sehen, aber nur hier direkt", gab Celine Auskunft. „Emails auch über Netzwerk, deshalb müssen sie immer etwas zusortiert werden, wobei manche beide betreffen." Celine ließ Gamal das Postfach öffnen.

„Ach du Schreck!" Gamal glaubte zu träumen. Da reihten sich unglaublich viele ungelesene Nachrichten zu einer langen Kette.

Celine zuckte lustig mit den Schultern. „Ein Teil davon ist mit Sicherheit Müll und kann gelöscht werden. Na, dann wollen wir mal." Sie rückte ihren Drehstuhl mit an den anderen Schreibtisch. „Alle Rechnungen speicherst du bitte sofort in diesen Ordner zwischen."

„Jeden Tag neuer Unterordner?", fragte Gamal.

„Genau." Celine freute sich, dass sie nicht von Null mit der Einarbeitung beginnen musste. Innerhalb weniger Minuten war die Post gesichtet, sortiert und wartete auf weitere Bearbeitung. Lautes Hupen ertönte auf dem Hof. „Ach, das wird die Lebensmittel-Lieferung für die Safaris sein", rief Celine erfreut.

Zusammen eilten sie hinaus, um die Waren in Empfang zu nehmen. Celine zählte die Kisten, Gamal quittierte und schon war der Lastwagen wieder verschwunden. Tamer kam mit Aakash den Weg herauf. Gemeinsam trugen die Männer die Kartons in das Wirtschaftsgebäude, Celine packte sie aus und stapelte den Inhalt in die Regale.

„Kommt ihr dann bitte noch mal zu mir rein", rief sie den beiden hinterher, die bereits mit Besen, Schaufeln und Eimern bewaffnet bei den Kamelen den Mist wegräumen gingen.

Celine brühte Kaffee, trug vier Becher ins Arbeitszimmer. Gamal buchte die Bestellliste mit dem Lieferschein gegen. Bevor er nach dem Ablageordner fragen konnte, kamen die beiden anderen herein. „Setzt euch." Die Hausherrin schenkte Kaffee aus, den sie alle gemeinsam schweigend tranken. „Ich brauche eure Hilfe", begann sie, ihren Becher auf den Tisch stellend. „Ich habe mich wohl maßlos überschätzt und nun sehe ich kein Land mehr."

Die drei Männer schauten sie fragen und vor allem ungläubig an.

„Ich möchte euch beide bitten, die Versorgung der Kamele wieder ganztägig zu übernehmen.", wandte sie sich an Tamer und Aakash.

„Aber sicher. Kein Problem." Die Männer waren sich sofort einig. Gamal atmete tief durch.

Celine schaute auf. „Ich habe es Hakim und dir schon lange angesehen, wie ihr über meinen Dickkopf dachtet. Manche Dinge brauchen eben etwas Zeit, um wirklich ins Bewusstsein zu dringen." Sie lächelte erleichtert. Dann fuhr sie fort: „Nehmt euch bitte Kamele, wenn ihr zu den Zelten reiten wollt. Das ist im Moment das, was ich euch als Gegenleistung bieten kann." Sie zog ein mehrfach gefaltetes Blatt aus einer Schublade. „In zwei Wochen, wenn die ganze Verkabelung für eure Häuser fertig ist, habe ich den kleinen Bagger noch für ein paar Tage länger gemietet. Wir werden hier, hier und hier Bewässerungsgräben für meine kleine Palmenplantage ziehen. Hakim wird euch genau sagen, wie viel er euch für die Arbeiten zahlen kann.

Ich werde sicher einige Hilfe brauchen, um die Bäumchen in die Erde zu bringen. Sollten meine Erwartungen eintreten und die Erträge wie geplant kommen, dann würde ich euch gern auch mit den Erntearbeiten betrauen. Über die Modalitäten werden wir uns zu gegebener Zeit sicher einig. Die alten Dattelpalmen bekommen auch einen kleinen Graben, vielleicht haben sie dann mehr Lust, Früchte zu tragen. Eigene Ernte schmeckt ja doch immer besser, als wenn für teuer Geld kaufen muss. Die Kinder werden sich wohl am meisten darüber freuen."

Die drei Männer nickten zuerst sich, dann Celine zu. Sie hatten sich schon vor Tagen abgesprochen, mit Hakim über Celine zu reden, die ihr selbstauferlegtes Arbeitspensum sicher nicht lange durchhalten werde und waren mehr als nur froh, dass sie ihnen in dieser unangenehmen Sache zuvor gekommen war.

Celine deutete ihre Blicke vollkommen richtig. „Sagt es mir einfach, wenn ich Fehler mache", bat sie. „Ihr habt doch viel mehr Erfahrung und ich weiß, dass ich mich immer auf euern Rat verlassen kann."

Den Rest des Tages hatte sie ständig das Gefühl, ein winziges, zufriedenes Lächeln in Gamals Mundwinkeln zu sehen. Vielleicht kam es ja davon, dass er Spaß an seinem neuen Job hatte. Beim Nachmittagskaffee, Celine steckte mitten in irgendwelchen Ausarbeitungen für ihren Schulabschluss, stellte sie dann doch ganz direkt fest: „Du scheinst nicht ganz unzufrieden mit der Wendung der Dinge zu sein."

Gamal nickte. „Das ist in der Tat so. Du hast ihnen heute die Aufgabe wiedergegeben, die sie eigentlich die ganzen Jahre auf Isri gehalten hat."

„Und warum sagt mir das keiner?!" Celine wurde regelrecht blass.

„Du hast nicht danach gefragt, die Kamele gehören euch und was ihr damit macht, ist auch eure Sache."

„Auch wahr." Celine zog die Augenbrauen zusammen. „Haben wir vielleicht aus Unwissenheit noch etwas getan oder nicht getan, was einem von euch eine Lebensaufgabe zerstört?"

Gamal stellte seinen Kaffeebecher ab. „Pass auf Celine, wären die beiden wirklich richtig unglücklich gewesen, dann hätte einer von uns eine entsprechende Bemerkung gemacht. Als Ausgleich hattet ihr uns die Funktionen als Karawanenführer und Wächter des Hofes gegeben und damit eine Einnahmequelle, die wir vorher nicht hatten.

Yassir zahlte nur in Naturalien. Alles andere, was wir sonst noch brauchten, bekamen wir von den Zelten. Keiner von uns hat Grund zur Beschwerde. Es liegt doch sicher klar auf der Hand, dass ich mich freue, wenn wir alle wirklich gebraucht werden. Nicht zu vergessen, dass unsere Frauen, dank dir, ein ganz neues Lebensgefühl haben." Er nahm seinen Becher in beide Hände, schaute sie über den Rand hinweg an. „Außerdem zeugt es von wirklicher Größe, wenn man Fehler eingestehen kann." Gamal machte sich wieder über seine Arbeit her.

Celine schaute ihn eine Weile nachdenklich an. „Ich danke dir", sagte sie schließlich und trug das Geschirr in die Küche.

Die zwei Stunden Mittagspause verbrachte Gamal selbstverständlich zu Hause. Doch, statt nach dem Essen zu ruhen, wandte er sich seiner kleinen Bibliothek zu, um nach vielen Jahren wieder einmal in seiner betriebswirtschaftlichen Lektüre einige Passagen nachzulesen. „Es ist eben doch gut, wenn man nicht gleich alles wegwirft", murmelte er sichtlich erfreut. Noch eine Feststellung machte er ganz nebenbei: Celine arbeitete auch ohne Studium wirklich optimal, ja fast schon perfekt. „Hut ab!" Er pfiff durch die Zähne. Kein Wunder, dass das Geschäft florierte.

Celine reagierte auf die kleinsten Veränderungen prompt. Gamal machte sich einige hilfreiche Notizen. Nach vier Tagen kam er auch ohne Nachfrage mit den laufenden Arbeiten voran, so dass ihm Celine die Amtgeschäfte übergab und sich fast ausschließlich ihren eigenen Belangen widmete. Auf den Ritten zu den Pyramiden suchten die Männer, seit sie von Celines Schwangerschaft wussten, besonders ruhig laufende Tiere für sie aus. Zudem hatte Gamal, der stets am Ende der Karawane ritt, immer ein wachsames Auge auf sie. Dann nahte der Samstag, an dem bei Sabiri das große Ereignis stattfinden sollte.

Celine passte am Donnerstag auf dem Hof Tamer und Aakash ab. „Ich habe schon wieder einmal eine Bitte", begann sie mit einem verlegenen Lächeln. „Könnt ihr übermorgen ohne mich die Touristen unterhalten? Es ist bestimmt nicht ratsam, wenn ich den ganzen Tag und die halbe Nacht nicht zum Ausruhen komme. Ich freue mich doch so sehr auf den Abend bei Sabiri."

Tamer lachte. „Aber nur, wenn du uns hinterher erzählst, was in der Oberklasse so läuft."

„Versprochen." Celine stimmt in das Gelächter ein.

„Im Vertrauen, wir hatten schon befürchtet, dass du wieder mit dem Kopf durch die Wand willst", verriet Aakash.

„Das versuche ich mir gerade, für mein Baby abzugewöhnen", erklärte Celine. „Es fällt nicht leicht, aber mit ein bisschen gutem Willen wird das schon."

„Du weißt doch, im Ernstfall zieht einer von uns die Notbremse", schmunzelte Aakash.

„Dafür bin ich euch auch überaus dankbar." Celine verschwand im Haus.

„Wenn sie nicht dazu noch so verdammt hübsch wäre", murmelte Tamer.

Aakash fuhr herum, warf einen forschenden Blick über den Hof, ob auch ja niemand die Worte seines Freundes gehört hatte. „Sag mal, bist du von allen guten Geistern verlassen? Hakim macht dich zu Kleinholz, wenn er das hört!"

Tamer schaute ihn belustigt an. „Bist du etwa anderer Meinung?"

Ein kurzes, schnelles, aber intensives Kopfschütteln war die Antwort.

„Na also. Man wird doch wohl noch träumen dürfen?"

„Aber nicht laut."

Tamer feixte. „Aha, so ist das also!"

„Was sagt deine Frau dazu?", stellte Aakash die Gegenfrage.

„Pssst!!!"

Diesmal grinste Aakash. Beide hatten allerdings völlig vergessen, dass Gamal ja auch noch im Büro saß und die letzten Arbeiten des Tages erledigte.

Nun kam er, von ihnen unbemerkt, heraus. „Ihr steht da, wie bestellt und nicht abgeholt."

Aakash zuckte zusammen. Tamer, der Situationskomiker, schaute sich erstaunt um. „Was keine Haltestelle? Dann muss ich eben nach Hause laufen." Er machte sich auch, mit bekümmert hängendem Kopf sofort auf den Weg. Aakash beeilte sich, ihm rasch nachzulaufen.

Gamal blieb noch eine Weile stehen und schaute hinterher. Dabei überlegte er angestrengt, wobei er die beiden wohl überrascht haben mochte. Kopfschüttelnd folgte er ihnen zu den Hütten, vor denen die Frauen inzwischen ihre Spinnutensilien wegräumten.

Er setzte sich auf die Bank vor dem Fenster. „Sag mal, Amina, ihr Frauen steckt doch auch ständig die Köpfe zusammen, hast du eine Ahnung was mit Tamer und Aakash im Moment los ist? Die beiden sind wie aufgezogen."

Sie schaute ihn belustigt an. „Ich wusste gar nicht, dass du derart unempfänglich für die Reize einer schönen Frau bist. Oder hast du dich ganz einfach besser im Griff als die anderen?"

„Bitte was?" Gamal zog verständnislos die Augenbrauen zusammen. „Ich verstehe nur Bahnhof."

„Ja, so guckst du auch." Amina begann zu lachen. „Sagen wir einfach: Meine Freundinnen sind nicht böse, dass sich ihre Männer täglich etwas Appetit bei Celine holen. Denn seitdem wird jeden Abend sehr intensiv zu Hause gegessen." Sie tippte ihm mit dem Finger auf die Brust. „Wenn ich jetzt ganz bösartig wäre, dann würde ich vermuten, dass du woanders isst." Sie ließ ihn einfach sitzen, um ohne weiteren Kommentar im Haus zu verschwinden.

Also daher wehte der Wind! Gamal fuhr sich mit der Hand über den Nacken. Dabei hatte er sich extra solch eine Mühe gegeben, sich nicht anmerken zu lassen, wie sehr Celine auch seine Fantasie beflügelte. Er folgte Amina, fasste sie um die Taille. „Dann wären möglicherweise nicht alle Gedanken bei dir."

Sie drehte sich um, schaute ihn prüfend an. „Lieber wenige Gedanken bei mir, als gar keine, wie es schon lange der Fall ist. Denk darüber nach." Sie wand sich aus seinen Armen und widmete sich der Zubereitung des Abendbrots.

„Tut mir leid. Ich habe dich wirklich in den letzten Wochen etwas vernachlässigt."

„Etwas???" Amina hob trotzig den Kopf. „Soll ich dir das genaue Datum nennen??? Vielleicht fällt es dir ja auch von allein wieder ein! Das war noch bevor Isri eine Herrin bekam."

Gamal zog verschüchtert den Kopf ein. „Bist du jetzt wirklich wütend?"

„Bin ich. Ich bin sauer, stinksauer, falls du es noch immer nicht gemerkt hast. Ich bin ...", Amina kam nicht dazu weiter zu schimpfen, denn Gamal beendete den Satz: „ ...noch genau so temperamentvoll, wie damals, als ich dich kennen lernte und auch noch genau so anziehend."

„Aber?", fragte Amina etwas besänftigt.

„Du hast mir, im Gegensatz zu früher, schon lange nicht mehr gesagt oder gezeigt, was du dir wünschst."

Amina warf sich an seine Brust. „Stimmt. Ich plädiere für schuldig."

Gamal drückte sie liebevoll an sich. „Und deshalb wirst du heute zu Schmusen und Kuscheln verurteilt."

„Angenommen. Ich gehe auch nicht in Berufung." Sie nahm sein Gesicht in beide Hände, schaute ihn zärtlich an und küsste ihn, wie sie es seit Monaten nicht mehr getan hatte. Gamal hatte es plötzlich sehr eilig. Er hob sie hoch, trug sie in die kleine Schlafnische. Das Abendbrot konnte warten.

Zur gleichen Zeit, im Hause al Kassim, schaute Celine sehnsüchtig nach Hakims blauem Renault aus. Sie hatte die Hände auf das Fensterbrett gestützt und spähte die Straße hinunter. Bastet hockte neben ihr. Hin und wieder hob sie ihren rabenschwarzen Kopf, um ihn an Celines Kinn zu reiben, als wolle sie sagen: Er ist doch schon unterwegs, gedulde dich noch einen Moment. Da tauchte auch schon das Scheinwerferlicht des Autos in der Ferne auf.

„Kommst du mit, Hakim begrüßen?", fragte Celine. Worauf ihr das Kätzchen in die Arme sprang. Vor der Tür warteten sie, bis er den Wagen geparkt und seine Taschen ausgeladen hatte.

„Ah, da sind ja meine drei Lieblinge", schmunzelte Hakim, küsste Celine, streichelte ihren Bauch und natürlich Bastet, die nun auf seinen Arm überwechselte.

„Du siehst zufrieden aus", stellte er beim Essen lächelnd fest.

„Bin ich auch. Ich habe für Übermorgen geklärt, dass die Karawane ohne mich abreist und dass ich bei den Arbeiten an unserem Palmenhain tatkräftige Helfer bekomme", erzählte sie freudig.

„Hast du etwas für mich getan?", fragte Hakim mit einem Augenzwinkern.

Sie lachte. „Nicht viel, muss ich gestehen. Gamal ist wohl der fähigste Mann, den du in ganz Kairo für diesen Job finden wirst. Er hat ohne lange Erklärungen das Tagespensum bewältigt. Ich konnte mich also in

Ruhe dem widmen, was ich mir für die nächsten Tage vorgenommen habe. Du glaubst ja nicht, was man alles beachten muss, wenn man wirklich exportieren möchte! Vorschriften, Vorschriften, Vorschriften und immer wieder Vorschriften. Dabei sind die Europäer bürokratisch, dass ich beinahe schon am Überlegen war, ob ich diesen Punkt nicht lieber fallen lasse. Aber nun gerade nicht! Jetzt will ich es wissen.

Vielleicht ergeben sich beim Empfang ja einige Gespräche, die mich weiter bringen können. Ich werde die Ohren offen halten." Sie goss Hakim den duftenden Tee ein. „Übrigens hat Björn angekündigt, dass der kleine Werbefilm über unsere Safaris am Montag fertig ist. Bassima hat schon die Texte übersetzt. Jetzt wollen sie im Tonstudio noch mit gesprochenem Wort arbeiten."

Hakim schaute sie amüsiert an. „Du bist ja völlig aus dem Häuschen."

„Ist das denn ein Wunder? Was ich seit ein paar Monaten erleben darf, ist so märchenhaft, dass ich immer Angst habe, mich könnte jemand aufwecken und ich sitze wieder in meinem alten Slum, irgendwo am Rande der Stadt."

„Ich kann dich ziemlich gut verstehen. Mir geht es ähnlich. Ich habe auch oft Angst, dass ich plötzlich in einem Pferdestall in Ben Abu aufwache." Er streichelte ihr Haar.

Celine schmiegte sich an seine Schulter. „Wie lange wirst du heute noch arbeiten?"

„Gar nicht. Es war ein sehr anstrengender Tag. Ich möchte einfach nur noch unter die Dusche und dann mit dir kuscheln." Hakim konnte ein Gähnen kaum unterdrücken.

„Oh je, ich glaube mit dem Schmusen wird nichts. Du schläfst ja jetzt schon fast ein." Celine wiegte bedenklich den Kopf.

Hakim grinste. „Spätestens wenn ich deinen nackten Körper spüre, bin ich wieder putzmunter."

Celine überraschte ihn völlig, indem sie ganz langsam begann ihre Bluse aufzuknöpfen, womit sie auch nicht die beabsichtigte Wirkung verfehlte. Mit ziemlichem Interesse schaute Hakim zu, bis er schließlich selbst Hand anlegte, um Augenblicke später mit ihr ausgiebig zu duschen. Das anschließende Einmassieren der duftenden Pfirsichlotion in ihre Haut war bereits der Beginn eines ziemlich heißen Vorspiels, dem zwei zärtliche Stunden Kuschelsex folgten.

„Ich hatte dich gewarnt, welche Wirkung dein Körper auf mich hat", flüsterte ihr Hakim zutiefst zufrieden vor dem Gute-Nacht-Kuss ins

Ohr. Celine bettete lächelnd ihren Kopf an seine Brust, dann schlief sie rasch ein. Hakim lag noch eine Weile wach, hielt sie fest im Arm und dachte über die letzten Tage nach. Es war gut gewesen, ihren Ratschlägen zu folgen.

Eigentlich war es schon immer das Beste gewesen, auf Celine zu hören. Und wie sie jetzt die Dinge selbst geregelt hatte, die ihr zuviel geworden waren, erfüllte ihn ebenfalls mit Freude. Du kannst das Leben nicht berechnen, hatte sie einmal gesagt. Ob eine Sache wirklich gelingt, erfährst du nicht, indem du ewig darüber nachdenkst, du musst es ausprobieren. Dass sie sich nicht scheute, zuzugeben, wenn etwas nicht gelang, hatte ihr die Achtung aller eingebracht. Hakim seufzte zufrieden und glitt unmerklich ins Land der Träume.

In Uppsala und Prag begann inzwischen eine fieberhafte Tätigkeit. Bassima hatte den Vertrag mit Björn vorfristig unterschrieben, um ihm bei seinem eigentlichen Auftrag für Yussuf und Hakim helfen zu können. Das Projekt „Safari" war nur kleines Beiwerk gewesen. Björn hatte sie für ein Wochenende kurzerhand zu sich geholt, um sie ohne Störungen und fremde Ohren einweihen zu können, wer die jungen al Kassims, die al Bakirs und ihr Vater mit seinen beiden Freunden wirklich waren und worin der Grund für die hohe Geheimhaltung des ganzen Auftrags bestand.

Bassima hatte überaus aufmerksam zugehört, Björn nicht ein einziges Mal unterbrochen. Nun saßen sie sich fast eine halbe Stunde schweigend gegenüber, jeder mit seinen Gedanken beschäftigt. Sie räusperte sich. „Nun verstehe ich so einiges."

Björn schaute auf. Sie nickte heftig. „Doch, doch. Ich habe immer den Grund gesucht, weshalb mich Vater schon als ganz kleines Kind in ein Internat gegeben hat, wo er mir die beste Erziehung und Bildung geben ließ, obwohl er sich das Geld dafür kaum leisten konnte. Er wollte mich von Isri fern halten. Nur verstehe ich nicht ganz, weshalb mich dann Kunstgeschichte studieren lässt und nie gegen meine Forschungen im Bereich der Mystik war."

„Weil er weiß, dass man seinem Schicksal niemals ganz entfliehen kann, denke ich. Denn nun hat dich Isri doch in seinem Bann, wenn auch auf eine andere Art und Weise", antwortete Björn.

Bassima wiegte den Kopf. „Könnte stimmen. Ich hätte nicht gedacht, dass das Wort Mystik für meine Familie wirklich eine Bedeutung haben könnte – und nun dies. Ich hatte auch die ganzen Jahr völlig ausgeblendet, dass mein Vater ein studierter Mann ist."

„Apropos, da fällt mit etwas ein. Ein kleine Entdeckung, die ich gestern gemacht habe", schmunzelte Björn. „Pass mal ganz genau auf." Er wählte Isri an, unterdrückte seine Nummer und ging auf Mithören. Ein Knacken in der Leitung, dann wurde abgehoben, eine Männerstimme sagte: „Isri-Farm, Gamal Nazif, was kann ich für Sie tun?"

Bassima bekam riesengroße Augen. Björn schaltete Bild zu. „Hallo Gamal, ich wollte nur kurz schauen, wie es euch geht."

„Bestens, wie du siehst. Das ist eine Freude, dich zu hören. Wie geht es Bassima?"

„Das kann sie dir gleich selber sagen." Björn rückte etwas zur Seite.

„Sie ist bei dir?" Gamal schaute überrascht.

„Hi, Dad!" Bassima winkte in die Kamera. „Ich bin tatsächlich in Uppsala. Hier ist mehr Ruhe, um über das Wüstenprojekt zu sprechen."

Gamal nickte wissend. „Ja, das ist gut so." Ein elektronischer Warnton erklang neben ihm. „Oh, einen Moment, ich muss kurz Celines Programme schließen. So da bin ich wieder."

Bassima zog die Augenbrauen in die Höhe. „Celines Programme?", fragte sie.

Gamal stutzte. Dann flog ein Lächeln über sein Gesicht. „Ach, dass wisst ihr ja noch gar nicht – ich bin seit zwei Tagen als Verwalter über Hakims Geschäfte eingesetzt. Und wenn Celine außer Haus ist, dann muss ich ab und zu ein Auge auch auf ihren Rechner haben, so wie sie es bei mir macht, wenn ich auf der Farm unterwegs bin."

„Super!" Bassima strahlte. „Richtig als Angestellter und so?"

Gamal nickte. „Jawohl, mit Vertrag, wie es sich gehört. Nächste Woche bekommen wir alle Strom- und Telefonanschluss. Von meinen ersten Gehalt werde ich mir einen gebrauchten Laptop kaufen, dann bin ich für euch zu Hause zu erreichen."

„Dann wollen wir nicht weiter stören. Grüße alle von uns, besonders natürlich Mutter." Bassima und Björn winkten noch einmal zum Abschied.

Björn lehnte sich zurück. „Das war mir bei ‚studierter Mann' eingefallen."

„Ist das schön!" Bassima lachte glücklich.

„Siehst du, nun musst du keine Angst mehr haben, wenn mein Vater wissen will, was deiner macht. Er ist die rechte Hand eines Firmenchefs.

Bei uns hieße das nicht Verwalter sondern Geschäftsführer. Klingt doch richtig gut." Björn freute sich ebenfalls für Gamal, der auf Hakims Hochzeit ihm gegenüber keinen Hehl daraus gemacht hatte, sich manchmal völlig unterfordert zu fühlen.

Vater Hallberg war nicht anzusehen gewesen, was er dachte, als ihm Björn die Einladung zur Hochzeit überbrachte, während seine Mutter etwas pikiert geschaut, sich aber jedes Kommentars enthalten hatte. Von seinen Freunden und auch den drei Mitarbeitern in der Firma war die Ankündigung mit ehrlicher Freude aufgenommen worden. So intensiv, wie sich Björn um die junge Ägypterin bemühte, hätten sie sich doch sehr gewundert, wenn es anders gekommen wäre. Außerdem fügte sie sich mühelos überall ein. Dass die Kommunikation vorerst nur auf Englisch erfolgen konnte, war dabei kein Hindernis.

Seit dem Eheversprechen hatte Bassima sofort begonnen, Schwedisch zu lernen. Die ersten Versuche klangen noch etwas holprig, aber Björn wäre es mit Arabisch bestimmt nicht anders ergangen. Zumindest konnte sie sich in einfachen Situationen verständlich machen. Für sie war es selbstverständlich, die Sprache jenes Landes zu lernen, in welchem sie dauerhaft leben wollte. Björn, der sich riesig über diese Meinung freute, besorgte er ihr natürlich sofort die richtigen Programme zum autodidaktischen Lernen. So viel Engagement musste einfach belohnt werden.

Ganz nebenbei fing er an, Schlaf- und Arbeitszimmer umzugestalten, damit sich seine zukünftige Frau wirklich wohl fühlen konnte. Die breite Single-Liege wich einem Doppelbett, der große Kleiderschrank wuchs um zwei Türen in die Breite, wobei die mittlere Tür nun voll verspiegelt wurde, um den Ansprüchen einer hübschen Frau zu genügen. Ein zweiter Schreibtisch mit Steckdosenleiste für alle möglichen Anschlüsse fand Platz im Arbeitszimmer, noch ein zusätzlicher Schrank und Regale. Und wie Hakim schon vermutete – er zählte die Tage, die quälend langsam vergingen.

Inzwischen bat er alle Festgäste um Nachricht, ob und wie lange sie mit nach Kairo fliegen wollten. Ausnahmslos alle sagten die drei fest geplanten Tage zu, seine sechs engsten Freunde wollten noch zwei Wochen Urlaub anhängen.

Ali, der über Yussuf davon erfahren hatte, mailte ihm sofort, die drei nötigen Zimmer selbst zu stellen und auch für das leibliche Wohl der Gäste Sorge zu tragen, falls diese nicht darauf bestünden, in einem Hotel wohnen zu wollen.

Björn buchte die Flüge. Auch jenen, der Amina und Gamal nach Schweden bringen sollte. Dann rieb er sich zufrieden die Hände. Der Service für die kleine Feier bei sich zu Hause war bestellt, der große Bus, der am nächsten Morgen die ganze Gesellschaft zum Flughafen bringen sollte, nun fehlten nur noch der Anzug und die Ringe. Björn beschloss, beides am nächsten Wochenende in Prag zu kaufen, um Bassima nicht so kurz vor den Prüfungen restlos unter Druck zu setzen.

Auf Isri war der Samstag bisher geruhsam verlaufen. Zwei Stunden vor Abfahrt zur großen Party, verfiel Celine in fieberhafte Tätigkeit. Duschen, frisieren, ein wenig Kajal, dann stand sie vorm Spiegel, drehte sich nach allen Seiten und betrachtete kritisch ihr Aussehen. Hakim ließ seine Fingerspitzen über ihre nackten Arme gleiten.

„Noch sieht es niemand, auch nicht wenn man es weiß", sagte er lächelnd.

Celine lächelte zurück. „Das beruhigt mich." Sie blinzelte mit einem Auge.

Gemeinsam gingen sie noch einmal ins Büro, wo Gamal gerade die Abrechnung der heutigen Safari machte. Er schaute überrascht auf. „Du siehst umwerfend aus." Sein nächster Blick glitt über ihren Bauch. Wenn ich es nicht anders wüsste, würde ich eine Schwangerschaft für ausgeschlossen halten, dachte er bei sich.

Hakim schmunzelte. „Glaubst du es nun?", wandte er sich an Celine. „Gamals Mienenspiel sagt ziemlich deutlich, dass er auch keine Spur entdecken kann."

Gamal zuckte lustig mit den Schultern. „Das liegt wohl in der Natur des Mannes, dass er sich besonders hübsche Frauen etwas genauer ansieht."

Celine wurde rot. Dass Gamal Komplimente machte, war ihr neu.

Auf der Straße vor Sabiris Villa drängten sich die Nobelkarossen. Hakim erspähte eine Lücke, in die sein Kleinwagen ohne Mühe passte. Yussufs roter Nissan leuchtete schon von weitem.

„Nicht schlecht, die anderen sind schon da", murmelte Hakim nicht unzufrieden. Er öffnete Celine die Tür und half ihr beim Aussteigen.

Einige der Anwesenden kannten die beiden jungen Leute von ihrer Hochzeit. Die herzliche Begrüßung durch den Gastgeber und seine Gattin ließ sie schnell ihre Befürchtungen vergessen. Dass ihnen immer wieder neugierige Blicke folgen würden, war vorauszusehen gewesen.

Ali beobachtete unbemerkt, wie die beiden Paare damit umgingen.

Während Celine und Hakim agierten, als würden sie es gar nicht bemerken, hielt sich Fatima lieber irgendwo am Rande auf, wobei sie sich möglichst noch hinter Yussuf versteckte, der wie die jungen al Kassims ein völlig unbeteiligtes Gesicht machte, seiner Frau aber immer als Schutzschild diente.

Nur als der oberste Polizist von Kairo erschien, wurde Celine innerlich nervös. Hoffentlich laufe ich nicht auch noch tomatenrot an, hämmerte es in ihrem Hirn. Er bemerkte das leichte Flackern in ihrem Blick, nickte ihr kaum merklich, aber sehr beruhigend zu. Celine entspannte sich wieder. Das war die Begegnung gewesen, vor der sie sich am meisten gefürchtet hatte.

„Ah, da ist ja meine liebe Frau al Kassim, welch ein Glanz in dieser tristen Hütte!", hörte sie plötzlich Hassan hinter sich sagen.

„Herr Aziz, schön Sie zu sehen", antworte sie lächelnd. Dabei blitzte in ihren Augen der Schalk. Auch Suleika begrüßte sie voller Herzlichkeit.

„Nehmen Sie sich in Acht", warnte Hassans Frau mit einem Blinzeln. „Er freut sich schon seit Tagen auf den Tanzabend mit Ihnen."

„Tatsächlich?", fragte Celine in gut gespielter Überraschung.

Suleika hatte nicht übertrieben. Hassan saß tatsächlich wie auf Kohlen, als Celine zuerst mit Hakim, Ali und Yussuf tanzte. Dann kam ihm auch noch Hawass mit einem Siegerlächeln zuvor. Schließlich lag Hassan regelrecht auf der Lauer, um den nächsten freien Tanz nur nicht zu verpassen. Hakim, Ali, Yussuf und Hawass tauschten belustigte Blicke.

„Ich hätte mich doch eher in die Warteliste eintragen sollen", witzelte Hassan, als er endlich das Objekt seiner Begierde in den Armen hielt. Celine lachte glockenhell. Die anderen ahnten, worum es gerade gegangen war. Die Blicke mit denen die meisten Männer an Hakims hübscher Frau hingen, sprachen Bände, wie Ali mit sichtlichem Stolz registrierte. Und auch Fatima konnte sich vor Tanzpartnern kaum retten. Yussuf freute sich ehrlichen Herzens, dass sie langsam für Fremde etwas zugänglicher wurde.

In einem Moment der Ruhe kam Hawass wie zufällig zu Hakim, der auf der Terrasse stand, um einfach das stimmungsvolle Bild der beleuchteten Stadt in der Ferne zu betrachten. „Ich habe interessante Neuigkeiten. Wir haben einen Tipp bekommen, dem wir unauffällig nachgegangen sind und fanden in der Wüste Teile mehrerer menschlicher Skelette."

Hakim zog die Augenbrauen zusammen. „Wollen Sie damit sagen, meine Schwester und ich haben Riesenglück gehabt?"

„Das auch, wobei es eher ihre Frau betreffend könnte. Behalten Sie es vorerst für sich. Ich möchte sie nicht beunruhigen."

Hakim nickte. „Ich auch nicht. Wir erwarten Nachwuchs."

Erstaunen malte Hawass' Gesicht.

„Ich weiß, dass es unwahrscheinlich klingt. Sie ist aber trotzdem schon Ende des dritten Monats schwanger", erklärte Hakim.

„Dann gratuliere ich von ganzem Herzen." Hawass schaute neugierig zu den Frauen, die sich angeregt mit Hassan Aziz unterhielten. Gemeinsam mit Hakim schlenderte er zu ihnen hinüber. Die Wortfetzen, die er auffing, drehten sich in der Tat um Umstandskleidung und Babyerstausstattung.

„Jetzt begreife ich auch, weshalb sich in den letzten Tagen Herr Nazif um die Bestellung gekümmert hat", sagte Hassan erleichtert. „Ich hatte Ihre Stimme am Telefon schon schmerzlich vermisst."

„Er ist mein Verwalter, sozusagen meine rechte Hand, um meine Frau zu entlasten, die wahrlich genug mit ihrem eigenen kleinen Unternehmen und bald mit unserem Baby zu tun hat", gab Hakim bekannt. „Sie kennen ihn übrigens alle. Er ist einer meiner drei beduinischen Nachbarn und Freunde, die auf unserer Hochzeit stellvertretend für den ganzen Stamm anwesend waren."

„Etwa der zuvorkommende Herr, der uns zu den Kamelen begleitet hatte?", fragte Suleika mit großen Augen.

„Ebenjener", entgegnete Jasina.

„Und das schafft er einfach so?" Suleika schüttelte erstaunt den Kopf.

Celine schmunzelte: „Gamal hat die immensen Erfahrungen der Beduinen und ist überdies studierter Physiker. Da erübrigt sich wohl jede weitere Erklärung."

„Er ist auch der Mann, für dessen Tochter ich damals das Fohlen verkauft habe", fügte Hakim hinzu.

Hassan winkte ab. „Dann hab ich wirklich keine weiteren Fragen. Er wird mir immer willkommen sein."

„Freut mich." Hakim lachte. „Wir planen nämlich gerade die Hochzeit seiner ‚Kleinen'. Ich brauche also wieder Zelte, Servicepersonal und diverse Kleinigkeiten, um meinen vielen Gästen die drei Tage, die für die Feier angesetzt sind, so angenehm wie möglich zu machen."

„Und wer ist der Glückliche?", wollte Suleika wissen.

„Auch den kennen Sie", entgegnete Hakim vergnügt. „Es ist der große blonde Schwede, der auf unserer Hochzeit so im Mittelpunkt des Interesses der Damen stand."

Hawass horchte auf. „Hat er Ihnen nicht bei der Planung geholfen, als es um die Befreiung Ihrer Schwester ging?"

„So ist es. Er und meine Frau haben die Feinarbeit geleistet. Wir sind ihm alle sehr zu Dank verpflichtet."

„Ich würde mich ganz gern mit ihm unterhalten, wenn sich das einrichten ließe", bat der Polizeichef.

„Das wird sicher kein Problem sein. Die beiden bleiben noch ein paar Tage länger bei uns auf Isri", gab Hakim Auskunft.

Die ersten Gäste verließen Sabiri. Celine warf einen fragenden Blick zu Hakim.

„Aber natürlich, sofort. Ich weiß, dass es dich sehr anstrengt."

Mit vielen guten Wünschen im Gepäck machten sich die beiden ebenfalls auf den Heimweg. Ali, Hassan und Sabiri saßen noch lange mit ihren Frauen zusammen, wie sie es früher so oft getan hatten. Sie feierten die zukünftigen Großeltern al Kassim.

Celine hielt Wort. Am nächsten Morgen erzählte sie Tamer ausführlich, wie der Abend verlaufen war. „Die Frauen sind irgendwie fast alle nur schmückendes Beiwerk", schmunzelte sie am Ende.

Der Beduine lachte. „Ja, ja, da haben wir wieder die typischen Klischees: Schönheit und Intelligenz vertragen sich nicht, genau so, wie sich Muskeln und Hirn ausschließen." Das fröhliche Gelächter lockte auch noch die anderen Bewohner von Isri auf den Hof.

Hakim grinste burschikos. „Muss wohl so sein, dass wir hier alle etwas anders sind. Sonst wäre die Welt ja auch langweilig. Freut euch, das war ein Lob."

„Wir haben es nicht überhört." Tamers Augen funkelten schelmisch. „Aber bitte keine stehenden Ovationen."

„Wann ist der nächste große Tanzabend?", fragte Gamal neugierig.

„Das weißt du besser als ich", kicherte Hakim. „Auf der Hochzeit deiner Tochter!"

„In Anbetracht dessen, was uns deine Frau von gestern erzählt hat, muss ich mir schon heute einen Tanz mit ihr reservieren", witzelte Gamal.

„Falls du dann noch mit den Armen um mich rum kommst." Celine schaute ihn treuherzig an, worüber sich die anderen köstlich amüsierten.

„Aha, ihr bildet dann also eine Tanzgruppe", stellte Tamer lachend fest.

Celine nickte. „Ja, so kann man es auch nennen. Ob ich dann noch rocken kann ist fraglich, rollen klappt auf jeden Fall." Sie blinzelte und ging mit den Frauen hinunter zu den Hütten.

Hakim bat die Männer ins Haus. „Hawass hat mir gestern von einem Tipp erzählt, auf welchen hin man Skelette gefunden hätte. Ich könnte mir vorstellen, dass eure Leute die hilfreichen Detektive waren."

„Allerdings. Ich hatte mir ins Gedächtnis gerufen, wie du Ben Abu beschrieben, und was du von Fatima über die grobe Lage des Richtplatzes erfahren hast. Die Jahrhunderte lange Erfahrung hat unsere Männer zielsicher dorthin geführt, wo die Leichen entsorgt worden sind. Wenn die Polizei wirklich graben lässt, dann müsste sie auf ganze Haufen von Mumien und Gebeinen stoßen", berichtete Gamal. „Es ist durchaus zutreffend, wenn du meinst, dass ihr alle sehr viel Glück hattet. Weshalb sie Celine auf die Straße stießen, statt sie ebenfalls dort verschwinden zu lassen, ist nur dadurch zu erklären, dass man ihr nicht diesen Überlebenswillen zugetraut hat. Offensichtlich sollte ihr Tod nach banalem Verkehrsunfall aussehen, weil man sicher war, dass sie noch in der Nacht sterben werde."

„Hoffentlich haben sie die Dreckskerle bald am Haken", stieß Hakim zwischen den Zähnen hervor.

Gamal legte ihm beruhigend die Hand auf die Schulter. „Nur nichts überstürzen. In Absprache mit Björn verbreiten wir zur rechten Zeit, dass man die Hintermänner im Visier hätte. Sie kommen von ganz allein zu uns in die Wüste, du wirst sehen." In den Augen des Beduinen lag ein gefährliches Funkeln, was Hakim daran erinnerte, es könnte noch mehr offene Rechnungen geben.

In den Wochen vor der „Gästeinvasion", wie es Björn scherzhaft nannte, verfielen die beiden jungen al Kassims in eine fieberhafte Tätigkeit. Die letzten Prüfungen standen an und keiner von beiden wollte dabei eine schlechte Figur machen, was bei Celine ja sowieso nicht zu befürchten war. Gamal wunderte sich schon nicht einmal mehr, dass sie ihr Bücher stets griffbereit aufgeschlagen auf dem Schreibtisch liegen hatte und immer wieder einen Blick hinein warf, wenn es ihr Job zuließ. Manchmal vergaß sie in der Hitze des Gefechtes glatt den Kaffee. Gamal schüttelte dann amüsiert den Kopf und brühte ihn gleich selber. Celine grinste schuldbewusst und ließ sich bewirten.

„Einer hübschen Frau kann man ja doch nicht lange böse sein", pflegte er dann seufzend zu sagen, weil er es wirklich nicht so verbissen sah.

Bassima hatte jetzt sicher genau den gleichen Stress und wer weiß, was sie im Eifer alles stehen und liegen ließ. Dafür revanchierten sich Celine und Hakim nach erfolgreich bestandenem Abschluss mit einem großen Abendessen für ihre Freunde und deren Frauen in Hassans noblem Restaurant. Alle trugen traditionelle Gewänder. Die Beduinen, weil sie es so gewöhnt waren, Celine um ihren Babybauch besonders bequem unterzubringen und Hakim, weil er nicht aus der Rolle fallen wollte. Hassan schaute gleich zweimal hin, weil er die beiden sonst kaum erkannt hätte.

Er setzte sich einen Moment zu ihnen an den Tisch. „Geschäftsessen?", fragte er lächelnd.

Celine lachte. „Nein, einfach nur eine Dankeschön, für die viele Unterstützung. Ohne unsere Freunde sähen wir manchmal sicher älter aus als die Pyramiden. Besonders Gamal hat es oft bestimmt nicht leicht, die Launen einer zickigen Schwangeren zu ertragen."

Gamal schaute Amina erschreckt an, die ein breites Lächeln aufsetzte. Er hatte sich bei ihr jedenfalls nicht darüber beschwert, Kaffee kochen zu müssen. Diese kleine Information, dass er es manchmal tat, hatte ihr Celine gegeben, die Amina lustig zublinzelte.

„Haben Sie denn schon alle Planungen für die Hochzeit abgeschlossen?", wandte sich Hassan an Gamal.

Der schüttelte den Kopf. „Wir kommen morgen Abend noch einmal vorbei, um uns einzukleiden. Es wäre schön, wenn uns Ihre Mitarbeiter ein paar gute Tipps geben könnten."

Ehe er fragen konnte, bot Hakim an: „Ich fahre euch natürlich. Celine wird sicher auch einen kleinen Schaufensterbummel machen wollen."

„Danke." Amina atmete auf. „Wenn Celine dabei ist, fühle ich mich sicherer. Es ist schon ziemlich lange her, dass ich nach modischer Kleidung Ausschau gehalten habe", fügte sie leise hinzu.

Gamal drückte unmerklich, aber sehr liebevoll ihre Hand. In den nächsten Monaten und Jahren würde sich ganz bestimmt so einiges für sie zum Guten ändern. Schon die Tatsache, dass es endlich Strom in den Hütten gab, machte das Leben etwas leichter. Der Laptop, den sich Gamal zugelegt hatte, reichte für den Anfang. Für größere Dinge hätte ihm Hakim sicher ein paar Stunden an seinem leistungsfähigen Rechner eingeräumt.

Aminas erster und bis dahin einziger Wunsch war ein elektrischer Wasserkocher gewesen, den ihr Celine umgehend von ihrem nächsten Einkauf bei Hassan mitbrachte. An einen Herd, wagte sie nicht einmal zu denken. Der Herr über das Einkaufsimperium konnte die Situation der drei Familien gut verstehen.

Tamer und Aakash hatten überdies noch drei und zwei Kinder zu versorgen, die für diesen einen Abend vom Ältesten der fünf beaufsichtigt wurden. Für ihre beiden Frauen war es der allererste Besuch in einem Restaurant überhaupt. Sie beobachteten mit großen Augen den ganzen Abend lang was um sie herum geschah und gesprochen wurde. Schon die Hochzeit der al Kassims war für sie ein Erlebnis der Extraklasse gewesen.

Nicht einmal eine handvoll Jahre älter als Celine, hatten sich ihre Aufgaben bisher ausschließlich darum gedreht, ihre Männer zu versorgen und ihnen Kinder zu gebären. Und nun war alles neu, es lohnte sich, an mehr als nur den nächsten Tag zu denken.

„Weißt du, was mir Sorgen macht", sagte Gamal unvermittelt zu Hakim. „Wenn unser Leute die Zelte unbewacht lassen müssen, so kurz vor der großen Wanderung."

Hakim hob die Schultern. „Mir macht es keine. Sie werden sie nämlich mitbringen und von Isri aus starten. Ob ein paar Kamele mehr Futter und Wasser brauchen und einige Pferde, das fällt für drei Tage kaum ins Gewicht. Wir haben ja die Pflanzungen auch gut gegen unsere eigenen Ziegen abgesichert, da werden die anderen auch keinen Schaden anrichten."

Die Beduinen schauten ihn verdutzt an. „Wann hast du denn das abgesprochen?"

„Vor drei Tagen, um genau zu sein. Ich war mit Yussuf draußen, weil wir noch einige Messungen machen wollten. Die Zelte lagen fast am Weg." Hakim freute sich, dass ihm die Überraschung gelungen war.

„Das werden sie dir nie vergessen", erklärte Gamal mit sichtlichem Stolz. „Die Kinder werden Augen machen, wenn sie so viele weißhäutige Menschen sehen! Ich bin auf die Begegnungen wirklich gespannt."

„Da wird die Neugier wohl auf beiden Seiten sein. Ich glaube kaum, dass einer der Gäste wirklich schon einmal Kontakt mit einem Nomadenvolk hatte. So was kennen die höchstens aus dem Fernsehen." Hakim strahlte über das ganze Gesicht. „Es wird eine denkwürdige Feier für uns alle werden."

„Das war das Stichwort!", rief Gamal ganz aufgeregt. „Herr Aziz, ich hoffe doch, dass Sie mit ihrer Gattin auch die Einladung annehmen werden."

„Aber gern doch." Hassan nickte hoch erfreut. „Ich gehöre übrigens auch zu denen, die unsere Wandervölker nur aus dem Fernsehen kennen. Ich werde mit größtem Vergnügen meine Bildungslücken schließen."

Bassima im Glück

Bassima nahm strahlend vor Glück ihr Diplom entgegen. Sie warf einen dankbaren Blick zu Björn, der im Publikum saß und sich genau so über ihren Erfolg freute. Er war plötzlich, mitten in der Feierstunde aufgetaucht, gerade noch rechtzeitig um ein Kurzvideo von der feierlichen Übergabe mit der Handykamera aufzunehmen. Er hatte noch seinen Rollkoffer dabei, über den er eilig seinen Mantel geworfen hatte, um die wichtigsten Minuten in Bassimas bisherigem Leben zu dokumentieren. Auch den Moment, wo sie mit dem Strauß sonnengelber Gerberas auf ihn zukam, filmte er. Und diesmal hielt ihn auch nichts davon ab, ihr einen zärtlichen Kuss auf die Lippen zu hauchen. Es interessierte ihn nicht, dass er damit für einige Verwirrung unter den Professoren sorgte, die den Schweden durchaus von Fachtagungen als Koryphäe kannten.

„Ihre Privatschülerin?", hörte er von links hinter sich die Frage.

Er drehte sich um, musterte den „Kollegen" kurz und entgegnete: „Keineswegs. Meine Mitarbeiterin, die zudem ab nächste Woche meine Ehefrau sein wird." Für Gesprächsstoff beim anschließenden Bankett war also schon gesorgt.

Bassima deponierte ihre Mappe in Björns Koffer. „Das war der allerschönste Moment für mich, als du zur Tür herein kamst", sagte sie. „Ich befürchtete schon, den Abend zwischen glücklichen Familien allein verbringen zu müssen."

„Ich wollte schon viel eher da sein", verriet Björn, „Aber mein Flug ging verspätet, nachdem schon das Gerücht die Runde machte, er würde ganz ausfallen. Ich bin in meinem ganzen Leben noch nie mit vollem Gepäck so eine Treppe hinauf gerannt, wie vorhin hier. Ich bringe erst einmal Mantel und Koffer zur Garderobe." Als er wiederkam legte er ihr einen Arm um die Taille. „Stürzen wir uns also ins Getümmel." Gekonnt bahnte er sich einen Weg zum Buffet, jonglierte Augenblicke später ein kleines Tablett mit Speisen und Getränken an ihren Tisch.

Bassima streichelte mit den Fingerspitzen seinen Handrücken. „Ich freue mich so, dass ich es kaum in Worte fassen kann."

„Ich hätte um nichts in der Welt deinen großen Tag verpassen wollen und deine Eltern sollen das auch nicht." Er schickte sofort die kleinen Filmchen per Internet an Gamal, der sie, nachdem er sie sich unzählige Male mit Amina angesehen hatte, auch zu Yussuf, Hakim und Ali weiter verteilte. Dann gab er seinen Freunden Bescheid, die stehenden Fußes mit ihren Frauen erschienen, um am Monitor Bassima zu bewundern, als wären sie selbst dabei gewesen.

In Prag stand Bassima ebenfalls im Mittelpunkt des Interesses.

„Welche Aufgabe hat die junge Dame in Ihrem Unternehmen?", wollte einer ihrer Professoren von Björn wissen.

„Sie ist unsere Expertin für den arabischen Raum, vom Abstimmen der Werbesequenzen auf die Mentalität der Bevölkerung, über die Übersetzungen bis hin zu den Aufnahmen im Tonstudio", gab Björn bereitwillig allumfassende Auskunft.

„Ich habe gehört, dass Sie ein näheres Interesse an ihr haben?", fragte der Professor ungeniert.

„Das ist korrekt. Wir haben vor, am Samstag kommender Woche zu heiraten. Die nötigen Papiere sind pünktlich eingetroffen und unserem Glück dürfte nichts im Wege stehen."

„Dann wird es also eine Riesenparty?"

Björn lachte. „Aber natürlich. Am Sonntag in Kairo, mit all unseren Freunden und ihrem gesamten Stamm."

„Stamm?", wunderte sich der Professor.

„Mein Vater ist Beduine", erklärte Bassima stolz, mit charmantestem Lächeln. „Alle werden kommen und mit uns feiern."

„In der Stadt?", fragte der Professor erstaunt.

„Nein, auf der Kamelfarm, deren Geschäftsführer ihr Vater ist", entgegnete Björn. „Der Eigentümer lässt für uns ein riesiges Festzelt aufstellen, das locker zweihundert Personen fasst. Es wird eine interessante Begegnung der Kulturen werden."

„Weißt du, dass die heute alle nicht ruhig schlafen werden?", schmunzelte Björn, als sie zu später Stunde das Fest verließen.

Bassima lächelte. „Das glaube ich dir aufs Wort. Auf alle Fälle wird ihnen für die nächsten Tage nicht der Gesprächsstoff ausgehen."

Björn verstaute seinen Koffer im herbei gerufenen Taxi.

In der Wohnung der vier Frauen brannte Licht.

„Ich dachte heute feiern alle", sagte Björn erstaunt.

Bassima schüttelte den Kopf. „Mm, mm, Helena ist erst in zwei Jahren mit dem Studium fertig. Sie übernimmt übrigens mein Zimmer und die Möbel."

„Schön. Darüber hatte ich mir bereits ernsthafte Gedanken gemacht." Björn war in den letzten Wochen nicht nach Hause geflogen, ohne von

Bassima eine große Tasche Kleidung und entbehrlicher Dinge mitzunehmen. Der Umzug beschränkte sich also auf ein Minimum. Björn hatte vorsichtshalber dreißig Kilo Übergepäck gebucht.

Bassima zuckte mit den Schultern. „Notfalls schicken wir noch etwas mit der Post." Aber genau betrachtet, passte der restliche Inhalt ihres Schrankes in drei große Reisetaschen.

Es war ein aufregender, ereignisreicher und vor allem anstrengender Tag gewesen. Nach dem Duschen huschte Bassima zu Björn unter die Decke und schlief fast im selben Moment ein. Milde lächelnd küsste er sie auf die Stirn, legte schützend den Arm um sie, um ihr recht schnell in den Schlaf zu folgen, denn der nächste Tag würde noch viel anstrengender werden. Um sechs Uhr schreckte Bassima hoch. Der Wecker hatte nicht geklingelt!

„Du musst heute nicht jobben", schmunzelte Björn, als er ihr verstörtes Gesicht sah.

Sie ließ sich zurücksinken. „Großer Gott! Das hatte ich schon wieder völlig vergessen."

„Habt ihr ein wenig Abschied gefeiert?"

„Ein wenig. Am Ende habe ich vom Chef eine Prämie bekommen, weil ich immer pünktlich war und auch für nervige Kunden stets ein Lächeln übrig hatte. Die fest angestellten Mitarbeiter hatten Geld gesammelt und mir einen wunderschönen Bildband über Prag geschenkt. Es war eine lehrreiche und auch schöne Zeit. Ich habe bestimmt mehr über die kleinen und großen Dramen des Lebens erfahren, als wenn ich nur von der Uni zur Wohnung und zurück gefahren wäre. Es ist eben auch hier nicht alles Gold, was glänzt. Jedenfalls habe ich Dinge erlebt, die die studierenden Kinder aus reichem Hause wohl niemals erleben werden. Es kann sehr informativ sein, alle Seiten einer Medaille zu betrachten."

„Treffend formuliert." Björn hatte es die ganze Zeit imponiert, wie ernsthaft sie ihren kleinen Studentenjob betrieb. Sie hatte das Geld dringend gebraucht und hart dafür gearbeitet. „Hat eigentlich Violetta die Prüfungen bestanden?", fragte er plötzlich.

Bassima begann zu lachen. „Doch, doch. Nur bin ich ziemlich überzeugt, dass sie jeden einzelnen Satz aus ihrer Abschlussarbeit mit Sex bezahlt hat. Hier ging es in den letzten Wochen ziemlich heiß her. Selbst hat sie mit tödlicher Sicherheit keine einzige Seite geschrieben. Sie hat auch gerade so bestanden. Dabei würde es mich nicht einmal wundern …" Bassima brach den Satz ab.

Björn verstand auch ohne weitere Erklärungen, was sie damit sagen wollte.

„Es ist ihr Leben." Bassima streckte sich genüsslich.

Nach dem gemeinsamen Frühstück mit den anderen Mädchen begannen sie, die Taschen zu packen. Bassima rollte ihre Kleidungsstücke auf ein Minimum zusammen, um möglichst viel Platz zu sparen. Ihr Diplom und den Bildband steckte sie ins Handgepäck, Pässe, Ausweise, Mitgliedskarten – alles vollzählig. Sie übergab Helena das Zimmer mit allem, was noch darin war, den Schlüssel, drückte sie fest zum Abschied. „Machs gut. Ich wünsche dir nette neue Mitbewohner." Ein letzter Blick, dann schleppten sie die schweren Taschen die Treppe hinunter. Auf der Fahrt zum Flughafen schien sich Bassima von dieser alten und doch so modernen Stadt zu verabschieden.

„Wehmut?", fragte Björn.

„Nicht unbedingt. Es ist nur ein seltsames Gefühl, wieder einen völlig neuen Lebensabschnitt zu beginnen. Das Herzklopfen ist nicht geringer als damals, als ich das erste Mal europäischen Boden betrat, nur anders."

Sie rieb ihre Wange an seiner Schulter.

„Freust du dich wenigstens?"

„Sehr." Bassima küsste ihn auf die Nasenspitze.

Die Sonne freute sich offensichtlich mit Bassima, sie strahlte in einem Glanz, dass die goldene Stadt Prag ihrem Namen alle Ehre machte. Die Sicht aus dem Flugzeug war so klar, dass Björn ein paar wunderschöne Fotos aus der Vogelperspektive schießen konnte.

„Ich habe ganz viele Bilder aus den sagenumwobenen Ecken der Altstadt gemacht", verriet Bassima. „Die sind schon geordnet, Arabisch und Englisch erklärt. Vielleicht kann Hakim einen Beamer auftreiben. Ich möchte gern eine kleine Videoshow für alle zeigen."

Björn nickte begeistert. „Super Idee! Ich schicke ihm gleich eine Mail."

„Vielleicht gefällt es sogar deiner Mutter", flüsterte Bassima.

Björn nahm sie in den Arm. „Es ist unser Leben."

Auch in Schweden empfing sie ein makellos blauer Himmel.

„Na siehst du, sogar die Sonne freut sich, dass du endlich hier bist", schmunzelte Björn. „Fahren wir auf geradem Weg nach Hause. Beim Griechen, um die Ecke, ist sicher noch ein Plätzchen frei für ein gemütliches Mittagessen."

Schon hinter der Haustür blieb Bassima überrascht stehen. „Du hast umgeräumt?"

„Hm, hm, ich hab mal gehört, dass Frauen Schuhe horten. Da kam mir der riesige Schrank ziemlich nützlich vor." Björn öffnete die Schlafzimmertür und gab den Blick auf die anderen neuen Möbel frei. Bassima staunte. Ihre Kleidungsstücke lagen akkurat geordnet in den Fächern des Schrankes oder hingen auf den vielen Bügeln. „Ich hoffe, dass du es so mit mir aushältst."

Bassima schmiegte sich in seine Arme. „Da fragst du noch? Unglaublich!"

„Ach, herrlich, endlich kommt Leben in die Hütte", rieb sich Björn Freude strahlend die Hände. „Und nun ab zum Griechen, damit wir nicht verhungern, bevor wir unser Glück genießen können."

Die Stunden bis zum großen Augenblick galoppierten fast. Morgens fuhren sie gemeinsam in die Firma, wo Bassima an ihrem ersten Tag mit offenen Armen empfangen wurde. Man hatte ihr einen Arbeitstisch am Fenster eingeräumt, wo sie die vielen Grünpflanzen regelrecht umrahmten.

„Lasst euch bloß nicht einfallen, Bassima als Sekretärin zu missbrauchen, dann ziehe ich euch die Ohren lang", lachte Björn. „Jeder macht schön seinen ungeliebten Schriftkram selbst."

„Jawohl, Chef." Die drei Männer grinsten ertappt.

Freitag gegen Mittag fuhr Björn mit Bassima zum Flughafen, um auf die Ankunft der Maschine aus Kairo zu warten. Bassima flog ihren Eltern regelrecht entgegen, die sie und Björn herzlich umarmten.

„Wie war euer erster Flug?", fragte sie neugierig ihre Mutter.

„Wundervoll. Ich wusste gar nicht, wie grandios so ein Meer aus der Luft betrachtet aussehen kann. Einfach nur schön."

Björn verstaute die Taschen in seinem Wagen. Er fuhr einen kleinen Umweg nach Hause, um seinen zukünftigen Schwiegereltern möglichst viel von der sonnendurchfluteten Landschaft zeigen zu können. Vor seinem Haus ließ er die Fahrgäste aussteigen, parkte den Wagen in der kleinen Tiefgarage und führte sie schließlich durch den Garten hinein. Auch wenn beide alles schon auf Bildern gesehen hatten, sie waren schwer beeindruckt.

„Ein richtiges Traumschloss", schwärmte Amina.

„Das nun endlich eine wunderschöne Prinzessin hat", ergänzte Björn. „Damit das Märchen auch wirklich wahr werden kann."

Bassima deckte flink den Tisch, trug Kuchen und Naschwerk auf, dann schenkte sie Kaffee aus. Bei angeregter Unterhaltung eilte die Zeit dahin.

Ein paar Straßenzüge weiter war folgende Diskussion zwischen den alten Hallbergs im Gange: „Ich finde es nicht gut, dass du die Einladung seiner zukünftigen Frau ignorierst", sagte Clas ungehalten.

Lill zuckte mit den Schultern. „Er hätte doch ein schwedisches Mädchen nehmen können."

„Hat er aber nicht, verdammt noch mal! Langsam geht mir dein Starrsinn auf die Nerven. Willst du auf dem Flug und danach auch noch zicken?"

„Geh doch hin! Ich hindere dich nicht daran", sagte Lill gelangweilt. „Ich kann sie mir ja morgen bei der Trauung ansehen."

Clas stand auf. „Gut, du hast es so gewollt." Wütend warf er die Tür ins Schloss, setzte sich in seinen Volvo, um wenigstens einen Fünf-Minuten-Anstandsbesuch zu machen. Wütend war er eher über sich selbst. Das hätte er schon viel früher machen sollen. Was sollte Bassima, so hieß sie wohl, wenn er sich recht erinnerte, nur von ihnen denken?

Im Blumenladen, gleich an der Kreuzung zu Björns Siedlung, kaufte er einen großen Strauß pastellfarbener Sommerblumen. Die passen sicher gut zu ihrer braunen Haut, schoss ihm durch den Kopf. Braune Haut … Hm, das war wohl der Punkt, der Lill nicht passte, nicht, dass sie keine Schwedin war. Clas stellte sein Auto genau vor dem Haus ab, ging durch den hübschen Vorgarten, klingelte und wartete. Die Tür öffnete sich und er stand unvermittelt einer exotischen Schönheit mit großen rabenschwarzen Augen gegenüber, die ihn neugierig musterten.

„Hallberg, Clas Hallberg", stotterte er verwirrt.

„Oh! Dann sind sie Björns Vater. Treten Sie ein! Er wird sich freuen, Sie zu sehen", hörte er eine sanfte Stimme in gebrochenem Schwedisch sagen.

Wie im Traum folgte er der jungen Frau ins Haus. Das also war Bassima. Wirklich hübsch, die Kleine, stellte er fest.

„Hallo Pa, schön, dass du gekommen bist." Björn drückte ihm lächelnd die Hand. „Bassima hast du ja gerade an der Tür kennen gelernt und unsere Gäste sind Amina und Gamal Nazif, ihre Eltern."

„Freut mich sehr." Clas war angenehm überrascht, hatte er doch eine verschleierte Frau und einen Mann im Burnus erwartet, wie es ihm Lill in den schwärzesten Farben ausgemalt hatte, als die Bemerkung gefallen war, dass Bassimas Vater Beduine sei.

Nun nahm er die Blumen aus dem Papier, reichte sie mit einer Verbeugung Bassima. „Die sind für dich. Verzeih mir, dass ich dich erst heute willkommen heiße."

Bassimas Augen strahlten, als sie sich herzlich bedankte. Sie stellte sie in eine große Vase neben den Strauss Gerberas. Gleichzeitig brachte sie noch ein Gedeck aus der Küche und bewirtete ihren zukünftigen Schwiegerpapa. Zwei kleine Öllämpchen aus Bronze brachten ein wenig ägyptisches Flair.

„Eine Feier?", fragte Clas neugierig.

„Ja, so kann man es bezeichnen", erklärte Björn. „Bassima hat vor ein paar Tagen ihr Diplom bekommen und das muss natürlich entsprechend gewürdigt werden."

Clas schaute Bassima mit großen Augen an. „Meinen Glückwunsch." Damit hatte er ja nun gar nicht gerechnet. Ihn beschlich das Gefühl, Lill habe so einige Informationen nicht begriffen, auf alle Fälle hatte sie sie nicht an ihn weiter gegeben. Als er im Laufe des Abends über Gamal erfuhr, dass dieser in Kairo und Syrien Physik studiert hatte und nun als Geschäftsführer einer Kamelfarm arbeitete, wuchsen sowohl die Achtung als auch das Interesse gewaltig. Er freute sich auf die Tage in Ägypten, um ein wenig mehr Verständnis für die andere Kultur zu bekommen.

„Kannst du dich noch an meinen alten Kumpel Yussuf erinnern?", fragte Björn seinen Vater.

„Na, wie könnte man den je vergessen!", lachte Clas. „Schwarzbrot und Weißbrot."

„Den wirst du übermorgen auch wiedersehen. Er hat die Schwester des Herrn der Isri-Farm geheiratet.", schmunzelte Björn.

„Wie geht es Ihrer Frau?", fragte Bassima schließlich, weil über Mutter Hallberg noch kein Wort gefallen war.

„Danke, ihr geht es gut." Clas versuchte, zu lächeln. „Ich möchte ganz offen sein, sie scheint ein Farbproblem zu haben. Aber lasst euch davon um Himmels Willen das Leben nicht schwer machen."

Gamal und Amina schauten sich betreten an, dabei waren sie dankbar, dass Björns Vater das Kind direkt beim Namen genannt hatte.

Björn prustete los. „Dann wird sie sich bei unserer großen Feier entweder anpassen oder in einen einsamen Winkel verkriechen müssen. Dort ist sie eine weißhäutige Exotin, wie alle meine Freunde auch."

Clas fiel in das Lachen ein. „Schockerlebnisse sollen manchmal sogar heilsame Wirkung haben. Vielleicht lernt sie es ja so, einen Menschen nach seinen inneren Werten zu beurteilen." Er hatte, wie auch Björn, Englisch gesprochen, damit die anderen an der Unterhaltung teilhaben konnten. Nun wandte er sich Gamal. „Habe ich eine Chance, so einen Kamelritt hautnah zu erleben?"

„Aber natürlich. Wir haben für alle Gäste, die das möchten, Touren zu den Pyramiden nach Gizeh eingeplant. Yussuf und Celine, die Frau des Chefs, sorgen für die geschichtlichen und geografischen Informationen auf diesen Reisen. Es wird ihnen sicher sehr gefallen. Die mehrsprachige Werbung wurde übrigens in Björns Firma produziert."

„Die Sprecherin der arabischen Texte ist Bassima", ergänzte Björn. „Sie hat schon während des Studiums für mich gearbeitet und zudem noch einen kleinen Studentenjob in einem Bistro gemacht. Trotzdem hat sie es geschafft, mit ‚Sehr Gut' ihre Prüfungen zu bestehen."

„Das sind gleich mehrere gute Gründe, stolz zu sein und ordentlich zu feiern", nickte Clas. Er schaute auf die Uhr.

„Bleibst du noch zum Abendbrot?", bat Björn

„Danke, aber ich muss zurück. Sonst schickt Mutter noch eine Vermisstenmeldung raus", schmunzelte Clas. „Wir sehen uns ja morgen. Ich freue mich auf euch alle." Er reichte Amina und Gamal die Hand. „Wenn meine Gattin morgen ein finsteres Gesicht macht, dann schaut einfach darüber hinweg. Sie versteckt sich hinter meinen Titeln, ohne selber etwas zu leisten." Er atmete tief durch. „Seid nicht böse, aber das musste mal raus."

Bassima brachte ihn bis zum Auto. „Kommen Sie gut nach Hause. Ob Sie Ihre Frau von mir grüßen wollen, bleibt Ihnen überlassen."

Clas blinzelte ihr zu. „Ich überlege es mir noch. Bis morgen."

„Nun", fragte Björn, als sie wieder ins Haus kam, „wie war der erste Eindruck?"

„Er ist sehr ehrlich, das gefällt mir." Sie strich mit den Fingerspitzen über eine der duftenden Blüten. „Vielleicht taut ja die heiße ägyptische Sonne den Eispanzer deiner Mutter etwas auf."

Gamal legte beiden jungen Leuten die Arme um die Schultern. „Dass die Schwiegertochter nicht willkommen ist, gibt es nicht nur bei euch. Wenigstens akzeptiert dein Vater Bassima. Ihm scheint es nichts auszumachen, dass sie dunkelhäutig ist."

Björn stimmte zu. „Er hatte auch Yussuf damals ohne Vorbehalte sofort ins Herz geschlossen, im Gegensatz zu meiner Mutter. Sie ist sowieso ein Kapitel für sich. Die gutbürgerliche Hausfrau, die nur gut aussehen muss, mehr nicht. Kind, höchstens eins, weil Kinder Arbeit und manchmal Schmutz machen, was noch viel schlimmer ist. Herzenswärme – Fehlanzeige."

„So richtig begeistert sprichst du nicht von deiner Kindheit." Amina schaute ihn mitleidig an.

Björn zuckte mit den Schultern. „Vorbei." Dann ging ein Lächeln über sein Gesicht. „Ich habe auf Yussufs Hochzeit gesehen, wie liebvoll du mit Kindern umgehst. Bassima muss ein glückliches Kind gewesen sein."

„Wir hatten nur nicht viel Zeit füreinander. Heute weiß ich, dass es richtig war, sie mit drei Jahren in ein Internat zu geben. Mit Sicherheit wäre sie sonst schon mehrfache Mutter, würde mit ihrer Familie durch die Wüste ziehen und wäre mit fünfzig Jahren eine alte abgehärmte Frau." Amina drückte Bassima fest an sich.

„Damals habe ich es nicht verstanden. Gamal hat sie mir fast mit Gewalt wegnehmen müssen. Und nach jedem Wochenende, wo sie bei uns war, habe ich ganze Seen von Tränen vergossen. Dabei hat sie mir immer wieder versichert, dass es ihr gut ginge, sie viele Kinder zum Spielen habe und die Erzieherinnen warmherzig und freundlich seien. Erst als sie nach Europa ging, habe ich wirklich begriffen, wie glücklich sie war, ein anderes Leben als wir führen zu dürfen."

„Ich sehe dir deine Frage förmlich an", sagte Gamal zu Björn gewandt. „Ein Kind konnte ich vor der alten Magie des Spiegels schützen, für mehrere hätte das Geld nicht gereicht. Aber wer weiß?"

Amina wurde tatsächlich rot. Sie war noch sehr jung gewesen, als Gamal sie zur Frau nahm. Mit Ende Dreißig war eine erneute Schwangerschaft nicht völlig unmöglich, jetzt, wo der Spiegel mit soviel Liebe umgeben war.

„Wunder geschehen immer wieder, besonders auf Isri", orakelte Gamal.

„Ja das ist wahr", Bassima lachte herzlich. „Da sitzt unter zweihundert Ägyptern ein einziger Schwede und genau den trifft das Schicksal mitten ins Herz, wirft ihn völlig aus seiner gewohnten Bahn und heftet sich fest an seine Fersen."

„Hoch lebe das Schicksal!" Björn gab Bassima einen schallenden Kuss.

Gamal schüttelte amüsiert den Kopf. „Wenn ich mich an die erste zarte Annäherung erinnere …"

Björn setzte ein harmloses Grinsen auf. „Da wusste ich auch noch nicht, dass eine Frau, und speziell diese, solch eine wundervolle Erfindung sein kann. Ich hatte immer Angst, dass ich mal an eine gerate, die genau so ein Hausdrache wie meine Mutter ist. Da habe ich lieber die Finger ganz davon gelassen."

Gamal und Amina brachen in herzhaftes Gelächter aus.

Björn schaute auf die Uhr. „Was haltet ihr davon, wenn wir beim Chinesen zu Abend essen?"

„Ja!" Bassima rieb sich die Hände. „Gebackene Entenbrust mit Bambusspitzen!"

„Klingt interessant. Ich bin dafür." Gamal erhob sich.

Bassimas Freude war nicht unbegründet gewesen, wie er bald darauf feststellte. Das knusprige Fleisch und die ungewohnten, aber wohlschmeckenden Beilagen ließen die Feinschmeckersonne in seinem Gesicht aufgehen.

„Hin und wieder muss man auch mal international essen", erklärte Björn. „Wir haben hier ein chinesisches, griechisches, italienisches, mexikanisches, russisches und ein bulgarisches Restaurant und mehrere Türken mit Dönerständen. Einmal im Monat treffen wir uns mit Freunden zu einem geselligen Abend. Zuerst unternehmen wir irgendetwas und danach gehen wir essen."

„Als ich zum ersten Mal bei Björn war, haben sie mich zur Eislaufbahn mitgenommen und dann haben wir hier eine Pekingente gegessen", erinnerte sich Bassima. „Ihr werdet seine Freunde mögen."

Als der Mond schon lange am Himmel stand, schlenderten alle hinaus zum See. Wellen plätscherten leise an das Ufer, irgendwo schrie ein Käuzchen und grün leuchtende Augen verrieten eine Katze, die noch immer auf Mäusejagd war.

„Ich habe schon als kleiner Junge immer von einem Häuschen an einem See geträumt", erzählte Björn. „Als ich dieses Grundstück vor ein paar Jahren kaufte, war das Haus halb verfallen, der Garten völlig verwildert, der Bootssteg morsch und alle haben mich für einen Verrückten gehalten. Das war mir völlig egal – ich hatte mir meinen Traum erfüllt. Ein Jahr später hat niemand mehr gelacht."

„Ich hab auf Isri gesehen, dass du zupacken kannst." Gamal warf noch einen Blick über den stillen See. „Bassima wird dir helfen, dein Refugium zu bewahren."

„Darauf freue ich mich am meisten. Es war ohne sie plötzlich so still im Haus." Björn schloss die Tür.

Er zeigte Gamal und Amina das Gästebad im Obergeschoss, während Bassima noch ein wenig Ordnung in der Küche machte. Dann zog langsam Ruhe in das schmucke Häuschen ein.

Bassima war am nächsten Morgen als Erste auf den Beinen. Würziger Kaffeeduft weckte recht schnell die anderen, die sich auf der Stelle in der Küche einfanden, wo frische Brötchen, Milchhörnchen, Marmelade und verschiedene andere süße Aufstriche lockten. Bassima bereitete sich ein Müsli mit Stückchen getrockneter Früchte. „Kosten?", fragte sie auf Aminas neugierigen Blick.

„Lecker. Mit Ziegenmilch würde es sicher nicht so gut schmecken."

„Wahrscheinlich."

„Du könntest einen Kühlschrank und Kuhmilch haben", warf Gamal ein.

„Muss ich aber nicht", entgegnete Amina lächelnd. „Es gibt sicher Dinge, die wir beide lieber hätten. Ein richtiges breites Bett zum Beispiel, statt unserer winzigen Schlafnische."

„Dazu ist das Haus zu klein", warf Bassima leise ein.

Gamal lachte. „Sicher nicht mehr lange. Hakim hat uns dreien erlaubt, anzubauen oder neu zu bauen. Es ist im Augenblick eine Frage des Geldes. Mutter hat Recht, wenn sie sagt, dass ein Kühlschrank jetzt unwichtig ist. Wir kaufen von unseren kleinen Ersparnissen lieber Baumaterial, um ein solides Haus zu bauen.

Tamer und Aakash haben inzwischen auch vertraglich geregelte Einkommen. Nur haben die beiden auch Kinder, denen sie nun eine gute Schulbildung geben möchten. Du bist das große Vorbild für die Kleinen. Und die beiden Familien leben mit mehr Personen auf dem gleichen Raum wie Mutter und ich. Wir haben uns kürzlich mit Hakim über die Grundstücke geeinigt, die er uns auch weiterhin kostenfrei überlässt. Celine bat uns, ihr beim Anlegen eines Palmenhaines zu helfen, wofür wir einen Teil der Ernte bekommen. Wir sind nicht unzufrieden mit den Veränderungen auf Isri."

„Aber das dauert doch Jahre, ehe die Dattelpalmen tragen!", rief Bassima.

Amina nickte. „Das ist richtig. Aber Celine ließ für die alten Palmen einen Bewässerungsgraben ziehen und man konnte fast zusehen, wie sie plötzlich erblühten. Wir werden also schon in diesem Jahr ein gute Ernte haben."

„Dann hat Yussuf also tatsächlich schon eine große Analyse gemacht", sinnierte Björn. „Ich könnte mich auch nicht erinnern, dass er jemals ein Versprechen gebrochen hätte."

Die Türklingel schreckte alle aus ihren Betrachtungen.

„Was? Schon so spät? Nun aber flink in die Festkleidung!", rief Björn. Er beeilte sich, seinen Freund Preben ins Haus zu lassen, der sich während der Trauungszeremonie um den Partyservice kümmern wollte und zudem ein mehrfach prämierter Coiffeur war. Eine freundschaftliche Umarmung für Bassima, eine herzliche Begrüßung ihrer Eltern, dann wandte sich jeder seinen eigenen Belangen zu, wobei sich Preben mit Bassima ins Badezimmer zurück zog, um ihre rabenschwarze Mähne in eine kunstvolle Frisur zu verwandeln, die fest genug war, einen angesteckten zweistufigen Schleier zu tragen.

Bassima wunderte sich, dass Preben rosa-perlmuttfarbene Haarspangen nahm, statt goldene, wie sie eigentlich erwartet hatte. Bei der Hingabe und Selbstverständlichkeit, wie er zu Werke ging, traute sie sich nicht zu fragen. Kaum fertig, eilte sie ins Schlafzimmer, um vorsichtig das schlichte weiße Seidenkleid anzuziehen, das einen leichten silbrigen Glanz hatte. Björn, bereits fertig angekleidet, sah ihr lächelnd zu.

Als sie sich abschließend im Spiegel betrachtete, zog er ein Etui hervor, welchem er eine kurze rosa Zuchtperlenkette entnahm, die er ihr wortlos umlegte. Bassimas Augen strahlten glücklich. Nun verstand sie die Sache mit den Haarspangen. Gold hätte einfach nicht dazu gepasst.

„Moment", schmunzelte Björn. „Da fehlt noch etwas." Er zog ein Samtbeutelchen aus der Hosentasche, aus dem er Ohrringe und ein Armband aus ebensolchen Perlen zu Tage beförderte.

„Dieser Schmuck ist wundervoll." Bassima wischte ein paar Freudentränen fort. Björn hatte sicher ein Vermögen dafür bezahlt.

Es klopfte. „Das Taxi ist da", meldete Preben.

Gamal und Amina kamen zur gleichen Zeit wie das Brautpaar im Wohnzimmer an. Sie kamen nicht einmal dazu, ihre Tochter zu bewundern, denn Preben öffnete sofort die Haustür. Bassima und ihre Eltern machten große Augen. Auf der Straße stand eine riesige weiße Strechlimousine und die halbe Nachbarschaft lief gerade zusammen, um dieses

Schauspiel bloß nicht zu verpassen, zu winken und dem Gefährt lange hinterher zu schauen.

Björn lächelte still vor sich hin, die Frauen strahlten um die Wette, während Gamal immer wieder ungläubig den Kopf schüttelte. Er hatte nicht einmal gemerkt, dass Björns Freund eine Kamera in der Hand gehalten und fleißig gefilmt hatte. Genau so ungläubig schauten Björns Eltern, die vor der Tür des Standesamtes warteten.

Clas war mit schnellen Schritten an der Tür des Wagens, um Bassima beim Aussteigen zu helfen. Eine Königin hätte nicht edler aussehen können, als die junge Ägypterin, die sich lächelnd bei ihm bedankte. Die weißen Spitzenärmel, des schmalen, bodenlangen, beinahe schlichten Kleides wirkten besonders apart, weil die braune Haut darunter das Muster plastisch in den Vordergrund hob. Sie ist eine umwerfende Schönheit, stellte Vater Hallberg erneut fest.

Amina punktete mit einem champagnerfarbenen Kostüm, Gamal mit einem schwarzen Anzug, genau wie Björn, nur dass dieser noch eine Seidenweste in gedeckten Farben darunter trug. Lill lächelte etwas verkrampft bei der Begrüßung, aber nicht abweisend, wie Björn zunächst befürchtete. Der hollywoodreife Auftritt hatte sie beeindruckt, wie auch die würdevolle Erscheinung des Beduinen, der ihrem Klischee überhaupt nicht ähnlich sah.

Statt eines unrasierten, schmutzigen, Sandalen tragenden Kameltreibers, begrüßte sie ein gut aussehender gepflegter Herr in tadellosem Englisch. Der Fahrer der Limousine brachte Bassima den Brautstrauß, einen fließend gebundenen Traum aus blutroten, zart duftenden Rosen. Amina betrachtete mit einem seligen Lächeln ihre Tochter, die jede Prinzessin glatt in den Schatten gestellt hätte. Sie hat etwas von der Anmut der jungen Audrey Hepburn, überlegte Clas. Auch eine gewisse Ähnlichkeit, nur dass ihre Haut diesen samtigen Braunton hat. Björn sah ihn fragend an.

„Ich mag sie." Clas blinzelte verschmitzt.

Während der feierlichen Trauung machte er ein paar Bilder aus einer anderen Perspektive, als der professionelle Fotograf. Lill schien nichts dagegen zu haben, denn er konnte keine Spur dieses missbilligenden Blickes entdecken, der ihr Gesicht sonst so oft zierte. Sie verfiel auch nicht in die Ich-habe-einen-Ladestock-verschluckt-Haltung, stattdessen zuckten manchmal ihre Mundwinkel, als müssten sie das Lachen erst üben.

Endlich kam der Moment, wo die glücklichen Brautleute die Ringe tauschten und Björn seine entzückende Frau küssen durfte, was er mit solcher Hingabe tat, dass selbst der Standesbeamte ein seliges Lächeln aufsetzte.

Amina fingerte immer wieder nach ihrem Taschentuch, das die Sturzbäche der Freudentränen kaum fassen konnte.

Als Letzte wandte sich Lill an Bassima. „Ich wünsche euch Glück."

Mit erstauntem Blick bedankte sich die junge Frau Hallberg. Die nächste wirklich große Überraschung lauerte vor dem Portal des Hauses. Alle Freunde und Kollegen hatten sich eingefunden, um ihnen zuzujubeln.

„Keine Sorge, wir rennen euch jetzt nicht die Bude ein!", riefen sie im Chor. „Wir wären nur vor Neugier geplatzt, wenn wir deine umwerfend süße Braut nicht live und in Farbe gesehen hätten. Alles Glück dieser Welt für euch." Dann bildeten sie Spalier für die Stretchlimousine, die die kleine Hochzeitsgesellschaft ins Restaurant zum Mittagessen brachte."

Gamals Augen blitzten fröhlich. „Bassima hat Recht, deine Freunde muss man einfach mögen. Sie werden bei uns zu Hause sicher eine Menge Spaß haben."

Nach dem Festmahl gingen alle zu Fuß zurück zu Björns Haus.

„Die Viertelstunde Verdauungsspaziergang tut richtig gut", seufzte Clas.

Allerdings dehnten sich die fünfzehn Minuten bald auf das Dreifache, weil beinahe in jedem Garten Nachbarn standen, die sie mit Glückwünschen und Hochrufen überhäuften und mit denen das junge Ehepaar Hallberg ein paar nette Worte wechselte.

Am Ende des Weges blieb Björn plötzlich stehen. „Ach herrje! Diese verrückte Bande ist wirklich kaum zu bremsen." Das Haus war mit Girlanden geschmückt, Lampions hingen in den Bäumen und ein Spruchband prangte unter den Fenstern des oberen Stockwerkes.

Bassima wechselte einen schnellen Blick mit Gamal, der ihm voller Stolz sagte: Hier bin ich wirklich zu Hause, hier habe ich viele gute Freunde. Ein zufriedenes Nicken war die Antwort.

Preben ließ es sich nicht nehmen, Bassima mit Küsschen auf beide Wangen zu empfangen, drückte Björn ans Herz und rief: „Glück, Geld und Kindersegen."

„Dein Wort in Gottes Gehörgang", schmunzelte Björn. Er öffnete die Wohnzimmertür und prallte zurück. Dort stapelten sich die Geschenke.

Bassima begann herzhaft zu lachen, als sie sein entsetztes Gesicht sah. „Hast du wirklich geglaubt, du hättest sie davon abhalten können?"

„Eigentlich nicht. Ich hätte es wissen müssen."

Preben grinste. „Ich soll euch ausrichten, dass nichts darin ist, was in den Urlaubstagen kaputt gehen kann."

„Na gut, das beruhigt mich." Björn fasste sich mit der Hand an die Stirn. „Ach ja, was soll man dazu sagen?"

„Dass du offensichtlich wirklich die besten Freunde hast, die man sich wünschen kann", warf Gamal ein.

„Das steht außer Zweifel", freute sich Björn. Bassima stimmte von ganzem Herzen zu.

Am Nachmittag wartete auf Bassima die wohl höchste Torte, die sie in ihrem Leben je gesehen hatte. Das Messer, mit welchem der dreistöckige Traum angeschnitten werden sollte, ähnelte eher einer riesigen Machete und jagte ihr einen ziemlichen Schrecken ein.

„Schaffen wir es ohne Missgeschick?", fragte Björn.

„Wir schaffen es", gab sie zuversichtlich zurück und umfasste mit ihm gemeinsam den Griff des Werkzeugs.

Die Gäste schauten zuerst etwas skeptisch, staunten dann aber über die Präzisionsschnitte, die die beiden ansetzten.

„Wie habt ihr denn das gemacht?", wunderte sich Clas.

Bassima blinzelte Björn zu. „Soll ich es verraten?" Und auf das bejahende Rückblinzeln zu den anderen gewandt: „Wie in einer guten Ehe. Wenn ein Werk gelingen soll, dann muss einer führen und der andere wenigstens durch geistigen Beistand mitziehen."

Clas stutzte, dann begann er lauthals zu lachen. „Der Spruch ist gut, aber er stimmt auch. Unter diesen Voraussetzungen ist mir um euch beide wirklich nicht bange."

Björn hatte auch mit vollem Bedacht die Diplommappe seiner Liebsten offen in das Glasfach der kleinen Vitrine gelegt, in der Hoffnung, seine Mutter werde einen Blick darauf werfen. Natürlich siegte irgendwann die Neugier.

Lill ging, wie rein zufällig, an dem Möbelstück vorbei, machte einen langen Hals und Augenblicke später große Augen. Das Zeugnis gehörte nicht etwa Björn, wie sie vermutet hatte, sondern Bassima. Lill begann, sie in völlig neuem Licht zu sehen.

Sie war alles andere, als eine, die nur gut einheiraten wollte, um versorgt zu sein. Clas hatte ihr kein Wort von seinem Besuch bei den beiden am Vortag der Hochzeit erzählt, sie nur immer wieder sehr vorwurfsvoll angeschaut und er schien sich bei der kurzen Stippvisite sehr wohl gefühlt zu haben. Wie er sich heute bemühte, schneller als die anderen zu sein, um Bassima irgendeinen einen kleinen Gefallen zu tun, gab ihr zu denken. Sie kehrte um, blieb lange stehen und las sich Zeile für Zeile das Diplom durch. Bassima kam gerade wieder ins Zimmer, passierte die Stelle, an der Lill noch immer stand.

Lill drehte sich plötzlich um und umarmte sie. „Es tut mir leid."

Bassima schaute sie überrascht an.

„Ich meine es ernst."

Bassima erwiderte die Umarmung und flüsterte auf Schwedisch. „Das macht mich sehr, sehr glücklich."

Die Männer applaudierten, Amina brach wieder in Freudentränen aus. Nun wurde es doch noch ein Fest, an dem alle regen Anteil nahmen. Preben machte sich bei den Mitarbeitern des Partyservices in der Küche nützlich, war hier, da und dort gleichzeitig, trug zur Unterhaltung bei und freute sich wie ein kleiner König, wie gut der Tag gelungen war. Im Garten hinter dem Haus, in einer blumenumflorten Sitzecke, wurde die Tafel für das Abendbrot eingedeckt. Gartenfackeln sorgten für die richtige Stimmung.

Preben filmte und fotografierte, bis die Linse glühte, lud alle Daten sofort auf Björns Laptop, den dieser am nächsten Morgen mit auf den Flug nehmen würde. Neben der kleinen Diashow mit Bassimas Bildern aus Prag, konnte man einen regelrechten Hauptfilm mit den schönsten Szenen der Hochzeit zeigen.

Noch vor der Tageswende beendete man das Fest, um am nächsten Morgen den Flug nicht zu verpassen. Dass sich Björn und Bassima noch ganz anderen Dingen widmen würden, lag ebenfalls klar auf der Hand. Der frisch gebackene Ehemann wünschte sich nichts sehnlicher, als endlich in Besitz nehmen zu dürfen, wovon er seit Monaten träumte. Er hatte sich in dieser Zeit auch eingehend mit dem Brauchtum der Wandervölker beschäftigt.

Bassima hatte sich, weil sie ja nun nach den schwedischen Bräuchen leben wollte, nicht getraut, zu fragen und nahm es nun überaus dankbar zur Kenntnis, als er ein weißes Leinentuch bereit legte, mit dem er Gamal beweisen konnte, dass er seine Tochter wirklich erst in der Hochzeitsnacht zur Frau gemacht hatte.

Der stolze Vater würde es mit bestem Gewissen auf traditionelle Weise dem ganzen Stamm präsentieren, in dem er es für alle sichtbar am Haus anbrächte.

Dass es vorher schon sexuelle Kontakte der anderen Art gegeben hatte, konnte sich Gamal sicher ausmalen, schließlich war er alles andere als weltfremd. Und diese kleinen, vorab so oft genossenen, Freuden nutze Björn, um mit Bassima beinahe schmerzfrei die Ehe zu vollziehen. Ein kleiner erstickter Laut, in einem Meer voll lustvollem Stöhnen. Ein junges Paar, das sich nur zu gern dieser völlig neuen gemeinsamen Erfahrung hingab, sie wiederholend, bis beide erschöpft einschliefen.

Der Wecker klingelte zeitig genug, um den Morgen mit den Annehmlichkeiten der Nacht beginnen zu lassen, bevor beide frisch geduscht das Frühstück bereiteten. Björn klopfte als Weckzeichen am Gästezimmer. Gamal musste wohl genau hinter der Tür gestanden haben, denn er öffnete im selben Moment.

Mit einem fröhlichen „Guten Morgen", drückte ihm Björn das kleine Plastiktütchen in die Hand. „Ich möchte, dass du es weißt."

Gamal brauchte einen Moment, um zu begreifen, schaute Björn lange in die Augen, legte ihm die Hand auf die Schulter. „Dann habe ich mich in dir nicht geirrt. Ich bin stolz auf dich und ich sehe, dass es dir ziemlich gut bekannt ist, wie wertvoll dies für mich ist." Er deutete auf das Beutelchen.

„Wann müssen wir zum Flughafen?", fragte Amina während des Frühstücks.

„In genau einer Stunde fahren wir ab", antwortet Björn mit Blick auf die Uhr. „Es ist also noch genügend Zeit."

„Keine Sorge, wir haben unsere Tasche schon gepackt", beruhigte ihn Amina. Sie half Bassima beim Abwaschen.

Björn kontrollierte noch einmal, dass alle Fenster geschlossen waren, das Boot weit genug vom See auf dem Trockenen stand, ob alle Reiseunterlagen beisammen waren, dann hupte es auch schon auf der Straße. „Was ist denn das? Ein Lastauto in dieser schmalen Straße?", wunderte sich Bassima.

„Falsch das ist unser Taxi", lachte Björn. „Kommt, fliegen wir nach Ägypten." Er schloss ab und machte Alarmanlage scharf.

Ein überraschter Ruf ließ ihn schmunzeln. Nicht einmal Bassima war eingeweiht gewesen. Vor dem Haus hielt ein Doppelstockbus, in welchem bereits die ganze Reisegesellschaft Platz genommen hatte, die nur noch auf Bassima, Björn, Amina und Gamal wartete. Bester Laune, unter dem Hallo der Freunde und von Björns Eltern, machten sie sich auf den Weg. Gamal drehte sich zu Björn um. „Ich glaube, diese Hochzeit und die Zeit bei dir werden wir nie vergessen. Das ist etwas, was man noch den Urenkeln erzählen kann."

„Das heißt, dann habe ich genau das Richtige gemacht", rieb sich Björn erfreut die Hände.

„Ja, alles was du getan hast, war sehr, sehr gut", entgegnete Gamal auf das Tuch anspielend.

Eine Stunde später war das Flugzeug bereits in der Luft. Ein Direktflug war für so viele Personen nicht zu haben gewesen und so vertrieben sich alle die nächsten zehn Stunden auf ihre Weise mit Bordfilm, Lesen, Musik hören, Schlafen, leisen Gesprächen oder einfach nur aus dem Fenster schauen.

Bassima wählte die Schlummer-Variante. Sie kuschelte sich an Björns Schulter und schloss die Augen. Die Aufregung der letzten beiden Tage war eben doch nicht ganz spurlos an ihr vorüber gegangen. Björn legte ihr fürsorglich die Reisedecke um die Schultern, was Amina mit leisem Lächeln quittierte. „Sie hat die perfekte Wahl getroffen."

Björn schmunzelte. „Das beruht auf Gegenseitigkeit."

Clas, der mit Lill auf den Plätzen davor saß, brummte zustimmend. Was er bisher erlebt und gehört hatte, stimmt ihn zuversichtlich für seinen Sohn.

Hakim begutachtete den Aufbau der beiden kleinen Zeltstädte. Bis zur Ankunft der Gäste war nur noch ein halber Tag. Die Beduinen hatten keine Mühe gehabt, ihre Behausungen aufzustellen, das Festzelt stand, der Küchentruck war da, die Sanitäreinheit installiert, soeben brachte Hafiz das bestellte Obst und Gemüse. Zwei Männer pumpten Wasser in den langen Trog, um die Tiere zu tränken. Celine stand mit einigen Frauen zusammen. Man verstand sich. Hakim nickte zufrieden.

Am Vortag hatte er aus dem Institut für einen eher symbolischen Obolus eine große Videoleinwand, den gewünschten Beamer und Lautsprecherboxen mitgebracht. Yussuf half ihm beim Installieren. Hinter den Nomadenzelten spielten mehrere Kinder. Sie planschten im kühlen Nass des Bewässerungsgrabens, der die großen alten Palmen versorgte. Tamers und Aakashs Nachwuchs war unter ihnen. Natürlich hatten sie Spaß dabei, endlich wieder einmal die Cousins und Cousinen zu sehen.

Der Stammesälteste kam von den Baustellen der neuen Häuschen zurück. Alles war interessant, wissens- und sehenswert.

Hakim bat ihn ins Haus, wo Celine mit Gebäck und Tee aufwartete. Ibrahim nahm dankend an. Sein Blick wanderte neugierig durch die Räume, die er seit vielen Jahren nicht mehr betreten hatte.

Hakim nahm schließlich das Wort. „Ich möchte dich bitten, mir Bescheid zu geben, wenn ihr euch in den nächsten Tagen von unseren Gästen irgendwie belästigt fühlt. Sie werden überaus wissbegierig sein und möglicherweise aus Unkenntnis Dinge tun, die euch vielleicht nicht gefallen. Sprecht mit uns darüber, bevor es zu Streitereien kommt."

„So soll es sein." Der Alte nickte zustimmend. „Uns ist sehr an guter Nachbarschaft gelegen, in Zeiten, wo unsere ganze Welt im Wandel zu sein scheint. Wenn wir können, werden wir den Wissensdurst der Fremden gern stillen, so wie auch unseren eigenen. Die Kinder haben sicher weniger Berührungsängste. Ich hoffe meinerseits, dass sie die Geduld deiner Gäste nicht überstrapazieren."

„Lassen wir uns einfach überraschen", schlug Hakim vor. „Alles andere wird sich finden."

Ibrahim erhob sich. Hakim begleitete ihn bis an die Haustür. „Möchtet ihr auf die Wanderung Kamelwolle mitnehmen? Wir haben sie eingelagert, weil wir sie nicht brauchten."

„Ich kann dir kein Tauschobjekt bieten", entgegnete der alte Mann bekümmert.

„Dann betrachte sie als Dank für die Suche nach Beweisen. Aakash und Tamer werden sie euch aushändigen, sobald ihr sie haben möchtet."

Ibrahim schlug bei diesem Handel dankbar ein.

Im Büro klingelte das Telefon. Einen Augenblick später kam Celine heraus. „Yussuf hat sich gemeldet, der Bus ist soeben am Flughafen eingetroffen. Sie erwarten die Ankunft der Maschine in etwa einer Stunde."

„Danke. Hier ist auch alles fertig, die Gäste können kommen." Er nahm Celine in den Arm, streichelte ihren Bauch. „Und wie geht es dir?"

„Nicht schlecht, obwohl mich Farah heute schon den ganzen Morgen mit heftigen Tritten traktiert."

„Und du bist sicher, dass du immer noch die Karawanen begleiten willst?", fragte Hakim besorgt.

Celine schüttelte den Kopf. „Nur noch die eine morgen, falls Björns Eltern zu den Pyramiden möchten. Dann folge ich der Stimme der Vernunft. Es wird von Tag zu Tag beschwerlicher. Bastet wird sich freuen. Sie ist uns jetzt jedes Mal ein Stück entgegengekommen und dann auf meinem Kamel mit nach Hause geritten."

„Sie sorgt sich eben auch um deine Gesundheit."

„Ich vermute das auch. Sicher erzählt sie Yassir ganz genau, was hier so tagsüber passiert, denn sie läuft stets sofort zum Spiegel, als wolle sie sich in ihm betrachten, drückt die Stirn an das Glas und schnurrt."

Fahrzeuggeräusche lockten beide auf den Hof, wo Ali gerade seinen Benz hinter das Haus fuhr. „Wie geht es dir?", fragte er, kaum dass er Celines ansichtig wurde.

Sie lachte. „Gut. Sehe ich heute wirklich so mitgenommen aus, weil alle dieselbe Frage stellen?"

„Ein bisschen schon, wenn ich ganz ehrlich sein soll", entgegnete Jasina. „Willst du dich nicht lieber noch ein paar Minuten hinlegen? Ich wecke dich zeitig genug, ehe der Bus ankommt."

Celine seufzte. „Na gut, dann wird es wohl doch das Beste sein." Sie verschwand im Haus. Genau genommen lechzte sie nach einem Augenblick Ruhe. Kaum lag sie im Bett war sie auch schon fest eingeschlafen. Bewacht von Bastet, die sich am Fußende zusammenrollte.

Auf dem Flughafen spähte Fatima angestrengt in den Himmel, irgendwo da oben musste in den nächsten Sekunden der Silbervogel auftauchen, den sie so sehnsüchtig erwarteten. „Da! Jetzt kommt es!", rief sie, aufgeregt auf das winzige Flugzeug am Horizont deutend.

Yussuf schaute sie amüsiert an. Fatima war vollkommen aus dem Häuschen. Wieder ein kleiner Fortschritt, dass sie sich auf die Begegnung mit Menschen freute, die ihr völlig fremd waren. Die Maschine näherte sich dem Boden, setzte sicher auf und kam punktgenau zum Stillstand. Die Gangway wurde heran gefahren und schon tauchten die ersten Reisenden auf.

„Björn und Bassima!" über Fatimas Gesicht ging ein Strahlen. Der hoch gewachsene fast weißblonde Schwede war nicht zu übersehen gewesen.

Es dauerte noch eine Weile bis alle ihr Gepäck gefunden und den inneren Bereich verlassen hatten. Yussuf eilte auf Bassima zu, während Björn Fatima hochhob und im Kreis schwenkte. Dann erspähte Yussuf Clas und Lill, begrüßte sie mit Handkuss und ihn mit einer festen Umarmung. „Schön Sie wiederzusehen!", rief er erfreut. Er breitete die Arme aus, als wolle er die ganze Gruppe umfangen. „Herzlich willkommen in Kairo." Dann nahm er ganz selbstverständlich Lills Reisetasche, um sie zum Bus zu tragen.

Im Bus wandte sich Björn an seine Freunde. „Für die, die es noch nicht wissen, Doktor Yussuf al Bakir ist mein bester Freund aus Studientagen und überdies der Schwager jenes Mannes, dessen Farm wir für die nächsten drei Tage unsicher machen werden. Von ihm stammt auch der Spruch von Schwarzbrot und Weißbrot."

Alle lachten und Yussuf setzte ein schelmisches Grinsen auf. Lill warf ihm einen neugierigen Blick zu. Doktor. Der verrückte Ägypter, wie sie ihn immer hinter vorgehaltener Hand genannt hatte. Vielleicht war die Reise hierher ja auch eine in die Vergangenheit, um einige Dinge besser verstehen zu können, neu zu ordnen und vielleicht sogar die ewigen Vorurteile abzubauen. Die Ägypter, die sie bisher kennen lernen durfte, waren alles andere als ungebildete Rohlinge, wie sie immer geglaubt hatte. Yussuf erklärte während der Fahrt auf witzige Weise die Sehenswürdigkeiten entlang der Straße, was ihm das fröhliche Gelächter der Reisenden einbrachte.

Clas amüsierte sich prächtig. „Er hat sich kaum verändert, ist noch immer so ein verrückter Hund wie früher."

„Meine Damen und Herren, in wenigen Augenblicken erreichen wir Isri. Björn hat Sie sicher informiert, dass sich für die Feierlichkeiten ein ganzer Beduinenstamm zu uns begeben hat. Ich möchte Sie bitten, das kleine Zeltlager des Wandervolkes nicht ohne Aufforderung zu betreten, und möglichst einen Übersetzer mitzunehmen, um unnötige Konflikte zu vermeiden. Es wird genügend Möglichkeiten geben, sich miteinander bekannt zu machen und Kontakte zu knüpfen. Ich wünsche Ihnen viel Spaß und einen angenehmen Aufenthalt."

Der Bus verließ die Straße und rollte langsam auf den Parkplatz am Rande der Farm, wo er von großen Kinderaugen neugierig betrachtet wurde.

Bevor Yussuf die Tür öffnete, wandte er sich noch einmal an alle. „Die beiden Herren im Burnus sind Aakash und Tamer, ihre Hauptansprechpartner neben Gamal, den sie bereits kennen. Das Ehepaar Al Kassim ist Eigentümer über Land und Vieh und steht Ihnen ebenfalls gern zur Verfügung. So, und nun auf ins Abenteuer!" Yussuf gab den Weg nach draußen frei.

Björn und Bassima machten den Anfang. Celine und Hakim begrüßten beide mit herzlichen Umarmungen, Glückwünschen und strahlendem Lächeln.

Gamal nahm Celines Hände, schaute sie lange an. „Es freut mich, zu sehen, dass es dir und dem Baby gut geht."

Hakim drückte er fest ans Herz. Während die Hallbergs mit Celine zum Haus hinüber gingen, folgten die ausgelassenen Urlauber Tamer und Aakash, die sie zu den gemütlichen Schlafzelten brachten. Nun zahlte es sich aus, dass sie mit Celine in die Englisch-Lehrbücher geschaut hatten, denn die Verständigung klappte recht gut. Hakim machte auch keinen Hehl daraus, dass er Kenntnisse dieser Sprache bei seinen Mitarbeitern für dringend notwendig hielt, um die vielen Touristen gut betreuen zu können. Am Ende begannen sogar die Kinder mit zu lernen, die irgendwann mindestens einen Job auf der Farm haben wollten, wenn nicht gar ein anderes Leben ganz weit weg von zu Hause.

Aber das waren nicht die einzigen Veränderungen, die sich aus der Situation heraus ergaben. Im Arbeitszimmer, unsichtbar im Schränkchen unter dem Spiegel verborgen, war ein Safe installiert worden, der immer einen Vorrat an Folkloreschmuck aus Alis Beständen enthielt, den Celine nebenbei mit verkaufte. Kleine Prospekte lagen aus und für größere Anschaffungen lohnte sich der Weg direkt ins Juweliergeschäft am großen Basar.

Lill betrat soeben hinter Celine die säulengeschmückte Vorhalle, des von außen so unscheinbaren Palastes. Staunend betrachtete sie den langen Gang, mit den vielen Türen. Das große helle Gästezimmer, welches ihnen nun drei Tage lang zur Verfügung stand, fand ihr Wohlgefallen. Björn und Bassima bekamen ein genau so einladendes Zimmer im Obergeschoss. Die beiden wollten schließlich noch beinahe drei Wochen bei ihnen wohnen und sollten möglichst unbehelligt vom Alltagstreiben der Lieferanten und Touristen bleiben.

„Ich bin beeindruckt", gab Lill freimütig zu, als sie ihre Taschen auspackte. „Die junge Frau ist doch mindestens im siebenten Monat schwanger und führt hier einen riesigen Haushalt neben ihrer Firma, wie uns Gamal erzählt hat."

„Wir werden in den nächsten Stunden und Tagen sicher lernen müssen, einige Dinge in völlig neuem Licht zu sehen", pflichtete Clas bei. „Hier sind nur die Prioritäten im Leben etwas anders verteilt als bei uns."

Es klopfte und Bassima steckte den Kopf zur Tür herein. „Wir gehen mit Celine hinüber zu den Dattelpflanzungen. Habt ihr Lust auf einen kurzen Spaziergang?"

„Liebend gern!", rief Lill. „Ich ziehe mir nur ein Paar anderer Schuhe an."

Björn trug seinen Hut mit breiter Krempe, obwohl er von Celine ein neues Tiegelchen der Wundersalbe bekommen hatte. „Man muss es ja nicht herausbetteln", schmunzelte er.

Mutter Hallberg warf einen raschen Blick in das große Festzelt, betrachtete die beiden Zeltlager, die ein riesiges Areal einnahmen, staunte über die grazilen Rennkamele und die riesige Herde der Lasttiere. Ein Mann in weißem Burnus und Turban kam ihnen entgegen. Fast hätte sie ihn nicht erkannt – Gamal.

„Ich habe die Drahtkäfige etwas erweitert", erklärte er. „An zwei Pflanzen haben die Ziegen an den Blättern geknabbert."

„Danke, Gamal." Celine spähte voraus. „Passt die Höhe wenigstens noch oder brauchen wir neue Rollen?"

„Ein paar Tage geht es schon noch so." Er setzte seinen Inspektionsgang fort.

Celine atmete auf. Der Schaden hielt sich in vertretbaren Grenzen. „Yussufs Analyse ist ein voller Erfolg", erklärte sie ihren Gästen. „Wir haben so viel Wasser, dass im Brunnen wirklich nur geringe Schwankungen des Pegels eintreten. Hier leiten wir es ein Stück durch Rohre, um die Verdunstung gering zu halten, damit die alten Bäume dort drüben ordentlich trinken können. Dann versickert es im Boden, bringt aber noch genügend Feuchtigkeit, um meine gepflanzten Sträucher zu versorgen."

„Was sind das für Gewächse?", fragte Lill.

„Heilpflanzen, aus denen ich zum Beispiel die Sonnenschutz-Salbe für Björns helle Haut herstellen kann", gab Celine bereitwillig Auskunft. „Der Ärmste hat sich bisher immer heftig verbrannt, wenn er unser Land besucht hat."

„Ach und ich habe mich schon gewundert, wie er hier auf einmal kurzärmelig unterwegs ist, wo er doch zu Hause schon ständig Sonnenbrand bekommt", brummte Clas zufrieden in sich hinein.

Björn lachte. „Ja, die Wirkung von Celines Wundermittel ist nirgends besser nachweisbar, als an einer Kalkwand wie mir."

Lill und Clas schauten ihn völlig überrascht an, während die beiden jungen Frauen in Gelächter ausbrachen. Früher hatte Björn unter seiner extrem wenig pigmentierten Haut nicht nur körperlich, sondern vor allem seelisch gelitten und plötzlich machte er Witze darüber, als sei das selbstverständlich. Lill stellte schließlich aus purer Neugier die entsprechende Frage.

Björn nahm Bassima in den Arm, küsste sie zärtlich auf die Nasenspitze. „Bassima hat mir die Augen richtig geöffnet. Ihr war es von Anfang an völlig egal, wie groß der Unterschied zwischen meiner und anderer heller Haut ist. Sie weiß besser, als jeder andere, wie verletzend Menschen sein können. Mich hat man wenigstens nur wie ein Wundertier betrachtet, sie hat man oft genug beschimpft.

Wir müssen alle mit der Haut leben, in der wir stecken, selbst wenn es einem manchmal sehr schwer gemacht wird. Sie kann diese wundervolle braune Haut wirklich voller Stolz zeigen. Andere rennen dafür pausenlos ins Sonnenstudio, sehen danach bald aus wie altes Leder, pochen aber ständig darauf, besser zu sein, als die, denen die Natur diesen dunklen Teint gegeben hat und die bei gesundem Menschenverstand nie auf solchen Schwachsinn kämen, sich künstlich bleichen zu lassen. Die europäische Doppelmoral kann schon seltsame Blüten treiben."

Lill schluckte. Björn hatte in allen Punkten Recht. Sie gab sich schließlich auch die größte Mühe, eine gewisse Bräune zu erreichen, hatte aber gleichzeitig eine dunkelhäutige Schwiegertochter abgelehnt. Paradox.

Und Hilfe für ihn, brachte nicht etwa ein Arzt aus Schweden, sondern eine junge Ägypterin, die ganz einfach uraltes Wissen zu nutzen verstand, wie sie soeben ganz nebenbei erfuhr. Lill begann, die beiden Frauen unbewusst zu beobachten, die Clas jede Frage beantworteten, ohne einmal überlegen zu müssen. Mehrere Kinder rannten kichernd vorbei.

Celine schaute ihnen lächelnd nach. „Die Kleinen haben jedenfalls so viel Spaß, wie lange nicht mehr", erklärte sie. „In drei Tagen beginnt die große Wanderung. Diesmal werden sie sich viel zu erzählen haben, von hellhäutigen Menschen, die so ganz anders aussehen, von Autos, einem Fest in einem großen bunten Zelt und von unzähligen Entdeckungen, die sie hier gemacht haben. Für sie ist es ein Besuch in einer völlig anderen Welt."

Lill nickte kaum merklich. Auch für sie war es ein Besuch in einer völlig anderen Welt. Eine Welt, die exotisch und geheimnisvoll war, wie sie erst hier vor Ort richtig begriff. Eine Welt, wo ein Fremder als Freund behandelt wurde. Lill Hallberg seufzte. Bassima schaute sie fragend an und bekam ein Lächeln als Antwort.

„In fünf oder sechs Jahren werden wir hier bereits die ersten Datteln ernten", Celine streichelte liebevoll eine der kleinen Palmen.

„Ich kann mich noch gut daran erinnern, wie sehr du gehofft hast, hier einmal diesen Dattelhain anlegen zu können", schmunzelte Björn.

Celine nickte begeistert. „Yussuf freut sich auch schon auf die erste Ernte. Er hat mein Versprechen nicht vergessen, dass wir gemeinsam naschen werden. Ganz bestimmt feiern wir dann ein großes Fest. Gamal, Aakash und Tamer haben mir die Gräben gezogen, die Pflanzlöcher gegraben und das Wasser zum Angießen aus dem Bewässerungssystem geschöpft. Das muss schließlich gewürdigt werden. Mir fällt ja doch schon manches schwerer als gedacht." Celine legte eine Hand auf ihren Bauch.

„Haben die Männer das das Rinnensystem etwa auch mit dem Spaten gemacht?", fragte Lill erschrocken.

Celine begann zu lachen. „Nein, nein, mit einem Mini-Bagger. Mit Handarbeit würden sie wohl heute noch buddeln."

Björn und Clas wechselten zufriedene Blicke. Lill zeigte ehrliches Interesse und die Unterhaltung mit Celine, schien ihr wirklich Spaß zu machen.

Die Herrin über Isri warf einen bedauernden Blick auf die Uhr. „Ich muss nun leider zurück. Schauen Sie sich ruhig noch etwas um."

Als die vier nach über einer Stunde zurückkamen, waren Vater und Mutter Hallberg war von der Sauberkeit überall schwer beeindruckt. Die Farm hatte sich überdies als klug geführtes Unternehmen präsentiert. Im Festzelt war ein kleines Buffet für besonders Hungrige aufgebaut, um die Zeit bis zum Beginn der Hochzeitsfeier zu überbrücken. Zwei Fahrzeuge kamen im Schritttempo die Zufahrt herauf, um die vielen Gäste nicht zu gefährden.

„Ah, da kommen die al Kassims und die Aziz'", rief Bassima. Für ihre Schwiegereltern fügte sie erklärend hinzu: „Das sind die Eltern von Hakim und Fatima. Sie führen einige Juweliergeschäfte. Die Aziz' besitzen ein riesiges Einkaufszentrum mit mehreren gastronomischen Einrichtungen. Sie beliefern die Farm für die Safaris."

Gamal kam den neuen Gästen zu den Fahrzeugen entgegen, leitete sie sicher durch das Gelände zum Parkplatz. Suleika und Hassan begrüßten den frisch gebackenen Schwiegervater Nazif mit strahlendem Lächeln, das sich noch verstärkte, als das jungvermählte Paar auftauchte. Lill und Clas beobachteten aus einiger Entfernung die herzliche Begegnung.

„Bei uns möchte man in so einem Moment sagen, der Geldadel sei versammelt", schmunzelte Clas.

Lill nickte. „Das wird wohl auch hier zutreffen. Ich bin angenehm überrascht." Sie lächelte. „Weißt du, ich habe Yussuf damals sehr Unrecht getan. Er hat es mit Fleiß zu etwas gebracht, ist dazu noch der Schwiegersohn eines angesehenen Mannes." Clas schaute sie spöttisch von der Seite an. Sie erwiderte den Blick. „Ich werde es ihm auch sagen, wie Leid es mir tut. Aber wir sollten uns langsam umziehen gehen, das Zelt füllt sich bereits."

Ganze Scharen von festlich gekleideten Beduinen kamen mit erwartungsvollen Gesichtern herein, nahmen erstaunt die vielen fremden hellhäutigen Menschen in Augenschein, die ihrerseits interessiert die Einheimischen musterten.

„Gibt es hier gar keine Frauen?", fragte Preben leise Aakash, erstaunt darüber, dass ausnahmslos Männer erschienen waren.

„Doch, doch, die gibt es schon. Sie werden nur einige Minuten später kommen und auf der anderen Seite der Tafel Platz nehmen. Es ist nicht üblich, dass sie gemischt sitzen."

Immer mehr Gäste trafen ein, bald waren nur noch vereinzelte Plätze an der langen Tafel frei. Gamal stand am Eingang und wurde von den Männern des Stammes mit Glückwünschen überhäuft. Immer wieder sandte er dankbare Blicke zu Björn, den die Männer mit Hochachtung grüßten.

Björn ahnte den Grund für diese ausgesuchte und trotzdem von Herzen kommende Freundlichkeit. Gamals erster Weg, nach der Ankunft auf Isri, hatte ihn auf das Dach seiner Hütte geführt, wo er am höchsten und besten sichtbarsten Punkt, das Tuch als Zeichen einer Beduinenhochzeit befestigt hatte.

„Du hast tatsächlich gewartet?", hatte Yussuf, der die allgemeine europäische Lebensweise kannte, Björn erstaunt gefragt.

„Habe ich, auch wenn es nicht gerade leicht gefallen ist", entgegnete Björn. „Ich hatte mich noch auf Isri im Internet zu den Bräuchen informiert, um nicht irgendwelche Tabus zu verletzen. Ich hätte mir selber nicht mehr in die Augen schauen können, wenn ich nicht gewartet hätte, vor allem weil ich wusste, was vor allem für Gamal daran hing."

Yussuf hatte ihm die Hand gereicht. „Ich bin stolz, solch einen europäischen Freund zu haben. Bassima hat eine gute Wahl getroffen."

Jetzt wurde Björn von allen mit unverhohlener Neugier gemustert. Besonders die Frauen interessierten sich für den Fremden, der allen Vermutungen zum Trotz, gehandelt hatte wie einer ihres Stammes.

Die beiden Väter standen auf. Schlagartig verstummte das Stimmengewirr. Gemeinsam eröffneten sie die Hochzeitsfeier für ihre Kinder. Björn schaltete den Beamer ein und ließ die Videos der gestrigen Märchenhochzeit laufen. Gamal und Bassima gaben dabei für ihre Landsleute die nötigen Erklärungen. Ungläubiges Staunen zeichnete die Gesichter. Kein Zweifel, ein sehr wohlhabender und vor allem ehrbarer Mann hatte das Mädchen geheiratet. Und nun wurden die jungen Leute mit unzähligen Fragen bestürmt.

Bassima lachte. „Nach dem Essen zeige ich euch Bilder aus der Stadt, wo ich gelebt habe, bis ich zu Björn gezogen bin und ich erzähle euch von meinen Erlebnissen dort."

Sie hielt Wort. Auch dieser kleine Vortrag fand staunende Zuhörer, denn selbst von den Schweden war noch keiner in Prag gewesen. Bassima hatte wirklich wundervolle Bilder gemacht und zu jedem Gebäude, jedem Platz, den geschichtlichen Hintergrund mit beleuchtet. Sie berichtete über ihr Studium, den Nebenjob, ohne den sie nicht hätte leben können.

Zuletzt zeigte Björn die Videos von der feierlichen Übergabe der Diplome und jenes, das auf dem endgültigen Weg zu ihm nach Schweden entstanden war. Gamal und Amina strahlten voller Stolz. Noch jemand freut sich sehr – Ali. Denn Bassima trug noch immer den kleinen Schneestern, welchen ihr Björn unter heißer ägyptischer Sonne geschenkt hatte.

Björn, der beste Freund seines Schwiegersohnes Yussuf, Björn, der so großen Anteil daran hatte, dass die Rettung Fatimas ein voller Erfolg geworden war. Björn, dem er das große Glück aus unendlicher Dankbarkeit gönnte. Irgendwie schien es die Anwesenden zu beflügeln, dass sich zwei junge Menschen aus so unterschiedlichen Kulturen so problemlos verstanden, denn schon bald saßen einige der Beduinen bei den Schweden, für die Yussuf, Bassima, Hakim, Gamal, Celine, Hassan und Ali als Übersetzer fungierten.

Was die erwachsenen Männer wohl gern getan hätten, trauten sich die kleinen Jungen, sie ließen neugierig das lange feine goldblonde Haar einer der Schwedinnen durch die Finger gleiten. Schnell hatten sie auch eine Bezeichnung dafür: Sonnenhaare. Und Ingrid mit den Sonnenhaaren musste ihnen tausend Fragen beantworten, was sie mit fröhlichem Lachen gern tat.

Hassan, der Charmeur, fungierte nur zu gern als Dolmetscher der hübschen Blondine. Seine Taktik, hin und wieder eine Frage anzuhängen, die ihn selber brennend interessierte, funktionierte bestens. Einzig Ali und Gamal, die das zufällig bemerkten, warfen sich amüsierte Blicke zu. Clas und Lill fanden in Hakim und Celine interessante Gesprächspartner. Ihnen schloss sich kurz darauf auch noch Yussuf mit Fatima an. Björn erzählte von der Doppelhochzeit der beiden Paare, auf der er Bassima kennen gelernt hatte.

„Ich hätte nie gedacht, dass ich so schnell wieder eine Hochzeit hier feiern würde und schon gar nicht daran, dass es meine eigen sein könnte", schmunzelte Björn.

Hakim rieb sich vergnügt die Hände. „Da kannst du mal sehen, wie lohnend der Verkauf eines halbwüchsigen Kamels sein kann."

„Wie meint er das?", fragte Clas seinen Sohn.

„Ganz einfach: Hakim hat, um Bassima als Überraschungsgast für ihre Eltern einfliegen lassen zu können, ein Fohlen aus der Herde verkauft, weil seine eigene Hochzeit und die seiner Schwester von anderen finanziert wurde." Björn machte die Geste zwischen Daumen und Zeigefinger für klamme Finanzen. „Er hat Gamal schon damals gesagt, dass der sich notfalls bei ihm beschweren solle, weil das Ticket ja von ihm stamme, als sich Bassima auf dem Fest plötzlich brennend für so einen exotischen Ausländer zu interessieren begann. Also hat unter dem Strich das kleinen unschuldige Kamel so viele Menschen glücklich gemacht, oder vielmehr der ehemalige Besitzer Hakim, was wohl treffender ist."

Hakim grinste breit. „Die Idee hatte Celine. Du weißt doch, dass sie perfekt darin ist, Familien zusammen zu führen. Ich habe sie nur in die Tat umgesetzt."

Celine winkte ab. „Genau genommen ist Yussuf an allen drei Hochzeiten schuld. Hätte er dich nicht in der Wüste aufgesammelt, dann gäbe es nicht eine einzige Hochzeit."

Yussuf kicherte. „Ich bin völlig unschuldig. Hätte Hakim sich nicht unter meinem Auto versteckt, dann hätte ich ihn nicht mitgenommen und er hätte später das Kamel nicht verkauft. Also, wer ist schuld? Hakim!"

Hakim lachte lauthals. „Okay, okay, ich bekenne mich in allen Punkten schuldig." Er blinzelte und streichelte leicht Celines Bauch. „Beschwerden nehme ich aber nur schriftlich an, in dreifacher Ausführung und direkter Einreichung beim Heizer."

Die Lachsalve der kleinen Gesprächsrunde ließ die anderen erschreckt die Köpfe heben.

So wie die Sonne unterging, wurden die bunten Lampenketten unter dem Dach des riesigen Zeltes eingeschaltet und das Innere der hufeisenförmigen Tafel verwandelte sich in einen Tanzboden. Hassan hatte sich mit Celine um die richtige Mischung der Musik gekümmert. Mit einem Walzer eröffnete das Brautpaar den Tanz, Gamal führte die erstaunte Lill und Clas Amina auf das Parkett.

„Überrascht?", fragte Gamal seine Tanzpartnerin.

„Ja, sehr. Aber äußerst angenehm", entgegnete diese und ließ sich willig führen.

Gamal lächelte still in sich hinein. Lill hatte sichtlich Spaß und Amina atmete innerlich auf. Das Eis schien tatsächlich zu schmelzen. Beim nächsten langsamen Walzer gelang es Gamal, Celine aufzufordern, die ihm vor Wochen schon diesen Tanz versprochen hatte. „Ohne die Teleskope ausfahren zu müssen", schmunzelte er, als er sie endlich ihm Arm hielt.

„Aber mit ein paar kräftigen Tritten als Begleitung", entgegnete sie lächelnd, weil das Baby heftig zu strampeln begann.

„Zweifellos ist sie genau so temperamentvoll wie die Mama." Gamal schmunzelte, bemüht, Celine genügend Platz zu lassen.

„Du bist ein hervorragender Tänzer", erklärte sie, als er sie wieder zu ihrem Platz führte.

Ali, der das gehört hatte, nickte kaum merklich. Der Beduine sorgte immer wieder für angenehme Überraschungen. Die Blicke von Tamer, Aakash und ihren Frauen sprachen jedenfalls ganze Bände, von den anderen Angehörigen des Stammes gar nicht zu reden.

Angesteckt von der allgemeinen Fröhlichkeit zeigten die Männer am späten Abend noch einige traditionelle Tänze für die vielen Fremden. Und wieder überraschte Gamal die Feiernden, indem er sich nahtlos mit einreihte. Ein kurzer Wink des Stammesältesten an Björn, der sich nicht lumpen ließ und der Aufforderung zum Tanz folgte, womit er Bassima, aber ganz besonders ihrem Vater, eine große Freude machte.

Zwei Männer näherten sich mit einem Bündel auf dem Arm dem Bräutigam, kleideten ihn in die typischen Festgewänder ihres Volkes, dann überreichte ihm der Älteste einen Krummdolch, zum Zeichen seiner Anerkennung. Es bedurfte keiner Erklärungen, alle Feiernden erhoben sich und zollten Björn Respekt, der so hoch ausgezeichnet worden war.

Gamal bedachte Clas mit einem Blick, indem der ganze Stolz auf dessen Sohn zum Ausdruck kam.

„Das hat einen Würdigen getroffen", murmelte Ali erfreut. Er beobachtete voller Interesse, wie Preben gekonnt aus allen Perspektiven filmte.

Vielleicht konnte er ja von diesem eine Kopie der Aufnahmen bekommen. Weit nach Mitternacht gingen die vielen Gäste zu ihren Zelten, um am nächsten Abend die Feier fortzusetzen. Dass sich Celine eher zurück gezogen hatte, fiel im Getümmel gar nicht auf und war, zumindest für die Europäer, selbstverständlich. Bereits im Morgengrauen begannen die Männer der Isri-Farm die Karawane vorzubereiten. Dreißig Sättel legten sie bereit, Wasserschläuche und Proviant für eben so viele Reiter.

Nicht alle hatten Lust bekundet, den halben Tag auf dem Rücken eines Kamels verbringen zu wollen. Celine checkte noch einmal die Liste der Teilnehmer durch, als ein fahles Licht ihre Aufmerksamkeit erregte. Sie hob den Kopf. Der seltsame Glanz hatte seinen Ursprung im Spiegel, welcher ungewöhnlich leuchtete. Celine trat an das Glas heran und zog die Augenbrauen zusammen. Ein Sandsturm? Sollte das etwa ein schlechtes Omen für die den heutigen Ritt sein? Sie setzte sich wieder vor den Computer, um den Wetterbericht noch einmal zu lesen. So in die Daten vertieft fanden sie schließlich Hakim und Gamal.

„Du siehst ratlos aus", stellte Hakim besorgt fest. „Möchtest du nicht doch lieber hier bleiben?"

Celine schüttelte den Kopf. „Nein, nein. Ich habe nur gerade seltsame Dinge im Spiegel gesehen, auf die ich mir keinen Reim machen kann." Sie erzählte von ihrer Entdeckung.

Hakim strich mit den Fingerspitzen über die glänzende Fläche, die sein Bild makellos wiedergab und sich kühl wie normales Glas anfühlte. „Ich kann nicht Ungewöhnliches spüren", sagte er schließlich, wobei er argwöhnisch sogar den Rahmen betrachtete. „Es wird wohl nichts mit der kleinen Safari zu tun haben, eher mit dem, was die Beduinen entdeckt haben."

„Das denke ich auch. Ich wollte nur ganz sicher gehen", gab Celine einigermaßen beruhigt zurück und schloss die Homepage des Wetterdienstes.

Hakim warf Gamal einen kurzen Blick zu, auf den dieser mit einem Nicken antwortete. Er würde Celine nicht eine Sekunde aus den Augen lassen. Inzwischen füllte Stimmengewirr den Hof. Alle begaben sich zum großen Zelt, um gemeinsam das reichhaltige Frühstück einzunehmen. Björn rückte seiner hübschen Frau den Stuhl zurecht, was Gamal lächelnd registrierte, genau wie die flüchtigen Berührungen, wenn sich die beiden Zuckerdose oder Salzstreuer reichten.

„Wie fühlt man sich als Beduinenkrieger?", hörte er soeben Yussuf Björn fragen.

„Stolz", gab dieser kurz, aber mit leuchtenden Augen zurück.

„Du wirst dir sicher den Dolch an die Wand hängen."

Hilfloses Schulterzucken war die erste Antwort. „Ich glaube nicht, dass ich ihn irgendwie im Flugzeug mit nach Hause nehmen kann. Immerhin ist es eine gefährliche Waffe."

„Auch wieder wahr." Yussuf spitzte die Lippen.

Eine Weile schwiegen alle. Plötzlich richtete sich Björn auf, wandte sich an Gamal: „Würdest du ihn für mich aufbewahren? Bei dir ist er in besten Händen."

„Nichts lieber als das. Es ist mir eine Ehre, dies zu tun." Gamal deutete eine leichte Verbeugung zu seinem Schwiegersohn hin an. „Vielleicht ergibt sich irgendwann eine Gelegenheit, ihn ganz offiziell nach Schweden zu bringen. Wunder geschehen ja immer wieder."

„Stimmt." Björn nahm Bassimas Hand, während Hakim ungesehen Celines Bauch streichelte und Yussuf Fatima mit einem Auge zublinzelte. Bastet saß vor dem offenen Zelteingang in der Sonne und putzte ihr Fell. Hin und wieder spähte sie sie hinein, um dann ganz in Ruhe mit der ausgiebigen Körperpflege fortzufahren.

„Bastet ist auch ganz entspannt", raunte Hakim Celine ins Ohr.

Sie lächelte. „Das überzeugt mich endgültig."

Lill, die so wundervoll geschlafen hatte, wie schon seit Jahren nicht mehr, freute sich auf den Ausritt. Sie fragte Gamal kreuz und quer aus, welche Kleidung am besten geeignet sei oder was man unbedingt auf so einem Tier beachten müsse. Clas und Björn wechselten amüsierte, aber sehr zufriedene Blicke.

„Sie begleiten uns wirklich?", fragte die Schwedin Celine mit einem skeptischen Blick auf deren mindestens Sieben-Monats-Bauch.

„Aber natürlich. Ich bin nicht krank, ich bin schwanger", lachte die Angesprochene. „Die Frauen unserer Wüstenvölker bringen ihre Kinder beinahe auf dem Rücken der Kamele zu Welt. Aber seien sie ganz beruhigt, dies wird heute die letzte Tour vor der Geburt meiner Tochter sein."

Eine Stunde später formierte sich bereits die Karawane, die diesmal von allen drei Beduinen, Yussuf und natürlich Celine begleitet wurde, die die unzähligen Fragen der Gäste gern und ausführlich beantworteten. Die Ankunft der ansehnlichen, wirklich stattlichen Tiere sorgte am Ziel der Reise für Aufsehen. Selten verirrten sich derart große Kamel-Safari-Gesellschaften hierher. Gamal ließ die Tiere in der Obhut seiner beiden Freunde zurück, um, wie versprochen, in Celines Nähe zu bleiben, die inzwischen die Erklärungen in der Pyramide nicht weniger gut, als der professionelle Führer gab.

Auf Isri schaute Hakim immer wieder unverwandt zum Spiegel. Am Ende blieb er vor ihm stehen, legte die Hände um den verzierten Rahmen, schloss die Augen und konzentrierte sich auf sich selbst. Wie aus einem Nebel tauchte das Brautgeschmeide vor seinem geistigen Auge auf und eine Stimme flüsterte: „Ich werde deinen Wunsch erfüllen." Dann zerfloss das Bild wieder. Hakim seufzte. Der Mann, der diese Worte gesprochen hatte, hatte die Maske Anubis', des Schakalgottes, getragen. Hakim kannte sein Gesicht, konnte sich aber nicht mehr daran erinnern. Nun starrte er in den Spiegel, der ihm die Antwort schuldig blieb.

„Trotzdem Danke", murmelte er, als er die Hände langsam von den vergoldeten Lotosblüten und Papyruswedeln löste.

Bassima und Björn halfen Celine bei der Bewirtung der Reisegesellschaft. Die Männer stellten einige Sonnensegel auf, unter denen sich die hellhäutigen Gäste drängten.

„Puh! Jetzt weiß ich erst, was Sonne wirklich bedeutet." Lill wischte sich mit einem Tuch den Schweiß von der Stirn. „Ist es dir nicht manchmal schwer gefallen, wenn in Prag der Winter einzog und alles nass, grau und kalt war?", wandte sie sich Bassima.

„Am Anfang fand ich es spannend, wie sich die Natur veränderte, wie sich die Blätter färbten und schließlich abfielen. Der erste Schnee war ein Erlebnis. Dann kam aber ziemlich oft das Heimweh. Im zweiten Winter hatte ich mich schon daran gewöhnt. Ich habe, wie alle anderen auch, mit Sehnsucht darauf gewartet, dass der Schnee taut und das erste Grün an Bäumen und auf Wiesen erscheint. Hier sind die Nilhochwasser Garant für neues Leben und in Europa ist der Frühling die Zeit, der alle entgegenfiebern. Es ist wohl alles eine Frage der inneren Einstellung, wie man als Fremder damit umgehen kann."

„Ja, die innere Einstellung", murmelte Lill nachdenklich. Dann ritt sie eine ganze Weile schweigend vor sich hin. Plötzlich hob sie den Kopf, lächelte Bassima strahlend an. „Kannst du bitte Yussuf zu uns rufen, ich muss euch beiden dringend etwas sagen."

Bassima bejahte und einen Moment später lenkte der Gerufene sein Reittier neben Lills. „Wo brennt es denn?"

Lill seufzte. „So gefragt, brennt mir etwas auf den Nägeln. Ich möchte Bassima und dir sagen, wie leid es mir tut, euch so völlig albern behandelt zu haben. Ihr habt das einfach nicht verdient. Vielleicht könnt ihr mir eines Tages verzeihen, dass ich euch wegen eurer Hautfarbe abgewertet habe. Hier, bei euch, habe ich endlich begriffen, wie dumm so etwas ist. Ihr hättet alle viel mehr Grund, die Nase hoch zu tragen. Denn im Gegensatz zu mir, die nie selbst Geld verdient hat, leistet ihr Arbeit für andere und führt nebenbei einen ordentlichen Haushalt. Ich … ich schäme mich wirklich sehr." Ihr traten Tränen in die Augen.

Yussuf reichte ihr die Hand. „Wer so einen prächtigen Sohn hat, kann kein schlechter Mensch sein. Was war, ist vergessen und vergeben."

„Danke."

Bassima beugte sich wortlos weit zu ihr herüber, um wenigstens eine Umarmung andeuten zu können.

„Bassimas Wunsch ist in Erfüllung gegangen", sagte Björn leise zu Clas und Gamal. „Die heiße ägyptische Sonne hat tatsächlich den Eispanzer restlos weggeschmolzen."

Clas atmete tief durch. „Es wurde ja auch wirklich Zeit. Deinen Schatz muss man einfach mögen. Sie ist klug, nett und hübsch – eben eine Schwiegertochter, auf die man sehr, sehr stolz sein kann." Für Gamal, der hinter ihnen ritt, gab er das ganze Gespräch noch einmal auf Englisch wieder.

Der schmunzelte. „Glückliche Väter sind wirklich eine feine Sache."

„Bei uns zu Hause würde ich sagen: Darauf muss man Einen trinken", gab Clas bekannt.

Gamal lachte herzlich. „Das tun wir auch, aber auf meine Weise. Wir drei nehmen heute am späten Nachmittag bei meinem Stamm an einem Kaffeekränzchen für Männer teil."

„Kaffeekränzchen?" kicherte Björn.

„Bassima hat mir den Begriff erklärt und irgendwie trifft er zu." In Gamals Augen blitzte der Schalk.

Tamer stoppte am abgesprochenen Picknickplatz die Karawane. Aakash half Celine von ihrem Kamel. Bassima breitete mit Björn die Decken aus, während Gamal mit Yussuf mehrere kleine Kocher aufbauten.

Es dauerte auch nicht lange, da duftete es schon nach dem begehrten rabenschwarzen Kaffee. So süß wie die Araber tranken ihn die Schweden zwar nicht, aber das schmälerte nicht den Genuss. Celine war mit einem Vorrat an Trockensahne bestens auf die Gäste eingestellt, die reichlich dem starken Getränk zusprachen, welches den Durst schnell und lang anhaltend löschte. Beim Einpacken vor dem Weiterritt verzog sie mehrmals schmerzhaft das Gesicht. Auf Gamals fragenden Blick entgegnete sie: „Ich hab so ein Ziehen im Rücken."

„Jetzt schon?", murmelte Tamer nur für sich, der als Vater dreier Kinder auf einige Erfahrungen zurück blicken konnte.

„Hältst du es noch aus oder soll ich lieber Hakim anrufen, damit er dich mit Yussufs Geländewagen abholt?" Gamal machte sich ernsthafte Sorgen.

„Es geht schon. Die Kleine hat sich bestimmt nur heftig bewegt", wiegelte Celine ab, während sie weiter zusammenräumte.

„Deine Meinung?", sagte Gamal leise zu Tamer.

Der gab ebenso flüsternd zurück. „Ich will den Zeitplan des Doktors ja nicht anzweifeln, aber ich würde es für Senkwehen halten."

„Jetzt schon?"

„Siehst du, das habe ich mich vorhin auch gerade gefragt." Tamer schwang sich auf sein Kamel. Da sie ohne Probleme die Farm erreichten, vergaßen die beiden Männer den kleinen Zwischenfall wieder und der letzte Nachmittag des großen Festes nahm einen ruhigen Lauf. Celine legte sich, kaum dass sie ihre Arbeiten beendet hatte, ein wenig hin und schlief fast im selben Augenblick ein, als ihr Kopf das Kissen berührte. Hakim strich ihr zärtlich eine Haarsträhne aus dem Gesicht, küsste sie liebevoll, eher er sich wieder um die Festlichkeiten kümmerte. Lill und Bassima trafen sich vor der Haustür.

„Hast du Lust, mit zu meiner Mama zu kommen, auch wenn ihre Hütte kein solch prachtvoller Palast ist, wie Hakims Haus?", fragte Bassima.

„Gern." Lill hakte sich bei ihrer Schwiegertochter unter. „Dein Vater hat erzählt, dass er von den al Kassims ein Stück Land bekommen und gerade angefangen hat, ein neues Haus zu bauen."

„Hmm, Hakim und Celine sind wirkliche Freunde. Sie haben uns allen schon so viel Gutes getan. Vater würde sich selbst dann für beide opfern, wenn er nicht durch einen alten Eid gebunden wäre." Bassima schaute zum Festzelt zurück, welches ja auch extra für Björn und sie aufgebaut worden war.

„Daraus macht er auch kein Geheimnis", gab Lill zu, als sie Bassima in den kleinen Garten folgte. Auf dem Dach der Hütte flatterte noch immer das Tuch im Wind, welches Björn und Gamal soviel Ehre eingebracht hatte. Bassimas Anteil daran war sicher nicht geringer, nur sprach niemand davon. Man setzte es voraus. Lill fragte sich wieder einmal, welcher Teufel sie geritten haben musste, dieser jungen Frau mit solchem Groll zu begegnen.

Amina war gerade dabei ihre Ziegenwolle zu spinnen.

„Oh, kommen wir ungelegen?", fragte Bassima.

„Nicht, wenn es euch nichts ausmacht, dass ich weiterarbeite", entgegnete ihre Mutter vergnügt. „In ein paar Minuten bin ich fertig."

Die beiden Frauen setzten sich zu ihr auf die Bank.

„Janina und Arife wollen übermorgen mit dem Weben beginnen. Wir haben wieder einige Bestellungen vorliegen und müssen uns etwas beeilen."

„Vielleicht hilft mir Björn bei der Suche nach einem geeigneten Handelspartner", sagte Bassima. „Ich kenne mich nicht so gut damit aus. Er weiß immer einen Weg, oder er kennt jemanden, der etwas weiß."

Lill horchte auf. „Handelspartner?"

„Ja. Celine möchte gern ins Ausland exportieren, damit wir Frauen auch eine dauerhafte Einnahmequelle haben. Wie es geht, weiß sie schon, nun fehlt uns nur noch ein Abnehmer", berichtete Amina, während sie hurtig die Spindel drehte.

„Eine Boutique oder so?", vergewisserte sich Lill.

„Oder ein Großhändler, der unsere Taschen und Schals weiter vertreibt", ergänzte Amina.

„Das geht doch sicher auch Online?" Lill schaute Bassima fragend an.

„Bestimmt. Nur bei uns hier wird es schwierig."

Mutter Hallberg rieb sich nachdenklich die Nase. „Ich werde Clas fragen. Ehe ich den ganzen Tag herumsitze und darauf warte, dass er aus der Firma kommt, könnte ich vielleicht solch einen Shop betreiben."

„Das würdest du tun?", fragten Bassima und Amina gleichzeitig.

Lill nickte. „Warum eigentlich nicht? Spaß macht es sicher auch, die herrlichen Taschen an die Frau zu bringen. Statt am Zaun zu stehen und mit der Nachbarin über andere her zu ziehen oder beim Friseur zu klatschen und zu tratschen, könnte ich doch Werbung für euch machen. Wobei sich ja das eine mit dem anderen verbinden lässt", fügte sie kichernd hinzu.

„Das wäre wirklich prima." Amina prüfte den fertigen Faden. „Kommt, ich zeige euch die Baustelle. Gamal hat drüben noch ziemlich viel zu tun." Sie deutete mit dem Kopf zur Farm.

„Das wird ja ein richtig großes Haus", freute sich Bassima.

„Hmm, jeder bekommt ein kleines Arbeitszimmer, und oben richten wir zwei Gästezimmer ein."

Bassima, die die Worte ihres Vaters vom Schweden-Besuch noch gut im Ohr hatte, warf ihrer Mutter ein amüsiertes Lächeln zu, worauf diese puterrot anlief. „Na ja, vielleicht auch dafür", gab sie schließlich zu. „Man sollte niemals ‚nie' sagen. Im Garten werden wir Obst und Gemüse ziehen. Yussuf hat gesagt, dass der Brunnen nicht austrocknen wird, wenn wir eine Leitung zu unseren drei Häusern legen und er hat sich noch nie geirrt."

„Yussuf ist ein sehr geachteter Mann", flüsterte Lill versonnen.

„Er ist ein Held. Ganz Ägypten hat tagelang von ihm gesprochen", entgegnete Amina. Sie erzählte Lill die Geschichte mit dem Löwenangriff, so wie sie es in der Zeitung gelesen hatte.

„Das habe ich nicht gewusst", murmelte Lill.

Bassima winkte ab. „Björn hat auch erst am Tag von Hakims Hochzeit davon erfahren. Yussuf stapelt gern tief, wie mir auch die anderen gesagt haben. Bei unserem Stamm nennt man ihn ehrfürchtig den ‚Löwenmann'."

Ich hab ziemlich viel wieder gut zu machen, rumorte es in Lills Gedanken, auf dem Rückweg zum Festplatz. Dass sie zudem noch die halbe Nacht von Gamal geträumt hatte, der ein exzellenter Tänzer war und Oded Fehr nicht unähnlich sah, hätte sie vor kurzem noch für völlig unmöglich gehalten.

Wäre er zehn oder fünfzehn Jahre älter, würde sie sich möglicherweise sehr ernsthaft für ihn interessieren, stellte sie erschreckt fest. Zugleich freute sie sich wieder auf den Abend in seiner Gesellschaft. Morgen, um die gleiche Zeit, würde sie im Flugzeug sitzen und ganz wundervolle Erinnerungen an die Hochzeitfeier ihres Sohnes mitnehmen. Vielleicht gäbe es ja eine Möglichkeit die vielen neuen Freunde eines Tages wiederzusehen …

Aus dem Zelt drangen ungewohnte Töne. Früher hätte sich Lill die Ohren zugehalten und gerufen: Hört mit dem fürchterlichen Gedudel auf. Jetzt beschleunigte sie ihren Schritt, um die Musiker hören und sehen zu können. Hassan und Ali standen mit verschwörerischen Mienen an der Längsseite der Tafel, beobachteten, wie sich das Zelt füllte und wechselten hin und wieder einzelne leise Worte. Endlich waren alle Plätze besetzt, Ali gab den Musikern ein Zeichen, Trommelwirbel setzte ein und aus dem Hintergrund erschien eine Bauchtänzerin, die den anwesenden Männern in Sekundenschnelle so einheizte, dass sie mit tellergroßen Augen den geschmeidigen Bewegungen folgten.

„Faszinierend", hauchte Preben, der wieder mit der Videokamera zur Höchstform auflief. Auch wenn man einem Starcoiffeur oft nachsagte, schwul zu sein, er war es ganz bestimmt nicht und hätte sich gern sehr viel näher mit der glutäugigen Schönheit beschäftigt.

Ibrahim, der neben Björn saß, schmunzelte. „Auch wenn wir unterschiedlichen Kulturen angehören, Männer reagieren doch überall gleich auf schöne Frauen. Das ist doch wirklich beruhigend. Ich freue mich, dass ich euch kennen lernen durfte."

„Die Freude ist ganz meinerseits", entgegnete Björn. „Nun habe ich wenigstens mit eigenen Augen etwas davon gesehen, wie die Stammesangehörigen meiner Frau leben. Das zu wissen, war mir schon sehr wichtig."

Fatima saß zwischen den Schwedinnen, die noch ein paar Tage länger in Ägypten bleiben wollten. Hassan schnappte einige Brocken auf, wie Einkaufszentrum und Spaß. Er lud kurzerhand die ganze Gesellschaft ein, sein Imperium nach Herzenslust zu durchstreifen. Mit dem Busunternehmer würde er schon keine Schwierigkeiten haben. Also beschlossen die Urlauber und die Familien der drei Beduinen einen gemeinsamen Tag bei Hassan zu verbringen.

Auf die Männer wartete der Job und Celine fühlte sich einfach zu müde, um den ganzen Tag auf den Beinen zu bleiben. Sie nahm sich vor, sich wirklich gründlich auszuruhen. Was sie aber nicht davon abhielt, am nächsten Morgen die Abreisenden herzlich zu verabschieden.

Der Sturm

Hakim war schon lange zum Institut aufgebrochen, als der Bus vom Hof rollte. Tamer, Aakash und Gamal halfen beim Abbau der Party-Zelte. Die Nomaden begannen, ihr Hab und gut auf die Kamele zu laden, tränkten noch einmal die Pferde und Ziegen, dann ritten sie langsam davon. Gegen Mittag fuhren auch die beiden großen Trucks vom Hof und Stille zog ein.

Celine fuhr mit der Hand über ihre Stirn. Die Luft schien wie eine Wand zu stehen, das Atmen fiel schwer und irgendwie hatte der Himmel eine unwirkliche Farbe. Von irgendwoher kam Bastet gelaufen, strich um Celines Beine und maunzte.

„Du spürst wohl auch ein Unheil nahen", seufzte die junge Frau. „Hauptsache, das Flugzeug kommt gut in Schweden an. Alles andere findet sich schon."

Die Männer kamen von den Herden zurück. „Irgendwas stimmt da draußen in der Wüste nicht. Die Kamele haben sich hingelegt und es ist so still – zu still", sagte Gamal. „Bleib bitte in der Nähe des Hauses oder noch besser, darinnen. Ich habe ein ganz ungutes Gefühl."

„Ich verspreche es dir. Bastet ist auch schon hinein gelaufen." Celine lächelte Gamal dankbar an. „Vielleicht zieht ja ein Sturm herauf, das Tageslicht ist so seltsam. Ich bin froh, dass Hakim und Yussuf heute in der Stadt zu tun haben. Nur um deine Leute da draußen mache ich mir Sorgen."

„Die haben erfahrene Führer, die sicher wissen, was zu tun ist", beruhigte sie Gamal. „Du solltest schnell kontrollieren, ob im Haus alle Fenster und Außentüren fest geschlossen sind. Ich schaue noch einmal in den Nebengebäuden nach."

„Okay. Macht euch heute einen freien Tag. Ich weiß ja, wie ich euch im Notfall erreichen kann", schlug Celine vor, wandte sich um und ging ins Haus. Heute fiel ihr jede Bewegung schwer, hin und wieder zog es unangenehm im Rücken. Stöhnend legte sie sich auf das Bett, um ein paar Minuten zu ruhen.

Ein schrilles Jaulen und Pfeifen weckte sie. Celine richtete sich mühsam auf, schaute auf das Leuchtzifferblatt ihrer Uhr und erstarrte. Es war gerade siebzehn Uhr, aber eine Finsternis wie in der tiefsten Nacht. Der Griff nach dem Lichtschalter blieb ohne Folgen. Sie schwang die Beine aus dem Bett, tastete sich in die Küche, wo sie ein Öllämpchen anzündete. Mit diesem kleinen Lichtchen ging sie ins Arbeitszimmer, um Gamal anzurufen. Kein Rufzeichen, die Leitung war tot. Also nahm sie das Handy. Auch hier herrschte Stille.

Celine überlegte. Schließlich griff sie zu Hakims Laptop, um auf Akkubetrieb zu versuchen, eine Mail abzusetzen. Wie sie schon befürchtet hatte, funktionierte auch das nicht. Mit beiden Händen begann sie den schmerzenden Rücken zu massieren. Warum nur musste jede Viertelstunde das Ziehen schlimmer werden, um sich langsam im ganzen Körper auszubreiten?

Dann begriff sie endlich, dass das Wehen waren, die die Geburt ihrer Tochter unaufhaltsam einleiteten. Und sie war völlig allein inmitten der Finsternis und des Sturmes, niemand war da, der ihr hätte beistehen können. Ein letzter erfolgloser Versuch mit der Außenwelt Kontakt aufzunehmen, dann entschloss sie sich, zu handeln.

Langsam drang der feine Wüstensand durch alle Ritzen. Gamal zog die Augenbrauen zusammen. Wenigstens waren die Frauen in der Stadt in Sicherheit. Celine, die zu Hause geblieben war, war es ebenfalls, denn das Haus der al Kassims hatte schon ganz andere Naturgewalten überstanden. Noch immer erschien der Himmel fast rabenschwarz, der Blick versank nach wenigen Zentimetern bereits in undurchdringlichem Dunkel.

Der Beduine holte sich noch ein zweites Öllämpchen, denn der Strom würde nicht so schnell wiederkommen, dann vertiefte er sich wieder in sein Buch. Ein leises kratzendes Geräusch an der Haustür ließ ihn innehalten. Gegen den Orkan ankämpfend, öffnete er mühsam. Eine vermummte Gestalt fiel ihm in die Arme und eine leise Frauenstimme bat verzweifelt: „Gamal, hilf mir."

„Celine! Was ist passiert?", rief Gamal erschrocken.

„Ich glaube, mein Baby kommt, und ich kann weder den Doktor, noch Hakim erreichen, weil doch der Strom ausgefallen ist." Celine kämpfte mit den Tränen.

Gamal wurde blass. „Auch das noch! Ich bin nicht gerade der geeignetste Kandidat, aber ich weiß zumindest einen brauchbaren Rat. Tamer hat bei allen seinen Kindern eigenhändig Geburtshilfe geleistet. Wenn einer helfen kann, dann er. Warte einen Moment, ich werde ihn sofort holen." Gamal kämpfte sich durch den Sandsturm. Es dauerte nicht einmal fünf Minuten, als beide Männer erschienen. „Wir werden dich erst einmal wieder nach Hause bringen, denn da bist du besser aufgehoben."

Gesagt getan. Wie es die zierliche Celine geschafft hatte, allein durch das Unwetter zu kommen, blieb ihnen völlig schleierhaft. Kaum war die Haustür fest verschlossen, brachten sie die erschöpfte Frau ins Zimmer, wo Tamer aufzählte, was er mindestens benötigte. Gamal machte sich auf, um das Gewünschte zu holen, legte Tücher bereit, kümmerte sich um warmes Wasser und versuchte zwischendurch immer wieder, Verbindung zu Doktor Feisal oder Hakim zu bekommen. Vergeblich. Wirklich alle Verbindungen waren unterbrochen.

„Jedenfalls weiß ich jetzt, dass ich mich letztens nicht geirrt habe", stellte Tamer zufrieden mit sich selbst fest. „Ach, Gamal, lege bitte noch eine Folie unter das Laken, ich möchte Celine ungern zwingen sich auf den Fußboden zu legen."

Die konzentrierte sich auf die Atmung, wie es ihr die anderen Mütter erklärt hatten. Es funktionierte und die Schmerzen hielten sich in Grenzen. Ansonsten war es ihr inzwischen egal, wie und wo sie ihr Baby zur Welt bringen würde, Hauptsache bald. Schließlich hielt sie es kaum noch aus. Sie legte sich auf das abgedeckte Bett.

„Hakim wird mich lynchen", seufzte Tamer, als er sich bei ihr auf der Bettkante nieder ließ. „Egal, ich werde es überleben. Wichtiger ist, dass ihr beide jetzt alles gut übersteht." Zu Gamal gewandt, der soeben den Raum verlassen wollte: „Bleib bitte, ich weiß nicht, ob ich Hilfe brauche."

Gamal nickte und setzte sich auf den kleinen Polsterhocker in eine Ecke hinter dem Kopfende, um Tamer nicht zu stören und Celine nicht zusätzlich in Bedrängnis zu bringen.

Hakim war am Verzweifeln. Mehrere umgestürzte Strommasten und Palmen blockierten die Straßen. Seit Stunden versuchte er vergeblich, zu Hause anzurufen und sich zu vergewissern, dass es seiner hochschwangeren Frau gut ginge. Dann gab auch noch der Akku des Handys den Geist auf. Er wurde das Gefühl nicht los, dass dies jener Sturm war, den Celine im Spiegel gesehen hatte. Was mochte wohl gerade auf Isri geschehen?

Hakim band sich ein Turbantuch mehrfach um das Gesicht, so dass nur winzige Schlitze für die Augen blieben, dann ließ er das Auto stehen und begann zu Fuß, gegen die Naturgewalten anzukämpfen, um irgendwie nach Hause zu kommen. Ein paar Mal warf ihn der Orkan zu Boden. Sich überschlagend rutschte er ein paar Meter, fing sich an irgendeinem Gesträuch am Straßenrand wieder, taumelte auf die Füße oder kroch ein Stück auf allen Vieren. Sie Sorge um Celine trieb ihn vorwärts. Er hatte keine Ahnung, ob Björn, Bassima und die anderen rechtzeitig zurückgefahren waren, oder ob sie auch irgendwo fest hingen und auf das Ende der Katastrophe warteten. Die vier Kilometer kamen ihm vor, wie die zehnfache Strecke.

Erschöpft und zerschunden erreichte er schließlich die Auffahrt nach Isri. In zwei Fenstern seines Hauses konnte er flackernden Lichtschein sehen. Celine schien es also gut zu gehen. Er beeilte sich, die letzten hundert Meter, tief vornüber gegen den Sturm gebeugt, zu überwinden, erreichte die Tür, schlüpfte ins Haus und blieb schwer atmend mit dem Rücken an der Wand stehen.

Ein Schmerzensschrei ließ ihn herum wirbeln. Wie gehetzt rannte Hakim den Gang entlang, denn der Schrei ging soeben in lautes Stöhnen über. Er riss die Schlafzimmertür auf und erstarrte. Er sah den Rücken eines Mannes, der sich tief zwischen die nackten Schenkel seiner Frau beugte. Hakim schoss das Blut in den Kopf. Es dauerte ungewöhnlich lange, bis er erfasst hatte, was sich soeben zutrug, denn Bilder aus der Vergangenheit und der Gegenwart verwoben sich.

Der dunkle Schatten im Hintergrund war nicht etwa der Vorleser aus dem Totenbuch mit der Schakalmaske, der die Arbeit eines Balsamierers unterstützte. Hier halfen kundige Hände neuem Leben ins blakende Licht mehrerer Öllämpchen.

Wie durch eine Watteschicht hörte er jemanden sagen: „Du kommst gerade noch rechtzeitig, um die Geburt deiner Tochter zu erleben."

Da lag auch schon das winzige Wesen auf dem blutbefleckten Laken, protestierte laut schreiend gegen alles, was ihm soeben widerfahren war und brachte Papa endgültig in die Realität zurück. Tamer band die Nabelschnur ab, drückte ihm seinen rasiermesserscharfen Dolch in die Hand, womit Hakim die Schnur durchtrennte.

Celine schloss für einen Moment die Augen. Wie durch ein Wunder war Hakim erschienen. Nun machte er sich mit Gamals Hilfe daran sein Töchterchen zu waschen, zu windeln, in ein Hemdchen und einen Strampler zu kleiden. Tamer kümmerte sich um die Mama, kontrollierte die Nachgeburt und einen winzigen Hautriss, den er nicht ganz hatte verhindern können.

„Es dürfte keinen nennenswerten Probleme geben", verkündete er erfreut. „Die Kleinigkeit heilt auch von allein."

Hakim legte ihm dankbar die Hand auf Schulter. „Ich vertraue einem erfahrenen Hebammer wie dir. Oder heißt das Hebammerich? Na jedenfalls einem versierten Geburtshelfer."

Tamer atmete auf. Hatte er doch befürchtet, handfesten Ärger zu bekommen, weil er Dinge gesehen und berührt hatte, die eigentlich nicht für ihn bestimmt waren. Celine lächelte selig, als sie ihre kleine Farah entgegennahm und die herzlichen Glückwünsche der beiden hilfreichen Freunde. Tamer und Gamal räumten zusammen, Hakim brachte Celine die Waschschüssel und half ihr die letzten Blutspuren zu beseitigen, sich frisch einzukleiden, wechselte das Laken und füllte die Waschmaschine.

„Ruh dich aus, ich kümmere mich schon", sagte er liebevoll. Vor der Küchentür traf er auf Gamal und Tamer. „Setzt euch in den kleinen Salon. Ich mache uns einen Kaffee. Bin gleich wieder da."

Nun war er froh, den Spirituskocher aus seinem Marschgepäck für Wüstenexpeditionen zur Hand zu haben. Als sich die beiden Freunde noch wunderten, wie er denn in seiner modernen Küche ohne Strom das Wasser erhitzen wolle, zog schon der würzige Duft durch das Haus. Hakim jonglierte das Tablett herein, reichte Gebäck und Obst als kleinen Snack dazu. Dabei lauschte er immer wieder auf den Gang, denn er hatte die Türen offen gelassen, falls Celine Hilfe brauchte. Aber die junge Mutter war mit ihrem Baby im Arm vor Erschöpfung fest eingeschlafen.

Hakim schaute seine Freunde, denen er in wohl jeder Lebenslage vertrauen konnte, lange schweigend an. Und dann traf ihn die Erkenntnis, wie ein Blitz aus heiterem Himmel.

„Horemkat und Senefer", flüsterte er, auf Gamal und Tamer deutend. „Es fügt sich wirklich eins zum anderen. Ihr habt damals meiner großen Liebe den verbotenen Schmuck unbemerkt mitgegeben und heute, in einem ganz anderen Leben, habt ihr schon wieder alles auf eine Karte gesetzt, um uns zu helfen. Ich wusste doch, dass es kein Zufall sein konnte, mit euch hier auf Isri zusammen zu treffen und dass wir uns alle sofort so außerordentlich gut verstanden haben."

Gamal hob bedauernd die Schultern. „Schade, dass ich mich nicht mehr an jene Zeit erinnern kann."

„Ich auch nicht", pflichtete Tamer bei. „Aber eins ist gewiss: der Anblick heute war sicher erfreulicher, als vor tausenden von Jahren."

Hakim stutzte, dann begann er zu lachen. „Sei froh, dass ich dich als Hebamme betrachte, sonst würde ich dir noch nachträglich die Ohren so lang ziehen, dass du auch ohne Maske Anubis alle Ehre machen würdest."

Er blinzelte fast unmerklich Gamal zu, der amüsiert das Gesicht verzog. Gegen Tamer, der immer zu Späßen aufgelegt war, war wohl noch kein Kraut gewachsen.

Plötzlich wurde es etwas heller im Zimmer. Wie auf Kommando drehten sich alle Gesichter den Fenstern zu. Der Vollmond schaute ab und zu hinter düsteren Wolkenbergen hervor. „Na sieh mal einer an, der Sturm hat tatsächlich nachgelassen!", rief Hakim überrascht und schon klingelte Gamals Handy.

„Ein Gruß aus der Zivilisation", witzelte Tamer, Gamal erwartungsvoll anschauend, der bereits den Anruf angenommen hatte.

„Ja, ja, uns geht es gut. Wie Tamer den Abend verbracht hat? Ich habe ihn vor einer Stunde zwischen den Schenkeln einer halbnackten Frau gesehen." Gamal grinste den entsetzten Tamer harmlos an, als am anderen Ende der Verbindung ein Aufschrei erklang. „Deine Frau", er reichte noch immer grinsend das Mobiltelefon weiter.

Hakim hielt sich die Hand vor den Mund, um nicht laut los zu wiehern. Das war wohl das erste Mal, dass Tamer die Worte fehlten. Der sonst so stille Gamal hatte ihn restlos geschockt. Jetzt prasselten auch noch bittere Vorwürfe seiner wütenden Gattin auf Tamer ein. Schließlich erbarmte sich Gamal, nahm das Handy zurück und klärte die Situation.

Auf dem Heimweg hatte Tamer den Schock schon wieder überwunden, denn er fragte Gamal: „Weißt du, was noch prickelnder gewesen wäre, als die Kleine heraus zu holen?"

Auf das erstaunte Kopfschütteln kam prompt und im Brustton der Überzeugung: „Sie hinein zu bringen."

Gamal blieb stehen, hüstelte gekünstelt. „Äh, vielleicht sollte ich Hakim doch noch die Sache mit den Ohren schmackhaft machen."

Tamer zog den Kopf ein. Gamal klopfte ihm auf die Schulter. „Na gut, du hast ja nicht ganz Unrecht." Er ließ seinen erstaunten Freund stehen und trollte sich lachend nach Hause.

Tamer schaute Gamal lange überrascht hinterher, der seit seinem Besuch in Schweden unbekümmert wirkte, wie niemals zuvor und von dem heute ganze Gebirge von Sorgen abgefallen zu sein schienen. Kopfschüttelnd verschwand er ebenfalls in seiner Hütte. Erst jetzt, wo er zur Ruhe kam, spürte er die tiefe Freude darüber, dass Mutter und Kind überlebt hatten, was schließlich ohne professionelle Hilfe nicht ganz alltäglich war. Auch berechtigter Stolz schlich sich ein, die Erwartungen seines Freundes Gamal erfüllt zu haben.

Als Janina mit den Kindern irgendwann mitten in der Nacht nach Hause kam, war er am Tisch sitzend eingeschlafen, den Kopf auf die verschränkten Arme gebettet.

„Seid still, damit Vater nicht aufwacht", gebot sie den dreien. „Er hatte einen sehr anstrengenden Tag." Sie setze sich auf die andere Seite des Tisches, betrachtete Tamer mit liebevollem Blick und dachte an jenen Tag zurück, als ihr erstes Kind geboren werden sollte und die Hebamme bei einer anderen Gebärenden, viele Kilometer entfernt, im Einsatz war. Tamer hatte schließlich die Sache selbst in die Hand genommen, weil auch für sie keine andere Frau irgendwie erreichbar gewesen war.

Instinktiv hatte er genau zur rechten Zeit das Richtige getan. Als er später gefragt wurde, wie er es geschafft hätte, zuckte er mit den Schultern und entgegnete mit seinem gewohnt breiten Grinsen: „Ob nun Pferd, Kamel, Ziege oder Frau, die Unterschiede, wie es passiert sind nicht groß, sie sind sehr fein und das ist das Geheimnis." Dann zwinkerte er meist seinem Gesprächspartner zu: „Ich bin wohl der einzige Mann hier, der wirklich von sich sagen kann, dass er ein Kind in die Welt gesetzt hat."

Beim dritten Kind wunderte sich dann niemand mehr. Janina nickte unmerklich. Wer hätte in dieser verflixten Situation Celine besser helfen können als Tamer? Zweifellos hatte ihr Gamal diesen Geheimtipp gegeben. Egal wie, Janina wusste, dass sich Tamer wieder ein Stück Achtung mehr erkämpft hatte. Sie hängte dem Schlafenden wenigstens eine dünne Decke um die Schultern, denn es war empfindlich kalt geworden.

Tamer schreckte auf, schaute seine Frau aus großen Augen an und stotterte: „Janina, ich kann dir alles erklären …"

Sie begann zu lachen: „Nicht nötig, ich weiß wie eine Geburt funktioniert", blinzelte ihm schelmisch zu und zog ihn an der Hand hinter sich her in die Schlafnische.

Hakim konnte vor lauter Aufregung gar nicht schlafen. Er saß neben Celines Bett, konnte sich kaum satt sehen an seiner schlummernden Frau und seiner kleinen, noch so schutzbedürftigen Tochter, die soeben erwachte und jämmerlich zu schreien anfing. Celine fuhr empor und begegnete Hakims Lächeln.

„Papa wechselt die Windel und Mama eröffnet die Milchbar", versuchte er, die Kleine zu trösten, die sich erst beruhigte, als sie sich in Mamas Arm liegend endlich satt trinken konnte. Hakim legte sich ebenfalls ins Bett, in dessen Mitte Farah Platz gefunden hatte, zugedeckt mit einem Zipfel von Mamas Decke. „Ziemlich viel Aufregung für einen einzigen Tag", schmunzelte Hakim. „Und mit dieser kleinen Überraschung hätte ich im Traum nicht gerechnet. Wobei unsere Kleine nicht den Eindruck erweckt, als sei sie zwei Monate zu früh geboren."

Celine streichelte mit dem Finger die winzige Wange. „Ganz bestimmt nicht, da hat wohl bei mir die Natur etwas länger gebraucht um ‚Baby' zu signalisieren. Sogar der Doc ist darauf herein gefallen", wunderte sie sich.

Hakim begann zu kichern. „Dabei müsste der doch inzwischen wissen, dass bei den al Kassims immer etwas außer der Norm passiert. Auf alle Fälle hat der Spiegel den, in jeder Hinsicht, stürmischen Tag angekündigt."

„Soll ich ganz ehrlich sein?", fragte Celine leise.

Hakim schaute sie überrascht an.

„So wie er es angekündigt hat, kommt sicher noch eine Lawine aus Ereignissen auf uns zu. Wegen eines Sandsturmes oder einer Geburt, selbst wenn sie etwas ungewöhnlich verlaufen ist, würde er kaum so ein Aufheben machen." Sie schloss die Augen. „Komm, versuchen wir noch ein wenig zu schlafen. In drei Stunden beginnt für uns drei wieder ein anstrengender Tag."

Minuten vor dem Weckerklingeln forderte das Baby Nahrung. Hakim nahm es mit Humor. Er hatte sich die ganzen Monate viel zu sehr auf die Kleine gefreut, um nun einen Flunsch zu ziehen. Außerdem war er froh, in der vergangenen Nacht überhaupt einen kurzen Schlaf gehabt zu haben. Nun zog er sich rasch an, bereitete das Frühstück vor und wartete auf Celine, die mit Farah in einem Tragetuch kurz darauf in die Küche kam. Hakim lauerte schon mit seinem Handy und schoss einige wunderschöne Bilder, welche er nun an seine Eltern, die al Bakirs, die Sabiris und nicht zuletzt an die Aziz' weiterleitete.

Björn und Bassima würden spätestens beim Frühstück merken, was sich im Haus verändert hatte. Er versprach Celine, sich sofort nach Feierabend um ein Babybett, und einen Kinderwagen zu kümmern, Dinge, die man eigentlich erst im nächsten Monat zu kaufen geplant hatte.

Gamal, der sonst hoffnungslos verschlafen hätte, wurde von Amina geweckt. Nebenbei biss er vom Fladenbrot ab, trank seinen Morgenkaffee, dann eilte er ins Büro. Es blieb nicht einmal Zeit, mit seiner Frau über die Ereignisse des vergangenen Abends zu sprechen. Er fuhr die Computer hoch, als auch schon Celine mit ihrem Töchterchen im Tuch in der Tür auftauchte und fröhlich „Guten Morgen" rief.

„Schön, dass es euch gut geht." Gamal atmete befreit auf. Besonders deshalb, weil Celine so unbefangen reagierte.

„Das verdanken wir einzig Tamer und dir." Sie rückte zwei Sessel zusammen, um Farah sicher hineinlegen zu können. „Würdest du einen Moment auf die Kleine aufpassen? Ich muss noch das Frühstück für Bassima und Björn bereiten. Ich bin gleich wieder da."

Auf Gamals Nicken verschwand sie sofort in der Küche. Der hatte auch die nächsten Augenblicke anderes im Kopf als die Computer. Er rollte seinen Bürostuhl näher an das provisorische Babybett und betrachtete mit zufriedenem Lächeln den Winzling, der für einen äußerst turbulenten Abend gesorgt hatte. So fand ihn dann Celine, als sie zurück kam.

„Ich habe euch noch nicht einmal wirklich gedankt", sagte sie leise.

„Das da ist Dank genug." Er deutete auf die schlummernde Farah. „Du ahnst sicher nicht, was es wirklich für uns bedeutet, dass wir euch helfen konnten. Wir würden uns ein Leben lang Vorwürfe machen, wenn irgendetwas aus dem Ruder gelaufen wäre."

Schritte auf dem Gang ließen die beiden aufhorchen. Bassima steckte den Kopf zur Tür herein, hatte schon den Mund geöffnet, um einen Morgengruß zu sagen, als ihr Blick irritiert an Celine hängen blieb. Die blinzelte ihr zu und winkte mit dem Finger. Bassima trat vorsichtig näher und spähte auf die Sessel.

„Oh! Ist das niedlich!" Sie umarmte Celine freudig. „Alles, alles Gute und guten Morgen und Glück, Gesundheit und ein sorgenfreies Leben für die Kleine und, und, und!" Sie hockte sich neben die Sessel, damit sie das Baby ganz von nahem betrachten konnte. „Ist das eine Überraschung?", fragte sie schließlich ganz aufgeregt ihren Vater.

„Für ihn nicht mehr", schmunzelte Celine. „Er war bei der Geburt dabei, als Helfer für Tamer, der mir die fehlende Hebamme vollwertig ersetzt hat."

„Habe ich Hebamme gehört?" Björn kam ebenfalls herein, weil Bassima so lange auf sich warten ließ. „Ooops, da hatte es aber jemand eilig!", rief er erstaunt. Dann umarmte er Celine ebenfalls herzlich. „Was war mit der Hebamme?", wollte er schließlich wissen.

„Die war bei dem Sturm nicht zu erreichen. Gamal und Tamer haben die Kleine auf die Welt geholt", erklärte Celine, während Gamal lächelnd und beinahe entschuldigend mit den Schultern zuckte. Celine erzählte weiter, wie Hakim gerade in dem Moment erschien war, als Farah geboren wurde und dass er so wenigstens die Nabelschnur durchtrennen konnte. Ungläubig lauschte das Ehepaar Hallberg ihren Worten.

„Ist es gestattet, einzutreten?" Tamer und Aakash schauten durch den Türspalt.

„Aber ganz sicher. Du wärest der Allerletzte, dem ich das verwehren würde!", rief Celine und ging Tamer entgegen. Sie fiel ihm um den Hals. „Danke. Danke für alles, was du für uns getan hast."

Der junge Beduine beugte sich über das kleine Wunder auf dem Sessel. „Sie hat sich eine denkwürdige Nacht heraus gesucht, um geboren zu werden", flüsterte er. „Ich hatte selten in meinem Leben solche Furcht, versagen zu können."

Bevor noch jemand irgendetwas erwidern konnte, drangen Fahrgeräusche herein, Autotüren klappten und Schritte näherten sich, ein kurzes Klopfen, dann standen auch schon mit leuchtenden Augen Jasina, Fatima und Ali im Büro.

„Oh, jetzt wird es eng." Celine strahlte glücklich in die Runde. „Kommt alle mit rüber in den kleinen Salon. Ich decke schnell noch ein paar Plätze ein."

Ein kurzer Blick zu Gamal, den Jasina natürlich bemerkte. Sie schüttelte belustigt den Kopf. „Ich passe auf meine kleine Enkelin auf. Geht ihr nur inzwischen."

Ein paar Augenblicke später kam Celine wieder, um mit Farah und Jasina zu den anderen zu gehen.

„Wir hatten uns riesige Sorgen gemacht", erklärte Ali. „Die Straßen waren blockiert und dann haben wir auch noch euer Auto verlassen am Straßenrand stehen sehen."

„Hakim hat sich zu Fuß durch das Unwetter gekämpft. Ich habe erst heute früh gesehen, wie schlimm es ihm dabei ergangen sein muss. Gestern, als er ankam, hatte ich ganz andere Dinge im Kopf", entgegnete Celine, dann berichtete sie kurz über die ungewöhnlichen Umstände der Entbindung.

Fatima warf einen scheuen Blick zu Tamer, den sie eigentlich nur als gnadenlosen Spaßvogel kannte, der über alles und jeden Witze riss. Manchmal hatte sie sich gewundert, wie sich die anderen so blindlings auf ihn verließen. Nun fand sie die einfachste Erklärung. Im täglichen Zusammenleben war ihnen die anderen Seiten des jungen Mannes offenbart worden. Er brachte es eben fertig, von einem Wimpernschlag zum anderen, auf völlig ernste Themen umzuschalten. So saß er nun auch hier, weit entfernt davon, irgendwelche Scherze zu machen, und nahm die anerkennenden Worte aller bescheiden entgegen.

Erst als Gamal fragte: „Hat sich deine Frau wieder beruhigt?", kam ein Blitzen in seine Augen. „Hmm, hmm, das hat sie."

Gamal gab das Telefonat der vergangenen Nacht zum Besten, worauf alle in Gelächter ausbrachen. Bassima schaute ihren Vater aus großen Augen an. Ihr ging es mit ihm umgekehrt, wie Fatima mit Tamer. Sie entdeckte immer mehr fröhliche Elemente, die ihr bisher nie aufgefallen waren. Wahrscheinlich hatte Björn Recht, wenn er es auf die Veränderungen auf Isri schob. Der bedrohliche Schatten Ben Abus, schien sich allmählich für immer zu verziehen.

Nachdem sich alle vergewissert hatten, dass es Celine und dem Baby gut ging, kehrte langsam wieder Ruhe auf der Farm ein. Die einen machten Urlaub und die anderen gingen ihrem Tagewerk nach. Celine nahm sich für Farah genügend Zeit. In den Phasen, wo die Kleine schlief, erledigte sie die Büroarbeit, ruhte aber selber auch immer wieder ein paar Minuten aus. Diesmal zog die Karawane ohne sie davon, dafür mit Gamal, der Amina beauftragt hatte, hin und wieder nach Mutter und Kind zu schauen. Amina fackelte nicht lange, setzte sich mit ins Büro und nahm alle eingehenden Anrufe entgegen, um Celine zu entlasten, die ihr dafür sehr dankbar war.

Meist ging es um Details zu den Safaris, die Gamals Frau problemlos erklären konnte. Celine brachte eine große Schale Obst, etwas Gebäck und zeigte Amina, wo sie Nachschub an Getränken finden konnte. Amina fasste beinahe mechanisch zwischen zwei Telefonaten in die Süßigkeiten, seufzte hin und wieder und nahm sich noch einen Keks. Celine lächelte belustigt und still in sich hinein. Am Nachmittag fragte sie dann doch ziemlich direkt, ob Amina irgendwelche Probleme habe, erntete dafür einen erstaunten, gleichsam ziemlich irritierten Blick, der heftigem Erschrecken wich, als Amina die Schüsseln genauer betrachtete.

„Äh, tut mir leid", stammelte Gamals Frau errötend. Das Naschwerk hatte sie unbewusst ganz allein gegessen.

Celine begann zu lachen. „Mach dir deswegen nur keine Sorgen. Es ist nur ungewöhnlich, weil du dich sonst so selten an die Leckereien hältst."

Amina zog die Augenbrauen zusammen, rieb sich die Nase und schaute Celine etwas hilflos an. Dann lächelte sie. „Ich hab irgendwie das Gefühl, dass sich für Gamal ein ganz, ganz großer Wunsch erfüllen könnte." Dabei schaute sie liebevoll die kleine Farah an, die friedlich in ihrem Körbchen schlummerte, welches Celine als Notbehelf aus dem Wirtschaftsgebäude geholt hatte. Es sah nicht besonders schön aus, gab aber dem Baby genügend Sicherheit und war überdies so groß, das sich Bastet am Fußende zusammenrollen konnte, um Farah zu bewachen.

„Du meinst ...?", fragte Celine überrascht, ohne den Satz wirklich ausgesprochen zu haben.

Amina nickte.

„Aber das wäre ja fantastisch!" Celine nahm Aminas Hände und drückte sie freudig. „Weiß er es schon?"

Ein Kopfschütteln kam als Antwort. „Erst möchte ich ganz sicher sein. Es wäre wirklich sein allergrößter Wunsch und ich könnte es nicht ertragen, wenn ich ihn mit einer vorschnellen Nachricht, die sich vielleicht als Irrtum erweist, unglücklich machen würde."

Celine streichelte vorsichtig die Wange ihrer kleinen Tochter. „Dann hättest du einen Spielgefährten im richtigen Alter. Also drücken wir drei Onkel Gamal und Tante Amina gaaaanz fest die Daumen." Das leise „Miau" des Kätzchens stimmte sie froh. Sie wandte sich wieder Amina zu. „Und ihr sagt uns auch ganz bestimmt, wenn ihr irgendwelche Hilfe braucht. Wir finden für alles einen Weg. Schließlich haben wir euch auch unendlich viel zu verdanken."

„Ich verspreche es." Amina blinzelte Celine fröhlich an, während sie sich noch einen Keks angelte, Bastet über das rabenschwarze Köpfchen strich und ein zufriedenes Schnurren bekam. Celine lachte übermütig. „Bei dem Appetit muss einfach ein kleines Wunder geschehen sein. Hast du eine bestimmte Vorliebe?"

„Honig", entgegnete Amina zaghaft.

Celine loggte sich ins Internet ein, begann zu kichern: „Ah, da gibt es ja unzählige Rezepte. Vielleicht sollten wir beide morgen früh erst einmal in Ruhe backen, ehe wir Büroarbeiten erledigen?"

„Meinst du das ernst?"

„Aber ja! Beim Lesen bekomme ich auch gleich Appetit und außerdem habe ich doch Gäste. Bassima und Björn naschen sicher genau so gern." Einen Augenblick später nahm sie zwei dicht beschriebene Blätter aus dem Drucker.

„Habe ich gerade ‚naschen' gehört?", fragte eine Stimme vor der Tür. Hakim steckte den Kopf herein. Ihm folgten Bassima und Björn, die er unterwegs getroffen und mitgenommen hatte. Celine schob ihm die Rezepte über den Tisch, nachdem er sein geliebtes Töchterchen ausgiebig gestreichelt und geherzt hatte.

Bassima schaute über seine Schulter. „Lecker. Für wann ist die Aktion geplant?"

Celine lachte. „Das war ein Spontaneinfall. Am liebsten würde ich noch heute Abend backen, damit wir morgen so richtig zuschlagen können."

„Super. Schicken wir die Männer in den Salon und machen uns über Milch und Honig her", schlug Bassima Hände reibend vor.

„Gute Idee", nickte Hakim. „Wir nehmen Farah mit hinüber, damit ihr ganz in Ruhe werkeln könnt. Die Karawane wird ja auch bald zurück sein, dann machen wir Abendbrot gemeinsam mit allen. Es ist ja genügend von der Feier übrig. Und wenn es ein paar Minuten später wird, weil das Backwerk noch nicht fertig ist, dann wird sicher auch keiner verhungern. Ich baue jetzt Farahs Bett zusammen. Björn macht Babysitter und alle freuen sich auf den Abend."

„So soll es sein", schmunzelte Celine. „Aber glaubt nicht, dass Bastet freiwillig aus dem Korb geht. Sie müsst ihr auch mitnehmen."

Eine halbe Stunde später lagen die herrlichsten Gerüche in der Luft. Das glockenhelle Lachen der Frauen veranlasste Hakim Björn zuzublinzeln. „Ich glaube Bassima genießt es, mit ihrer Mutter Spaß zu haben."

„Und den gönne ich ihr von ganzem Herzen", gab Björn zufrieden zurück. „Sie spricht oft voller Dankbarkeit von ihren Eltern, aber auch davon, wie gern sie mehr Zeit mit ihnen verbracht hätte. Die letzten Tage haben allen gut getan."

Hakim legte das Werkzeug beiseite, betrachtete noch einmal kritisch sein Werk. „So, nun hole ich noch den Stubenwagen, damit es meine Prinzessin richtig gemütlich hat." Augenblicke später tauchte er wieder auf, zupfte die kleine Matratze und die Stoffbespannung zurecht, ehe er vorsichtig seinen kleinen Sonnenschein hineinlegte. Bastet musterte neugierig das neue Möbelstück, ein Sprung und schon lag sie wieder schnurrend am unteren Ende.

„Gütekontrolle bestanden", stellte Hakim lachend fest. „Wenn es dem Kätzchen gefällt, dann ist es für Farah genau richtig."

„Ich dachte, solche Wagen gäbe es nur bei uns", wunderte sich Björn.

„Frisch aus Europa eingeflogen, hat Hassan gesagt." Hakim strich mit der Hand über den bunten Stoff. „Mal sehen, ob es Celine auch so gut gefällt wie mir. Ich finde das Gefährt praktisch. Man kann es mühelos durch das ganze Haus schieben, hat das Baby überall dabei, ohne es in einem Tuch tragen zu müssen."

„Das sind durchaus stichhaltige Argumente", stimmte Björn zu. „Haben Yussuf und Fatima eigentlich auch schon Nachwuchs geplant?"

Hakim zuckte mit den Schultern. „Da bin ich völlig überfragt. Wobei ich sicher bin, dass das Fatima von ihren Ängsten ablenken würde. Sie hat in den letzten Monaten wirklich gute Fortschritte gemacht. Frag die beiden am besten Morgen, wenn sie zu uns kommen."

„Du hast die Schrecken offensichtlich ziemlich gut weggesteckt", konstatierte Björn.

Hakim nickte. „Ich habe jetzt alles, wofür ich jemals gekämpft habe, das lässt vieles verblassen, aber nicht vergessen. Es ist ein wundervolles Gefühl, zu wissen, dass man einen Ort jederzeit verlassen kann, und dass nicht hinter jeder Palme und Hausecke einer lauert, der einem vielleicht nach dem Leben trachtet. Wie schlimm Hunger ist, kann auch nur jemand ermessen, der wirklich für sein Überleben betteln musste. Ich will nur noch eines – mit meiner Familie in Ruhe und Frieden leben." Hakim lauschte. In der Ferne erklang bereits das typische Blöken von Kamelen. „Oh, unsere Leute sind zurück", murmelte er erfreut.

„Hörst du die Karawane?", rief Celine im selben Augenblick aus der Küche. „Wir sind fast fertig."

Hakim schob den Stubenwagen hinüber. Celine stutzte kurz, bekam große Augen. „Die Idee gefällt mir! Das ist im Haus ja viel genialer als ein Tragetuch!"

„Ich habe trotzdem welche mitgebracht", schmunzelte Hakim. „Im losen Sand draußen ist unsere Kleine bei dir am Körper sicherer aufgehoben." Er reichte Celine eines der Tücher, die er extra farblich auf ihre Kleidung abgestimmt ausgesucht hatte.

Amina half ihr beim Anlegen und Farah wanderte aus dem Wagen zu Mama in das Tuch, was ihr nicht schlecht zu gefallen schien. Einzig Bastet schaute etwas skeptisch. Hakim nahm das Kätzchen auf dem Arm. Gemeinsam gingen alle hinaus, um die heimkommende Karawane willkommen zu heißen. Eine Stunde später waren die Touristen vom Hof, die Kamele versorgt, Celine schloss die Einnahmen für ihre Verkäufe ein, um sich sofort der Vorbereitung des gemeinsamen Abendbrotes zu widmen, wobei ihr die beiden Frauen wie selbstverständlich halfen. Die Männer trugen mehrere Tische und Bänke aus dem Wirtschaftsgebäude herbei. Die Frauen von Aakash und Tamer trafen auch soeben mit ihren Kindern ein. Sie genossen die geselligen Abende auf der Farm, die es früher nie gegeben hatte. Die Kinder spielten mit Bastet, die geschickt mit ihren Pfötchen die Bälle zurückwarf. Amina schaute sich noch einmal ganz genau den Stubenwagen an, der neben Celine am Tisch stand. Gamal warf einen fragenden Blick zu Hakim, der mit den Schultern zuckte.

„So etwas würde mir auch gefallen", sagte Amina schließlich vollkommen überzeugt.

„Bis dahin ist er frei", gab Celine blinzelnd zurück.

Schlagartig wurde es still.

„Wie – frei?", fragte Gamal irritiert.

Alle starrten Amina an. Celine legte lächelnd den Zeigefinger vor die Lippen und machte: „Pssst."

Gamal sprang auf, schaute abwechselnd Amina und Celine an, die sich fröhlich-harmlos angrinsten. „Frei für …?" Er tippte Amina auf die Schulter, die nun heftig nickte. Im selben Augenblick drückte sie Gamal auch schon an sich, als wolle er sie nie wieder loslassen.

Bassima strahlte. „Ein Geschwisterchen? Wenn das keine gute Nachricht ist, dann weiß ich überhaupt nicht, was gute Nachrichten sind."

„Onkel Björn. Das klingt doch richtig gut", schmunzelte der Schwede. Er hatte die Hände auf dem Bauch gefaltet und schenkte Gamal ein breites Grinsen. „Dann sind wir also im nächsten Jahr wieder hier und feiern."

„Wir sind doch gut in der Übung", warf Hakim lachend ein. „Überhaupt sollte kein Jahr vergehen, ohne dass wir uns wenigstens einmal alle treffen."

„Dein Wort in den Gehörgang aller guten Götter", brummte Björn. „Zu solchen Zwecken reise ich am liebsten. Es sei denn …" Er schenkte Bassima einen tiefen verliebten Blick.

„Das wäre der einzige Grund, der euer Fehlen entschuldigen würde!", rief Hakim.

„Wer weiß? Isri scheint ein ziemlich fruchtbares Klima zu haben." Björn grinste jungenhaft. „Vielleicht nehmen wir ja eine kleine Urlaubserinnerung mit nach Hause."

Dann wurde er ernst. „Euer Polizeichef hat sich übrigens heute an mich erinnert, beziehungsweise an meine Mitwirkung um die Geschehnisse in Ben Abu."

„Der hat sich tatsächlich noch einmal an dich gewandt?", fragte Hakim ungläubig. „Was verspricht er sich davon?"

„Keine Ahnung. Er hat mir eine Email geschickt, wonach es eventuell sein könnte, dass er in den nächsten Tagen noch ein paar Informationen braucht. Bassima wird mich schon irgendwie warnen, wenn die Fragen in die falsche Richtung gehen. Er will, wenn ich sein Englisch richtig verstanden habe, noch mehr darüber herausfinden, wo Celines Entführer die anderen jungen Leute gelassen haben könnten, die man in keinem der illegalen Bordelle gefunden hat."

Celine schlug die Hände vor das Gesicht. Kaum hörbar erklärte sie: „Ich habe riesige Angst davor, den Verbrechern gegenüberzutreten. Bei der Erinnerung daran, was sie getan haben, möchte ich mich am liebsten wieder verstecken."

Hakim legte ihr schützend den Arm um die Schulter. „Das überstehen wir auch noch. Wir haben doch gewusst, was passieren wird, als du endlich den Mut gefasst hattest, die Kerle anzuzeigen. Je eher der Spuk zu Ende ist, umso besser ist es für uns alle. Seit mich Yussuf aus Ben Abu fort gebracht hat, glaube ich wieder an Wunder."

„Meine Leute werden alles tun, um dich zu schützen", bekräftigte Gamal noch einmal. „Sie haben Hawass auf die Spur gebracht und werden darüber wachen, dass er nur zu sehen bekommt, was auch für ihn bestimmt ist. Ganz besonders nach diesem seltsamen Sturm. Hab einfach Vertrauen."

Bassima schaute ihren Vater überrascht an. Offensichtlich hatte er mehr Einfluss auf den Stamm, als sie sich jemals vorstellen konnte und niemand hier, schien sich darüber zu wundern.

Celine versuchte zu lächeln. „Ich sollte wirklich auf dich hören. Das war bisher immer das Beste. Es fällt nur so unendlich schwer."

„Es macht dir doch deshalb auch niemand Vorwürfe", tröstete er sie. „Lass die Dinge einfach laufen, wir haben bisher für jedes Problem die passende Lösung gefunden."

„Stimmt." Ein glückliches Funkeln kam in Celines Augen. Sie streichelte ihr Töchterchen.

Hakim klopfte Tamer auf die Schulter. „Wo er Recht hat, hat er Recht. Ungewöhnliche Vorkommnisse erfordern ungewöhnliche Lösungen und darin waren wir bisher wohl alle mit vollem Erfolg ziemlich kreativ."

„Und das in jeder Weise", brachte Tamer die Rede endlich wieder auf erfreuliche Dinge. „Ich erinnere nur daran, wie wir angefangen haben, die Kamele als Fotomodels zu vermieten."

„Oder als uns Aakash mit den Eseln zur Schule reiten ließ!", rief Hakim.

Eine Begebenheit folgte der anderen und der Abend endete mit fröhlichem Gelächter.

Am nächsten Morgen, Hakim war bereits zum Institut unterwegs und auch die Karawane hatte Isri verlassen, fuhr plötzlich ein Jeep auf den Hof, in welchem mehrere Männer in ockerfarbener Tarnkleidung saßen. Celine erschrak. Dann gewahrte sie Hawass, der als Einziger das Fahrzeug verließ. Schon klopfte es an der Tür. Celine bat den Gast herein, der völlig überrascht auf das Baby in dem Tragetuch schaute.

„Manche Dinge nehmen eine andere Wendung, als man geplant hat", sagte sie lächelnd.

Hawass nickte, nahm einen langen Schluck des aromatischen Kaffees, ließ sich ein wenig im Sessel zurück sinken und erklärte, was ihn hergeführt hatte: „Eines unserer Fahrzeuge hatte sich im Sandsturm verirrt. Wir haben mit Hubschraubern gesucht und mehr als unsere Leute gefunden. Dort draußen", er deutete mit der Hand die Weite der Wüste an, „sind grausame Dinge geschehen. Aber damit möchte ich Sie heute nicht belasten. Nur zwei kurze Nachrichten: Erstens, wir haben den Laster Yassir abd el Nassers gefunden. Zweitens, der Mann, den Sie auf dem Foto wiedererkannt haben, ist tot. Mit zwei Komplizen muss er aus irgendwelchen Gründen in der Nähe des Massengrabes gewesen sein. Wie auch immer – der Sturm hat des Fahrzeug fast vollständig mit Sand bedeckt, die Insassen sind vermutlich jämmerlich erstickt." Er zog zwei Bilder aus der Brusttasche, die die leichenstarren Gesichter der Männer mit weit aufgerissen Mündern zeigten.

Celine schloss die Augen, drückte Farah an sich und hauchte: „Das sind die drei von damals. Ich erkenne alle wieder. Vielleicht gibt es ja doch so etwas wie Gerechtigkeit auf dieser Welt."

Hawass schaute sie lange nachdenklich an. „Ja natürlich. So kann man es auch sehen. Ich hätte ihnen allerdings lieber den Prozess gemacht."

Celine wiegte leicht den Kopf. „Davon werden die unzähligen Toten auch nicht mehr lebendig. Hoffentlich geschehen solche Dinge niemals wieder. Haben Sie denn auch eine Spur von Yassir gefunden?"

Der Polizeichef schüttelte den Kopf. „Unter den neueren Toten war er nicht, so möchte ich es ausdrücken und so wie der Sturm an einer Stelle alles zum Vorschein brachte, so hat er an anderer Stelle Spuren vernichtet."

„Dann bleibt also nur die Hoffnung, dass es ihm gut geht", seufzte Celine gut gespielt, wohl wissend, dass Yassir das Ziel all seiner Träume erreicht hatte.

Hawass schenkte Mutter und Kind ein zu Herzen gehendes Lächeln. „Ja, denn die Hoffnung stirbt zuletzt."